dtv

Eine spektakuläre Geiselnahme erschüttert Wiesbaden: Eine Sparkassenfiliale wird überfallen, die Täter entkommen. In ihrer Gewalt befinden sich sieben Personen – darunter auch Winnie Heller, Kommissar Verhoevens Partnerin. Während die Polizei mit den Entführern verhandelt, versucht Winnie Heller ihrerseits, einen Weg aus der bedrohlichen Situation zu finden. Als jedoch die erste Geisel erschossen wird und die Entführer die junge Polizistin enttarnen, droht die Situation zu eskalieren …
»Ein packender Psychothriller.« (Preußische Allgemeine Zeitung)

Silvia Roth studierte Literaturwissenschaft, Anglistik und Philosophie und arbeitete einige Jahre in unterschiedlichen Berufen, bevor sie mit dem Schreiben begann. ›Schattenriss‹ wurde für den Glauser-Preis 2010 nominiert. Silvia Roth lebt mit ihrer Familie in Deutschland und Italien.

Silvia Roth

Schattenriss

Kriminalroman

Deutscher Taschenbuch Verlag

Von Silvia Roth
sind im Deutschen Taschenbuch Verlag erschienen:
Der Beutegänger (21138)
Querschläger (21225)

Dies ist ein Roman. Die Handlung und
die darin vorkommenden Personen sowie bestimmte
örtliche Gegebenheiten sind frei erfunden.
Jede Ähnlichkeit mit realen Geschehnissen oder
Personen ist reiner Zufall.

Ausführliche Informationen
über unsere Autoren und Bücher
finden Sie auf unserer Website
www.dtv.de

Ungekürzte Ausgabe 2011
Deutscher Taschenbuch Verlag GmbH & Co. KG,
München
© 2009 Hoffmann und Campe Verlag GmbH, Hamburg
Umschlagkonzept: Balk & Brumshagen
Umschlaggestaltung: Wildes Blut, Atelier für Gestaltung,
Stephanie Weischer unter Verwendung eines Fotos von
plainpicture/Arcangel
Gesamtherstellung: Druckerei C. H. Beck, Nördlingen
Gedruckt auf säurefreiem, chlorfrei gebleichtem Papier
Printed in Germany · ISBN 978-3-423-21324-0

Schatten, 1) *Optik:* der nicht beleuchtete Raum hinter einem beleuchteten undurchsichtigen Körper.
2) *Tiefenpsychologie:* nach C. G. Jung die Gesamtheit der dem bewussten Erleben verborgenen, verdrängten und unterentwickelten Seiten der eigenen Person.

Vergessen, das Schwinden von Bewusstseinsinhalten, das ein absichtliches vollständiges oder teilweises Erinnern derselben verhindert. [...] Z. T. können vergessene Inhalte nach einer gewissen Zeit, angeregt durch ähnl. Inhalte, Assoziationen oder mit dem Vergessenen zusammenhängende Gedankenketten, erneut ins Bewusstsein treten.

Prolog

Komm nicht aus unsrem Mund,
Wort, das den Drachen sät.
's ist wahr, die Luft ist schwül,
vergoren und gesäuert schäumt das Licht,
und überm Sumpf hängt schwarz der Mückenflor.

Ingeborg Bachmann, »Rede und Nachrede«

Wiesbaden, Oktober 2007

Die Frau betritt die Sparkassenfiliale in der Hohenzollernstraße mit zögernden Schritten. Sie ist recht groß für ihr Alter, aber schmal und zierlich, sodass sie alles in allem eher unauffällig wirkt. Eine Rentnerin in einem braunen Mantel, ehemalige Büroangestellte vielleicht, etwa Mitte sechzig, möglicherweise auch älter. Hinter der Automatiktür bleibt sie für einen kurzen Moment stehen und streicht sich eine Strähne ihres Haars aus der Stirn, das einmal kastanienbraun gewesen sein muss. Dann geht sie über den hellen Marmorboden, direkt auf den mittleren der drei Schalter zu.

Ihre Brieftasche hält sie bereits in der Hand, nicht, weil sie es etwa eilig hätte, sondern damit sie nicht vergisst, weswegen sie gekommen ist. So etwas passiert ihr in der letzten Zeit immer häufiger. Dass sie vergisst, was sie tun wollte. Oder sich an einem Ort wiederfindet, der ihr vollkommen willkürlich vorkommt, obwohl sie ganz sicher zu wissen glaubt, dass sie ihn gezielt aufgesucht hat. Diese Entwicklung bereitet ihr Sorge, aber sie hat auch keine Ahnung, wie sie sie aufhalten soll. Ob sie überhaupt aufzuhalten ist. Oder ob sie zu etwas gehört, mit dem sie sich abfinden muss. Notgedrungen.

Im Abfinden ist sie so gut wie in nichts sonst.

Außer vielleicht im Sticken.

Oh ja, Sticken ist etwas, das sie auch ziemlich gut kann. Mehr noch: Sie tut es gern, obwohl es eigentlich entsetzlich eintönig ist. Nadel rein, Nadel raus, Reihe für Reihe, Stich für Stich. Die Farben variieren. Ebenso die Motive. Aber die Bewegung, die Tätigkeit an sich, bleibt immer die gleiche. Die Sicherheit liegt in der Wiederholung. Eines der Grundprinzipien ihrer Welt.

Meinst du nicht, dass du es zur Abwechslung mal mit Nähen versuchen solltest?, fragt ihre Freundin manchmal, wenn sie eines ihrer seltenen Telefongespräche führen. Nein, sagt sie dann, vom Nähen wird mir schlecht. Der verständnislosen Stille, die dieser Feststellung üblicherweise folgt, hat sie nichts entgegenzusetzen, weshalb sie sich notgedrungen damit abfindet, dass ihre Freundin sie für verrückt oder doch zumindest für komplett phantasielos hält.

Sich abfinden ist etwas, das sie gut kann.

Noch besser als Sticken.

Oder Reiten.

Nein, denkt sie. Nicht das. Reiten ist aus einem anderen Leben. Aus einem Leben, in das zurückzublicken nicht ratsam ist. Sie nennt es das Film-Leben, und das meint sie wörtlich. Die alte Schmalfilmrolle liegt in einem Karton ganz hinten im Schrank, zusammen mit dem Projektor, mit dem man sichtbar machen kann, was so weit entfernt ist, dass es mit ihr nicht das Geringste zu tun zu haben scheint. Sicherheit durch innere Entfernung. Auch etwas, das sie schätzen gelernt hat. Wenn man in der Falle sitzt, muss man von sich selbst zurücktreten. Flüchten in die magischen Geheimkammern der Phantasie.

Sie blickt auf die Geldbörse in ihrer Hand hinunter und versucht sich zu erinnern, weshalb sie gekommen ist.

Als es ihr wieder eingefallen ist, hebt sie den Kopf.

Normalerweise holt sie ihr Geld in einer anderen Filiale. Nur heute, da ist sie im Kurpark gewesen und hat die Zeit vergessen. So etwas passiert ihr, gottlob, nicht oft, aber heute ist es nun einmal passiert, und jetzt ist es kurz vor Schalterschluss, ein Freitag obendrein, davon hat sie sich auf dem Weg hierher an drei Kiosken überzeugt. Es ist Freitag und entschieden zu spät, um ihre gewohnte Filiale noch rechtzeitig zu erreichen, aber sie hat kein Essen mehr im Haus, und an die Automaten traut sie sich nicht ran. Erst recht nicht, seit sie gelesen hat, wie genau diese Dinger angeblich aufzeichnen, wann sie wo wie lange gestanden hat, um wie viel Geld abzuholen.

Zum Glück sehen diese Sparkassenschilder überall gleich aus.

Wiedererkennungswert, denkt sie, ist etwas, das man nicht hoch genug einschätzen kann. Zumindest nicht, wenn man so vergesslich ist wie sie. Aber Vergesslichkeit ist lebensnotwendig. Wer nicht vergessen kann, kommt um. Auf die eine oder andere Weise. Das ist eines der wenigen Dinge, die sie ganz sicher weiß.

Ihre Finger krampfen sich um das Portemonnaie, als sie an den Schalter tritt.

Direkt vor ihr, hinter dem Loch in der Scheibe, schwebt ein Gesicht. Es ist ein fremdes, aber das war ja auch nicht anders zu erwarten. Immerhin ist das hier nicht ihre Filiale. Sie schluckt und fühlt, wie etwas in ihrem Hals sich zusammenschnürt.

»Ja?«, fragt das Gesicht mit einem aufmunternden Lächeln.

»Ich …«, setzt sie an, und ihr Blick streift wieder die Geldbörse in ihrer Hand. »Es tut mir leid, aber ich wollte nur … Ich möchte …«

Als sie bemerkt, dass die wenigen hilflosen Satzfetzen ganz offenbar schon ausreichen, um das Gesicht auf der anderen Seite der Scheibe zum Handeln zu veranlassen, unterbricht sie sich und reicht ihre Sachen durch das andere, das zweite Loch. Das Gesicht schenkt ihr ein unverbindliches Nicken und wendet sich ab.

Und sie wartet.

Da ist eine Uhr an der Wand hinter ihr. Sie sieht die gespiegelte Zeit in der Scheibe, eine knappe Handbreit über ihrem Kopf.

Die Zeiger bewegen sich rückwärts. Das ist nicht gut, denkt sie. Rückwärts ist die falsche Richtung. Die Vergangenheit ist noch viel gefährlicher als die Zukunft.

Schnell lässt sie ab von der Uhr. Nicht darüber nachdenken.

Von irgendwoher fällt Sonnenlicht auf den Marmorboden in ihrem Rücken. Lichtkleckse, gleichmäßig und oval. Eier, denkt sie, froh, etwas gefunden zu haben, das sie ablenkt. Eier. Osterglocken. Die hübsch gepflegte Rasenfläche hinter dem Haus, auf der sie früher im Sommer Tennis gespielt haben, bis es so dunkel war, dass sie den Ball nicht einmal mehr vage erahnen konnten.

Sie fühlt ein Lächeln auf ihren Lippen und denkt, dass sie eigentlich gar nicht lächeln will. Dass völlige Ausdruckslosigkeit das Einzige ist, was einen retten kann. Vielleicht retten …

Und wie's da drin aussieht, geht niemand was an.

Ein Geräusch lässt sie aufblicken.

Vor ihren Augen flattert das vertraute Rascheln der Geldscheine, die das Gesicht auf der anderen Seite der Glasscheibe ihr ernst und gewissenhaft vorzählt. Fast möchte sie lachen oder zumindest doch »Halt, Stopp, nicht nötig« rufen, aber die Erfahrung hat sie gelehrt, dass es besser ist, sich zurückzuhalten. Dabei prüft sie den Betrag niemals nach, auch zu Hause nicht. Und sie schaut auch nie hin, richtig hin, wenn das Schaltergesicht die Scheine mit geübter Routine durch seine Finger laufen lässt. Es könnten Dollar sein. Oder Spielgeld. Sie würde es nicht bemerken.

Natürlich tut sie trotzdem so, als ob sie hinsieht, und wartet, bis das Flattergeräusch des Geldes aufhört. Dann streckt sie die Hand durch das Loch in der Scheibe, schiebt die Scheine mitsamt der Auszahlungsquittung in ihre Brieftasche und beschließt, dahin zurück zu gehen, wo sie jetzt wohnt.

»So, bitte schön.«

Sie nickt.

»Und ein schönes Wochenende.«

Jetzt sollte sie wohl »Danke, das wünsche ich Ihnen auch« sagen, aber da ist etwas, das sich in den vergangenen Sekunden zwischen sie und ihre erlernten Höflichkeiten geschoben hat und das die Floskel blockiert, die so wichtig wäre, um nicht aufzufallen. Dabei könnte sie nicht einmal sagen, was sie so irritiert, zumindest nicht im Augenblick. Ein Geruch vielleicht. Was das betrifft, ist sie empfindlich. So vieles, denkt sie, hängt im Grunde an Gerüchen. Schönes wie Schlimmes. Das Aroma von warmer Milch. Frisch gemähtes Gras. Altes Holz und Tapetenleim. Der Duft von Frauenhaar, stets gut gepflegt. Seife in einer rosa Porzellanmuschel. Kaffee aus Blütentassen. Tortenboden, belegt mit Dosenobst, Pfirsichspende aus dem Westen, nur die Banane in der Mitte aus dem Intershop, alles in allem sehr lecker, auch wenn dieses pappige Rotplomben-Zeug, in dem das Obst eigentlich stilvoll versinken sollte, immer klumpt wie der Teufel.

Sie nickt und will gerade erleichtert sein, als sich unvermittelt eine Stimme zu dem Geruch gesellt, der sie abgelenkt hat. Ein Satz, ebenso kurz wie belanglos. Nichtsdestotrotz ist sie sofort sicher. So sicher, dass sie sich im Grunde gar nicht mehr umzudrehen bräuchte.

Sie tut es trotzdem – eine alte Neugier vielleicht. Irgendwann muss auch sie ja schließlich einmal neugierig gewesen sein, oder nicht? Kam man denn nicht so auf die Welt, neugierig? War es denn nicht letzten Endes nur eine Entscheidung, die Neugier abzulegen, eine Vorsichtsmaßnahme?

Ihre Augen treffen aufeinander.

Und sie sagt nur ein einziges Wort: Malina.

Aus ihrem Munde klingen die sechs Buchstaben, als seien sie allesamt großgeschrieben. Aber hat sie sie tatsächlich ausgesprochen, oder denkt sie sie nur? Hat sie wirklich und wahrhaftig laut gesagt, was so lange her ist, was so weit hinten sein sollte, im entferntesten Winkel des Dachstübchens, oder haben sich ihre Lippen vielleicht doch nur stumm bewegt? Oder gar nicht?

Sie kann es nicht sagen.

Manchmal hat sie das Gefühl, dass sie sich selbst nicht mehr kennt. Dabei hat sie lange Zeit nur so getan. Innen ist alles intakt gewesen, nur, ja, nur verdrängt gewissermaßen. Aber jetzt?

Jetzt ist sie nicht mehr so sicher.

Natürlich schaut sie sofort wieder weg, aber es ist lange genug gewesen, das kann sie fühlen, als sie sich wieder zu den Lichtklecksen umdreht. Eigenartigerweise ist ihr in diesem Augenblick schon bewusst, dass sie nie wieder sticken wird. Wie seltsam, denkt sie, dass das nicht schmerzhafter ist. Auf etwas verzichten, das man so gern getan hat. Immer anders, denkt sie, als man glaubt. Man wird fertig mit Dingen, mit denen man nie erwartet hätte, fertig zu werden. Und scheitert an Banalitäten.

An einem leeren Kindersarg …

Ein neuerliches Geräusch lässt sie hochschrecken. Geldscheine, die zu Boden rieseln. Hilfsbereite Gesichter. Wie dumm, denkt sie, wie ungeschickt. Und schnell ein neues Lächeln, eine neue Schublade. Entschuldigend, dieses Mal. So etwas beherrscht sie im Schlaf. Schubladen aufziehen. Reaktionen herausholen. Glaubhafte Reaktionen, während der Rest von ihr längst anderswo weilt. So wie jetzt. Ihr Körper steht hier, in dieser Sparkassenfiliale, die nicht die ihre ist, und der Rest von ihr befindet sich auf der Flucht. Sie weiß, sie muss so schnell wie möglich vergessen, was sie gesehen hat. Wenn sie es nicht vergisst, ist sie verloren. Niemand kann überleben, ohne zu vergessen. Eines der wenigen Dinge, die sie ganz sicher weiß.

Und so nimmt sie lächelnd entgegen, was man ihr hinstreckt. Brieftasche. Personalausweis. Geld. Sie zählt es nicht nach. Sie schaut nicht, ob etwas fehlt. Es könnte ein Ei sein, was diese fremden Gesichter ihr reichen. Oder Dollarscheine. Oder Spielgeld.

Als ihr endlich niemand mehr helfen will, dreht sie sich um und geht auf die Tür zu, durch die sie gekommen ist. Sie registriert glitzerndes Glas, das freundlich zur Seite gleitet, das ihr Platz macht, damit sie entkommen kann. Eine gesprungene Platte taucht vor ihr auf, der Bürgersteig vielleicht, ja, anzunehmen. Links vor ihr ein Blatt, lindgrüngelb, nur an den Rändern bereits bräunlich. Sie betrachtet es einen flüchtigen Moment, während sich die Herbstsonne wie eine freundliche Umarmung um ihre Schultern legt. Wenigstens das, denkt sie, wenigstens frei sein. Zumindest körperlich. Gehen können, wohin man will.

Das ist schon viel, denkt sie, und seltsamerweise kommt ihr dabei das Mitteldeckchen in den Sinn, an dem sie gerade stickt. Nein, gestickt hat. Blütenzarter Batist. Maiglöckchen und Vergissmeinnicht. Frühling und Schicksal.

Vergissmeinnicht.

Doch, denkt sie, ich vergesse dich.

Es ist mir schon einmal gelungen. Es wird mir wieder gelingen.

Im Vergessen habe ich Übung. Und die Sicherheit liegt in der Wiederholung.

Im Weitergehen breitet sich ein Lächeln über ihre Lippen, obwohl sie den Schatten, der ihr folgt, sehr wohl bemerkt.

Aber er spielt keine Rolle.

Schatten sind etwas, mit dem man sich abfinden muss – eines der wenigen Dinge, die sie niemals vergessen wird.

Erster Teil

Wiesbaden, 14. März 2008

1 Ein milder Westwind hatte die zarten Knospen der Bäume, die die vornehme Wiesbadener Wilhelmstraße säumten, im wahrsten Sinne des Wortes über Nacht aufspringen lassen, doch für die Verlockungen des Frühlings hatte Winnie Heller keinen Blick. Sie war spät dran, und wie immer, wenn sie spät dran war, empfand sie eine unbequeme Nervosität.

Wer konnte denn aber auch ahnen, dass die Herstellung eines simplen Haarschnitts derart viel Zeit in Anspruch nahm?!

Winnie Heller seufzte und drechselte ihren Polo in die klaustrophobisch enge Lücke zwischen einem imposanten schwarzen BMW und einer der letzten verbliebenen öffentlichen Telefonzellen, wobei sie das Halteverbotsschild vor sich mit einem müden Lächeln bedachte. Gut, sie hatte sich zur Abwechslung mal etwas richtig Edles gönnen wollen, einen neuen Look aus einem trendigen Szenesalon, kreiert von einem ebenso schönen wie sanften Stylisten, der ihr gefühlte zweieinhalb Stunden lang hingebungsvoll die Kopfhaut massiert hatte, bevor er ihr eine Latte macchiato serviert und mit entschlossenen Bewegungen eine ganze Reihe von äußerst gewöhnungsbedürftigen Stufen in ihren bis dato etwas mehr als kinnlangen Bob geschnitten hatte. Und jetzt … Winnie Hellers Augen suchten die Uhr neben dem Tacho. Jetzt war es sieben Minuten vor fünf, was bedeutete, dass sie in exakt vierhundertzwanzig Sekunden als Depp der Nation dastehen würde, wenn sie sich nicht beeilte!

Sie riss ihr Handy aus der Halterung der Freisprecheinrichtung, stopfte ihr Portemonnaie und den Umschlag mit dem Geld, den ihre Kollegen ihr mitgegeben hatten, in die Gesäßtasche ihrer Jeans und knallte die Autotür zu.

»Nein, nein und nochmals nein«, schrie sie in ihr Handy, während sie unter dem wütenden Gehupe einer Passatfahrerin bei Rot über die nächste Ampel hastete. Die Sparkassenfiliale, zu der sie unterwegs war, lag in einer der zahlreichen Seitenstraßen, und bis vor wenigen Augenblicken hatte sie es für eine gute Idee gehalten, die letzten paar Schritte zu Fuß zu gehen, anstatt sich mitten im anbrechenden Feierabendverkehr durch ein halbes Dutzend wenig benutzerfreundlicher Einbahnstraßen zu kämpfen. Mittlerweile war sie sich allerdings nicht mehr so sicher, ob diese Entscheidung ihr tatsächlich die gewünschte Zeitersparnis einbringen würde. Eher im Gegenteil. »Das werde ich ganz bestimmt nicht tun«, wandte sie sich wieder an ihren Gesprächspartner. »Also vergiss es einfach, okay?«

»Nein.« Hermann-Joseph Lübke hustete laut und angestrengt. Er wurde fünfundfünfzig in ein paar Wochen, und wenn er seinen Lebensstil nicht von Grund auf änderte, würde dieser Ehrentag aller Wahrscheinlichkeit nach auch der letzte schnapszahlige Geburtstag sein, den der Leiter der erkennungsdienstlichen Abteilung des nordhessischen Polizeipräsidiums feierte, davon war Winnie Heller felsenfest überzeugt. Und nicht zuletzt aus diesem Grund begegnete sie Lübke und all seinen Anliegen in der letzten Zeit mit beständig wachsender Aggression. Er schien es zu spüren und reagierte mit der ihm eigenen polternden Flapsigkeit, was Winnie nur noch mehr gegen ihn aufbrachte. Sie hasste es, sich Sorgen zu machen, und noch mehr hasste sie es, wenn das Objekt ihrer Sorge ihre gut gemeinten Mahnungen mit einem flotten Spruch kurzerhand in den Wind schlug.

»Was, zur Hölle, meinst du mit nein?«, fauchte sie, indem sie sich an einem gebrechlichen Herrn mit Gehhilfe vorbeidrängte, der trotz seiner Zierlichkeit nahezu die gesamte Breite des Bürgersteigs für sich einnahm.

»Nein, ich werde diese Sache ganz bestimmt nicht so einfach vergessen«, formulierte Lübke seine Antwort ein wenig ausführlicher.

»Dein Pech.«

»Und warum willst du dir das Ganze nicht noch mal in Ruhe durch den Kopf gehen lassen?«

»Weil ich die Donau hasse«, entgegnete Winnie Heller inbrünstig. »Und die gesamte walzerselige Melancholie dieser Stadt gleich mit. Und weil ich …«

»Herrgott noch mal, Mädchen«, fiel Lübke ihr ins Wort, »du bist noch nie in deinem Leben in Wien gewesen. Wie willst du da wissen, dass du die Donau hasst?«

Sie stöhnte und überlegte fieberhaft, bei welcher Gelegenheit sie Lübke erzählt haben mochte, dass sie Wien – genau wie den gesamten Rest von Österreich – trotz seiner geographischen Nähe bislang nur vom Hörensagen kannte. Hatte sie am Ende auch erwähnt, dass es ihr heimlicher Traum war, einmal im Leben allein und ungestört durch die Katakomben unter der Donaumetropole zu streifen und anschließend ein paar Blumen am Grab von Hans Moser, dem Idol ihrer Kindheit, niederzulegen?

»Es gibt dort ein Bestattungsmuseum, das wir uns ansehen könnten«, erklärte ihr Lübke unterdessen durchaus hoffnungsfroh.

»Sag mal, tickst du noch ganz richtig?«, konterte sie, indem sie zum wiederholten Mal auf die Uhr blickte. Gottlob hatte sie das Ansinnen des sanften Stylisten, ihr in Ergänzung des neuen Schnitts gleich auch noch eine neue, »definiertere« Haarfarbe verpassen zu wollen, freundlich, aber bestimmt abgelehnt! »Wie kommst du auf die Schnapsidee, dass mich von allen Sehenswürdigkeiten, die diese Stadt zu bieten hat, ausgerechnet ein verdammtes Bestattungsmuseum interessieren könnte?«

»Na gut«, sagte Lübke, der zu ihrer größten Enttäuschung noch immer nicht im Mindesten entmutigt klang, »dann machen wir eben den ganzen Rest. Du weißt schon, Klimt und Stephansdom und dieses ganze andere Zeug. Und anschließend fahren wir zum Heurigen und …«

»Den Teufel werden wir«, versetzte Winnie Heller unmissverständlich endgültig. »Ich fürchte, du wirst dich ganz allein besaufen müssen, mein Lieber, aber in diesen Dingen hast du ja, weiß Gott, ausreichend Übung.«

Lübke sagte nichts, doch sie konnte deutlich spüren, dass ihre harschen Worte ihn verletzt hatten.

»Du, entschuldige, aber ich muss jetzt wirklich Schluss machen«, sagte sie hastig. »Wir hören uns, okay?«

Doch Hermann-Joseph Lübke hatte sich inzwischen gefangen und dachte überhaupt nicht daran, sie so einfach aus der Sache rauszulassen. »Was zur Hölle ist eigentlich los mit dir?«, polterte er.

»Mit mir?« Winnie Heller strich sich wütend eine ihrer frisch definierten Stufen aus dem Gesicht. »Was soll mit mir los sein?«

»Ich weiß nicht, aber du benimmst dich so seltsam in der letzten Zeit. Irgendwie so … Wie soll ich sagen?« Aus dem Hörer drang ein heiseres Keuchen, während Lübke nachdachte. »So reizbar.«

»Reizbar? Ich?« Winnie Heller lachte laut auf. »Du bist ja nicht bei Trost, Lübke. Und weißt du was? Wenn's dich so nervt, wie ich bin, dann lass mich doch einfach in Ruhe.«

Sie drückte auf die Taste mit dem roten Hörer, bevor er noch irgendetwas entgegnen konnte, und stürmte dann entschlossenen Schrittes auf die Automatiktür mit dem charakteristischen roten Logo zu, die im Licht der untergehenden Sonne wie flüssiges Gold funkelte.

Angesichts der Uhrzeit rechnete sie fest damit, dass ihr der Eintritt verwehrt bleiben würde, doch die beiden Flügel glitten bereitwillig auseinander, kaum dass sie die Lichtschranke passiert hatte, und eröffneten ihr ungehinderten Zugang zu einer großzügigen, mit hellgrauem Marmor ausgelegten Halle.

Die zahlreichen Beratungsterminals waren bereits feierabendlich verwaist, doch an den drei Schaltern im hinteren Teil der Filiale schien tatsächlich noch so etwas wie eine Transaktion möglich zu sein.

Winnie Heller stieß einen Seufzer der Erleichterung aus und nestelte den Umschlag mit dem Geld aus ihrer Hosentasche. »Na, das ist ja gerade noch mal gut gegangen«, murmelte sie, indem sie einer jungen Mutter mit Kinderwagen auswich, die offenkundig bereits erledigt hatte, weswegen sie gekommen war. Nicht auszudenken, was geschehen wäre, wenn sie die eintausendsiebenhundertfünfzig Euro, die ihre Kollegen für die alljährliche Ostertour ihrer Pokerrunde gesammelt hatten, nicht fristgerecht auf das Konto ihres spanischen Reiseveranstalters eingezahlt hätte. Immerhin würde sie sich nachher ohnehin schon jede Menge bissige Kommentare anhören müssen, weil sie nicht mitfuhr, und wenn sie da auch noch die Einzahlung vermasselt hätte, wäre sie bei ihren Pokerkumpanen vermutlich für den Rest ihrer Tage untendurch gewesen. Schlimm genug, dass Verhoeven ihr hinsichtlich ihrer Teilnahme einen Strich durch die Rechnung gemacht hatte! Winnie Heller merkte, wie die Erinnerung an das Gespräch, das sie vor zwei Tagen mit ihrem Vorgesetzten geführt hatte, die Wut aufs Neue in ihr hochkochen ließ. Sie hatten im Aufzug gestanden, als Verhoeven ihr – noch dazu quasi in einem Nebensatz – eröffnet hatte, über Ostern ein paar Tage in Urlaub gehen zu wollen. Und dann wagte es dieser Kerl doch tatsächlich, ihr auch noch mit der Frage zu kommen, was sie selbst denn über die Feiertage vorhabe!

Na ja, ich schätze, ich verstecke ein paar von den besonders reichhaltigen Vitaminpillen unter der Mangrovenwurzel und sehe zu, wie die Jungs sich auf die Suche machen, hatte sie sich wie so oft, wenn sie enttäuscht war, auf einen Scherz gerettet. Und ihr Vorgesetzter hatte sie angesehen, als müsse er allen Ernstes überlegen, ob sie meinen konnte, was sie da sagte. Irgendwann war er dann in ein mehr als halbherziges Lachen ausgebrochen und hatte von seiner Tochter gesprochen, die sich noch im vergangenen Jahr mit ihrem Kinderteleskop und seiner Digitalkamera auf die Lauer gelegt habe, um den Osterhasen sozusagen in flagranti zu erwischen, während sie selbigen inzwischen mit einem milden Lächeln und dem Hinweis abtat, dass Hasen Säugetiere und als solche überhaupt nicht in der Lage seien, Eier zu legen, was vermutlich nichts anderes bedeute, als dass ihre Eltern sie seit Jahren nach Strich und Faden belogen.

Der Gedanke an die Tochter ihres Vorgesetzten, einen dunkelgelockten Wildfang von fünfeinhalb Jahren, entlockte Winnie Heller gegen ihren Willen ein Lächeln. Nicht zuletzt deshalb, weil die Kleine zu ihrer größten Verwunderung einen echten Narren an ihr gefressen hatte. Tatsächlich ging die Sympathie so weit, dass Nina Verhoeven ihrem Vater erst vor ein paar Wo-

chen eine selbst geschriebene Einladungskarte mitgegeben hatte,
auf der sie Winnie Heller zu einem gemeinsamen Glas Zitronentee an den Goldfischteich der Verhoevens bat, sobald das Wetter
dies zulasse und …

»Verzeihung.«

Winnie Heller zuckte erschrocken zusammen, als sie eine
leise Berührung an ihrem linken Arm fühlte.

»Ich glaube, das hier ist Ihnen runtergefallen.«

Sie murmelte ein paar eilige Dankesworte und nahm den
Umschlag mit der Pokerkasse entgegen, den ihr ein groß gewach-
sener älterer Herr nachsichtig lächelnd entgegenstreckte. Das
verdammte Geld auch noch um ein Haar zu verlieren war zweifellos eine Freud'sche Fehlleistung allererster Güte! Oder gab es
so etwas nur auf verbaler Ebene? Winnie Heller schüttelte ratlos
den Kopf, während sie sich mit einem raschen Blick in den Umschlag vergewisserte, dass der hilfsbereite Herr tatsächlich so
redlich gewesen war, wie er ausgesehen hatte. Dann stapfte sie
entschlossen auf die drei Schalter im rückwärtigen Teil der
Filiale zu.

Der mittlere schien unbesetzt zu sein, am linken war eine
brünette Kassiererin um die vierzig mit etwas beschäftigt, das
man zumindest aus der Entfernung nicht näher definieren konnte. Sie blickte kurz auf, als Winnie Heller quer über den hellen
Marmor auf sie zusteuerte, und sah dann genauso schnell wieder
weg. Die Botschaft, die hinter dieser Geste steckte, war eindeutig: *Ich hab Feierabend, Schätzchen, also wag es bloß nicht, mich
zu belästigen, klar?*

So viel zum Thema Servicewüste Deutschland, dachte Winnie
Heller, indem sie sich widerstrebend dem letzten verbliebenen
Schalter zuwandte.

Dort stand bereits eine Kundin, die zu ihrem und des Kassierers Leidwesen ein Problem zu haben schien, das sich nicht mit
ein paar kurzen Federstrichen aus der Welt schaffen ließ. Dem
Blick des Bankangestellten war deutlich zu entnehmen, dass er
es hasste, kurz vor Schalterschluss noch mit derart komplexen
Angelegenheiten behelligt zu werden, auch wenn er sich im

Gegensatz zu seiner athletischen Kollegin ein Mindestmaß an Mühe gab, seinen Unmut hinter einer Fassade geschäftsmäßiger Gleichgültigkeit zu verbergen. Mit einem genuschelten »Augenblick, bitte« in Richtung seiner Kundin wandte er den Kopf, um eine Reihe von Zahlen in seinen Computer zu tippen, während sich Winnie Heller schicksalsergeben mitten auf der weißen Diskretionslinie postierte und den Reißverschluss ihrer Fleecejacke aufriss. Immer und überall falsch angezogen zu sein schien irgendwie zu den Grundzügen ihrer Persönlichkeit zu gehören, und so sehr sie sich auch bemühte, es wurde einfach nicht besser. Wenn ein plötzlicher Kaltlufteinbruch die Temperaturen von jetzt auf gleich in den Keller sacken ließ, war unter Garantie sie diejenige, die in einer dünnen Baumwollbluse Dienst schob und keine Strickjacke dabei hatte. Aber ihren schalterschlussbedingten Dauerlauf inmitten all dieser linden Frühlingswinde dort draußen absolvierte sie selbstredend in Winterklamotten!

Sie stieß einen entnervten Seufzer aus und wischte sich mit dem Handrücken den Schweiß von der Stirn. Dann betrachtete sie wieder den Rücken jener Bankkundin, die wie ein Fels zwischen ihr und der erfolgreichen Erledigung ihres Auftrages stand. Die Frau war korpulent und schien buchstäblich die Ruhe weg zu haben, während der bedauernswerte Kassierer mit jeder Zahl, die er in die Tastatur seines Rechners hämmerte, nervöser wurde. Winnie Hellers Augen wanderten von seiner erschreckend bleichen Stirn zum speckig-rosigen Nacken seiner Kundin, der wenig vorteilhaft über deren Parkakragen quoll, und von dort weiter abwärts bis zu einem Paar spitz zulaufender Füße, die – gemessen an den sonstigen Proportionen der Frau – geradezu unverhältnismäßig klein wirkten. Neben dem linken stand ein wuchtiger Einkaufsroller aus rotem Plastik, der allem Anschein nach zwei eingeschweißte Sechserpackungen Mineralwasser enthielt.

Kinderlose Hausfrau, urteilte Winnie Heller im Stillen, und mit einem Anflug von Ärger setzte sie hinzu: Jede Wette, dass diese Tante sich schon seit dem Frühstück wie ein Schneekönig darauf freut, zur unpassendsten aller Zeiten bei ihrer Hausbank aufzulaufen, um dort die unpassendste aller Fragen zu stellen!

Der »Frühling« von Vivaldi unterbrach ihre stumme Tirade und erfüllte die hohe Halle unvermittelt mit sonor-synthetischen Klängen.

Winnie Heller merkte, wie ihr die Schamesröte ins Gesicht schoss. »Ja?«, beeilte sie sich, dem Spuk ein Ende zu machen, wobei sie aus den Augenwinkeln beobachtete, wie die brünette Kassiererin ihren Schalter verließ und zu einem der Geldautomaten an der gegenüberliegenden Wand eilte.

»Ich bin's«, meldete sich Oskar Bredeney, offenkundig irritiert, weil seine junge Kollegin sich nicht mit ihrem Namen gemeldet hatte, wie sie es üblicherweise tat. »Ich wollte nur … Passt es Ihnen gerade?«

Nein, dachte Winnie Heller, es passt mir ganz und gar nicht. Laut sagte sie: »Klar. Was gibt's?«

»Es geht um den vorläufigen Bericht zu eurer letzten Überwachung«, erklärte Bredeney, der sich mit großen Schritten dem Tag seiner Pensionierung näherte, dem er – allen anders lautenden Beteuerungen zum Trotz – mit einer Mischung aus Misstrauen und nackter Angst entgegensah. »Wie's scheint, will Hinnrichs die Sache noch vor Ostern abgeschlossen wissen, und da wollte ich …«

Na toll, dachte Winnie Heller, das erste laue Lüftchen des Jahres, dazu eine Handvoll mehr oder weniger erbaulicher Feiertage, und schon drehen alle durch!

»Ich kümmer mich drum«, versprach sie, während sie mit wachsender Besorgnis registrierte, dass auch der gestresste Kassierer, der – zumindest im Hinblick auf ihre Pokerzukunft – gewissermaßen ihre letzte Hoffnung verkörperte, seinen Schalter verlassen hatte und mit einem Schriftstück in einem der angrenzenden Büros verschwand. Was, wenn der Kerl gar nicht erst wiederkam? Was, wenn er von seiner anstrengenden Hausfrauenkundin die Nase voll hatte und sich jetzt, in diesem Augenblick, durch einen Hinterausgang in seinen wohlverdienten Feierabend stahl? Winnie Heller kniff argwöhnisch die Brauen zusammen und hielt

Ausschau nach der athletischen Kollegin des Flüchtigen, die zu ihrer Beruhigung noch immer bei den Automaten stand und geschäftig mit einer Reihe von Schlüsseln hantierte. »Reicht es Ihnen, wenn Sie die Endfassung bis Montagmittag auf dem Schreibtisch haben?«, wandte sie sich wieder an Bredeney.

»Natürlich, machen Sie sich keinen Stress«, entgegnete dieser in väterlichem Tonfall. »Ich meine, Sie werden doch bestimmt noch 'ne ganze Menge Vorbereitungen haben. Nach allem, was man so hört, soll ja immer ganz hübsch was los sein ...« In der Pause, die dieser Bemerkung folgte, lag eine unverhohlene Neugier.

»Vorbereitungen?« Winnie Heller schüttelte verständnislos den Kopf, bis ihr bewusst wurde, dass der altgediente Kollege von ihrer Pokertour sprach. »Ich fahre nicht mit«, bekannte sie freimütig, obwohl sie ganz und gar keine Neigung verspürte, ausgerechnet mit einem klatschsüchtigen Veteranen wie Oskar Bredeney über geplatzte Träume, rücksichtslose Vorgesetzte und abgesagte Vergnügungsreisen zu diskutieren.

»Was soll das heißen, Sie fahren nicht mit?«, hakte Bredeney nach, doch Winnie Heller nahm die Rückfrage ihres Kollegen nur noch am Rande wahr. Etwas anderes hatte sie abgelenkt, etwas, das von jetzt auf gleich ihre gesamte Aufmerksamkeit für sich in Anspruch nahm und das sie doch erst richtig realisierte, als es bereits in vollem Gange war.

Zunächst war es nichts als eine Bewegung, die sie stutzen ließ. Ein Zuviel an Bewegung, um genau zu sein. Etwas, das so gar nicht zu der feierabendträchtigen Ruhe der Schalterhalle zu passen schien. Unwillkürlich blickte sie in die Glasscheibe vor sich, und für einen flüchtigen Moment hatte sie den Eindruck, dort einen Schatten zu sehen. Eine huschende Bewegung, die seltsam irreal anmutete, weil Winnie sie vor sich sah und zugleich wusste, dass sie sich in ihrem Rücken abspielte. Das Nächste, was sie wahrnahm, war ein Schrei. Es war kein Angst- oder Schmerzensschrei, eher Laut gewordener Ausdruck einer plötzlichen Überraschung. Darauf folgte ein schwer zu definierender Knall oder Schlag.

Dann eine Männerstimme.

»Auf den Boden! Sofort!«

Auch das war hinter ihr. Aber es kam nicht von dort, wohin der Schatten verschwunden war, was das betraf, war Winnie Heller ganz sicher. Es kam aus der anderen Richtung.

Sie registrierte die geweiteten Pupillen der korpulenten Hausfrau, die sich zu ihr umgedreht hatte, etwas fauchte zischend an ihr vorüber, und für den Bruchteil eines Augenblicks glaubte sie gar, einen leisen Luftzug wahrzunehmen. Dann hörte sie ein Knirschen, als das Projektil im Panzerglas des Schalters einschlug.

Die Dicke begann zu kreischen, während neben ihr der rote Einkaufsroller zu Boden krachte. Zugleich breitete sich ein Geflecht hauchfeiner Risse über das Sicherheitsglas. Es sah wie ein in Rekordzeit gebautes Spinnennetz aus.

Sie schießen, dachte Winnie Heller ungläubig, auch wenn die Erkenntnis durchaus zu ihren vorangegangenen Beobachtungen zu passen schien. Irgendwer ballert hier mit scharfer Munition in der Gegend rum!

»Wird's bald, auf den Boden!«, wiederholte die Stimme, die sie bereits zuvor gehört hatte, und der Tonfall ließ keinen Zweifel daran, dass der Mann ernst machen würde, wenn sie seiner Aufforderung nicht nachkamen. »Alle!«

Im selben Moment pfiff bereits der nächste Schuss durch die gelähmte Stille, die der Aufforderung des Mannes gefolgt war, und Winnie Heller, deren Augen noch immer an dem inzwischen blinden Panzerglas klebten, tat zwei Dinge gleichzeitig: Sie warf sich auf die Erde und schleuderte ihr Handy unter einen Kübel mit Hydrokulturpflanzen, der – das wusste sie plötzlich, obwohl sie sich beim besten Willen nicht daran erinnern konnte, ihn bewusst wahrgenommen zu haben – nur ein paar Meter entfernt vor einem Flipchart stand.

»Keiner rührt sich von der Stelle, kapiert?!«

Wieder derselbe Kerl. Ein Mann, ganz eindeutig. Einer, der lupenreines Hochdeutsch sprach. Doch was wollte er? War das hier tatsächlich ein Überfall, ein ganz banaler Bankraub? Aber wozu dann die Schüsse? Um Entschlossenheit zu demonstrieren? Ging es darum, die Anwesenden einzuschüchtern? Die Grenzen abzustecken? Oder gab es in diesem Raum tatsächlich irgendjemanden, von dem man Widerstand erwarten konnte?

Winnie Heller schielte nach der Dicken, die japsend vor Aufregung ein paar Armlängen entfernt lag. Sie hatte beide Hände hinter den Kopf genommen und presste ihre feiste Stirn auf den Marmor, als böte der harte Boden Schutz gegen das, was nun folgen würde. Winnie Heller starrte den Einkaufsroller an, dessen eines Rad sich noch immer stumm in der Luft drehte, und versuchte, wenigstens einen Hauch von Ordnung in ihre Gedanken zu bringen. Es waren zwei Angreifer, mindestens zwei. Der Schatten und die Stimme. Und sie benutzten Schalldämpfer. Das wiederum bedeutete, dass es sich nicht um Amateure handelte. Dass sie gut organisiert waren. Dass sie …

Weiter kam sie nicht.

»Pass auf!«, schrie eine Männerstimme, eine andere als die, die bislang die Befehle gegeben hatte. »Da drüben!«

Sekundenbruchteile später fauchte ein weiterer Schuss durch die hohe Halle, deren sterile Nacktheit alle Geräusche bis an die Schmerzgrenze verstärkte.

Dem Schuss folgte ein gedämpftes Geräusch, das wie ein Aufprall klang.

Dann war es auf einmal vollkommen still.

Die plötzliche Lautlosigkeit war wie ein Strudel, der im Handumdrehen alle Anwesenden erfasste und dem bei aller Gewalt, mit der er die Konzentration der Beteiligten auf sich zog, etwas seltsam Irreales anhaftete. Atemlos wartete Winnie Heller darauf, dass etwas geschehen würde. Ein Wortwechsel. Ein neuerlicher Befehl. Irgendein Laut, der ihr verriet, was hier vorging. Oder ihr doch zumindest bestätigte, dass sie nicht träumte. Doch bis auf das erstickte Keuchen der Dicken blieb es beängstigend still.

Irgendwann hielt sie es nicht mehr aus. Gegen jede Vernunft hob sie den Kopf und sah nach der gegenüberliegenden Wand, dorthin, wo die Büros waren. Der Kassierer, der noch vor wenigen Minuten an seinem Computer gestanden und mit dem Problem der Dicken gerungen hatte, lag mit dem Gesicht nach unten auf dem Marmor, vielleicht zwölf, fünfzehn Meter von ihr entfernt. Er rührte sich nicht, und selbst noch auf die Entfernung konnte Winnie Heller den tiefdunkelroten Fleck sehen, der unter seiner Schulter hervorquoll und der mit jeder Sekunde, die verstrich, größer zu werden schien. Im selben Moment tauchte etwas weiter links ein maskierter Mann auf. Er hielt eine MP5 im Anschlag und trieb eine Blondine im knappen grauen Businesskostüm vor sich her. Die Frau hatte sich augenscheinlich in einem der Büros aufgehalten, und nackte Angst stand ihr ins Gesicht geschrieben, als der Bewaffnete sie mit einem derben Stoß zu Boden stieß, wo sie regungslos liegen blieb.

Deine Brieftasche!, fuhr es Winnie Heller durch den Sinn. Wenn sie sich die vornehmen, finden sie deinen Dienstausweis. Und wenn sie erst mal mitgekriegt haben, dass du Polizistin bist …

Sie schluckte und ließ den Kopf wieder auf den Marmor sinken. Dann drehte sie sich langsam, Zentimeter für Zentimeter zur Seite. Ihr war klar, dass sie mit äußerster Vorsicht vorgehen musste, wenn sie auch nur den Hauch einer Chance haben wollte. Wer immer die Kerle waren, sie wussten genau, was sie wollten. Und sie waren offensichtlich entschlossen, es auch zu bekommen. Und wenn sie dafür töten mussten.

Neben ihr stöhnte die Dicke leise vor sich hin, und Winnie begann sich zu fragen, ob auch sie etwas abbekommen haben mochte oder ob sie einfach nur halb besinnungslos war vor Angst. Zugleich erreichte ihre Hand endlich die Seitennaht ihrer Jeans. Von dort ein Stück aufwärts, ganz langsam, und dann …

»Hey, du!«

Sie wusste sofort, die Worte galten ihr, auch wenn sie noch immer nicht viel mehr sehen konnte als den blutenden Kassierer, der eigentlich seit ein paar Minuten Feierabend haben sollte.

»Was treibst du da?«

Winnie Heller zog eilig die Hand zurück. Dabei hustete sie, in der irrwitzigen Hoffnung, die Männer zu täuschen. Sie abzulenken von ihrem eigentlichen Ziel. Und der Gefahr, die davon ausging. »Entschuldigung, aber mein … Ich hatte einen Krampf«, stammelte sie, weil sie plötzlich den Eindruck hatte, dass er tatsächlich eine Antwort von ihr erwartete.

»Du rührst dich nicht von der Stelle, kapiert? Oder ich blase dir dein gottverdammtes Hirn weg!«

Alles klar, dachte Winnie Heller, indem sie vergeblich versuchte, den Worten eine Richtung zuzuordnen.

Das Nächste, was sie hörte, kam wieder von der ersten Stimme.

»Gesichert«, sagte der Mann in einem Ton, der angesichts der Situation bemerkenswert ruhig klang. »Und jetzt geh und hol ihn her.«

2 Hendrik Verhoeven saß auf der äußersten Kante eines olivgrünen Ohrensessels und hatte das Gefühl zu ersticken. Er hatte lange gezögert, überhaupt herzukommen, und selbst jetzt war er nicht sicher, ob er das Richtige tat. Vergebung, dachte er, ist etwas, das man vielleicht doch nicht einfach so beschließen kann.

Er betrachtete das runzlige Profil der Frau, die ihm gegenübersaß, und versuchte vergeblich, sich daran zu erinnern, wie sie ausgesehen hatte, als sie ihm noch große, angestoßene Teller mit Kartoffelbrei und Spinat und Rührei vor die Nase gestellt und am Ende eines jeden Tages gewissenhaft seine Schulaufgaben kontrolliert hatte, aber es wollte ihm beim besten Willen nicht gelingen. Sie hatten sie Anna genannt, alle, die mit ihm dort gewesen waren, und sie hatte sich nie gegen diese Anrede verwahrt. Vielleicht, weil sie »Tante« zu altmodisch gefunden und zugleich gewusst hatte, dass »Mama« ohnehin nie infrage kommen würde. Also war sie schlicht »Anna« gewesen. Ihrer aller Anna.

Sie tut sich noch schwer, hatte eine der Schwestern Verhoeven in vertraulichem Ton zugeraunt, als er im Dienstraum der Station nach Annas Zimmernummer gefragt hatte. *Sucht den Herd auf der Toilette. Die Toilette im Schrank. Das ist schon eine ziemliche Umstellung*, hatte sie hinzugefügt. *Aber manchmal gewöhnen sie sich tatsächlich noch einmal um. Und sind dann ganz glücklich. Glauben Sie mir, es gibt solche Fälle.*

Verhoeven hatte nicht gefragt, wie häufig so etwas vorkam, aber er hatte das unbestimmte Gefühl, dass die Frau ihm gegenüber, dass Anna zu dieser anderen Art von Fällen gehörte, zu denen, die sich nicht mehr umgewöhnten. Er starrte die Spitze ihres Gehstocks an, der griffbereit neben ihrem Sessel an der Wand lehnte, und fragte sich, ob sie überhaupt verstand, warum er hier war. Ob sie ihn erkannte. Ob sie auch nur die leiseste Ahnung hatte, wer er war. Immerhin hatte sie viele Kinder betreut in all diesen Jahren. Kinder wie ihn. Und jetzt war sie alt. Alt und verwirrt. Und obendrein …

»Du bist vom Rad gefallen und hast dir den Arm gebrochen«, sagte sie im selben Augenblick, als habe sie seine Gedanken gelesen und wolle nun umgehend den Beweis erbringen, dass sie sich sehr wohl an ihn erinnerte. »Ist der linke gewesen, glatt in der Mitte durch, hat der Doktor gesagt.«

»Stimmt«, entgegnete Verhoeven, der nicht die geringste Vorstellung hatte, was er mit ihr reden sollte. Genau genommen hatten sie nie viel miteinander gesprochen. Mehr noch: Sie waren zwei Fremde gewesen, die zufällig unter ein und demselben Dach gelebt hatten, bis er endlich alt genug gewesen war, um allein klarzukommen.

»Du hast dir andauernd den Arm gebrochen«, wiederholte Anna derweil in vorwurfsvollem Ton, vielleicht weil sie spürte, dass er am liebsten die Flucht ergriffen hätte. Vielleicht auch, weil sie tatsächlich daran glaubte.

Sucht den Herd in der Toilette. Die Toilette im Schrank.

Was für eine idiotische Idee, sie zu besuchen, dachte Verhoeven. Er überlegte fieberhaft, was er ihr erzählen konnte, aber alles, was ihm einfallen wollte, war seine Familie. Und natürlich die Arbeit. Beides Themen, die ihm zu schade, zu wertvoll schienen, um sie an einer Frau wie Anna zu verschleißen. Also sprach er von dem Teich, den er angelegt hatte, hinten im Garten, doch selbst noch bei diesem unverfänglichen Thema ertappte er sich, wie er alles aussparte, das auch nur im Entferntesten mit seinem Leben zu tun hatte. Er sprach nicht von seiner Tochter, die mit Begeisterung auf dem kleinen Steg kniete und Wasserproben nahm, die sie anschließend mit ihrem Vorschul-Chemiekasten untersuchte. Er sprach nicht von den Kollegen, die ihm geholfen hatten, die mehr als erbärmliche Lache, die er aus eigener Kraft zustande gebracht hatte, in einen Teich zu verwandeln, der diesen Namen auch tatsächlich verdiente. Er sprach nicht einmal von Dominik Rieß-Semper, dem dicken Kindergartenfreund seiner Tochter, der das Biotop in einer frühen Phase seiner Entstehung mit fünfjähriger Arroganz begutachtet und für absolut jämmerlich befunden hatte. Stattdessen starrte er Annas Gehstock an und redete über Goldfische.

»Wir hatten Hunde, früher«, erklärte sie, und ihre Züge wurden eigenartig weich, während sie das sagte. »Senta und Asta. Dazu auch ein Pferd. Um den Wagen zu ziehen, nicht zum Reiten oder so, verstehst du? Nur für den Wagen.« Sie schwieg einen kurzen Moment, bevor sie beinahe trotzig hinzufügte: »Aber es war ein richtiges Pferd.«

Verhoeven nickte. Schon vorhin am Telefon hatte sie immerfort von früher gesprochen. *Zu Hause hatten wir Hühner*, hatte sie gesagt, als er sie gefragt hatte, ob ihr ein Besuch am späten Nachmittag recht sei. *So ein frisches Ei*, hatte sie gesagt, *das schmeckst du. Ist was grundlegend anderes als das, was sie uns hier vorsetzen. Ein Huhn gehört an die Luft, sage ich dir, sonst schmeckt sogar noch das Eigelb nach Metall. Oder nach Chemikalien.*

Chemikalien waren ganz offenbar etwas, das sie fürchtete, obwohl sie die letzten acht Jahre ihres Lebens nichts anderem verdankte. Tabletten fürs Herz, für die Nieren, gegen Ödeme, gegen Thrombose, gegen alles und jedes. Aber die Rückstände in ihrem Frühstücksei bereiteten ihr Sorgen.

Etwas, über das man eigentlich lachen müsste, dachte Verhoeven, indem er zu ihrem Nachtschränkchen hinübersah, wo sich Arzneimittelpackungen in allen erdenklichen Größen stapelten. Tatsächlich schien sich Anna in Bezug auf ihre Gesundheit mittlerweile genauso paranoid zu verhalten wie der Mann, den er selbst nur Schmitz genannt hatte. Allerdings war Schmitz im Gegensatz zu seiner Frau ein waschechter Hypochonder gewesen. Zumindest bis zu jenem Schlaganfall, der ihn eines schönen Septembernachmittags zunächst in ein schäbiges kleines Pflegezimmer und schließlich, nach zwei unbequemen Jahren zwischen Windeln und Wundsalbe, geradewegs in die Hölle katapultiert hatte.

Das hat sie ihm bis heute nicht verziehen, dachte Verhoeven, indem er wieder Annas welkes Profil ansah. Einfach vom Stuhl zu fallen, wie schlapp, wie erbärmlich. Noch dazu, wo gerade Besuch da war. Seine Augen glitten über ihre runzligen Wangen, und er stellte voller Verwunderung fest, dass seine Pflegeeltern einander immer ähnlicher wurden, nicht nur, was den Umgang mit Krankheiten anging. Dabei sind sie nicht einmal verwandt gewesen, dachte er. Nur verheiratet. Achtunddreißig Jahre, eine halbe Ewigkeit. Und irgendwann wird sie wieder dort sein, wo er ist. Darauf stellt sie sich ein. Auch äußerlich. Gemeinsam in der Hölle, dachte er. Das wird ein Spaß!

»Die Beate von der Nachtschicht kann mich nicht leiden«, klagte Anna mitten in die Stille, die sich zwischen ihnen breitgemacht hatte. »Obwohl ich ihr schon zweimal was geschenkt habe.«

»Ich muss jetzt los«, sagte Verhoeven. Und in Gedanken fügte er hinzu: Es war ein Fehler, herzukommen, eine Illusion. Es gibt kein Vergessen. Und es gibt auch keine Vergebung. Das Äußerste, was man in dieser Art von zwischenmenschlichen Beziehungen erreichen kann, ist ein Zustand der Schmerzfreiheit.

Er zuckte leise zusammen, als ihm bewusst wurde, dass Anna ihn bereits seit geraumer Zeit anblickte.

»Kommst du wieder?«

Nein, dachte er, aber das sagte er nicht. Stattdessen antwortete er: »Ich habe wenig Zeit.«

Sie nickte, und Verhoeven hatte das beklemmende Gefühl, dass sie ihn ganz genau verstanden hatte. Da war eine plötzliche Wachheit in ihrem Blick, etwas, das sich schwer fassen ließ und das ihn dennoch irgendwie erschütterte.

»Du bist Polizist geworden«, erklärte sie, als er bereits an der Tür war, und zu seiner größten Verwunderung klang es beinahe stolz, wie sie das sagte. Als ob sie auch nur das Geringste mit ihm, mit seinem Leben und seiner Entwicklung zu tun hätte.

»Ja«, sagte er, ohne sich noch einmal zu ihr umzudrehen. Dann trat er auf den langen, penibel sauberen Flur hinaus und zog die Tür hinter sich ins Schloss.

3

»Malina.«

Er schleuderte den Namen quer durch den Raum wie einen Fehdehandschuh. Das Ergebnis war, wie bereits nach dem Tod des Kassierers, eine geradezu beängstigend tiefe Stille.

Niemand rührte sich.

Niemand reagierte.

Selbst die Dicke hatte es irgendwie geschafft, ihren rasselnden Atem unter Kontrolle zu bringen, und ließ nur hier und da ein ersticktes Schnappen hören.

Winnie Heller lauschte ihrem eigenen Herzschlag, der mit beängstigender Intensität in ihrem linken Ohr pochte, während sie darauf wartete, wie es nun weitergehen würde. Sie lag noch immer bäuchlings auf dem kalten Steinboden, aber ihr Adrenalinpegel war mittlerweile so hoch, dass sie klar denken konnte. Ich habe zwei Männer gehört, resümierte sie, und beide haben akzentfreies Deutsch gesprochen. Hinzu kam der Mann, der die Angestellte im grauen Kostüm zu Boden gestoßen hatte und der zugleich der einzige Angreifer war, den sie bislang zu Gesicht bekommen hatte. Er war maskiert gewesen, ein Umstand, den Winnie insgeheim als gutes Zeichen verbuchte. Die Männer, die

33

sie überfallen hatten, waren vorsichtig. Sie wollten davonkommen. Und das hieß, dass dieser Spuk, was immer er bedeutete, irgendwann vorbei sein würde.

Ob es außer den beiden, dem Schatten und der Stimme, noch andere gab, Helfer, schweigende Komplizen, konnte sie nicht sagen. Sie schienen sich kaum zu bewegen, und falls doch, taten sie es so leise, dass man selbst in der erdrückenden Stille der Schalterhalle nichts ausmachen konnte, das irgendwelche brauchbaren Rückschlüsse zugelassen hätte. Das Einzige, was Winnie Heller mit einiger Sicherheit zu wissen glaubte, war, dass die Angreifer denselben Eingang benutzt hatten wie sie selbst ein paar Minuten zuvor, nicht den Hintereingang, der rechts hinter den drei Schaltern auf eine ruhige Seitengasse hinaus führte. Und dass sie ganz offenbar nicht auf Geld aus waren. Zumindest nicht auf Geld allein. Was sich an Bargeld in den Kassen befand, hatten sie bislang nicht angerührt, vielleicht, weil sie wussten, dass es dort versteckte Fallen gab, bestimmte Geldscheine, die mit dem Sicherheitssystem der Bank verbunden waren und Alarm auslösten, sobald man sie herauszog.

Trotzdem, irgendeiner von den Angestellten wird doch bestimmt daran gedacht haben, auf eins von diesen Knöpfchen zu drücken, dachte Winnie Heller, indem sie sich die vor Angst halb erstarrte Blondine in Erinnerung rief, die der Maskierte aus einem der Büros gezerrt hatte. Immerhin war die Frau ein paar wertvolle Augenblicke lang allein gewesen. Unbemerkt und unbeobachtet. Oder war am Ende auch sie von den Vorgängen in der Schalterhalle überrumpelt worden? War das Tempo dieses Überfalls zu hoch, waren die Angreifer zu klug, zu lautlos vorgegangen? Aber was, zum Henker, haben diese Kerle eigentlich vor?, überlegte Winnie Heller, während ihre Wange die Kühle des Marmors in sich aufsog und dabei immer kälter und gefühlloser wurde. Und warum lassen sie sich so gottverdammt viel Zeit dabei? Warum verschwinden sie nicht einfach mit einem der Angestellten im Tresorraum, packen ein, was sie tragen können, und gehen dorthin zurück, wo sie hergekommen sind?

»Malina«, wiederholte in diesem Augenblick der Mann, den sie für den Anführer hielt, und etwas an seinem Tonfall ließ ihr das Blut in den Adern gefrieren.

Irgendjemand sollte dem Kerl antworten, dachte sie unbehaglich. Zugleich hörte sie Schritte, die auf dem nackten Marmor widerhallten. Zum ersten Mal etwas, das wirklich fassbar war. Zum ersten Mal mehr als ein Schatten.

Die Schritte kamen quer durch den Raum und stoppten ein paar Meter von ihrem Kopf entfernt. Winnie Heller registrierte Schuhe, Stiefel vielmehr, etwas, das nach Militär oder doch zumindest nach Outdoor aussah. Den Mut, genauer hinzusehen, brachte sie nicht auf. Nicht, nachdem sie schon einmal unangenehm aufgefallen war.

»Du! Steh auf!«

Ein metallisches Klicken, als er seine Waffe entsicherte.

Und ein erstickter Angstlaut.

»Na los doch, hoch mit dir!«

Im Hinblick auf die Entfernung tippte Winnie Heller darauf, dass er mit der sportlichen Brünetten sprach. Mit der Frau, die sie nicht hatte bedienen wollen und die kurz vor dem Überfall bei den Geldautomaten gestanden hatte.

»Wo ist dein Vorgesetzter?«

Am Rauschen ihres Bluts vorbei versuchte Winnie Heller, eine Reaktion der Kassiererin auszumachen, doch sie konnte nichts hören. Nun mach schon, antworte ihm, flehte sie im Stillen. Sag um Himmels willen irgendwas, sonst erschießt er dich!

»Nein, verdammt, nicht der«, zischte die Stimme des Anführers mit schneidender Schärfe, und Winnie Heller wurde schlagartig klar, dass die Brünette offenbar sehr wohl reagiert hatte. Wenn auch nicht mit Worten. »Ich meine den anderen.«

Durch die Stille, die wie ein zentnerschweres Gewicht auf der Schalterhalle lastete, dröhnte das trockene Schlucken der Bankangestellten, als werde es durch ein unsichtbares Mikrophon verstärkt. »Er ... Herr Lieson ist nicht hier.« Sie sprach erstaunlich fest, auch wenn in den kurzen Pausen zwischen den einzelnen Worten deutlich ihre Angst durchschimmerte.

»Sieh mich an.« Jetzt klang er wieder vollkommen ruhig, fast höflich. »Name?«

»Kuhn«, antwortete die Bankangestellte, mühsam beherrscht. »Iris Kuhn.«

»Na schön, Iris Kuhn. Und wo ist Herr Lieson stattdessen?«

»Er hatte … Er musste weg. … Ein … Ein dringender Termin in Genf.«

Der Anführer sagte nichts, und abermals konnte Winnie Heller ihre Neugier einfach nicht länger im Zaum halten. Entgegen aller Vorsätze drehte sie den Kopf zur Seite und bekam gerade noch mit, wie der Mann, von dem sie nichts als eine dunkle Silhouette sehen konnte, einen Blick mit jemandem tauschte, der sich irgendwo außerhalb ihres Gesichtsfelds befand. Vor ihm auf dem Boden kniete tatsächlich die athletische Kassiererin, die Hände in der Luft und einen Anflug von Trotz im angstflackernden Blick.

Was wollen diese Kerle von einem Mann, der gar nicht hier ist?, überlegte Winnie Heller, und mit einem Gefühl wachsender Beklemmung dachte sie an die Antwort der Kassiererin. *Herr Lieson musste weg. Ein dringender Termin in Genf.* Etwas, das die Männer ganz offenbar nicht einkalkuliert hatten. Eine Panne.

»Ich warne dich«, wandte sich der Anführer wieder an die Brünette, und als er den Kopf drehte, erkannte Winnie Heller, dass er eine Art Sturmhaube trug, die nur seine Augen freiließ. Der flehende Blick der Kassiererin glitt an ihm vorbei und blieb irgendwo in Winnies Rücken hängen. »Verarsch mich nicht, sonst …«

»Ich … Bitte glauben Sie mir …«, stotterte die Frau, jetzt in helllichter Panik. »Herr Lieson musste …«

»Es stimmt, was sie sagt«, kam ihr in diesem Moment völlig überraschend eine angenehm dunkle Männerstimme zu Hilfe, und während die Stiefel des Maskierten, den Winnie Heller seiner unübersehbaren Führungsrolle wegen »Alpha« getauft hatte, an ihr vorbeistürmten, überlegte sie fieberhaft, wer außer der Dicken mit dem Einkaufsroller sich in der Schalterhalle aufgehalten hatte, als sie eingetreten war.

36

Seit letztem Herbst, seit ein Unbekannter auf einem düsteren Parkplatz über sie hergefallen war und sie um ein Haar vergewaltigt hatte, bemühte sie sich, ihre Umgebung in jeder Lebenslage bewusst wahrzunehmen. Die Geschichte von damals hatte auf einer Kombination aus Unvorsichtigkeit und Zufall basiert, eine Begebenheit, die keine relevante Vorgeschichte und zu ihrer größten Erleichterung auch kein allzu unangenehmes Nachspiel gehabt hatte. Aber ihr war bewusst, dass die Situation sie damals sozusagen kalt erwischt hatte. Dass sie auf unverzeihliche Weise unvorbereitet gewesen war. Und dass sie es lediglich einer Gruppe fremder Menschen verdankte, mit halbwegs heiler Haut davongekommen zu sein. In ungezählten Nächten hatte sie sich das Hirn zermartert, warum sie so erbärmlich wenig über ihren Angreifer hatte sagen können. Und das, obwohl der Mann damals nicht einmal maskiert gewesen war. Trotzdem war sein Gesicht nichts als ein dunkler Fleck in ihrer Erinnerung, eine Lücke, die sich jedem Zugriffsversuch ihres Bewusstseins auf das Vehementeste widersetzte. Nie wieder werde ich so gottverdammt unwissend sein, hatte sie sich geschworen, und am Tag nach dem Überfall hatte sie damit begonnen, im Geiste detaillierte Beschreibungen aller Menschen anzufertigen, denen sie sich länger als ein paar flüchtige Augenblicke gegenübersah. Sie hatte sich mit an Pedanterie grenzender Systematik dazu erzogen, auf alles zu achten, was irgendwie wichtig sein konnte. Sich Details zu merken, interessiert und akribisch zu beobachten, ganz egal, wie belanglos eine Begegnung auch sein mochte.

Sie schloss die Augen.

Also schön, da waren die Brünette und ihr toter Kollege. Dann die gestresste junge Mutter mit ihrem Kinderwagen, die vermutlich längst wieder fort gewesen war, als der Überfall losging, ebenso wie der nette ältere Herr, der sie auf den Verlust ihrer Pokerkasse aufmerksam gemacht hatte. Und sonst? Winnie Heller zog nachdenklich die Stirn in Falten. Richtig, da waren noch zwei andere Männer gewesen. Ein unscheinbarer Typ im Anzug, untersetzt und bereits leicht angegraut, der andere ungefähr im selben Alter, jedoch ein gutes Stück legerer gekleidet und insgesamt eher klein als stattlich. Hatte der nicht ein Stück abseits gestanden, irgendwo dort, wo die SB-Terminals waren? Und … Ja, na klar, dann war da auch noch dieser arabisch anmutende Kerl mit Bauchansatz gewesen, der hatte sich mit einem von diesen Zählgeräten abgemüht, mit deren Hilfe man nach einem erfolgreichen Abstecher zum Flohmarkt seines gesammelten Kleingelds Herr werden konnte. Seltsamerweise erinnerte sich Winnie plötzlich daran, bei ihrem Eintreten auch das Rasseln von Münzen wahrgenommen zu haben. Aber das könnte natürlich genauso gut ein Ablenkungsmanöver gewesen sein, dachte sie. Vielleicht gehört dieser Typ ja zu denen. Vielleicht sind das Terroristen, alle miteinander, und … Sie biss sich schuldbewusst auf die Lippen, als ihr klar wurde, wie sehr sich ihr Denken von Äußerlichkeiten leiten ließ. Von Vorurteilen. *Ein arabisch anmutender Kerl mit Bauchansatz.* Nichtsdestotrotz hatten sie es hier ganz eindeutig mit Leuten zu tun, die ein konkretes Ziel verfolgten. Und zwar eines, das weit jenseits von schnödem Mammon lag.

Herr Lieson musste weg.

»Und Sie sind …?«, riss Alphas Stimme sie aus ihren Spekulationen.

»Quentin Jahn«, antwortete der Mann, der der Kassiererin zu Hilfe gekommen war, und zu ihrem Erstaunen konnte Winnie Heller nicht den leisesten Anflug von Angst in seiner Stimme ausmachen. Im Gegenteil, was er sagte, klang angenehm und ruhig.

»Arbeiten Sie auch hier?« In Alphas Rückfrage schwangen erhebliche Zweifel, und Winnie wertete diesen Umstand als weiteres Indiz dafür, dass die Angreifer ihren Überfall akribisch vorbereitet hatten. Dass sie sehr genau über die Gegebenheiten in dieser Filiale informiert waren. Und dass sie das Bankhaus aller Wahrscheinlichkeit nach über einen längeren Zeitraum hinweg ausspioniert hatten. Trotzdem sahen sie sich jetzt mit einem Problem konfrontiert. Etwas, das sie im Vorfeld nicht einkalkulieren konnten, dachte Winnie Heller mit neuerlichem Unbehagen. Eine Panne …

»Nein«, beantwortete der Mann, der nach eigenen Angaben Quentin Jahn hieß, unterdessen Alphas Frage. Dann zögerte er. Vielleicht, weil er nicht sicher war, ob er von sich aus weitere Erklärungen abgeben oder lieber den Mund halten sollte. Schließlich fügte er hinzu: »Mir gehört der Zeitschriftenladen gegenüber.«

»Und woher wollen Sie dann wissen …«, setzte Alpha an, doch er wurde umgehend wieder unterbrochen.

»Walther Lieson und ich sind befreundet«, hörte Winnie Heller die angenehm dunkle Stimme sagen, und sie dachte, dass dieser Quentin Jahn entweder verdammt kühn oder verdammt lebensmüde war. »Wir treffen uns alle zwei Wochen zum Schach. Immer freitags. Aber heute Mittag rief Walther mich an und sagte, dass er wegmüsse.«

»Und wieso sind Sie dann hier?«, herrschte Alpha ihn an.

»Ich zahle jeden Abend einen Großteil der Tageseinnahmen auf unser Konto ein«, antwortete der Zeitschriftenhändler ruhig, und Winnie Heller hatte tatsächlich das Gefühl, dass er lächelte, während er sprach. »Ist sicherer, als wenn das Geld die ganze Nacht über in der Kasse bleibt, und …«

»Halt's Maul«, brachte Alpha ihn in barschem Ton zum Schweigen. Dann stürmte er ein weiteres Mal an Winnie Heller vorbei.

Aus den Augenwinkeln sah sie, wie er einen Blick auf seine Armbanduhr warf. Dann zog er etwas aus seiner Jackentasche, das wie ein Mobiltelefon aussah.

Irgendeiner der Angestellten wird doch wohl daran gedacht haben, auf einen von diesen blöden Schaltern zu drücken, dachte Winnie wie schon zuvor. Und selbst wenn tatsächlich niemand explizit Alarm geschlagen hätte, müsste doch längst irgendwer gemerkt haben, dass hier etwas nicht stimmt. Irgendein Zentralrechner, der auf die Daten des Tagesabschlusses wartet. Oder… Ja, natürlich! Bredeney! Die Erkenntnis, dass ihr Handy noch immer nur ein paar Meter von ihr entfernt unter einem Blumenkübel lag, durchfuhr Winnie Heller wie ein Stromschlag. Doch kaum war die erste Euphorie verflogen, stahlen sich bereits neue Zweifel in ihr Bewusstsein. Wie viel konnte ein Au-

39

ßenstehender überhaupt mitbekommen von dem, was hier ablief? Immerhin hatte Bredeney nicht die geringste Ahnung, dass sie sich in einem Bankhaus befand. Und selbst wenn er aus den spärlichen Wortfetzen, die durch das Rauschen der Atmosphäre bis an sein Ohr gedrungen sein mochten, die richtigen Schlüsse zog … Wie lange würde es dauern, alle notwendigen Schritte in die Wege zu leiten? Ihr Handy zu orten, die zuständigen Kollegen zu informieren, das SEK? Und wie viel Zeit war eigentlich vergangen, seit es angefangen hatte? Drei Minuten? Fünf?

Sie schielte wieder zu Alpha hinüber, der ihr jedoch den Rücken zuwandte. Seltsamerweise fühlte sie sich trotzdem irgendwie beobachtet. Wahrgenommen, kontrolliert, überwacht, was auch immer. Und sie überlegte unwillkürlich, mit wie vielen Angreifern sie es wohl tatsächlich zu tun hatten. Wie groß das Ausmaß dessen war, was hier passierte. Die Dimension …

Im selben Moment wandte Alpha den Kopf.

»Also Plan B«, sagte er, und Winnie Heller, die sich schnell wieder flach auf den Boden geduckt hatte, fand die beinahe gespenstische Ruhe, die in den drei Worten lag, mehr als bedrohlich.

Was, zum Teufel, sollte das heißen, Plan B? Bedeutete ein Plan B nicht zwingend, dass es auch einen Plan A gab? Und wenn ja, was war damit? Hatte Plan A verworfen werden müssen, weil dieser ominöse Walther Lieson zu einem außerordentlichen Termin in die Schweiz gerufen worden war? Oder hatte es von Beginn an …

Winnie Heller kam nicht dazu, den Gedanken zu Ende zu denken.

Jemand, den sie nicht hatte kommen hören, packte sie von hinten und zwang ihr die Arme auf den Rücken, bis sie vor Schmerz laut aufstöhnte.

Zwischen ihren Schulterblättern knackte es.

Dann fühlte sie Plastik, das tief in ihre Haut schnitt.

4 Der Mann bewegte sich so, dass er nicht auffiel.

Schon als kleiner Junge hatte er sich darin geübt, stundenlang auf irgendeinem Dach zu liegen, so unbeweglich, so wenig vorhanden, dass selbst die vorsichtigsten Vögel irgendwann vergessen hatten, dass er überhaupt existierte. Warum er das getan hatte, konnte er rückblickend nicht mehr genau sagen, aber später waren ihm diese früh erworbenen Fähigkeiten in vielerlei Hinsicht zugute gekommen. Und auch jetzt würden sie ihm ganz gewiss nicht schaden. Auch wenn er sich durchaus darüber im Klaren war, dass sie ihn nicht aus Gründen der Unauffälligkeit für die vor ihm liegende Aufgabe ausgesucht hatten. Aber das machte ihm nichts aus.

Was ihn störte, waren die Blicke, mit denen die anderen ihn bedachten. Als ob er irgendein Perverser wäre, den man im Auge behalten musste. Der Truppenpsychologe damals in Hammelburg, der hatte ihn manchmal auf eine ganz ähnliche Weise angesehen. Und das, obwohl er in Wahrheit nichts als seinen Job erledigt hatte. Die Aufgabe, für die er ausgebildet worden war. Wenn jetzt ein Krieg käme, dachte er, dann wären sie heilfroh um einen wie mich. Er nickte kaum merklich vor sich hin und kam – wie schon so oft in seinem Leben – zu dem Schluss, dass die Antwort auf die Frage, ob einer ein Held oder ein Perverser war, allein von den Umständen abhing.

Er trug einen leichten Baumwollmantel, der ihm gefiel, und bewegte sich ohne Hast quer über den Kochbrunnenplatz, Richtung Taunusstraße. Ein Stück vor dem Brunnentempel, den er ebenso überflüssig wie geschmacklos fand, war die eigentliche Quelle selbst an einem vergleichsweise milden Vorfrühlingsabend wie dem heutigen in wattige Dampfschwaden gehüllt. Irgendwo hatte er gelesen, dass es in dieser Stadt an kalten Tagen sogar aus den Gullys dampfte. Das salzhaltige Wasser half angeblich gegen alles Mögliche, von Halsschmerzen bis hin zu Stoffwechselstörungen, und als er das erste Mal hier gewesen war, um die Örtlichkeiten in Augenschein zu nehmen, hatte er sogar eine Hand hineingehalten. Genau wie ein Tourist. Das Wasser war widerlich warm gewesen, daran erinnerte er sich.

Selbst noch an den Rändern des Auffangbeckens widerlich warm wie abgestandene Pisse.

Sein Blick streifte eine Bierflasche, die aus den türkis- und ockerfarbenen Ablagerungen ragte wie eine Anklage gegen das mangelnde Umweltbewusstsein ihres einstigen Besitzers.

Die meisten Menschen sind Schweine, dachte er mit einer Mischung aus Amüsement und Abscheu.

Linker Hand befand sich eine Betonwand voller Graffiti. Davor ein wenig einladender Kinderspielplatz. Er brauchte nicht einmal hinzusehen, um zu wissen, dass das Kletterhaus vor der verschmierten Wand rot und die Rutsche orange war. In seinem Kopf existierte ein präzises Bild der Gegebenheiten. Wie abfotografiert.

Seltsamerweise musste er auch jetzt wieder an die Blicke denken, mit denen ihn Teja und Andreas gelegentlich bedachten. Die Erinnerung daran ließ eine leise Aggression in ihm aufkeimen. Etwas, von dem er wusste, dass es nicht förderlich war für das, was er zu tun hatte. Aber er konnte nicht anders. Er musste sich aufregen. Immer noch. Immer wieder. Wenn es Angst wäre, echte Angst, gut, das hätte er sich gefallen lassen. Er mochte es, wenn er in den Augen eines Gegenübers Furcht aufblitzen sah. Jemanden zu fürchten bedeutete zugleich, ihn zu respektieren. Und der Junge, Little-Jo, der sah ihn auch genau auf diese Weise an. Vielleicht war das einer der Gründe, warum er den Kleinen so mochte. Na ja, mögen war vielleicht zu viel gesagt. Aber er hatte nichts gegen ihn.

Etwas, das bei ihm eher selten vorkam.

Er hielt sich links und ging dicht an den funkelnden Scheiben des »Spitals« vorbei. Die meisten Fenstertische waren belegt, verzerrte Menschen, die Kaffee und Tee tranken und deren leere Blicke sein Gesicht bereits wieder vergessen hatten, noch bevor es aus ihrem beschränkten Horizont verschwunden war.

Sicherheit, dachte er, während er nicht zu langsam, aber auch nicht zu schnell weiterging, ist nichts als eine plumpe Illusion. Polizeipräsenz, Spürhunde, Überwachungskameras, Metalldetektoren vor Gerichtssälen, an Flughäfen, bei sportlichen Großereignissen, alles gut und schön. Aber null Komma wie viel Prozent der Angriffsfläche einer Gesellschaft deckten solche Maßnahmen ab? Er mochte Rechenspiele. Kalkulationen. Wahrscheinlichkeiten. Im Grunde bräuchte Al Qaida nur zu H & M zu gehen, dachte er. Oder auf den Jahrmarkt. Oder an irgendeinen anderen Ort, wo ahnungslose Bürger vollkommen ungeschützte Ziele abgeben. Wenn es irgendwer tatsächlich darauf anlegte, so viele Menschen wie möglich zu töten – es wäre so gottverdammt einfach! Wie eine Epidemie könnte man von Stadt zu Stadt ziehen, spurlos, gesichtslos. Man könnte auftauchen und untertauchen, wie es einem gerade in den Kram passte, und dabei eine Schneise der Verwüstung hinterlassen.

Aber so etwas hatte er natürlich nicht vor.

Schließlich war er kein Unmensch.

Er handelte planmäßig und absolut zielgerichtet.

Präzision, hatten ihm seine Ausbilder eingebläut, Unauffälligkeit, Genauigkeit, Timing. Die drei Grundpfeiler des Erfolgs.

Mit leichten Schritten stieg er die elf Stufen zur Taunusstraße hinauf und nahm seine Position ein. Keiner der Menschen auf dem Platz, den er jetzt von oben betrachtete, nahm auch nur die geringste Notiz von ihm. Von seinem erhöhten Standpunkt aus wirkten die Leute geradezu nichtig. Heimwärts huschende Ziele, den Bürofrust noch auf den Schultern, im Kopf schon den Feierabendstreit mit der Liebsten. Das erste Bier. Die Daily Soap. An Farben überwog zwar noch das typisch winterliche Einheitsdunkel, aber hier und da waren bereits erste Farbtupfer beigemischt, Tribut an den unaufhaltsam nahenden Frühling.

Die tief stehende Sonne tauchte den Platz in verheißungsvoll goldenes Abendlicht, doch die Luft roch trotzdem irgendwie nach Regen. Oder zumindest nach Wasser. Das war eins der ersten Dinge, die ihm am Rheinland aufgefallen waren. Dass es hier immer und überall irgendwie nach Wasser roch. Aber nicht frisch und sauber wie an der Nordsee, sondern abgestanden. Dumpf und moosig, genauso wie der Rhein aussah, wenn einmal nicht die Sonne schien wie auf all diesen Postkartenfotos, die mit nimmermüder Penetranz die nahe Loreley und den Wein und die deutsche Romantik beschworen.

In seinem Rücken brandete ein reger Feierabendverkehr, und während er sich den Knopf ins Ohr schob, der ihm das Signal geben würde, dachte er, dass er den Rhein nicht mochte. Und diese Stadt mit ihrem verblichenen Kurglanz und all diesen versnobten Rentnern mochte er auch nicht. Seine Augen folgten einer elegant gekleideten Frau in High Heels, die einen puppigen Hund auf dem Arm trug und mit erstaunlich flinken Stöckelschritten jede noch so kleine Unebenheit umtänzelte, und am liebsten hätte er ihr mitten in ihren versnobten Rücken geschossen.

Stattdessen trat er noch ein Stück näher an das Geländer heran und warf einen Blick auf seine Uhr. Im Grunde hasste er es, wenn er warten musste. Und noch mehr hasste er es, von anderen abhängig zu sein. Auf Zeichen zu warten. Einsatzbefehle. Grünes Licht. *Mangelnde charakterliche Eignung*, hieß so etwas dann in der Personalakte. Zumindest, wenn man einen Vorgesetzten hatte, der entschlossen war, seine Untergebenen für die eigenen Fehler geradestehen zu lassen, um glatt und unbehelligt Karriere machen zu können. Aber er tröstete sich mit dem Wissen um die Macht, die er hatte. Das Schicksal seiner Kameraden lag in seiner Hand, im wahrsten Sinne des Wortes. Und wenn er nicht tat, was sie verabredet hatten, würde es für die drei anderen verdammt schwierig werden …

Ich schätze, ihr solltet mir ein bisschen mehr Respekt entgegenbringen, dachte er, indem er Ausschau nach der Frau mit dem Puppenhund hielt, die er zwischenzeitlich aus den Augen verloren hatte. Schließlich entdeckte er sie auf Höhe des altehrwürdigen Palasthotels, aber trotz der beachtlichen Entfernung hatte er das Gefühl, dass er selbst winzigste Details ihres Outfits erkennen konnte. Und das, obwohl ihm die tief stehende Sonne direkt ins Gesicht schien.

Präzision, dachte er.

Unauffälligkeit, Genauigkeit, Timing.

Er überprüfte den Sitz seiner Sonnenbrille und kam sich vor

wie Antonio Banderas in diesem Film ... Wie h
gleich? Es ging um zwei Auftragskiller, die einande.
Konkurrenz machten, um sich schließlich einen zermü.
Nervenkrieg um die Gage für den letzten Auftrag zu liefe.
diesem Film, dessen Titel ihm nicht einfiel, gab es eine Szen.
in der Antonio Banderas mit schussbereiter Waffe am Fenster
irgendeines heruntergekommenen südamerikanischen Hotels
steht und darauf wartet, dass Silvester Stallone das gegenüberliegende Bankhaus verlässt. Banderas weiß genau, dass Stallone
kommen wird, dass er kommen *muss*, und er wartet sehnsüchtig
auf diesen einen, diesen magischen Augenblick, in dem das Herz
seines Gegners genau im Fadenkreuz seiner Waffe auftaucht.

Er hingegen würde lediglich auf ihre Beine zielen. Auf die
Kniescheiben, um genau zu sein. Sicher, viel lieber hätte er ihnen mitten in ihre versnobten Leiber gefeuert, aber Teja war
dagegen gewesen. Wenn wir sofort töten, hatte er gesagt, verliert unser Druckmittel an Überzeugungskraft. Dann werden
sie denken, dass wir die Geiseln ohnehin erschießen, und sie
werden nicht tun, was wir von ihnen verlangen.

Das hatte ihn überzeugt.

Eine Sache von Prioritäten.

Erst das Geld, dann das Vergnügen. Oder so ähnlich ...

Wie zur Bestätigung ertönte in diesem Augenblick das Alarmsignal seines Handys. Er riss sich den Knopf aus dem Ohr, zog
die Automatik unter seinem Mantel hervor und blickte ein letztes Mal auf die Menschen hinunter, die im Licht der untergehenden Sonne über den Platz wimmelten.

Dann drückte er ab.

Er schoss gezielt und doch wahllos. Ihm war nicht daran gelegen, ganz bestimmte Personen zu treffen oder zu verschonen.
Was zählte, war einzig und allein das Ergebnis.

Eine junge Frau in schwarzen Leggins und mintfarbenem Mini-
rock fasste sich ans Schienbein, und für ein paar flüchtige Sekunden konnte er ihren fassungslosen Blick sehen, den der Schmerz
noch nicht erreicht hatte. *Was war das?*, schienen ihre Augen zu
fragen. *Was, um alles in der Welt, geschieht da mit mir?*

Andere knickten einfach weg.

So als habe ihnen irgendjemand von hinten in die Kniekehlen getreten.

Er grinste und vollführte auf den Absätzen seiner Lederschuhe eine Drehung um exakt fünfundvierzig Grad. Man hätte einen Zirkel daran halten können. Es hätte gestimmt. Dann feuerte er aufs Neue in die Menge.

Auf der anderen Seite des Platzes schrie ein Mann vor Entsetzen laut auf, bevor er wie ein nasser Sack auf die Knie sank. Ein anderer drehte sich zu dem Verletzten um und starrte ihn ungläubig an. Die Frau neben ihm blieb ebenfalls stehen.

Er zielte auf ihre Wade und feixte, als auch sie zusammenbrach. Sekundenbruchteile später plärrte ihr heiseres Kreischen quer über den Platz, er sah, wie der Fluss der Menschen ins Stocken geriet, wie einige die Köpfe schüttelten, andere sich angstvoll umschauten auf der Suche nach einer Ursache, einer Erklärung für das, was gerade geschah. Ihre von der Entfernung verzerrten Stimmen flatterten zwischen den umstehenden Gebäuden wie ein Schwarm verirrter Vögel, Widerhall der Angst.

Wie lange es dauert, bis jemand die richtigen Schlüsse zieht, dachte er mit leisem Befremden, und fast bedauerte er, dass er sich nicht länger aufhalten konnte. Es hätte ihn durchaus interessiert, zu beobachten, wer wann was tat. Oder nicht tat. Fast wie eine Studie, dachte er amüsiert. Massenpsychologie. Otto Normalverbrauchers Verhalten in Extremsituationen. Durchaus nicht uninteressant in Zeiten, in denen sich die Kriege am anderen Ende der Welt abspielten.

Er warf einen letzten Blick auf das Chaos, das er angerichtet hatte, und registrierte flüchtig, dass erste Umsichtige bereits ihre Handys am Ohr hatten, um die Polizei oder doch zumindest einen Notarzt zu rufen. Dann schob er die Waffe unter seinen leichten Baumwollmantel zurück und ging langsam, aber nicht zu langsam davon.

5. Sie lagen dicht an dicht im Innern eines komplett entbeinten Vans. Um sie herum fluteten die Klänge irgendeines stupiden Popsongs, der mit ohrenbetäubender Lautstärke auf sie niederprasselte und vermutlich dazu dienen sollte, sie zu verwirren. Orientierungslos machen. Ablenken. Was auch immer.

Winnie Heller stemmte ihre Füße gegen eine der Seitenwände, um in den Kurven wenigstens einen Hauch von Halt zu haben, und versuchte gleichzeitig, ihren Kopf zu schützen, den ein fremdes Bein unerbittlich gegen etwas Hartes presste. Sehen konnte sie nichts. Die Männer, die sie entführt hatten, waren gründlich gewesen, was die Vorbereitung ihres Fluchtfahrzeugs anging. An keiner Stelle drang auch nur der geringste Lichtschein ins Wageninnere. Stattdessen tiefe, verwirrende Finsternis allenthalben.

Irgendwo in einer anderen Ecke des Vans wimmerte jemand. Winnie Heller hörte es durch die ewig gleichen Rhythmen, doch ob es ein Mann oder eine Frau war, hätte sie nicht sagen können. Und sie wollte auch gar nicht weiter darüber nachdenken, sondern versuchte, ihre gesamte Aufmerksamkeit auf die Fahrt zu konzentrieren. Auf alles, was irgendwie wichtig sein konnte. Schließlich musste sie ein paar Antworten geben können, wenn das hier vorbei war.

Wenn es vorbei ist?, echote eine höhnische Stimme tief in ihr. *Wenn es vorbei ist? Es hat doch noch gar nicht richtig angefangen!*

Winnie Heller schluckte, noch immer fassungslos, dass sie tatsächlich irgendwohin unterwegs waren. Dass niemand eingeschritten war. Dass es wirklich und wahrhaftig möglich zu sein schien, mitten in einem Land wie diesem eine Bank zu überfallen, ein paar Geiseln zu nehmen und anschließend vollkommen unbehelligt wieder von dannen zu ziehen. Aber genauso verhielt es sich. Oder?

Winnie seufzte und lauschte angestrengt auf das Motorengeräusch jenseits des Popsongs. Sie hatte eigentlich nicht das Gefühl, dass die Fahrt besonders schnell verlief. Aber das war ja auch nicht verwunderlich, schließlich wollten diese Kerle nicht auffallen. Hin und wieder stoppte der Wagen, vermutlich an einer

47

roten Ampel. Dann ging es weiter, ein normales Stadtverkehrstempo. Eine Kurve. Ein Stück geradeaus. Ampel. Kreuzung.

Die Zeit, hämmerte es hinter Winnie Hellers Stirn. Du musst dir die ungefähre Fahrtzeit einprägen. Um die Entfernung abschätzen zu können.

Der Kabelbinder, mit dem sie gefesselt war und der ihr schmerzhaft ins Fleisch schnitt, hinderte sie daran, einen Blick auf ihre Armbanduhr zu werfen, also wusste sie sich nicht anders zu helfen, als zu zählen. Und irgendwie hatte sie tatsächlich das Gefühl, sich authentische Sekunden vorstellen zu können. Nicht zu schnell zu sein. Aber auch nicht zu langsam. Irgendwann hatte sie mal eine Quizshow gesehen, in der zwei Kandidaten vor die Aufgabe gestellt worden waren, ohne Hilfsmittel so genau wie möglich die Dauer einer Minute abzuschätzen, während sie mittels eines Kopfhörers den verschiedensten Geräuschen ausgesetzt waren. Winnie erinnerte sich gut daran, wie sehr sie diese vermeintlich leichte Aufgabe zunächst belächelt hatte. Bis sechzig zählen, das konnte doch schließlich so schwer nicht sein! Aber die beiden Probanden hatten letzten Endes erstaunlich weit danebengelegen, vielleicht auch, weil ihnen die Geräusche aus den Kopfhörern die Orientierung geraubt hatten. So wie ihr selbst jetzt die Rhythmen des Popsongs, die sie gegen ihren Willen in einen Kokon aus Klang hüllten. Nichtsdestotrotz versuchte sie ihr Bestes. Zunächst krümmte sie für jede volle Minute einen ihrer mittlerweile fast ertaubten Finger, doch irgendwann gab sie diese lediglich auf den ersten Blick hilfreiche Gedächtnisstütze auf und verließ sich nur noch auf ihr Gedächtnis. Achtundfünfzig, neunundfünfzig, sechzig. Dreizehn. Zwei, drei, vier … Je länger die Fahrt dauerte, desto langsamer schien Winnie Heller das, was sie tat, zu werden. Trotzdem widerstand sie ganz bewusst der Versuchung, das Tempo allzu sehr anzuziehen. Ihr Wunsch, zu einem wie auch immer gearteten Ende zu kommen, ein Ziel zu erreichen, durfte auf keinen Fall dazu führen, dass sie ihr wahres Zeitempfinden dahinter zurückstellte. Also weiter, gleichmäßig, gegen die Musik, gegen den eigenen Puls. Sechsunddreißig, siebenunddreißig, achtund…

Winnie stöhnte, als ihre ungeschützte Stirn gegen die Kante schlug, mit der sie bereits zuvor unfreiwillig Bekanntschaft geschlossen hatte. Der Fahrer hatte die letzte Kurve eine ganze Spur zu eng genommen, und der Van geriet ein paar flüchtige Augenblicke lang bedenklich ins Schleudern, bevor die nächste Beschleunigung Winnie Heller zurückwarf, ins Dunkel, das mit jeder Minute, die verstrich, an Fassbarkeit verlor. Begriffe wie rechts und links, oben und unten verkamen zu nutzlosen Worthülsen, die allesamt die gleiche Machtlosigkeit zu bezeichnen schienen. Das gleiche Ausgeliefertsein.

Zähl weiter, verdammt noch mal!, rief Winnie sich selbst zur Ordnung, weil ihr klar war, dass der Rhythmus, den sie gefunden hatte – so falsch er auch sein mochte –, das Seil darstellte, an dem sie sich entlanghangeln konnte. Der einzige Halt in ihrer augenblicklichen Situation. Die einzige Konstante.

Sie war bei vierundzwanzig mal sechzig, als der Van endlich stoppte. Zu lange, um noch präzise zu sein, wie ihr schmerzlich bewusst war. Mit dem Motorengeräusch erstarb auch die Musik, und die plötzliche Stille schien die Dunkelheit im Inneren des Fluchtfahrzeugs noch zu vertiefen.

Dann allerdings, nach ein paar quälenden Sekunden absoluter Lautlosigkeit, begann sich wie auf ein geheimes Kommando hin rings um Winnie Heller das Leben der anderen zu regen.

»Verfluchter Mist«, stöhnte jemand, eine Frau.

»Und jetzt?« Das war ein Mann, einer, den Winnie Heller bislang noch nicht sprechen gehört hatte. »Was jetzt?«

Abwarten, gab sie ihm in Gedanken zur Antwort, während sie versuchte, sich ein Stück aufzurichten und ihre ramponierten Gliedmaßen zu ordnen. Ihre Arme waren mittlerweile bis hoch zu den Schulterblättern eingeschlafen, und auch ihr rechter Fuß fühlte sich an, als gehöre er zu einer fremden Person. Darüber hinaus registrierte sie einen entfernten Schmerz in ihrem Körper, dem sie jedoch – zumindest im ersten Moment – nicht einmal eine Stelle zuordnen konnte. Sie bemühte sich, ihre Finger zu bewegen, aber außer einem wattigen Kribbeln war nichts zu spüren. Unter Aufbietung aller Kräfte zog sie die Beine enger an den Körper, um im Notfall schneller reagieren zu können. Dann drehte sie sich dorthin, wo sie die Tür vermutete.

Als eine fremde Schulter ihren Busen streifte, zuckte sie erschrocken zurück.

»Verzeihung.« Wieder eine Männerstimme.

»Keine Ursache«, entgegnete sie mechanisch. Und überhaupt: Wer wollte so etwas schon übel nehmen, in einer Situation wie dieser?

In der entgegengesetzten Ecke begann das Wimmern, das Winnie Heller bereits während der Fahrt gehört hatte, aufs Neue. Im Stillen tippte Winnie auf die Dicke mit dem Trolley, und sie überlegte, ob sie etwas sagen, ihre Mitgefangenen beruhigen und ihnen Mut zusprechen sollte. Aber irgendetwas hielt sie davon ab. Es konnte verdammt gefährlich sein, das Ruder in die Hand zu nehmen, bevor sie wusste, worum es hier eigentlich ging. Ganz abgesehen davon, dass ihre Brieftasche mitsamt dem verräterischen Dienstausweis nach wie vor in der Tasche ihrer Jeans steckte. Und schon allein aus diesem Grund war es wahrscheinlich das Klügste, wenn sie sich so unauffällig wie möglich verhielt.

Der Kerl mit dem Kabelbinder hatte sie einer flüchtigen Leibesvisitation unterzogen, wobei er jedoch nicht allzu gründlich vorgegangen war. Winnie vermutete, dass der Mann bei den anderen Geiseln in ähnlicher Weise vorgegangen war und dass die Durchsuchung in erster Linie dem Zweck gedient hatte, den Gefangenen eventuell vorhandene Handys oder Pager abzunehmen.

»Was haben die mit uns vor?«

Das war die Dicke mit dem Einkaufsroller, und ihre Stimme kiekste vor Angst.

»Bleiben Sie ruhig.«

Quentin Jahn.

»Ist jemand verletzt?«

Abermals Quentin, im selben ruhigen Tonfall wie zuvor in der Bank.

»Ich kann meine Beine nicht fühlen«, wimmerte die Dicke, während um sie herum zögerliche Verneinungen laut wurden.

Fast schien es, als müssten sich die Anwesenden erst mühsam darüber klar werden, ob ihre Körper nach den Strapazen des Transports tatsächlich noch unversehrt waren.

»Bewahren Sie Ruhe«, wiederholte der Mann, der sich den Geiselnehmern als Quentin Jahn vorgestellt hatte. Dann: »Haben Sie den Alarm ausgelöst?«

Das ist eine verdammt gute Frage, dachte Winnie Heller. Doch sehr zu ihrem Leidwesen blieb sie zunächst unbeantwortet.

»Ich ha…«, setzte eine brüchige Frauenstimme an. Vermutlich die Blondine im grauen Businesskostüm.

»Halt den Mund, Jenna.« Das war die Brünette. Und der Ton, den sie anschlug, war ebenso schneidend wie unmissverständlich.

Interessant, dachte Winnie Heller, während sie sich fragte, aus welchem Grund die athletische Kassiererin die Antwort ihrer Kollegin so entschieden unterbunden haben mochte. Fürchtete sie, dass die Entführer sie belauschten? Wollte sie verhindern, dass die Männer sicher sein konnten, was ihr Davonkommen anging?

Aber wir sind hier, widersprach Winnie Heller sich selbst, wo immer »hier« auch sein mag. Die Flucht ist gelungen. Und damit steht es unzweifelbar eins zu null für diese Kerle!

Die mannigfachen Regungen im Inneren des Vans verstummten abrupt, als draußen auf der anderen Seite des Blechs Schritte laut wurden. Ein paar Wimpernschläge später wurde die Schiebetür aufgerissen.

»Nach hinten, alle!«, befahl eine Stimme.

Und eine andere schrie: »Ihr seid tot.«

Für den Bruchteil einer Sekunde konnte Winnie Heller ihre Silhouetten sehen, die gestochen scharf vor dem frühabendlichen Märzhimmel standen.

Dann verglomm das Bild in einem Meer aus Licht.

6

»Verhoeven?«

»Ja.«

»Wo sind Sie gerade?«

»Vor fünf Minuten nach Hause gekommen. Wieso?«

Burkhard Hinnrichs, der Leiter des Kommissariats 11 der zentralen Kriminaldirektion Wiesbaden, räusperte sich. »Wie schnell können Sie in Nordost sein?«, fragte er anstelle einer Antwort.

Verhoeven riss den Blick von seiner spielenden Tochter los und sah auf seine Armbanduhr, ein Hochzeitsgeschenk seines langjährigen Partners Karl Grovius, der vor rund anderthalb Jahren an einem Schlaganfall gestorben war. Die Uhr besaß einen kleinen eingebauten Kompass, der ihn Tag für Tag daran erinnerte, wie wichtig es war, Orientierungspunkte zu haben. Feste Größen, nach denen man sich richten konnte.

Sucht den Herd in der Toilette.

Die Toilette im Schrank ...

»Keine Ahnung«, sagte er. »In etwa zehn bis fünfzehn Minuten, schätze ich, wenn ich gleich losfahre und der Feierabendverkehr mir keinen Strich durch die Rechnung macht.«

Hinnrichs stieß einen Laut aus, den Verhoeven zunächst nicht einordnen konnte. »Gut, kommen Sie, so schnell Sie können«, sagte er. Und als ob das irgendetwas erkläre, fügte er hinzu: »Diese ganze verdammte Stadt versinkt im Chaos.« Dann brach er ab und murmelte etwas, das anscheinend an jemanden gerichtet war, der sich mit ihm im selben Raum befand.

Verhoeven runzelte die Stirn. Sein Vorgesetzter war ganz und gar nicht der Typ, der Scherze machte, erst recht nicht, wenn er dazu eigens einen seiner Untergebenen zu Hause anrufen musste. Das wiederum konnte nur bedeuten, dass etwas geschehen war. Etwas, das ganz offenbar ein gewisses Ausmaß hatte.

Diese ganze verdammte Stadt versinkt im Chaos ...

Er überlegte eben, ob er ins Wohnzimmer hinübergehen und den Fernseher einschalten sollte, als Hinnrichs sich zurückmeldete: »Also schön, ich versuche es der Reihe nach«, seufzte er. »Wir haben einen Raubüberfall mit Geiselnahme auf die Sparkassenfiliale in der Hohenzollernstraße. Kennen Sie die?«

»Nicht bewusst«, entgegnete Verhoeven. »Aber ...« Er unterbrach sich und nahm das Handy ans andere Ohr. Geiselnahmen und Raubüberfälle waren Delikte, die definitiv nicht in seinen Aufgabenbereich fielen. Ebenso wenig wie in Hinnrichs'. Aber was hieß das? Worum ging es hier?

»Leider haben wir allen Grund zu der Annahme, dass sich Frau Heller unter den Geiseln befindet«, beantwortete sein Vorgesetzter seine unausgesprochenen Fragen, kaum dass seine Gedanken sie formuliert hatten.

Verhoeven riss die Augen auf. »Winnie?«

Bei der Erwähnung des vertrauten Namens blickte seine Tochter mit einer Mischung aus Neugier und freudiger Überraschung hoch.

»Ja, Winnie«, bestätigte derweil Hinnrichs.

»War sie ...«

»Nein«, entgegnete der Leiter des KK 11 der zentralen Kriminaldirektion Wiesbaden, ohne Verhoevens Frage abzuwarten. Er war ein typischer Hochbegabter, ständig unter Strom und ebenso ungeduldig wie rücksichtslos, wenn ihm ein Gespräch nicht schnell genug voranging. »Wie's aussieht, ist sie einzig und allein durch einen dummen Zufall in diese Sache hineingezogen worden. Sie telefonierte gerade mit Bredeney, als der Überfall losging. Leider konnten die Täter zusammen mit den Geiseln unerkannt entkommen.« Er zögerte kurz, bevor er hinzufügte: »Es hat auch einen Toten gegeben. Einer der Bankangestellten. Das SEK fand seine Leiche in der Schalterhalle, Kopfschuss.«

»So eine gottverdammte Scheiße«, entfuhr es Verhoeven, und Nina, die ihr zartes Händchen bereits ausgestreckt hatte, um ihrem Vater das Handy aus der Hand zu nehmen, hielt mitten in der Bewegung inne.

Verhoeven hatte sich in den vergangenen fünfeinhalb Jahren einigermaßen mühevoll dazu erzogen, auf den Gebrauch von Flüchen und unflätigen Wörtern zu verzichten, solange er sich in seinen eigenen vier Wänden aufhielt, und am Ausdruck ihrer Augen konnte er sehen, dass seine Tochter durch seine unerwartete Reaktion aufs Äußerste alarmiert war. Wie die meisten

Kinder besaß Nina ein ausgeprägtes und noch gänzlich unverstelltes Gespür für Untertöne, und Verhoeven hätte sich am liebsten eine schallende Ohrfeige verpasst, dafür, dass er sich nicht besser im Griff hatte.

»Fahren Sie sofort los, wir treffen uns vor der Filiale«, riss die schnarrende Stimme seines Vorgesetzten ihn aus seinen Selbstvorwürfen. »Und nehmen Sie um Gottes willen nicht die Wilhelmstraße.«

»Warum nicht?«

»Weil da alles komplett dicht ist.«

»Was genau meinen Sie mit dicht?«, hakte Verhoeven nach. »Wegen dieses Überfalls?«

»Nicht doch.« Hinnrichs stieß ein freudloses Lachen aus. »Nahezu zeitgleich hat irgendein Irrer am Kochbrunnenplatz auf Passanten geschossen. Wir haben elf Verletzte, alle mit Schusswunden im Bereich der Beine.«

»Gibt es irgendeinen Zusammenhang zwischen den beiden Vorfällen?«, fragte Verhoeven, der zunehmend Mühe hatte, zu begreifen, was er da gerade hörte.

»Das wissen wir noch nicht«, wischte sein Vorgesetzter die Frage mit der ihm eigenen Entschlossenheit vom Tisch. »Fest steht nur, dass dieser Vorfall unseren Geiselnehmern in bemerkenswerter Weise den Rücken freigeräumt hat, um es mal vorsichtig auszudrücken.« Er lachte wieder. Eine seltsame Mischung aus Resignation und Galgenhumor. »Schon zwei Minuten nach der Registrierung der ersten Notrufe ging zwischen Taunusstraße und Rhein-Main-Halle nichts mehr, wie Sie sich denken können. Und selbst jetzt haben die Kollegen vom SEK alle Mühe, auch nur bis in die Nähe dieser verdammten Filiale vorzudringen.«

Alle Achtung, dachte Verhoeven, wenn diese Sache tatsächlich geplant war, ist sie zweifelsohne ein genialer Schachzug! Laut sagte er: »Gut, ich bin unterwegs.«

»Alles klar, bis gleich.«

Verhoeven drückte auf die Taste, die das Gespräch beendete, und schob das Handy in die Halterung an seinem Gürtel.

»Was ist?«, fragte seine Tochter mit bangem Blick.

»Es gibt ein Problem auf der Arbeit«, versuchte es Verhoeven mit einem Teilgeständnis, wobei er inständig hoffte, dass ihr investigativer Verstand sich von der betont beiläufigen Miene, die er aufgesetzt hatte, täuschen ließ.

»Und …?«

»Und deshalb muss ich leider noch mal weg.«

»Ist Winnie auch da, wo du hinfährst?«, insistierte Nina.

Verhoeven nickte, obwohl er nichts mehr verabscheute, als sein eigenes Kind anzulügen. Noch dazu eines, das ein so großes Interesse an dem sprichwörtlichen Blick hinter den Spiegel hatte wie seine Tochter. Doch in diesem speziellen Fall, das wusste er, ließ sich eine kleine Notlüge nicht vermeiden. Selbst dann nicht, wenn er damit das Risiko einging, dass er ihr Vertrauen verlor.

Ohne seine Tochter anzusehen, stand er auf und ging in den Flur hinüber. Dort wählte er die Nummer von Else Pratt, einer Nachbarin, die hin und wieder auf Nina aufpasste, wenn Silvie und er eingeladen waren oder einfach mal ein paar Stunden für sich allein brauchten. Doch die rettende Tante Else schien an diesem milden Vorfrühlingsabend nicht zu Hause zu sein, und das Telefon klingelte ins Leere. Was jetzt?, dachte Verhoeven. Seine Frau hatte einen Kurs an der Uni und würde erst gegen sieben zurück sein. Und selbst wenn er sie auf dem Handy erreichte, was nicht sehr wahrscheinlich war, würde sie um diese Uhrzeit mindestens fünfundzwanzig Minuten brauchen, bis sie zu Hause war. *Und nehmen Sie um Gottes willen nicht die Wilhelmstraße*, stimmte ein imaginärer Hinnrichs ihm zu. *Diese ganze verdammte Stadt versinkt im Chaos …*

Verhoevens Blick heftete sich auf das Telefonverzeichnis neben dem Faxgerät.

»Kann ich mitfahren?«, fragte Nina, die ihm gefolgt war, hoffnungsvoll.

Er atmete tief durch und drehte sich zu ihr um. »Nicht heute.«

»Warum nicht?«

»Weil es nicht geht.« Inzwischen hatte er sich einigermaßen im Griff, nichtsdestotrotz klang seine Stimme ein ganzes Stück schroffer als beabsichtigt. Doch ihm blieb keine Zeit, den Eindruck zu korrigieren. Was mache ich?, dachte er in wachsender Verzweiflung. Wer könnte helfen? An wen, verdammt noch mal, kann ich mich wenden? Seine Schwiegereltern wohnten in Langen, viel zu weit entfernt, als dass er sie hätte bitten können, eben mal auf einen Sprung vorbeizukommen. Ähnliches galt für seine Schwägerin, die mit ihrem Mann und den vier gemeinsamen Kindern ein elegantes Einfamilienhaus in Frankfurt bewohnte. Verhoevens Zeigefinger wischte ziellos über die Ablage der Garderobe. Doch wen sonst konnte er bitten, auf seine Tochter aufzupassen? Die Tagesstätte schloss in wenigen Minuten und …

»Aber ich bin auch ganz still«, startete Nina hinter ihm einen neuen Versuch, ihren Vater zu überreden.

»Ich habe gesagt, dass es nicht geht«, fuhr Verhoeven sie an, und voller Schrecken hörte er den Tonfall seines Pflegevaters hinter seinen Worten aufblitzen. »Bitte, Schatz«, begann er hilflos, indem er in die Knie ging, um seiner Tochter in die wachen braunen Augen blicken zu können. »Wir haben da einen Notfall, verstehst du, und das bedeutet …«

»Ich könnte vielleicht zu Dominik«, unterbrach sie ihn mit unbewegter Miene, doch in ihren Augen lag ein Ausdruck von Reife, der Verhoeven frösteln ließ. »Die Nummer hat Mama da hingehängt.«

Sein Blick folgte ihrem ausgestreckten Zeigefinger zum Garderobenspiegel, an dessen Rand seine Frau traditionell eine Reihe von Haftzetteln befestigte. Nummern von Freundinnen, Lieferanten, die Durchwahl des zuständigen Schornsteinfegers und, und, und. Nachdem er sich einen raschen Überblick verschafft hatte, pflückte Verhoeven den untersten der Zettel ab und wählte die Nummer von Adrian und Theophila Rieß-Semper.

»Jo?«, meldete sich nach kurzem Klingeln eine glockenhelle Knabenstimme.

»Hallo, Dominik«, sagte Verhoeven mit einem ungeduldigen Blick auf die Uhr. »Hier ist Verhoeven. Hendrik Verhoeven.«

»Oh … Hi!«, antwortete der Junge, hörbar überrascht. »Wie geht's Ihnen?«

»Gut, danke«, entgegnete Verhoeven hastig. Und in Gedanken fügte er hinzu: *Tut mir leid, aber ich fürchte, das hier ist nicht der richtige Zeitpunkt für Small Talk, mein Freund.* Laut sagte er: »Du, hör mal, sind deine Eltern in der Nähe?«

»Meine Mum ist beim Reiki«, erklärte Dominik, und sein Tonfall ließ ein entschiedenes Unverständnis in Bezug auf die Freizeitgestaltung seiner Mutter erkennen. »Aber ich glaub ...« Er unterbrach sich, und Verhoeven hörte einen dumpfen Schlag, der offenbar davon herrührte, dass dem Jungen irgendetwas heruntergefallen war. »Boahhh, so 'ne verdammte Scheiße«, klang es gleich darauf aus dem Hörer, und Verhoeven fühlte sich unwillkürlich an seinen eigenen Ausbruch erinnert. Es folgte eine kurze Verlegenheitspause, gefolgt von einem lauten, entschlossenen: »Papa! ... Papaaaaaaaa! Telefooool!« Verhoeven hörte den Jungen stöhnen, vielleicht, weil er sich nach dem heruntergefallenen Gegenstand bückte. Vielleicht auch, weil sein Vater nicht schnell genug reagierte. »Papaaaaaaaaaaaa«, wiederholte Dominiks wohlklingendes Knabenstimmchen in diesem Moment wie zur Bestätigung der letzteren Möglichkeit. »Jetzt komm endlich! ... Ko-hommmm!«

»Was denn?«

Nuscheln.

»Was? ... Wer ist denn das?«

Auch dieses Mal konnte Verhoeven Dominiks Antwort nicht verstehen, aber er hätte den dicken Kindergartenfreund seiner Tochter am liebsten umarmt, als sich ein paar Augenblicke später tatsächlich Adrian Rieß-Sempers sonorer Bass meldete.

»Herr Verhoeven?« Es klang zweifelnd, wie er das sagte. Offenbar traute er seinem Sprössling zu, ihn hinters Licht zu führen.

»Ja«, bestätigte Verhoeven. »Verzeihen Sie, dass ich Sie in Ihrem wohlverdienten Feierabend störe, aber ich muss zu einem dringenden Einsatz, und meine Frau ist leider noch an der Uni. Na ja, und da dachte ich ... Könnte Nina vielleicht ...«

»Aber sicher doch, selbstverständlich«, versicherte Dominiks Vater, ohne sich den Rest von Verhoevens dahingestammelter

Bitte anzuhören. »Sie können Nina jederzeit vorbeibringen, wir sind den ganzen Abend zu Hause. Oder …« Er zögerte einen Augenblick. »Oder wäre es Ihnen vielleicht lieber, wenn ich sie abhole?«

»Nein danke, nicht nötig«, versicherte Verhoeven mit einem Gefühl elementarer Erleichterung. »Es liegt ohnehin auf dem Weg.«

»Gut, dann also bis gleich.«

»Ja«, sagte Verhoeven, indem er seine Jacke und Ninas dunkelblauen Mantel von der Garderobe riss. »Und vielen Dank, dass Sie …«

»Aber ich bitte Sie«, unterbrach Adrian Rieß-Semper ihn erneut. »Das ist doch selbstverständlich.«

7 Die Männer benutzten starke Taschenlampen, mit denen sie ihren Geiseln direkt ins Gesicht leuchteten. Und selbst noch durch ihre fest geschlossenen Lider hindurch konnte Winnie Heller die gleißende Helligkeit sehen, die rot und aggressiv hinter den dünnen Häutchen glühte.

Auf Alphas Geheiß hin drängten sie sich gegen die Rückwand des Vans wie eine Horde verschreckter Rinder. Körper an Körper. Bein an Bein. Die Luft im Inneren des Transporters war trotz der geöffneten Schiebetür mit einem Mal zum Schneiden dick und reichte kaum zum Atmen.

Winnie Heller kämpfte mit einem Anflug von Übelkeit, als sie ganz in ihrer Nähe einen intensiven Schweißgeruch wahrnahm. Dazu auch Parfum. Irgendetwas reichlich Herbes, vermutlich ein Aftershave. Oder einer von diesen Unisex-Düften, die an jedem, der sie benutzte, anders rochen. Sie schluckte, bemüht, sich in der Enge des Vans auf den Beinen zu halten. Jemand trat ihr auf den Fuß, doch sie verspürte keinen Schmerz. Nicht einmal Überraschung. Zu sehr waren all ihre Sinne auf das Licht konzentriert, das sie abschnitt von der Welt jenseits der Schiebetür und von dem, was es dort vielleicht zu sehen gab.

Diese Kerle sind verdammt gut vorbereitet, dachte sie einmal mehr. Und das macht die Sache, verflucht noch mal, nicht einfacher!

Im selben Moment polterten die Schritte ihrer Entführer herein, und der Van erzitterte unter der Wucht, mit der die Männer zu Werke gingen. Eine der Taschenlampen kam direkt auf Winnie Heller zu, und sie wandte trotz ihrer noch immer geschlossenen Augen instinktiv den Kopf zur Seite. Doch alles Ausweichen nützte nichts. Eine Hand packte sie am Oberarm und ihr Körper wurde herumgerissen. Es war eine herrische, unnötig grobe Geste, die sie nur mit äußerster Mühe ertrug, ohne zumindest den Versuch zu unternehmen, sich zu wehren. Dann ein Geräusch, direkt an ihrem linken Ohr. Ein Ratschen. Noch immer dicht bei ihr. Zu dem Geräusch, das sie nicht verstand, gesellte sich ein neuer Geruch. Zäh. Und irgendwie auch chemisch ... Paketklebeband!

»Bitte nicht!«, quiekte die Dicke mit dem Einkaufsroller.

Da spürte Winnie Heller bereits Plastik auf ihrem Gesicht. Es wand sich um ihren Kopf wie eine knisternde Schlange, und das erste, was sie dachte, war, dass sie unter Garantie einen neuen Haarschnitt brauchen würde, wenn sie diese Sache hinter sich hatte. Falls da überhaupt noch etwas zu retten war. Der Gedanke erfüllte sie unvermittelt mit einem Gefühl elementarer Wut. Was bildeten sich diese verdammten Scheißkerle eigentlich ein?

Ehe sie reagieren konnte, stieß die Hand, die die ganze Zeit über wie ein Schraubstock um ihren Oberarm gelegen hatte, sie zur Seite, Winnie Heller verlor das Gleichgewicht und prallte gegen etwas Scharfkantiges, das sich in ihre Rippen bohrte und ihr einen quälenden Moment lang die Luft abschnitt. Den Atem. Erschrocken riss sie den Mund auf, während sich Tränen des Schmerzes und der Anstrengung hinter dem steifen Plastik sammelten. In ihren Augäpfeln begann es zu pochen, und Winnie überlegte, ob Augen von nicht geweinten Tränen platzen konnten.

59

Noch während sie, halb auf Knien, halb gegen irgendetwas undefinierbar Weiches gelehnt, versuchte, ihr verlorenes Gleichgewicht zurückzugewinnen, wurde sie abermals am Arm gepackt.

»Los, raus mit dir!«

Eine neue Hand. Und eine neue Stimme.

Eine, die erstaunlich jung klang, wie Winnie Heller mit einer gewissen Verwunderung registrierte. Blind und orientierungslos stolperte sie vorwärts.

»Achtung, Stufe.«

Der Griff an ihrem Arm wurde noch ein wenig fester. Und doch unterschied er sich in seiner beinahe rücksichtsvollen Vorsicht deutlich von den Berührungen der Männer, mit denen sie bisher zu tun gehabt hatte.

»Gut so, und jetzt da stehen bleiben.«

Er ließ von ihr ab, und nachdem seine Hand fort war, hatte Winnie erhebliche Mühe, sich auf den Beinen zu halten. Ihre gefesselten, noch immer fast gänzlich ertaubten Hände zogen sie rückwärts wie ein Gewicht, das sie einfach nicht abschütteln konnte, sie fühlte sich wacklig und hilflos. Zugleich bemühte sich ihr Verstand um eine erste Analyse der Sachlage. Punkt eins: Sie befanden sich definitiv unter freiem Himmel, also nicht etwa in einer Tiefgarage oder etwas in dieser Richtung, was vermutlich bedeutete, dass es dort, wo man sie hingebracht hatte, keine Nachbarn gab, die hätten aufmerksam werden können. Punkt zwei: Der Boden, auf dem sie stand, war hart, aber reichlich uneben. Falls es sich also um Asphalt handelte, konnte er in keinem allzu guten Zustand sein. Winnie Heller bewegte die Fußspitzen und lauschte auf das Knirschen unter ihren Sohlen. Sand vielleicht. Oder gesplittertes Glas. Und …

»Aua, verdammt!«

Winnie erstarrte, als die Brünette direkt vor ihr auf den sandigen Boden krachte. Sie konnte die Körperwärme der anderen selbst durch den Stoff ihrer Jeans spüren und hätte am liebsten zugegriffen, um der Frau auf die Beine zu helfen.

»Hoch mit dir! Na los!«

»Ich …«

»Quatsch nicht! Hoch!«

Diese elenden Dreckskerle, echauffierte sich Winnie Heller im Stillen, und obwohl sie nicht das Geringste sehen konnte, hatte sie das Gefühl, dass die brünette Bankangestellte in ganz ähnlicher Weise reagierte wie sie selbst. Dass sie wütend war über das, was mit ihnen geschah. Unendlich wütend …

Aber Wut war der denkbar schlechteste Ratgeber in einer Situation wie dieser. Auch das war Winnie Heller klar. Schnell konzentrierte sie sich wieder auf ihre Eindrücke. Auf jenen kurzen Moment, in dem sie an den Silhouetten ihrer Peiniger vorbei in den vorabendlichen Himmel hatte sehen können. War da nicht auch ein Gebäude gewesen? Oder irgendetwas sonst, das ihr einen Hinweis auf Örtlichkeiten geben konnte? Sie überlegte fieberhaft, doch ihr wollte nichts einfallen. Nichts als eine Reihe menschlicher Schatten im Rechteck der Schiebetür.

Aber natürlich ist da ein Gebäude, versuchte sie, die Sache mit Logik anzugehen. Es muss da sein. Schließlich können sie uns kaum in einem Erdloch im Wald verstecken. Nicht sieben Personen … Also Geräusche! Das Klebeband über ihren Lidern knisterte, als sie den Kopf hob. Okay, was für Geräusche? Sie hielt den Atem an und lauschte. Autos? Verkehrslärm? Eher nicht. Und auch keine Vögel oder sonstige Naturgeräusche. Oder? Da war irgendein leises Motorengeräusch von fern, wahrscheinlich ein Flugzeug im Landeanflug auf den Frankfurter Flughafen. Aber die konnte man nahezu überall in dieser Gegend in ähnlicher Weise hören.

Und sonst?

Herrgott, jetzt halt doch einmal deine verdammte Klappe!, dachte Winnie entnervt, als in diesem Moment das Wimmern der Dicken aufs Neue losbrach.

Aber die Frau mit dem Einkaufsroller kümmerte sich nicht um ihre stummen Flüche. Im Gegenteil, die Intensität ihrer Wehklagen schien sich sogar noch zu steigern, vielleicht, weil auch ihr die Augen verklebt wurden.

»Halt's Maul, du fette Kuh!«, schrie einer der Entführer sie an.

Dann ertönte ein dumpfer Schlag, gefolgt von einem erstickten Keuchen.

Sie sind weiß Gott nicht zimperlich, dachte Winnie mit wachsender Sorge. Und sie sind ganz offenbar wild entschlossen, erst gar keine Zweifel darüber aufkommen zu lassen, wer hier der Boss ist. Wir müssen vorsichtig sein!

Sie hielt erstaunt inne, als ihr klar wurde, dass sie den Plural verwendet hatte.

Wir müssen vorsichtig sein. Wir, die Opfer. Die Geiseln. Aber standen diese Fremden und sie tatsächlich auf einer Seite, nur weil sie sich in der Gewalt derselben Männer befanden? Waren sie automatisch Verbündete, allein deshalb, weil sie einen gemeinsamen Gegner hatten? Das gemeinsame Ziel zu überleben? Winnie Heller dachte an das Wimmern der Dicken und die Wut der Kassiererin. Selbst wenn sie zusammenhielten ... Welche Chancen würden sich ihnen bieten? Was waren die Optionen? Wie würden die Bedingungen aussehen?

Ein freier Himmel. Keine Nachbarn. Rissiger Asphalt.

Kabelbinder. Klebeband.

Eine gelungene Flucht. Ein ruinierter Haarschnitt. Ein abwesender Filialleiter. Und irgendwo, vierundzwanzig mal sechzig Sekunden entfernt, ihre Kollegen. Wahrscheinlich standen sie bereits jetzt, in diesem Augenblick, in der marmornen Schalterhalle, zogen ihr Handy unter dem Blumenkübel hervor, analysierten die Bänder der Überwachungskameras und sicherten die Spuren, um zu verstehen, was selbst sie als unmittelbar Beteiligte noch immer nicht begreifen konnte.

Haben Sie den Alarm ausgelöst?

Winnie Heller stand vollkommen unbewegt, als ein paar Meter hinter ihr die Schiebetür des Vans ins Schloss rumpelte. Dann fühlte sie abermals eine Hand auf ihrem Körper, dieses Mal direkt zwischen ihren schmerzenden Schulterblättern.

»Vorwärts!«

Das galt ohne Zweifel ihr.

»Geh!«

Winnie Heller stolperte weiter, blind, desorientiert und dirigiert von einer Berührung, die sie am liebsten abgeschüttelt hätte wie ein lästiges Insekt.

Aber sie wusste, sie durfte nicht auffallen. Nichts tun, das irgendwie Verdacht erregte.

Also ging sie vor ihm her, unsicher einen Schritt vor den anderen setzend, geradewegs ins Ungewisse.

8 Die Medien sprachen von einem »heimtückischen Anschlag«, und einige Kommentatoren spekulierten bereits über die Existenz eines geistesgestörten Heckenschützen, der wahllos und aus purem Sadismus auf unbescholtene Bürger feuerte, um anschließend spur- und gesichtslos wieder in der Versenkung zu verschwinden. Erinnerungen an John Allen Mohammad wurden heraufbeschworen, jenen Golfkriegsveteran, der vor sechs Jahren in Washington zusammen mit seinem minderjährigen Komplizen zehn Menschen durch gezielte Schüsse getötet und eine Reihe weiterer Personen verletzt hatte. Und nahezu jedem, der an diesem milden Vorfrühlingsabend in den Straßen der Stadt unterwegs sein musste, war bewusst, dass, wer immer für die Schüsse auf dem Kochbrunnenplatz verantwortlich war, jederzeit und überall wieder zuschlagen konnte.

Doch all das bekam Verhoeven nur am Rande mit. Mit Ach und Krach war es ihm gelungen, sich durch die noch immer heillos verstopften Straßen rund um den Kochbrunnenplatz zu kämpfen. An der Einfahrt zur Hohenzollernstraße hielt er einem schwarz gekleideten Beamten mit schusssicherer Weste seinen Dienstausweis unter die Nase und wartete geduldig, bis der Mann die Daten über Funk an irgendeinen unsichtbaren Vorgesetzten weitergegeben hatte. Während er auf die Freigabe wartete, blickte der Beamte starr geradeaus, die Augen auf irgendeinen imaginären Punkt an der gegenüberliegenden Hauswand gerichtet. Irgendwann legte er einen Finger gegen den Knopf in seinem Ohr, um besser verstehen zu können, dann nickte er und winkte Verhoeven vorbei.

Das Gelände rund um die Filiale war weiträumig abgesperrt. Uniformierte Polizisten hielten die inzwischen bereits zu Dutzenden erschienenen Reporter auf Abstand. Am anderen Ende der Straße erkannte Verhoeven hinter einem gelben Absperrband das Antennengewirr eines Ü-Wagens. Die Anzahl der am Bordstein geparkten Einsatzfahrzeuge wirkte dagegen auf den ersten Blick überschaubar. Zwei Streifenwagen, ein Polizeibus mit getönten Scheiben, Feuerwehr, Rettungsdienst. Verhoeven bemerkte, dass er mit jedem Meter, den er sich der Filiale näherte, langsamer wurde, bis der Wagen kaum mehr Schritttempo fuhr. Das rote Sparkassenlogo über dem Eingang der Filiale stach ihm entgegen wie eine Warnung, die er am liebsten einfach ignoriert hätte, und zum ersten Mal im Leben fiel ihm auf, dass es wie ein umgekehrtes Fragezeichen aussah.

In einiger Entfernung war ein gepanzerter Transporter mit verspiegelten Scheiben abgestellt, vermutlich eine Art mobile Einsatzzentrale. Der Wagen wirkte in etwa so unauffällig wie ein Weihnachtsmann auf den Malediven, ein Umstand, der Verhoeven irgendwie nervös machte, auch wenn ihm durchaus bewusst war, dass die Männer, die seine Kollegin entführt hatten, längst über alle Berge waren. Zumindest hier, dachte er, können wir keine Fehler mehr machen. Aber er war nicht sicher, ob die Erkenntnis ihn beruhigte. Von unterwegs hatte er Silvie eine SMS geschickt und sie gebeten, auf dem Rückweg von der Uni bei den Sempers vorbeizufahren und Nina abzuholen. Warum es nötig gewesen war, ihre gemeinsame Tochter in die Obhut von Dominiks Eltern zu geben, hatte er nicht geschrieben. Genau genommen wusste er es ja selbst noch nicht genau.

Er hielt etwa zwanzig Meter hinter dem Transporter und hatte noch nicht den Motor ausgeschaltet, als bereits sein Vorgesetzter neben der Fahrertür stand.

»Es waren mindestens drei«, begann Hinnrichs ohne Umschweife, kaum dass Verhoeven ausgestiegen war. »Und nach allem, was die Kollegen bislang in Erfahrung bringen konnten, haben sie sechs oder sieben Personen als Geiseln genommen, darunter, wie gesagt, auch Frau Heller. Genaues weiß man noch nicht. Was sie an Bargeld erbeutet haben, dürfte allerdings kaum der Rede wert sein.« Er zuckte mit den Achseln. »Alles in allem etwa dreißig- oder vierzigtausend Euro.«

»Gibt es schon irgendeinen Kontakt zu den Entführern?«, fragte Verhoeven.

Doch sein Vorgesetzter schüttelte nur den Kopf. »Bislang nichts. Aber das wird alles noch kommen«, fügte er mit energischer Entschlossenheit hinzu. »Wer Geiseln hat, der hat auch Forderungen.«

Ja, dachte Verhoeven. Vermutlich …

»Wenn's stimmt, was man so hört, haben sie Goldstein die Leitung übertragen«, bemerkte Hinnrichs, und nichts an seinem Ton verriet, was er darüber dachte.

Verhoeven nickte. Er war Richard Goldstein nie persönlich begegnet, aber er wusste, dass der studierte Soziologe und frühere Gerichtsgutachter schon oft erfolgreich als Unterhändler bei Geiselnahmen fungiert hatte. Ihm eilte ein ausgezeichneter Ruf voraus, auch wenn Richard Goldstein zugleich für seine unorthodoxen und zuweilen recht kühnen Methoden bekannt war.

»Hinnrichs!«

Sie drehten sich beide gleichzeitig um.

»Hey, Hinnrichs, Augenblick!«

Den Mann, der mit langen Schritten auf sie zugestürmt kam, kannte Verhoeven nur vom Sehen, aber nach allem, was er über Jens Büttner gehört hatte, legte er auch keinen gesteigerten Wert auf eine Vertiefung ihrer Bekanntschaft. Der als eitel und krankhaft ehrgeizig verschriene BKA-Beamte war ein paar Jahre jünger als er selbst, dem Vernehmen nach irgendwo zwischen Ende zwanzig und Anfang dreißig. Dennoch hatte er bereits eine beachtliche Karriere in der Abteilung für Schwere und Organisierte Kriminalität des Bundeskriminalamtes vorzuweisen, wobei böse Zungen behaupteten, Büttners mit Abstand herausragendste Fähigkeit sei das Absondern großer Mengen von Schleim

65

an den richtigen Stellen. Das dunkle, von Natur aus lockige Haar des jungen BKA-Beamten war mit reichlich Gel eng an den Kopf frisiert, und in seiner schwarzen Fliegerjacke und den gleichfarbigen Markenjeans wirkte Jens Büttner wie eine Idealbesetzung für Top Gun II.

»Was, um Himmels willen, haben die denn hier verloren?«, stöhnte Hinnrichs.

Doch Verhoeven kam nicht mehr dazu, ihm zu antworten.

»Wie gut, dass Sie gleich kommen konnten«, begrüßte Jens Büttner seinen Vorgesetzten, indem er Hinnrichs wie selbstverständlich eine seiner perfekt gepflegten Hände auf die Schulter legte. »Wir denken, dass es …«

»Eine meiner Beamtinnen befindet sich in der Hand von schwer bewaffneten Geiselnehmern«, fiel der Leiter des KK 11 dem jungen BKA-Mann mit steinerner Miene ins Wort. »Was, glauben Sie, könnte mich davon abhalten, mich sofort in ein Auto zu setzen, um meinen Beitrag zu den Ermittlungen zu leisten?«

Jens Büttner stutzte einen Augenblick. Dann ließ er Hinnrichs' Schulter los, als fürchte er, einen elektrischen Schlag zu bekommen. »Ja natürlich, selbstverständlich«, sagte er, und seiner Stimme war der Ärger über die versteckte Maßregelung deutlich anzuhören, auch wenn er sich nach außen hin alle Mühe gab, die verbindlich-kollegiale Fassade zu wahren. »Und genau aus diesem Grund möchte Brennicke sich so schnell wie möglich mit Ihnen unterhalten, wie Sie sich vielleicht denken können.«

Hinnrichs tauschte einen Blick mit Verhoeven.

Wenn Jens Büttner unangenehm war, verkörperte Werner Brennicke zweifelsohne das, was man gemeinhin unter einer Heimsuchung versteht. Der gebürtige Frankfurter hatte nach ein paar wenig erbaulichen Jahren in einem unbedeutenden, kleinen Büro quasi über Nacht eine ebenso überraschende wie steile Karriere beim BKA gemacht. Er galt als rücksichtslos und politisch ambitioniert, wobei er geschickt genug war, sich nie auf eine bestimmte Richtung festzulegen. Hin und wieder sah man sein Gesicht in der Zeitung, meist irgendwo in zweiter Reihe hinter dem Ministerpräsidenten oder einem anderen staatlichen Repräsentanten, und falls die Gerüchte stimmten, die hinter vorgehaltener Hand die Runde machten, war er finster entschlossen, eines nicht allzu fernen Tages Polizeipräsident oder doch zumindest Leiter des Polizeilichen Staatsschutzes zu werden.

»Brennicke?« Hinnrichs' stahlblaue Augen nahmen den Assistenten des Genannten ins Visier wie ein Wild, das es mit einem einzigen gezielten Schuss zu erlegen galt. »Ich hatte eigentlich gedacht, dass Goldstein …«

»Goldstein führt die Verhandlungen«, entgegnete Jens Büttner kühl. »Die Einsatzleitung liegt bei Brennicke.«

Hinnrichs zog die Brauen hoch, verkniff sich jedoch jeglichen Kommentar zu dieser wenig nachvollziehbaren Entscheidung.

»Wenn Sie mir dann bitte folgen würden?«, bat der junge Beamte übertrieben höflich, wobei er auf den verspiegelten Transporter deutete, in dem sich offenbar tatsächlich so etwas wie eine improvisierte Zentrale befand. »So, wie die Dinge liegen, sollten wir so schnell wie möglich alle …«

»Bevor wir hier irgendjemandem Rede und Antwort stehen, sehen wir uns den Ort des Geschehens an«, fiel Hinnrichs ihm abermals ins Wort, und zum ersten Mal in den langen Jahren ihrer Zusammenarbeit hatte Verhoeven das Gefühl, dass sein Vorgesetzter das Wort »wir« ganz bewusst verwendet hatte.

»Zeit ist ein Gut, über das wir bedauerlicherweise nicht verfügen«, gab Büttner in arrogantem Ton zurück, wobei er eilig einen Schritt um Hinnrichs herum machte, um ihm den Weg zu verstellen.

»Stimmt«, entgegnete dieser kurz angebunden. »Und deshalb lassen Sie uns jetzt auf der Stelle vorbei, damit wir uns ein Bild von dem machen können, was sich in dieser verdammten Sparkasse zugetragen hat, verstanden, Freundchen?!«

Er wartete nicht auf Büttners Antwort, sondern schob den jungen Beamten kurzerhand beiseite und schritt dann mit der ihm eigenen Energie auf die Automatiktür mit dem charakteristischen roten Logo zu.

Verhoeven beeilte sich, ihm zu folgen.

Mittlerweile war es fast völlig dunkel, und das Licht, das aus dem Inneren der Filiale auf den Bürgersteig fiel, vermittelte eine trügerische Ruhe. Allerdings korrigierten die Silhouetten der schwarz gekleideten SEK-Beamten, die sich hinter der spiegelnden Front abzeichneten, den Eindruck schnell.

Die beiden Kriminalbeamten zeigten ihre Ausweise, und eigenartigerweise war das Erste, das Verhoeven beim Betreten der Schalterhalle auffiel, ein Geruch. Es war ein flüchtiger und dennoch äußerst intensiver Eindruck, den er zu seinem größten Bedauern jedoch nicht näher fassen konnte. Wie ein Echo, dachte er. Der Nachhall von etwas, dem es erst noch auf die Spur zu kommen gilt.

Er griff sich ein Paar Überschuhe aus der Schachtel, die ein Mitarbeiter der Spurensicherung ihm hinhielt, und streifte sie über seine Mokassins. Dann richtete er sich auf und ließ die Atmosphäre der weitläufigen Schalterhalle auf sich wirken. Die meisten Beratungsterminals waren in der heute üblichen offenen Weise angelegt, aber im hinteren Teil der Filiale schien es noch Schalter von der Art zu geben, wie Verhoeven sie aus seiner Jugendzeit gewöhnt war. Unwillkürlich musste er an die verbeulte alte Kaffeedose mit dem in den Deckel geritzten Münzschlitz denken, die er zur Bank getragen hatte, jedes Jahr am Weltspartag. Hier zwei Mark fürs Rasenmähen, dort ein Fünfziger, weil er der alten Frau Keilmann die Einkaufstüten getragen hatte. Später zusätzlich kleine Beträge fürs Zeitungsaustragen, fürs Verteilen von Werbeprospekten, fürs Auflesen von Golfbällen in dem kleinen, aber hoffnungslos versnobten Club am anderen Ende der Stadt und jeden Herbst auch für Kastanien, drei Mark fünfzig pro mühsam zusammengeklaubtem Zehnkilo-Sack. Er war ein sparsamer Junge gewesen, weil er früh begriffen hatte, dass er Geld brauchen würde, um den Prügeln seines Pflegevaters zu entkommen. Den Prügeln genauso wie der Enge von Annas Küche, in der es immer irgendwie nach gekochtem Kohl und Seife gerochen hatte. Gerüche, die Verhoeven bis heute nicht ohne einen Anflug von Übelkeit ertrug.

»Da hinten ist Jensen«, rief Hinnrichs und war bereits wieder ein paar Meter voraus.

»Ich hab's auf dem Weg hierher gehört«, begrüßte Lübkes Assistent die beiden Kollegen vom KK 11 mit teilnahmsvollem Gesicht. »Tut mir echt leid. Aber zum Glück gehen solche Sachen ja meistens gut aus.«

Solche Sachen, dachte Verhoeven.

Hinnrichs nickte nur.

»Ihr Handy lag dort drüben«, erklärte Jensen und deutete auf einen Blumenkübel, der frei im Raum stand, etwa fünf oder sechs Meter von den rückwärtigen Schaltern entfernt. »Die Bänder aus den Überwachungskameras haben eure Freunde vom BKA natürlich längst einkassiert, aber wenn ihr mich fragt, hat sie es weggeworfen, sobald ihr klar wurde, was abgeht.« Er fuhr sich flüchtig mit seinem behandschuhten Handrücken über die Nase, bevor er hinzufügte: »Wenn sie nicht so verdammt geistesgegenwärtig gewesen wäre, hätten wir unter Garantie noch später gecheckt, was hier läuft. Noch dazu vor dem Hintergrund dieser Sache am Kochbrunnenplatz.«

»Ich habe kurz mit Oskar gesprochen«, bemerkte Hinnrichs, an Verhoeven gewandt, dessen Augen an einem kompakten roten Einkaufsroller klebten, der wie ein Fremdkörper auf dem blanken Marmor lag. »Leider hat er vor lauter Rauschen und Knacken fast nichts mitbekommen.«

»Aber das Gespräch wurde aufgezeichnet?«, erkundigte sich Verhoeven hoffnungsvoll.

»Der Schluss«, brummte Hinnrichs, indem er seine Brille abnahm und irgendetwas vom linken Glas kratzte. »Ist alles schon in der Technik, aber ich fürchte, allzu viel dürfen wir uns davon nicht versprechen.«

»Oh, oh«, raunte Jensen. »Ich glaube, ihr bekommt Besuch.«

Verhoeven brauchte sich gar nicht erst umzudrehen, um zu wissen, was die Bemerkung zu bedeuten hatte. »Wo steckt eigentlich Lübke?«, fragte er, während der Widerhall von Werner Brennickes Schritten in seinem Rücken unaufhaltsam näher kam.

»Tja, das wüsste ich auch gern«, stöhnte Jensen. »Offiziell hat er seit heute Mittag um zwölf dienstfrei, aber natürlich haben wir alles getan, um ihn aufzutreiben, als die ersten Meldungen reinkamen.«

»Und?«

»Keine Ahnung«, entgegnete Lübkes Assistent mit einem resignierten Achselzucken. »Er geht nicht an sein Handy, und zu Hause ist er ganz offenbar auch nicht.«

»Wer?«, fragte Werner Brennicke hinter ihnen.

Doch keiner der drei dachte daran, die Frage des BKA-Beamten zu beantworten.

Mit seiner eckigen Brille und dem schütteren, aschblonden Haar wirkte Werner Brennicke auf den ersten Blick wie ein typischer Bürohengst, unscheinbar und langweilig. Doch wer ihn besser kannte, wusste, dass er durchaus Wert auf seine körperliche Fitness legte. Und auch auf dem Schießplatz war er angeblich ein häufig gesehener Gast.

»Nach allem, was wir bislang wissen, haben die Entführer das Gebäude durch den Vordereingang betreten«, sagte er, indem er zuerst Hinnrichs und dann Verhoeven die Hand entgegenstreckte. Offenbar war er finster entschlossen, sowohl den Alleingang der beiden Kriminalbeamten als auch deren abweisende Haltung zunächst unter den Tisch fallen zu lassen, wenngleich ein unterdrücktes Glimmen in seinen kühlen grünen Augen verriet, dass er beides vermutlich nicht so schnell vergessen würde. »Wie sie wieder rausgekommen sind, können wir leider noch nicht mit letzter Sicherheit sagen. Und auch was das Fluchtfahrzeug angeht, tappen wir noch weitgehend im Dunkeln. Aber natürlich muss es eine gewisse Größe gehabt haben.«

Verhoevens Blick suchte wieder den Einkaufsroller, der soeben von einem Mitarbeiter der Spurensicherung für den Transport ins kriminaltechnische Labor verpackt wurde, und er überlegte, wie alt der Besitzer oder die Besitzerin sein mochte. Sechs Geiseln, dachte er. Vielleicht auch sieben. Und eine davon ist Winnie …

»Das Problem ist, dass diese Ereignisse drüben auf dem Kochbrunnenplatz erst einmal einen Großteil der öffentlichen Aufmerksamkeit absorbieren werden«, fuhr Brennicke fort, und Verhoeven fiel auf, dass seine Stimme keine Nuancen hatte. »Da wird es schwierig werden, etwaige Zeugen dazu zu bringen, sich an einen Van oder Transporter zu erinnern, der ein paar hundert Meter weiter vor einer Sparkassenfiliale gehalten oder geparkt hat, selbst wenn es uns gelingen sollte, laut genug danach zu fragen.« Wie um sich von den soeben umrissenen Schwierigkeiten zu distanzieren, reckte Brennicke den Hals und blickte zur gegenüberliegenden Wand. Dorthin, wo eine Reihe von Türen in die verschiedenen Büros der Filiale führte. »Haben Sie sich den Toten schon angesehen?«

Hinnrichs verneinte, woraufhin sich der BKA-Mann auf dem Absatz umdrehte und voranmarschierte, geradewegs auf den ermordeten Kassierer zu, dessen Leichnam noch immer unbedeckt auf dem spiegelnden Marmor lag.

Das Blut aus der Kopfwunde des Mannes war an den Rändern bereits geronnen und wirkte in dem künstlichen Licht wie flüssiger Teer.

»Albert Schweh, siebenundfünfzig, einer von drei Hauptkassierern«, erklärte Brennicke, unter dessen dezenter Sonnenbankbräune eine unausrottbare nordische Blässe hindurchschimmerte. Dazu war der BKA-Beamte so korrekt gekleidet, dass man den Eindruck gewinnen konnte, er habe an einem gewöhnlichen Freitagabend nichts Besseres zu tun, als von Kopf bis Fuß durchgestylt in seinem Büro zu sitzen und auf einen spektakulären Fall wie diesen zu warten, bei dem sich vielleicht die Gelegenheit bot, in einem eilig anberaumten Fernsehinterview Telegenität zu beweisen. Die Bügelfalte in seiner Hose wirkte, als habe sie jemand mit dem Lineal gezogen. »Schweh war seit über sechsundzwanzig Jahren in dieser Filiale beschäftigt und galt allenthalben als beliebt und zuverlässig«, setzte Brennicke seinen Kurzbericht fort, und aus irgendeinem unerfindlichen Grund blieben seine Augen dabei kurz an Verhoeven hängen. »Verheiratet. Zwei erwachsene Söhne. Niemals negativ aufgefallen, keine Abmahnungen, keine Schulden. Stattdessen besitzt er ein Wohnmobil und ein komplett abgezahltes Einfamilienhaus in Erbenheim.«

So weit also die Fakten, dachte Verhoeven. Aber spielten diese Fakten irgendeine Rolle? War Albert Schwehs Tod nichts als ein tragischer Zufall, das Ergebnis unglücklicher Umstände? Oder hatten die Männer, die sie suchten, an dem Kassierer ein Exempel statuiert? Immerhin war Schweh ganz ohne Zweifel erfahren genug gewesen, um zu wissen, wie er sich bei einem Überfall zu verhalten hatte. Oder doch nicht? Was musste passieren, um einen versierten Schalterbeamten mit mehr als einem Vierteljahrhundert Berufserfahrung dazu zu bringen, die Nerven zu verlieren? Oder einen schwer bewaffneten Bankräuber zu provozieren? Verhoeven blickte auf den spiegelnden Marmor hinunter, der so unberührt wirkte wie eine frisch aufbereitete Eisbahn, auch wenn er im Laufe des Tages unzähligen Füßen ausgesetzt gewesen sein musste. Was, um alles in der Welt, war in diesem hohen, befremdlich kahlen Raum vorgefallen?

»Weiß man schon, wie es zu der Tötung des Kassierers gekommen ist?«, fragte Hinnrichs neben ihm, und Verhoeven registrierte mit Genugtuung, dass die Gedanken seines Vorgesetzten offenbar in eine ähnliche Richtung gegangen waren.

»Irgendetwas scheint eskaliert zu sein«, entgegnete Brennicke achselzuckend. »Aber darüber wird uns die Auswertung der Überwachungsbänder hoffentlich bald Aufschluss geben.« Er hielt kurz inne, dann wandten sich seine kühlen grünen Augen abermals Verhoeven zu. »Und Sie sind der Partner der betreffenden Beamtin?«

Der betreffenden Beamtin! Verhoeven fühlte, wie seine Kehle trocken wurde. »Ja«, sagte er, »Frau Heller und ich arbeiten seit rund anderthalb Jahren zusammen.«

»Verhoeven, nicht wahr?«

Er nickte. Der BKA-Mann ließ wirklich keine Gelegenheit aus, um unter Beweis zu stellen, dass er seine Hausaufgaben gemacht hatte.

»Gut, gut«, Werner Brennicke blickte flüchtig an sich hinunter und pflückte mit spitzen Fingern einen Fussel von seinem Revers, »dann klären Sie uns mal auf.«

»Aufklären?« Verwirrt sah Verhoeven seinen Vorgesetzten an. »Worüber?«

»Wir haben eine Kriminalbeamtin unter den Geiseln eines Banküberfalls«, erwiderte Brennicke ungerührt. »So etwas kann einen unschätzbaren Vorteil bedeuten, wenn die Kollegin die entsprechenden Voraussetzungen mitbringt.«

Ich habe mich verhört, dachte Verhoeven. Ich muss mich verhört haben. »Was genau meinen Sie mit Voraussetzungen?«, fragte er eine ganze Spur aggressiver, als er es von sich selbst gewohnt war.

»Sie kennen Frau Heller«, antwortete Brennicke achselzuckend. »Wie verhält sie sich in Krisen? Neigt sie eher zur Vorsicht, oder haben wir von ihr irgendwelche Alleingänge zu erwarten?«

Abermals suchte Verhoeven den Blick seines Vorgesetzten, der aussah, als würde er jeden Augenblick platzen.

Sie oder ich?, fragten die stahlblauen Augen hinter der randlosen Brille.

Und Verhoeven dachte: *Ich. Das hier ist meine Aufgabe.*

»Frau Heller ist eine ausgezeichnete Polizistin, die ganz genau weiß, was sie in einer Situation wie dieser zu tun hat.«

Werner Brennicke musterte ihn einige Augenblicke lang mit unbewegter Miene. Dann sagte er: »Na schön, wir werden ja sehen.«

»Ich glaube kaum, dass …«, setzte Verhoeven an, doch das aggressive Klappern von Jens Büttners Ledersohlen auf dem Marmor setzte seiner Gegenrede ein Ende, kaum dass er sie begonnen hatte.

Mit einem beinahe amüsierten Ausdruck in den Augen ließ Brennicke von ihm ab und wandte sich Büttner zu, der einen Pager in der Hand hielt und seinem Vorgesetzten irgendetwas Unverständliches ins Ohr flüsterte.

Brennicke hörte sich schweigend an, was sein Lakai zu sagen hatte. »Es tut mir entsetzlich leid, aber ich fürchte, ich muss mich entschuldigen«, sagte er, als Büttner fertig war, und die übertriebene Freundlichkeit in seiner Stimme ließ Verhoeven aufhorchen. »Ich habe ein dringendes Telefongespräch zu führen.«

Wie zur Unterstreichung seiner Worte reichte Büttner ihm ein zusammengefaltetes Blatt Papier, wobei die Miene des jungen Kriminalbeamten deutlich machte, dass es sich bei dem Gesprächspartner seines Bosses mindestens um den Innenminister handelte.

»Sehen Sie sich ruhig noch ein wenig um«, rief Brennicke im Weggehen, und nichts an diesem Satz klang auch nur im Entferntesten gönnerhaft. »Und wenn Sie fertig sind, fahren Sie zurück ins Präsidium. Ich treffe Sie dann dort.«

Sprach's und verschwand mit eiligen Schritten Richtung Ausgang.

»Sympathisch«, knurrte Jensen, als er außer Hörweite war.

Hinnrichs klappte den Kragen seiner Jacke hoch. »Bleibt nur zu hoffen, dass ihn der Ministerpräsident eine Weile mit Beschlag belegt.«

»Der oder die Presse«, entgegnete Jensen mit einem müden Lächeln. Dann wandte er den Kopf zum Eingang der Filiale, wo neue Stimmen laut geworden waren.

Verhoeven erkannte Dr. Isabelle Gutzkow, die zuständige Pathologin, die ein paar Worte mit den Beamten bei der Tür wechselte. Gerade zeigte einer der Uniformierten in seine Richtung, woraufhin die Gerichtsmedizinerin ihren Einsatzkoffer, den sie zwischenzeitlich auf dem grauen Marmor abgestellt hatte, an sich riss und quer durch die Schalterhalle auf sie zugesteuert kam.

»Ick hab's eben erst jehört«, sagte sie, indem sie eine ihrer kleinen und bemerkenswert zartgliedrigen Hände aus der Tasche ihres Tweedjacketts riss und Verhoeven sacht am Arm berührte. »Wenn ick irjentwat tun kann ...« Sie ließ den Satz offen und blickte ihn aus ihren ruhigen grauen Wissenschaftleraugen an.

Unwillkürlich musste Verhoeven daran denken, wie die Pathologin in einem robusten blauen Overall in seinem Garten gestanden und einem schwitzenden und fluchenden Lübke Anweisungen in Bezug auf Flachwasserzonen und die korrekte Verlegung von Teichfolie gegeben hatte, nachdem er selbst an seinem ebenso ehrgeizigen wie kühnen Teichbau-Projekt zu scheitern drohte. Glücklicherweise hatte Winnie Heller sein Unvermögen gerade

74

noch rechtzeitig erkannt und eine Art kollegiales Rettungspaket organisiert, mit dessen Hilfe Nina schließlich doch noch zu ihrem heiß ersehnten Fischteich gekommen und Verhoeven eine handwerkliche Totalblamage erspart geblieben war.

»Im Augenblick wissen wir leider noch gar nichts«, erklärte er, und Dr. Gutzkow, der diese Tatsache ganz offensichtlich nicht neu war, nickte stumm vor sich hin.

»Die Kleene is verdammt zäh«, bemerkte sie nach einer Weile, und es klang, als spräche sie zu sich selbst. »Die wird sich schon durchzubeißen wissen.«

»Natürlich wird sie das«, sagte nun auch Hinnrichs mit ungewohnt fahler Stimme. »Verlassen Sie sich drauf.«

In einer Art pervertiertem Gänsemarsch hatten sie ein Gebäude betreten, irgendetwas, das Winnie Hellers Erwartung gemäß kalt und verlassen war. Jeweils zwei Geiseln waren von einem der Männer geführt worden, geradeaus zunächst, dann ein paar Stufen hinunter, um eine Ecke, wieder ein Stück geradeaus und schließlich eine wacklige Eisentreppe hinab, die unter dem Gewicht ihrer Körper bedenklich ins Schwanken geraten war.

Nun standen sie, Seite an Seite, mit dem Rücken zu einer Wand, deren klamme Kühle Winnie Heller selbst durch den Stoff ihrer Fleecejacke spüren konnte.

Als ob sie uns für ein Erschießungskommando aufgereiht hätten, dachte sie schaudernd.

Sie konnte die Anwesenheit ihrer Mitgefangenen beinahe körperlich fühlen, auch wenn längst niemand von ihnen mehr wagte, einen Laut von sich zu geben. Nicht einmal die Dicke mit dem Trolley. Alle schienen wie gebannt vor Angst.

»Willkommen, meine Herrschaften, in Ihrem neuen Domizil«, sagte der Mann, dem Winnie Heller insgeheim den Namen »Alpha« gegeben hatte.

Ja, dachte sie, du mich auch!

»Es tut mir aufrichtig leid, dass wir Sie bitten mussten, uns an diesen wenig erbaulichen Ort zu begleiten«, fuhr Alpha mit ins Fleisch schneidender Ironie fort, »aber wenn Sie sich ruhig verhalten, wird Ihnen nichts geschehen.«

Er ist intelligent, konstatierte Winnie, er weiß sich auszudrücken, er hat Sinn für Sarkasmus, und er verfolgt ein ganz konkretes Ziel.

Trotz ihrer verklebten Augen war sie inzwischen einigermaßen sicher, dass die Entführer zu viert waren. Alpha und sein schattenhafter Kompagnon. Dazu der Brutalo, der ihr das Klebeband um den Kopf geschlungen hatte, und der Kerl, der aller Wahrscheinlichkeit nach den Van gefahren hatte und der, zumindest nach seiner Stimme zu urteilen, verhältnismäßig jung sein musste. Aber warum, um Himmels willen, haben sie uns alle als Geiseln genommen?, überlegte sie, während das Blut mit tausend Nadelstichen in ihre Fingerspitzen zurückfloss. Alle, die wir dort waren? Ist das nicht entsetzlich übertrieben? Immerhin sind sie maskiert gewesen und hätten nicht fürchten müssen, dass die Zurückgelassenen der Polizei irgendwelche brauchbaren Informationen geben konnten.

Oder doch?

Was war mit diesem Namen, den Alpha genannt hatte, kurz bevor er sich nach Walther Lieson, dem Filialleiter, erkundigt hatte?

Malina.

Winnie Heller runzelte die Stirn, bis das Klebeband über ihren Augen spannte. War das überhaupt ein Name, Malina? Oder doch eher irgendein Codewort? Und wenn ja, an wen war dieses Codewort gerichtet gewesen? An einen Komplizen? An irgendjemanden, der mit ihnen in der Bank gewesen war? Sie schluckte. Die Mauer in ihrem Rücken schien unaufhaltsam näher zu kommen, obwohl sie genau wusste, dass sie sich keinen Zentimeter bewegt hatte. Trotzdem hatte sie das Gefühl, nicht mehr lange so stehen zu können. Buchstäblich mit dem Rücken zur Wand …

Vier Entführer und sieben Geiseln, rekapitulierte sie, um sich abzulenken. Die beiden überlebenden Bankangestellten, eine blond, die andere brünett, dazu die Dicke mit dem Einkaufsroller, der Zeitschriftenhändler, der Araber und dieser unscheinbare Typ im Anzug, der wahrscheinlich ebenfalls in der Filiale beschäftigt war. Sieben Personen und ein Mann, der nicht dort gewesen war, wo die Entführer ihn vermutet hatten: Walther Lieson.

Herr Lieson musste weg. Ein dringender Termin in Genf.

Ein Termin?

Nein, korrigierte sich Winnie Heller, eine Panne!

»Wir werden Ihnen jetzt die Fesseln abnehmen«, verkündete in diesem Augenblick der Mann, den sie Alpha nannte. Und genauso ruhig wie zuvor setzte er hinzu: »Wenn Sie Widerstand leisten, werden Sie erschossen.«

Ein Freund der klaren Worte! Die Muskeln in Winnie Hellers Körper verhärteten sich, ohne dass sie etwas dagegen tun konnte. Dieser Alpha war zweifellos ein Mann, der sich nicht von seinen Emotionen leiten ließ, sondern planmäßig und nüchtern vorging. Zumindest vermittelte er bislang diesen Eindruck.

Sie wich unwillkürlich ein Stück zurück, als sie Schritte gewahrte, die auf sie zukamen. Jemand griff nach ihren Armen, aber anstatt den Kabelbinder durchzuschneiden, nestelte er am Verschluss ihrer Uhr. Winnie Heller merkte, wie das lederne Armband locker wurde. Ein paar Augenblicke später war es verschwunden.

Verdammt noch mal, sind diese Typen clever, dachte sie, als seine Hand sich auch schon unter ihr Kinn schob. Sie fühlte seine Finger, die warm und rau waren und mit mitleidlosem Griff ihr Kinn fixierten, während er ihr mit der freien Hand das Paketband vom Gesicht riss. Der Schmerz war so stark, dass sie sich fest auf die Lippen beißen musste, um nicht laut aufzuschreien. Dann erkannte sie Alphas abgewandte Silhouette hinter dem wuchtigen Kerl, der direkt vor ihr stand. Anders als seine Komplizen trug der Mann keine Jeans, sondern eine Art Anzughose und darüber einen hellen Baumwollmantel. Er drehte sie mit dem Gesicht zur Wand, sie hörte ein leises Ritschen, dann fielen ihre Hände neben ihrem Körper herunter wie die gekappten Glieder einer Marionette, und der Mann im Mantel ließ von ihr ab.

Das Gefühl von Instabilität, mit dem sie bereits zuvor gekämpft hatte, verstärkte sich, aber irgendwie gelang es Winnie Heller, sich aus eigener Kraft umzudrehen, ohne hinzufallen. Ihre geschundenen Lider brannten wie Feuer, und etwas lief an ihren Wangen hinunter, doch ob es Blut oder Tränen waren, konnte sie nicht sagen.

Links neben ihr blitzte das hübsch geschnittene Gesicht der blonden Bankangestellten auf. Weiß. Verängstigt. Hilflos.

Winnie Heller versuchte, ihre rechte Hand zu heben, doch es wollte ihr nicht gelingen. Also wischte sie sich das Gesicht an der Schulterpartie ihrer Fleecejacke ab. Kein Blut. Gott sei Dank! Einigermaßen erleichtert blinzelte sie sich ein paar letzte Tränenreste aus den Wimpern und sah sich um.

Sie befanden sich in einer Art Grube oder vielmehr einem Becken, dessen Wände an verschiedenen Stellen mit Resten dunkler Kacheln bedeckt waren. Zuerst dachte Winnie an ein stillgelegtes Schwimmbad, doch je mehr Details im zuckenden Licht der Taschenlampen sichtbar wurden, desto unwahrscheinlicher schien ihr diese Möglichkeit zu sein. Zum einen waren die Maße der Grube viel zu gering für ein Schwimmbecken, zum anderen schien das Bassin – oder was immer es sonst war – überall gleich tief zu sein, ihrer Schätzung nach etwa dreieinhalb bis vier Meter. An der Längsseite führte eine rostige Eisentreppe in den Raum, der oberhalb der Grube lag, und dort schien es auch eine feste Lichtquelle zu geben. Gemessen an dem fahlen Widerschein, der über den Rand des Beckens schwappte, konnte sie allerdings nicht allzu stark sein, vermutlich irgendeine batteriebetriebene Arbeitsleuchte oder ein kleiner Scheinwerfer.

Die Wände der Grube waren gleich an mehreren Stellen abgebröckelt, der zementierte Boden mit Unrat und Glassplittern übersät. Hoch über dem Rand war zudem ein Teil einer Ziegelmauer erkennbar, die selbst noch aus der Entfernung feucht und brüchig wirkte.

Irgendeine verlassene Industrieanlage, resümierte Winnie Heller, ohne zu wissen, was sie mit dieser Erkenntnis anfangen sollte. Und zwar eine, zu deren Ausstattung auch ein größeres Wasserbecken gehört hat!

Sie unternahm einen vorsichtigen Versuch, ihre Schultern zu bewegen, und war froh, als sie merkte, dass allmählich auch etwas wie Gefühl in ihre Arme zurückzusickern begann.

Neben ihr massierte die blonde Bankangestellte die stark geröteten Handgelenke, und Winnie erinnerte sich daran, dass sie Jenna hieß.

Halt den Mund, Jenna!

Unwillkürlich blickte sie sich nach der Brünetten um, die der Kerl im Baumwollmantel soeben als letzte der Geiseln von ihren Fesseln befreite, ein Umstand, den Winnie durchaus nicht uninteressant fand, auch wenn er wahrscheinlich auf nichts anderem als blankem Zufall beruhte. Hinter der Frau entdeckte sie eine Matratze auf dem Boden, die relativ neu aussah, zumindest so, dass sie nicht schon monate- oder gar jahrelang in dieser Grube liegen konnte. Darauf lag eine ordentlich zusammengefaltete Polyesterdecke. Braun mit beigem Muster.

Winnie Heller fühlte, wie der Anblick ihr eine Gänsehaut über den Körper jagte. Diese Männer hatten also tatsächlich vorgehabt, jemanden hier unterzubringen. Eine einzelne Person, aller Wahrscheinlichkeit nach diesen ominösen Walther Lieson. Sie hatten den Transport organisiert und ein Versteck hergerichtet. Aber dann hatte es eine Panne gegeben, etwas, mit dem sie im Vorfeld nicht hatten rechnen können. Und nun befanden sich mit einem Mal sieben Geiseln in ihrer Gewalt – anstelle von einer.

Winnie Heller verspürte ein diffuses Unbehagen, als ihr ein Satz aus einem alten Märchen in den Sinn kam.

Sieben auf einen Streich.

Sieben Geiseln, wiederholte etwas in ihr. Sieben Personen, die diese Männer Tag und Nacht überwachen müssen. Sieben

Personen, die sich rein theoretisch zusammentun könnten. Und die dann in der Überzahl wären.

Warum, warum, warum haben diese Kerle nicht ein paar von uns in der Bank zurückgelassen? Aus welchem Grund machen sie sich das Leben so unnötig schwer?

Weshalb ein solches Risiko, eine solche Belastung?

Ihr Verstand gab die unbequemste aller möglichen Antworten: Sie haben nicht vor, uns am Leben zu lassen. Zumindest nicht alle sieben. Sie brauchen einen Vorrat, mit dem sie pokern können, sodass sie, wenn sie einen oder zwei von uns umbringen, noch immer ein Druckmittel in der Hinterhand haben ...

10 In dem großen, annähernd quadratischen Konferenzzimmer im Erdgeschoss des Nordhessischen Polizeipräsidiums, das Werner Brennicke zur Einsatzzentrale für diesen besonderen Fall erkoren hatte, befanden sich so viele Telefone, dass ein unbeteiligter Betrachter den Eindruck gewinnen konnte, es gäbe wirklich und wahrhaftig etwas zu verhandeln. Einen Kontakt ...

Der ganze Raum roch frisch geputzt, beinahe steril, was Verhoeven irgendwie befremdete. Selbst die Stühle rund um den ausladenden Konferenztisch in der Mitte des Zimmers schienen brandneu zu sein. Hohe, chromblitzende Gestelle mit roten Sitzflächen, die aussahen, als seien sie noch immer in Plastik eingeschweißt. Aus einem Faxgerät in der Ecke quollen Informationen. Vergleichsfälle. Statistiken. Fahndungsfotos flüchtiger Bankräuber. Was auch immer. Alles in allem waren rund zwanzig Beamte anwesend. Einige trugen die Uniform des Spezialeinsatzkommandos, andere waren zivil gekleidet und überflogen mit konzentrierten Mienen die hastig erstellten Informationsblätter, auf denen die ersten spärlichen Erkenntnisse über den Banküberfall und die Schüsse am Kochbrunnenplatz festgehalten waren.

»Gütiger Himmel, hier kommt man sich ja vor wie in einem Kontrollzentrum der NASA«, flüsterte Hinnrichs.

»Nobel, was?«, grinste ein Beamter des Spezialeinsatzkommandos, der die Bemerkung aufgeschnappt hatte.

»Wahrscheinlich warten die Jungs vom Geisberg schon seit geraumer Zeit auf eine Gelegenheit wie diese«, spöttelte ein anderer, dessen Sprache seine norddeutsche Herkunft verriet. »Damit sie mit ihrem teuer bezahlten Equipment glänzen können. Aber in ihrer rheinischen Lethargie haben sie wohl nicht damit gerechnet, dass es je zum Einsatz kommt.«

Verhoeven sah nach der hinteren Wand, wo eine Reihe von Bildschirmen scheinbar unbeachtet vor sich hinflimmerte. Der Anblick der verwaisten Monitore verstärkte seine Unruhe. Wir haben noch immer nicht die leiseste Vorstellung, worum es hier eigentlich geht, dachte er. Und mit jeder Minute, die wir im Dunkeln tappen, vergrößert sich der Vorsprung der Entführer.

An der Stirnseite des Konferenztisches entdeckten sie Kai-Uwe Luttmann, einen jungen Kriminaltechniker, der als Experte für Computersimulationen und die Auswertung von Bild- und Tonmaterialien aller Art galt. Der junge Softwarespezialist hatte sein Laptop vor sich auf dem Tisch stehen und schielte mit einem Auge nach dem Monitor, während er zuerst Hinnrichs und anschließend Verhoeven eine geradezu erschreckend kalte Hand reichte. Luttmann war zweiunddreißig Jahre alt, wirkte jedoch mit seinem glatten, pastelligen Teint und den etwas zu langen hellblonden Haaren mehr wie ein Abiturient. Zu seiner schlichten grauen Anzughose trug er ein dunkelblaues Sweatshirt, das roch, als käme es geradewegs aus der Waschmaschine, und weiße Tennisschuhe aus dem Discounter.

»Sind das die Bänder aus der Sparkasse?«, fragte Hinnrichs, indem er über Luttmanns Schulter hinweg auf dessen Monitor sah.

Der Techniker bejahte. »Ich bin gerade dabei, die verschiedenen Perspektiven chronologisch aufeinander abzustimmen«, erklärte er, während er mit fliegenden Fingern eine Reihe von Befehlen in die Tastatur seines Laptops tippte.

Wenige Augenblicke später warf ein Beamer an die gegenüber-

liegende Wand, was die Überwachungskameras der Sparkassenfiliale von dem Überfall aufgezeichnet hatten.

Die Gespräche der Beamten ringsum verstummten schlagartig, und Verhoevens Herz schlug spürbar schneller, als er vor
dem rechten der drei klassischen Schalter den Rücken seiner
Kollegin erkannte. Sie trug dieselbe helle Fleecejacke, die sie im
Büro angehabt hatte, und wartete. Ihre Körperhaltung verriet,
dass sie nervös war. Verhoeven beobachtete, wie sie wiederholt
das Standbein wechselte, und von Zeit zu Zeit schien sie der
Frau, die vor ihr stand, einen langen, selbst noch von hinten entnervt wirkenden Blick zuzuwerfen. Dann zuckte sie plötzlich
zusammen und griff in ihre Jackentasche.

»Das ist Bredeneys Anruf«, flüsterte Hinnrichs.

Verhoeven nickte.

Gespannt verfolgten die anwesenden Beamten, wie Winnie
Heller ihr Handy ans Ohr hob und eine Weile telefonierte. Irgendwann im Verlauf des Gesprächs wandte sie den Kopf und
sah nach links.

»Wo schaut sie jetzt hin?«, fragte Hinnrichs.

Verhoeven zuckte ratlos mit den Schultern, doch im selben
Moment beantwortete ein Umschnitt auf eine andere Kamera
die Frage seines Vorgesetzten.

Die Sequenz, die nun folgte, wirkte deutlich abgehackter als
das bisher Gesehene, und Verhoeven vermutete, dass sie aus
einer Reihe von Standbildern zusammengeschnitten worden
war. Die Bildfolge zeigte Albert Schweh, den toten Kassierer,
der seinen Schalter verlassen hatte und sich mit eiligen Schritten dem Bürotrakt der Filiale näherte. In seiner rechten Hand
hielt er etwas, das Verhoeven nicht genau erkennen konnte, weil
es die meiste Zeit durch den Körper des Bankangestellten verdeckt wurde. Aber nach allem, was er der stotternden Bildfolge
entnehmen konnte, schien es sich um irgendein Schriftstück zu
handeln. Doch bevor der Kassierer die Tür des ersten Büros erreicht hatte, wechselte die Perspektive erneut.

Hinnrichs warf Luttmann einen fragenden Blick zu.

»Die haben da eine erstaunliche Menge an Kameras«, erklärte

der junge Techniker, »aber nicht alle zeichnen ständig auf. Manche sind so getaktet, dass sie nach einer Reihe von Einzelbildern erst mal eine Weile pausieren.«

»Wie sinnig«, brummte Hinnrichs.

»Ist eine nicht unübliche Praxis«, entgegnete Luttmann, indem er seinen Kaugummi in den leeren Kaffeebecher entsorgte, der neben seinem Laptop stand. Anschließend schob er sich umgehend einen frischen in den Mund.

Die nächste Sequenz, die der Beamer an die Wand warf, zeigte eine Totale des rückwärtigen Teils der Filiale, und die Tatsache, dass die Aufnahmen keinen Ton hatten, machte sie noch um ein Vielfaches grusliger. Mit einer Mischung aus ungläubiger Faszination und Betroffenheit verfolgten die anwesenden Beamten, wie die Menschen in der körnig aufgenommenen Schalterhalle von jetzt auf gleich einfach umzufallen schienen. Die Szene wirkte wie aus einem Hightech-Hollywoodthriller, in dem irgendein todbringendes Virus oder eine ultrageheime Chemiewaffe von einer Sekunde auf die andere eine ganze Kleinstadt dahinrafft.

Die digitale Zeitanzeige in der rechten oberen Ecke zeigte 16 Uhr 59 und 28 Sekunden, und Verhoevens Augen blieben an der Frau hängen, die vor seiner Kollegin am rechten der drei Schalter gestanden hatte. Der Besitzerin des roten Einkaufsrollers. Sie trug eine reichlich unförmige Jacke, eine Art Parka, und lag mit hinter dem Kopf verschränkten Händen auf dem marmornen Boden wie eine wohlgenährte Robbe.

Es folgte ein weiterer Umschnitt auf eine Kamera, die deutlich näher am Vordereingang der Filiale postiert sein musste. Trotzdem waren im Hintergrund noch immer die drei panzerglasverkleideten Schalter zu erkennen. Verhoeven sah seine Kollegin, die sich noch immer flach auf den Boden drückte. Genau wie die dicke Einkaufsrollerbesitzerin hinter ihr. Ein Stück weiter rechts entdeckte er den Blumenkübel, unter den Winnie Heller ihr Handy geschleudert hatte, und ihm fiel auf, dass ihm der genaue Zeitpunkt der Aktion entgangen war. Ebenso wie den Geiselnehmern, fügte er in Gedanken hinzu, und zu seiner Überraschung empfand er einen Anflug von Stolz. Darauf, dass

83

seine Partnerin offenbar ebenso geschickt wie geistesgegenwärtig gewesen war.

Ein paar Augenblicke später blitzte am linken seitlichen Bildrand etwas auf, das wie das Mündungsfeuer einer Maschinenpistole aussah. Dann ein erneuter Umschnitt, dieses Mal auf den Eingangsbereich der Filiale, doch die Aufnahmen schienen extrem unscharf zu sein, und das Wandbild zerfaserte vor den Augen der anwesenden Beamten in ein graublaues Pixelchaos.

Luttmann, der das Ergebnis seiner Arbeit mit kritisch gerunzelter Stirn am Bildschirm seines Laptops verfolgt hatte, stieß einen unterdrückten Fluch aus und stoppte die Aufzeichnung. Das Wandbild erlosch, und auf dem Monitor seines Computers schnurrten die Bilder zurück. Die dicke Bankkundin kam wieder auf die Beine. Ebenso wie Winnie Heller. Gleich darauf flog Albert Schweh mit schwerelosen Schritten über den blanken Marmorboden an seinen Schalter zurück.

Verhoeven verfolgte die Zeitanzeige am rechten Bildrand, die in Schwindel erregendem Tempo abwärts zählte. Wenn es doch nur so einfach wäre, dachte er. Ein paar harmlose Eingaben, und alles steht wieder auf Anfang. Ein einziger Knopfdruck, und die Zeit läuft rückwärts …

Zeit ist ein Gut, über das wir bedauerlicherweise nicht verfügen, flüsterte die blasierte Stimme von Jens Büttner in seinem Kopf.

Neben ihm griff Hinnrichs in die Innentasche seiner Jacke und zog eine Schachtel Light-Zigaretten heraus. Dann wandte er sich wieder an Luttmann: »Können Sie schon sagen, ob die …«

»Verzeihung«, unterbrach ihn ein junger Beamter, den Verhoeven noch nie gesehen hatte, »aber wenn Sie rauchen wollen, müssen Sie den Raum verlassen.«

Hinnrichs sah den Mann an, als überlege er ernsthaft, ihm die Zigarettenschachtel oder zumindest eine bissige Bemerkung an den Kopf zu werfen. Aber er hielt sich zurück und steckte die Packung wieder ein.

»Kaugummi?«, fragte Luttmann hilfsbereit.

Doch Hinnrichs winkte ab. »Wann können wir den Rest sehen?«

»Geben Sie mir noch ein paar Minuten«, stöhnte der junge Computerspezialist, indem er blind nach einer Dose Cola griff, die auf dem Boden neben seinem Laptopkoffer stand. Er nahm einen Schluck und behielt die Dose in der Hand, während er einhändig eine Reihe von neuen Befehlen in die Tastatur seines Laptops hämmerte.

Bilder tauchten auf und verlöschten wieder, bevor Verhoeven auch nur im Ansatz erfassen konnte, was sie zeigten. Doch Luttmann schien das atemberaubende Tempo der vor ihm aufblitzenden Informationen nicht das Geringste auszumachen. Sein Zeigefinger glitt über das Touchpad, änderte Einstellungen, wählte Ausschnitte, verwarf dieses und vergrößerte jenes, ohne dass der junge Softwarespezialist auch nur ein einziges Mal geblinzelt hätte.

In Hinnrichs' Rücken öffnete sich die Tür der Einsatzzentrale, und eine kleine, erschreckend dünne Frau trat herein. Sie blieb kurz stehen, um sich zu orientieren. Als sie Luttmann entdeckte, huschte ein leises Lächeln über ihre Lippen.

Auf der Rückfahrt ins Präsidium waren Verhoeven und sein Vorgesetzter in groben Zügen über die Zusammensetzung der hastig ins Leben gerufenen Sonderkommission informiert worden, sodass Verhoeven das zwar nicht im klassischen Sinne schöne, aber durchaus sehr reizvolle Gesicht sofort einordnen konnte. Monika Zierau war promovierte Psychologin, hatte jedoch neben ihrem Studium auch die Ausbildung zum gehobenen Kriminaldienst des Bundes mit Auszeichnung absolviert. Sie hatte einen Lehrauftrag für forensische Psychologie an der Kieler Universität, hielt viel beachtete Seminare im In- und Ausland und galt als Richard Goldsteins Mittel der Wahl, wo immer es um die Erstellung psychologischer Profile von Geiselnehmern und ihren Opfern ging. Darüber hinaus war Monika Zierau viele Jahre lang in Krisengebieten wie Iran, Ruanda und Afghanistan tätig gewesen und hatte dem Vernehmen nach auch dort in verschiedenen Fällen von Menschenraub als Beraterin fungiert.

»Ich habe schon gehört, dass du wieder mit an Bord bist«, begrüßte sie Luttmann, der sie umgehend mit Verhoeven und Hinnrichs bekannt machte.

»Monika und ich haben letztes Jahr bei einer Geiselnahme in Berlin zusammengearbeitet«, erklärte er den beiden Kollegen vom KK 11, während die Psychologin ihre Aktentasche auf den Tisch wuchtete und sich eines der chromblitzenden Stuhlmonster heranzog. »Arbeitsloser Exsoldat mit Scharfschützenausbildung. Hatte in der Tagesstätte seiner jüngeren Tochter neun Kinder und zwei Erzieherinnen in seine Gewalt gebracht, um seine Ex dazu zu bewegen, die Scheidung zurückzunehmen.« Luttmann warf einen kurzen Blick auf seinen Monitor, wo ein blinkender Balken einen noch nicht abgeschlossenen Ladevorgang dokumentierte. »Der Kerl war als hypernervös und gewaltbereit bekannt und hielt einer der Erzieherinnen seine Beretta an die Schläfe, während er seine Forderungen in den Hof hinausbrüllte.«

Verhoeven spürte, wie die plastische Schilderung dieser ein Jahr zurückliegenden Geiselnahme eine Reihe von äußerst bedrängenden Assoziationen in ihm auslöste.

Und auch Hinnrichs verzog das Gesicht, als wolle er sagen: *Gott bewahre, dass wir uns irgendwann im Lauf der nächsten Stunden oder Tage einer solchen Situation gegenübersehen.*

»Und dann?«, fragte der junge SEK-Beamte, der Hinnrichs nur ein paar Minuten zuvor ebenso entschieden wie höflich das Rauchen untersagt hatte.

»Nach siebeneinhalb Stunden drohte die Lage mit einem Mal zu kippen«, entgegnete Luttmann, indem er eine neue Cola aus seinem Laptopkoffer zog und die Dose zum Öffnen ein Stück von sich weg hielt. »Den Grund für diese drohende Eskalation konnte damals keiner so richtig definieren, aber es war sonnenklar, dass dieser Typ immer nervöser wurde. Also hat Goldstein eine junge Beamtin ausgewählt, um dem Typen 'ne Tüte Fast Food samt Handy reinzubringen und ihn auf diese Weise wieder ein bisschen herunterzukühlen. Er wollte zuerst selbst gehen, aber Monika hat ihn umgestimmt. Sie meinte, Männer kämen bei dem Kerl grundsätzlich nicht so gut.«

Monika Zierau zuckte mit den Achseln, als sich die Blicke der anwesenden Beamten auf sie richteten. Sie war kaum größer als eins sechzig, machte jedoch trotz ihrer Zierlichkeit einen robusten, körperlich fitten Eindruck. Das halblange, mittelblonde Haar der Psychologin war lässig zurückgekämmt, und Verhoeven bemerkte ein paar feine graue Strähnen, die natürlich aussahen. Außerdem verfügte die Profilerin über ein Paar annähernd schwarzer Augen, was bei naturblonden Frauen äußerst selten vorkam. Die Kombination aus Hell und Dunkel wirkte überaus apart und wurde noch von den deutlich hervortretenden Wangenknochen der Psychologin unterstrichen, die jedoch zum Schnitt ihres Gesichts zu gehören schienen und nicht etwa ein Ergebnis ihrer Magerkeit waren. Vom Alter her schätzte Verhoeven Monika Zierau auf Mitte bis Ende vierzig.

»Na, wie auch immer«, setzte Kai-Uwe Luttmann derweil seinen Bericht über seine Zusammenarbeit mit der erfahrenen Profilerin fort. »Goldstein schickt also diese Beamtin rein. Ohne Weste, versteht sich, damit der Kerl sich auch bloß nicht unnötig provoziert fühlt. Und das hat ihm beileibe nicht nur Sympathien eingetragen, das können Sie glauben. Ich sage Ihnen, die Beamtin war noch nicht über den Hof, da haben sie in der Einsatzzentrale bereits über eine Meuterei nachgedacht. Oder sonst eine Möglichkeit, Goldstein den Fall zu entziehen.«

»Wie hat er reagiert?«, erkundigte sich Hinnrichs mit offenkundigem Interesse. Wo immer jemandes Führungskompetenz angezweifelt wurde, musste er nachhaken. Nicht zuletzt, weil er selbst in seiner Abteilung jahrelang nicht unumstritten gewesen war.

»Goldstein?« Luttmann schürzte die Lippen. »Absolut professionell, würde ich sagen. Er hat sich auf den Geiselnehmer konzentriert und so getan, als bekomme er von dem ganzen Rest nicht das Geringste mit, was unter den gegebenen Umständen mit Sicherheit das Klügste war. Und siehe da: Zwei Minuten, nachdem die Beamtin ihre Pommestüte in einem Vorraum der Kita abgestellt hat und wieder verschwunden ist, fängt dieser Typ tatsächlich an zu quatschen.« Die Erinnerung entlockte dem jungen Techniker ein beinahe ungläubiges Kopfschütteln.

»Ehrlich, von jetzt auf gleich redet der Kerl wie ein Wasserfall. Über seinen Vater und seinen Ausbilder und seine Exfreundin und was weiß ich noch alles. Und noch mal zwei Stunden später kommt er mit erhobenen Armen raus, nachdem er einer Vierjährigen seine Beretta in die Hand gedrückt und sie aufgefordert hat, gut darauf achtzugeben.« Luttmanns Augen suchten die passbildgroße Fotografie, die mit zwei Streifen Tesafilm neben dem Touchpad seines Laptops befestigt war. Die reichlich unscharfe Aufnahme zeigte ein blondes Baby in einem rosa Strampelanzug. »War 'ne verdammt heikle Kiste damals, das lässt sich nicht leugnen. Aber gottlob ist sie gut ausgegangen.«

Verhoeven dachte unwillkürlich daran, was Jensen vorhin in der Bank gesagt hatte.

Zum Glück gehen solche Sachen ja meistens gut aus.

»Ihre Tochter?«, fragte er mit Blick auf das Babyfoto an Luttmanns Laptop.

Der Computerspezialist bejahte.

»Wie alt ist sie?«

»Siebeneinhalb Monate.«

»Schönes Alter«, sagte Verhoeven. Und indem er sich den erschreckend reifen Blick in Erinnerung rief, mit dem seine Tochter ihn vorhin auf die Nummer von Dominiks Eltern hingewiesen hatte, fügte er in Gedanken hinzu: Solange sie Babys sind, ist es leichter, ihnen nicht wehzutun.

»Und wo genau steckt Richard im Augenblick?«, fragte Monika Zierau, die sich ungefragt einen von Luttmanns Kaugummis genommen hatte.

»Er ist vor knapp fünf Minuten in Frankfurt gelandet«, antwortete Luttmann wie aus der Pistole geschossen, und Verhoeven fragte sich, wie der junge Techniker es schaffte, im Angesicht der zahllosen Informationen auf seinem Monitor überhaupt so etwas wie einen Überblick zu behalten. »Der Hubschrauber, der ihn herbringt, steht schon bereit.«

»Und sonst?«

»Bislang nicht viel.« Luttmann nahm einen Schluck aus seiner Coladose und seufzte so tief, dass man glauben konnte, er befürchte, wegen Unergiebigkeit vom Dienst suspendiert zu werden. »Keine Forderungen, kein Versuch einer Kontaktaufnahme.« Er zuckte bedauernd mit den Schultern. »Nichts.«

Das wird alles noch kommen. Wer Geiseln hat, der hat auch Forderungen …

Monika Zierau schien ähnlich zu denken. Zumindest zeigte die versierte Psychologin bislang keinen Anflug von Ungeduld oder gar Besorgnis. »Ist die Identität aller Geiseln mittlerweile geklärt?«, erkundigte sie sich mit Blick auf Luttmanns Monitor, auf dem jetzt wieder die Totale der Schalterhalle zu sehen war.

Der junge Softwarespezialist stellte seine Cola zur Seite und schüttelte den Kopf. »Das Einzige, was wir momentan mit einiger Sicherheit sagen können, ist, dass es sieben sind«, antwortete er. »Drei Männer und vier Frauen. Eine davon ist die Kollegin aus dem Morddezernat.«

Luttmanns Kinn wies auf ein Magnetboard an der Wand, das Verhoeven bei all der Technik, die den Raum dominierte, bislang nicht aufgefallen war. Und zu seinem größten Schrecken entdeckte er dort ein Foto seiner Partnerin.

Es war die Vergrößerung eines Passbildes und stammte aller Wahrscheinlichkeit nach aus Winnie Hellers Personalakte. Die Aufnahme zeigte Verhoevens Kollegin mit ernster Miene und knapp ohrläppchenkurzem Bob über einem grob gestrickten dunklen Rollkragenpullover. Sie blickte verschlossen, fast feindselig in die Kamera des unbekannten Fotografen, und Verhoevens erster Gedanke war, dass jemand, der seine Partnerin nicht näher kannte, ihre Haltung unter Garantie missverstehen würde. So ist sie nicht, schoss es ihm durch den Kopf, auch wenn er sich gut daran erinnerte, dass Winnie Heller zu Beginn ihrer Zusammenarbeit oft ähnlich finster dreingeblickt hatte. Nicht zuletzt aus diesem Grund hatte er sich in ihrer Gegenwart lange Zeit unwohl und befangen gefühlt, auch wenn ihn seine Tochter mit ihrem unverstellten Kinderblick von Beginn an auf die menschlichen Qualitäten seiner Kollegin hingewiesen hatte – und sei es nur dadurch, dass ihr nichts und niemand über »Winnie mit den roten Haaren« ging, seit die beiden für ein paar flüchtige Minuten in seinem Auto hintereinander gesessen hatten.

Liebe Winnie, hatte Nina sich erst kürzlich von ihrer Mutter in gestochen scharfen Lettern auf einen großen Notizzettel vorschreiben lassen, *leider ist unser See am Rand noch ein bisschen zugefroren, aber bald ist wieder schönes Wetter und dann musst du unbedingt vorbeikommen und dir meine Goldfische ansehen. Die sind schon ganz groß. Und es gibt auch ganz leckeren Zitronentee, wenn du welchen trinken darfst ...* (Diese letztere Einschränkung entspringe Ninas Freundschaft zu Dominik Rieß-Semper, der unter den verschiedensten Allergien und Nahrungsmittelunverträglichkeiten leide, hatte Verhoeven seiner Kollegin erklärt, als er ihr die mit Vögeln und Fischen verzierte Einladungskarte überreicht hatte. Und Winnie Heller hatte genickt und in ihrer üblichen unverblümten Art gesagt: »Ach ja, dieser kleine Fettsack mit der Glutamatallergie, stimmt's?«)

Verhoeven sah wieder nach dem Foto seiner Kollegin, und er erschrak, als ihm bewusst wurde, dass er lächelte.

11 Die Entführer stiegen, einer nach dem anderen, die rostige Eisentreppe hinauf, und Winnie Heller versuchte, sich einen ersten Überblick zu verschaffen. Sie wusste, von einer richtigen Einschätzung der Sachlage konnte der gesamte Ausgang dieser Geschichte abhängen.

Sechs Personen außer ihr selbst.

Sechs potenzielle Verbündete.

Sechs potenzielle Schwachstellen.

Aber wer war wer? Ihr Blick streifte Quentin Jahns asketisches Gesicht. Saßen sie tatsächlich in einem Boot? Konnten sieben wildfremde Menschen, die nichts voneinander wussten, sich allein deshalb aufeinander verlassen, weil sie einen gemeinsamen Gegner hatten?

Wohl kaum, dachte Winnie. Also war Vorsicht geboten.

Diesen Typen mit der Brille zum Beispiel, den konnte sie auf den ersten Blick so gar nicht einschätzen. Er hatte bislang kaum gesprochen und sich auch sonst nicht weiter hervorgetan, weder durch unterschwelligen Widerstand noch durch übertriebene Angst. Und auch rein äußerlich wirkte er vollkommen unscheinbar. Trotzdem erinnerte Winnie sich mit einem Mal daran, dass er vor dem Eingang des linken Büros gestanden hatte, als sie die Sparkasse betreten hatte. Und das bedeutete ja wohl zwangsläufig, dass er ihr aufgefallen war. Trotz seiner vermeintlichen Unauffälligkeit. Ihr Blick tastete sich über sein Gesicht, das in dem schummrigen Licht über der Grube durchaus nicht unattraktiv wirkte. Helle Augen, schön geschwungene und für einen Mann erstaunlich volle Lippen, dazu dichtes, graumeliertes Haar. Wie alt mochte er sein? Mitte fünfzig ja wohl mit Sicherheit. Vielleicht auch schon Mitte sechzig.

Winnie Heller schüttelte unwillig den Kopf, als sie feststellte, wie schwer sie sich bereits mit dieser harmlosen Einschätzung tat. Sie versah den Mann mit einem dicken imaginären Fragezeichen, dann wandte sie sich der brünetten Kassiererin zu, die, wie sie aus dem kurzen Geplänkel in der Bank wusste, Iris Kuhn hieß. Die Frau stand ruhig, fast lässig gegen die gekachelte Wand gelehnt, und ihre Figur verriet deutlich, dass sie Sport trieb. Nicht nur zum Spaß. Ehrgeizig, freiheitsliebend und vermutlich auch ziemlich erfolgreich im Job, konstatierte Winnie Heller. Dazu die trotzige Entschlossenheit, die in den grünen, leicht schräg stehenden Augen lag. Und der Tonfall, mit dem Iris Kuhn ihre junge Kollegin zurechtgewiesen hatte … Oh nein, dachte sie, diese Frau gehört ganz sicher nicht zu der Sorte, die man gern zur Gegnerin hat!

Ihr Blick wanderte weiter zu dem Mann, der sich ihr wenig schmeichelhaft als »arabisch anmutender Kerl mit Bauchansatz« eingeprägt hatte und dem der nackte Angstschweiß auf der hohen, bogenförmig gewölbten Stirn stand. Er kauerte neben der Brünetten auf dem Boden und sah aus, als würde er jeden Augenblick in Ohnmacht fallen. An seinem Ringfinger prangte ein auffälliger Goldring. Die Dicke mit dem Einkaufsroller hatte

sich unterdessen breitbeinig auf der kahlen Matratze niedergelassen und starrte mit leeren Augen zum Rand der Grube hinauf. Auch ihre teigigen Züge muteten irgendwie alterslos an,
was vielleicht an den diffusen Lichtverhältnissen liegen mochte.
Vielleicht aber auch nicht.

Nach kurzem Zögern verbuchte Winnie Heller die Einkaufs-
roller-Dame auf Mitte bis Ende fünfzig. Unter dem geöffneten
Parka trug die Frau eine großgemusterte Bluse in auffälligen
Orangetönen, die über dem üppigen Busen sichtbar auseinander-
klaffte, und dazu eine großzügig geschnittene schwarze Hose. Tja,
meine Liebe, dachte Winnie, hättest du dich vorhin in der Bank
ein bisschen mehr beeilt, wäre dir vermutlich die unangenehme
Erfahrung einer Geiselhaft erspart geblieben. Und mir auch.

Apropos Geiselhaft …

Sie sah sich abermals in der Grube um. Hier unten gab es –
sah man von der Matratze, die die Dicke so selbstverständlich
okkupiert hatte, einmal ab – keinerlei Sitzgelegenheiten, keine
Decken, keine Wärmequelle und kein Licht.

Was, zum Teufel, machen wir, wenn wir pinkeln müssen?,
fuhr es Winnie durch den Sinn. Wie sollen wir uns warm halten,
wenn es Nacht wird? Wo sollen wir schlafen?

Sie dachte an die Uhren, die die Männer ihnen abgenommen
hatten, und überlegte, wie spät es inzwischen sein mochte. War
sie schon hungrig? Nein, aber das wollte nicht allzu viel besagen.
In Stresssituationen verspürte sie selten Hunger oder Durst. Und
normalerweise auch keine Müdigkeit. Nichtsdestotrotz müssen
wir zumindest trinken, dachte sie. Und je nachdem, wie lange
sich diese Sache hinzieht, müssen wir auch essen. Also werden
diese Kerle nicht umhinkönnen, uns zumindest mit dem Nö-
tigsten zu versorgen. Schließlich verkörpern wir so was wie das
Faustpfand, mit dem sie pokern. Und wenn sie verhandeln wollen, müssen sie ihren Gegenwert erhalten. Sie zog fröstelnd die
Schultern hoch, bevor sie einschränkend hinzusetzte: Wenigstens einige von uns.

Sie sah wieder nach der Treppe, über die die Entführer verschwunden waren, und fragte sich, was darüber liegen mochte.

Leider Gottes verstand sie zu wenig von Architektur, um einschätzen zu können, in was für einer Art von Industrieanlage sie sich befanden, aber gemessen an den Dimensionen, die allein dieses Becken hatte, handelte es sich vermutlich um ein ziemlich weitläufiges Gebäude. Weitläufig und damit schwer zu überwachen, ergänzte sie im Geiste. Und wenn die Kollegen erst einmal wissen, wo wir sind …

»Das ist jetzt vielleicht eine blöde Frage …«

Sie hatte sehr leise gesprochen, trotzdem wandten sich die Gesichter ihrer Mitgefangenen augenblicklich ihr zu.

»… aber ist irgendjemand von Ihnen zufällig im Besitz eines Handys oder Blackberrys?«

Die Dicke und der ängstliche Araber schüttelten umgehend den Kopf, woraufhin Winnie Heller ihre imaginären Notizen zu Letzterem eilig um den Zusatz »Versteht mühelos Deutsch« ergänzte.

»Ich hatte ein Handy, aber das haben sie mir schon in der Bank abgenommen«, erklärte der unscheinbare Anzugträger mit beinahe entschuldigendem Achselzucken.

Winnie Heller nickte. »Und sonst?«, fragte sie. »Ein Hörgerät vielleicht? Oder sonst irgendein Apparat, mit dem sich Kontakt zur Außenwelt aufnehmen ließe?« Sie lachte. *Tu so, als ob du einen Scherz daraus machst, und beobachte ihre Gesichter!*

»Glauben Sie mir, wenn ich etwas in dieser Richtung hätte, würd' ich's längst benutzt haben«, erwiderte Iris Kuhn spöttisch.

Oh ja, dachte Winnie Heller, davon bin ich überzeugt!

»Entschuldigung«, flüsterte Jenna, die Blondine in Grau, mit bangem Blick Richtung Treppe. »Aber vielleicht sollten wir jetzt lieber still sein. Ich meine, wenn wir tun, was sie sagen, wird uns schon nichts passieren.«

»Da wäre ich mir an Ihrer Stelle nicht ganz so sicher«, entgegnete der Mann, der sich Quentin Jahn nannte.

Jenna starrte ihn an. »Aber dieser Kerl, der Anführer, hat doch gesagt …« Sie brach ab und schürzte die Lippen wie ein enttäuschtes Kind.

Ich weiß, was er gesagt hat, dachte Winnie Heller. Er hat gesagt: Wenn Sie Widerstand leisten, werden Sie erschossen. Und nach allem, was ich bislang mitbekommen habe, sehe ich keinen Grund, an seinen Worten zu zweifeln …

12 Monika Zierau riss den Blick von Winnie Hellers Passfoto los und ließ ihre Kohleaugen ein Stück tiefer gleiten, wo vier weitere Fotografien hingen.

»Iris Kuhn, Horst Abresch und Jenna Gercke«, erläuterte Luttmann von oben nach unten. »Die beiden Erstgenannten sind fest in der überfallenen Filiale angestellt, Frau Kuhn als Kassiererin, Herr Abresch als stellvertretender Filialleiter. Frau Gercke hingegen arbeitet normalerweise in der Hauptsparkasse. Sie hielt sich nur deshalb in der Geschäftsstelle auf, weil sie diese Woche eine erkrankte Kollegin vertritt.«

Jemand sagte: »Pech gehabt.«

Ein anderer: »So kann's gehen.«

»Das vierte Bild stammt aus dem Personalausweis der Kundin, die zum Zeitpunkt des Überfalls vor Frau Heller am rechten der drei hinteren Schalter stand.« Nach ein paar kurzen Eingaben erschien das genannte Dokument auf Luttmanns Monitor. »Evelyn Gorlow, siebenundfünfzig Jahre alt, ledig«, las er von den beiden Digitalaufnahmen der Vorder- und Rückseite ab, die die Kollegen vom Kriminallabor überspielt hatten. »Die Frau wohnt ganz in der Nähe der Filiale, in der Geisbergerstraße. Eins achtundsechzig groß, braune Augen, braune Haare.«

Wie schnell so was geht, dachte Verhoeven bei sich. Kaum entführt, und schon flimmern deine Daten über ein halbes Dutzend Monitore.

Evelyn Gorlow, siebenundfünfzig, eins achtundsechzig groß und ledig. Albert Schweh, beliebt und schuldenfrei, Besitzer eines komplett abbezahlten Einfamilienhauses in Erbenheim.

Verhoeven sah wieder das Foto seiner Partnerin an und fragte sich, welche Informationen über sie in der Datenbank der Dienststelle verzeichnet sein mochten. Oder über ihn selbst. *Verhoeven, Hendrik. Achtunddreißig Jahre alt, verheiratet, eine Tochter. Derzeitige Besoldungsgruppe A 12.* Und sonst?, überlegte er. Was sonst? Auf wie viel hat der Staat, der uns bezahlt, ein Recht? Und was gehört mir, mir ganz allein? Spielt es für die Qualität meiner Arbeit irgendeine Rolle, dass ich irgendwann in meinem Leben einen Hund haben möchte? Dass ich im Privatleben einen Skoda fahre, mich mit meinen Schwiegereltern nur bedingt verstehe, klassische Musik liebe und nicht pokern kann? Wie viel von all dem gehört zu meiner so genannten Persönlichkeit? Und was sind Zufälligkeiten, Lebensumstände, Dinge, die sich irgendwann irgendwie ergeben haben?

Verhoeven verspürte einen Anflug von Ärger, als er merkte, welch tiefe Ratlosigkeit diese Fragen in ihm hinterließen.

Auf dem Bildschirm von Luttmanns Laptop waren die Aufnahmen von Evelyn Gorlows Personalausweis unterdessen neuen Bildern gewichen. Der junge Kriminaltechniker legte seine milchzarte Stirn in Falten, während er die eingescannte Aufnahme auswertete. »Die Kollegen haben im Einkaufsroller der Frau auch einen Schwerbehindertenausweis gefunden«, murmelte er. »Ausgestellt vor etwas mehr als acht Jahren aufgrund einer Brustkrebserkrankung. Der Grad der Behinderung beträgt achtzig Prozent. Keine Merkzeichen.«

»Das bedeutet, dass die Ärmste nicht mal auf 'nem verdammten Behindertenparkplatz parken darf«, bemerkte ein schnauzbärtiger Beamter in Zivil.

»Das Einzige, was sie kriegt, sind zwei BHs pro Jahr«, nickte seine Kollegin, die ihm gegenübersaß.

»Wenn überhaupt«, entgegnete der Schnauzbart.

Ihr Vorgesetzter, ein rundlicher Mittvierziger, brachte die beiden mit einem vernichtenden Blick zum Schweigen, während Luttmann bereits den nächsten Befehl in die Tastatur seines Laptops gehämmert hatte.

Über den Bildschirm rauschten nun wieder die Bilder aus den Überwachungskameras, abermals im Schnelldurchlauf. Doch irgendwann gebot der junge Computerspezialist dem hektisch-flimmernden Datenfluss mit einem entschlossenen Tastendruck Einhalt, und auf der gegenüberliegenden Wand erschien die Silhouette eines der Geiselnehmer. Der Mann war nur von hinten zu sehen und überdies halb verdeckt von etwas, das Verhoeven nicht näher einordnen konnte, aber dem jungen Kriminaltechniker schien es ohnehin um etwas anderes zu gehen.

»Leider befinden sich unter den Geiseln noch zwei männliche Personen, die wir bislang nicht identifizieren konnten«, erläuterte Luttmann, ohne seinen Blick vom Bildschirm zu wenden. »Und zwar handelt es sich dabei um den Mann dort hinten ...« Die Ausschnitte, die der Beamer an die Wand warf, verengten sich und kreisten auf diese Weise ein fremdländisch anmutendes Gesicht ein. »Und ...« Luttmanns Finger flogen aufs Neue über die Tasten. »Ja, genau ... Und dann noch dieser Kerl hier.«

Ich würde ihn kaum einen Kerl nennen, dachte Verhoeven und betrachtete ein interessantes, puristisch wirkendes Männergesicht, das ihn entfernt an irgendeinen Schauspieler erinnerte. Ein berühmter Charakterdarsteller, aber er kam nicht auf den Namen.

»Mit dem kann ich vielleicht dienen«, meldete sich ein dunkelhaariger Beamter in Zivil zu Wort, der zu einem Zeitpunkt, der Verhoevens Aufmerksamkeit entgangen war, an einem der zahlreichen Computer an der hinteren Wand Platz genommen haben musste. »In der Zentrale ist vor wenigen Minuten der Anruf einer Frau eingegangen, die ihren Chef vermisst. Sie arbeitet in dem kleinen Zeitschriftenladen, der schräg gegenüber liegt.«

»Gegenüber der Filiale?«, hakte Hinnrichs nach, und auch Verhoeven erinnerte sich plötzlich, auf der anderen Straßenseite ein Schaufenster und das klassische Hinweisschild einer Lottoannahmestelle gesehen zu haben.

Der angesprochene Beamte nickte und überflog die Informationen, die ihm sein Rechner anbot. »Die Zeugin war zum Zeitpunkt des Überfalls schon nach Hause gegangen und hat zunächst nur von den Schüssen am Kochbrunnenplatz gehört«, erklärte er, nachdem er einige Augenblicke stumm gelesen hatte.

»Erst als eine besorgte Freundin sie anrief, um zu fragen, ob ihr auch nichts passiert sei, erfuhr sie von dem Überfall. Daraufhin hat sie versucht, ihren Chef zu erreichen, weil der jeden Abend kurz vor Schalterschluss zur Bank rübergeht, um die Tageseinnahmen auf das Firmenkonto einzuzahlen. Aber er geht nicht ans Telefon. Weder zu Hause noch auf seinem Handy.«

Monika Zierau nickte. »Haben wir eine Beschreibung des Mannes?«

»Nicht viel«, räumte der dunkelhaarige Beamte ein. »Quentin Jahn. Dreiundsechzig Jahre alt. Schlank. Kurzes Haar. Er ist geschieden und wohnt allein in einer Dreizimmerwohnung über seinem Laden.«

Die Psychologin begutachtete das infolge der Vergrößerung leicht unscharfe Gesicht, das noch immer wie festgefroren an der gegenüberliegenden Wand stand. »Vom Alter und von den Umständen her würde es passen«, konstatierte sie.

»Ich fahre hin und spreche mit der Angestellten«, erbot sich ein austrainierter Mittdreißiger und verließ den Raum.

Ein anderer folgte ihm.

»Und sehen Sie zu, dass Sie ein Foto von diesem Quentin Jahn auftreiben«, rief die Psychologin hinter den beiden her. Dann griff sie nach ihrer Aktentasche und zog einen eselsohrigen Collegeblock mit Spiralbindung heraus. Verhoeven fiel auf, dass sie keinerlei Schmuck trug, nicht einmal eine Armbanduhr.

»Haben die Kollegen von der Spurensicherung eigentlich auch Frau Hellers Brieftasche gefunden?«, fragte Hinnrichs in die kurze Stille, die dem Aufbruch der beiden Beamten gefolgt war, und an der Farbe seiner Stimme erkannte Verhoeven, dass er alarmiert war.

Luttmann schüttelte den Kopf. »Nein, nur das Handy.«

Verdammt noch mal, dachte Verhoeven, dem schlagartig klar wurde, worauf die Frage seines Vorgesetzten abgezielt hatte. Wenn seine Partnerin ihre Papiere bei sich trug, konnten die Entführer sie anhand ihres Dienstausweises als Kriminalbeamtin identifizieren.

»Wann hat Frau Heller das Büro verlassen?«, fragte Hinnrichs.

»Keine Ahnung«, musste Verhoeven zugeben. »Ich selbst bin heute schon um drei gegangen. Da war sie noch da.« Er schlug die Beine übereinander und wappnete sich im Geiste bereits gegen Hinnrichs' empörte Frage, warum einer seiner Beamten es an einem Nachmittag wie diesem gewagt hatte, derart früh nach Hause zu fahren.

Ich hatte einen Besuch zu machen. Zumindest dachte ich das. Aber ich habe mich geirrt. Es gibt kein Vergessen. Und auch keine Vergebung. Nicht bei so etwas.

Doch sein Vorgesetzter stellte keine Fragen, sondern hatte – pragmatisch wie immer – bereits sein Handy am Ohr und telefonierte mit Werneuchen. »Frau Heller hat das Büro kurz nach Ihnen verlassen«, verkündete er, nachdem er das Gespräch beendet hatte. »Angeblich hatte sie einen Friseurtermin.«

Verhoeven dachte an die leuchtend kupferrote Tönung, mit der seine Partnerin ihren Dienst im KK 11 angetreten hatte, und an seine Frau, die selten zum Friseur ging. Wenn sie es allerdings doch einmal tat, dauerte es meist eine kleine Ewigkeit, bis sie zurückkehrte, weshalb sie diese Termine in aller Regel auf einen der Nachmittage legte, an denen er dienstfrei hatte. »Angenommen, Winnie wäre gegen Viertel nach drei gegangen«, überlegte er laut.

Hinnrichs nickte. »Laut Werneuchen kommt das ungefähr hin.«

»Dann kann ihr Termin eigentlich frühestens um halb vier gewesen sein«, fuhr Verhoeven fort. »Und eine Stunde hat die Sache vermutlich mindestens gedauert.«

»Bleiben rund fünfundzwanzig Minuten bis zu dem Augenblick, in dem sie unsere Filiale betreten hat«, ergänzte Hinnrichs, indem er seine Brille zurechtrückte. »Und das wiederum bedeutet, dass sie auf keinen Fall vorher zu Hause gewesen sein kann.«

Verhoeven sah seinen Vorgesetzten an. »Also hat sie ihren Dienstausweis bei sich.«

»Nicht unbedingt«, widersprach ihm Monika Zierau. »Sie könnte ihre Papiere theoretisch auch im Auto gelassen haben, als sie in die Sparkasse gegangen ist. Viele Leute nehmen nur das Nötigste mit, wenn sie wissen, dass sie in ein paar Minuten wieder zurück sind.«

»Haben Sie eine Aufstellung der Fahrzeuge, die zum Zeitpunkt des Überfalls in der Nähe der Filiale geparkt waren?«, wandte sich Hinnrichs an Luttmann.

Doch der Beamte, der auf den Anruf von Quentin Jahns Angestellter hingewiesen hatte, kam dem jungen Techniker zuvor: »Was die Hohenzollernstraße betrifft, ja«, sagte er. »Nach was für einem Wagen suchen Sie?«

»Nach einem Polo«, antwortete Verhoeven für seinen Vorgesetzten, dessen Miene grimmige Ahnungslosigkeit spiegelte. »Schwarz mit dunkelgrauen Sitzen und einem Clownsfisch am Rückspiegel.« Er nannte auch das Kennzeichen, und der Beamte überflog seine Liste.

»Nein«, entgegnete er mit einem bedauernden Kopfschütteln. »Kein Polo. Aber ich gebe den Kollegen vor Ort Bescheid, dass sie nach dem Fahrzeug suchen.«

»Wahrscheinlich wissen diese Scheißkerle ohnehin längst, mit wem sie es zu tun haben«, knurrte Hinnrichs.

»Oder es ist ihr gelungen, den Ausweis verschwinden zu lassen«, widersprach Verhoeven, indem er sich den Blumenkübel in Erinnerung rief, unter den seine Partnerin ihr Handy geschleudert hatte. Umsichtig genug war sie auf alle Fälle …

Sein Vorgesetzter sagte nichts, sondern tastete nur blind nach seinen Zigaretten. Als er sich dessen bewusst wurde, zog er eilig die Hand zurück.

»Ach du Scheiße, was hat *der* denn hier verloren?«, entfuhr es Monika Zierau wenig damenhaft, als die Tür der Einsatzzentrale erneut geöffnet wurde und Jens Büttner hereinkam. Er hatte seine Fliegerjacke gegen ein dunkles Sakko getauscht und ließ die überraschten Blicke der Anwesenden an sich abprallen wie einen Schwarm lästiger Insekten.

»Nach allem, was ich gehört habe, liegt die Gesamtleitung der Operation bei Werner Brennicke«, flüsterte Hinnrichs mit betont wertfreier Miene.

Monika Zierau starrte ihn an. »Das ist doch wohl hoffentlich nicht Ihr Ernst, oder?«

»Ich fürchte doch.«

Die Kohleaugen der Psychologin wandten sich Luttmann zu. »Weiß Richard das schon?«

»Nicht von mir«, entgegnete der junge Kriminaltechniker lapidar.

»Na dann …« Monika Zierau zog ihre sorgfältig in Form gezupften Augenbrauen hoch. »Auf gute Zusammenarbeit!«

13 Inger Lieson drosselte das Tempo ihres Audi S 5 Coupés und blickte zum wiederholten Mal in den Rückspiegel, doch sie konnte nichts entdecken, was das Gefühl der Bedrohung gerechtfertigt hätte, das sie seit geraumer Zeit empfand. Der Wagen, der unmittelbar hinter ihr gewesen war, hatte sich eingeordnet, um an der nächsten Kreuzung nach links abzubiegen. Außerdem erkannte sie jetzt, da er näher herankam, dass eine Frau am Steuer des silbernen Opel Zafira saß. Eine blasse Blondine mit Schildpattbrille und schulterlangem Haar.

Dem Opel folgte ein Motorrad. Dahinter erst einmal eine ganze Weile lang gar nichts und schließlich ein hellblauer Kleinwagen, der verdächtig nach Studentin oder Hausfrau aussah. Also beim besten Willen nichts, das Anlass zur Beunruhigung geboten hätte.

Doch aus irgendeinem unerfindlichen Grund fühlte Inger Lieson sich nicht beruhigt.

Eher im Gegenteil.

Sie gab wieder ein wenig mehr Gas, bis der Tacho exakt fünfzig Stundenkilometer anzeigte. Trotz der 354 PS, über die dieses Kraftpaket von einem Auto verfügte, hielt Inger sich immer und überall penibel an die Geschwindigkeitsbegrenzungen. Sie beachtete 30er-Zonen und Spielstraßen und achtete darauf, dass die Räder ihres Wagens an jedem Stoppschild auch tatsächlich zum Stillstand kamen. Allerdings handelte sie hierbei weniger aus Rücksichtnahme oder Pflichtgefühl als aus der Angst heraus, einen Unfall und damit einen Haufen Kosten zu verursachen. Nicht, dass Walther es sich nicht spielend hätte leisten können, ihr ein neues Auto zu kaufen, falls sie den Audi zu Schrott fuhr. Aber es war eben Walther, der sich so etwas leisten konnte, nicht sie. Und deshalb tat sie alles, um das Risiko zu minimieren.

Sie hielt an einem Zebrastreifen, um eine Frau mit zwei kleinen Kindern über die Straße zu lassen. Die dunkelhaarige Mutter erinnerte sie entfernt an Gunnel, ihre Schwester, die drei Söhne von drei verschiedenen Männern hatte. Und wie um dieser Misere noch die Krone aufzusetzen, schien Gunnels aktueller Freund nicht gerade zimperlich zu sein, was die Durchsetzung seiner so genannten Bedürfnisse betraf. Zumindest wenn man den Horrorgeschichten Glauben schenkte, die Ingers Vater im Zuge ihrer allwöchentlichen Telefonate zum Besten gab.

Seltsamerweise fand Inger trotz allem, dass ihre Schwester nicht halb so müde und unglücklich aussah wie sie selbst, und sie fragte sich oft, woran das liegen mochte. Wenn sie das Leben, das sie führte, objektiv betrachtete, fand sie nichts, das daran nicht gestimmt hätte. Sie war gesund, besaß ein ganzes Portemonnaie voller Kreditkarten, und was immer sie auch zu welchem Preis kaufte – ihr Mann fragte nie nach dem Grund der Anschaffung. Manchmal wäre es ihr fast lieber gewesen, wenn er irgendwann einmal gesagt hätte: *Dreihundert Euro für einen Haarschnitt? Hast du den Verstand verloren?* Aber genau wie seine Golfbrüder ihre Doggen oder Weimaraner ganz selbstverständlich in den teuersten Hundesalon der Stadt führten und ein kleines Vermögen für krokolederne Halsbänder und Designer-Hundesofas und Regencapes von Harrods ausgaben, schien Walther zu glauben, dass er seiner Frau die bestmögliche Pflege und Ausstattung schuldig war.

Ich müsste glücklich sein, dachte sie.

Und doch …

Irgendetwas genügte nicht. Da war etwas, das definitiv falsch lief in ihrem Leben.

Der Gedanke erschreckte sie, und wie um sich abzulenken, blickte sie auf ihre Hände hinunter, die glatt und gepflegt auf dem ledernen Lenkrad lagen. Sie war jetzt achtunddreißig und begann langsam, aber sicher, sich alt zu fühlen. Und das, obwohl sie lange Zeit um ein Vielfaches jünger ausgesehen hatte, als sie tatsächlich gewesen war. Mit zwanzig hatte sie sich geärgert, wenn sie beim Zigarettenkaufen ihren Ausweis vorzeigen musste, um ihre Volljährigkeit unter Beweis zu stellen. Und selbst noch mit Mitte dreißig war sie mühelos als Medizin- oder Jurastudentin durchgegangen.

In jüngster Zeit allerdings hatte sie das Gefühl, rapide zu altern. Fast so, als habe sie einen Rückstand aufzuholen.

Ihre Finger tasteten nach dem Pflaster, das die Rötung an ihrem Unterarm bedeckte, und sie überlegte, ob sie es abziehen oder lieber noch ein paar Stunden auf der frisch gelaserten Stelle belassen sollte. Nach der Arbeit war sie bei ihrem Hautarzt gewesen. Zumindest bezeichnete sich der smarte Mittvierziger mit dem asiatisch anmutenden Kittel und der doppelt verstärkten Brille, die seine Eulenaugen bis zur Unkenntlichkeit verzerrte, als Hautarzt. Doch obwohl Immanuel Gent sein »Dr. med.« sogar in großen, geschwungenen Lettern auf seiner Praxistür verewigt hatte, konnte sich Inger des Eindrucks nicht erwehren, dass Medizin im eigentlichen Sinn des Wortes in Dr. Gents Denkstrukturen nur eine untergeordnete Rolle spielte. Sie wusste um die beiden Wartezimmer, über die seine Praxis verfügte. Und sie hatte auch mitbekommen, dass manche Patienten drei Monate oder länger auf einen Termin warten mussten, obwohl sie wegen eines akuten Ekzems oder einer fragwürdigen Hautveränderung anriefen.

Fragte man hingegen nach einem Biolifting oder einer Hyalurontherapie, konnte man noch am selben Tag vorbeikommen, vorausgesetzt, man beantwortete die Standardfrage der Assistentin: »Aber Sie wissen schon, dass das nicht von der Kasse übernommen wird?« mit einem gelassen-zahlungskräftigen »Ja natürlich, kein Problem«.

Und genau das hatte Inger getan. Nicht, weil sie es tatsächlich so furchtbar eilig gehabt hätte, den Zeichen der Zeit entgegenzuwirken, sondern um Dr. Gent quasi im Kielwasser einer Unterspritzung ihrer Nasobialfalten gleich auch noch den winzigen, schuppenden Pigmentfleck an ihrem Unterarm zeigen zu können, der ihr Sorgen bereitet hatte.

Nein, nein, das ist nichts, hatte er sie beruhigt, während er ihr aus Hahnenkämmen gewonnene Hyaluronsäure mit einer hauchfeinen Nadel direkt unter die Haut gespritzt hatte. *Eine harmlose kleine Lichtschwiele, nichts weiter. Mit so einer Sache können Sie gut und gern dreißig oder vierzig Jahre leben, ohne dass sich irgendwas verändert. Aber wenn es Sie beunruhigt, mache ich Ihnen das gleich mit weg.*

Inger stoppte vor der nächsten roten Ampel und nahm einen Schluck aus der Wasserflasche, die im Becherhalter neben dem Lenkrad steckte. Seit ihrer Heirat nahm sie die Welt irgendwie auf zwei verschiedenen Ebenen wahr. Die, auf die sie durch ihre Hochzeit mit dem erfolgsverwöhnten Hobbygolfer Walther Lieson geraten war. Und die, auf der sie sich bewegen würde, wenn sie noch immer Inger Stettler hieße.

Inger, die Bankiersgattin.

Und Inger, die Stewardess.

Als Inger, die Stewardess, hätte ich drei Monate auf eine Entwarnung wegen dieses blöden Pigmentflecks warten müssen, dachte sie, indem sie sich das leidige Pflaster mit einem Ruck vom Arm riss und es in den Aschenbecher stopfte, in dem bereits wieder vier Kippen lagen. Und wie immer, wenn sie sich eines Vorteils bewusst wurde, den sie ihrer Meinung nach nicht verdient hatte, empfand sie einen Anflug von Schuld.

Wahrscheinlich war es auch eben dieses Schuldgefühl, das sie dazu brachte, gegen den ausdrücklichen Willen ihres Mannes an drei Nachmittagen in der Woche am Empfang einer Sprachenschule zu sitzen und Teilnehmerkarten zu quittieren. Du wechselst da doch nur Geld, pflegte Walther kopfschüttelnd zu bemerken, wann immer die Sprache auf ihren Job kam, und wenn Inger das symbolische Gehalt bedachte, das Nina, die Besitzerin der Schule, ihr zahlte, konnte sie nicht umhin, ihrem Mann zu-

zustimmen. Nichtsdestotrotz hatte sie das dringende Gefühl, dass es allein dieser Job war, der zwischen ihr und dem Wahnsinn lag. Die letzte Bastion ihres stetig verblassenden Selbstwertgefühls.

Vielleicht werde ich eines Tages einfach verschwunden sein, dachte sie. Ich löse mich in Luft auf, und niemand wird den Verlust bemerken.

Fast so, als ob es mich nie gegeben hätte …

Im selben Augenblick hielt unmittelbar hinter ihr ein schwarzer Geländewagen. Die Scheiben waren dunkel getönt, sodass Inger von dem Fahrer im Grunde nicht viel mehr als einen Umriss erkennen konnte. Aber an seinen Händen sah sie, dass es ein Mann war. Und seltsamerweise empfand sie bei seinem Anblick wieder diese leise, durch nichts zu erklärende Bedrohung.

Sie beugte den Kopf noch ein Stück weiter nach rechts, bis ihre eigenen Augen ihr aus dem Rückspiegel entgegenblickten. Kein Zweifel, sie war sichtbar – ein Zustand, der sie immer dann besonders wunderte, wenn er nicht mit ihrer inneren Einstellung korrespondierte. Wenn es danach ginge, wie ich mich fühle, dachte Inger, müssten die Leute eigentlich geradewegs durch mich hindurch blicken!

Sie seufzte und ließ sich wieder in den festen Sportsitz ihres Coupés zurücksinken.

Natürlich konnte sie das, auffallen. Wenn sie es darauf anlegte, konnte sie eine überaus attraktive Frau sein, und früher hatte sie ihre Attraktivität – das musste sie zugeben – auch weidlich ausgenutzt. Du machst unter Garantie mal eine gute Partie, hatte Dorén, ihre Lieblingskollegin bei der Lufthansa, ihr immer prophezeit und dann augenzwinkernd die Bedienung in der Zweiten Klasse übernommen.

Damit du bei den Betuchten freie Bahn hast …

Das ist zweifellos das Thema meines Lebens, dachte Inger mit einem Anflug von Selbstironie. Erste Klasse, zweite Klasse. Dazwischen ein simpler Vorhang, ein ebenso lächerliches wie unüberwindliches Hindernis.

Sie schielte nach der handschuhweichen Wildlederjacke auf

dem Beifahrersitz und überlegte, ob sie es schaffen würde, sie anzuziehen, bevor die Ampel auf Grün sprang. Ihr war kalt, obwohl allenthalben die Krokusse und Tulpen nur so aus dem Boden schossen und der Flieder in den Gärten, die die Straße säumten, bereits dicke Knospen trug. Aber vielleicht kam das Frieren auch daher, dass sie seit dem frühen Morgen nichts außer Kaffee zu sich genommen hatte. An den Tagen, an denen sie arbeitete, verzichtete sie ohnehin grundsätzlich aufs Mittagessen und nahm sich stattdessen nur ein Brötchen mit. Doch selbst das steckte heute noch unberührt in ihrer Tasche. Und gleich, wenn sie nach Hause kam, würde sie es in den Kühlschrank legen, um es morgen früh zum Frühstück zu essen, weil sie es als mittleres von drei Kindern eines chronisch unterbezahlten Fliesenlegers auch zwanzig Jahre nach Verlassen ihres Elternhauses noch immer nicht übers Herz brachte, ein belegtes Brötchen einfach in die Mülltonne zu werfen.

Sie zuckte erschrocken zusammen, als sie sah, dass die Ampel vor ihr längst wieder Grün zeigte, und unkonzentriert, wie sie war, ließ sie die Kupplung ein wenig zu schnell kommen. Der Audi machte einen Satz nach vorn, dann erstarben die 354 PS in einem stilvollen Seufzer.

Der Fahrer des dunklen Geländewagens, der ebenfalls nicht besonders aufmerksam gewesen zu sein schien und um Haaresbreite aufgefahren wäre, machte derweil seiner Wut über Ingers Unachtsamkeit hupend und gestikulierend Luft, bevor er mit aggressiv quietschenden Reifen an ihr vorbeizog.

Inger hob den Kopf und starrte seinen Rücklichtern nach, bis sie um die nächste Kurve verschwunden waren.

Erst dann ließ sie den Motor wieder an und fuhr langsam weiter.

14 Winnie Heller hob geblendet die Hand vor die Augen, als sie von einem Moment auf den anderen wieder von einem Lichtstrahl erfasst wurde. Doch auch diese schützende Geste konnte nicht verhindern, dass die Welt um sie herum angesichts der gleißenden Helligkeit erneut in diffuse Schatten zerfiel, während sie selbst sich mitten in einem Kegel aus Licht wiederfand.

»Name«, peitschte eine Stimme vom oberen Rand der Grube zu ihr hinab.

Scheiße, dachte Winnie Heller, und was jetzt? Eine Lüge war in einer Situation wie der ihren schwer durchzuhalten, noch dazu, wo sich die Brieftasche mit ihren Papieren nach wie vor in ihrer Hosentasche befand und die Geiselnehmer eigentlich nur nachzusehen brauchten, was sie so bei sich trug. Andererseits …

»Name«, wiederholte der Mann mit dem hellen Mantel in drohendem Ton. Dabei leuchtete er ihr direkt ins Gesicht, und angesichts der unüberhörbaren Aggression in seiner Stimme wagte Winnie nicht, noch länger zu zögern.

»Heller«, antwortete sie, wobei sie sich selbst wunderte, wie dünn und verloren ihre Stimme zwischen den kahlen Wänden klang. »Winifred Heller.«

»Winifred?« Er lachte. »Was für'n Scheißname ist das denn?!«

Ich hätte lügen können, hämmerte es hinter Winnies Stirn. Wäre es am Ende nicht vielleicht doch besser gewesen, wenn ich diesen Mistkerl angelogen hätte? Was kann mir erwachsen aus der Wahrheit? Welche Gefahren birgt sie? Welche Möglichkeiten?

»Ich … Mein Name ist Jenna Gercke«, kiekste die Blondine neben ihr, kaum dass das Licht sie erfasste. »Ich arbeite normalerweise in einer anderen Filiale, aber …«

»Hab ich dich vielleicht irgendwas gefragt?«, herrschte der Typ im hellen Mantel sie an, und Winnie Heller hörte die tiefe Verachtung, die in seiner Stimme schwang.

Die Blondine schüttelte mit einer Mischung aus Verwirrung und Angst den Kopf.

»Dann halt gefälligst dein Maul, klar?«

Er ließ den Strahl seiner Lampe weiterwandern.

»Was ist mit dir?«

»E … Evelyn.«

Das war die Dicke.

»Evelyn und weiter?«

»Was?«

»Sag mir deinen gottverdammten Nachnamen, oder ich …«

»Gorlow«, kreischte die Frau, indem sie wie zum Selbstschutz die runden Beine gegen ihren üppigen Busen zog. »Evelyn Gorlow.«

Warum, zum Teufel, fragt dieser Typ uns, wie wir heißen?, überlegte Winnie Heller, indem sie zum Rand der Grube hinaufsah. Wozu wollen diese Kerle schon zu einem derart frühen Zeitpunkt wissen, *wen* sie da eigentlich in ihrer Gewalt haben? Hieß es denn nicht, dass Täter wie diese es nach Möglichkeit vermieden, ihre Opfer zu personalisieren, dass sie alles dafür taten, ihnen nicht so etwas wie eine eigene Identität zugestehen zu müssen? Immerhin fiel es im Ernstfall leichter, eine Geisel zu erschießen, die keinen Namen und keinen Hintergrund hatte. Oder ging es darum, zu klären, was man anzubieten hatte? Nein, gab Winnie Heller sich selbst zur Antwort. Wenn diese Männer tatsächlich so etwas wie Erfahrung mitbringen, und davon muss man angesichts der präzisen Vorbereitung dieses Überfalls ja wohl ausgehen, dann wissen sie auch, dass die Unterhändler der Polizei ohnehin selten oder nie über ganz bestimmte Geiseln verhandeln und ihrerseits bewusst jede Personalisierung der Gefangenen vermeiden. Schon, um auf diese Weise den Wert des Faustpfandes herabzusetzen, das die Entführer in der Hand zu haben glauben. Also warum, in drei Teufels Namen, wollen sie wissen, wer wir sind?

Der Strahl der Taschenlampe hatte inzwischen den bleichen Araber ins Visier genommen, dessen Teint in dem aggressiven Licht fast grün wirkte.

»Und du?«

Der Angesprochene hob zögernd den Blick, und blanke Angst lag auf seinen Zügen, als er mit heiserer Stimme antwortete: »Mousa, Jussuf.«

Winnie Heller konnte das Gesicht hinter der Taschenlampe nicht genau erkennen, aber sie hatte das dringende Gefühl, dass der Mann im hellen Mantel grinste. Es macht ihm Spaß, dachte sie. Dieser verdammte Scheißkerl genießt seine Macht! Fragt er uns deshalb, wer wir sind? Ist er einer der wenigen, die wissen wollen, wen sie abknallen?

»Verzeihung … ich …«

Iris Kuhn!

»Könnten wir vielleicht etwas zu trinken bekommen … bitte?«

Die Taschenlampe erfasste das Gesicht der brünetten Bankangestellten, die noch immer an der Wand lehnte und mit bemerkenswert unerschrockenem Blick direkt in den grellen Lichtstrahl blickte. Der Mann im Mantel hatte sie übergangen, was Winnie nicht weiter gewundert hatte. Schließlich kannten die Geiselnehmer den Namen der Kassiererin bereits aus der Bank.

»Was meinst du?«, fragte der Mann vom Grubenrand, und selbst auf die Entfernung konnte Winnie Heller das kalte Glitzern seiner Augen erkennen. Irgendwas stimmt nicht mit diesem Typen, dachte sie unbehaglich. Ich an ihrer Stelle würde mich vorsehen.

»Entschuldigung, aber … ich … Ich habe entsetzlichen Durst«, antwortete die Kassiererin, indem sie einen Schritt vortrat und sich mit fragendem Blick nach ihren Mitgefangenen umsah, vielleicht, weil sie hoffte, dass einer der anderen sie in ihrer durchaus nicht unberechtigten Bitte unterstützen würde. »Könnten Sie … Ich meine, würde es Ihnen etwas ausmachen, uns etwas zu trinken zu geben?«

Aller Bedenken zum Trotz verspürte Winnie Heller das dringende Bedürfnis, der Bankangestellten zu Hilfe zu kommen. Etwas zu sagen. Sich einzumischen. Aber irgendetwas hielt sie davon ab. Ein Instinkt, der ihr sagte, dass es unklug wäre, schon jetzt als Gruppe in Erscheinung zu treten. Die Entführer durften nicht zu früh auf den Gedanken kommen, dass in der Überzahl der Geiseln möglicherweise auch eine Chance lag. Eine Chance, dachte Winnie, die wir nutzen können, wenn wir es klug anstellen.

Sieben auf einen Streich ...

Der Mann im hellen Mantel, der für ein paar kurze Augenblicke in dem schummrigen Licht hinter dem Grubenrand verschwunden war, trat an die Eisentreppe, wo er ein paar Sekunden vollkommen regungslos verharrte. Winnie Heller sah seine Schultern, die trotz seiner wuchtigen Statur straff und austrainiert wirkten. Dann erzitterten die rostigen Stufen unter dem Klang seiner Tritte. Genau wie seine Komplizen trug er eine Art Sturmhaube, die den größten Teil seines Gesichts verdeckte. Trotzdem war deutlich zu erkennen, dass er helle Augen hatte. Blau wahrscheinlich. Oder Grau. Und voller Schrecken registrierte Winnie Heller auch die mitleidlose Leere, die in diesen Augen lag.

Der Mann hielt einen Aluminiumbecher in der Hand. Schutt und Glassplitter knirschten unter seinen Lederschuhen, als er langsam quer durch die Grube kam und direkt vor der brünetten Bankangestellten stehen blieb. Er musterte sie einen kurzen Moment abschätzig, dann streckte er ihr den Becher entgegen.

Iris Kuhn zögerte.

Etwas, das Winnie Heller durchaus verstehen konnte.

»Ich denke, du hast Durst«, sagte der Mann, der den Mantel so perfekt ausfüllte, als sei dieser eigens für ihn geschneidert worden. Er hielt den Becher jetzt so, dass er nur Millimeter vor dem Busen der Bankangestellten schwebte.

Dennoch widerstand Iris Kuhn der Versuchung, einen Schritt zurückzuweichen. In ihren Katzenaugen lag allerdings nicht mehr trotzige Entschlossenheit, sondern Angst und Argwohn.

Na mach schon, flüsterte Winnie Heller der Bankangestellten in Gedanken zu. Egal, was es ist, trink es, gib ihm den Becher wieder und spiel hier auf keinen Fall die Heldin, okay? Schon gar nicht bei diesem Typen!

Die Finger der Kassiererin zitterten leise, als sie nach quälend langen Sekunden des Abwartens endlich nach dem Becher griff. Sie warf einen kurzen Blick hinein und setzte das Gefäß dann mit sichtlichem Widerwillen an die Lippen, die einmal sorgfältig geschminkt gewesen waren, inzwischen aber bleich und ausgetrocknet wirkten. Das Aluminium schimmerte im Licht der Taschenlampe wie flüssiges Silber, als die Bankangestellte den Kopf zurückbeugte und ein paar vorsichtige Schlucke nahm.

Winnie Heller versuchte, an ihrem Gesicht abzulesen, was der Entführer ihr da gereicht haben mochte, doch Iris Kuhn verzog keine Miene.

»Danke«, sagte sie, indem sie dem Mann im hellen Mantel den Becher zurückgab. Dann senkte sie hastig den Blick. Vielleicht, weil sie Angst hatte, dass er sich sonst provoziert fühlen könnte.

Der Entführer nickte nur und wandte sich ab.

Anschließend ging er mit derselben gelassenen Ruhe, mit der er gekommen war, auf die eiserne Treppe zu.

Verdammt, dachte Winnie Heller, irgendwas stimmt nicht mit diesem Kerl! Etwas an seiner Haltung, an seinem Gebaren machte sie nervös, ohne dass sie hätte sagen können, was es war. Aus den Augenwinkeln registrierte sie, wie der Mann eine Hand unter das Revers seines Mantels schob. Was dann geschah, vollzog sich ohne jeden Übergang.

Der Entführer zögerte nicht. Nicht eine einzige Sekunde. Er wirbelte einfach auf den Absätzen seiner Lederschuhe herum, eine flüssige, beinahe elegante Bewegung.

Winnie Heller sah etwas Metallisches aufblitzen, und eine Kugel aus dem Lauf seiner Automatik traf die brünette Bankangestellte genau zwischen die Augen.

Die Wucht des Schusses warf Iris Kuhns athletischen Körper zurück, als sei er ein gewichtsloses Nichts. Winnie Heller hörte das gedämpfte Pfeifen des Schalldämpfers. Dann schlug der Hinterkopf der Bankangestellten auch schon mit einem markerschütternd dumpfen Ton auf dem verdreckten Boden auf. Staub wirbelte hoch, winzige Teilchen, die im Licht der Taschenlampe tanzten, während der Mann im hellen Mantel den Strahl mit an Obszönität grenzender Penetranz auf den toten Körper gerichtet hielt.

Er sezierte ihn förmlich. Vor ihrer aller Augen.

Winnie Heller hörte, wie jemand »Oh mein Gott« rief. Zugleich drängte sich ein ebenso banaler wie makabrer Satz in ihr

Bewusstsein. Irgendein blödsinniger Abzählreim. *Da waren's nur noch sechs ...*

Dann erschien eine neue Silhouette über dem Rand der Grube.

»Scheiße, Bernd, was hast du gemacht?«, schrie der jüngste der Geiselnehmer, und seine Stimme überschlug sich fast vor lauter Aufregung. »Was, um Himmels willen, hast du getan?«

Dein Komplize hat gerade eine Frau erschossen, gab Winnie Heller dem Jungen stumm zur Antwort. Nein, falsch, er hat Iris Kuhn nicht erschossen. Er hat sie liquidiert. Und du, mein Kleiner, hast uns gerade den Vornamen ihres Mörders verraten!

Sie merkte, wie sie leise zu zittern begann, und ihr Kopf fühlte sich von einem Augenblick auf den anderen wattig und leer an. Trotzdem schielte sie zu dem Mann im hellen Mantel hinüber. Eigentlich müsste er furchtbar wütend sein, dachte sie, darüber, dass sein Kumpel sich nicht besser im Griff hat. Aber zu ihrer Überraschung sahen die Augen hinter der Sturmhaube nicht im Mindesten wütend aus.

Eher ...

Ja, dachte Winnie Heller schaudernd, eher amüsiert.

»Also gut, meine Herrschaften«, sagte Brutalo-Bernd, wobei er offenbar ganz bewusst den Tonfall seines Komplizen imitierte. »Möchte vielleicht sonst noch jemand von Ihnen einen Wunsch äußern?«

Dieser elende Dreckskerl ist ungefähr so gestresst wie meine Mutter sonntagabends in der Badewanne, befand Winnie Heller fassungslos. Es lässt ihn vollkommen kalt, zu töten. Und er hat auch nicht die geringste Angst davor, dass man herausfindet, wer er ist. Mehr noch, dachte sie, ich habe das Gefühl, als ob er der Leiche am liebsten seine Visitenkarte um den Hals hängen würde.

Unter ihren Mitgefangenen herrschte noch immer blankes Entsetzen, und natürlich dachte niemand daran, die mehr als zynische Frage des Geiselnehmers zu beantworten. Stattdessen schienen alle bemüht, eine Stelle zu finden, die sie gefahrlos ansehen konnten. Bloß nicht auffallen, schien die allgemeine

Devise zu lauten. Nicht auffallen. Nicht reizen. Am besten gar nicht da sein.

»Gut«, sagte Bernd Wer-auch-immer, nachdem er keine Antwort erhielt. »Das dachte ich mir.«

Dann drehte er sich um und ging davon.

Während die Blicke ihrer Mitgefangenen sich zögerlich an seinen Rücken hefteten, der sich langsam und ungerührt die eiserne Treppe hinaufbewegte, blieben Winnie Hellers Augen an Quentin Jahn hängen. Der Zeitschriftenhändler stand ein wenig abseits, und was sie von ihm sehen konnte, bestätigte ihren ersten, flüchtigen Eindruck: ein verhältnismäßig kleiner, asketisch wirkender Mann um die sechzig mit raspelkurz geschnittenem Haar und wachen, taxierenden Augen. Sie dachte daran, wie er das Heft in die Hand genommen hatte, vorhin in der Bank. Und auch später noch einmal. Im Van. Zugleich fiel ihr plötzlich auf, dass Alpha den Zeitschriftenhändler im Gegensatz zu Iris Kuhn von Beginn an gesiezt hatte, und sie fand diesen Umstand irgendwie bemerkenswert. Lag das am Alter? An der ruhigen Autorität, die Quentin Jahn ausstrahlte, selbst jetzt, in einer Situation wie dieser?

Falls dieser Mann Angst hat, versteht er es jedenfalls vortrefflich, sie zu verbergen, resümierte sie.

Quentin Jahn schien zu spüren, dass sie ihn ansah. Jedenfalls drehte er den Kopf in ihre Richtung, und als ihre Blicke sich trafen, glaubte Winnie Heller gar, etwas wie eine Frage in seinen Augen auszumachen. *Na*, schienen diese Augen zu sagen, *was denken Sie, wie unsere Chancen stehen?*

II

Hast du einen Freund hienieden,
Trau ihm nicht zu dieser Stunde,
Freundlich wohl mit Aug und Munde,
Sinnt er Krieg im tückschen Frieden.

Joseph Freiherr
von Eichendorff, »Zwielicht«

Magdeburg, Januar 1973

Ihr Atem geht stoßweise, und sie hat das Gefühl, den Geruch, der dumpf und schwer an ihr klebt wie eine nasse Wolldecke, keine Sekunde länger ertragen zu können. Narkotika. Desinfektionsmittel. Blut. Dazu etwas, das sie noch nicht einmal annähernd beschreiben könnte. Vielleicht, denkt sie, ist es der Geruch zurückliegender Qualen, ähnlich intensiv wie die, die sie gerade durchzustehen hat. Der Geruch einer alten Angst, die unbemerkt in die gepolsterte Liege unter ihr gesickert ist und nun dort festsitzt. Mitten in diesem stickigen, grell ausgeleuchteten Raum, der nicht den leisesten Versuch unternimmt, den Frauen, die hier ihre Babys zur Welt bringen, ein Gefühl von Intimsphäre oder gar Geborgenheit zu vermitteln.

Als ob sie gleich von Beginn an klarstellen wollen, dass es keinen Winkel gibt, in dem man vor ihnen sicher ist, denkt sie zwischen zwei Wehen. Dann versucht sie, sich wieder auf ihren Atem zu konzentrieren. Und auf den Gestank, der sie umgibt. Dabei müsste irgendwo dort draußen doch eigentlich noch immer Winter sein. Klirrend klare Januarluft, so rein und kompakt, dass sie selbst den Ruß, der wie schlechter Atem aus den Schornsteinen der Magdeburger Industrieanlagen quillt, als schmutzig graue Matschmasse an den Boden zu nageln vermag, über die die Kinder der Elbestadt auf ihrem Weg zur Schule juchzend hinwegschlittern. So unbedarft, als sei dem Dreck, den diese Stadt unablässig hervorbringt, tatsächlich mit einem Lachen beizukommen.

Sie starrt über das sterile grüne Tuch hinweg, das sie ihr halbherzig über Oberschenkel und Knie gebreitet haben, und wartet auf die nächste Wehe. Geschlagene fünf Stunden geht das nun schon so. Fünf Stunden, in denen der Schmerz nahezu minütlich über sie herfällt wie ein nimmersattes Raubtier und ihr ein paar endlos quälende Sekunden lang die Luft abschneidet, die Gedanken, ja, sogar die Angst, die sie in den letzten Monaten immer häufiger verspürt, obwohl sie sich selbst als annähernd furchtlos in Erinnerung hat.

Sie beißt sich von innen auf die Wange und zählt rückwärts von hundert bis sechsundsiebzig. Dann beginnt es aufs Neue.

Die kurzen Pausen zwischen den Wehen reichen kaum zum Durchatmen, bei weitem nicht genug, um wieder zu Kräften zu kommen. Es ist, als ob er gar nicht erst heraus will, denkt sie. Als ob er wüsste, was ihn erwartet. Das hier, das ist keine Welt, in die man so ohne weiteres hineinplumpst, um anschließend erst einmal zehn, fünfzehn oder gar achtzehn Jahre lang unbeschwert vor sich hin zu leben. Sie schließt die Augen und denkt an einen Schlager von Hildegard Knef. *Von nun an ging's bergab.* Und auf einmal bereut sie bitterlich, derart egoistisch gewesen zu sein. Bereut, dass sie ihn so unbedingt behalten wollte, diesen ihren Sohn, denn dass es ein Sohn ist, das weiß sie ganz sicher, davon ist sie überzeugt, seit sie seine Präsenz in ihrem Körper zum ersten Mal bemerkt hat. Damals hat sie etwas empfunden, das genau so schwer zu beschreiben ist wie der Geruch, der sie umgibt. Eine Art schmerzvolle Ratlosigkeit, die zugleich in einer Art und Weise mit Sinn erfüllt war wie nichts zuvor in ihrem Leben. Und doch bereut sie jetzt, dass sie entschieden hat, das

Baby zu behalten. Ihren unschuldigen kleinen Sohn mitten in eine Welt zu gebären, die derart absurd ist. Derart monströs. Derart unzumutbar.

Sie blinzelt in die Lampe über sich, die grell und weiß auf sie herabfunkelt wie eine böse Sonne, und überlegt, wer ihr zusieht, jetzt, in diesem Augenblick, wessen Blicke auf ihrem vor Schmerz und Anstrengung geröteten Gesicht ruhen, zwischen ihren weit gespreizten Beinen, auf ihrem schweißnassen Körper, der sich unter dem stetig anschwellenden Gebrüll körperlicher Qualen windet, obwohl sie immer so stolz auf ihre Stärke gewesen ist, auf ihre Disziplin, ihre Selbstbeherrschung. Sie fragt sich, wer sie beobachtet, um anschließend mit penibler Gründlichkeit zu protokollieren, wie sie sich schlägt in einer Situation wie dieser, was sie sagt, ob sie stöhnt, weint, schreit, wann sie die Fassung verliert.

Sie haben ihre Augen überall. Sieh dich vor.

Zwischen ihren Knien hindurch schielt sie nach der Wand gegenüber, die bis auf Schulterhöhe eines Erwachsenen mit glänzenden grünen Kacheln bedeckt ist. Eine davon scheint einen Riss zu haben. Er beginnt in der rechten oberen Ecke und läuft dann in einem unregelmäßigen Zickzack durch das Grün, das an dieser Stelle aus dem Rhythmus gerät. Eigentlich seltsam, denkt sie, dass mir das auffällt. Noch dazu auf die Entfernung.

Sieh dich vor. Und glaub nur nicht, dass ihnen irgendetwas entgeht.

Sie sehen alles. Hören alles.

Immer und überall.

Unsinn, ruft sie sich selbst zur Ordnung, du benimmst dich ja fast schon paranoid. Mag sein, dass sie vieles im Blick haben. Aber ein Kind, ein Baby, so etwas ist privat, selbst in einem Staat wie diesem.

Oder?

Sie kneift die Augen zusammen und wartet sehnsüchtig auf den nächsten Moment der Schmerzfreiheit. Als er da ist, hebt sie den Kopf und registriert mit Unbehagen, dass selbst dieser Hauch einer Bewegung nicht unbemerkt bleibt. Dass die be-

115

brillte Schwester, die abwartend auf einem Stuhl vor der gekachelten Wand sitzt, den Blick von ihrem Roman hebt, um gleich
darauf wieder wegzusehen. So schnell, dass man den Eindruck
gewinnen könnte, man habe sich getäuscht.

Aber sie hat sich nicht getäuscht.

Ihre Bewegung ist erfasst, analysiert und als unwichtig verworfen worden. Nicht mehr. Aber auch nicht weniger. Sie
schluckt und lässt sich wieder in das vor steriler Sauberkeit knir-
schende Kissen zurücksinken, das hart und unpersönlich in ihrem Nacken liegt wie der Arm eines Fremden, dessen Berührung sie nicht zugestimmt hat. Und während sich ihre Augen,
die blutig sein müssen vor Schmerzen, Zentimeter für Zentimeter über den grünen Kachelhorizont zwischen ihren Knien tasten, beschleicht sie das Gefühl, dass ihre Kraft allmählich zu
Ende geht. Dass sie drauf und dran ist, die Beherrschung zu verlieren. Dass sie von innen heraus explodieren wird, wenn es
nicht bald vorbei ist. Beendet. Ausgestanden.

Was soll nun werden?, denkt sie, ausgerechnet sie, die zu jedem Zeitpunkt ihres bisherigen Lebens ganz genau zu wissen
glaubte, was als Nächstes zu tun ist. Worauf sie hinaus will. Was
richtig ist. Und was falsch.

Aber jetzt ist alles anders. Dieses Kind da in ihr, dieser Sohn,
der sich seinem Eintritt in diese Unwelt so vehement widersetzt,
hat alles verändert. Und von heute auf morgen hat sie keine Ahnung mehr, wie das Gebot der Stunde lautet. Ob sie weitermachen soll, ob sie es riskieren kann, das, was sie so lange und so
mühsam aufgebaut hat, zu Ende zu bringen. Oder ob es nicht
vielleicht doch an der Zeit ist, sich in sich selbst zurückzuziehen.

Sie ist nicht länger allein.

Sie hat nicht mehr nur für sich selbst zu entscheiden.

Verantwortung, denkt sie, ist ein Gefühl, das Tonnen wiegt.

Die Wucht der nächsten Wehe trifft sie so heftig, dass sie
nicht mehr länger an sich halten kann. Sie liegt vollkommen unbewegt und lauscht ihrem eigenen Schrei hinterher, der eine
endlos lange Zeit zwischen den hohen Wänden umherflirrt wie
ein Insekt, das verirrt von Wand zu Wand prallt. Als ob ich mich

zu allem Überfluss auch noch selbst verraten müsste!, denkt sie, während sie aus den Augenwinkeln registriert, wie die bebrillte Schwester ihr Buch beiseitelegt. Zugleich erscheint ein Gesicht über dem Operationstuch, das schweißnass an ihren zitternden Schenkeln klebt. Eine Ärztin im weißen Kittel, die sie nie zuvor gesehen hat. Blond, Mitte vierzig vielleicht. Ein kurzer, prüfender Blick in ihr Gesicht, dann wandern die kühlen grauen Augen weiter, zwischen ihre Beine, die sie am liebsten ganz fest zusammenkneifen würde, um zu beschützen, was sich längst nicht mehr aufhalten lässt.

Die grauen Augen wenden sich der Schwester zu, die als massiver Schatten hinter einer Barriere aus Licht steht. Ein kurzes, einvernehmliches Nicken. Es ist so weit. Kein Aufschub mehr.

Das Nächste, was durch den dichten Schleier der Schmerzen bis in ihr Bewusstsein vordringt, ist das Weinen ihres Sohnes, den der stumme Schwesternschatten mit routinierten Handgriffen in ein weißes Leintuch hüllt. Dann verdichtet sich der Gestank, der sie umgibt, zu einer zähen, undurchdringlichen Masse. Bleierne Schwärze sinkt auf sie herab wie der Ruß der Magdeburger Industrieanlagen auf den frisch gefallenen Schnee, der die Straßen jenseits der grünen Kacheln bedeckt. Das Weinen verstummt, und die Welt um sie herum verliert sich in nachtschwarze Düsternis.

ZWEITER TEIL

Wiesbaden, 14. März 2008

1 Richard Goldstein verzichtete grundsätzlich aufs Anklopfen. Stattdessen riss er die Tür der Einsatzzentrale auf, als erwarte er, auf der anderen Seite einen gefräßigen Tiger vorzufinden, den es um jeden Preis zu überrumpeln galt.

Der erfahrene Unterhändler war etwas mehr als mittelgroß und hatte eine abgewetzte schwarze Reisetasche über der rechten Schulter. Obwohl sich unter seinem dunkelblauen Polohemd unverkennbar ein kleiner Bauchansatz abzeichnete und die Tränensäcke unter den klaren blauen Augen ein wenig zu deutlich hervortraten, wirkte seine Haltung straff, beinahe militärisch. Und wie um diesen Eindruck noch zu unterstreichen, trug Richard Goldstein sein grau meliertes Blondhaar raspelkurz geschnitten. Er hatte, wie Verhoeven auf der Rückfahrt ins Präsidium von seinem Vorgesetzten erfahren hatte, Soziologie mit Schwerpunkt Katastrophensoziologie studiert und über die gesellschaftlichen Folgen des Olympia-Attentats von 1972 promoviert, bei dem ein palästinensisches Terrorkommando elf israelische Sportler in seine Gewalt gebracht hatte. Dass damals keine der Geiseln den misslungenen Zugriff der Polizei überlebt hatte, wertete Verhoeven insgeheim nicht unbedingt als günstiges Omen, auch wenn er sich sagte, dass Richard Goldstein sich wahrscheinlich gerade deshalb so ausführlich mit dem Thema auseinandergesetzt hatte, weil er sich für die Gründe des Scheiterns interessierte. *Die Wiederholung eines Fehlers lässt sich nur dann vermeiden, wenn man weiß, warum man diesen Fehler überhaupt gemacht hat*, erinnerte ihn die Stimme seines verstorbenen Mentors Karl Grovius. Und doch hatte Verhoeven ein entschieden ungutes Gefühl, als er genau wie alle anderen den Kopf wandte und dem erfahrenen Unterhändler entgegenblickte.

Die Hoffnungen, die sich an Goldsteins Erscheinen knüpften, waren buchstäblich mit Händen zu greifen, doch der studierte

Soziologe sparte sich jede Floskel der Begrüßung. Stattdessen ließ er sich auf den erstbesten freien Stuhl fallen und knallte das provisorisch zusammengeheftete Dossier auf den Konferenztisch, das ihm bei seiner Ankunft am Frankfurter Flughafen ausgehändigt worden war.

»Warum in dieser Stadt? Warum diese Filiale? Warum heute? Warum so kurz vor Toresschluss?« Goldstein schleuderte die Fragen mitten in den Raum, als könne er sich auf diese Weise von ihnen distanzieren.

Doch erwartungsgemäß wagte keiner der Anwesenden eine Antwort.

»Also schön«, brummte der Unterhändler, indem er Kai-Uwe Luttmann mit einem flüchtigen Augenzwinkern begrüßte. »Was genau ist in dieser Filiale vorgefallen?«

»Das geht aus den Aufnahmen der Überwachungskameras leider nicht eindeutig hervor«, erwiderte Luttmann, der hastig seine Coladose beiseitegestellt hatte. »Ich habe mir inzwischen das gesamte Material angesehen, aber sie agieren überwiegend aus den toten Winkeln heraus.«

»Dann wissen wir zumindest, dass sie alles von langer Hand abgecheckt haben«, schloss Goldstein und streckte seine Beine unter den Tisch. Obwohl er Jeans trug, wirkte er kein bisschen leger. Seine gesunde Gesichtsfarbe, der selbst die durchdringende Neonbeleuchtung der Einsatzzentrale nichts anzuhaben vermochte, sprach für häufige Aufenthalte an der frischen Luft, und Verhoeven konnte sich gut vorstellen, dass der ehemalige Gerichtsgutachter in seiner Freizeit die Jugendmannschaft irgendeines Vorstadtfußballvereins trainierte. »Wer koordiniert die Background-Ermittlungen?«

Der untersetzte Mittvierziger, der am Kopfende des Tisches saß, hob die Hand.

Goldstein lächelte. »Ich spreche die Kollegen, mit denen ich zusammenarbeite, gern mit Namen an.«

»Jüssen«, entgegnete der Beamte so hastig, als habe er sich eines gravierenden Versäumnisses schuldig gemacht. »Hubert Jüssen.«

Auf den ersten Blick wirkte Jüssen rundlich und zurückhaltend, doch Verhoeven zweifelte keine Sekunde daran, dass er ein Mann war, der sich durchzusetzen verstand. Und der sich obendrein eine ganze Reihe von Details merkte. Die wachen grünen Augen, winzig und kreisrund wie bei einem Nagetier, blickten aufmerksam in die Runde und sprachen für eine ausgeprägt gute Beobachtungsgabe.

»Okay, Hubert«, sagte Goldstein. »Dann schicken Sie Ihre Leute los und nehmen Sie sich sämtliche Angestellten, Nachbarn und Stammkunden der Filiale vor. Fragen Sie nach Personen, die sich in auffälliger Weise für das Gebäude und seine Umgebung interessiert oder wiederholt dort aufgehalten haben.«

Ich glaube kaum, dass hier irgendetwas in auffälliger Weise geschehen ist, dachte Verhoeven, aber er behielt seine Gedanken für sich.

Sein Vorgesetzter hingegen gab sich weniger zurückhaltend.

Burkhard Hinnrichs war der geborene Macher, und er hasste es, nicht selbst Verantwortung zu tragen. Dass Verhoeven und er ausgerechnet in diesem Fall zu reinen Befehlsempfängern degradiert waren, machte ihm sichtlich zu schaffen, noch dazu, wo eine seiner Beamtinnen sich in unmittelbarer Gefahr befand. Entsprechend groß war seine Entschlossenheit, sich so intensiv wie möglich an den Ermittlungen und – daran ließ Hinnrichs' Gesichtsausdruck nicht den geringsten Zweifel – auch an allen zu gegebener Zeit zu treffenden Entscheidungen zu beteiligen.

»Was ist, wenn die Entführer ihre Informationen von jemandem bekommen haben, der direkt oder indirekt mit der Bank zu tun hat?«, fragte er mit selbstbewusst vorgerecktem Kinn. »In diesem Fall bräuchte niemand irgendetwas beobachtet oder ausgekundschaftet zu haben, und alle diesbezüglichen Fragen wären für die Katz.«

Richard Goldstein musterte den Leiter des KK 11 interessiert. Sein Blick war scharf und intensiv, aber trotzdem keiner von der Sorte, die einen zum sofortigen Wegsehen veranlassten. Eher im Gegenteil. »Sie denken an einen Insider?«

Hinnrichs zuckte die Achseln. »Wäre doch möglich.«

»Natürlich«, räumte Goldstein ein. »Möglich ist alles. Und genau aus diesem Grund werden wir jeden Einzelnen, der mit der Filiale engeren Kontakt hat, genauestens unter die Lupe nehmen.«

Hubert Jüssen sah kurz hoch und machte sich eine entsprechende Notiz.

»Gibt es irgendwelche Zeugen für den Überfall?«, fragte Goldstein, und sein Tonfall legte nahe, dass er die ernüchternde Antwort bereits kannte.

»Leider nicht«, entgegnete Jens Büttner, der seit der Ankunft des erfahrenen Verhandlers auf eine Gelegenheit zu lauern schien, sich zu Wort zu melden. »Die Geiselnehmer haben alle Personen, die sich zum Zeitpunkt des Überfalls in der Bank befanden, mitgenommen.«

»Oh nein«, widersprach ihm Goldstein. »Nicht alle.«

Büttner stutzte und schien nicht zu wissen, wie er auf diesen unerwarteten Einwand reagieren sollte. »Sie meinen …?«

»Ich meine den toten Kassierer, jawohl«, sagte der Unterhändler, ohne eine Miene zu verziehen. »Unser erstes Opfer.«

Das erste Opfer …

Verhoeven fing einen Blick seines Vorgesetzten auf. Ihnen beiden war klar, dass Richard Goldstein soeben auf einen überaus wichtigen Punkt hingewiesen hatte: Es hatte bereits einen Toten gegeben. Und folglich waren die Männer, die sie suchten, nicht nur Bankräuber und Entführer, sondern auch Mörder. Zumindest einer von ihnen.

Die Grenze ist gleich zu Beginn überschritten worden, dachte Verhoeven unbehaglich. Und egal, was noch folgt – uns muss bewusst sein, dass sich nicht mehr hinter diese Grenze zurückkehren lässt.

Sein Blick suchte Goldstein, der in der Zwischenzeit aufgestanden und hinter Luttmann getreten war.

»Haben wir den Mord auf Band?«

»Nicht direkt«, erwiderte der Techniker, indem er mit ein paar raschen Mouseklicks die Sequenz aufrief, die Verhoeven und Hinnrichs bereits zuvor gesehen hatten.

Albert Schweh, wie er mit seinem Schriftstück auf die Büros zuläuft. Schnitt. Die isolierten Bürotüren, zwei von ihnen geöffnet, eine geschlossen. Schnitt. Dann eine Totale des hinteren Filialbereichs. Winnie Heller und Evelyn Gorlow am Boden. Zwischen ihnen der wuchtige Einkaufsroller der Krankenschwester. Ein plötzlich aufblitzendes Mündungsfeuer am linken unteren Bildrand. Und abermals der Umschnitt auf die Bürotüren. Doch dieses Mal lag der Kassierer bereits am Boden.

Richard Goldstein kniff unwillig die Augen zusammen. »Sonst haben wir nichts?«

Luttmann antwortete mit einem knappen Kopfschütteln.

»Okay«, brummte Goldstein mit spürbarem Widerwillen. »Dann also erst mal weiter im Text. Wie viele von denen sind auf den Bändern zu sehen?«

»Zwei.« Luttmanns Finger flogen über die Tastatur seines Laptops. »Ich habe die beiden besten Einstellungen ausgewählt, aber da die Männer maskiert gewesen sind, bringt das nicht allzu viel.«

»Abwarten.« Richard Goldstein legte seine großen, eckigen Hände auf die Schultern des jungen Familienvaters, während sich seine Augen auf die Wand hefteten, an die der Beamer die dunkel gekleideten Silhouetten der beiden Entführer warf.

»Sie haben Maschinenpistolen benutzt«, erläuterte Luttmann, und Goldsteins Nicken machte deutlich, dass ihm auch diese Information nicht neu war. »Modell Heckler und Koch MP5. Dieser hier hat zusätzlich eine Pistole.« An der Wand flammte das nächste Standbild auf, das den größeren der beiden Geiselnehmer zeigte. Er stand mit dem Rücken zur Kamera und richtete seine Waffe auf die Stirn der Frau, die vor ihm am Boden kniete und die Verhoeven anhand des Fotos an der Magnettafel mühelos als Iris Kuhn, eine der beiden entführten weiblichen Bankangestellten, identifizierte. »Allem Anschein nach handelt es sich dabei um eine Glock«, fuhr Luttmann fort, während er den Pistolenarm des Geiselnehmers immer mehr vergrößerte. »Modell 18 oder 18 C, würd' ich sagen.«

»Alles absolut gängige Waffen«, knurrte Goldstein, indem er von

Luttmanns jungenhaften Schultern abließ und wieder an seinen Platz zurückkehrte. »Und womit wurde der Kassierer getötet?«

»Die Obduktion läuft noch«, antwortete ihm der dunkelhaarige Beamte, der nach wie vor an seinem Computer vor der hinteren Wand saß, an Luttmanns Stelle. »Allerdings ist es keine MP gewesen.«

»Demnach haben wir mindestens zwei Männer in der Bank«, resümierte Goldstein. »Und einen Komplizen, der den Wagen gefahren hat. Macht summa summarum drei Entführer. Und wenn wir …«

»Was ist mit dem Sniper vom Kochbrunnenplatz?«, unterbrach ihn Jens Büttner, der sich wieder gefangen zu haben schien. »Ich meine …« Er zögerte. Aber nur ganz kurz. »Sie denken doch auch, dass diese beiden Vorfälle zusammenhängen, oder nicht?«

Verhoeven sah zu Goldstein hinüber. Er war gespannt, wie der erfahrene Unterhändler auf eine derart suggestiv formulierte Frage reagieren würde, und wenn er ehrlich war, bezweifelte er, dass der studierte Soziologe sich zu einem so frühen Zeitpunkt auf irgendetwas festlegen würde.

Doch zu seiner Überraschung schwang nicht der Hauch eines Zweifels in Goldsteins Stimme mit, als er sagte: »Natürlich hängt das zusammen. Und dieses geniale Ablenkungsmanöver ist ein weiterer Beweis für die präzise Planung der gesamten Operation.« Er bückte sich zu seiner Reisetasche hinunter und zog etwas Schwarzes aus einem der Seitenfächer. »Der Schütze hat seinen Kumpanen den Weg frei geräumt, indem er die gesamte Aufmerksamkeit auf einen Ort gelenkt hat, der sich zwar ganz in der Nähe der Filiale befindet, andererseits aber doch weit genug davon entfernt ist, um seinen Komplizen ein reibungsloses Entkommen zu ermöglichen.«

»Was bedeutet, dass er einen eigenen Wagen gehabt haben muss«, schloss Hinnrichs. »Und diesen Wagen wird er vermutlich nicht allzu weit von seinem …« Er suchte eine Weile nach dem passenden Wort, »… Einsatzort abgestellt haben.«

Goldstein nickte. »Also überprüfen Sie bitte auch die Gegend rund um den Kochbrunnenplatz im Hinblick auf verdächtige

Fahrzeuge«, wandte er sich wieder an Hubert Jüssen. »Vielleicht haben wir Glück und der Mann, den wir suchen, hat irgendjemandem die Einfahrt zugestellt. Vielleicht hat er auch ein Ticket wegen Falschparkens kassiert. Oder er hatte keinen Parkschein. Was weiß denn ich ...« Er hob den Gegenstand, den er zuvor aus seiner Tasche genommen hatte, in die Höhe, und erst jetzt erkannte Verhoeven, dass es sich um ein Basecap handelte, schwarz mit goldfarbener Stickerei über dem Schirm. Goldstein platzierte es mit einer geübten Bewegung auf seinem Bürstenhaarschnitt und lehnte sich zurück. »Was haben wir sonst schon an Informationen über diesen mysteriösen Sniper?«

Luttmann rief eine Karte auf, die die nähere Umgebung des Kochbrunnens zeigte. »Was wollen Sie wissen?«

»Zum Beispiel, wo er gestanden hat.«

»Hier oben, direkt an der Taunusstraße.« Luttmann projizierte einen Ausschnitt der Karte an die Wand und bezeichnete die entsprechende Stelle mit seinem Cursor. »Es gibt dort links und rechts ein paar Büsche, sodass die Stelle zumindest von der Seite aus nicht so ohne weiteres eingesehen werden kann.«

Goldstein nickte und bemühte sein Dossier. »Elf Personen mit Schussverletzungen, von denen keine einzige oberhalb der Kniescheibe liegt«, murmelte er, bevor er sich abermals an Luttmann wandte. »Kannst du mir markieren, wo genau sich die Opfer im Moment der Schüsse befunden haben?«

Luttmann schüttelte den Kopf. »Hierzu liegen leider noch keine gesicherten Informationen vor.«

»Dann besorg uns welche«, blaffte Goldstein. »Wir müssen wissen, wie präzise der Schütze tatsächlich gewesen ist.«

»Verdammt präzise«, mischte sich einer der SEK-Beamten ein. »Waren Sie vor Ort?«

Der Beamte bejahte. »Der Kerl hat halbkreisförmig geschossen, und die Abstände waren zum Teil beachtlich. Und obwohl sich einige der Opfer sogar bewegt haben, weisen sie alle dieselben Verletzungen auf.«

»Präzise wie 'ne Nähmaschine«, bemerkte sein Sitznachbar, ohne eine Miene zu verziehen.

»Keiner der Treffer liegt weiter als zehn Zentimeter von der Kniescheibe entfernt«, gab sein Kollege ihm recht. »Und das, obwohl der Schütze zum Zeitpunkt der Tat im Gegenlicht stand.«

»Also ein Profi«, resümierte Goldstein. Dann versank er einen Augenblick in nachdenkliches Schweigen. »Wir brauchen eine genaue Aufzeichnung der Winkel und Abstände«, wies er den SEK-Beamten an. »Und nehmen Sie sich die einschlägigen Sondereinheiten und Scharfschützenverbände vor. Suchen Sie nach Männern, die ihre Einheit unehrenhaft oder krankheitsbedingt verlassen haben oder ausgeschlossen wurden. Und überprüfen Sie auch ehemalige Söldner, die offiziell oder inoffiziell eine entsprechende Ausbildung genossen haben könnten.« Er seufzte. »Wie steht es mit Augenzeugen?«

»Mehreren Passanten ist am Kochbrunnenplatz ein Kerl in einem hellen Mantel aufgefallen, der kurz vor den Schüssen die Treppe zur Taunusstraße hinaufgestiegen ist«, meldete sich wieder der dunkelhaarige Beamte von der hinteren Wand zu Wort. »Eine Frau will den Betreffenden zudem an der genannten Stelle stehen sehen haben.«

»Hat sie auch gesehen, wie er geschossen hat?«

»Leider nicht.«

Goldstein rückte sein Basecap zurecht. »Reichen die Beschreibungen des Verdächtigen wenigstens für ein Phantombild?«

Der Beamte schüttelte bedauernd den Kopf. »Bislang leider nicht. Im Grunde hat keiner der Zeugen mehr als den Mantel gesehen.«

Ein Kerl in einem hellen Mantel.

Verhoeven runzelte die Stirn. Das Ganze erinnerte ihn an Zauberkünstler im Zirkus, die ihrem Publikum ganz gezielt irgendeine Auffälligkeit präsentierten, um die Aufmerksamkeit der Zuschauer von ihren Händen abzulenken. Von ihren Händen, dachte Verhoeven, oder von ihrem Gesicht …

»Sagen Sie, kann man in diesen heiligen Hallen eigentlich auch so was wie einen Kaffee bekommen?«, fragte Goldstein, indem er scherzhaft eine von Kai-Uwe Luttmanns leeren Coladosen in die Höhe hielt.

»Natürlich«, antwortete Büttner mit reichlich gequält wirkendem Lächeln. »Würden Sie das bitte übernehmen?«

Die junge Polizistin, der diese Aufforderung galt, sah den BKA-Mann an, als erwäge sie, ihn wegen sexistischen Verhaltens vor Gericht zu bringen. Doch angesichts der mehr als angespannten Gesamtsituation entschied sie sich schließlich dafür, klaglos zu tun, worum Werner Brennickes Adlatus sie gebeten hatte.

Goldstein hatte unterdessen eine Schachtel Camel aus seiner Reisetasche gekramt und schüttelte eine der Zigaretten heraus. Ohne die Augen von der Karte zu nehmen, die noch immer auf die Wand projiziert war, schob er sie sich zwischen die Lippen und entzündete sie mit einem quietschbunten Einwegfeuerzeug.

Verhoeven hörte, wie Hinnrichs neben ihm erwartungsvoll die Luft anhielt.

»Verzeihen Sie, aber in diesen Räumen ist das Rauchen leider nicht gestattet«, meldete sich im selben Moment wie auf ein unausgesprochenes Stichwort hin der Beamte zu Wort, der zuvor bereits Hinnrichs daran gehindert hatte, seinem Laster zu frönen.

Goldstein reagierte nicht. Ob er den Mann nicht gehört hatte oder schlicht nicht gewillt war, dessen mehr oder minder versteckter Aufforderung Folge zu leisten, blieb sein Geheimnis. Stattdessen blies er einen Schwall Rauch in die sterile Einsatzzentralenluft, als habe er genau das schon immer tun wollen, während er mit der freien Hand ein paar kurze Stichpunkte auf dem ersten Blatt seines Dossiers notierte.

Hinnrichs warf dem Beamten, der sich die Durchsetzung des Nichtraucherschutzes auf die Fahnen geschrieben hatte, einen geradezu provozierend interessierten Blick zu. *Na los doch, Jungchen*, schienen die stahlblauen Augen hinter der randlosen Brille zu sagen, *jetzt zeig gefälligst mal, wie durchsetzungsstark du bist!*

»Entschuldigen Sie bitte«, wiederholte der Beamte, der zu spüren schien, dass er auf dem besten Weg war, sein Gesicht zu verlieren, eine ganze Spur energischer als zuvor.

Richard Goldstein blickte hoch. »Ja?«

»Ihre Zigarette …«

»Was ist damit?«

»Das Rauchen ist in diesem Gebäude leider nur in den dafür vorgesehenen Bereichen gestattet.«

»Na, dann verklagen Sie mich«, entgegnete Goldstein mit einem so charmanten Lächeln, als habe er dem Jungen gerade das Kompliment des Jahrhunderts gemacht.

Vereinzelt wagte jemand ein Lachen.

Der gesundheitsbewusste Beamte lief puterrot an, während Luttmann dem Unterhändler mit völlig neutraler Miene eine seiner leeren Coladosen als Aschenbecher reichte.

»Die Medien haben den Mantel unseres Schützen übrigens bereits aufgegriffen«, meldete der dunkelhaarige Beamte von der hinteren Wand, der zwar mit dem Rücken zum Geschehen saß, jedoch instinktiv zu spüren schien, dass es höchste Zeit war, sich wieder mit harten Fakten zu beschäftigen. »Gleich mehrere Sender und Onlineportale beschreiben die Kleidung des Betreffenden und auch seinen genauen Standort während der Tat. Also können wir wohl davon ausgehen, dass sich jeder, der etwas Hilfreiches zu unserem Mantelträger beobachtet hat, über kurz oder lang bei uns melden wird.«

»Ihr Wort in Gottes Ohr«, murrte Goldstein, weit weniger optimistisch. »Mal ganz abgesehen davon, dass so etwas immer jede Menge Fehlinformationen und damit einen Haufen Irrwege bedeutet, haben wir bislang nicht den geringsten Beweis dafür, dass der Mann im hellen Mantel tatsächlich der gesuchte Schütze ist.«

Doch, dachte Verhoeven, ohne zu wissen, warum er sich in diesem Punkt so sicher war. Er ist es! Ich weiß, dass er es ist.

Er starrte auf die Tischplatte hinunter, während vor seinem inneren Auge eine Reihe von Bildern heraufdämmerte.

Ein heller Mantel.

Eine hübsche Assistentin.

Ein unerwarteter Feuerblitz, in dessen Schatten der Magier das zitternde weiße Kaninchen in seinem Hut gegen eine Taube oder ein buntes Tuch oder was auch immer tauscht.

Ja, dachte Verhoeven, im Grunde ist es genau dasselbe Prinzip. Denkbar einfach, aber auch denkbar wirkungsvoll. Diese Männer, die wir suchen, sind ebenso raffiniert wie kühn.

2 Sie verharrten in einer Art Starre.
Wie lange schon, konnte Winnie Heller nicht sagen.

Sie saß, den Rücken gegen die bröcklige Wand gelehnt, auf dem Boden, und obwohl sie die Ärmel ihrer Fleecejacke bis über die Handgelenke heruntergezogen hatte, kroch ihr die klamme Kälte allmählich in sämtliche Knochen und verstärkte das Gefühl von Lähmung, das sie seit Iris Kuhns Tod empfand. Seit Iris Kuhns Exekution, korrigierte sie sich in Gedanken. Der ersten, die sie hatten miterleben müssen. Wie viele würden noch folgen? Und wer von ihnen würde der Nächste sein?

Da waren's nur noch sechs ...

Irgendwann zwischendurch war sie aufgestanden und hatte die braune Polyesterdecke an sich genommen. Sie hatte fest damit gerechnet, dass Evelyn Widerspruch einlegen und die Decke mit der gleichen Selbstverständlichkeit verteidigen würde, mit der sie zuvor die Matratze okkupiert hatte. Doch die korpulente Frau hatte sie keines Blickes gewürdigt, und Winnie hatte die Decke unbehelligt über Iris Kuhns Leichnam breiten können. Sie hatte diesen Akt der Humanität für unabdingbar gehalten, auch wenn ihr durchaus bewusst gewesen war, dass sie außer dieser einen Decke nichts hatten, um sich gegebenenfalls wärmen zu können.

Trotzdem hatte sie nicht anders gekonnt.

Und es hatte sie auch niemand gehindert.

Während sie jetzt dasaß und auf etwas wartete, das vielleicht nicht kam, versuchte sie, ihrem Gedächtnis Informationen zu den Wetteraussichten der nächsten Tage zu entlocken. Aber sie wurde nicht fündig. Sie war kein Mensch, der dreimal täglich Nachrichten hörte, und an etwas, auf das man derart wenig Einfluss hatte wie auf die Witterung, war sie im Grunde schon aus Prinzip nicht interessiert, weshalb sie den Fernseher auch meistens ausschaltete, bevor irgendein origineller Meteorologe seinen wohlformulierten Wetterbericht loslassen konnte. In ihrer jetzigen Situation allerdings waren Dinge wie Frühlingsstürme, Nachtfröste und Temperaturstürze mit einem Mal von elementarer Wichtigkeit. Wie würden die Bedingungen aussehen, in den nächsten Stunden, vielleicht gar Tagen? Wie lange konnten sie das hier, falls nötig, durchhalten? Und wann würde der erste von ihnen durchdrehen, weil es nichts zu essen, keine Wärmequelle, keine Toilette gab?

Nur mit äußerster Mühe widerstand Winnie Heller dem Impuls, sich abermals nach der toten Kassiererin umzusehen, deren Körperumrisse unter der billigen Polyesterdecke so schmal wirkten, dass sie am liebsten laut losgeheult hätte. Sie machte sich inzwischen die bittersten Vorwürfe, dass sie nicht doch eingegriffen, nichts gesagt, ja, nicht einmal nennenswert reagiert hatte. Und wider besseres Wissen fühlte sie sich in gewisser Weise sogar mitschuldig an Iris Kuhns Tod.

Es ist doch alles viel zu schnell gegangen, widersprach ihr Verstand. *Du konntest unmöglich voraussehen, dass er sie töten würde. Und selbst wenn, hättest du nichts erreicht, außer dich selbst in Gefahr zu bringen. Du musst warten, bis du eine reale Chance hast …*

Winnie Heller sah sich um. Unter ihren Mitgefangenen schien es indessen so etwas wie einen unausgesprochenen Konsens zu geben, Iris Kuhns Tod mit keiner Silbe zu erwähnen. Erschossen, abtransportiert, abgehakt, dachte Winnie, indem sie fröstelnd die Schultern hochzog. So schnell geht das. Sie streckte ihre schmerzenden Beine von sich und starrte die marode Eisentreppe an der gegenüberliegenden Wand an, während ihre Ohren das schummrige Halbdunkel über ihren Köpfen zum wiederholten Mal nach einem Hinweis auf den Verbleib ihrer Entführer absuchten. Doch da war kein Laut. Keine Stimmen. Kein Fernsehen oder Radio, mit dessen Hilfe sich die Geiselnehmer auf dem Laufenden hielten. Nichts als Stille.

Ganz so wie vorhin in der Bank.

Und trotzdem sind sie da, dachte Winnie Heller trotzig. Zumindest zwei von ihnen. Bernd, der Sadist. Und dieser Junge, der sichtlich geschockt auf die Gewalttat seines Komplizen reagiert hatte und den sie in Gedanken nur »den Kleinen« nannte. Wo mochten die beiden stecken? Ruhten sie sich aus? Lauerten sie irgendwo dort oben darauf, dass einer der Gefangenen den Versuch unternahm, die rostigen Stufen hinaufzusteigen? Oder hatten sie sich zurückgezogen, irgendwohin, wo die Geiseln sie nicht hören konnten, und stritten über die Tote, diesen brutalen und absolut sinnlosen Mord? Und was war mit den beiden anderen? Verhandelten sie bereits mit der Polizei über ihre Forderungen? Über unseren Wert, ergänzte eine zynische Stimme in Winnie Hellers Kopf, während sie einmal mehr überlegte, was es mit dem Mann auf sich haben konnte, den die Geiselnehmer ursprünglich in dieser Grube hatten unterbringen wollen. Mit Walther Lieson. Was wäre Plan A gewesen? Und was mochte Lieson getan haben, um das Interesse, um den Zorn dieser Männer auf sich zu ziehen? Oder wusste er am Ende nur irgendetwas, das für die Entführer interessant war? Hatten sie ihn haben wollen, damit er ihnen zu etwas verhalf, an das sie ohne seine Unterstützung nicht oder nur unter erheblich größeren Risiken herankamen? Ging es letztes Endes doch ums Geld, um Profit, um schnöden Mammon, und war Lieson aus irgendeinem Grund so etwas wie ein personifiziertes »Sesam öffne dich«? Winnie Heller kaute auf ihrer Unterlippe, die sich spröde anfühlte. Wer war dieser Mann, der an ihrer Stelle hier hatte untergebracht werden sollen?

Walther Lieson und ich sind befreundet, hörte sie die angenehme Stimme Quentin Jahns flüstern. *Wir treffen uns alle zwei Wochen zum Schach. Aber heute Mittag rief er mich an und sagte, dass er wegmüsse …*

Walther Lieson musste weg, wiederholte Winnie Heller, wobei ihr unwillkürlich wieder jenes mysteriöse Wort in den Sinn kam, das Alpha, der Anführer, in der Bank verwendet hatte. MALINA. Sie hatte nach reiflicher Überlegung beschlossen, davon auszugehen, dass es sich bei dem so Bezeichneten tatsächlich um eine Person handelte. Um einen real existierenden Menschen. Allerdings war ihr noch immer nicht klar, ob Walther Lieson und Malina ein und dieselbe Person waren. So, wie Alpha die Sache eingeleitet hatte, war das durchaus nicht ausgeschlossen. Andererseits stellte sich in diesem Fall natürlich die Frage, warum der Anführer der Gangster dann nicht sofort nach Lieson gefragt haben sollte. Darüber hinaus klang das Wort irgendwie weiblich, schon aufgrund seiner Endung. Es sei denn, es handelte sich um einen Nachnamen. Vielleicht ist der Name ja auch so eine Art Botschaft gewesen, spann Winnie Heller den Faden weiter. Eine Botschaft an jemanden, der etwas mit diesem Namen anzufangen weiß. Aber dann müsste sich die betreffende Person zum fraglichen Zeitpunkt in der Schalterhalle aufgehalten haben und … Sie hielt unwillkürlich die Luft an, als der Gedanke sich auswuchs. Scheiße, dachte sie, vielleicht hat es ja so etwas wie einen Mitwisser gegeben! Jemanden, der den Tätern Informationen über die Bank besorgt hat. Ein Insider …

Halt den Mund, Jenna!

Ihr Blick streifte die braune Polyesterdecke, die Iris Kuhns Leiche bedeckte, und sie merkte, wie ihr Herz schneller schlug. Hatte die Frau mit den trotzigen Augen etwas gewusst? Und hatte Bernd, der Brutalo, die Kassiererin aus diesem Grund liquidiert? In diesem Fall wäre seine Aktion eine ganz gezielte gewesen, eine wohl überlegte Maßnahme, um sich einer lästigen Mitwisserin zu entledigen.

Da waren's nur noch sechs …

3 »Ich will alles«, verkündete Goldstein, indem er nach dem Kaffeebecher griff, den die junge Polizistin ihm hingestellt hatte. »Pfui Teufel«, rief er, kaum dass er einen Schluck genommen hatte. »Was, um Gottes willen, soll das sein?«

Die Beamtin hütete sich jedoch, die Frage zu beantworten. Stattdessen nahm sie dem Unterhändler kommentarlos den Becher aus der Hand.

»Seien Sie so gut, und besorgen Sie richtigen Kaffee«, forderte Goldstein die junge Frau mit einem charmant-mephistophelischen Lächeln auf, das Verhoeven entfernt an Jack Nicholson erinnerte. »Etwas, das Bohnen nicht nur vom Hörensagen kennt. Glauben Sie, dass Sie das hinkriegen?«

Die Polizistin nickte, das hübsche junge Gesicht rot vor unterdrücktem Ärger.

»Na, phantastisch«, sagte Goldstein trocken. Dann schob er sich ungeniert die nächste Zigarette zwischen die Lippen und wandte sich wieder an die Beamten am Tisch, deren Runde sich bereits deutlich dezimiert hatte. Hubert Jüssen hatte ein paar von seinen Leuten losgeschickt, um neben den im fraglichen Zeitraum ausgestellten Strafzetteln auch die Außenkameras sämtlicher Geschäfte und Institutionen zu überprüfen, die sich in der Nähe der überfallenen Filiale und des Kochbrunnenplatzes befanden. Die Ermittler hegten die vage Hoffnung, auf diese Weise vielleicht einen Hinweis auf verdächtige Fahrzeuge oder Personen zu entdecken, sofern auf den Bändern die umliegenden Straßen oder wenigstens Teile davon zu sehen waren. »Wir haben eine Menge Arbeit vor uns. Und aller Voraussicht nach haben wir nicht viel Zeit, diese Arbeit zu tun. Trotzdem müssen wir vorbereitet sein, wenn es zu einem ersten Kontakt mit den Entführern kommt. Und vorbereitet bedeutet in erster Linie informiert. Also …« Goldstein blies einen Schwall Rauch in die Luft, der in dem künstlichen Licht fast blau aussah. »Ich möchte wissen, woher die Tasche stammt, die sie für den Transport des erbeuteten Geldes benutzt haben. Ich möchte wissen, was für Schuhe sie tragen. Welche Marke ihre Sturmhauben haben. Wann und wo sie die Dinger gekauft haben. Kurzum einfach alles. Haben diese Kerle eigentlich auch irgendwas in der Bank zurückgelassen? Ich meine, außer ein paar Projektilen und leeren Patronenhülsen?«

Luttmann schüttelte den Kopf. »Nein, sie haben alles mitgenommen.«

»Einschließlich sämtlicher Zeugen wohlgemerkt«, ergänzte Goldstein trocken. »Apropos Zeugen: Wie weit seid ihr mit der Identifikation der Geiseln?«

»Die Angestellte des Zeitschriftenladens hat den älteren unserer beiden unbekannten Männer inzwischen eindeutig als ihren Chef identifiziert, Quentin Jahn«, antwortete Monika Zierau, die sich auf der entgegengesetzten Seite des Konferenztischs über einen Stapel Faxe beugte. »Der andere Mann ist uns leider nach wie vor ein Rätsel. Er trägt einen Ehering, aber bislang hat sich noch niemand gemeldet, der ihn vermisst.«

Goldstein betrachtete die unscharfe Aufnahme, die Luttmann aus den Aufnahmen der Überwachungskameras extrahiert hatte. »Er sieht irgendwie fremdländisch aus«, bemerkte er vollkommen wertfrei. »Nordafrikaner?«

Monika Zierau nickte. »Auf den ersten Blick würde ich sagen Marokkaner. Vielleicht auch Algerier.«

»Wie wär's, wenn wir sein Foto an die Medien geben?«, schlug Jüssen vor.

»Auf keinen Fall«, sagte Goldstein. »Über die Identität der Geiseln darf nicht das Geringste bekannt werden.«

»In diesem Fall könnte es aber eine ganze Weile dauern, bis wir klarsehen«, seufzte der untersetzte Background-Koordinator, der nicht überzeugt schien.

»Ich glaube, es gibt noch eine andere Möglichkeit«, rief Luttmann, der eine Idee zu haben schien. Er tippte ein paar kurze Zeitangaben in die Tastatur seines Laptops, woraufhin eine der Bildfolgen aus den Überwachungskameras auf dem Monitor erschien. »Okay, also unser Unbekannter hat die Filiale dreieinhalb Minuten vor dem Überfall durch den Vordereingang betreten und ist von dort geradewegs auf diesen Münzzählautomaten zu«, kommentierte der junge Softwarespezialist, was er auf seinem Bildschirm sah. »Er knöpft sich die Jacke auf, kippt die Münzen aus seiner Plastiktüte in die dafür vorgesehene Auffangschale, stopft die leere Tüte in den Mülleimer neben dem Automaten und dann ...« Er stoppte die Aufzeichnung und beugte sich vor. »Ja genau, hier: Jetzt greift er in die Brusttasche seines Anoraks und zieht seine EC-Karte raus.«

»Dann müssen wir also nur noch herausfinden, wem das Konto gehört, auf das der letzte Transfer dieses Münzdingens gegangen ist«, schloss Goldstein zufrieden. »Oder steckt die verdammte Karte etwa noch drin?«

Der Gesichtsausdruck des jungen Technikers zeigte deutlich, dass er die Unterstellung eines so gravierenden Versäumnisses als persönliche Beleidigung empfand. »Natürlich nicht«, entgegnete er würdevoll.

»Hatte ich auch keine Sekunde angenommen«, bekannte Goldstein mit einem versöhnlichen Augenzwinkern. Dann sah er wieder die Fotos der Geiseln an, die noch immer an der Magnettafel hingen. »Einer der verschleppten Bankangestellten ist zugleich auch der stellvertretende Filialleiter, nicht wahr?«

»Horst Abresch«, bestätigte Monika Zierau. »Dreiundsechzig Jahre alt, unverheiratet und kinderlos. Gerüchte besagen, er sei homosexuell. Aber das sind natürlich noch gänzlich ungesicherte Informationen.« Sie strich sich eine verirrte Haarsträhne aus der Stirn und wandte sich dann wieder ihren Faxen zu. Auf dem Tisch vor ihr lagen DIN-A4-Bögen mit den Fotos der Geiseln und ersten Angaben über deren Lebensumstände, Kopien von Personalausweisen und anderen offiziellen Dokumenten, und nahezu minütlich kamen neue Informationen hinzu.

»Und wer hat das Sagen in dem Laden?«, fragte Goldstein, indem er seine Zigarette am Rand von Luttmanns Coladose ausdrückte. »Ich meine, wenn es einen stellvertretenden Filialleiter gibt, dann gibt es doch auch einen Filialleiter, oder nicht?«

»Den gibt's«, nickte der dunkelhaarige Beamte an der hinteren Wand. »Sein Name ist Walther Lieson. Er war zunächst eine Weile in leitender Position in der Hauptsparkasse tätig, bevor man ihm 2001 die Leitung der Filiale in der Hohenzollernstraße antrug.«

137

»Und wo war er zum Zeitpunkt des Überfalls? Schon zu Hause?«

»Nein, auf Dienstreise in Genf.«

»Na, wenn das kein Dusel ist!«

»Und denkbar knapp obendrein«, ergänzte Luttmann mit einem süffisanten Lächeln, das nicht so recht zu seinen jungenhaften Zügen passen wollte. »Lieson hat die Filiale erst wenige Stunden vor dem Überfall verlassen. Und zwar hat er …« Seine Augen suchten kurz den Monitor seines Laptops. »Er hat den Linienflug um 13 Uhr 20 genommen. Die Maschine ist pünktlich um 14 Uhr 25 in Genf gelandet. Ach ja, und die Reise war nicht geplant, sondern hat sich erst um die Mittagszeit ergeben.«

Goldstein schnalzte mit der Zunge. »Wo ist der Mann jetzt?«

»Laut Auskunft des Hauptgeschäftsstellenleiters wurde er inzwischen über die Geiselnahme informiert und befindet sich bereits auf der Rückreise.«

»Gut.« Goldstein nickte. »Ich möchte ihn so schnell wie möglich sprechen.«

»Wozu denn?«, fragte Büttner, der in den letzten Minuten immer wieder entnervt auf die Uhr geblickt hatte. Vielleicht wartete er sehnsüchtig darauf, dass sein Boss zurückkehrte, um das Ruder an sich zu reißen. Oder aber er fürchtete, dass die gesamte mediale Aufmerksamkeit Werner Brennicke zuteil werden und er selbst – trotz seiner telegenen Top-Gun-Optik – leer ausgehen würde. »Wir haben doch gerade gehört, dass er gar nicht dort war.«

Goldstein bedachte Brennickes Adlatus mit einem nachsichtigen Lächeln. »Wenn Sie erlauben, würde ich ihn trotzdem gern sprechen. Also seien Sie so gut und schaffen Sie mir den Mann hierher oder zumindest ans Telefon. Wie Sie das anstellen, ist mir egal.«

Dieses Mal erhob sich Hubert Jüssen höchstpersönlich, um Goldsteins Order in die Tat umzusetzen, während Büttner mit zornroten Wangen auf die Notizen hinunterstarrte, die er sich gemacht hatte.

»Sagen Sie, haben Sie die Vorgehensweise schon durch die

Datenbanken gejagt?«, wandte sich Goldstein indessen wieder an den dunkelhaarigen Beamten an der hinteren Wand. »Für mich sieht die ganze Sache nämlich nicht so aus, als ob diese Jungs das zum ersten Mal gemacht hätten.«

Der Angesprochene nickte. »Bislang haben wir allerdings nichts finden können, das sich mit dem vorliegenden Überfall vergleichen ließe. Eine ungeklärte Serie von Banküberfällen im Großraum Hannover kommt am ehesten in Frage, weil die Täter auch dort immer zu zweit vorgegangen sind und darüber hinaus einen Komplizen hatten, der das Fluchtauto fuhr. Aber die Beschreibungen der Männer passen leider überhaupt nicht zu unseren Entführern. Wir sind gerade dabei, den Suchradius zu erweitern.« Er blickte fragend zu seinem Kollegen hinüber, der ein paar Monitore weiter Platz genommen hatte.

»Anfragen in acht europäischen Nachbarländern laufen«, ergänzte dieser.

»Das kann dauern.« Goldstein nahm sein Basecap ab und kratzte sich am Kopf. »Wie wird das Wetter in den nächsten Tagen?«

Tage, dachte Verhoeven alarmiert. Er rechnet mit Tagen ...

»Soweit ich gehört habe, soll es mild und windig bleiben«, antwortete einer der Uniformierten am Tisch.

»Mit *soweit ich gehört habe* ist uns leider nicht geholfen«, gab Goldstein freundlich, aber bestimmt zurück. »Also rufen Sie den Wetterdienst an und lassen Sie sich stündlich auf den neuesten Stand bringen. Wir müssen wissen, wie die Bedingungen aussehen werden.«

»Scheiße, warum melden sich diese verfluchten Mistkerle nicht endlich?«, echauffierte sich der junge Polizist, der neben Hubert Jüssen saß.

Das Warten zerrte zunehmend an den Nerven, und die Stimmung unter den Anwesenden wurde von Minute zu Minute gereizter.

»Sie werden sich schon melden«, erwiderte Goldstein, der die Aggression in den Worten des jungen Beamten zwar registrierte, jedoch in keiner Weise darauf einging. »Glauben Sie mir, das werden sie.«

»Und wann?«

»Zunächst einmal müssen sie ihre Geiseln an einen sicheren Platz bringen.« Goldstein drückte die Zigarette in seinem provisorischen Aschenbecher aus und setzte das Basecap wieder auf. »Und damit wären wir auch schon beim nächsten wichtigen Punkt angelangt: Wo können die hin sein? Schließlich können sie sich nicht einfach in Luft aufgelöst haben, nicht wahr?«

»Kaum«, knurrte der Junge.

»Aber was sind die Optionen?«

»Sie sind zu elft, wenn man den Schützen vom Kochbrunnenplatz hinzurechnet«, fing Hinnrichs den Ball, den der Unterhändler in den Raum geworfen hatte, in gewohnt sachlicher Manier auf. »Vier Entführer und sieben Geiseln. Und elf Leute bringt man nicht mal eben in einer Gartenlaube unter.«

»Abgesehen von der Größe müsste die Räumlichkeit auch so beschaffen sein, dass die Männer ihre Geiseln gut kontrollieren können«, ergänzte Verhoeven. »Bei sieben Personen dürfte das nicht ganz so einfach sein.«

Goldsteins Adlerblick wandte sich ihm zu. »Und Sie sind …?«

»Verhoeven. Meine Partnerin ist …«

»Oh ja, natürlich«, sagte Goldstein, und für ein paar flüchtige Sekunden glaubte Verhoeven einen Anklang von Anteilnahme in den klarblauen Augen zu erkennen. »Frau Heller, nicht wahr? Tut mir aufrichtig leid, dass sie da reingeraten ist. Aber wer weiß, vielleicht erhöht dieser Umstand ja unsere Chancen.«

Der Umstand, dachte Verhoeven. Laut sagte er: »Ja, vielleicht.«

»Diese Kerle könnten rein theoretisch auch irgendwas angemietet haben«, schlug Hubert Jüssen von seinem Platz am Kopfende des Konferenztisches aus vor. »Am ehesten wohl ein freistehendes Haus.«

»Dann setzen Sie sich mit den einschlägigen Maklern in Verbindung und überprüfen Sie sämtliche Objekte dieser Art im Umkreis von, sagen wir, fünfundzwanzig Kilometern. Nein, besser dreißig.« Goldstein blätterte zum wiederholten Mal in dem Dossier, das vor ihm auf dem Tisch lag, und allmählich begann Verhoeven sich zu fragen, welche Art von Informationen es enthielt. »Alles, was man auch nur entfernt als vorübergehend bezeichnen könnte.«

Jüssen nickte dem jungen Beamten neben sich zu, der daraufhin sofort aufsprang. »Würden Sie das bitte übernehmen?«

»Geht klar«, rief der Mann, und die Erleichterung darüber, endlich handeln zu können, stand ihm ins Gesicht geschrieben.

Verhoeven blickte ihm nach und dachte an die schmucklose Hochhauswohnung, in der die Terroristen der Roten Armee Fraktion Hanns-Martin Schleyer gefangen gehalten hatten. Die Bilder des erschöpft in die Kamera blickenden, nur mit einem Unterhemd bekleideten Arbeitgeberpräsidenten hatten seine Kindheit ebenso geprägt wie die Ölkrise, die damit einhergehende Diskussion über autofreie Sonntage, die Hasstiraden des Ayatollah Khomeini und die Fahndungsplakate mit den Gesichtern der meistgesuchten RAF-Mitglieder, die in jeder Postfiliale und zahlreichen anderen öffentlichen Gebäuden ausgehangen hatten. Verhoeven angelte sich eine der Thermoskannen, die inzwischen überall auf dem Tisch verteilt waren, und goss sich Kaffee nach. Er erinnerte sich gut daran, dass selbst der notorisch desinteressierte Schmitz damals wie gebannt vor dem Fernseher gesessen und die neueste Entwicklung des Falls Schleyer in den Nachrichten verfolgt hatte. *Das können die nicht machen*, hatte er wieder und wieder vor sich hingemurmelt, als sich abgezeichnet hatte, dass Helmut Schmidt hart bleiben würde. *Verdammt noch mal, die können den Kerl doch nicht einfach opfern …*

Opfern, wiederholte Verhoeven mit einem Gefühl wachsender Beklemmung. Was würden sie, was würde er ganz persönlich tun müssen, wenn es so weit war? Wie würden die Bedingungen aussehen, wenn es tatsächlich hart auf hart kam? Und was waren die Optionen?

Er zuckte leise zusammen, als ihm auffiel, dass Monika Zierau ihn ansah.

Die Psychologin hatte sich in eine Ecke zurückgezogen, saß jedoch so, dass sie ihm direkt ins Gesicht sehen konnte. Ihre

141

ausdrucksvollen Züge spiegelten etwas, das Verhoeven beim besten Willen nicht näher hätte beschreiben können, das er jedoch trotzdem irgendwie als kühl empfand. Für diese Frau ist Winnie nichts als eine Geisel, dachte er, eine Ansammlung von Daten auf einem DIN-A4-Bogen. Eine von sieben Personen, die es zu analysieren und einzuordnen gilt, um am Ende den bestmöglichen Schnitt zu machen.

Oder tat er Monika Zierau Unrecht? Verbarg die Psychologin ihre wahren Empfindungen hinter einer Maske aus Gleichgültigkeit, weil sie sich Mitgefühl in ihrem Beruf nun einmal partout nicht leisten konnte? Verhoeven suchte ihren ausgemergelten Körper nach einem Hinweis auf eine versteckte Anspannung oder gar Nervosität ab, aber er wurde nicht fündig. Monika Zierau saß so lässig auf ihrem Stuhl, als befände sie sich im Kino oder in der U-Bahn. Vielleicht erfordert es tatsächlich ein gewisses Maß an Skrupellosigkeit, wenn man in ihrem Beruf Erfolg haben will, überlegte Verhoeven, ohne sich auch nur im Mindesten mit diesem Gedanken anfreunden zu können. *Goldstein wollte zuerst selbst gehen, aber Monika hat ihn umgestimmt, weil sie meinte, Männer kämen bei dem Kerl grundsätzlich nicht so gut. Also hat Goldstein diese Beamtin reingeschickt. Ohne Weste, versteht sich …*

Verhoeven nickte leise vor sich hin.

Ohne Weste, wiederholte etwas in ihm.

Oder mit anderen Worten: gänzlich ungeschützt.

4 Inger Lieson trat so heftig auf die Bremse, dass der Sicherheitsgurt ihr fast das Schlüsselbein brach.

»Verflucht noch mal, hast du den Verstand verloren?«, schrie sie zum Seitenfenster hinaus, doch Justin Böttcher hatte nur Augen für seinen Ball, der irgendwo unter dem Wagen sein musste. Er war drei oder vier Jahre alt, und Inger hatte den dringenden Verdacht, dass er von seinen Eltern, einem viel beschäftigten Arztehepaar, viel zu oft sich selbst überlassen wurde. Gut, im Haushalt der Böttchers gab es noch zwei ältere Schwestern und irgendein Kindermädchen, das kochte und Wäsche wusch und all das. Aber das entband einen Ingers Meinung nach nicht von der elterlichen Sorgfaltspflicht. Und mit der konnte es ja wohl nicht allzu weit her sein, wenn der dreijährige Sohn der Familie nach Einbruch der Dunkelheit noch mutterseelenallein auf der Straße herumlief!

Inger stieg aus dem Wagen und packte den Jungen sanft bei den Schultern. »Wo ist deine Mutter?«

Der Kleine gab keine Antwort. Stattdessen machte er mit einer beinahe wütend heftigen Bewegung seine Schultern los und lief um den Wagen herum.

Inger erwischte ihn gerade eben noch am Handgelenk. »Oh nein«, rief sie, »du bleibst schön hier, junger Mann«, woraufhin der Junge in ein geradezu markerschütterndes Gebrüll ausbrach.

»Was ist denn passiert?«, fragte Lucille Böttcher, die im Laufschritt herbeigerannt kam.

»Ihr Sohn wäre mir um ein Haar ins Auto gelaufen«, erklärte Inger, ohne dass es ihr gelungen wäre, den Vorwurf zu unterdrücken, der in ihren Worten mitschwang.

»Aber Justin«, tadelte ihre Nachbarin den kleinen Missetäter in nicht gerade Furcht einflößendem Ton, wobei sie sich direkt vor ihren Sohn auf den Bürgersteig kniete. »Wie oft haben wir dir schon gesagt, dass du nicht einfach weglaufen kannst?«

Können kann er schon, korrigierte Inger bissig, indem sie sich nach dem honigmelonengroßen Ball bückte, der hinter dem linken Vorderreifen hervorschaute.

»Entschuldigen Sie bitte vielmals, aber ...« Lucille Böttcher erhob sich ein wenig mühevoll aus ihrer knienden Haltung und nahm ihren Sohn auf den Arm, was dieser mit neuerlichem Wutgebrüll quittierte. »Wir sind gerade erst nach Hause gekommen, wissen Sie, und ich habe wohl einen Moment lang nicht aufgepasst.«

»So etwas kommt vor«, erwiderte Inger ohne Freundlichkeit. Die Formulierung *einen Moment lang* war derart euphemistisch, dass es schon fast eine Frechheit war. Noch dazu, wo die gesamte Nachbarschaft ein Lied davon singen konnte, dass Lucille Böttchers Kinder zu jeder erdenklichen Tageszeit unbeaufsichtigt auf der Straße herumliefen und dabei jede Menge Unsinn anstellten. »Aber es ist ja zum Glück nichts geschehen.«

»Ja, Gott sei Dank«, sagte Lucille Böttcher, die es mit einem Mal ziemlich eilig zu haben schien. An den Schlägen und Tritten ihres Sohnes vorbei griff sie nach dem Ball, den Inger ihr entgegenstreckte. »Es ist nicht ganz leicht mit Justin. Er ist …« Sie lächelte ein wenig dümmlich. »Nun ja, er ist lebhaft.«

Inger nickte. Zugleich fühlte sie, wie ihre Hände zu zittern begannen, und eine Welle von Kälte breitete sich nach und nach über ihren gesamten Körper aus. Wie Wasser, das unaufhaltsam höher stieg. Wie nannte man so was? Verspäteten Schock? Posttraumatische Belastungsreaktion?

»Na, dann noch einen schönen Abend«, rief Lucille Böttcher, die bereits am Gartentor ihres Hauses war und sich dort plötzlich ihrer nachbarlichen Höflichkeitspflichten zu erinnern schien.

»Ja.« Inger rang sich ein dünnes Lächeln ab. »Ihnen auch.«

Sie ignorierte die Schwärze, die sich vor ihren Augen ausbreitete, und stieg wieder in den Wagen, wobei ihr unvermittelt der Gedanke kam, dass das Leben wirklich verdammt ungerecht war. Sie hatte sich ein Kind gewünscht, seit sie denken konnte, doch das Schicksal hatte ihr diesen Wunsch verwehrt. Stattdessen bekamen Frauen wie Lucille Böttcher ein Baby nach dem anderen. Sie vermehrten sich wie die Karnickel, verdienten ihr eigenes Geld, verspürten nicht den leisesten Anflug von schlechtem Gewissen, wenn sie ihre Sprösslinge bereits im zarten Alter von sechs Monaten in die Obhut fremder Leute gaben, und schafften es darüber hinaus offenbar auch noch spielend, ihren Ehemännern Geliebte, Ehefrau, Freundin und wer weiß was sonst noch alles in einer Person zu sein …

Inger lenkte den Audi die breite Auffahrt hinauf und hielt direkt vor der Garage. Dann nahm sie den hübsch mit Hyazinthen und Narzissen bepflanzten Korb, den sie in dem kleinen Blumenladen neben der Sprachenschule entdeckt hatte, aus dem

Kofferraum. Er duftete nach Moos und Sonne und erinnerte sie an den Sommer, in dem sich ihr Traum von einem eigenen Kind beinahe erfüllt hätte.

Sozusagen um ein Haar ...

Damals war sie mit Sven zusammen gewesen. Sven, dem ewig brotlosen Künstler, der sich aus ihrem Kühlschrank bedient hatte, wenn das Geld, das er als Pianist in einer schäbigen kleinen Bar verdiente, wieder einmal nicht für den ganzen Monat gereicht hatte. Sven, der ebenso planlos wie chaotisch gelebt hatte, der der Meinung gewesen war, es komme ohnehin immer alles anders, als man denke, weshalb man sich getrost auch noch den größten Dummheiten hingeben dürfe. Sven, dessen Vorstellung von Urlaub darin bestanden hatte, kurz hinter dem Ortsausgangsschild ihres Heimatdorfs anzuhalten und zu fragen: »Links oder rechts?«, wobei »links« gleichbedeutend gewesen war mit »Frankreich, Spanien, Portugal oder na ja, mal sehen« und »rechts« gleichbedeutend mit »Österreich, Italien, Griechenland oder na ja, mal sehen«.

Auf diese Weise waren sie oft tage- und wochenlang ziellos herumgefahren, und wenn sie auf kein erschwingliches Hotel gestoßen waren, hatten sie im Auto übernachtet. In einem Zweier Golf, wohlgemerkt, dessen Polster den unausrottbaren Geruch von altem Zigarettenrauch, verschütteter Cola, Schweiß und Gummibärchen verströmten.

Und doch hatte Inger niemals in ihrem Leben besser geschlafen als in jenen Nächten und niemals besser gegessen als an den Morgen danach, wenn Sven und sie in irgendeinem kleinen Supermarkt frisches Brot und Käse und Instantkaffee gekauft und anschließend am Strand oder auf einer Wiese gefrühstückt hatten.

Sie starrte auf den Blumenkorb in ihrer Hand hinunter und stellte überrascht fest, dass sie lächelte. Wo er wohl stecken mochte, Sven? Wie mochte er leben? Wo und mit wem?

Sie hatten sich oft gestritten, laut und leidenschaftlich, ganz so, wie es ihrer damaligen Unbefangenheit entsprochen hatte. Und im Zuge eines solchen Streits war Sven eines Tages Knall auf Fall aus ihrem Leben verschwunden. Dass sie damals in der achten Woche schwanger gewesen war, hatte er nicht geahnt. Ebenso wenig wie sie hatte voraussehen können, dass der Mann, den sie liebte, nicht mehr zurückkommen würde.

Sie fragte sich oft, ob sie etwas anders gemacht haben würde, wenn sie gewusst hätte, wie leicht es war, einander zu verlieren.

Sie hatte lange darauf gewartet, dass Sven sich wieder bei ihr meldete. Auch später noch. Auch lange nach jenem schwarzumrandeten Vormittag in Bangkok, an dem sie ihr gemeinsames Kind auf einer schäbigen Hoteltoilette verloren hatte.

Das macht das gottverdammte Klima hier, hatte ihre Kollegin von der Lufthansa gesagt, mit der sie sich damals Zimmer und Toilette geteilt hatte. Und dann hatte sie Inger flüchtig am Arm berührt und hinzugefügt: *Hey, Kleines, mach dir nichts draus, okay? Du bist noch jung, und irgendwann kriegst du ein anderes. Und dann vergisst du, was dir heute geschehen ist …*

Doch Inger war nicht wieder schwanger geworden.

Und sie hatte auch nicht vergessen.

Stattdessen war sie noch Jahre danach mit rasendem Herzklopfen zum Briefkasten gegangen, und jedes unerwartete Klingeln ihres Telefons hatte ihr ein paar hoffnungsvoll-schmerzliche Sekunden lang den Atem genommen. Aber Sven hatte weder angerufen noch geschrieben, noch hatte er eines Tages mit verschmitztem Lächeln und zerlumpten Jeans vor ihrer Tür gestanden und gesagt: »So, da bin ich wieder. Hättest du vielleicht Lust auf einen kleinen Ausflug?«

Sie hatte das Internet durchforstet, Svens alte Freunde befragt, und irgendjemand hatte ihr erzählt, dass Sven nach Australien gegangen sei. Aber das konnte sie sich beim besten Willen nicht vorstellen. Italien, Südfrankreich, gut und schön, von ihr aus auch Tschechien oder Lettland, jetzt, da die Grenzen offen waren. Aber Australien? Sie sah auf ihre Blumen hinunter und schüttelte den Kopf. Sven liebte alles Alte. Europa und seine Geschichte. Traditionen, Klöster, Ruinen. Verwitterte Burgen und schummrige Weinkeller, die den Staub vergangener Zeiten atmeten. Da war Australien wirklich der letzte Ort auf der Welt, an dem sie sich ihn vorstellen konnte.

Trotzdem hatte sie eines Tages ohne erkennbaren Grund zu warten aufgehört. Sie hatte nichts klären und nichts in Erfahrung bringen können, und die Ungewissheit über Svens Schicksal war so groß gewesen wie am ersten Tag. Und doch war ihr irgendwann aufgefallen, dass Telefone ganz unbemerkt wieder zu Telefonen geworden waren, funktionale, nichtssagende Geräte zur Kommunikation – nicht länger Träger unberechtigter Hoffnungen. Sie zuckte nicht mehr zusammen, wenn sie vor sich auf der Rolltreppe einen Mann entdeckte, dessen Haar auf dieselbe Weise rotgolden schimmerte wie Svens Haar, und sie war dazu übergegangen, verdächtige Briefumschläge ungeöffnet, ungeprüft und nahezu unsentimental in den Karton mit dem Altpapier zu werfen.

Und dann war sie Walther begegnet …

Kinder? Nicht mit mir, hatte der erfolgsverwöhnte Banker gleich von Beginn an klargestellt. Und hinzugefügt: *Ich bin jetzt in einer Phase meines Lebens, wo ich mich nicht mehr nur nach anderen richten will, verstehst du?*

Inger bezweifelte, dass ihr Mann sich jemals nach irgendwem anders als nach sich selbst gerichtet hatte, aber sie erinnerte sich daran, dass sie genickt hatte.

Natürlich bist du jung und musst dir überlegen, ob du damit zurechtkommst.

Zack, Klartext. Inger biss sich auf die Lippen. Als ob das irgendetwas änderte!

Und wenn du den Eindruck hast, dass du lieber …

Oh nein, dachte sie, ich habe grundsätzlich keine Eindrücke. Zumindest nicht von mir selbst und meinen Bedürfnissen.

Sie schloss die Haustür auf und fragte sich, was Sven wohl von ihrem jetzigen Leben halten würde.

Er würde es nicht verstehen, gab sie sich selbst zur Antwort.

Du verstehst es ja selbst nicht, stimmte Inger, die Stewardess, ihr zu.

Inger Lieson stellte den Blumenkorb neben dem Garderobenschrank auf den Boden und hängte ihre Lederjacke gewissenhaft auf einen der klobigen Bügel. Dabei fiel ihr Blick auf den Anrufbeantworter, wo ein kleines grünes Lämpchen darauf hinwies, dass während ihrer Abwesenheit Nachrichten eingegangen waren.

Sie schlüpfte aus ihren Pumps und drückte auf die Wiedergabetaste.

»Hi Schwesterherz, ich bin's.«

Gunnel.

»Wie geht's dir so?«

Tja, dachte Inger, wenn ich das wüsste ...

»Du ... Hör mal, ich bin nächste Woche in der Gegend und besuche Papa und all das. Und da dachte ich ... Hey, vielleicht könnten wir zusammen irgendwo einen Kaffee trinken gehen oder so?«

Die Ärmste braucht mal wieder Geld, schloss Inger unsentimental. Ihre Schwester war nicht nur chronisch pleite, sondern darüber hinaus auch der Ansicht, dass Inger mit ihrer Heirat das große Los gezogen habe und somit problemlos ein Stück von dem Glück, das ihr widerfahren war, abgeben könne. Und warum auch nicht? Inger lehnte den Rücken gegen die Wand und griff nach den sündhaft teuren Schuhspannern aus Zedernholz, die die Verkäuferin der noblen italienischen Schuhboutique ihr aufgeschwatzt hatte. Am Ende war es vielleicht das Beste an dieser Ehe, dass sie es ihr ermöglichte, sich die Liebe ihrer Schwester zu kaufen. Zumindest bis zu einem gewissen Grad.

»Also ruf mich an, ja?«

Na klar, dachte Inger. Mach ich.

»Okay«, antwortete die Stimme ihrer Schwester, fast so, als habe Gunnel ihre Gedanken vorausgeahnt. »Dann also ciao erst mal. Und bis bald.«

»Ja, bis bald«, sagte Inger und stieß sich von der Wand ab, während der Anrufbeantworter mittels eines kurzen Pieptons kundtat, dass er noch weitere Nachrichten für sie bereithielt.

Warum rufen mich die Leute eigentlich nie auf dem Handy an?, überlegte Inger. Immerhin hat das Ding so viele Extras, dass es mir vermutlich auch noch Tee machen würde, wenn ich das richtige Knöpfchen erwische …

»Hallo, Liebling.«

Walther.

»Ich wollte dich nur daran erinnern, dass ich nach der Arbeit noch mit Quentin Schach spiele.«

Weiß ich doch, dachte Inger. Weiß ich … Und sei doch, verdammt noch mal, nicht so verflucht gewissenhaft!

»Es könnte also ein bisschen später werden.«

Inger stutzte. Dieser letzte Satz klang derart klassisch, dass er vermutlich rein gar nichts bedeutete. Dennoch vermittelte er ihr augenblicklich ein ungutes Gefühl.

Es könnte also ein bisschen später werden …

»Ach ja, und denk bitte daran, dass Dietmar und Olga am Sonntag zu uns zum …«

Es könnte später werden, wiederholte eine Stimme in Ingers Kopf.

»… wir am besten noch besprechen.«

Später werden …

»Also gut. Bis dann.«

Knapp. Prägnant. Ganz wie immer.

Und doch fühlte Inger einen leisen Schwindel, als sie ihre Pumps im Schuhschrank neben der Tür verstaute. Walther war zwar ein ganzes Stück älter als sie, aber mit seinen einundsechzig Jahren war er keineswegs alt. Und den Zeitpunkt, an dem er tatsächlich »jenseits von Gut und Böse« sein würde, wie Ingers Mutter das immer ausgedrückt hatte, würde sie vermutlich gar nicht erst erleben. Zumindest nicht, wenn sie so weitermachte wie bisher, zu wenig aß und zu viel rauchte. Dazu die Tabletten, um überhaupt mal ein paar Stunden schlafen zu können, und die anderen, um am Morgen danach wieder wach zu werden.

Tjaaaa, und wie gesund wird es wohl sein, sich ein Serum aus den Kämmen halbtot geborener Fabrikhähne unter die Haut spritzen zu lassen?, meldete sich Inger, die Stewardess, wieder einmal spöttisch zu Wort.

149

Hauptsache glatt, brachte Inger, die Bankiersgattin, die Rivalin zum Schweigen, während der Anrufbeantworter erneut piepste.

»Ich bin's noch mal«, meldete sich die angenehme Stimme ihres Mannes erneut.

»Was denn noch?«, seufzte Inger. Was willst du von mir?

»Du, vergiss das mit dem Schach. Chappuis hat angerufen. Ich muss nach Genf. Verdammt dringende Sache. Ich nehme die Maschine um kurz nach eins und rufe dich dann von dort aus an, einverstanden?«

Nein, dachte Inger, ich bin nicht einverstanden. Aber das spielt keine Rolle.

Sie ging in die Küche hinüber und schob ein Kaffeepad in den Automaten. Dann goss sie Milch in eine Tasse, so viel, dass der Boden gut einen Fingerbreit bedeckt war, und öffnete die Besteckschublade. Im selben Augenblick begann drüben in der Diele das Telefon zu klingeln.

Großer Gott, was ist denn nur los heute?, dachte Inger, indem sie einen Blick auf ihre Armbanduhr warf. Wenn das Walther war, konnte es bei dem Meeting in Genf wohl kaum um etwas Wichtiges gegangen sein. Und für seine Exfrau, die Inger auch vier Jahre nach der Scheidung noch immer mit ihren mehr oder minder stark alkoholisierten Schimpftiraden heimsuchte, war es definitiv noch zu früh!

»Hallo?«

»Frau Lieson?«

»Ja.«

»Hören Sie gut zu, denn ich werde das, was ich zu sagen habe, nicht wiederholen. Wir verlangen zwei Millionen Euro.«

Das war kein Scherz! Inger merkte, wie sich ihr Herzschlag beschleunigte. Aus irgendeinem Grund wusste sie sofort, dass der Mann am anderen Ende der Leitung ernst meinte, was er sagte. Auch wenn es noch so absurd klang …

»Zwei Millionen«, wiederholte er in diesem Augenblick. »Die gesamte Summe in nicht fortlaufend nummerierten Fünfhundert-Euro-Scheinen. Und keine faulen Tricks.«

»Was …«

»Haben Sie mich verstanden?«

Sie schnappte nach Luft. »Wer sind Sie?«

Ein kurzes spöttisches Lachen. »Sie können mich Teja nennen, wenn es Ihnen Spaß macht. Aber zurück zum Stück: Ihr Mann wird das Geld persönlich überbringen.«

»Mein Mann ist …«

»In Genf«, unterbrach er sie. »Das ist mir bekannt.«

»Aber …«

»Ich melde mich morgen im Laufe des Vormittags. Sorgen Sie dafür, dass das Geld bis dahin zur Verfügung steht.«

»Ich?« Verwirrt strich sich Inger die Haare zurück. »Aber was habe denn ich …«

»Wenn Sie unsere Forderungen nicht erfüllen, werden die Geiseln sterben.«

Geiseln? Inger Lieson starrte die Ladestation des Telefons an. Was für Geiseln? Wovon, in Gottes Namen, redete dieser Mann?

»Das ist für den Moment alles.«

Klick.

Inger schloss die Augen. In ihrem Kopf jagte ein Satzfetzen den anderen. *Chappuis hat angerufen. Ich muss nach Genf.* Sie schluckte. *Das ist mir bekannt.* Stimmen überlappten sich, schwollen an, verstärkten sich gegenseitig bis an die Grenze des Erträglichen und wurden wieder leiser. *Hey, Kleines, mach dir nichts draus. Irgendwann vergisst du, was dir heute geschehen ist.* Fast so, als spiele ein unbedarftes Kind am Lautstärkeregler eines Radios herum. *Mit so einer Sache können Sie dreißig oder vierzig Jahre leben, ohne dass sich etwas verändert …*

Inger taumelte auf die weißgetünchte Wand zu. Hatte dieser Kerl tatsächlich gesagt, jemand würde sterben, wenn seine Forderungen nicht erfüllt würden? *Nein, nein, das ist nichts. Aber wenn es Sie beunruhigt, mache ich Ihnen das gleich mit weg …* Sie blickte auf den Hörer in ihrer Hand hinunter. Und wie um sich selbst zu überzeugen, dass er real war, dass sie nicht träumte, hob sie ihn abermals ans Ohr. *Wir sind gerade erst nach Hause gekommen,* flüsterte es in ihrem Kopf. *Aber vielleicht könnten wir zusammen irgendwo einen Kaffee trinken oder so?*

Inger lauschte in die knisternde Stille, doch der Mann, der sie angerufen hatte, war schon lange nicht mehr in der Leitung.

Die Verbindung war tot.

Trotzdem schaffte sie es aus irgendeinem unerfindlichen Grund nicht, den Hörer loszulassen.

Sie machte einen Schritt vorwärts, und die weißgetünchte Wand vor ihr kam näher. Mehr noch: Die Wand schien sich aufzutun und sie geradewegs in sich hineinzuziehen. Ins Bodenlose. Inger ließ das Telefon fallen und streckte die Hände aus, Halt suchend, zitternd, verzweifelt. Und tatsächlich bekam sie mit einem Mal Rauputz zu spüren. Festen, stabilen Stein.

Sie ließ sich auf den warmen Parkettboden hinunter sinken und hatte das beunruhigende Gefühl, das Bewusstsein zu verlieren. In Ohnmacht zu fallen. Einfach so. Gleich hier, an Ort und Stelle.

Das macht das gottverdammte Klima hier, flüsterte eine kehlige Frauenstimme in ihrem Kopf, während Inger sich schützend die Hände vors Gesicht hielt.

Wie oft haben wir dir schon gesagt, dass du nicht einfach weglaufen kannst?!

5 »Halt das an!«, schrie Goldstein und sprang wie von der Tarantel gestochen von seinem Stuhl hoch.

Luttmann tat, wie ihm geheißen, doch er war nicht schnell genug. Als das Bild der drei Schalter vor ihrer aller Augen zum Stehen kam, war das, was Goldstein interessierte, ganz offenbar schon nicht mehr zu sehen.

»Nein, nein, nein, zurück, verdammt«, fuhr er den jungen Techniker an, der sich von dem ruppigen Ton jedoch nicht aus der Ruhe bringen ließ. Verhoeven bemerkte, dass Luttmanns Augen kurz am Foto seiner kleinen Tochter hängen blieben, bevor seine Finger wieder über die Tasten glitten.

Goldsteins mächtige Kiefer mahlten, während er wie gebannt

auf die Wand starrte, wo die körnigen Aufnahmen im Zeitlupentempo rückwärts liefen. »Noch langsamer«, rief er. »Okay. Stopp hier! ... Ja, das ist es.«

Er trat ein paar Schritte näher an die Wand heran, und dieses Mal schien er zufrieden mit dem, was er sah, auch wenn Verhoeven sich beim besten Willen nicht vorstellen konnte, worauf der Unterhändler hinauswollte. Die Einstellung, die wie festgefroren an der Wand zitterte, zeigte nicht mehr als die drei verwaisten Schalter und den Rücken der am Boden liegenden Krankenschwester.

»Sehen Sie diese Reflexion hier?«, fragte Goldstein, als habe er Verhoevens Gedanken gelesen. »Dort drüben auf dem Glas.« Er machte noch einen Schritt auf die Wand zu und markierte die Stelle mit seinem bloßen Zeigefinger. Dann wandte er sich wieder an Luttmann, der mit konzentrierter Miene auf seinen Monitor starrte. Wie weit kriegst du das vergrößert, bevor es in einen unübersichtlichen Pixelhaufen zerfällt?«

Der Kriminaltechniker zuckte seine jungenhaften Schultern und hämmerte eine Reihe von Befehlen in seinen Rechner, während Goldstein sich wieder nach der Wand umdrehte. Auf seinem Hinterkopf zuckte das graublaue Licht der Aufnahmen, aus denen Luttmann immer präzisere Ausschnitte wählte.

Vor ihrer aller Augen wurde auf diese Weise ein Kopf erkennbar. Ein Mann mit Skimaske. Er stand so, dass sich sein Gesicht frontal in der Scheibe des linken Schalters spiegelte.

»Was soll das bringen?«, fragte Büttner, dem die Sache offenbar zu lang wurde. »So vermummt, wie der Kerl ist, hilft uns das nicht viel weiter, oder?«

»Geduld, mien Jung«, flüsterte Goldstein und offenbarte damit zum ersten Mal auch verbal seine norddeutsche Herkunft. »Geduld.«

»Der Mann sagt irgendwas«, flüsterte Verhoeven.

»Und jetzt sieht er sich um«, ergänzte Hinnrichs.

»Vielleicht, weil er eine Antwort erwartet«, schlug Monika Zierau vor.

»Da!«, rief Hinnrichs. »Noch mal!«

Goldstein nickte. »Geht das noch präziser?«

Auf Luttmanns Stirn bildete sich ein feiner Schweißfilm und er tastete nach seiner Coladose, während er dem Programm einhändig weitere Befehle erteilte.

Das maskierte Gesicht des Geiselnehmers schmolz auf einen Mund zusammen, der ein paar grotesk anmutende Bewegungen vollführte, bevor er sich wieder schloss. Dann öffneten sich die Lippen unter dem schwarzen Stoff aufs Neue.

»Besorgen Sie jemanden, der von den Lippen lesen kann«, rief Goldstein, während auf der Wand hinter ihm die isolierte Sequenz der Mundbewegungen immer wieder von vorn begann.

Eine uniformierte Beamtin sprang auf und verließ den Raum.

In der entgegengesetzten Ecke der Einsatzzentrale griff einer ihrer Kollegen zum Telefon.

»Was sagst du?«, murmelte Goldstein, die klarblauen Adleraugen starr auf die Wand gerichtet. »Für was für eine Frage hast du dir derart viel Zeit genommen?«

»Richard?«, rief im selben Augenblick Monika Zierau, die bei dem dunkelhaarigen Beamten an der hinteren Wand stand.

»Ja?«

»Wir haben die letzte verbliebene Geisel identifiziert.«

»Lass hören.«

»Laut Kontodaten handelt es sich um Jussuf Mousa, sechsundvierzig Jahre alt. Gebürtig in Marokko, genauer gesagt in Figuig, einer Oase an der Grenze zu Algerien.« Verhoeven suchte in den Kohleaugen der Psychologin nach einem Ausdruck von Zufriedenheit darüber, dass sie mit ihrer Einschätzung richtig gelegen hatte. Doch Monika Zieraus Gesicht wirkte genauso unbeteiligt wie immer. »Mousa kam mit Anfang zwanzig nach Deutschland und hat zuerst eine Weile in Frankfurt gelebt, bevor er mit seiner Familie nach Wiesbaden gezogen ist«, fuhr sie fort. »Inzwischen wohnt er schon seit elf Jahren im Westend.«

»Der Mann ist verheiratet und hat drei Söhne im Alter von sieben bis sechzehn Jahren«, ergänzte der dunkelhaarige Beamte an der hinteren Wand.

Wie schnell das geht, dachte Verhoeven wie schon zuvor. Ein

paar harmlose Mouseklicks, und dein Leben ist ein offenes Buch für jeden, der sich dafür interessiert.

»Sind Mousas Angehörige schon informiert?«, erkundigte sich Goldstein, ohne seinen Blick von der Wand zu nehmen.

Monika Zierau bejahte. »Zwei Beamte sind bei ihnen. Sie achten zugleich darauf, dass nichts nach außen dringt, und sind auch vorbereitet, falls es zu einer wie auch immer gearteten Kontaktaufnahme kommen sollte. Außerdem wird die Familie von einem speziell geschulten Kollegen betreut. Aber …« Sie zögerte. »Da ist noch was, das du wissen solltest.«

Nicht nur die persönliche Formulierung, sondern auch der alarmierende Unterton dieses letzten Satzes veranlasste Goldstein, endlich von den Lippen an der Wand abzulassen. »Was noch?«

»Jussuf Mousa ist herzkrank«, sagte die Psychologin, und zum ersten Mal an diesem Tag glitt der Schatten echter Betroffenheit über ihr markantes Gesicht. »Wenn er nicht regelmäßig seine Medikamente nimmt, stirbt er.«

6 Sie hoben die Köpfe wie ein Rudel konditionierter Hunde, als hoch über ihnen abermals Schritte laut wurden. Ein paar Sekunden später erschien Alphas Silhouette über dem Rand der Grube.

Winnie Heller konnte sehen, wie sich die Augen unter der Sturmhaube ohne jedes Zögern auf die tote Kassiererin richteten, und sie schloss daraus, dass der Anführer der Geiselnehmer bereits darüber informiert war, was sich in der Zeit seiner Abwesenheit zugetragen hatte. Und fort gewesen war er ohne Zweifel. So, wie sie die Sache einschätzte, war Alpha derjenige, der die Befehle gab. Er machte die Pläne, er führte das Ruder, und selbst Brutalo-Bernd schien auf sein Kommando zu hören. Zumindest, solange er sich in der Nähe befindet, setzte sie einschränkend hinzu. Aber wie hieß es doch so schön?

155

Ist die Katze aus dem Haus …

Alpha starrte noch immer vollkommen unbeweglich auf die Leiche der Kassiererin hinunter, und Winnie Heller überlegte, was er wohl zu der Decke sagen würde, die sie über die Tote gebreitet hatte.

Doch der Anführer der Geiselnehmer schwieg.

Sie hörten das Knirschen von Schritten, als jemand hinter ihn trat. Der Junge.

Dann ein Murmeln.

»Nein«, antwortete Alpha, und es klang sehr bestimmt.

»Aber …«, setzte der andere an, doch er wurde sofort wieder unterbrochen.

»Ich habe nein gesagt.«

Der Anführer wandte sich brüsk ab und kam die Treppe hinunter, und zum ersten Mal bot sich Winnie Heller jetzt die Gelegenheit, ihn ein wenig genauer zu betrachten. Er war ein Stück größer als sein Komplize Bernd, aber weitaus zierlicher, und er bewegte sich trotz seiner schweren Militärstiefel mit katzenhafter Eleganz. Seine Augen schienen dunkel zu sein, aller Wahrscheinlichkeit nach braun, und die Brauen, so viel immerhin konnte sie erkennen, waren in der Mitte zusammengewachsen.

Jenna Gercke rutschte hektisch ein Stück beiseite, als er an ihr vorbeikam, und Winnie Heller sah, dass ihre anthrazitfarbenen Nylons bereits zwei dicke Laufmaschen hatten.

Halt den Mund, Jenna, raunte Iris Kuhns Stimme ihr zu, und sie erinnerte sich daran, dass es dabei um die Betätigung oder Nicht-Betätigung des Alarmknopfs gegangen war.

Vielleicht hatten diese Kerle tatsächlich einen Verbündeten in der Bank, dachte sie. Vielleicht hat ihnen jemand geholfen, der sich auskennt. Ein Insider …

Alpha war unterdessen vor der toten Kassiererin stehen geblieben.

»Wer hat sie zugedeckt?«, fragte er in einem Ton, der Winnie Heller irgendwie zu denken gab.

Ihr Blick hingegen war noch immer auf Jenna gerichtet, und voller Fassungslosigkeit registrierte sie, dass die blonde Bankangestellte sich tatsächlich anschickte, mit dem Finger auf sie zu zeigen.

»Ich«, antwortete sie eilig, um Jenna zuvorzukommen und ohne einen Gedanken an die Folgen. »Das war ich.«

Alpha wandte den Kopf und sah ihr einen kurzen Moment lang direkt in die Augen. Dann beugte er sich zu der Toten hinunter, hob sie mitsamt der Decke hoch und trug sie quer durch die Grube zur Treppe. Es bereitete ihm sichtliche Mühe, mit einer Frau von Iris Kuhns Gewicht auf dem Arm die rostigen Stufen zu erklimmen, doch als sein junger Komplize, der am oberen Ende der Stiege gewartet hatte, sich anschickte ihm zu helfen, schüttelte er in einer herrischen Geste den Kopf.

Er ist stur, notierte Winnie Heller in Gedanken. Aber er hat auch Stolz. Und möglicherweise sogar einen Sinn für Pietät.

Die beiden anderen Geiselnehmer hatten derweil eine Reihe von Lampen aufgestellt, die jetzt zeitgleich aufflammten und die Treppe sowie große Teile der Grube von einem Moment auf den anderen in nackte, klinische Helligkeit tauchten.

Winnie Heller beschirmte die Augen mit der Hand, um einen letzten Blick auf Alphas Rücken werfen zu können und den Arm, der unter der braunen Polyesterdecke hervorschaute. Dann war der Anführer der Bande im Schatten hinter dem Licht verschwunden.

Wo mag er sie hinbringen?, überlegte sie. Verstecken sie die Leiche irgendwo in diesem klammen alten Gemäuer? Vermutlich, schließlich haben sie bereits in der Bank einen Mann erschossen. Und wenn die Kollegen, die die Verhandlungen führen, erst mal mitbekommen, dass es schon wieder eine Tote gegeben hat, werden sie sich wahrscheinlich zweimal überlegen, ob es Sinn macht, auf die Forderungen dieser Leute einzugehen. Falls diese Kerle überhaupt Forderungen hatten. Aber das hatten sie natürlich. Winnie schielte wieder nach der Matratze, die nackt und hellblau auf dem Schutt lag wie ein Fremdkörper. Oh ja, dachte sie, diese Männer da oben verfolgen ein ganz konkretes Ziel. Und ich würde verdammt viel dafür geben, zu erfahren, was es ist ...

Vom Rand der Grube drang ein leises Rascheln an ihr Ohr, dessen Bedeutung sich ihr zunächst nicht erschließen wollte. Instinktiv stand sie auf, und ein paar von den anderen taten es ihr gleich. Ihre Gesichter wirkten wie Wachs in der gleißenden Helligkeit, und in allen las Winnie Heller die gleiche bange Ratlosigkeit. Auch in Jennas, aber Winnie war nicht sicher, ob sie ihr trauen konnte. Vielleicht war die junge Bankangestellte ganz einfach eine verdammt gute Schauspielerin. Andererseits konnte es sich bei ihrem Bemühen, Alphas Frage zu beantworten, auch um eine Form von Fürsorge gehandelt haben. Den Anführer nicht aufbringen. Kooperieren. Deeskalationstaktik. Oder aber Jenna zeigte bereits erste Anzeichen des Stockholm-Syndroms. Winnie Hellers Augen tasteten sich über das nichtssagend hübsche Profil der Blondine, während sie in aller Eile das Wenige zusammenkramte, das ihr aus den Psychologiekursen ihrer Ausbildung in Erinnerung geblieben war: Manche Opfer von Geiselnahmen banden sich emotional an ihre Entführer, weil sie sich von dieser Bindung unbewusst eine Verbesserung ihrer Überlebenschancen erhofften. Dabei konnte es durchaus passieren, dass sich zwischen Täter und Opfer mit der Zeit eine Art Wir-Gefühl entwickelte, im Zuge dessen die Polizei oder andere potenzielle Helfer von den betroffenen Geiseln in zunehmendem Maße als »Gegner« empfunden und als solche unter Umständen sogar wissentlich getäuscht oder gar bekämpft wurden.

Bleibt nur zu hoffen, dass das alles schnell vorbeigeht, dachte Winnie.

Im selben Moment flog etwas vom Rand der Grube zu ihnen herunter. Schutt und Glassplitter spritzten weg, als es auf dem körnigen Boden aufschlug, und nach einem kurzen Moment der Verblüffung erkannte Winnie eine armdicke, in Plastik abgepackte Salami. Die Wucht des Aufpralls ließ die Wurst zunächst ein Stück über den unebenen Untergrund schlittern, bevor sie schließlich in einer länglichen Vertiefung liegen blieb, nur wenige Zentimeter von jener Stelle entfernt, an der Iris Kuhns Leiche gelegen hatte.

Ich schätze, das bedeutet, dass die Herren in der Zwischenzeit einkaufen gewesen sind, dachte Winnie mit einem sarkastischen Seitenblick auf das schimmernde Plastik. Und jetzt erfolgt die Fütterung der Raubtiere! Doch so unangenehm diese Assoziation auch war, ihr war klar, dass sie sich darüber freuen musste. Essen bedeutete, dass die Männer sie vorerst am Leben lassen würden. Und das wiederum hieß, dass sie Zeit hatten. Die Gelegenheit, irgendeinen Ausweg zu finden. Eine Strategie zu entwerfen. Einen Plan.

Also Plan B …

Bernds wuchtige Statur erschien über dem Rand, und Winnie Heller hörte sein Lachen, in dem dasselbe kalte Glitzern lag wie in seinen Augen. Dann donnerte ein Sixpack Mineralwasser zu ihnen herab, ganz ähnlich denen, die Evelyn in ihrem Einkaufsroller gehabt hatte. Zwei der Plastikflaschen platzten beim Aufprall, und das Wasser spritzte bis an die Rückwand der Grube. Doch keine der Geiseln gab einen Laut von sich. Der Stress schien allmählich sämtliche Spontanreaktionen zu blockieren.

Dem ersten Sixpack folgte ein zweiter, der erstaunlicherweise trotz der Fallhöhe heil blieb. Dann Toastbrot und mehrere Schachteln mit Crackern. Schließlich ein billiger Plastikeimer, der – genau wie die Salami – zuerst ein ganzes Stück über den zerrütteten Boden kollerte, bevor er knirschend und wiegend liegen blieb.

Voilà, die Toilette, schloss Winnie Heller grimmig. Und sogar in der Super-Luxusausführung! Na, herzlichen Dank auch, ihr Dreckskerle!

Sie erwiderte Quentin Jahns Blick, während die anderen zögerlich damit begannen, die verstreuten Lebensmittel einzusammeln. Und jetzt?, schienen seine intelligenten grauen Augen zu fragen. Übernimmt einer von uns das Kommando oder lassen wir das Recht des Stärkeren walten?

Ein entscheidender Punkt, dachte Winnie, indem sie sich Evelyns selbstverständliche Annexion der Matratze in Erinnerung rief. Noch sitzt der Schock zu tief, aber wenn wir nicht aufpassen, herrscht hier bald die blanke Anarchie, und wir fangen an, uns gegenseitig die Köpfe einzuschlagen!

Sie sah sich nach Jenna um, die nach wie vor auf dem Boden kauerte, und überlegte, ob die Zeit tatsächlich für oder vielleicht doch eher gegen sie spielte.

»Teilt euch das Zeug gut ein, mehr gibt's nämlich nicht«, verkündete unterdessen Bernd vom Rand der Grube. Er hatte den hellen Mantel ausgezogen und trug jetzt irgendetwas Dunkles, das Winnie aufgrund des starken Gegenlichts nicht näher erkennen konnte. »Wenn ihr pissen müsst, benutzt ihr den Eimer. Und ansonsten bleibt ihr genau da, wo ihr jetzt seid, verstanden?!«

Er wartete nicht auf eine Reaktion der Gefangenen, sondern verschwand einfach hinter dem düsteren Horizont ihrer beschränkten Welt.

Wenig später ertönte ein lautes Knacken, und die Lampen am Grubenrand verlöschten. Zurück blieb das altbekannte Halbdunkel, das über den Rand der Grube zu den sechs Geiseln hinunterschwappte und in dem eine undefinierbare Bedrohung zu liegen schien.

7

»Und?«

Verhoeven schüttelte den Kopf, wütend darüber, dass er den erwartungsvollen Gesichtern seiner Kollegen vom KK 11 nichts als blanke Ratlosigkeit entgegenzusetzen hatte. Zu dritt standen sie auf dem Gang vor der Einsatzzentrale, jeder mit einem Becher Automatenkaffee in der Hand, den Werneuchen spendiert hatte.

»Habt ihr noch immer keinen Kontakt zu den Entführern?«

»Nein, nichts bislang.«

Oskar Bredeneys Finger schlossen sich fester um den Plastikbecher in seiner Hand. Er trug denselben schwarzen Glattledermantel, den er schon bei Verhoevens Dienstantritt im Morddezernat angehabt hatte und in dem er wie ein alter Nazi aussah. Beinahe jeder im KK 11 hasste diesen Mantel, der noch dazu quietschte und stank, doch Bredeney war trotz unzähliger Überredungsversuche seitens seiner Kollegen einfach nicht dazu zu bewegen, sich davon zu trennen. Inzwischen konnte man angeblich bereits Wetten darauf abschließen, ob Grovius' alter Weggefährte das gute Stück auch am Tag seiner Verabschiedung tragen oder zu diesem besonderen Anlass vielleicht doch standesgemäß im dunklen Anzug oder gar in Uniform erscheinen würde, wobei gut informierte Quellen behaupteten, die Quoten stünden derzeit zwölf zu eins zugunsten des Mantels.

»Wenigstens haben die Kollegen von der Streife endlich ihren Wagen aufgespürt«, beeilte sich Verhoeven die wenig erbaulichen Informationen weiterzugeben, die er vor wenigen Minuten erhalten hatte. Er sah Stefan Werneuchen an, den vierten Beamten aus Hinnrichs' Team, und dachte, dass die beiden Kollegen vom KK 11 eigentlich schon seit Stunden dienstfrei hatten. Wir sind ein Team, dachte er verwundert. Auch nach Dienstschluss sind wir ein Team. »Leider war ihre Brieftasche nicht dort.«

»Gottverdammter Mist«, entfuhr es dem sonst eher zurückhaltenden Werneuchen. »Dann hat sie ihren Dienstausweis also tatsächlich bei sich.«

»Winnie ist ein kluges Mädchen, das sich immer und überall zu helfen weiß«, entgegnete Bredeney mit reichlich gezwungen wirkender Zuversicht. »Und selbst wenn diese Kerle inzwischen mitgekriegt haben, dass sie an eine Kriminalbeamtin geraten sind, ist doch noch lange nicht gesagt, dass sie …« Als ihm bewusst wurde, was ihm da gerade auf der Zunge lag, brach er ab und starrte auf das graue Linoleum zu seinen Füßen hinunter.

»Nein«, kam Verhoeven dem alten Weggefährten seines verstorbenen Mentors zu Hilfe. »Das ist nicht gesagt.«

Bredeney nickte, ohne aufzublicken. »Und sonst?«, fragte er. »Läuft Goldstein immer noch mit dieser dämlichen Mütze durch die Gegend?«

Verhoeven warf ihm einen überraschten Seitenblick zu. »Woher weißt du davon?«

»Hab vor Jahren mal mit dem Kerl zu tun gehabt«, entgegnete Bredeney, und es klang, als rede er von einem anderen Leben. »Das Ding ist so was wie Goldsteins Markenzeichen. Er hat es bei jedem seiner Einsätze auf.« Sein Ledermantel quietschte, als er vielsagend mit den Schultern zuckte. »Angeblich bringt es ihm Glück.«

Und das können wir in diesem Fall weiß Gott gebrauchen, dachte Verhoeven.

»Böse Zungen behaupten allerdings, dass er das verdammte Ding nur trägt, um seine Augen zu verbergen«, fuhr Bredeney fort, sichtlich erleichtert, ein Thema gefunden zu haben, das ihn ein paar wertvolle Augenblicke lang von seiner Angst ablenkte. »Du weißt schon, weil die Augen am ehesten verraten, was ein Mensch wirklich denkt, und so weiter und so fort. Aber an diese Erklärung hab ich nie geglaubt.« Er schob die Unterlippe vor, während er nachdachte. »Immerhin können die Mistkerle, mit denen Goldstein verhandelt, seine Augen in aller Regel sowieso nicht sehen, stimmt's nicht?«

Verhoeven lächelte gequält. Wenn es denn etwas zu verhandeln gäbe …

»Nee, nee«, murmelte Bredeney in seinen Kaffeebecher. »Das Ding ist ein Glücksbringer, wenn du mich fragst. Und … Hey, da fällt mir ein, dass irgendwer damals erzählt hat, Goldstein hätte die verdammte Mütze bei einem Einsatz getragen, der beinahe schiefgelaufen wäre oder so. Jedenfalls hat irgend so ein durchgeknallter Möchtegern-Terrorist auf ihn geschossen, glaub ich, und eine der Kugeln ging haarscharf an seinem Kopf vorbei.« Bredeney nickte sinnend vor sich hin. »Komisch, dass mir das ausgerechnet jetzt wieder einfällt, aber angeblich hat das Ding sogar einen Einschuss.« Er sah Verhoeven an. »Der ist dir nicht zufällig aufgefallen, oder?«

Verhoeven verneinte und dachte wieder an Grovius, der bis zu seinem plötzlichen Tod vor gut anderthalb Jahren das Projektil einer Neun-Millimeter im Kleingeldfach seiner Geldbörse spazieren getragen hatte. Die Patrone stammte, wie Verhoeven wusste, aus der kugelsicheren Weste, die seinem Mentor einst das Leben gerettet hatte, als Grovius auf einer dunklen Gasse in einen Hinterhalt geraten war. Nach Abschluss der Ermittlungen hatte Grovius sich das verbogene Projektil geben lassen und es fortan gehütet wie seinen Augapfel. *Denk daran, mein Junge,* hatte er oft gesagt und dabei mit einem verschmitzten Augenzwinkern auf das weiche Leder seines Portemonnaies geklopft, *irgendwann ist Schluss. Eines schönen Tages sagt der da oben: Das war's, und dann musst du abtreten. Peng. Aus. Klappe runter.* Verhoeven trank einen Schluck von seinem Kaffee und überlegte eben, was Holger, Grovius' renitenter Sohn, mit dem Projektil seines verhassten Vaters angestellt haben mochte, als er den Vibrationsalarm seines Handys am Körper spürte.

Er checkte das Display. Dann nahm er den Anruf entgegen.

»Wat Neuet von der Kleenen?«, wollte Dr. Gutzkow am anderen Ende der Leitung wissen, und Verhoeven wünschte sich von Herzen, die Frage bejahen zu können.

»Leider noch immer nichts«, wiederholte er stattdessen die entmutigende Antwort, die er bereits seinen Kollegen vom KK 11 hatte geben müssen.

»Mhm«, machte die Pathologin, und die Sparsamkeit ihrer Reaktion gab Aufschluss über den Grad ihrer Besorgnis. Ihres imposanten Auftretens und ihrer burschikosen Art wegen hatten ein paar Spaßvögel ihr den Spitznamen »Potemkin« verpasst, und wann immer ein Beamter des Nordhessischen Polizeipräsidiums einem Neuling Dr. Gutzkows Spitznamen enthüllte, pflegte er augenzwinkernd hinzuzufügen: *Nach dem Panzerkreuzer, wohlgemerkt, nicht nach diesem adligen Schnösel, der mit Katharina rumgemacht hat.* Doch allen negativen Assoziationen zum Trotz, die dieser wenig schmeichelhafte Beiname wecken mochte, war Isabelle Gutzkow eine Menschenfreundin erster Güte, die – wie Verhoeven aus zuverlässiger Quelle wusste – in ihrer karg bemessenen Freizeit kostenlosen Reitunterricht für Kinder aus problematischen familiären Verhältnissen gab und darüber hinaus auch zwei Schäferhunde ihr eigen nannte, die sie abgöttisch liebte.

»Det geht janz schön an die Nerven, wa?«, brummte sie jetzt in die Stille, die Verhoevens ernüchternder Antwort gefolgt war.

»Oh, ja«, sagte er. »Allerdings.«

»Aber weshalb ick anrufe ...« Die Pathologin räusperte sich.

»Wir haben vor ein paar Minuten die Obduktion Ihres toten Kassierers abgeschlossen.«

»Und?«

»Der Mann starb durch einen einzigen gezielten Schuss in die Brust.« Isabelle Gutzkow machte eine kurze Pause, bevor sie hinzufügte: »Das Projektil ist natürlich noch in der Ballistik, aber ich kann Ihnen bereits jetzt verraten, dass es sich bei der Tatwaffe um eine 45er handelt.«

»Moment«, rief Verhoeven verwirrt. »Auf den Überwachungsbändern ist zu sehen, wie einer der beiden Gangster eine Bankangestellte mit seiner Glock bedroht. Aber soweit wir informiert sind, handelt es sich dabei um eine 18 C.«

»Weeß ick doch«, entgegnete Dr. Gutzkow lapidar. »Deshalb dacht' ick ja eben, die Sache könnte Sie interessieren.«

Verhoeven straffte die Schultern, als ihm schlagartig klar wurde, dass die Gerichtsmedizinerin ganz bewusst den normalen Dienstweg umgangen hatte, um ihn so früh wie möglich mit Informationen zu versorgen, die von der zuständigen Stelle noch gar nicht abgesegnet waren. »Die 18 C verwendet ausschließlich Neun-Millimeter-Kaliber«, sagte er hastig, um seine Verlegenheit über dieses durchaus nicht gefahrlose Entgegenkommen der Pathologin zu überspielen. »Was bedeutet, dass *beide* Entführer zusätzlich zu ihrer MP auch noch eine normale Pistole bei sich trugen.«

»Und dass der Kerl, der Ihre Kassiererin bedroht hat, nicht derjenige ist, der Albert Schweh getötet hat«, ergänzte Dr. Gutzkow. »Na ja, ick dachte, det is ja vielleicht nich janz unwichtig. Ick meine, wenn es irjendwann mal darum jeht, zu verhandeln.«

Sie hat recht, dachte Verhoeven, weil wir damit genau sagen können, welcher der Männer die Grenze überschritten hat. Wir wissen ab sofort, welcher von beiden ein Mörder ist. Und wem wir gegebenenfalls einen Deal anbieten können …

»Bleibt bloß zu hoffen, dass sich die Kerle jetzt bald mal bei Ihnen melden, wa?«, riss ihn Dr. Gutzkows raue Stimme aus seinen Überlegungen.

»Ja«, sagte Verhoeven. »Und haben Sie vielen Dank.«

»Ick bitt' Sie«, knurrte die Pathologin, die nun ihrerseits ein wenig verlegen schien. »Wofür denn?«

»Du, sag mal«, setzte Bredeney gewohnt umständlich an, nachdem Verhoeven das Gespräch mit der Pathologin beendet hatte. »Müssten wir nicht eigentlich auch Winnies Eltern informieren?«

Doch bevor Verhoeven Gelegenheit zu einer Antwort hatte, schüttelte Werneuchen neben ihm bereits den Kopf. »Vergiss ihre Eltern.«

»Warum?«

»Weil sie nicht mehr miteinander sprechen.«

Bredeney verzog sein pockennarbiges Gesicht, und auch Verhoeven blickte den hoch gewachsenen Kollegen erstaunt an.

»Soweit ich weiß, hat Winnie keinen Kontakt mehr zu ihren Eltern«, erklärte Werneuchen, dem die gespannte Aufmerksamkeit seiner beiden Kollegen nicht ganz geheuer war. »Schon seit längerem nicht.«

»Und woher willst ausgerechnet *du* so was wissen?«, fragte Bredeney mit einer Mischung aus Anerkennung und Neid.

»Weil sie mir gesagt hat, dass ich ihre Mutter nicht mehr durchstellen soll.«

»Wann hat sie das gesagt?«

»Ist schon 'ne Weile her.« Werneuchen legte seine hohe, sanft gewölbte Stirn in Falten, während er nachdachte. »Ich glaube, kurz nachdem ihre Schwester gestorben ist. Aber ganz sicher bin ich nicht.«

Verhoeven nickte und dachte an einen trüben, schneeträchtigen Spätnachmittag im November.

Damals hatten Winnie Heller und er einander erst ein paar Tage gekannt, aber er hatte es trotzdem für seine Pflicht gehalten, an der Beerdigung ihrer Schwester teilzunehmen. Nicht zuletzt, weil er durch Zufall dabei gewesen war, als seiner Kollegin die Todesnachricht überbracht worden war. Während der Trauerzeremonie hatte er freilich erst einmal vergeblich nach Winnie Heller Ausschau gehalten und schon fast angenommen, sie habe es tatsächlich fertig gebracht, dem Begräbnis ihrer eigenen Schwester fernzubleiben. Aber dann hatte er sie schließlich doch noch entdeckt. Ganz allein, mit Frost im Gesicht und einer lachsfarbenen Rose in den bloßen Händen, hatte sie unter einer Gruppe von Bäumen gestanden und gewartet, bis ihre Eltern gegangen waren. Und erst, nachdem deren dunkel gekleidete Rücken durch das Haupttor verschwunden waren, war sie gekommen, um Abschied zu nehmen. Schon damals hatte Verhoeven einen Blick in die tiefe Kluft werfen können, die zwischen seiner Partnerin und ihren Eltern lag, und selbst wenn er sie nie explizit nach dem Grund des Zerwürfnisses gefragt hatte, war er insgeheim doch überzeugt, dass der Bruch mit Winnie Hellers Schwester zusammenhing. Mit dem, was Elli Heller vor langer Zeit geschehen war …

»Trotzdem«, sagte Bredeney, der sich mit Werneuchens Erklärungen nicht so einfach zufriedengeben wollte. »Kind bleibt Kind, oder nicht?«

Verhoeven schüttelte den Kopf. »Das sehe ich anders.«

»Und wie?«, fuhr der alte Weggefährte seines Mentors auf.

»Unter den gegebenen Umständen wäre es Winnie ganz bestimmt nicht recht, wenn wir uns zu einem so frühen Zeitpunkt an ihre Eltern wenden würden«, entgegnete Verhoeven. »Also warten wir erst mal ab, okay?«

Bredeney bedachte ihn mit einem Blick, der zu gleichen Teilen Herausforderung und Besorgnis spiegelte. »Du meinst, bis die Hellers aus den Nachrichten erfahren, was Sache ist?«

»Die Identität der Geiseln wird geheim gehalten.« Verhoeven trank den letzten Schluck von seinem Kaffee und beförderte den Becher mit einem gezielten Wurf in den Abfalleimer, der hinter Werneuchen an der Wand stand. »Schon allein, um Winnies Berufsstand nicht preiszugeben.«

Oskar Bredeney drückte seinen ebenfalls leeren Becher zu einem formlosen Plastikklumpen zusammen, bevor er Verhoevens Beispiel folgte. »Mensch, Junge«, sagte er, »du weißt doch mittlerweile selbst, wie diese Dinge laufen. Ein findiger Reporter, eine gezielte Indiskretion. Und schon liegst du auf der Fresse und weißt nicht mehr, wo oben und unten ist.«

Jetzt klingt er genau wie Grovius, dachte Verhoeven, ohne entscheiden zu können, ob er sich darüber freuen oder ärgern sollte.

»Und was wird mit ihrem Aquarium?« Werneuchen zupfte unbehaglich an den Ärmeln seines braunen Stehbundpullovers. »Ich meine, eigentlich müsste jemand zu ihr nach Hause fahren und ihre Fische füttern, oder nicht?«

Verhoeven blickte auf seine Schuhspitzen hinunter. Werneuchen hatte »jemand« gesagt, aber er wusste genau, was der Kollege gemeint hatte: »Du«. *Du müsstest hinfahren und ihre Fische füttern.* »Weiß einer von euch, wer einen Schlüssel zu ihrem Apartment haben könnte?«

»Keinen Schimmer«, seufzte Bredeney, und auch Werneuchen konnte nur ratlos den Kopf schütteln.

»Aber vielleicht sprichst du mal mit Lübke«, schlug er vor.

»Lübke?« Verhoeven war ehrlich überrascht. »Wieso Lübke?«

»Na ja«, Werneuchen wand sich unter den Blicken seiner Kollegen wie ein Kind, das ein verbotenes Wort gesagt und damit weit mehr Aufmerksamkeit erregt hatte, als ihm lieb war. »Ich war der Meinung …« Er hielt inne und atmete tief durch. »Na ja, ich dachte eigentlich, dass die beiden so was wie befreundet wären.«

Verhoeven tauschte einen Blick mit Bredeney, während er sich den Zigarillo rauchenden Spurensicherer vorstellte, der mit seinen schrankbreiten Schultern und der mehrfach gebrochenen Nase nicht nur wie ein in die Jahre gekommener Catcher wirkte, sondern darüber hinaus auch noch eine unverkennbare Ähnlichkeit mit Gert Fröbe hatte. Im Präsidium ging das Gerücht, dass er neben Exsträflingen und anderen Haudegen in der französischen Fremdenlegion gedient habe. Und selbst wenn dieser Teil seiner Biographie vermutlich in den Bereich der Legende gehörte, war Hermann-Joseph Lübke zweifelsohne ein Mann, den man sich schon allein aufgrund seiner Optik mühelos in der Rolle eines abgehalfterten Boxers oder alternden Luden vorstellen konnte. Aber befreundet mit der kleinen und trotz ein paar Pfund Übergewicht eher zarten Winnie Heller?!

167

Verhoeven bedachte den Mülleimer in Werneuchens Rücken mit einem nachdenklichen Kopfschütteln. Soweit er wusste, spielten seine Partnerin und Lübke gelegentlich im Kollegenkreis Poker. Und vielleicht tranken sie bei diesen Gelegenheiten auch schon mal ein Bier zusammen.

Aber befreundet?

Was für eine merkwürdige Kombination, dachte Verhoeven, während er versuchte, sich ein paar Gelegenheiten ins Gedächtnis zu rufen, bei denen er die beiden gemeinsam erlebt hatte. Doch alles, was ihm einfallen wollte, war, dass sie einander beständig ärgerten. Oder vielmehr: Lübke war derjenige, der Winnie Heller provozierte, und sie antwortete für gewöhnlich mit irgendeinem flotten Spruch, ganz wie es ihre Art war. Aber befreundet?

»Befreundet?«, fragte just in diesem Augenblick auch Bredeney, und Verhoeven hörte schon am Tonfall, dass der altgediente Kollege seine Verwunderung teilte. »Was meinst du mit befreundet?«

»Genaueres weiß ich auch nicht«, verteidigte sich Werneuchen. »Aber nach allem, was ich in den letzten Monaten aufgeschnappt habe, treffen sich die beiden auch privat. Zumindest ab und zu.«

»Ha!«, machte Oskar Bredeney, und seine Miene drückte aus, dass er diese Möglichkeit für vollkommen ausgeschlossen hielt.

»Und was, wenn ich dir sage, dass sie erst heute Nachmittag noch mit Lübke telefoniert hat?«, hielt Werneuchen ihm entgegen.

»Winnie?«

»Ja, Winnie.« Werneuchen stand der Triumph über diese Tatsache förmlich ins Gesicht geschrieben. »Die Kollegen, die ihr Handy gefunden haben, haben bei der Untersuchung routinemäßig ihre letzten Anrufe gecheckt. Und dabei haben sie herausgefunden, dass sie, kurz bevor du sie angerufen hast, mit Lübke telefoniert hat. Und zwar geschlagene siebeneinhalb Minuten lang!«

»Siebeneinhalb Minuten klingt definitiv privat«, sagte Verhoeven und zog sein Handy heraus. »Dann wollen wir mal hoffen, dass Lübke inzwischen aufgetaucht ist. Aber so, wie diese Sache auf dem Kochbrunnenplatz in den Medien hochgespielt wird…« Er ließ den Satz offen und tippte stattdessen die Kurzwahl 33, unter der er die Nummer des obersten Spurensicherers gespeichert hatte.

Doch bevor er auf die Taste mit dem grünen Hörer drücken konnte, flog hinter ihnen die Tür der Einsatzzentrale auf und Hinnrichs stürzte heraus.

»Verhoeven«, rief er, und sein normalerweise chronisch blasses Dressmengesicht war gerötet vor Aufregung. »Kommen Sie schnell! Wir haben einen Kontakt!«

8 Sie aßen schweigend.

Ungetoastetes Toastbrot. Dazu Salami. Jeder ein Stück, reihum abgebissen. Unhygienisch, zugegeben, aber unter den gegebenen Umständen nicht zu ändern. Lediglich Jussuf Mousa schüttelte ablehnend, fast angeekelt den Kopf, als die Reihe an ihn kam. Ob er aus religiösen Gründen verzichtete oder ganz einfach keinen Appetit hatte, wagte niemand zu fragen.

Zum Abschluss der kargen Mahlzeit verteilte Jenna Cracker. Drei für jeden von ihnen, den Inhalt einer Schachtel. Die übrigen Päckchen hatte Evelyn entlang der hinteren Grubenwand aufgereiht. Quentin Jahn hatte jedem seiner Mitgefangenen eine Flasche Mineralwasser in die Hand gedrückt. Eins Komma fünf Liter pro Person, ein einigermaßen komfortabler Vorrat, wenn man ihn sich vernünftig einteilte. Das fand zumindest Winnie Heller, die ohnehin keine Vieltrinkerin war und Wasser grundsätzlich am liebsten zum Blumengießen verwendete.

Die restlichen vier Flaschen, die den Aufprall auf dem Grubenboden unbeschadet überstanden hatten, standen unter der Eisentreppe. Quentin hatte das Plastik, in dem sie eingeschweißt waren, nicht vollständig entfernt, vielleicht, damit sich niemand unbemerkt bedienen konnte.

Nach dem Essen übernahm es Winnie Heller, den Toiletten-eimer in der entgegengesetzten Ecke der Grube zu postieren, dort, wo am wenigsten Licht hinfiel. Sie drückte den dunkel-blauen Plastikboden tief in den lockeren Schutt und tat an-schließend so, als ob sie den Eimer benutzen müsse, um endlich gefahrlos erledigen zu können, was ihr seit dem Beginn der Gei-selnahme unter den Nägeln brannte: Halb abgewandt von den anderen zog sie ihr Portemonnaie aus der Hosentasche und nahm ihren Dienstausweis heraus. Seltsamerweise widerstrebte es ihr zutiefst, sich davon zu trennen, obwohl sie sich der Ge-fahr, die von dem Dokument ausging, sehr wohl bewusst war. Trotzdem kam es ihr vor, als ob sie mit dem Ausweis auch ein Stück ihrer Identität preisgäbe. Einen Teil von sich selbst, viel-leicht den wichtigsten überhaupt.

Sie atmete tief durch und vergewisserte sich mit einem ra-schen Seitenblick, dass ihre Mitgefangenen taktvoll zur Seite schauten. Dann schob sie den Ausweis in eine längliche Mauer-ritze, die gerade eben noch in Reichweite lag. Es war eine reich-lich riskante Lösung, aber so, wie die Dinge nun einmal lagen, war es die einzige Möglichkeit.

Als sie zurückging, hielt sie sich dicht an der Wand und ver-suchte, Schritte von annähernd gleicher Länge zu nehmen, um auf diese Weise die Maße der Grube besser abschätzen zu kön-nen. Sie fand es wichtig, so viele Informationen wie möglich zu-sammenzutragen, auch wenn sie keine Ahnung hatte, ob sie je-mals etwas mit diesen Informationen würde anfangen können. Sie oder ihre Kollegen. Nichtsdestotrotz bemühte sie sich trotz des unebenen Bodens und der diffusen Lichtverhältnisse um halbwegs exakte Halbmeterschritte.

Fünf, sechs, macht drei Meter. Und weiter: sieben, acht …

Winnie Heller ging gesenkten Blicks und zuckte erschrocken zurück, als ihr klar wurde, dass sie um ein Haar auf die Stelle getreten wäre, an der bis vor kurzem Iris Kuhns Leiche gelegen hatte. Unwillkürlich machte sie einen Schritt zur Seite, wobei ihr Fuß auf dem holprigen Untergrund wegrutschte und in eine Art Kuhle knickte, die ihr bei all dem Schutt und Unrat, der den

Boden bedeckte, bislang nicht aufgefallen war. Sie ruderte mit den Armen, um nicht den Halt zu verlieren, und fühlte, wie unter ihrer Sohle etwas nachgab. Als ob sie auf eine Art Feder getreten sei.

Überrascht ging Winnie Heller in die Knie und schob das lose Geröll mit den Händen zur Seite, um sich die Vertiefung, in die sie getreten war, genauer anzusehen. Dabei entdeckte sie unter den Splittern zerborstener Kacheln ein rostiges Metallgitter, das einmal mit vier Schrauben im Boden verankert gewesen war, inzwischen allerdings nur noch lose über dem Loch lag, das es einst verschlossen hatte. Ein Abfluss, dachte Winnie, na sieh doch mal einer an! Aber eigentlich nicht unlogisch, wenn das hier irgendwann mal ein Wasserbecken gewesen war. Doch wozu mochte dieses verdammte Becken gedient haben? Und was lag oberhalb dieser vier einstmals gekachelten Wände, die ihren Horizont begrenzten?

Da sie die Fragen, die sie am meisten interessierten, erwartungsgemäß nicht beantworten konnte, schob Winnie Heller kurzerhand die Finger in den Rost und zog das Gitter weg. Das darunter liegende Loch war rund und maß etwa zwanzig bis fünfundzwanzig Zentimeter im Durchmesser. Winnie ließ sich vollends auf die Knie sinken, krempelte den Ärmel ihrer Fleecejacke hoch und steckte beherzt den Arm in den Abfluss. Die Wände des Lochs waren rau und schienen mit jedem Zentimeter, den sie sich abwärts tastete, feuchter zu werden. Nach etwa vierzig Zentimetern stießen ihre Finger auf einen bröckligen Untergrund, der, wie sie rasch herausfand, die Form einer halbierten Röhre hatte. Sie beugte sich noch ein Stück weiter vor und erkundete die Konturen des rinnenartigen Gebildes, das offenbar gleich in zwei Richtungen weiterführte.

Nach kurzem Überlegen entschied Winnie Heller sich für rechts und hielt erschrocken die Luft an, als ihre Hand unvermittelt etwas Weiches streifte.

Was zur Hölle war das denn? Doch wohl hoffentlich kein Tierkadaver, oder?

Sie verzog angewidert das Gesicht und nahm die Hand ein

Stück zurück, doch letztendlich siegte ihre Neugier über ihren Ekel. Mit einem verächtlichen Blick auf die Spinnweben am Rand des Abflusses schob sie den Arm wieder tiefer, wobei sie links von der Stelle, die sie zuvor erkundet hatte, etwas wie einen steinernen Vorsprung ertastete. Kurz danach mündete die Rinne in eine Art Rohr, das irgendwo im Nichts verschwand.

Winnie Heller zog den Arm zurück und klopfte sich Staub und Spinnweben von der Jacke. Auf was für merkwürdige Ideen einen eine Situation wie diese doch bringen konnte! Da diskutierte ein paar Meter über ihren Köpfen eine Bande von schwer bewaffneten Geiselnehmern womöglich gerade darüber, welcher der Gefangenen als Nächstes sterben würde, und sie hatte nichts Besseres zu tun, als mit Feuereifer ein winziges Loch im Boden zu untersuchen! Winnie Heller schüttelte halb amüsiert, halb fassungslos den Kopf. Als ob ihnen die Erkenntnis, dass dieses Monstrum von einer Grube einen Abfluss hatte, irgendwie weiterhalf! Aber wer weiß, widersprach sie sich mit einem letzten, ironischen Blick auf das rostige Gitter selbst, wenn wir weiterhin so wenig zu essen bekommen, konsequent an unserer Gelenkigkeit arbeiten und die ganze Sache sich lange genug hinzieht, könnte uns das verdammte Ding vielleicht eines Tages als Fluchtweg dienen!

Sie erhob sich ächzend aus ihrer knienden Position und schob das Gitter wieder notdürftig über das Loch.

Dann kehrte sie an ihren Platz zurück.

Unter ihren Mitgefangenen hatten sich unterdessen erste vorsichtige Gespräche entsponnen. Jenna erzählte weitschweifig von ihrer Arbeit, die sie – wie sie abermals ausdrücklich betonte, als erhoffe sie sich eine Art Absolution von dieser Tatsache – üblicherweise in einer anderen Filiale tue. Und Evelyn sprach in stockendem Ton von einem Kater namens Mike, ohne dass Winnie Heller herausfinden konnte, ob es sich dabei um ein Haustier oder schlicht um das unverfänglichste Thema handelte, das der korpulenten Bankkundin unter den gegebenen Umständen in den Sinn gekommen war. Rechts neben ihr hatte sich der unscheinbare Anzugträger niedergelassen, und Winnie fiel auf, dass sie noch nicht einmal seinen Namen wusste, weil Iris Kuhns Bitte um etwas zu trinken Brutalo-Bernds perverse Vorstellungsrunde unterbrochen hatte, bevor die Reihe an ihn gekommen war.

Zum dunkelgrauen Anzug trug der Mann schwere silberne Manschettenknöpfe und eine beige Seidenkrawatte mit haarfeinen gelben Streifen, was ihre Vermutung untermauerte, dass auch er ein Angestellter war. Ein Banker. Alles in allem schien sich der Mann recht gut im Griff zu haben, auch wenn die Blässe rund um seinen Mund eine andere Sprache sprach. Während er Evelyns Katergeschichte lauschte, blickte er zum Rand der Grube hinauf, und von Zeit zu Zeit warf er eine Bemerkung ein, die wohl freundlich und interessiert, vielleicht auch beruhigend sein sollte. Doch Evelyn schien die wohlmeinenden Konversationsversuche ihres Sitznachbarn kaum zur Kenntnis zu nehmen. Ihre Miene war vollkommen leer, so als habe sie alle Emotionen einfach ausgeknipst.

Während Winnie Heller überlegte, was ihre Kollegen wohl gerade anstellen mochten, um etwas über ihren Verbleib herauszufinden, fiel ihr Blick wieder auf die Wasserflasche, die ihr zugeteilt worden war. *Würde es Ihnen etwas ausmachen, uns etwas zu trinken zu geben?* Die vorsichtige, beinahe übertrieben höfliche Bitte der toten Kassiererin geisterte nach wie vor durch ihr Unterbewusstsein, und sie konnte einfach nicht aufhören, sich zu fragen, ob Iris Kuhn noch am Leben wäre, wenn sie sich eingemischt hätte. Sie oder einer der anderen.

Schließlich hätte Brutalo-Bernd uns kaum alle erschießen können, dachte sie bitter. Aber anstatt die couragierte Kassiererin zu unterstützen, hatten sie geschwiegen. Alle, wie sie hier saßen.

Fünf Personen außer ihr selbst.

Fünf potenzielle Verbündete.

Fünf potenzielle Schwachstellen.

Oh nein, dachte Winnie Heller, wir sitzen nicht in einem Boot. Letzten Endes sind wir alle auf uns allein gestellt. Und irgendwann, das wusste sie genau, würde es auf dem Grund dieser Grube nur noch ums nackte Überleben gehen ...

9 »Nun gut«, sagte Goldstein, indem er seinem Gesprächspartner einen Becher mit Kaffee hinschob. »Was wollen
diese Leute von Ihnen?«

»Von mir?« Walther Lieson war ein dunkler Typ und wirkte
deutlich jünger als einundsechzig Jahre. Die Strapazen der über-
hasteten Rückreise hatten keine Spuren in seinem ebenmäßigen
Gesicht hinterlassen, wenn man von dem leichten Schweißglanz
einmal absah, der sich unter dem hohen Haaransatz abzeichnete. »Wieso von mir?«

»Keine Ahnung«, antwortete Goldstein.

Er hatte Monika Zierau und Hinnrichs zum Privathaus des
Filialleiters geschickt, wo sie bereits von einem Team von Kom-
munikationsspezialisten erwartet wurden. Sie sollten die Stellung halten und sich um Inger Lieson kümmern, während Goldstein selbst beschlossen hatte, zunächst deren Ehemann zu
befragen. Eine Polizeieskorte hatte den erfolgreichen Banker irgendwo zwischen Karlsruhe und Mannheim aus dem Zug geholt
und geradewegs ins Nordhessische Polizeipräsidium gebracht,
wo zwei von Jüssens Leuten Walther Lieson in ein Verhör-
zimmer geführt und um einen Augenblick Geduld gebeten hatten. Das Unverständnis über diese – seiner Meinung nach nicht
nur drakonischen, sondern auch durch nichts zu rechtfertigen-
den – Maßnahmen stand Lieson auch jetzt noch ins Gesicht geschrieben, selbst wenn er sich alle Mühe gab, es hinter einer
Maske aus Interesse und wohldosierter Betroffenheit zu verbergen.

»Aber irgendwas müssen diese Männer von Ihnen wollen«,
startete Goldstein unterdessen einen neuen Versuch. »Immerhin haben sie Ihre Privatnummer gewählt, um mit uns in Kontakt zu treten.«

»Das kann ich mir in keiner Weise erklären.«

Die Ratlosigkeit des Bankers schien echt zu sein, aber Verhoeven hatte schon zu viel erlebt, als dass er wirklich sicher gewesen wäre. Er war überrascht, dass Goldstein ausgerechnet ihn
zu dieser Befragung hinzugebeten hatte. Überrascht, aber auch
froh, einbezogen zu sein.

»Vielleicht sind sie auf mich verfallen, weil sie es nicht gewagt haben, sich direkt an die Polizei zu wenden.« Lieson überlegte einen Augenblick. »Ich meine, es ist doch allgemein bekannt, dass hier jeder Anruf aufgezeichnet wird … Und mit irgendwem mussten sie ja schließlich in Kontakt treten, nicht wahr?« Er blickte Goldstein an, doch der erfahrene Unterhändler hütete sich, die rhetorische Frage des Bankers zu kommentieren. »Außerdem ist es nicht schwer herauszufinden, wer für die betreffende Filiale zuständig ist«, fuhr Lieson fort. »Dazu braucht man eigentlich nur unseren Internet-Auftritt zu konsultieren. Und meine Privatnummer steht im Telefonbuch.«

»Inger ist Ihre zweite Frau, nicht wahr?«

Lieson runzelte die Stirn. »Ja, aber was hat das damit …«

Goldstein winkte ab. »Wir versuchen nur, uns ein Bild zu machen«, sagte er. »Haben Sie sich in letzter Zeit irgendwie beobachtet gefühlt?«

»Was?«

Verhoeven bemerkte die blanke Entrüstung im Blick des Bankers. Es wunderte ihn, dass Walther Lieson nicht längst darauf bestanden hatte, seine Frau zu sehen, mehr noch: dass er nicht einmal nach ihr und ihrem Befinden gefragt hatte. Aber wahrscheinlich wagte der Filialleiter es schon allein wegen des Aufwandes, den man um ihn betrieben hatte, nicht, irgendwelche Wünsche zu äußern.

»Es ist durchaus wahrscheinlich, dass die Entführer die Abläufe innerhalb der Filiale und möglicherweise auch das Privatleben von Teilen des Personals im Vorfeld des Überfalls ausgespäht haben«, erklärte Goldstein, ohne die Kurznachricht zu erwähnen, die er soeben von Monika Zierau erhalten hatte. Darin teilte die Psychologin ihm in knappen Worten mit, dass Inger Lieson nicht nur völlig verstört sei, sondern darüber hinaus auch ausgesagt habe, sich bereits vor dem Anruf der Geiselgangster beobachtet, wenn nicht gar verfolgt gefühlt zu haben.

Walther Lieson hingegen schüttelte den Kopf. »Ich habe nichts bemerkt.«

»Gibt es im Zusammenhang mit Ihrer Filiale irgendetwas, das

nur Sie wissen oder können?« Goldsteins Augen suchten den Kaffeebecher des Bankers, der nach wie vor unberührt auf dem Tisch stand. »Einen Code, der den Zugang zum Tresorraum ermöglicht oder etwas in dieser Richtung?«

»Nein.« Walther Lieson lächelte. *Mir scheint, Sie sehen zu viele amerikanische Thriller ...*

»Und wie viel Geld befand sich Ihrer Schätzung nach zum Zeitpunkt des Überfalls in der Filiale?«

»Jedenfalls keine zwei Millionen Euro«, versetzte der Banker, ohne einen genauen Betrag zu nennen.

»Wann haben Sie erfahren, dass Sie heute nach Genf müssen?«

»Gegen Mittag.«

Goldstein schlug die Beine übereinander. »Können wir das vielleicht ein bisschen genauer haben?«

Der Banker dachte einen Augenblick nach. »Es war etwa Viertel nach zwölf, glaube ich.«

»Und der Termin war unumgänglich?«

»Sicher. Oder glauben Sie, dass wir in Zeiten wie diesen Geld zu verschenken haben?«

Goldstein ignorierte die ironische Randbemerkung. »Haben Sie jemals einen Mann namens Teja gekannt?«

»Wie ich bereits sagte, nein.«

»Auch früher nicht?«

»Nein.«

»Und wer könnte ein Interesse daran haben, Ihnen eins auszuwischen?«

»Keine Ahnung.«

»Ach was«, lachte Goldstein. »Sie werden doch wohl irgendeine Leiche im Keller haben. Jeder Mensch hat das.«

Pause.

Gegen eine derart banale Wahrheit fand offenbar selbst ein gewiefter Banker wie Walther Lieson kein Rezept. »Ganz sicher nichts, das es rechtfertigen würde, sieben Menschen zu entführen und einen zu ermorden«, antwortete er nach einer Weile, sichtlich bemüht, nicht allzu schnippisch zu klingen.

Goldstein zuckte mit den Achseln. »Glauben Sie mir, was angemessen ist oder nicht, ist letztlich immer eine Frage von persönlicher Gewichtung.«

Verhoeven konnte deutlich sehen, wie Walther Lieson allmählich wütend wurde. Aber noch hatte der Banker sich im Griff. Lediglich seine Unterlippe zuckte leicht, als er sagte: »Ich bin nicht derjenige, der hier ein Verbrechen begangen hat.«

»Warum will dieser Teja, dass Sie das Geld überbringen?«

»Ich weiß es nicht.«

»Überlegen Sie!«

Der Druck wird zu groß, dachte Verhoeven. Wenn Goldstein so weitermacht, ist alles, was er erreicht, eine Totalverweigerung. Lieson verkündet, dass er ab sofort keinen Ton mehr sagt. Und dann ruft er seinen Anwalt an. Zwar würde auch der beste Anwalt den Banker unter den gegebenen Umständen nicht von seiner Aussagepflicht entbinden können, aber sie würden eine Menge Zeit verlieren.

An seiner Seite schien sich Richard Goldstein allerdings selbst durch die trotzig verschränkten Arme des Filialleiters in keiner Weise beirren zu lassen. Im Gegenteil, ohne mit der Wimper zu zucken, zog er die Schrauben noch ein wenig fester.

»Jetzt kommen Sie schon«, sagte er, indem er sich provozierend weit über den Tisch beugte, bis seine Arme den Banker fast berührten. »Wovor haben Sie Angst?«

Walther Lieson lachte laut auf. »Angst? Ich?«

»Warum nicht?«

»Ach ja, natürlich, ich weiß schon«, versetzte der Banker sarkastisch. »Jeder Mensch hat vor irgendetwas Angst, nicht wahr?«

»Fast jeder«, entgegnete Goldstein in neutralem Ton, und Verhoeven konnte sehen, wie der Filialleiter über diese unerwartete Einschränkung ins Grübeln geriet.

Fast jeder …

Wirklich geschickt, dachte er. Verwirr deinen Zeugen, bevor dieser auf die Idee kommt, den Druck als zu groß zu empfinden. Und wenn er richtig durcheinander ist, gib ihm Zeit zum Nachdenken.

»Glauben Sie mir, ich habe keine Ängste, die für diese Sache relevant wären«, sagte Lieson nach einer Weile.

Sind Sie da ganz sicher?, hörte Verhoeven im Geist bereits Goldsteins nächste Frage, doch zu seiner größten Überraschung änderte der erfahrene Unterhändler ebenso plötzlich wie radikal die Taktik.

»Beraten Sie auch?«

»Sie meinen beruflich?«

»Ja, beruflich.«

»Natürlich. Das ist mein Job.«

»Und?«, versetzte Goldstein mit einem durchaus sehr charmanten Lächeln. »Haben Sie schon mal jemanden ruiniert?«

Lieson blieb vor Verblüffung beinahe die Luft weg. »Was?«

Doch Goldstein dachte überhaupt nicht daran, seine provokante, wenn auch nicht ganz unberechtigte Frage zu wiederholen. »Eine meiner Töchter hat Medizin studiert«, verkündete er stattdessen in munterem Plauderton. »Sie war fleißig und gewissenhaft und ergatterte ohne Mühe eine Assistenzarztstelle an der Bonner Uniklinik.« Er lehnte sich wieder in seinem Stuhl zurück und sah Walther Lieson über den Tisch hinweg an. »Haben Sie Kinder?«

»Ja«, erwiderte der Filialleiter lakonisch. Und seine Miene ergänzte: *Das wissen Sie doch längst.*

»Macht einen als Vater mächtig stolz, wenn der Nachwuchs so gut gedeiht, nicht wahr?«

Pause.

Worauf will der Kerl hinaus?, las Verhoeven in Liesons Augen.

»Aber ob Sie's glauben oder nicht«, setzte Goldstein seine Rede mit unschuldiger Miene fort. »Eines Abends ruft mich meine Tochter an. Sie ist in Tränen aufgelöst, und ich frage, was passiert ist. Und wissen Sie, was sie geantwortet hat?«

»Nein«, entgegnete Lieson zähneknirschend. Offenbar hatte er wenig Lust auf ein Frage-und-Antwort-Spielchen wie dieses.

»Sie sagte, dass einer der Oberärzte sie gefragt hat, wie viele ihrer Patienten sie denn schon umgebracht hätte.«

Na und?, sagte Liesons Blick. *Was hat das mit mir zu tun?*

»Wo gehobelt wird, fallen Späne«, bemerkte Goldstein im selben unverbindlichen Ton wie zuvor. Doch dann wurde sein

Blick von einer Sekunde auf die andere steinhart. »Also verraten Sie mir nur eins: Wie viele Menschen haben Sie in den letzten Jahren absichtlich oder unabsichtlich in den Ruin getrieben?«

»Wir stehen unseren Kunden grundsätzlich nur beratend zur Seite«, entgegnete Lieson. »Die Entscheidung für oder gegen eine Investition liegt immer bei dem, der sie tätigt.«

»Gut möglich, dass einige Ihrer Kunden das anders sehen, meinen Sie nicht?«, versetzte Goldstein.

Der Banker antwortete mit einem knappen Achselzucken. »Tja, nicht zu ändern.«

Goldstein nippte an seinem Kaffee und fragte dann halb ironisch, halb ernst: »Sie haben nicht zufällig einen Zwillingsbruder?«

»Nicht, dass ich wüsste.«

»Andere Geschwister?«

»Ich habe zwei Schwestern.« Der Banker machte eine erwartungsvolle Pause, vielleicht, weil er darauf wartete, dass Goldstein von sich aus die nächste Frage stellen würde.

Doch der Unterhändler schwieg. Er sah seinen Gesprächspartner nicht einmal an, sondern blickte so konzentriert in seinen Kaffeebecher hinunter, als sei dort die Antwort auf alle Rätsel der Menschheit verzeichnet.

»Irmgard, meine ältere Schwester, ist vor einem Jahr verstorben«, erklärte Lieson, als ihm die Stille zu lange dauerte. »Lina, die jüngere, lebt in Flensburg.«

»Ist sie verheiratet?«

»Geschieden.«

»Kinder?«

»Nein.« Der Banker überlegte einen Augenblick, bevor er zögerlich hinzufügte: »Irmgard hatte eine Tochter. Soweit ich weiß, lebt sie als Malerin auf Korsika.«

»Und was ist mit Ihrer ersten Frau?«

»Was soll mit ihr sein?«

»Keine Ahnung. Sagen Sie's mir.«

»Ich weiß nicht genau, was sie macht«, antwortete Lieson mit einem verkniffenen Lächeln. »Wahrscheinlich gar nichts, ganz wie immer.«

Was für eine herzliche Bemerkung, dachte Verhoeven bei sich.

»Sie wohnt in der Nähe von Ulm.«

»Und sie arbeitet nicht?«, hakte Goldstein nach, während Verhoeven sich zu fragen begann, was das alles mit ihrem Fall zu tun hatte.

»Meine Exfrau hat noch nie gearbeitet«, erklärte Lieson. »Dafür kauft sie gern auf anderer Leute Kosten ein und trinkt mehr, als gut für sie ist.«

»Haben Sie noch Kontakt zu ihr?«

»Ganz bestimmt nicht freiwillig.«

Goldstein sah den Banker erwartungsvoll an. »Das bedeutet im Klartext?«

»Johanna ruft hin und wieder bei uns an und beschimpft meine Frau«, antwortete Lieson ohne erkennbare Emotionen.

»Und warum besorgen Sie sich keine neue Telefonnummer?«

»Warum sollte ich?«, gab der Banker zurück, und Verhoeven dachte, dass diese Einstellung voll und ganz zu dem Eindruck passte, den er sich bislang von Walther Lieson gemacht hatte. Der Filialleiter war kein Mann, der Kompromisse einging. Und auch keiner, der sich von zwischenmenschlichen Spannungen nennenswert beeindrucken ließ.

»Was will Ihre Ex von Ihrer jetzigen Frau?«, fragte Goldstein.

»Sie sucht einen Schuldigen.«

»Ist Ihre Frau denn schuldig?«

Der Banker lachte laut auf. »Woran sollte Inger schuldig sein?«

»Nun ja«, entgegnete Goldstein, »am Scheitern Ihrer Ehe vielleicht?«

»Ich war längst geschieden, als wir uns kennenlernten.«

»Und Ihre Kinder?«

»Sind damals mit ihrer Mutter gegangen.«

Goldstein tat so, als müsse er einen Blick in seine Akte werfen. Doch Verhoeven war sich sicher, dass der erfahrene Unterhändler die Fakten im Kopf hatte. »Sie haben zwei Söhne, nicht wahr?«

Lieson nickte nur.

»Und wie ist Ihr Verhältnis zu Ihren Söhnen?«

»Distanziert, würde ich sagen.«

»Aha.« Goldstein schenkte dem Banker ein Lächeln, das Verhoeven wieder an Jack Nicholson erinnerte, und griff dann nach der Thermoskanne, die zwischen ihnen stand. »Möchten Sie noch Kaffee?«

»Nein, danke.«

»Sind Sie ganz sicher?«

Doch das Läuten des Telefons in Verhoevens Rücken entband den sichtlich irritierten Walther Lieson von einer Antwort auf diese selbst in Verhoevens Ohren merkwürdig klingende Rückfrage.

Goldstein riss den Hörer ans Ohr und lauschte eine Weile mit versteinerter Miene. »Ja, sicher«, sagte er schließlich mit ins Fleisch schneidender Freundlichkeit. »Das verstehe ich durchaus. Aber das Leben der Geiseln hat für mich absolute Priorität, und ich werde tun, was immer nötig ist, um dieses Leben zu schützen. Also kommen Sie mir gefälligst nicht mit der Erpressbarkeit einer amtierenden oder von mir aus auch nicht amtierenden Landesregierung, ist das klar?« Er knallte den Hörer auf und murmelte: »Man sollte doch wirklich meinen, dass die hohen Herren im Ministerium augenblicklich schon genug eigene Probleme hätten. Aber ich fürchte, so regierungsunfähig können die gar nicht sein, als dass sie nicht noch Zeit finden würden, sich in Dinge einzumischen, von denen sie rein gar nichts verstehen.« Er klopfte eine neue Zigarette aus seiner Packung und steckte sie an. Dann wandte er sich wieder Walther Lieson zu, als ob nichts gewesen wäre. »Also noch einmal von vorn«, sagte er. »Warum haben diese Kerle ausgerechnet Ihre Privatnummer gewählt, um ihre Forderungen abzulassen?«

10

»Urgemütlich hier, nicht wahr?«, bemerkte Quentin Jahn, der plötzlich vor ihr stand, ohne dass Winnie Heller ihn hätte kommen hören.

»Allerdings«, antwortete sie mit einem leisen Lächeln.

»Tja, diesen Abend haben wir uns vermutlich alle ein bisschen anders vorgestellt«, sagte der Zeitschriftenhändler, indem er sich ungefragt neben ihr auf den Boden setzte. Sein Körper war straff und sehnig, und der harte Untergrund schien ihm trotz seines nicht mehr ganz jugendlichen Alters keinerlei Mühen zu bereiten. »Also wenn's nach mir ginge, säße ich jetzt bei einem schönen Glas Rotwein vor dem Fernseher und würde Günther Jauchs Million abräumen. Und Sie?«

»Poker«, entgegnete Winnie Heller, wobei sie sich fragte, ob der Zeitschriftenhändler tatsächlich wusste, wie spät es war, oder ob er einfach geraten hatte. Ihr Blick suchte Quentin Jahns Handgelenk, und sie entdeckte einen Streifen hellerer Haut, dort, wo normalerweise die Uhr saß.

»Poker, tatsächlich?« Er zog überrascht die Augenbrauen hoch. »Tja, spannendes Spiel. Und eher ungewöhnlich für eine Frau, wenn ich mal so sagen darf. Oder werfen Sie mir dann mangelnde politische Korrektheit vor?«

»Na ja, ich bin tatsächlich die einzige Frau unter lauter Kollegen, das lässt sich nicht leugnen«, lachte Winnie Heller, bevor ihr aufging, dass sie sich womöglich gerade um Kopf und Kragen redete. Poker im Kollegenkreis – das klang ja nun nicht gerade, als ob sie in einem Krankenhaus oder einer Kindertagesstätte arbeitete. Ihre Augen wanderten nach rechts, zu der Mauerritze hinter dem Toiletteneimer, in der sie ihren Dienstausweis versteckt hatte, und fast hatte sie den Eindruck, als rage eine Ecke des kreditkartenkleinen Dokuments aus der Ritze heraus. Aber das bildete sie sich nur ein. Das *musste* sie sich einbilden. Sie hatte doch genau aufgepasst, dass nichts zu sehen war.

Oder?

»Etwas mehr Würde hätten sie uns aber wirklich lassen können, nicht wahr?«, bemerkte Quentin Jahn neben ihr, und voller Schrecken stellte Winnie fest, dass er ihrem Blick gefolgt war.

Sie spürte, wie sie rot wurde, und hoffte inständig, dass es dem Zeitschriftenhändler nicht auffiel. Du musst unbedingt besser aufpassen, dachte sie verärgert. Im Moment bist du ein offenes Buch für jedermann!

»Tja«, entgegnete sie knapp. »Ist nicht zu ändern.«

Quentin warf ihr einen interessierten Seitenblick zu. »Worauf, denken Sie, wird diese Sache hinauslaufen?«

Das wüsste ich auch gern, dachte Winnie Heller. Laut antwortete sie: »Schwer zu sagen, aber ich hoffe, dass diese Kerle bald bekommen, was sie haben wollen. Und dass sie uns dann gehen lassen ...«

Er nickte und schwieg.

Und Winnie Heller überlegte, ob der Zeitschriftenhändler wohl über die Forderungen nachdachte, die die Entführer stellen würden. Oder ob er etwas völlig anderes im Sinn hatte. »Was ist eigentlich mit diesem Herrn Lieson?«, erkundigte sie sich, weil ihr die Frage in diesem Zusammenhang irgendwie naheliegend erschien. »Können Sie sich irgendeinen Grund vorstellen, warum es diesen Leuten so wichtig war, ihn aufzuspüren?« Sie zögerte, bevor sie in bewusst naivem Ton hinzufügte: »Vielleicht, damit er ihnen den Tresorraum aufschließt oder so was in der Richtung?«

Quentin Jahn antwortete nicht sofort. Und als er ihr schließlich in die Augen schaute, glaubte Winnie Heller, eine leise Irritation in seinem Blick auszumachen. So, als ob sie irgendetwas gesagt oder getan hätte, das nicht zu dem Bild passte, das er sich von ihr gemacht hatte. »Wenn es um den Tresorraum gegangen wäre, hätten sie ihn ja wohl kaum herbringen müssen«, stellte er sachlich fest, und obwohl er nicht explizit zu Evelyns Matratze hinübersah, erkannte Winnie, dass er aus ihrem Vorhandensein dieselben Schlüsse gezogen hatte wie sie selbst.

»Aber weshalb sonst?«, insistierte sie. »Warum wollten diese Kerle so unbedingt mit Herrn Lieson sprechen?«

Quentin Jahn hob abwehrend die Hände. »Glauben Sie mir, ich habe nicht die leiseste Ahnung.«

Es klang durchaus glaubwürdig, wie er das sagte. Aber sicher war sie nicht. »Wie gut kennen Sie Herrn Lieson denn?«, fragte sie, und zu ihrer Überraschung schien die Frage den Zeitschriftenhändler ernsthaft ins Grübeln zu bringen.

»Wie gut kennt man einen Menschen, mit dem man beinahe täglich zu tun hat?«, erwiderte er nach einer ganzen Weile lakonisch.

Winnie Hellers Fußspitze zog eine krumme Linie in den Schutt, während für einen flüchtigen Moment Verhoevens ebenmäßiges Gesicht vor ihr aufblitzte. Ihr Vorgesetzter und sie verbrachten Woche für Woche einen Großteil ihrer Zeit miteinander, und doch hätte sie nicht behaupten können, dass sie irgendetwas über ihn wusste. Sie kannte seine Frau. Sie kannte seine Tochter. Sie wusste, dass Verhoeven privat einen Skoda fuhr, dass er seinen Kaffee mit Milch trank und dass sein Schwiegervater als Zahnarzt ein kleines Vermögen verdient und selbiges unter anderem in ein ganz und gar überflüssiges Privatflugzeug investiert hatte. Aber sonst? Was wusste sie sonst? Hatte sie auch nur die geringste Ahnung davon, was im Leben ihres Vorgesetzten zählte? Wusste sie, woher die Brüche kamen, die hin und wieder zu Tage traten, wenn Verhoeven übermüdet oder nervös war? Hätte sie sagen können, warum er nicht im Telefonbuch stand und weshalb selbst Kollegen, die ihn viel länger kannten als sie selbst, immer wieder bei Pralinen und Gutscheinen landeten, wenn es um Verhoevens Geburtstag oder irgendein blödsinniges Jubiläum ging?

Ihre Augen suchten wieder Quentin Jahn, der die Beine in einer Art Schneidersitz dicht an den Körper gezogen hatte und nachdenklich auf seine Hände hinabschaute. »Wissen Sie zufällig, ob Herr Lieson einen Spitznamen hat?«

Er hob den Blick. »Sie meinen so etwas wie … Malina?«

Da war ein leises Zögern gewesen vor dem letzten Wort, ein kurzes Innehalten, dessen Bedeutung sich Winnie Heller nicht restlos erschloss. »Ja«, sagte sie. »Genau das habe ich gemeint.«

Quentin Jahn schüttelte den Kopf. »Ich habe diesen Namen niemals im Zusammenhang mit Walther gehört.«

Winnie Heller horchte auf. Eine etwas seltsame Formulierung, wie ihr schien. Aber sollte sie wirklich an dieser Stelle einhaken? Oder war es vielleicht sogar gefährlich, ein zu großes Interesse an dem Banker zu zeigen? An ihm und diesem eigenartigen Namen, den der Kopf der Bande durch die Schalterhalle geschleudert hatte wie einen Fehdehandschuh? Winnie sah den Zeitschriftenhändler an und entschied sich spontan dafür, ihrer Neugier den Vorzug vor ihren Bedenken zu geben: »Aber Sie kennen den Namen aus einem anderen Zusammenhang?«

Zu ihrer Überraschung antwortete Quentin Jahn mit einer Gegenfrage: »Lesen Sie gern?«

»Schon«, räumte sie mit einem Anflug von Verlegenheit ein, »aber leider komme ich viel zu selten dazu. Warum fragen Sie?«

»Nun ja«, entgegnete der Zeitschriftenhändler. »Der einzige Zusammenhang, in dem *mir* der Name Malina bislang untergekommen ist, ist der gleichnamige Roman von Ingeborg Bachmann.« Er legte den Kopf in den Nacken und blickte in das bodenlos wirkende Dunkel über ihren Köpfen. »In dieser Geschichte gibt es eine Figur, die Malina heißt. Ein Militärhistoriker, sehr ordentlich und grundanständig. Aber soweit ich weiß, gibt es auch Interpretationen, die in der Figur des Malina das Alter Ego der Protagonistin sehen.«

Tjaaaaa, dachte Winnie Heller, so was müsste man wohl eigentlich wissen, wenn man Abitur hat und sich selbst als halbwegs gebildeten Menschen bezeichnen würde. Nur leider, leider, leider war ihr alter Deutschlehrer ein eingefleischter Goethe-Fan gewesen, sodass sie zwar mit exzellenten Kenntnissen beider Faust-Teile aufwarten konnte, andererseits aber nichts gelesen hatte, das jünger als Fontane gewesen wäre. Ein Versäumnis, das sie – wie sie zu ihrer Schande gestehen musste – auch nie auszugleichen versucht hatte, nicht zuletzt, weil sich ihr Lesegeschmack nach einem anstrengenden Arbeitstag auf mehr oder minder identisch gebaute Liebesromane konzentrierte. »Aber in diesem Buch geht es nicht zufällig um einen Banküberfall, oder?«, versuchte sie, sich mit Humor aus der Affäre zu ziehen.

Und tatsächlich: Quentin Jahn lachte. »Nicht, dass ich wüsste«, antwortete er.

185

Winnie Heller fuhr sich mit beiden Händen durch die Haare, weil sie den Verdacht hatte, dass ihre frisch definierten Stufen in alle erdenklichen Richtungen von ihrem Kopf abstanden. Aber ihre Bemühungen halfen nicht viel. Wahrscheinlich sah sie einfach nur furchtbar aus. »Wie auch immer«, sagte sie, nun wieder ernst. »Ich glaube kaum, dass sich Alpha vorhin in der Bank auf ein Buch bezogen hat.«

»Alpha?«

Winnie spürte, wie sich das Rot ihrer Wangen wieder vertiefte. »Ach«, entgegnete sie eilig, »das ist bloß so ein Phantasiename, den ich dem Anführer verpasst habe.«

Quentin Jahn nickte. »Tja Namen«, murmelte er philosophisch. »Aber Alpha passt wirklich ganz ausgezeichnet.«

Winnie Heller stutzte, als ihr etwas in den Sinn kam, das ihr Gesprächspartner zuvor gesagt hatte. Hin und wieder kam es vor, dass sie bestimmte Informationen, so wichtig sie auch sein mochten, erst mit einer gewissen Verzögerung zur Kenntnis nahm, weil sich aus irgendeinem Grund etwas anderes in den Vordergrund schob. Und genau das war ihr mit einem ganz und gar nicht unbedeutenden Nebensatz des Zeitschriftenhändlers passiert. *Aber soweit ich weiß, gibt es auch Interpretationen, die in der Figur des Malina eher das Alter Ego der Protagonistin sehen.*

Der Protagonist*in*, wiederholte Winnie Heller triumphierend. Malina könnte also genauso gut eine Frau sein! Oder gingen diese Gedanken jetzt doch ein Stück zu weit? Was bitte sollte ein brutaler Banküberfall mit einem Stück Weltliteratur zu tun haben?

»Wer ist eigentlich der Mann, der neben Frau Gorlow sitzt?«, wandte sie sich wieder an Quentin, um wenigstens eine andere Frage zu klären, die sie schon seit geraumer Zeit beschäftigte.

»Er heißt Abresch«, antwortete Quentin, ohne sich umzudrehen. »Horst Abresch. Soweit ich weiß, ist er Walthers Stellvertreter.«

Winnie Heller zog die Augenbrauen hoch. »Sie meinen, er ist der stellvertretende Filialleiter?«

»Ich glaube, ja.«

Na, da sieh doch mal einer an!, dachte Winnie. Dann hätte von Rechts wegen ja eigentlich er derjenige sein müssen, der den Geiselnehmern in der Bank Rede und Antwort zu stehen hatte! Ihre Augen glitten über das unscheinbare Gesicht, das mit nimmermüder Geduld Evelyns stockendem Redefluss lauschte. Aber konnte man dem Mann tatsächlich einen Vorwurf daraus machen, dass er geschwiegen hatte? Sie betrachtete die schlaff wirkenden Schultern unter dem teuren grauen Sakko und dachte, dass Zivilcourage vermutlich wirklich nicht jedermanns Sache war. Und dass die Leiche der einzigen Geisel, die ihrer Einschätzung nach das Zeug zur Heldin gehabt hatte, jetzt irgendwo dort oben in dieser langsam, aber sicher auskühlenden Fabrikanlage lag …

III

Die Partei, die Partei, die hat immer recht!
Und, Genossen, es bleibe dabei,
Denn wer kämpft für das Recht,
Der hat immer recht.
Gegen Lüge und Ausbeuterei.

DDR-Lied

Psychiatrische Klinik Storkow bei Berlin, September 1974

Sie haben ihr gesagt, dass ihr Sohn gestorben ist.

Sie hat geantwortet, dass sie ihn sehen möchte.

Nein, haben sie gesagt, das sei unmöglich.

Glauben Sie mir, hat die Schwester – nicht die bebrillte, die mit dem Roman auf den Knien, sondern eine andere – hinzugefügt, nachdem die Ärztin den Raum verlassen hatte, *glauben Sie mir, es ist besser so.*

Besser so …

Die beiden Worte haben einen Nachhall, den sie bis heute spüren kann.

Besser für wen?

Sie hat nicht gefragt. Stattdessen hat sie geschrien. Wieder geschrien. Genau wie in dem Moment, in dem sie ihren Sohn verloren hat, in dem sie ihn diesem Zerrbild von einer Welt preisgeben musste, der Schwärze, die ihn verschluckt hat, spurlos, auf Nimmerwiedersehen. Er ist nicht tot, hämmert es hinter ihrer Stirn. Er kann nicht gestorben sein. Vollkommen ausgeschlossen. Er hatte eine ganz normale Farbe. Rosig, um nicht zu sagen:

gesund. Dazu erstaunlich kräftiges schwarzes Haar. So viel immerhin hat sie sehen können, bevor die blonde Ärztin etwas von einem Dammriss gemurmelt und die hastig angeordnete Narkose ihr das Bewusstsein geraubt hat. Oh ja, ihr Baby hat vollkommen gesund ausgesehen, mit allen zehn Fingern und nur einem Kopf und all diesen anderen Dingen, auf die es gemeinhin ankommt.

Eine Mutter erkennt so etwas, erkennt es auf den ersten Blick, da muss sie das Neugeborene gar nicht erst lange ansehen.

Und doch haben sie ihr beim Aufwachen gesagt, dass ihr Sohn gestorben ist …

Er sei krank gewesen und eine knappe Stunde nach der Geburt friedlich eingeschlafen. Und ob sie denn auch schon Babybekleidung gekauft habe, und wenn ja, möge sie doch bitte einen Strampelanzug und ein Jäckchen an einem der nächsten Tage beim zuständigen Bestattungsinstitut vorbeibringen.

Was für ein Bestattungsinstitut?, hat sie gefragt, halb ohnmächtig vor Schreck und Unverständnis. Ich hatte noch nie in meinem Leben etwas mit einem Bestattungsinstitut zu tun. Und überhaupt, ich gehe nirgendwohin, bevor ich ihn nicht gesehen habe. Haben Sie das jetzt endlich verstanden? Also zeigen Sie mir meinen toten Sohn! Auf der Stelle!

Das sei bedauerlicherweise unmöglich, haben sie geantwortet, im gleichen ruhigen Tonfall wie zuvor.

OH DOCH, hat sie geschrien, zu laut natürlich. Zu unbedacht, zu hysterisch (Aber hätte die Art und Weise denn tatsächlich irgendeinen Unterschied gemacht?), DAS IST MÖGLICH. Ich habe RECHTE, verstehen Sie das? Menschenrechte. Bürgerrechte. Selbst ein Unstaat wie dieser ist kein rechtsfreier Raum. Und als MUTTER habe ich das Recht, mein Baby zu sehen. Mein Fleisch und Blut. Meinen Sohn.

Aber Ihr Sohn ist tot.

OH NEIN. Das geht nicht. Das können Sie nicht machen. NICHT MIT MIR!

Die Schwester hatte ihr in die Augen gesehen, ganz kurz nur. Dann hatte sie hinter sich geblickt, als erhoffe sie sich Instruktionen von der Wand, die dem Bett gegenüber lag. Eine ohne Kacheln, dieses Mal. Kein Riss mehr in der Fassade. Stattdessen reinweiße Einheitlichkeit.

Glauben Sie mir, es ist besser so.

Da hat sie losgeschrien. Hat diesem Monster von einer Pflegerin all ihre Angst und Hilflosigkeit und Wut mitten in ihr teigiges Gesicht gebrüllt.

Und nun ist sie hier.

Hier, das sind schätzungsweise zweieinhalb mal zweieinhalb Meter mit einer quietschsterilen Polyesterdecke auf der schmalen Pritsche und seltsamen grauen Polstern an den Wänden. Jemand (Wer war das noch gleich?) hat ihr gesagt, es sei alles ein bisschen zu viel für sie gewesen. Die Anstrengungen der Geburt. Dazu ihr Nervenkostüm, das ja ohnehin nicht das Beste sei (Wie kommen die eigentlich auf eine derart absurde Idee?). Der Schock über den schlechten Ausgang (Was für eine perverse Art, das, was ihrem Jungen geschehen ist, geschehen sein muss, in Worte zu fassen!). Jedenfalls müsse man sie jetzt erst einmal eine Weile vor sich selbst beschützen. So lange, bis sie das wieder allein könne. Man werde sie auf dem Weg ihrer Genesung selbstverständlich nach Kräften unterstützen. Dazu ein Lächeln, ebenso distanziert wie blutleer. Dann eine Nadel (Woher kam die so schnell?), die sich in ihren Arm bohrt. Und wieder Dunkelheit.

Und Stille.

Und Vergessen.

Manchmal, wenn sie klar ist, fragt sie sich, was sie eigentlich erwartet hat. Was das schlimmste Szenario gewesen ist, das sie sich im Vorfeld ausgemalt hat. Verhöre natürlich, immer nachts und immer in einem Raum mit einer nackten Glühbirne, die an einem fleckigen Kabel von der Decke baumelt. Dazu Schlafentzug. Ein Wärter in grauer Uniform, der mit einer Eisenstange gegen die Heizung hämmert und ihr irgendwelche absurden Parolen ins Ohr brüllt, sobald sie eingenickt ist.

Aber sie haben sie nicht verhört.

Nicht ein einziges Mal.

Sie stellen keine Fragen. Sie verlangen keine Antworten.

Und sie lassen sie schlafen, jede Nacht mindestens sieben Stunden lang.

Alles, was sie getan haben, ist, sie hierher zu bringen, wo man sie, na ja, zugegeben, nicht gerade gut, aber auch nicht besonders schlecht behandelt. Das irritiert sie. Und genau diese Irritation ist vielleicht das Schlimmste an ihrer Lage. Auf die Verhöre war sie vorbereitet. Sie hatte sich Antworten auf alle nur denkbaren Fragen zurechtgelegt. Sie hatte einen Haufen Paragraphen auswendig gelernt, die sie ihren Anschuldigungen entgegenschleudern wollte. Eine Zeitlang hatte sie sogar trainiert, ausschließlich in kurzen Intervallen zu schlafen und das Schrillen ihres Weckers alle fünfzehn Minuten auszuhalten.

Nur, dass man sie in Ruhe lässt …

Damit hat sie nicht gerechnet.

Und das macht sie wahnsinnig – paradoxerweise genau das, was sie von ihr behaupten. Das ist perfide, denkt sie manchmal, wenn sie wach ist. Aber sie hat auch keine Ahnung, was sie dagegen unternehmen soll. *Dich abfinden*, flüstert eine Stimme tief in ihr, und je länger sie hier ist, desto mehr ist sie geneigt, dieser Stimme nachzugeben. Doch dann denkt sie wieder an ihren Sohn und schreit, und wenn es gar zu arg wird, kommen sie mit einer neuen Spritze, und sie sinkt wieder zurück in die Dunkelheit.

Das Begräbnis ist denkbar schlicht gewesen, um nicht zu sagen: herzlos. Aber das hat ihr nichts ausgemacht. Zu genau hat sie gewusst, dass es nicht ihr Sohn ist, den man an diesem eisigen Januarmorgen auf dem Magdeburger Zentralfriedhof zu Grabe trägt. Ein Kindersarg, gefüllt mit Zeitungen. Nichts weiter. Eigenartigerweise sieht sie den Sarg trotzdem manchmal im Traum, und dann fragt sie sich, was für Zeitungen sie genommen haben mögen, um der leeren Holzkiste ein glaubhaftes Gewicht zu verleihen. Sie stellt sich das Titelblatt der *Magdeburger Volksstimme* vor, mit einem Bericht über die Stadtmeisterschaft im Halbmittelgewicht als Aufmacher. Das körnige Schwarzweißfoto, das den Artikel begleitet, zeigt einen ramponierten

Boxer, der einen breiten Goldgurt um den schweißglänzenden Körper trägt. Das Foto schlägt Wellen in der klammen Feuchtigkeit des Kindergrabes, und sie sieht blanke, schwarze Käfer, die gierig den Goldgurt vertilgen, bevor die schwere Erde der Magdeburger Börde die Aufnahme mitsamt den übrigen Zeitungen und dem billigen Kiefernholzsarg und dem hellblauen Strampelanzug in einen Klumpen zähen schwarzen Matsches verwandelt.

Davon träumt sie.

Sie träumt überhaupt sehr viel, seit sie hier ist.

Dabei will sie gar nicht träumen. Sie weiß, träumen ist gefährlich. Aber sie hat auch keine Ahnung, wie sie das Träumen verhindern soll. Sie achten penibel darauf, dass sie ihre Medikamente nimmt. Keine Chance, irgendwelche Tabletten unter der Zunge verschwinden zu lassen, um sie später diskret in eine Toilette zu entsorgen. Was die Pflegerin ihr reicht, sind immer Tropfen. Bittere Medizin im wahrsten Sinne des Wortes, weil der real existierende Sozialismus sich nicht die Mühe macht, das Aroma des Vergessens unter gnädigem Menthol- oder gar Zitronengeschmack zu verstecken. Die Bitterkeit brennt ihr die Kehle hinunter, und manchmal muss sie schon würgen, kaum dass der kleine Plastikbecher ihre Lippen berührt. Dabei ist ihr daran gelegen, möglichst lange Wachphasen zu haben. Und das geht nur, wenn man sich unauffällig verhält. Tut, was sie sagen. Kommentarlos Kulturbeutel aus braunbeigem Plastik näht. Isst, was immer sie einem vorsetzen.

Aber je seltener die Spritzen kommen, desto mehr Zeit hat sie, darüber nachzudenken, was sie tun wird, wenn sie hier rauskommt. Dann malt sie sich aus, wie sie sich auf die Suche machen wird nach ihrem Jungen, der vielleicht sogar schon ein klein bisschen Dreirad fahren kann. Wie sie nicht lockerlassen wird, bis sie ihn endlich in die Arme schließen kann und ihn trösten und ihm all das Liebe sagen, das sich in ihr aufgestaut hat in diesen endlosen Monaten. Es schmerzt wie die Hölle, auch nur an ihn zu denken, aber sie will sich diese Hölle auch nicht ersparen. Sie hat den vagen Eindruck, dass sie wichtig ist, diese Hölle. Eine offene Wunde, die sie bei Bewusstsein hält, ein wild pochender Moloch, der zwischen ihr und dem Wahnsinn liegt.

Hin und wieder stellt sie sich die Familie vor, zu der sie ihn gegeben haben. Ein Ehepaar mittleren Alters, aufrechte Sozialisten natürlich, erprobte, linientreue Linke. Der Mann mit einer eckigen kleinen Brille unter einem fahlen Scheitel, die Frau rundlich, aber unfruchtbar und deshalb meist unleidlich. Sie nennt sie »die Hubers«, weil sie es leichter findet, an Menschen zu denken, die einen Namen tragen. Herr und Frau Huber also, aus Cottbus. ER ein hohes Tier im Gaskombinat Schwarze Pumpe, SIE halbtagsbeschäftigt im Schreibbüro irgendeines Parteibonzen.

Wenn sie in den kurzen Lücken zwischen zwei Kulturbeuteln die Augen schließt, kann sie sehen, wie Frau Huber nach getaner Arbeit im Garten ihres Hauses lümmelt, die feisten Schenkel wohlig untergeschlagen und eine Tasse feinsten Westkaffee vor sich auf dem wächsernen Tischtuch. Sie malt sich aus, wie sich die kleinen, nichtssagenden Schweinsäuglein unter den rotbraunen Augenbrauen sehnsüchtig auf den Laufstall richten, den irgendein »Onkel Karl« oder »Onkel Hermann« für den unerwarteten Nachwuchs der Hubers zusammengezimmert hat, und wie dann das Kind, ihr Kind, ihr Sohn, seine um Liebe buhlende Ersatzmutter mit dem verächtlichsten aller Blicke aus seinen blanken Babyaugen bedenkt.

Dann lächelt sie.

Lächelt hinauf gegen die niedrige Decke, die ganz aus fleckigen Gipsplatten zu bestehen scheint, weil sie weiß, dass der Tag kommen wird, an dem dieses Baby, an dem ihr Sohn spüren wird, dass er am falschen Platz ist. Und manchmal, wenn sie lange genug wach ist, fragt sie sich, was er tun wird, wenn es so weit ist…

DRITTER TEIL

Wiesbaden, 14. März 2008

1 Als Verhoeven und Goldstein das Vernehmungszimmer verließen, wurden sie bereits von Werner Brennicke erwartet.

Die Tür zum Nebenraum stand offen, und Verhoeven schloss daraus, dass der BKA-Mann die Befragung des Bankers zumindest in Teilen mit angehört hatte.

Jens Büttner lümmelte hinter seinem Boss an der Wand, und ihm war deutlich anzumerken, wie sehr er sich auf das freute, was seiner Meinung nach nun folgen würde.

Doch Brennicke wahrte zumindest nach außen hin die Form.

»Auf gute Zusammenarbeit«, sagte er, indem er Goldstein flüchtig die Hand reichte, und Verhoeven fiel auf, dass es genau dieselben Worte waren, die Monika Zierau ein paar Stunden zuvor verwendet hatte. Bloß, dass die Psychologin diesen Satz ganz und gar ironisch gemeint hatte. »Glauben Sie, dass die Entführer ernst machen und die Geiseln töten, wenn wir nicht spuren?«

Goldstein nickte. »Ja, kein Zweifel.«

»Also zahlen wir?«

»Ich fürchte, das ist nicht der Punkt«, entgegnete der erfahrene Unterhändler mit einem Lächeln, das steinern wirkte. Steinern und irgendwie auch müde.

Dabei hat es gerade erst angefangen, dachte Verhoeven.

»Was meinen Sie?«, fragte Brennicke, der sich von Goldsteins Antwort offenbar irritiert fühlte.

»Dass es letztendlich nicht darauf ankommen wird, ob wir zahlen oder nicht«, antwortete Goldstein. »Schon deshalb, weil wir uns äußerst schwertun werden, die zweite Forderung dieser Leute zu erfüllen.«

Verhoeven hob alarmiert den Kopf.

Und auch Werner Brennicke horchte auf. Er blickte sich fragend nach Büttner um. Doch sein Adlatus zuckte nur mit den Achseln. »Ist uns da irgendwas entgangen?«

»Die Übergabe«, erwiderte Goldstein lapidar. »Wie Sie wissen, besteht dieser Teja darauf, dass der Filialleiter das Geld persönlich überbringt.«

»Sie meinen …?«

»Ich meine, dass Walther Lieson ganz klar ein Teil der Abmachung ist, die diese Leute mit uns treffen wollen«, nickte Goldstein.

Und allmählich schien nun auch Brennicke ein wenig nervös zu werden. »Okay«, sagte er so vorsichtig, als erwarte er, aufs Glatteis geführt zu werden. »Hatten Sie denn schon Gelegenheit, mit dem Mann darüber zu sprechen?«

Verhoeven konnte sehen, dass Goldstein ebenso gut wie er selbst wusste, worauf der BKA-Mann hinauswollte. Trotzdem dachte der studierte Soziologe überhaupt nicht daran, Brennicke zu schonen.

»Worüber?«, fragte er in freundlich-neutralem Ton.

Brennicke zögerte erneut. Aber er verzog keine Miene, als er schließlich sagte: »Darüber, ob er unter Umständen bereit wäre, den Geldboten für uns zu spielen.«

»Nein.«

»Nein was?«

»Nein, ich habe Walther Lieson nicht gefragt, ob er die geforderten Millionen zu überbringen bereit ist«, formulierte Goldstein seine Antwort mit provozierender Geduld ein wenig ausführlicher.

Brennickes Augen fixierten das ausdrucksvolle Gesicht des Unterhändlers. Noch immer lag keine Spur von Wut in seinem Blick, aber Verhoeven bemerkte inmitten der kühlgrünen Iris dasselbe unterdrückte Glimmen, das ihm schon in der Bank aufgefallen war. Dieser Mann ist brandgefährlich, dachte er. Jede Wette, wenn es um persönliche Demütigungen geht, hat er ein Gedächtnis wie ein Elefant!

»Aber warum wollen Sie es nicht wenigstens versuchen?«, mischte sich Büttner ein, der spürte, dass sein Boss sich nur äußerst ungern auf ein weiteres Geplänkel mit dem erfahrenen Unterhändler einlassen mochte. Zumindest nicht, solange er dabei Gefahr lief, den Kürzeren zu ziehen. »Falls Lieson ablehnt, können wir immer noch überlegen, wie wir die Sache lösen.«

Goldstein warf dem jungen Tom-Cruise-Verschnitt einen amüsierten Blick zu. »Hey, wow, sagten Sie tatsächlich wir?«

»Ja, wir«, keifte Büttner zurück. »Sie arbeiten in dieser Sache mit uns zusammen, falls Ihnen das entgangen sein sollte.«

»Das«, erwiderte Goldstein lakonisch, »macht uns noch lange nicht zu einem Team. Aber Schwamm drüber. Das Geld zu beschaffen stellt natürlich kein Problem dar. Aber selbst ein karrieregeiler BKA-Lümmel wie Sie wird Walther Lieson kaum darum bitten wollen, sich einer Situation auszuliefern, die er mit größter Wahrscheinlichkeit nicht überleben wird, oder?«

Jens Büttners Kinnlade klappte herunter. »Warum denken Sie, dass diese Leute ihn töten werden?«, fragte er mit entgeisterter Miene.

Goldsteins Adleraugen hefteten sich an das Gesicht des jungen BKA-Beamten, während er die Brusttasche seines Polohemds nach Zigaretten abtastete. »Weil die Männer, die wir suchen, ein verdammt hohes Risiko eingehen, um seiner habhaft zu werden. Und weil ich mir beim besten Willen nicht vorstellen kann, dass sie einen solchen Aufwand betreiben, um mit Walther Lieson Kaffee zu trinken.«

Verflixt noch mal, dachte Verhoeven, dem diese Überlegungen genauso neu waren wie den beiden Kollegen vom BKA. Er hat Recht!

»Und was schlagen Sie stattdessen vor?«, fragte Brennicke, der sich als Erster wieder gefangen hatte.

Goldstein schob sich eine Zigarette zwischen die Lippen und zündete sie an. »Wir können nur hoffen, dass es uns gelingt, diese Kerle von Lieson abzubringen«, sagte er, indem er einen Schwall Rauch in die Luft blies. »Oder sie zumindest so lange hinzuhalten, bis wir den Aufenthaltsort der Geiseln ermittelt haben.« Er kniff die Augen zusammen und blickte auf den Boden hinunter. »Wir müssen unbedingt geheimhalten, dass Lieson längst wieder in der Stadt ist«, murmelte er gedankenverloren. Dann sah er wieder hoch. Abrupt, als wolle er sich so schnell wie möglich von seinen eigenen Überlegungen distanzieren. »Ich habe bereits veranlasst, dass er an einen sicheren Ort gebracht wird«, erklärte er. »Ein Team von zwei Beamten wird rund um die Uhr bei ihm bleiben und für seine Sicherheit sorgen.«

»Womit, um Gottes willen, rechnen Sie denn?«, fragte Jens Büttner mit einem herablassenden Lächeln.

»Mit allem«, entgegnete Goldstein knapp, und zum ersten Mal bemerkte Verhoeven etwas wie Ungeduld in seinem Blick. »Ich rechne grundsätzlich mit allem. Und im Angesicht von vier schwer bewaffneten Geiselnehmern, die sich nicht scheuen, elf unbeteiligten Passanten mal eben so die Kniescheiben wegzuballern, nur um die Behörden von einem gleichzeitig stattfindenden Banküberfall abzulenken, halte ich es auch für durchaus angemessen, mit allem zu rechnen.«

»Und dann?« Jens Büttner zupfte am Kragen seines Hemds. »Wenn Lieson nun also in Sicherheit ist … Wie soll es weitergehen? Ich meine, wollen Sie den Entführern im Ernst erklären, dass ein mit allen Hunden gehetzter Banker wie Walther Lieson irgendwo auf dem Weg von Genf nach hier verloren gegangen ist und wir deshalb leider jemand anderen als Boten schicken müssen?«

»Tja, so was in dieser Richtung werde ich wohl behaupten«, nickte Goldstein.

»Aber Moment mal«, wandte Brennicke eher verächtlich als alarmiert ein. »Sie haben uns doch gerade eben erklärt, dass Lieson ein wichtiger Teil der Abmachung ist, die diese Leute mit uns treffen wollen.«

»Ich habe erklärt, dass er der *unerfüllbare* Teil dieser Abmachung ist«, korrigierte ihn Goldstein.

»Und was sollte es dann bitte bringen, wenn Sie so tun, als ob Sie ihn erst herbeischaffen müssen?«

»Zeit«, sagte Goldstein, nun wieder mit der alten Gelassenheit. »Wenn ich Glück habe, bringt es etwas Zeit.«

»Was soll das heißen: Wenn Sie Glück haben?«, fragte Büttner.

»Tja, mien Jung«, antwortete Goldstein mit hanseatischem

Charme. »So läuft dieser Job nun mal. Sie analysieren das Blatt, das Sie in der Hand halten, und selbst wenn es der größte Mist ist, tun Sie so, als ob Sie nur noch Millimeter von einem triumphalen Sieg entfernt sind. Das nennt man gemeinhin bluffen. Und manchmal …« Er machte eine kurze Pause, wobei er den Blick senkte, sodass der Schatten seines Basecaps die Augen verdeckte. »Manchmal ist ein guter Bluff hilfreicher als jede noch so ausgefeilte Strategie.«

Brennicke rümpfte die Nase. »Aber das hier ist kein Spiel.«

»Nichtsdestotrotz sollten wir es gewinnen, meinen Sie nicht?«, konterte Goldstein, indem er wieder sein unwiderstehlich cooles Jack-Nicholson-Lächeln aufsetzte.

»Sie sind hier, weil man sagt, dass Sie Ihren Job verstehen.« Werner Brennicke straffte die Schultern, und Verhoeven stellte überrascht fest, dass er und der BKA-Mann in etwa gleich groß waren. »Und von ein paar … nennen wir es mal: Ausrutschern … einmal abgesehen, mag das durchaus zutreffen. Aber Ihr Job«, dieses Mal betonte er das Wort bewusst abfällig, »ist das Verhandeln. Und zwar nichts als das. Sie sind weder Bruce Willis noch sonst irgend so ein Einer-gegen-den-Rest-der-Welt-Typ, der in halsbrecherischen Alleingängen ein Riesenchaos anrichtet und …«

»Ach du liebe Güte«, wandte Richard Goldstein sich mit einem breiten Grinsen an Verhoeven. »Hätten Sie es für möglich gehalten, dass unser Freund vom BKA Bruce Willis kennt?«

»… und aus diesem Grund gebe ich Ihnen einen guten Rat«, setzte Brennicke seine Rede ohne einen Anflug von Irritation fort. »Was immer Sie tun: Machen Sie keinen Fehler, sonst ist Ihre Karriere schneller vorbei, als Sie gucken können.« Dann drehte er sich auf dem Absatz um und stakste so entschlossen davon, dass sein Lakai alle Mühe hatte, ihm zu folgen.

»Was denn für 'ne Karriere?«, rief Goldstein den beiden hinterher, und er wirkte trotz der unverhohlenen Drohung noch immer amüsiert. »Wenn ich mich nicht irre, sind wir ungefähr im selben Alter, Sie und ich, oder? Und das bedeutet, dass wir unsere besten Jahre bereits hinter uns haben. Sie genauso wie ich!«

Brennicke drehte sich nicht um, aber Verhoeven hätte schwören können, dass ein unangenehmes kleines Lächeln auf seinem Gesicht lag, als er um die Ecke in Richtung Aufzug verschwand.

Büttner hingegen hob die Hand und präsentierte den Zurückgebliebenen seinen ausgestreckten Mittelfinger.

2 Kein Wächter, dachte Winnie Heller.

Diese Mistkerle überlassen uns mehr oder weniger uns selbst.

Was, wenn sie gar nicht mehr in der Nähe sind? Wenn sie darauf bauen, dass wir nach Iris Kuhns Ermordung schlicht und einfach nicht wagen, uns zu rühren, geschweige denn, die Treppe hinaufzugehen …

Ihre Augen glitten über die rostigen Stufen.

Vielleicht bot sich dort oben die Chance, einen Fluchtweg zu finden. Oder Kontakt aufzunehmen. Immerhin war nicht auszuschließen, dass es irgendwo in diesen Räumen oberhalb der Grube ein Telefon gab. Zum Beispiel das Handy, das die Entführer Horst Abresch abgenommen hatten. Dann konnte sie vielleicht eine Nachricht absetzen. Einen Hilferuf.

Winnie Heller kaute nachdenklich auf ihrer Unterlippe herum.

Oder saß einer von denen etwa doch dort oben, ein wenig zurückgesetzt zwar, sodass sie ihn von hier aus nicht sehen konnten, aber doch präsent, die Augen auf die Treppe gerichtet und die Waffe im Anschlag?

»Ich möchte wirklich wissen, wo diese Kerle stecken«, bemerkte Quentin Jahn neben ihr, und einmal mehr hatte Winnie Heller das Gefühl, sich verraten zu haben. Das, was sie dachte. Schnell sah sie von der Treppe weg, auch wenn es für ein Ablenkungsmanöver natürlich längst zu spät war.

»Denken Sie, dass sie die Leiche fortgeschafft haben?«

Der abrupte Themenwechsel erwischte sie kalt. Noch dazu,

wo es unter ihren Mitgefangenen bislang eine Art unausgesprochenen Konsens gegeben hatte, die ermordete Kassiererin mit keiner Silbe zu erwähnen. »Keine Ahnung«, antwortete sie. »Aber vermutlich nicht. Immerhin würde das einen zusätzlichen Weg bedeuten. Und damit auch ein zusätzliches Risiko.«

»Stimmt.« Quentin nickte. »Daran habe ich nicht gedacht.«

Du musst unbedingt aufhören, so rationell zu klingen, dachte Winnie Heller. Sonst merkt er, dass du nicht wie eine normale Geisel reagierst, und zieht am Ende die richtigen Schlüsse daraus! Etwas, das sie um jeden Preis verhindern musste. Andererseits reagierte Quentin Jahn selbst erstaunlich nüchtern. Das hatte er schon in der Bank getan. Aber warum eigentlich? War der Zeitschriftenhändler tatsächlich so cool? Oder wusste er mehr? Konnte er sich aus irgendeinem Grund sicher sein, dass die Entführer ihm nichts antun würden?

Malina ist jemand, von dem die Geiselnehmer vermutet oder gewusst haben, dass er sich zum Zeitpunkt des Überfalls in der Bank aufhalten würde, rief Winnie Heller sich einmal mehr ins Gedächtnis. Und falls dieser Jemand nicht Walther Lieson war, dann musste es zwangsläufig eine der anderen Personen sein, die sich zum Zeitpunkt des Bankraubs in der Filiale aufgehalten hatten.

Einer von uns, resümierte Winnie Heller unbehaglich. Einer dieser fünf Menschen, die mit mir hier unten sind und die so unglaublich harmlos aussehen. So beängstigend normal und harmlos …

Sie blickte kurz zu Horst Abresch hinüber, der den Eimer benutzt hatte und auf dem Rückweg am Fuß der Treppe stehen geblieben war, als überlege auch er, ob er es wagen könne, die rostigen Stufen hinaufzusteigen. Doch nach ein paar Sekunden des Zögerns schien er es sich anders zu überlegen und kehrte mit schleppenden Schritten an seinen angestammten Platz neben Evelyns Matratze zurück.

Was, wenn wir tatsächlich einen Verräter unter uns haben?, dachte Winnie Heller. Wenn eine dieser fünf Personen mit den Geiselnehmern unter einer Decke steckt?

Malina ist jemand, den die Entführer in der Bank vermutet haben.

Weil er dort arbeitet …

Oder weil er regelmäßig kommt …

Ich zahle jeden Abend einen Großteil der Tageseinnahmen auf unser Konto ein, hörte sie wie aus dem Nichts Quentin Jahns angenehme Stimme flüstern. *Das ist sicherer, als wenn das Geld die ganze Nacht über in der Kasse bleibt.*

Jeden Abend, echote eine Stimme in ihrem Kopf. Das bedeutet regelmäßig. Oder fing sie jetzt langsam aber sicher an zu spinnen? Immerhin hatte Alpha in der Bank doch eindeutig verwundert auf Quentin Jahns Wortmeldung reagiert. Und auch auf dessen Eröffnung, mit Walther Lieson befreundet zu sein. Aber natürlich konnten die beiden Männer auch einfach nur verdammt gut Theater gespielt haben. Ihre Augen blieben an Jenna Gercke hängen. Wie viel von dem, was sie in den vergangenen Stunden erlebt hatte, war eigentlich echt gewesen? Und was war inszeniert, vorgetäuscht, gelogen? Wie viel an diesem Banküberfall war geplant? Und was basierte tatsächlich auf nichts anderem als purem Zufall?

Herr Lieson musste weg …

»Ach du Schreck, der wird doch wohl hoffentlich keinen Unsinn machen«, riss Quentin Jahns – dieses Mal durchaus reale – Stimme Winnie aus ihren Überlegungen.

Sie folgte seinem Blick und sah, dass Horst Abresch wieder bei der Treppe stand und sich eben anschickte, die erste Stufe in Angriff zu nehmen.

»Was machen Sie denn?«, fragte Jenna mit Angst in den Augen, während Evelyn und Jussuf nur stumm hinüberblickten. »Wirklich, ich glaube, das sollten Sie nicht tun.«

»Sie hat recht«, sagte nun auch Quentin, der unterdessen aufgestanden war. »Sie wissen doch gar nicht, was Sie dort oben erwartet.«

»Aber irgendjemand muss doch etwas unternehmen.« Unter Horst Abreschs graumeliertem Haaransatz stand ein feiner Schweißfilm, aber er wirkte entschlossen. Vielleicht, weil er sich seinen beiden getöteten Kollegen gegenüber schuldig fühlte.

So viel zu meiner Theorie in puncto Zivilcourage, dachte

Winnie Heller, indem sie zu dem Banker hinüberging und Horst Abresch sanft am Arm fasste. »Lassen Sie mich gehen«, sagte sie, ohne lange nachzudenken.

»Sie?« Die Pupillen hinter der Brille zogen sich zusammen. »Wieso Sie?«

Weil es mein Job ist, gab sie ihm in Gedanken zur Antwort. Laut sagte sie: »Ich bin kleiner und leichter als Sie. Ich meine, Sie haben doch selbst gehört, was diese verdammten Stufen für Töne von sich geben, wenn man nur kurz drauf tritt. Und wenn ich das richtig sehe, geht es uns doch jetzt erst mal darum, einen Blick über den Rand zu werfen und die Lage zu checken, oder?«

Sie hatte ihre Worte mit voller Absicht gewählt. Zum einen sollten weder Horst Abresch noch die anderen ihr Gesicht verlieren, und zumindest das Argument »kleiner« schloss in der Tat jeden einzelnen ihrer Mitgefangenen aus. Zum anderen hoffte sie inständig, dass gerade der letzte Satz selbst die ängstlichsten Zweifler unter ihren Mitgefangenen beruhigen würde. Und auch das Wort »uns« hatte sie ganz bewusst eingestreut. Sie musste den anderen das Gefühl geben, dass sie in einem Boot saßen, damit sie sich ruhig verhielten. Auch wenn sie selbst es längst besser wusste.

Und was, wenn diese Typen tatsächlich einen Verbündeten hier drin haben?, meldete sich ihre innere Stimme zu Wort. *Derjenige wird sich von deiner psychologisch durchdachten Rhetorik wohl kaum beeindrucken lassen, und ehe du dich's versiehst, bist du tot ...*

»Tja, dann will ich mal«, fegte sie die durchaus nicht unbegründeten Bedenken beiseite, indem sie entschlossen den Fuß auf die unterste Stufe setzte.

Horst Abresch hingegen schien noch nicht recht überzeugt zu sein und trat nur zögerlich einen Schritt beiseite. »Sind Sie sicher, dass Sie ...«

Winnie Heller nickte. »Wird schon schiefgehen«, sagte sie mit einem aufmunternden Augenzwinkern. »Ich meine, es wäre doch wirklich zu blöd, wenn die sich längst davongemacht hätten, und wir merken's gar nicht, was?«

Walther Liesons Stellvertreter rang sich ein dünnes Lächeln ab. »Ich fürchte, so viel Glück haben wir nicht.«

»Außerdem hat dieser Anführer doch ganz klar gesagt, dass sie uns töten, wenn wir uns von der Stelle rühren«, pflichtete Jenna ihm bei.

»Wenn ich mich recht besinne, hat Ihre Kollegin sich auch nicht nennenswert von der Stelle gerührt«, versetzte Winnie Heller, der die blonde Bankangestellte allmählich gehörig auf die Nerven ging. »Und trotzdem ist sie jetzt tot.«

Jenna schob die Unterlippe vor wie ein beleidigtes Kleinkind. »Okay, bitte. Wenn Sie so unbedingt Ihr Leben riskieren wollen, dann tun Sie's doch.« Sie wedelte ihre perfekt manikürte Hand resigniert durch die Luft und zog sich dann schmollend in die Ecke hinter Evelyns Matratze zurück.

Winnie Heller hingegen drehte sich noch einmal kurz zu Quentin Jahn um, dem die Zweifel an ihrer Mission ins Gesicht geschrieben standen.

»Seien Sie vorsichtig.«

»Na klar.« Sie versuchte ein Lächeln. »Das bin ich eigentlich immer.«

Er kniff prüfend die Augen zusammen. Fast so, als ob er ihr nicht glaube.

»Ehrlich.«

Der Zeitschriftenhändler bedachte sie mit einem letzten, warnenden Blick aus seinen grauen Intellektuellenaugen. Dann wandte er sich ab. Kopfschüttelnd, wie Winnie Heller mit Besorgnis registrierte.

»In Gottes Namen«, sagte er. »Und viel Glück.«

3 »Hier«, sagte Oskar Bredeney, indem er Verhoeven einen nackten Schlüsselring entgegenstreckte, an dem zwei Sicherheitsschlüssel baumelten.

»Was ist das?«

»Die Schlüssel zu Winnies Apartment. Der Hausverwalter sagt, du kannst sie so lange behalten, wie du sie brauchst.«

»Und er hat keine Fragen gestellt?«

Bredeney verzog sein pockennarbiges Gesicht zu einem breiten Grinsen. »Doch, klar hat er das.«

»Aber du hast ihm nicht geantwortet?«

»Wofür hältst du mich?« Bredeney verdrehte in gespielter Empörung die Augen. »Vermutlich wird sie 'ne Menge Ärger kriegen, wenn das hier vorbei ist, weil ich diesem Typen einfach nicht begreiflich machen konnte, dass sie keine Schwierigkeiten mit der Polizei hat, aber da muss sie dann durch. Ach ja, und Werneuchen hat das hier für dich besorgt.« Er hielt Verhoeven ein schmucklos eingebundenes Buch unter die Nase. »Ist angeblich so 'ne Art Standardwerk für Hobby-Aquaristiker oder wie immer man diese Typen nennt, die sich mit Fischen beschäftigen.«

Diese Typen, echote Verhoeven, während er das rund fünfhundert Seiten dicke Buch in seiner Hand mit einer Mischung aus Rührung und blankem Entsetzen betrachtete. Laut sagte er: »Wann, um Himmels willen, soll ich das lesen?«

Oskar Bredeneys Ledermantel quietschte, als er beschwichtigend seine knochigen Hände in die Luft hob. »Ich hab kurz reingesehen. Es gibt ein Stichwortverzeichnis, wo du das Wichtigste nachschlagen kannst.«

»Und was ist wichtig?«, fragte Verhoeven, indem ihm die eindringliche Mahnung in den Sinn kam, die seine Tochter ihm mit auf den Weg gegeben hatte, kaum dass er sich zum Bau eines Gartenteichs entschlossen hatte: *Man muss ganz genau Bescheid wissen, sonst macht man alles falsch, und dann sterben die Fische.* Er blätterte ziellos durch die Seiten, während seine imaginäre Tochter mit naturwissenschaftlichem Kindereifer fortfuhr: *Die Fische sterben, wenn es das falsche Wasser ist. Oder wenn es zu warm ist. Oder wenn das Wasser zu schmutzig ist ...*

»Hey, Moment mal, wir haben beide gleich von Anfang an gesagt, dass wir rein gar nichts von diesen Viechern verstehen und auch nichts davon verstehen wollen«, setzte Bredeney, der sich ganz offenbar angegriffen fühlte, derweil zu einer flammenden Verteidigungsrede an, in die er Werneuchen ganz selbstverständlich einschloss. »Wir wollten einfach nur behilflich sein. Aber wenn du lieber allein vor dich hinpfuschst …«

»Schon gut, schon gut«, beeilte sich Verhoeven, den alten Weggefährten seines Mentors zu beschwichtigen. »Dank dir.«

Bredeney ließ ein versöhnliches Knurren hören.

»Aber, sag mal, was ist denn nun eigentlich mit Lübke?«, fragte Verhoeven. »Habt ihr den inzwischen erreicht?«

»Leider geht er noch immer nicht an sein Handy«, antwortete Bredeney mit einem bedauernden Kopfschütteln. »Und in seiner Laube sind angeblich sämtliche Rollläden heruntergelassen.«

Verhoeven sah hoch. »Wer sagt das?«

»Einer seiner Mitarbeiter, der vorhin dort vorbeigefahren ist.«

»Denkst du, dass Lübke verreist ist?«, fragte Verhoeven, obwohl ihm diese Möglichkeit vollkommen absurd vorkam.

»Seine Leute rätseln auch«, entgegnete Bredeney. »Geplant war in dieser Richtung nichts, und eigentlich hätte Lübke auch am Montag wieder ganz regulär Dienst gehabt. Aber vorhin hat er plötzlich in der Zentrale angerufen und erklärt, dass er die ganze nächste Woche Urlaub nehmen will.«

»Urlaub?« Verhoeven starrte den altgedienten Kollegen entgeistert an. »Jetzt?«

»Warum nicht?«, fragte Bredeney achselzuckend. »Bis zu dieser Geiselnahme ist nicht allzu viel los gewesen. Und bei all den Überstunden, die ein Arbeitstier wie Lübke übers Jahr so anhäuft …« Er ließ den Satz offen und sah Verhoeven an.

»Wer könnte wissen, wo man ihn erreichen kann?«

»Gütiger Gott, du kennst ihn doch«, erwiderte Bredeney. »Nach außen hin kumpelt er mit allen rum, und andererseits bleibt er immer irgendwie für sich.«

Seltsam, aber genau dasselbe könnte man auch über Winnie sagen, dachte Verhoeven mit einem raschen Blick auf den

Schlüsselbund in seiner Hand. Und weiter: Vielleicht ist es doch nicht so verwunderlich, dass die beiden sich gut verstehen.

»Jensen hat sich allerdings mal ein bisschen umgehört.« Oskar Bredeney machte ein Gesicht wie ein Kartenspieler, der ausgerechnet dann einen Trumpf aus dem Ärmel zu ziehen verstand, wenn alle Welt bereits felsenfest von seiner unmittelbar bevorstehenden Niederlage überzeugt war. »Die Damen aus dem Vorzimmer der Abteilung meinen, es gäbe da diese Frau, mit der er sich ab und an trifft.« Bredeney streute eine viel sagende Pause ein, bevor er in seine Manteltasche griff und einen zerknitterten Zettel heraus zog. »Das hier ist ihre Nummer.«

Verhoeven nahm das Papier entgegen. Darauf hatte irgendjemand in einer krakeligen Männerschrift einen nackten Vornamen notiert. MARIE. Neben dem Namen stand eine Festnetznummer mit Wiesbadener Vorwahl.

»Ich hab's schon ein paar Mal versucht«, kam Bredeney seiner Frage zuvor, »aber die Dame ist anscheinend nicht zu Hause. Und sie hat auch kein Band.«

Verhoeven faltete den Zettel zusammen und steckte ihn in die Brusttasche seines Jacketts. Er konnte sich noch immer nicht recht vorstellen, dass Hermann-Joseph Lübke irgendeine herausragende Rolle im Leben seiner Partnerin spielen sollte. Zugleich empfand er eine große Verunsicherung darüber, dass es ihnen einfach nicht gelingen wollte, den obersten Spurensicherer zu erreichen.

»Und wie weit seid ihr inzwischen?«, riss Oskar Bredeneys brüchige Stimme ihn aus seinen Gedanken.

Das Gefühl von Verunsicherung verstärkte sich. »Wir kämpfen buchstäblich an allen Fronten.«

Bredeney nickte nur. »Steht denn das Geld schon bereit?«

Ich fürchte, das ist nicht der Punkt, murmelte Goldstein hinter Verhoevens Stirn. *Schon deshalb, weil wir die zweite Forderung der Entführer nicht erfüllen können.*

»Das Geld ist nicht das Problem.«

Bredeney musterte ihn mit der geballten Erfahrung von achtunddreißig Dienstjahren. »Die Sache sieht nicht allzu gut aus, oder?«

Verhoeven schüttelte den Kopf. »Nicht, wenn die Entführer darauf bestehen, dass wir ihnen zu ihren Millionen auch noch den Filialleiter liefern.«

»Was wollen diese Kerle von dem Mann?«

»Das herauszufinden ist vermutlich unsere einzige Chance.«

Oskar Bredeney verzog das Gesicht. »Und Lieson selbst?«

»Hat angeblich keine Erklärung.«

»Das sagen sie alle.«

»Ich weiß«, seufzte Verhoeven. »Aber irgendetwas an dieser ganzen Sache ist trotzdem seltsam.«

»Was meinst du?«

»Wenn es diese Männer – aus welchem Grund auch immer – tatsächlich auf Lieson abgesehen hatten …« Verhoeven hielt inne. »Warum haben sie ihn dann nicht direkt entführt? Aus seinem Haus zum Beispiel. Oder auf dem Weg zur Arbeit.«

»Vielleicht weil sie ein handfestes Motiv haben, dem Kerl was am Zeug zu flicken«, überlegte Bredeney. »Und weil sie aus diesem Grund fürchten müssen, dass euch dieses Motiv sehr schnell auf ihre Spur führt.«

Stimmt, dachte Verhoeven. Das wäre durchaus eine Möglichkeit!

»Wenn sie hingegen damit rechnen konnten, Lieson in der Bank anzutreffen und auf diese Weise sozusagen zwei Fliegen mit einer Klappe zu schlagen, hätte sich das Risiko elegant umgehen lassen«, spann Oskar Bredeney den Faden weiter. »Angenommen, ihr Plan wäre aufgegangen …« Er hob den Blick und sah Verhoeven direkt in die Augen. »Dann wäre Walther Lieson eine ganz normale Geisel gewesen, und alle Welt wäre davon ausgegangen, dass es bei der ganzen Sache einzig und allein ums Geld geht.«

Verhoeven stutzte. Ohne einen Grund für diese Assoziation ausmachen zu können, musste er plötzlich wieder an die Reflexion denken, die Goldstein auf dem Panzerglas des Bankschalters entdeckt hatte. An den Mund des Entführers, der sich so erstaunlich viel Zeit genommen hatte, um eine ganz bestimmte Botschaft zu formulieren. Und mit einem Mal fiel ihm auch auf, dass ein Satz, den Goldstein gesagt hatte, schon seit geraumer Zeit durch sein Unterbewusstsein geisterte, ohne dass er sich dessen bewusst gewesen wäre: *Die Geiselnehmer haben alles mitgenommen. Einschließlich sämtlicher Zeugen ...*

Was, wenn die Entführer im Verlauf dieses Überfalls tatsächlich etwas gesagt oder getan hätten, das uns weiterhelfen würde, überlegte er. Dann hätten sie tatsächlich alle, die dort gewesen sind, mitnehmen müssen, damit uns niemand auf die Sprünge hilft.

Der Gedanke elektrisierte ihn förmlich.

Er rieb sich die Erschöpfung aus dem Gesicht und straffte die Schultern. »Wenn wir mit unserer Einschätzung richtig liegen, sind die Entführer bei dem eigentlichen Überfall höchstens zu dritt gewesen, wobei einer dieser drei den Fluchtwagen gesteuert hat«, resümierte er. »Der vierte Mann hingegen stand zu diesem Zeitpunkt auf dem Kochbrunnenplatz und feuerte wild in die Menge. Und trotzdem haben die Kerle sieben Personen als Geiseln genommen.«

Bredeney zog seine buschigen Augenbrauen hoch. »Du meinst, das ist unverhältnismäßig?«

»Und ob«, sagte Verhoeven. »Zwei oder drei Geiseln hätten als Geleitschutz und zur Durchsetzung ihrer Forderungen vollkommen genügt. Ganz abgesehen davon, dass sich drei Personen wesentlich leichter kontrollieren lassen als sieben. Also: Warum haben diese Kerle jeden mitgenommen, der sich zum Zeitpunkt des Überfalls in der Filiale aufgehalten hat?«

»Damit es keine Zeugen gibt«, antwortete Bredeney nach kurzem Überlegen.

Verhoeven nickte eifrig. »Zeugen wofür?«

»Keine Ahnung.«

»Möglicherweise für etwas, das einer von ihnen gesagt hat«, fuhr Verhoeven fort, indem er wieder an die Reflexion auf dem Panzerglas dachte. »Angenommen, sie hätten tatsächlich explizit nach Lieson gefragt. Und als sie mitgekriegt haben, dass sie falschliegen, mussten sie notgedrungen sämtliche Ohrenzeugen mitnehmen, damit uns auch ja keiner erzählt, wer das eigentliche Ziel der ganzen Operation gewesen ist.«

211

»Die Sache hat nur einen Haken«, wandte Bredeney ein.

»Welchen?«

»Sie verraten's euch jetzt indirekt.«

Verhoeven blickte den langen, staubigen Gang hinunter. »Vielleicht bauen sie darauf, dass wir uns nichts dabei denken, wenn sie den Filialleiter als Geldboten verlangen. Frei nach dem Motto: Bloß keinen Polizisten als Mittelsmann.«

»Also, wenn *ich* einer von denen wäre«, sagte Bredeney, »dann wäre mir klar, dass ich mit einer Handvoll Geiseln zwar 'ne ganze Menge erreichen kann. Aber mir wäre genauso klar, dass den Behörden, mit denen ich zu tun habe, gewisse Grenzen gesetzt sind.«

»Was meinst du mit Grenzen?«

»Ethische Grenzen.« Bredeney zuckte seine dürren Schultern. »Wenn du mich fragst, wird kein Verhandler dieser Welt einem bewaffneten Geiselnehmer einen Zivilisten ausliefern, wenn er sicher sein kann, dass der Betreffende diesen Zivilisten töten wird, sobald er ihn in die Finger bekommt.«

»Tja, ich fürchte, genauso sieht's aus«, sagte Richard Goldstein hinter ihnen. Der Unterhändler lehnte in der Tür zur Einsatzzentrale, wo er sich noch einmal auf den neuesten Stand hatte bringen lassen.

»Und wie lautet Ihre Strategie?«, fragte Bredeney, indem er mit unverhohlener Neugier Goldsteins Basecap anstarrte. Wahrscheinlich suchte er nach dem ominösen Einschussloch. Aber bis auf einen schmalen Riss an der rechten Außenseite schien die Kopfbedeckung intakt zu sein. »Ich meine, diese Typen werden doch bestimmt ziemlich sauer werden, wenn sie mitkriegen, dass Sie ihnen nicht entgegenkommen.«

»Im Augenblick wissen wir noch nicht mit letzter Sicherheit, wie viel ihnen tatsächlich an Lieson gelegen ist«, antwortete Goldstein. »Es besteht durchaus die Möglichkeit, dass sie sich unter gewissen Umständen darauf einlassen, nur das Geld zu bekommen.«

Verhoevens Augen glitten über das ausdrucksvolle Gesicht des Unterhändlers, und er fand, dass dessen Worte nicht gerade überzeugend klangen.

»Im Allgemeinen ist es das Hauptziel eines jeden Geiselnehmers, davonzukommen«, fuhr Goldstein fort. »Aber in diesem speziellen Fall scheinen die Dinge ein wenig anders zu liegen. Gleichwohl haben wir es nicht mit Terroristen zu tun, denen es in der Hauptsache darum geht, möglichst viele Opfer zu hinterlassen, sondern mit Menschen, die ein konkretes Ziel verfolgen. Dieses Ziel zu kennen kann – zumindest für eine gewisse Zeit – ein unschätzbarer Vorteil sein.«

Verhoeven sah die Bemerkung, die Oskar Bredeney auf der Zunge lag. *Ich denke, wir kennen dieses Ziel längst. Und trotzdem habe ich ganz und gar nicht das Gefühl, dass wir im Vorteil sind. Im Gegenteil ...*

»Abgesehen davon kommt auch noch ein weiterer Faktor ins Spiel.« Goldstein nahm sein Basecap ab, setzte es jedoch umgehend wieder auf. »Die Entführer sehen sich gerade mit einer Situation konfrontiert, die sie in dieser Form nicht vorausahnen konnten. Und je länger diese Situation andauert, desto nervöser werden sie.«

Wenn uns das irgendwie beruhigen soll, funktioniert es nicht, dachte Verhoeven, und er fühlte, wie sich eine leise Gänsehaut über seinen Körper breitete.

»Nach meinen Erfahrungen spielt die Zeit in aller Regel für uns als Ermittler«, setzte Goldstein hinzu, als wisse er genau, was in seinen Gesprächspartnern vorging. »Nur fürchte ich, dass es in diesem Fall genau anders herum sein wird.«

»Das bedeutet also, Sie werden den Kerlen das Blaue vom Himmel versprechen müssen, um sie ruhigzustellen«, schloss Bredeney.

»Natürlich.«

»Und wie lange geht so was gut?«

»Kommt drauf an.«

»Worauf?«

»Wie clever sie sind und wie wichtig ihnen Lieson ist«, antwortete der Unterhändler. »Falls sie nicht auf ihn verzichten wollen, werden ihre Geiseln im selben Moment, in dem ihnen klar wird, dass wir ihn nicht liefern können, zu nutzlosem Ballast für sie.«

Verhoeven zuckte leise zusammen, auch wenn ihm diese unangenehme Wahrheit durchaus bewusst gewesen war.

»Sie brauchen keine Geiseln, um sich den Fluchtweg frei zu räumen, weil wir ihren Aufenthaltsort ohnehin nicht kennen«, fuhr Goldstein fort, und in seinen Augen erkannte Verhoeven dieselbe grimmige Entschlossenheit, mit der sein alter Mentor Karl Grovius unliebsame Wahrheiten verkündet hatte. »Und der Umstand, dass diese Männer bereits einen Menschen getötet und auf eine ganze Reihe von anderen geschossen haben, ist in meinen Augen auch nicht gerade beruhigend.«

Bredeney schob seine knochigen Hände in die Taschen seines Ledermantels. »Weil es ihnen auf ein paar mehr Tote dann nicht mehr ankommt?«

»Weil sie wissen, dass sie für den Rest ihres Lebens im Knast landen, wenn wir sie erwischen.«

Zumindest einer von ihnen, korrigierte Verhoeven den Unterhändler im Stillen. Einer dieser Männer ist bereits zum Mörder geworden. Und ein anderer hat auf Passanten geschossen. Folglich bleiben zwei, die sich – zumindest nach unserem augenblicklichen Kenntnisstand – noch nicht die Finger schmutzig gemacht haben.

»Eine Einschätzung ist natürlich immer schwierig, solange man noch keinen Kontakt hat«, murmelte Goldstein. »Aber so, wie ich die Sache sehe, haben diese Leute nicht allzu viel zu verlieren.«

4 Vorsichtig, Millimeter für Millimeter, schob Winnie Heller den Kopf über den Grubenrand. Sie spürte die Blicke der anderen in ihrem Rücken wie Dolche und dachte, dass sie vielleicht schon deshalb keinen Wächter brauchten, weil es unter ihnen jemanden gab, der mit den Entführern gemeinsame Sache machte. Und der im Notfall Alarm schlagen würde.

Trotzdem versuchte sie, sich ganz auf ihre Mission zu konzentrieren.

Die Oberfläche der eisernen Stufen hatte eine Struktur, ein bisschen wie überdimensionale Legosteine, sodass sie einigermaßen sicher stand, auch wenn die Treppe genau wie der Rest der Fabrikanlage den Eindruck von maroder Brüchigkeit vermittelte. Winnie Heller setzte den Fuß auf die nächste Stufe und verlagerte dann vorsichtig ihr Gewicht. Sie rechnete jede Sekunde damit, dass jemand sie anbrüllen oder gar auf sie schießen würde, aber obwohl sie mittlerweile bereits recht komfortabel über den Rand blicken konnte, passierte nichts. Also Risiko! Sie holte tief Luft und richtete sich zu ihrer vollen Größe von nicht gerade üppigen eins vierundsechzig auf. Das Licht, das zu ihnen in die Grube hinunter schwappte, kam aus einem erleuchteten Raum rechts von ihr. Dort schien eine Lampe zu brennen und darüber hinaus auch ein Fernseher zu laufen. Zumindest mischte sich etwas unruhig Blauflackerndes in das matte Licht, das der Raum verströmte, auch wenn Winnie Heller nichts hören konnte, das ihre Annahme bestätigt hätte. Keinen Nachrichtensprecher, keine Musik, keinen Ton. Auch keine Gesprächsfetzen oder sonst etwas, das auf die Anwesenheit der vier Entführer hingedeutet hätte.

Sie zog den anderen Fuß nach und kletterte noch eine Stufe höher.

Der Raum, in den sie blickte, war weitläufig. Nach oben hin schien es überhaupt keine Begrenzung zu geben, zumindest reichte das Licht, das aus der rechten Türöffnung drang, nicht aus, um den Raum bis hinauf zur Decke zu erhellen. Wo der karge Widerschein endete, lauerte tiefe, unfassbare Finsternis. In der Wand, die unmittelbar vor ihr lag und die sie aufgrund der·Entfernung von etwa fünfzehn bis zwanzig Metern nur schemenhaft erkennen konnte, schien es zwei weitere Türen zu geben. Oder vielmehr Türöffnungen. Schattige Rahmen, hinter denen noch schwärzere Düsternis schwebte. Das Ganze wirkte seltsam irreal, vermutlich, weil die Dunkelheit dem Raum die Konturen raubte. Winnie Heller starrte eine der Türöffnungen an und versuchte sich daran zu erinnern, wie sie gegangen waren, vorhin. Gefesselt und mit verbundenen Augen. Gut möglich, dass sie durch die mittlere der drei Türen gekommen waren. Ja, wahrscheinlich sogar. Immerhin hatten die Entführer sie ein längeres Stück geradeaus geführt, bevor die Stufen gekommen waren. Daran erinnerte sie sich plötzlich. Sie tastete nach dem wackligen Geländer an der linken Treppenseite und zog sich mit aller gebotenen Vorsicht noch ein Stück höher. Wenn sie da wären, hätten sie längst geschossen, versuchte sie sich selbst Mut zuzusprechen, während sie inständig hoffte, dass ihre Mitgefangenen sich auch weiterhin still verhalten würden. Kommt bloß nicht auf die Idee, mich aufzuhalten, flehte sie stumm, indem sie den Fuß beherzt auf die nächsthöhere Stufe setzte. Und noch immer blieb in dem Raum über ihr alles still.

Also noch eine Stufe.

Und noch eine.

Irgendjemand unter ihr hielt hörbar den Atem an, als sie die letzte der Stufen erreichte. Doch Winnie Heller kümmerte sich nicht weiter darum, sondern verschwand tief gebückt im Schatten hinter der Treppe. Der lose Mörtel, der überall herumlag, machte es beinahe unmöglich, sich leise zu bewegen, und es fiel ihr ganz und gar nicht leicht, sich zu orientieren, aber links von ihr ragte irgendetwas aus dem Schatten. Sie lief darauf zu und ertastete ein rostiges Ölfass, das zumindest einen Hauch von Deckung bot. Ihr Herz schlug vor Aufregung bis zum Hals, als sie dahinter in die Knie ging und den Kopf wandte. In ihrem Rücken, vielleicht fünf oder sechs Meter hinter Grube, erhob sich die bröcklige Backsteinmauer, die sie von unten nur vage hatte erahnen können. Ihre Augen tasteten sich über die Wand, doch auf dieser Seite schien es weder Türen noch Fenster zu geben. Nur diese marode Mauer, die hinter ihr aufragte wie ein düsteres graues Gebirgsmassiv.

Also blieb nur die andere Seite!

Drei Türen. Links, Mitte, rechts.

Wenn ich nur wüsste, wo diese elenden Mistkerle stecken, dachte Winnie Heller.

Na wo wohl?, höhnte ihr Verstand. *Glaubst du, die hocken irgendwo im Dunkeln rum, während in einem anderen Raum der Fernseher läuft?*

Sie blickte wieder zu der erleuchteten rechten Türöffnung hinüber. Konnte sie es schaffen, ungesehen eine der beiden anderen Türen zu erreichen? Immerhin war es gut möglich, dass hinter einer der beiden ein Ausgang lag. Ein Weg in die Freiheit. Andererseits würde sie, um dorthin zu gelangen, mitten durch den Lichtkegel laufen müssen, der aus dem rechten Raum fiel. Und selbst wenn sie es schaffte, wie sollte es weitergehen? *Wie willst du wegkommen von hier?*, überlegte sie. *Wenn dich dein Gefühl nicht getäuscht hat, liegt dieses verdammte Gebäude, in das sie euch gebracht haben, inmitten von Garnichts. Außerdem kannst du die anderen nicht einfach so zurücklassen. Wenn diese Kerle erst mal mitgekriegt haben, dass eine ihrer Geiseln fehlt … Wer weiß, wie sie reagieren!*

Winnie Heller starrte das erleuchtete Viereck an. Hörte sie jetzt nicht doch so etwas wie Stimmen? Sie richtete sich auf und lauschte angestrengt. Ja, da war etwas! Etwas, das sie zuvor nicht gehört hatte!

Fernseher oder Gespräch?

Fernseher od…

Sie erstarrte, als sie aus den Augenwinkeln eine Bewegung wahrnahm. Die linke Türöffnung, ganz klar, doch die Zeit reichte nicht mehr aus, um wieder in Deckung zu gehen. Sie konnte nur noch den Atem anhalten und hoffen, dass das Dunkel um sie herum groß genug war. An seiner Statur erkannte sie, dass es der Mantel-Mann war. Bernd, der Brutalo. Er trat aus dem Dunkel hinter dem Türrahmen, und als von rechts ein wenig Licht auf ihn fiel, sah Winnie Heller, dass er die Hand noch am Reißverschluss seiner Hose hatte. Offenbar kam er gerade vom Pinkeln.

Kurz hinter der Tür blieb er stehen und reckte seinen massigen Rücken, und erst jetzt wurde ihr bewusst, dass er keine Maske trug. Dass sie sein Gesicht sehen konnte!

Scheiße, dachte sie, aber sie sah auch nicht weg.

Der Mann war blond, ein nordischer Typ, glattrasiert mit kantigen Zügen und schmalen, mitleidlosen Lippen. Obwohl sein Pullover recht dünn zu sein schien, trug er weder Jacke noch Mantel. Anscheinend verfügte er von Natur aus über genügend Eigenwärme, um selbst hier, in der klammen Kühle einer verlassenen Fabrikanlage, nicht zu frieren. Winnie Heller biss sich auf die Lippen, während ihr selbst ein Kälteschauer nach dem anderen über den Rücken lief. Trotzdem stand sie ganz still. Ihre einzige Hoffnung lag darin, dass er sie übersehen würde. Dass dieser Kelch irgendwie an ihr vorüberging.

Nicht atmen. Nicht bewegen. Am besten nicht einmal denken.

Brutalo-Bernd spuckte etwas in die Dunkelheit neben sich und schob beide Daumen in den Bund seiner Hose. Dann schlenderte er langsam, fast gemütlich auf das unstete Licht zu, das aus dem anderen Raum fiel. Seltsamerweise machte er dabei trotz des sandigen Bodens so gut wie kein Geräusch. Zumindest konnte Winnie Heller keine Schritte hören. Und automatisch musste sie daran denken, wie mühelos, beinahe elegant der Mann seine Massen herumgewirbelt hatte, um Iris Kuhn zu erschießen.

Er hat Spaß daran, dachte sie. Dieser Kerl ist ein Sadist!

Kurz vor dem erleuchteten Türrahmen blieb er plötzlich stehen und bückte sich nach irgendetwas. Bei dieser Gelegenheit fiel Winnie Heller auf, dass er seine Lederschuhe gegen ein Paar Sneaker getauscht hatte. Zugleich verspürte sie mit einem Mal wieder dieselbe Nervosität, die sie empfunden hatte, als er mit dem Wasserbecher für Iris Kuhn aufgetaucht war. *Möchte vielleicht sonst noch jemand von Ihnen einen Wunsch äußern?* Er hat mich gesehen, hämmerte eine Stimme hinter ihrer Stirn, während sie das unangenehme Gefühl hatte, dass ihr Körper ins Schwanken geriet. Dieser Kerl ist ein Profi, und sein Instinkt hat ihm längst verraten, dass ich da bin.

Oder?

Was machte er jetzt?

Warum, zum Teufel, verschwand er nicht endlich zu seinen Kumpels und sah sich die neuesten Nachrichten an? Immerhin sollte man sich doch wohl auf dem Laufenden halten, wenn man eine Handvoll Geiseln in seiner Gewalt hatte, oder nicht?!

Sie schielte wieder nach rechts, bis ihre Augen vor Anstrengung zu tränen anfingen, aber sehr zu ihrem Leidwesen stand Brutalo-Bernd noch immer wie festgefroren am selben Platz. Und … Ja, verdammt, jetzt blickte er in ihre Richtung!

Vor lauter Schreck hatte Winnie Heller das Gefühl, ihr Herzschlag setze aus. Hatte er sie vielleicht doch gesehen? Wie tief war das Dunkel, das sie umgab? Reichte die Finsternis aus, um sie vor ihm zu verbergen?

Instinktiv spannte sie die Muskeln an und machte sich darauf gefasst, sich zu Boden zu werfen. Sie bezweifelte keine Sekunde, dass er seine Waffe ziehen und schießen würde, sobald er sich sicher war. Und so, wie er stand, hatte sie nicht die geringste Chance, an ihm vorbei zu kommen, um vielleicht die mittlere Tür zu erreichen.

Also still sein und hoffen.

Dass sie sich getäuscht hatte.

Dass er zu dem Schluss kam, sich getäuscht zu haben.

Was auch immer …

Winnie Heller hörte ein Knirschen und setzte bereits zu einem Hechtsprung an. Doch dann bemerkte sie voller Erleichterung, dass der Geiselnehmer sich abgewandt hatte und direkt auf das erleuchtete Viereck des Türrahmens zuging.

Ja, du verdammter Mistkerl, so ist's gut! Verschwinde endlich, na los doch, hau ab, du Drecksack!

Als er die Tür erreicht hatte, blickte er ein letztes Mal über seine Schulter zurück. Und wieder sah er dabei genau in ihre Richtung. Die hellen Augen des Mannes leuchteten Winnie Heller quer durch die Dunkelheit entgegen, und dieses Mal, das hätte sie schwören können, blinzelte er ihr zu …

5 »Lieson tobt wie ein Stier«, verkündete Goldstein, indem er sein Handy in die Halterung an seinem Gürtel zurückschob und den Sicherheitsgurt wieder anlegte, den er zwischenzeitlich gelöst hatte, um mehr Bewegungsfreiheit zu haben.

Verhoeven starrte auf das Rot der Ampel vor sich. »Weil er nicht nach Hause darf?«

»Statt froh zu sein, dass wir ihn nicht geradewegs ins Messer laufen lassen, zieht dieser Idiot es vor, sich in seiner so genannten Freiheit beschnitten zu fühlen«, brummte Goldstein anstelle einer Antwort. »Bleibt nur zu hoffen, dass er keinen Unsinn macht. Und dass nichts durchsickert.«

Sie waren auf dem Weg zum Privathaus des Bankers, von wo aus Monika Zierau sie beständig auf dem Laufenden hielt.

Inger Lieson hatte angegeben, sich bereits seit geraumer Zeit beobachtet zu fühlen. Wann es begonnen hatte und woran genau sie diesen Eindruck festmachte, hatte sie hingegen nicht sagen können. Es sei nichts weiter als ein Gefühl gewesen, hatte sie wieder und wieder beinahe entschuldigend beteuert. Ein vager, durch nichts zu belegender Instinkt, der genauso gut falsch sein konnte.

Verhoeven schaltete in den ersten Gang und dachte, dass Gefühle wie diese vermutlich selten ohne triftigen Grund entstanden. Und dass die Ereignisse der letzten Stunden Inger Liesons Instinkten recht gegeben hatten.

Er schielte kurz zu Goldstein hinüber, der jedoch tief in Gedanken versunken schien. Aber der erfahrene Unterhändler sah nicht friedlich aus. Im Gegenteil. Die tiefen Schatten, die auf seinen ausdrucksvollen Zügen lagen, veranlassten Verhoeven, ein Gespräch zu beginnen. Schon um Richard Goldstein von der Last seiner Gedanken zu erlösen.

»Sagen Sie«, bemühte er das erstbeste Thema, das ihm auf die Schnelle einfiel, »ist Ihre Mütze eigentlich wirklich eine Art Glücksbringer?«

Goldstein schmunzelte. Ein seltsam wehmütiges Schmunzeln. »Nein«, sagte er nach einer Weile, und es klang, als müsse er sich selbst erst darüber klar werden, was er dachte. »Ich würde nicht sagen, dass sie ein Glücksbringer ist.«

»Sondern?«

Verhoeven rechnete fast damit, dass der Unterhändler die Antwort auf diese Frage verweigern würde. Aber er täuschte sich.

»Ich denke, sie ist eine Warnung.«

»Eine Warnung wovor?«, fragte Verhoeven, den die Sache allmählich zu interessieren begann. »Vor schießwütigen Irren?«

Goldstein nahm das Basecap ab und drehte es nachdenklich in den Händen hin und her, während er mit unbewegter Miene aus dem Seitenfenster blickte. »Dieses Ding erinnert mich an die allgegenwärtige Möglichkeit des Scheiterns.«

Er ist hier, weil man sagt, dass er seinen Job versteht, flüsterte Werner Brennicke in Verhoevens Kopf. *Und von ein paar Ausrutschern einmal abgesehen, mag das auch durchaus zutreffen.*

Es mag zutreffen, wiederholte Verhoeven in Gedanken. Von jemandes Qualität überzeugt zu sein klingt irgendwie anders. Laut sagte er: »Ist es denn sinnvoll, sich an die Gefahr des Scheiterns zu erinnern, wenn man tun muss, was Sie tun müssen?«

Und auf einmal wandte Goldstein doch den Kopf. Verhoeven konnte den Adlerblick des anderen auf seiner Wange fühlen.

»Ich kann ein ziemliches Arschloch sein«, erklärte er, als sei ein solches Eingeständnis die selbstverständlichste Sache der Welt. »Genau genommen war ich schon während meiner Ausbildung ein verdammt arroganter Hund. Und wenn ich mir nicht ständig selbst in den Hintern treten würde, wäre ich das noch heute, darauf können Sie Ihre Pension verwetten. Andererseits ist Arroganz das Letzte, was Sie brauchen können, wenn Sie meinen Job machen. Und ich hänge an diesem Job.« Er hielt kurz inne und wandte den Blick ab. »Und weil ich an diesem Job hänge, trage ich die verdammte Mütze und hoffe, dass sie mich die nötige Demut lehrt, um das, was ich tun muss, so zu tun, dass es den größtmöglichen Erfolg verheißt.«

Quoten, dachte Verhoeven befremdet. Alles, worum es diesem Mann geht, ist ein guter Schnitt. Siebzig Prozent der Geiseln haben überlebt. Drei von vier. Acht von zwölf. Was auch immer …

»Und was, denken Sie, wäre in unserem Fall der größtmögliche Erfolg?«, fragte er bewusst provokant.

»Zeit«, antwortete Goldstein, ohne sich auch nur im Mindesten aus der Reserve locken zu lassen. »Der alles entscheidende Faktor in diesem Fall ist die Zeit.«

»Die für oder gegen uns spielt?«, stichelte Verhoeven, als ihm ein eklatanter Widerspruch in den Aussagen des Unterhändlers bewusst wurde.

»Beides«, entgegnete dieser nach kurzem Zögern.

»Inwiefern?«

»Wir brauchen Zeit, um herauszufinden, wo sich die Geiseln befinden. Andererseits verschärft jede Stunde, die vergeht, die Situation der Entführten. Und mit jeder Verschärfung der Lage steigt die Gefahr einer Eskalation.«

»Sie denken an Jussuf Mousa?«

»Ja«, entgegnete Goldstein gedankenverloren. Die Ehefrau des Marokkaners hatte angegeben, dass ihr Mann immer eine seiner Herztabletten bei sich trug, für den Fall, dass er später nach Hause kam oder sonstwie aufgehalten wurde. Was bedeutete, dass er zumindest für den heutigen Abend noch versorgt war. »Daran auch.«

Und woran sonst?, war die Frage, die Verhoeven auf der Zunge lag, doch das Funkgerät knackte, bevor er dazu kam, sie zu stellen.

»Luttmann hier«, plärrte die Stimme des jungen Kriminaltechnikers aus den Lautsprechern neben dem Gebläse. »Wir haben gerade Informationen über eine Serie von Banküberfällen im tschechischen Grenzgebiet reinbekommen, die – zumindest von der Vorgehensweise her – mit unserem Fall zusammenhängen könnte.«

Verhoeven merkte, wie seine Hände feucht wurden.

»Lass hören«, sagte Goldstein.

»Genau wie in unserem Fall waren es immer zwei Täter, die den Job in der Bank erledigt haben, und dazu noch ein Dritter, der den Fluchtwagen steuert«, erklärte Luttmann. »Die erbeuteten Geldbeträge sind nie besonders hoch gewesen. Im Durchschnitt etwa zwanzigtausend Euro.«

»In welchem Zeitraum fanden diese Überfälle statt?«, erkundigte sich Goldstein voller Interesse.

»Angefangen hat es 1999«, antwortete Luttmann. »Die Abstände zwischen den einzelnen Delikten sind relativ groß, vor allem, wenn man bedenkt, wie wenig letztendlich dabei rumgekommen ist. Aber der letzte Fall liegt erst ein knappes Jahr zurück.«

»Und sind dabei auch Personen zu Schaden gekommen?«

»Ja, allerdings nur ein einziges Mal«, entgegnete Luttmann. »In Neudeck wurde eine Kassiererin erschossen.«

»Warum?«, fragte Goldstein, und Verhoeven fand, dass die Frage irgendwie absurd klang. Als ob es tatsächlich so etwas wie einen plausiblen Grund dafür gäbe, erschossen zu werden.

»Ich dachte mir schon, dass du das wissen willst«, schepperte Luttmanns Stimme aus den Lautsprechern. »Aber bislang kann ich dir leider noch nichts dazu sagen.«

»Habt ihr die Akte angefordert?«

»Was denkst du denn«, gab der junge Kriminaltechniker zurück.

»Und macht gefälligst ein bisschen Druck«, sagte Goldstein. »Es ist wichtig, dass wir zumindest eine leise Vorstellung davon bekommen, mit was für Typen wir es hier eigentlich zu tun haben.«

»In diesem Zusammenhang habe ich übrigens auch noch eine andere Information für euch«, knarrte Luttmann.

»Nämlich?«

»Dieser Name, den der Wortführer am Telefon verwendet hat …« Er räusperte sich. »Der geht zurück auf den letzten König der Ostgoten.«

Goldstein runzelte die Stirn.

»Der historische Teja fiel im Jahr 552 nach Christus in der Schlacht am Milchberg, nachdem er sich mit seinen Leuten im Kampf gegen Narses in eine Felsenschlucht des Vesuvs geflüchtet hatte. Dass der Name hierzulande nicht besonders gebräuchlich ist, kannst du dir vermutlich denken. Allerdings war er in den Achtzigerjahren des vorletzten Jahrhunderts mal eine Zeitlang recht populär, was in erster Linie einem Roman von Felix Dahn geschuldet ist, der sich damals großer Beliebtheit erfreute. Und der heißt …« Luttmann stutzte und musste offenbar nachschauen. »Das Buch heißt *Kampf um Rom* und behandelt den schicksalhaften Niedergang des Ostgotenreiches.«

»Was halten Sie davon?«, fragte Goldstein, an Verhoeven gewandt.

»Einen derart abseitigen Namen wählt man kaum aus Zufall.«

Der Unterhändler nickte. »So sehe ich das auch.«

»Vielleicht heißt dieser Kerl ja tatsächlich so«, gab Luttmann, der zugehört hatte, zu bedenken.

Doch Goldstein winkte ab. »Halte ich für äußerst unwahrscheinlich«, murmelte er laut genug, dass Luttmann ihn hören konnte. »Trotzdem wird er natürlich einen triftigen Grund haben, sich ausgerechnet so zu nennen. Und genau dieser Grund ist es, der uns zu interessieren hat.« Er fuhr sich mit beiden Händen durch die raspelkurzen Haare und setzte anschließend sein Basecap wieder auf. Ein wenig schief, wie Verhoeven aus den Augenwinkeln registrierte. Dann sah er wieder zum Seitenfenster hinaus. »Meiner Erfahrung nach beruht das Wenigste, was Menschen tun, auf Zufällen und Willkürlichkeiten«, sagte er wie zu sich selbst. »Und gottlob verhält sich dergleichen auch bei Verbrechern nicht anders.« Er schob die Unterlippe vor und tastete nach seinen Zigaretten, bevor er weitersprach: »Nehmen Sie zum Beispiel diesen Serienmörder, der seit Jahr und Tag oben in Norddeutschland sein Unwesen treibt und kleine Jungen tötet.«

Verhoeven nickte kurz, um zu signalisieren, dass er wusste, wovon die Rede war.

»Der Kerl holt sich einen Jungen aus einem Schullandheim in der Nähe von Hannover, und anschließend legt er dessen Leiche in Dänemark ab«, fuhr Goldstein fort. »Das mag auf den ersten Blick willkürlich aussehen, aber natürlich geschieht es aus einem ganz bestimmten Grund … Dass die ermittelnden Kollegen diesen Grund nicht – oder noch nicht – kennen, bedeutet jedoch nicht, dass es ihn nicht gibt.« Er seufzte. »Was ich sagen will, ist,

224

dass unser Täter von Hannover aus Dutzende und Aberdutzende von Möglichkeiten hätte, ein paar hundert Kilometer weit zu fahren. Nordwärts, südwärts, westwärts, ostwärts. Links oder rechts, Autobahn oder Landstraße und so weiter und so fort. Und aus all diesen Möglichkeiten wählt er eine ganz bestimmte Strecke, um mit dem Kind an einen ganz bestimmten Ort zu gelangen.« Sein Blick wurde unscharf. »Damit allerdings hat er denen, die ihn jagen, etwas über sich verraten. Und je mehr dieser Dreckskerl von einem Kinderschänder über sich verrät, desto wahrscheinlicher wird es, dass sie ihn erwischen.« Er zog die Schachtel mit seinen Zigaretten, die sich bereits deutlich verschlankt hatte, aus der Hosentasche und hielt sie fragend in die Höhe.

Verhoeven war nicht gerade glücklich darüber, dass der Unterhändler in seinem Privatauto rauchen wollte, aber er nickte und schob die Abdeckung des Aschenbechers zurück.

»Und wer weiß...« Goldstein setzte die Zigarette in Brand, und auf seinem Gesicht erschien unvermittelt ein neuer Ausdruck. Der Ausdruck von Zufriedenheit, wie Verhoeven verwundert feststellte, mit einem Hauch jener Arroganz, von der der studierte Soziologe zuvor selbst gesprochen hatte.

»Wer weiß ... was?«, hakte er nach, als er merkte, dass Goldstein nicht von sich aus weitersprechen würde.

»Ich bin nicht sicher«, sagte der Unterhändler leise. »Aber ich könnte mir vorstellen, dass unser Freund aus der Bank sich eines Tages noch wünschen wird, er hätte sich uns als Paul oder Henry vorgestellt.«

Eines Tages, echote Verhoeven sarkastisch. Und mit jeder Stunde, die vergeht, verschärft sich die Situation der Geiseln. Die Entführer werden nervöser. Die Nerven liegen blank. Und irgendwann geschieht etwas, das das Fass zum Überlaufen bringt.

6 Warum hat dieser Bernd mich nicht verpfiffen? Habe ich mir sein Zwinkern am Ende vielleicht doch nur eingebildet? Warum lebe ich noch? Und was, zur Hölle, hat dieses elende Arschloch vor?

Es waren Fragen wie diese, die Winnie Heller durch den Sinn gingen, als sie mit zittrigen Knien die Stufen der Eisentreppe hinunterstieg, wo sie von ihren Mitgefangenen bereits erwartet wurde.

»Und?«, fragte Quentin Jahn mit angespannter Miene, während Horst Abresch ihr in einer Mischung aus Erleichterung und Anerkennung auf die Schulter klopfte. »Wie sieht's dort oben aus?«

Winnie Heller beschrieb, was sie bei ihrem kurzen Ausflug in den Raum über der Grube gesehen hatte, ohne jedoch ihre Begegnung mit dem Mantel-Mann zu erwähnen. Die anderen mussten schließlich nicht unbedingt wissen, wie knapp sie dem Tod entronnen war. Auf diese Weise brauchten sie wenigstens auch nicht darüber nachzudenken, was vielleicht noch daraus folgen würde.

Als sie geendet hatte, blickte Quentin Jahn mit nachdenklicher Miene zum Grubenrand hinauf. »Drei Türen, ja?«

Sie nickte.

»Also könnte man vielleicht darüber nachdenken, ob man nicht …«

»Nein«, unterbrach sie ihn gleich wieder. »Das halte ich für keine gute Idee.«

»Aber Sie sagten doch …«

»Ich denke, wir sollten uns ruhig verhalten«, fiel sie ihm abermals ins Wort. »Unter den gegebenen Umständen wäre es sehr unklug, wenn wir unser Leben riskieren, um am Ende vielleicht vor einem verschlossenen oder verbarrikadierten Ausgang zu stehen. Noch dazu, wo die Polizei vermutlich schon längst alle Hebel in Bewegung gesetzt hat, um uns hier rauszuholen.«

Der Blick, den Jenna ihnen von der hinteren Grubenwand aus zuwarf, sprach Bände. *Tja, Leute, genau das habe ich von Anfang an gesagt. Aber auf mich hört ja hier keiner …*

Neben ihr, auf der Matratze, hatte Evelyn sich Schuhe und Strümpfe ausgezogen und massierte mit konzentrierter Miene ihre Füße. Die Nägel waren in einem sanften Pfirsichton lackiert und sahen aus wie Perlen an einer Kette. Ihr Gesicht hingegen wirkte noch immer maskenhaft leer, und Winnie Heller fragte sich, ob sie überhaupt mitbekam, wovon hier gerade die Rede war.

»Diese Kerle sind Profis«, wandte sie sich abermals an Quentin, als sie merkte, dass sie den Zeitschriftenhändler nach wie vor nicht überzeugt hatte. »Darüber dürfen wir uns auf keinen Fall hinwegtäuschen. Und wer weiß, was sie alles unternommen haben, um das Gebäude zu sichern.« Sie zuckte mit den Achseln. »Vielleicht haben sie Bewegungsmelder installiert. Oder Sprengfallen. Oder sonst irgendwas, von dem wir nichts ahnen. Immerhin müssen sie jederzeit damit rechnen, dass die Polizei das Gebäude stürmt, wenn sie erst mal herausgefunden hat, wo wir sind.«

Diesen letzten Satz hätte sie sich besser gespart, wie ihr schmerzlich bewusst wurde, als sie Jennas entsetztes Gesicht sah.

»Oh, mein Gott«, keuchte die Blondine. »Sie meinen …?«

Na klasse! Wirklich toll gemacht, Winnie Heller! Jag diesem kleinen blonden Mäuschen nur ordentlich Angst ein, damit sie irgendwann endgültig davon überzeugt ist, dass die Kollegen von der Polizei eine Bedrohung darstellen, die es mit allen Mitteln zu bekämpfen gilt. Das erhöht unsere Chancen, mit heiler Haut hier rauszukommen, bestimmt ungemein!

»Ach, was weiß denn ich, was diese Typen planen oder nicht planen«, bemühte sie sich, die Sache wieder ein paar Grad herunterzukochen. »Wahrscheinlich sehe ich einfach zu viele Filme.«

»Nein, nein, Sie haben ganz sicher recht«, widersprach Horst Abresch in dem sicherlich gut gemeinten, im Ergebnis aber wenig hilfreichen Versuch, sie zu unterstützen. »Diese Männer scheinen ganz und gar nicht dumm zu sein. Also haben sie bestimmt auch einen möglichen Zugriff durch ein Spezialkommando in Erwägung gezogen und sich entsprechend vorbereitet.«

Na, herzlichen Dank auch, du Idiot!, dachte Winnie Heller, als sie sah, dass Jennas Panik aufs Neue hochkochte.

»Und was dann?«, quiekte die blonde Bankangestellte vollkommen verängstigt, indem sie sich von ihrem Platz erhob und ziellos durch die Grube stolperte. »Was, wenn sie tatsächlich kommen und wenn dann geschossen wird und all so was? Was machen wir dann?«

»So seien Sie doch ein bisschen leiser, um Gottes willen«, mahnte Abresch mit sorgsam gedämpfter Stimme. »Oder wollen Sie riskieren, dass diese Kerle wütend werden und am Ende vielleicht durchdrehen?«

Doch Jenna kümmerte sich nicht um die durchaus berechtigten Sorgen ihres Mitgefangenen. In ihren ramponierten Pumps stolperte sie über die Schutthaufen hinweg, an der hinteren Grubenwand entlang und fing an, laut und hemmungslos zu schluchzen.

»Bitte«, flehte Walther Liesons Stellvertreter mit einem Hilfe suchenden Blick in Winnie Hellers Richtung. »Sie müssen sich ein bisschen mehr zusammennehmen! Sonst bringen Sie uns noch alle in Gefahr.«

So wird das nichts, dachte Winnie Heller und wollte eben handeln, als Evelyn Gorlow sich barfüßig und erstaunlich behände von ihrer Matratze erhob. Sie watschelte quer durch den Raum und verpasste der hysterisch weinenden Bankangestellten kurzerhand eine schallende Ohrfeige.

Jenna war so überrascht, dass sie augenblicklich zu weinen aufhörte und die ältere Frau mit einer Mischung aus Unverständnis und Respekt anstarrte.

Als Evelyn es bemerkte, lächelte sie leise vor sich hin. »Ich habe eine Zeitlang als Krankenschwester gearbeitet«, erklärte sie in Richtung ihrer Mitgefangenen. »Da weiß man aus Erfahrung, dass Worte bei solchen Panikattacken nicht viel helfen.«

Von wegen Hausfrau und unbeteiligt, dachte Winnie Heller grimmig. So konnte man sich täuschen!

Sie betrachtete den tiefroten Handabdruck, der sich auf Jennas linker Wange abzeichnete, und schob anerkennend die Unterlippe vor.

»Na?«, fragte Horst Abresch, indem er der noch immer verdutzten Jenna fürsorglich einen Arm um die Schultern legte. »Geht's wieder?«

Die Blondine nickte stumm vor sich hin, während Abresch sie zu ihrem Stammplatz an der hinteren Grubenwand geleitete.

Das wäre zunächst abgewendet, dachte Winnie Heller, aber ihr war klar, dass es nur eine Frage der Zeit war, bis die Nerven ihrer Mitgefangenen zu einem echten Problem werden würden. Zugleich registrierte sie, dass Evelyn zu ihr herüber sah. Und für einen flüchtigen Moment bemerkte sie in den Augen der korpulenten Krankenschwester etwas, das sie stutzig machte: das unverwechselbare Glitzern eines kühlen, analytischen Intellekts, das so gar nicht zu Evelyns verwaschenen Zügen passen wollte.

Der Ausdruck verschwand so schnell, wie er gekommen war, doch Winnie Heller war gewarnt. Wir dürfen diese Frau auf keinen Fall unterschätzen, dachte sie. Das wäre der größte Fehler, den wir machen können!

»Aber Sie haben dort oben niemanden gesehen?«, kam Quentin Jahn unterdessen noch einmal auf ihren kleinen Ausflug über den Grubenrand zu sprechen, und mit ein paar Sekunden Verzögerung wurde Winnie Heller klar, dass sie den asketischen Zeitschriftenhändler eben ganz selbstverständlich in ihre Gedanken einbezogen hatte. *Wir dürfen diese Frau auf keinen Fall unterschätzen ...*

»Nein, ich bin niemandem begegnet«, beantwortete sie Quentins Frage mit einer faustdicken Lüge. Und damit ihr Möchtegern-Verbündeter erst gar nicht auf dumme Gedanken kam, fügte sie hinzu: »Aber ich bin ja auch wirklich nur ein paar Schritte gegangen.«

Quentin schien von ihrer Antwort enttäuscht zu sein, gab sich jedoch zufrieden.

Vorerst zumindest, doch Winnie Heller fühlte, dass er wieder auf das Thema zu sprechen kommen würde. Und eigentlich hat er ja auch ganz recht, dachte sie. Falls die Kollegen aus irgendeinem Grund nicht rechtzeitig herauskriegen, wo wir sind, oder die Sache sonstwie eskaliert, wäre es nicht das Verkehrteste, wenn wir so was wie einen Plan B hätten. Sie schluckte, als ihr klar wurde, was sie da gerade gedacht hatte. Genau dasselbe hat Alpha auch gesagt. Vorhin, in der Bank. *Also Plan B.* Und plötzlich, als habe jemand in ihrem Gedächtnis einen Schalter umgelegt, fiel ihr auch noch etwas anderes ein, das der Anführer der Geiselnehmer gesagt hatte: *Nein, verdammt, nicht der. Ich meine den anderen …*

Winnie Heller zog irritiert die Stirn in Falten. Was genau hatte Alpha eigentlich damit gemeint?

Der andere.

Welcher andere? Alpha hatte zu diesem Zeitpunkt mit Iris Kuhn gesprochen, daran erinnerte sie sich. Aber in welchem Zusammenhang war dieser merkwürdige Satz gefallen?

Sie zermarterte sich das Hirn, aber sie wurde nicht fündig.

Trotzdem kam es ihr mit einem Mal vor, als ob sie auf etwas ungeheuer Bedeutsames gestoßen wäre.

Es war nicht dieser …

Es war der andere!

7 »Tun Sie mir den Gefallen, und erzählen Sie mir ein bisschen was über sie.«

»Sie meinen über Winnie?«

Richard Goldstein blies einen Schwall Rauch aus dem halb geöffneten Seitenfenster und nickte. »Wie ist sie so?«

»Sie ist eine gute Polizistin«, sagte Verhoeven, wobei er sich alle Mühe gab, sich seinen Unwillen über diese neue Richtung ihres Gesprächs nicht anmerken zu lassen.

»Ja«, lächelte Goldstein. »Ich glaube, das erwähnten Sie bereits.«

»Weil es wahr ist.«

»Und sonst?«

»Was meinen Sie?« Natürlich wusste Verhoeven ganz genau, worauf der Unterhändler hinauswollte. Aber er sollte es gefälligst selbst aussprechen. Wenigstens das.

Und Richard Goldstein zögerte keine Sekunde. »Wie ist es zum Beispiel um Frau Hellers Nerven bestellt?«

»Gut.«

»Das bedeutet, sie ist kühn?«

»Das bedeutet, dass sie ihren Job versteht.«

»Wie ist ihr Verhältnis zu Autoritäten?«

Verhoeven sah auf den düsteren Asphalt vor sich und dachte an einen windigen Abend im vergangenen September. Damals hatte Winnie Heller im Alleingang und gegen seinen ausdrücklichen Befehl ein verlassenes Schulgelände betreten, um den Trittbrettfahrer eines spektakulären Amoklaufs zu stellen, der ein paar Minuten später aller Voraussicht nach entkommen und ihnen damit ein für allemal durch die Lappen gegangen wäre. Sie hatte keine Sekunde gezögert, seine telefonischen Weisungen kurzerhand ignoriert und diesen Mut – oder Leichtsinn, je nach Lesart – beinahe mit dem Leben bezahlt.

Verhoeven schielte zu Goldstein hinüber und fragte sich, wie viel der Unterhändler tatsächlich über Winnie Heller wusste. Er hatte nicht die geringste Ahnung, was Hinnrichs damals in der Personalakte seiner Partnerin vermerkt hatte. Er wusste nur, dass er selbst die Befehlsverweigerung, die Winnie Hellers Erfolg vorausgegangen war, in seinem Bericht mit keiner Silbe erwähnt hatte. Auch wenn der eine oder andere, der damals dabei gewesen war, durchaus darum wusste.

»Frau Heller ist ein Mensch, der mitdenkt«, sagte er, als er merkte, dass Richard Goldstein neben ihm noch immer auf eine Antwort wartete. »Aber sie weiß auch, wann sie sich unterzuordnen hat.«

Goldstein sagte nichts, und Verhoeven überlegte, ob sein Schweigen wohl ein Indiz dafür war, dass er Bescheid wusste. Oder Bescheid zu wissen glaubte. Ihm war klar, dass seine Partnerin allenthalben als renitent und schwierig galt. Genauso wie sie im gesamten KK 11 für ihren schier unbändigen Eifer bekannt war. Und er konnte sich auch noch lebhaft an die Worte erinnern, mit denen Hinnrichs Winnie Heller in die Abteilung eingeführt hatte, damals am Tag nach Grovius' Begräbnis. *Sechs-*

231

undzwanzig, ledig und bis dato beim K 34. Unerfahren, aber ehrgeizig. Abschluss mit Bestnoten in Psychologie und Kriminalistik. An dieser Stelle hatte der Leiter des KK 11 eine kurze Pause gemacht und Verhoeven über den Rand seiner Brille hinweg einen seiner provokanten Blicke zugeworfen, bevor er hinzugefügt hatte: *Wenn es bei ihr irgendwo hapert, dann in puncto Sozialverhalten. Hat schon die Gruppendiskussion beim Auswahlverfahren komplett in den Sand gesetzt und auch später immer wieder Probleme bei mündlichen Prüfungen gehabt. Kurzum: Sie ist ein bisschen schwierig, aber das stört Sie ja nicht, oder?*

Verhoeven blickte kurz in den Rückspiegel und wechselte die Spur.

Schwierig, dachte er, renitent, begabt, unerfahren. Das alles mag ja durchaus zutreffen. Und doch ist es nur ein kleiner Teil der Wahrheit. Nur eine winzige Facette dessen, was man gemeinhin als Persönlichkeit bezeichnet.

»Sie sind recht einsilbig, was Ihre Kollegin betrifft«, stellte Goldstein neben ihm mit völlig wertfreier Miene fest.

»Ich sage, was wichtig ist.«

Was wichtig ist und was nicht, sollten Sie schon mir überlassen, konterte Goldsteins Blick, *immerhin bin ich derjenige mit der Erfahrung.* »Und wie würden Sie Frau Hellers Temperament beschreiben?«

Verdammt noch mal, dieser Kerl ließ doch einfach nicht locker!

»Ist sie mitfühlend? Emotional? Oder eher distanziert?«

Verhoeven dachte an die Fotografie seiner Partnerin, die in der Einsatzzentrale an der Magnettafel hing. Und an den Eindruck, den diese Fotografie aller Wahrscheinlichkeit nach bei Goldstein hinterlassen hatte. Bei ihm und bei allen anderen, die Winnie Heller nie persönlich begegnet waren. »Das alles tut meiner Meinung nach nichts zur Sache«, erwiderte er unmissverständlich ablehnend.

»Warum nicht?«

Verhoevens Finger schlossen sich fester um das Lenkrad. »Auf die Gefahr hin, dass ich mich wiederhole: Weil meine Kollegin ihren Job versteht.«

Zu seiner Überraschung lachte Richard Goldstein plötzlich laut auf. »Davon gehe ich aus.« Dann wurde der Unterhändler schlagartig ernst. »Hören Sie«, begann er, und seine Stimme zeigte eine neue Klangfarbe, von der Verhoeven sich nicht ganz sicher war, ob sie auf echten Gefühlen oder doch eher auf Goldsteins Erfahrung gründete. Auf seinem Talent, sich in einen Gesprächspartner einzufühlen und auf diesen in einer Weise einzugehen, die in seinem Gegenüber so etwas wie Vertrauen erweckte. Die Basis aller erfolgreichen Verhandlungen. »Ich kann mir gut vorstellen, dass es Ihnen so vorkommt, als ob wir Außenstehende krampfhaft versuchen, irgendwelche Schwachstellen in der Persönlichkeit Ihrer Partnerin auszumachen oder sie möglicherweise sogar zu demontieren. Aber so ist es nicht.« Er drückte seine Zigarette in den Aschenbecher unter der Mittelarmlehne und ließ das Seitenfenster herunter. Sofort strömte kühle Märzluft in den Wagen. »Weder die Qualität von Frau Hellers Arbeit noch ihr Charakter stehen hier auf dem Prüfstand«, fuhr er fort. »Und doch muss ich versuchen, so viel wie möglich über Ihre Kollegin herauszufinden. Weil genau das unsere Chancen erhöht, sie und die anderen heil da rauszubekommen.« Goldstein sah wieder nach links. In Verhoevens Richtung. »Können Sie das akzeptieren?«

Verhoeven ignorierte den Blick des Unterhändlers und blickte stattdessen starr geradeaus. Dieses ganze Gespräch widerstrebte ihm zutiefst. Schon deshalb, weil ihm in den vergangenen Stunden mehr denn je bewusst geworden war, wie wenig er selbst über seine Partnerin wusste. Wie unglaublich fremd sie einander auch nach anderthalb Jahren täglicher Zusammenarbeit noch immer waren.

Zugleich spürte er, dass er diesen Fall so persönlich nahm wie keinen anderen zuvor. Das hier ist privat, dachte er, und er erschrak, als ihm klar wurde, welch weit reichendes Zugeständnis er seiner Kollegin da gerade gemacht hatte. Ausgerechnet er, der das immer hatte trennen wollen, beruflich und privat. Der stets der Überzeugung gewesen war, dass Winnie Heller und er sich nicht verstanden und vermutlich auch nie verstehen würden.

Dass sie rein zufällig die gleiche Art von Arbeit erledigten und dass sie einander wahrscheinlich bis ans Ende ihrer Tage voller Misstrauen belauern würden. Aber die Distanz, das spürte Verhoeven in diesem Moment überdeutlich, war dahin. Zerschmolzen das Gefühl wechselseitiger Unnahbarkeit. Was blieb, war eine elementare Sorge.

»Bitte«, insistierte Goldstein neben ihm. »Erzählen Sie mir irgendetwas über Frau Heller. Etwas, das mir einen Einblick verschafft. Etwas, das mir verrät, wie sie ist. Und wie sie auf andere wirkt.«

»Ich weiß nicht«, entgegnete Verhoeven zögerlich, »aber …«

»Ja?«

»Meine kleine Tochter liebt sie.« Er hatte nicht die geringste Ahnung, warum er ausgerechnet das erwähnte. Und doch schien es ihm das mit Abstand Wichtigste zu sein, was er über seine Kollegin zu sagen wusste.

Goldstein musterte ihn eine Weile schweigend von der Seite. »Wie alt ist Ihre Tochter?«

»Nina wird sechs im August.«

»Und was machen die beiden, wenn sie zusammen sind?«

»Genau genommen …« Verhoeven stutzte und kam sich mit einem Mal entsetzlich albern vor. »Nun ja, eigentlich sind sie einander erst zweimal begegnet.«

Richard Goldstein verzog keine Miene. »Sie arbeiten jetzt seit etwas mehr als anderthalb Jahren mit Frau Heller zusammen?«

Es war ganz eindeutig eine Feststellung, keine Frage, weshalb Verhoeven von einer Antwort absah. Mehr noch, er verzichtete sogar auf ein bejahendes Nicken. Stattdessen blickte er an Goldstein vorbei auf die Hausnummern der Gebäude, die sie gerade passierten. Eigentlich mussten sie ihr Ziel fast erreicht haben.

»Haben Sie Kinder?«, fragte er, um auf den letzten Metern nicht noch einmal in die Defensive zu geraten.

»Ja, zwei Töchter.«

In Goldsteins Antwort steckte weit mehr, als die drei nackten Worte auf den ersten Blick vermuten ließen. Und Verhoeven registrierte die Botschaft, die als unausgesprochener Subtext in der Antwort mitgeschwungen hatte, mit Erstaunen. Es hatte Schwierigkeiten gegeben. Schwierigkeiten, aufgrund derer Goldsteins Kinder nichts mehr mit ihrem Vater zu tun haben wollten. Zumindest hatten die harmlosen drei Worte genau so geklungen.

Ja, zwei Töchter ...

»Tja«, beendete Verhoeven seinen misslungenen Konversationsversuch schließlich halb ironisch, halb ernst, »jedenfalls tut es mir leid, dass ich Ihnen keine wertvolleren Informationen über meine Partnerin liefern konnte.«

»Da irren Sie sich«, entgegnete Goldstein, und dieses Mal hätte Verhoeven, ohne zu zögern, ein Jahresgehalt darauf gesetzt, dass der Unterhändler tatsächlich meinte, was er da sagte. »Meiner Erfahrung nach gibt es keinen zuverlässigeren Indikator für die Qualität eines Menschen als die spontane Sympathie eines Kindes.«

Das unerwartete Bekenntnis veranlasste Verhoeven, das Tempo noch weiter zu drosseln und Richard Goldstein in die Augen zu sehen.

»Was immer Sie über meine Partnerin gehört oder nicht gehört haben mögen«, sagte er, »und was immer Sie vielleicht noch über sie hören werden. Ich für mein Teil kann Ihnen nur eins sagen: Wenn ich oder ein Mitglied meiner Familie irgendwann einmal in ernster Gefahr schweben würde, dann hätte ich ein entschieden gutes Gefühl, wenn ich wüsste, dass Winnie Heller mit der Sache befasst ist.«

8 Die Wand hinter ihr zitterte im Rhythmus ihrer Schultern. Zumindest kam es Inger Lieson so vor.

Sie hatte sich ins Schlafzimmer geflüchtet. Und die Frau, die sie befragt hatte, schien nichts dagegen zu haben. Vielleicht hatte sie sie ja tatsächlich davon überzeugen können, dass sie nichts wusste. Oder aber die Frau hatte gespürt, dass sie eine Auszeit benötigte. Immerhin war sie Psychologin.

Auf zittrigen Beinen ging Inger zum Fenster hinüber und blickte in die anbrechende Nacht hinaus. In den Häusern, die ein Stück weiter die Straße hinunter lagen, brannte hier und da Licht. Die in komfortabel kurzen Abständen aufgestellten Straßenlaternen verwandelten die knospenden Bäume und Sträucher in den Vorgärten in geheimnisvolle Schattengebilde, und alles ringsum wirkte ruhig und friedlich.

Kein Zweifel, die Nachbarn ahnten nichts. Dazu war die Polizei viel zu behutsam vorgegangen. Keine Uniformen. Keine Autos, die an der Straße parkten. Keine Auffälligkeiten. Und doch waren sie überall. Sie hatten sich um das Telefon gekümmert und das gesamte Haus auf den Kopf gestellt. Zumindest war es Inger so vorgekommen. Aber so richtig genau, das musste sie zugeben, hatte sie nicht darauf geachtet. Dafür hatte sie sich viel zu sehr auf die Befragung durch diese erschreckend dürre Psychologin und einen sachlich wirkenden Beamten in Zivil konzentrieren müssen, die ihre gesamte Aufmerksamkeit absorbiert hatte.

Ist Ihnen eine Person namens Teja bekannt?

Nein.

Auch nicht in Ihrer Vergangenheit?

(Gütiger Gott!) Nein.

Und der Name ist Ihnen auch nie in einem anderen Zusammenhang begegnet?

Nein.

Ist seine Stimme Ihnen irgendwie bekannt vorgekommen?

Sie hatte sich das Hirn zermartert. Aber ihr war nichts eingefallen. Und das, obwohl sie an und für sich ein gutes Gedächtnis für Klänge hatte. Für Klangfarben und sonstige Eigenheiten einer Stimme. Aber dieser Mann, der so plötzlich und brutal in ihr Leben eingebrochen war, dieser Mann war ihr vollkommen fremd vorgekommen. Also hatte sie »Nein« gesagt. Wieder Nein. Immer wieder. Nein, nein, nein.

Haben Sie jemals zuvor solche Anrufe bekommen?

Was für Anrufe?

Unbekannte, die mit Ihnen sprechen wollten. Jemand, der nichts sagt, aber auch nicht auflegt. Der einfach stumm in der Leitung bleibt. Etwas in dieser Art?

Nein. Leider.

Was genau meinen Sie mit leider?

(Hatte sie das tatsächlich gesagt? Leider? Warum eigentlich?) Ich meine ... Ich weiß nicht genau.

Was wissen Sie nicht?

Warum ich leider gesagt habe. Eben. (Himmel, diese Frau hielt sie unter Garantie für die letzte Idiotin! Oder, was noch schlimmer war, für eine Verdächtige.) Es ... Nun ja, es gab da mal eine Zeit in meinem Leben, in der ich darauf gewartet habe, dass mich jemand ganz Bestimmter anruft.

Wer?

Ein ... (Zögern. Zu lange natürlich.) Ein Freund.

Aber das ist jemand, zu dem Sie keinen Kontakt mehr haben?

Das ist seine Entscheidung gewesen. Nicht meine.

Bitte?

Ja, ich ... Ich meine ... Nein, wir haben keinen Kontakt mehr.

Wie lange schon?

Wie lange? Ach Gott, das muss jetzt etwa ... Das war, als ich unser ... (... Kind verloren habe? Spinnst du? Was hat denn das damit zu tun? Verdammt noch mal, Inger, pass bloß auf, was du sagst!) ... Damals arbeitete ich noch als Stewardess.

Und Sie hatten eine Affäre mit diesem Mann?

Nein. (So etwas nennt man nicht Affäre. Beim besten Willen nicht.)

Sondern?

Was?

In welcher Beziehung standen Sie zu dem Mann, der Sie nicht angerufen hat?

(Was für eine komplett idiotische Frage! In welcher Beziehung standen Sie zu einem Mann, der Sie nie angerufen hat? Als ob ihr jemand einen Spiegel vorhielte.) Wie ich schon sagte, er war ein Freund.

Weiß Ihr Mann von dieser … Freundschaft?

Nein. Warum sollte er?

Sagen Sie's mir.

Das alles war lange vor Walthers Zeit. Mehr gibt es dazu nicht zu sagen.

Und der Name?

Sven. Sven Kämmerling.

Und Sie sind ganz sicher, dass Sie nicht wissen, wo sich Herr Kämmerling im Augenblick aufhält?

Nein, leider nicht. … Ich wünschte, ich wüsste es. (Ich wünschte, er stünde auf einmal vor meiner Tür und nähme mich einfach mit. Nach Frankreich, Spanien, Portugal oder na ja, mal sehen.) Aber … Verzeihen Sie, wenn ich das frage: Was hat das alles mit dieser … Sache in der Bank zu tun?

Wissen Sie es?

Ich? Warum ich?

Na gut, dann wiederholen Sie doch bitte noch einmal, was der Mann gesagt hat. So wörtlich wie möglich!

Inger stützte sich mit den Händen auf der Fensterbank ab. Warum ich?, hämmerte es hinter ihrer Stirn. Warum ausgerechnet ich? Wieso kann man mich nicht einfach in Ruhe lassen?

»Na gut«, hatte die Psychologin gesagt. Eben. Vorhin. Jedenfalls bevor sie hier heraufgekommen war. »Von meiner Seite spricht nichts dagegen, wenn Sie sich eine halbe Stunde hinlegen. Aber bleiben Sie bitte unbedingt im Haus.« Und weiter: »Schließlich wissen wir nicht, wo diese Männer stecken. Vielleicht sind sie noch in der Nähe.«

Inger starrte die nächstgelegene Straßenlaterne an, während sich der Gedanke langsam, aber sicher auswuchs.

Der Mann, der mich angerufen hat, könnte irgendwo dort unten stehen, im Schatten einer Mauer oder Hecke. Vielleicht blickt er gerade jetzt, in diesem Augenblick, herauf zu mir. Viel-

238

leicht wartet er nur darauf, dass ich mich in eine bestimmte Richtung drehe. Vielleicht befindet sich mein Kopf bereits jetzt, in dieser Sekunde, im Fadenkreuz seiner Waffe. Schließlich gebe ich ein tolles Ziel ab, so ganz allein hier am Fenster, mitten im hellsten Licht. Ein leichtes, weithin sichtbares Ziel …

Inger trat einen Schritt zurück und ließ die Jalousien herab. *Der Mann, der mich angerufen hat, befindet sich vielleicht ganz in meiner Nähe.* Aber wieso? Was weiß er von mir? Was, um Himmels willen, habe ich mit diesen Leuten zu tun? Mit Bankräubern, ausgerechnet ich? Und wie viel weiß Walther über all das? Ingers Blick streifte eine Fotografie ihres Mannes, die auf dem Nachtschrank neben dem Bett stand. Neben *seinem* Bett, wohlgemerkt, nicht neben ihrem. Die Aufnahme zeigte Walther auf den Stufen der spanischen Treppe in Rom, und obwohl das Bild während eines Privaturlaubs aufgenommen worden war, war er elegant, fast förmlich gekleidet. Beige Hose, passendes Sakko, dazu ein blütenweißes Hemd, das die Dunkelheit seines Teints unterstrich und seine markanten Züge wirkungsvoll zur Geltung brachte.

Fünf Jahre ist das jetzt schon wieder her, dachte Inger verwundert, und er sieht noch immer ganz genauso aus wie damals. Genauso durchtrainiert. Und genauso kraftvoll. Früher hatte sie sich über diese Dinge keine allzu großen Gedanken gemacht, aber in der letzten Zeit fragte sie sich immer öfter, wie jemand, der einundsechzig Jahre alt war, vierzehn Stunden pro Tag arbeitete und als Ausgleich für diese Plackerei nichts als Schach spielte und Kreuzworträtsel löste, derart fit und lebendig wirken konnte.

Was ist mit Ihrem Mann?

Was meinen Sie? Was soll mit ihm sein?

Wissen Sie etwas über Probleme, die er hat?

Walther?! Nein. Keine Probleme.

Und seine Exfrau? Oder andere Leute, mit denen Ihr Mann vielleicht noch eine Rechnung offen hat?

Inger setzte sich auf die Bettkante und sah das Telefon an, das neben der Rom-Fotografie stand. Den Nebenanschluss. Sie wusste nichts über Walthers Vorgeschichte, und sie hatte auch nie etwas darüber wissen wollen. Schon allein deshalb, weil sie zutiefst davon überzeugt war, dass man die Vergangenheit grundsätzlich besser ruhen ließ. *Wenn du dreimal fragst, hörst du viermal etwas, das du nicht wissen willst*, hatte ihre Mutter früher immer behauptet. Und ihre Mutter hatte es wirklich wissen müssen!

Seltsamerweise musste Inger auch jetzt wieder an Sven denken. An seine warme, humorvolle Art und daran, dass er ein Mann gewesen war, den sie sich immer gut »in alt« hatte vorstellen können. Ganz im Gegensatz zu Walther. Und das, obwohl Sven noch nicht einmal halb so alt gewesen war, als er sie verlassen hatte. Aber was bin eigentlich ich?, überlegte sie, während ihre Finger einen losen Faden aus dem Saum ihres Pullovers zupften. Ich würde mich selbst schon seit einer halben Ewigkeit nicht mehr als jung bezeichnen. Aber wenn nicht einmal Walther alt ist ... Was bin dann ich?

Was, um Gottes willen, bin ich?

Inger legte den Faden auf dem Nachtschrank ab und strich den Saum glatt. Dass es einen derart langen Zeitraum geben sollte, in dem man nicht mehr jung, aber auch noch nicht alt war, irritierte sie. Und sie fragte sich, ob sie überhaupt jemals wieder ein Alter erreichen würde, in dem sie ein klares Selbstgefühl hatte. Die Frauenzeitschriften, die sie bis vor ein paar Jahren gelesen hatte, hatten immer behauptet, dass alles einfacher wurde, wenn man erst einmal die magische Dreißig überschritten hatte. Mit dreißig habe man endlich seinen Platz im Leben gefunden, hatte irgendeine kluge Journalistin dort geschrieben. Man kannte sich und seinen Körper gut genug, um zu wissen, was man wollte und was man besser bleiben ließ. Kurzum: man war angekommen.

Inger rückte die Fotografie ihres Mannes ein Stück von sich weg. So weit, so gut. Bloß dass sie inzwischen fast vierzig war, und irgendwie wurde alles immer komplizierter. War das nicht eigentlich zum Lachen?

Das Schrillen des Telefons riss sie abrupt aus ihren Überlegungen. Doch zu ihrer eigenen Verwunderung blieb sie relativ gelassen. Vielleicht, weil dieser Teja ihr gesagt hatte, dass er erst morgen wieder anrufen würde. Vielleicht auch, weil ihr das Ganze allmählich seltsam irreal vorkam. Wie ein Traum, aus dem sie eigentlich nur zu erwachen brauchte …

»Ja?«

»Gott sei Dank, dass ich dich gleich dran hab.«

»Walther?«, fragte sie, vollkommen verdutzt. Immerhin hatte man ihr doch erklärt, ihr Mann befinde sich an einem sicheren Ort und werde bis auf weiteres sozusagen unter Verschluss gehalten.

»Hör zu«, fuhr er mit der ihm eigenen vitalen Entschlossenheit fort, »du musst unbedingt sofort bei Karl anrufen, hörst du? Seine Privatnummer steht auf der Visitenkarte von der Kanzlei. Er soll sich umgehend mit dem zuständigen Staatssekretär in Verbindung setzen und dafür sorgen, dass ich hier rauskomme, verstanden?«

Inger hielt sich schützend die freie Hand vor die Stirn, die sich mit einem Mal heiß anfühlte. Den Verstand verlieren. Durchdrehen. Verschwinden. »Wie geht es dir? Wo bist du?«, bemühte sie sich, eine kurze Atempause ihres Mannes zur Klärung zweier wichtiger Fragen zu nutzen, doch Walther war zu sehr in Fahrt, als dass er auch nur mit einer Silbe darauf eingegangen wäre.

»Da verlangen ein paar durchgeknallte Irre zwei Millionen Euro«, echauffierte er sich, »und diese verdammten Idioten haben nichts Besseres zu tun, als anzunehmen, dass das irgendwas mit *mir* zu tun hat. Mit mir ganz persönlich!«

Inger hatte keine Ahnung, was sie darauf sagen sollte, also schwieg sie.

»Diese verdammten Scheißkerle verlangen zwei Millionen«, wiederholte ihr Mann am anderen Ende der Leitung in ungebremster Wut. »So viel habe ich selbst, falls es diesen Armleuchtern entgangen sein sollte. Ich ganz privat.«

Ja, dachte sie. Ungefähr …

»Zwei Millionen!« Walther Lieson stieß ein Lachen aus, das in den Ohren seiner Frau ebenso verächtlich wie ungläubig klang. »Das sind doch Peanuts. Als ob jemand wie ich für eine derart lächerliche Summe seinen Arsch riskieren würde! Aber in Zeiten wie diesen genügt es anscheinend, bei einer Bank beschäftigt zu sein, um unter Generalverdacht zu geraten.« Ihr Mann schnappte nach Luft. »Du hättest mal sehen sollen, was die für einen Aufwand betrieben haben, um mich fünf Minuten früher nach Wiesbaden zu schaffen. Die haben glatt einen ICE angehalten. Auf offener Strecke.« Inger konnte das entrüstete Kopfschütteln ihres Mannes förmlich vor sich sehen. »Hast du eine Ahnung, was so eine Aktion kostet?«

Das, dachte sie mit einem Anflug von Ekel, ist dein Verständnis der Welt. Du bemisst alles und jedes in Zahlen.

Sie sah die Fotografie ihres Mannes an. Das glatte, dunkle Gesicht. Die ebenmäßigen Züge, die bei aller Attraktivität auch eine gewisse Härte zeigten. *Fünfzehn Schwangerschaften*, hatte Walther irgendwann einmal zu ihr gesagt, als sie im Fernsehen eine Diskussion über neue Denkansätze in der Evolutionslehre gesehen hatten. *Die Natur hat eine Frau für fünfzehn Schwangerschaften ausgerüstet, damit sie zehn Kinder zur Welt bringt, von denen fünf überleben.*

Oh ja, dachte Inger bitter, in der Welt meines Mannes ist alles eine Frage von Zahlen.

Zwei Millionen Euro, fünfzehn Schwangerschaften …

»Inger!«

Walthers Stimme hörte sich an, als komme sie geradewegs aus einer anderen Welt. Einer, von der sie sich mit jeder Sekunde weiter entfernte. »Ja?«

»Was ist denn da los bei dir?«

»Was meinst du?«

»Dieses Poltern …«

»Das …« Inger blickte sich irritiert um, weil sie sich zuerst gar nicht erklären konnte, wovon ihr Mann sprach. Erst als ihr Blick auf den Boden vor dem Nachtschrank fiel, begriff sie. »Es war nichts. Es ist nur … Mir ist etwas heruntergefallen.«

»Jetzt?«

Eine Welt von Unverständnis in einem einzigen Wort.

Was meinst du mit heruntergefallen? Wie kann so etwas überhaupt passieren, ausgerechnet jetzt, wo ich mit dir telefoniere? Wo ich dir von meiner Wut und diesen alptraumhaften letzten Stunden und allem anderen erzählen will? Verrate mir, wie dir ausgerechnet jetzt etwas herunterfallen kann!

Inger ließ das Telefon sinken. Sie hörte Walther sprechen, und was er sagte, klang noch wütender als zuvor. Aber sie verstand kein Wort. Eigentlich bezeichnend, dachte sie, indem sie sich langsam nach vorn beugte.

Ein Geräusch hinter ihr ließ sie abrupt innehalten. Sie fühlte einen Luftzug, dann eine Berührung an ihrer Schulter.

»Passen Sie auf, sonst verletzen Sie sich noch daran.«

Inger merkte, wie ihr Kopf hoch ruckte. *Steh auf,* versuchte sie sich selbst zur Ordnung zu rufen. *Tu etwas! Hilf ihr!*

Doch die Psychologin, die sie befragt hatte, war bereits dabei, die Scherben des zerborstenen Fotorahmens mit dem Fuß beiseitezuschieben.

Inger versuchte aufzustehen, aber sie konnte ihre Beine nicht fühlen. Genau wie der Rest von ihr schienen sie tot zu sein. Gefühllos. Abgestorben. Sie entdeckte das Gesicht ihres Mannes, seltsam gebrochen unter einem Haufen funkelnder Glassplitter. Und sie registrierte auch den Riss, der sich quer über die spanische Treppe zog und davon herrührte, dass die Psychologin nicht gerade behutsam zu Werke gegangen war.

Überhaupt schien sie ziemlich wütend zu sein, auch wenn Inger sich beim besten Willen nicht erklären konnte, weswegen. Sie hörte das Knirschen der Scherben unter den Sohlen der Psychologin, während sich langsam, aber sicher ein Schleier gnädiger Unschärfe über ihre Umgebung legte.

Das Letzte, was sie mitbekam, war, dass jemand ihr das Telefon aus der Hand nahm.

9 Sie hatten mit Inger Lieson gesprochen, Fakten zusammengetragen und Möglichkeiten erörtert. Irgendwann hatten sie beschlossen, dass sie an diesem Abend nicht viel mehr würden erreichen können, und hatten sich getrennt. Verhoeven hatte zuerst noch eine Weile im Auto gesessen, um wenigstens ein paar Minuten aufzuschieben, was er jetzt zu tun hatte. Aber irgendwann war er zu der Erkenntnis gelangt, dass es das Beste wäre, es hinter sich zu bringen. Nichtsdestotrotz hatte er das dringende Gefühl, einen Verrat zu begehen, als er die Tür zu Winnie Hellers Apartment aufschloss. Zu klar war ihm, dass sie ihn niemals von sich aus in ihre eigenen vier Wände eingeladen hätte. Und auch, dass sie es hassen würde, wenn sie wüsste, was er hier tat.

Er beschloss, tatsächlich nur zu erledigen, weswegen er gekommen war, und verzichtete sogar darauf, das Licht einzuschalten. Trotzdem kam er sich wie ein Einbrecher vor, als er auf das riesige Aquarium zuging, das auf einem Podest mitten im Raum stand.

In dem komfortablen Unterschrank unter dem Becken fand er eine Dose mit Fischfutter, doch das bläuliche Licht, das das beleuchtete Wasser verströmte, reichte nicht aus, um das Kleingedruckte auf der Rückseite zu entziffern. Verhoeven drehte die Dose in alle Richtungen und verrenkte sich fast den Hals, doch es wurde nicht besser. Und er wollte es auf keinen Fall riskieren, Fehler im Hinblick auf die Dosierung zu machen und am Ende vielleicht gar die Schuld am Tod von Winnie Hellers schuppigen Hausgenossen zu tragen. Also kehrte er zur Wohnungstür zurück und schaltete das Licht ein.

Als Verhoeven sich wieder umdrehte, bemühte er sich nach Kräften, nirgendwo genauer hinzusehen. Aber er konnte nicht verhindern, dass er einen Eindruck gewann.

Ein Provisorium, dachte er kopfschüttelnd. Die Frau, mit der ich Tag für Tag aufs Engste zusammenarbeite, lebt in einer Art Wartesaal!

Zu seiner eigenen Verwunderung überraschte ihn diese Tatsache in keiner Weise. Er hatte sich nie bewusst Gedanken über

Winnie Hellers häusliches Umfeld gemacht, so weit wäre er nie gegangen. Aber das, was er hier sah, schien – so seltsam das klang – irgendwie zu ihr zu passen.

Verhoeven legte Werneuchens Zierfischratgeber auf die Abdeckung des Aquariums und betrachtete die wuchtige Arbeitstheke, die die Sperrholz-Einbauküche vom Rest des Raumes trennte. Die Einrichtung des Apartments war tatsächlich mehr als einfach, um nicht zu sagen spartanisch. Es gab eine Reihe von Sperrholzregalen und ein klappriges Schrankbett neben einer Tür, die vermutlich ins Badezimmer führte. Kaum etwas verriet eine persönliche Note. Gut, dieser Kerzenständer aus Kristall dort auf dem Tisch vielleicht, der so gar nicht zu Winnie Heller zu passen schien. Aber sonst? Verhoevens Augen glitten zu der betagten, aber sicher nicht gerade billigen Stereoanlage hinüber, die auf dem Boden neben der Balkontür stand. Und nur mit Mühe widerstand er der Versuchung, die CDs zu inspizieren, die rings um die Anlage verstreut lagen. Die leidige Frage, ob seine Partnerin Mozart mochte oder vielleicht doch hasste, verfolgte sie beide seit dem ersten Tag ihrer Zusammenarbeit. Verhoeven erinnerte sich genau daran, dass sie damals auf dem Weg zu ihrem ersten gemeinsamen Tatort gewesen waren, und eigentlich hatte er ja auch nur ein bisschen freundliche Konversation machen wollen. Das Eis brechen. Einen ersten Eindruck gewinnen. Irgendetwas in dieser Richtung. Und wenn eine junge Frau von sechsundzwanzig Jahren nun schon einmal Winifred hieß … Verhoeven trat an eine ungeputzte Balkontür, hinter der ein winziger Freisitz lag. Was lag da näher, als sich nach ihrem Verhältnis zu klassischer Musik zu erkundigen?

Doch das vermeintlich naheliegende Thema hatte sich als unerwartet brisant erwiesen, und Verhoeven hatte sich in den vergangenen anderthalb Jahren mehr als einmal dafür verflucht, es überhaupt jemals angeschnitten zu haben. Mal hatte seine Partnerin kategorisch bestritten, sich jemals näher mit klassischer Musik beschäftigt zu haben, um an anderer Stelle völlig unerwartet mit exzellenten Chopin-Kenntnissen aufzuwarten. Und im Zuge einer zurückliegenden Ermittlung hatte Winnie Heller

245

Verhoeven schließlich mit dem Geständnis überrascht, dass ihre Schwester Elli eine begabte Nachwuchspianistin gewesen war, bevor sie durch einen tragischen Autounfall zunächst ihr Bewusstsein und sieben Jahre später auch ihr Leben verloren hatte.

Verhoeven kehrte zum Aquarium zurück und ging in die Knie, um die Mitbewohner seiner Partnerin besser erkennen zu können. »Guten Tag«, sagte er, obwohl er nicht die geringste Ahnung hatte, ob Fische hören konnten. Aber er war fest davon überzeugt, dass sie die Veränderung spürten. Und dass sie sehr wohl mitbekamen, dass die Frau, die sie normalerweise versorgte, an diesem besonderen Abend nicht da war und an ihrer Stelle ein Fremder zu ihnen hereinspähte.

Einer der Fische, Verhoevens laienhafter Schätzung nach ein Wels, kam dicht an die Scheibe und schien ihn anzusehen. Also legte er eine Hand gegen das kühle Glas, während er mit der anderen Werneuchens Ratgeber aufschlug. Weit hinten, wo das Register war.

»W wie Wels«, murmelte er, während sein Zeigefinger suchend über die Einträge glitt. Doch wie er resigniert feststellen musste, dachte das schlaue Buch gar nicht daran, sich mit Überbegriffen aufzuhalten.

Panzerwels, Nadelwels, Zwergschilderwels und ... Gütiger Himmel! Was, um Gottes willen, war ein Schmuckflossenfiederbartwels? Da trieb einen ja schon allein das Wort an den Rand des Wahnsinns!

Kopfschüttelnd legte Verhoeven das Buch beiseite und griff stattdessen wieder nach der Futterdose. *Je nach Beckengröße und Besatz empfiehlt sich eine Gabe von ...*Er sah hoch und versuchte eine grobe Schätzung der Population. Doch er hatte wenig Übung in solchen Dingen, und die Tiere verhielten sich nicht gerade kooperativ, sondern glitten in dem geräumigen Becken hin und her, wie es ihnen gerade gefiel. Das Ergebnis war ein mehr oder minder unübersichtliches Durcheinander. *Sofern nicht eine zusätzliche Gabe von Vitamin- oder sonstigen Ergänzungspräparaten erfolgt ...* Na super, dachte Verhoeven entnervt, als ob solche Informationen irgendwie weiterhelfen würden!

Er sah wieder die ausladende Mangrovenwurzel an, die Winnie Hellers Hausgenossen als Versteck diente, und entschied sich nach kurzem Überlegen für einen Kompromiss aus sämtlichen auf der Packung vorgeschlagenen Einzeldosierungen. Er öffnete die Dose, schob die Abdeckung des Beckens beiseite und ließ ein paar Fingerspitzen voll Trockenfutter in das türkisblaue Wasser rieseln. Und sofort kamen Winnie Hellers Mitbewohner an die Oberfläche geschwommen und schnappten nach den schwebenden Teilchen, als ob sie seit Monaten kein Futter mehr bekommen hätten. Einzig der unbestimmbare Wels blieb, wo er war, und ließ seine Barteln suchend über den Grund des Beckens gleiten. Verhoeven hoffte inständig, dass genug Futter bis zu ihm nach unten gelangen würde, und vorsichtshalber verteilte er noch ein paar weitere Portionen in den entgegengesetzten Ecken des Bassins. Dann stellte er die Futterdose an ihren Platz zurück und beobachtete die Haustiere seiner Partnerin beim Fressen. Ob Winnie Heller auch so vor ihrem Aquarium saß, nach Dienstschluss? Ob sie sich hin und wieder einen Stuhl heranzog und sich von den harmonischen Bewegungen ihrer Fische beruhigen ließ?

Das wäre nicht die schlechteste Form von Entspannung, dachte Verhoeven, indem ihm einmal mehr die Einladungskarte einfiel, die seine Tochter erst vor wenigen Wochen für Winnie Heller geschrieben hatte. Achtzehn mal neu, wie seine Frau ihm mit einer Mischung aus Stolz und Unverständnis berichtet hatte, weil Nina immer irgendwo ein Buchstabe zu krumm oder ein Abschwung nicht schön genug erschienen war. *Liebe Winnie, leider ist unser See am Rand noch ein bisschen zugefroren, aber bald ist wieder schönes Wetter und dann musst du unbedingt vorbeikommen und dir meine Goldfische ansehen.* Was soll ich ihr sagen, wenn sie nach Winnie fragt?, überlegte Verhoeven. Das eigene Kind zu belügen war etwas, das man nach seinem Verständnis der Welt einfach nicht tat. Aber die Wahrheit war auch keine Alternative. Nicht in diesem speziellen Fall.

Er stand auf und schob die Abdeckung von Winnie Hellers Aquarium wieder an ihren Platz zurück. »Sie kommt bald zurück«, sagte er, mehr an sich selbst als an die Mitbewohner seiner Partnerin gewandt. »Ganz bestimmt.«

Die Kleine ist verdammt zäh, pflichtete eine imaginäre Dr. Gutzkow ihm bei.

»Ihr Wort in Gottes Ohr«, seufzte Verhoeven.

Mit bleiernen Schritten kehrte er zur Wohnungstür zurück und schaltete das Licht aus. Dann zog er Winnie Hellers Wohnungstür hinter sich ins Schloss. Leise, als habe er nicht die geringste Berechtigung, sich in diesem Haus aufzuhalten, stieg er die fünf Treppen zur Straße hinunter. Im Gehen warf er einen kurzen Blick auf seine Armbanduhr und zog sein Handy heraus. Dann wählte er die Nummer, die Bredeney ihm gegeben hatte. Doch Marie Wer-auch-immer war nicht zu Hause. Noch immer nicht.

Im Auto dachte er darüber nach, wie es nun weitergehen würde. Wenn sie Glück hatten, würden sich die Entführer in ein paar Stunden melden. Und wenn sie richtig Glück hatten, würden sie sich von Goldstein eine Weile hinhalten lassen. Oder am besten gleich ganz auf Walther Lieson verzichten.

Das glaubst du doch selbst nicht, meldete sich eine böse kleine Stimme in seinem Kopf zu Wort. *Es gibt einfach zu viele Möglichkeiten. Sie könnten überall sein. Wer sagt denn, dass sie sich überhaupt noch hier in der Gegend aufhalten?! Und selbst wenn: Wie lange wird es dauern, bis ihr alle in Frage kommenden Objekte überprüft habt? Vielleicht fahrt ihr am richtigen Haus, an der richtigen Wohnung vorbei, weil irgendetwas euch veranlasst, stattdessen woanders zu suchen. Vielleicht ist unter all den Hinweisen, denen ihr nachgehen müsst, tatsächlich der richtige dabei, aber ihr übersehr ihn, und er landet irgendwo unter einem Stapel von Informationen, bis es zu spät ist. Denk an Schleyer! Denk daran, was alles schiefgehen kann!*

Die Wiederholung eines Fehlers lässt sich nur dann vermeiden, wenn man weiß, warum man diesen Fehler überhaupt gemacht hat, erinnerte ihn ein imaginärer Grovius in belehrendem Ton. Und zum ersten Mal in seinem Leben hatte Verhoeven in diesem Augenblick das Gefühl, dass ihm Winnie Heller näher war als der Mann, der ihn in sein Team geholt und stets nach Kräften gefördert hatte.

Zu Hause verriet ihm der schwache Lichtschein hinter den Fenstern im Erdgeschoss, dass seine Frau noch wach war. Er hatte sie kurz angerufen, bevor Goldstein und er sich noch einmal mit Inger Lieson unterhalten hatten, und hatte ihr gesagt, was geschehen war und dass es spät werden konnte. Doch er wusste auch, dass Silvie es niemals über sich bringen würde, zu Bett zu gehen, solange er nicht zu Hause war. Nicht an einem Tag wie diesem.

Er fand seine Frau im Wohnzimmer, und der Blick, mit dem sie ihm entgegensah, war zutiefst besorgt. Dennoch überließ sie ihm den Zeitpunkt, das Gespräch zu beginnen. Etwas, wofür er ihr unendlich dankbar war.

»Leider wissen wir immer noch nicht viel mehr«, sagte er, nachdem er sich auf die Couch gesetzt hatte, ihr gegenüber, damit sie einander in die Augen sehen konnten. »Nur, dass sie sieben Personen in ihrer Gewalt haben und dass es ihnen neben dem Geld auch noch um etwas anderes geht.«

In den tiefblauen Augen seiner Frau blitzte eine Frage auf. Aber sie sprach sie nicht aus.

»Ich darf nicht darüber reden«, sagte Verhoeven, und fast schämte er sich dafür, sie nicht ins Vertrauen ziehen zu können.

Doch wenn Silvie über seine Zurückhaltung enttäuscht war, ließ sie es sich zumindest nicht anmerken. »Und Winnies Apartment?«, wechselte sie eilig das Thema. »Hast du alles erledigen können?«

»Ich habe die Fische versorgt, ja.« Er lehnte sich zurück und wartete darauf, dass sie weitere Fragen stellte. Was für eine Art von Wohnung hat sie? Wie lebt sie?

Aber seine Frau fragte nicht. Sie setzte sich einfach neben ihn und schlang ihm ihre grazilen Arme um die Schultern. Verhoeven fühlte die Wärme ihres Körpers durch den Stoff seines Hemdes und genoss den Augenblick der Nähe trotz der quälenden Gedanken, die ihm im Kopf herumgingen.

»Ich glaube, sie ist schrecklich einsam«, sagte er nach einer

Weile, auch, weil er das Gefühl hatte, mit seinen Eindrücken nicht länger alleine fertig zu werden.

»Ja«, entgegnete seine Frau. »So etwas Ähnliches habe ich mir schon gedacht. Aber, weißt du ...« Sie dachte einen Augenblick nach. »Irgendwie habe ich das Gefühl, dass Winnie das aushält. Allein sein, meine ich.«

»Vielleicht«, entgegnete er ohne Überzeugung.

»Du denkst, es auszuhalten ist nicht genug?«

»Ich denke, dass *ich* so nicht leben könnte.«

Sie sah ihn an, und plötzlich lag ein Lächeln in ihren Augen. »Natürlich nicht. Weil du ein Hundetyp bist.«

»Ein was?«

Ihr Lächeln wurde breiter. Silvie Verhoeven verfügte über die bemerkenswerte Gabe, ein Thema immer dann mit ihrem trockenen Humor zu entschärfen, wenn es ins Sentimentale abzukippen drohte. Eine Eigenschaft, die ihnen schon mehr als einmal die Haut gerettet hatte. Oder zumindest den häuslichen Frieden. »Weißt du, grob gesehen gibt es zwei Kategorien von Menschen: Hundetypen und Katzentypen, wobei die Zugehörigkeit zu einer dieser Kategorien meiner Ansicht nach nichts mit Lebenserfahrung zu tun hat. Oder mit einer persönlichen Entscheidung.«

Verhoeven lächelte auch. »Sondern?«

»Es ist ganz einfach eine Anlage, denke ich. So wie Linkshändigkeit.« Sie sah ihn an. »Und genauso, wie manche Menschen abnehmen, wenn sie Stress haben, während andere immer dicker werden, gibt es Menschen, die Gesellschaft brauchen, und solche, die immer und überall einen Rückzugsraum haben möchten. Menschen, die es nicht ertragen, wenn man sie hinter einen weißen Zaun sperrt, ganz egal, wie hübsch er auch sein mag, und die bereit sind, für ihre Freiheit den Preis des Alleinseins zu bezahlen.«

Freiheit, dachte Verhoeven. Ein Wort, das mir nie etwas bedeutet hat ...

»Und jetzt solltest du ein bisschen schlafen«, bemerkte seine Frau mit Blick auf die Uhr an der Wand.

Verhoeven schüttelte den Kopf. »Ich glaube kaum, dass mir das gelingen wird.«

»Dennoch solltest du's versuchen.«

Er seufzte und stemmte seinen Körper, der mit einem Mal Tonnen zu wiegen schien, vom Sofa hoch.

»Ach übrigens«, erklärte Silvie mit einer Miene, die ihn stutzig machte, ohne dass er sagen konnte, warum. »Es ist kein Kaffee mehr da.«

Verhoeven, der bereits auf dem Weg zur Tür war, blickte sich irritiert um.

»Tut mir echt leid, aber ich bin einfach nicht mehr dazu gekommen.«

Die unerwartete Eröffnung seiner Frau verwunderte Verhoeven gleich in zweifacher Hinsicht. Zum einen, weil eine derart banale Information im Angesicht der Umstände fast pietätlos schien. Zum anderen, weil er wusste, wie akribisch Silvie darauf bedacht war, ihn mit allen nötigen und unnötigen Dingen des Alltags zu versorgen, seit sie den Plan, ihr abgebrochenes Jurastudium wieder aufzunehmen, vor etwas mehr als einem Jahr in die Tat umgesetzt hatte. Zu Beginn hatte es eine Reihe von ernsten Auseinandersetzungen zwischen ihnen gegeben, weil es Verhoeven ganz und gar nicht recht gewesen war, dass seine Frau etwas anderes tat, als sich um ihre gemeinsame Tochter zu kümmern. Aber schließlich hatte er eingesehen, dass die Rolle als Hausfrau und Mutter eine Powerfrau wie Silvie weder geistig noch körperlich auslastete, und auch, dass er selbst sich aus purer Verlustangst so vehement gegen eine Wiederaufnahme ihres Studiums gewehrt hatte. Nichtsdestotrotz versuchte seine Frau seither alles, um ihn vergessen zu machen, dass es in ihrem Leben auch noch etwas anderes als die Familie gab. Niemals zuvor hatte er so opulente Frühstücke und Abendessen genossen, und niemals zuvor waren das Haus und der Garten in einem so tadellosen Zustand gewesen. Und jetzt eröffnete Silvie ihm völlig zusammenhanglos, dass kein Kaffee mehr im Haus sei …

War das nicht …?

251

»Ich kaufe gleich morgen früh welchen«, erklärte seine Frau im selben Augenblick.

»Gut«, sagte Verhoeven. »Dann frühstücke ich unterwegs. Ich muss ohnehin früh raus.«

Silvie nickte.

Da ist noch etwas anderes, dachte er alarmiert. Etwas, das nur bedingt mit Kaffee zu tun hat. *Tut mir leid, aber ich bin einfach nicht mehr dazu gekommen …*

»Gibt es einen besonderen Grund dafür, dass du nicht zum Einkaufen gekommen bist?«, fragte er, und er konnte sehen, dass er die richtige Frage gestellt hatte. Doch noch zögerte seine Frau. Vielleicht, weil ihr der Zeitpunkt für das, was sie zu sagen hatte, ungeeignet erschien.

Aber schließlich fasste sie sich doch ein Herz und sagte: »Ich bin heute Nachmittag beim Arzt gewesen.«

Verhoeven spürte, wie sich sein Puls beschleunigte. Er war erst acht gewesen, damals, aber er erinnerte sich genau daran, dass seine Mutter annähernd die gleichen Worte verwendet hatte. *Hör mal zu, Hendrik, ich bin heute beim Arzt gewesen, weißt du, und der Arzt hat gesagt, dass ich …*

Er schob die schmerzvolle Erinnerung an den Beginn ihres langen Abschiednehmens beiseite und sah wieder seine Frau an. Die Frau, die er mehr liebte als jeden anderen Menschen zuvor.

»Ist etwas nicht in Ordnung?«, fragte er mit einer Stimme, die irgendwie zu klirren schien. »Bist du … krank?«

Doch zu seiner Überraschung breitete sich ein sanftes Lächeln über ihr Gesicht. »Nein«, sagte sie leise. »Krank bin ich nicht …«

10

Winnie Heller erwachte von einem Geräusch, das sie nicht einordnen konnte.

Eigentlich hatte sie gar nicht schlafen wollen, aber irgendwann war sie dann doch einfach eingenickt. In einer unbequemen, halbsitzenden Position war sie in einen leichten, unruhigen Schlaf gefallen, und nun, da sie wach war, wurde ihr bewusst, dass sie von Wien geträumt hatte. Von dem Bestattungsmuseum, das Lübke ihr noch vor wenigen Stunden als eines der absoluten Highlights der Donaustadt gepriesen hatte, um sie auf diese Weise vielleicht doch noch dazu zu bringen, ihn zu seinem Kriminologenkongress Ende Mai zu begleiten.

Es gebe in diesem Museum sogar Klappsärge, hatte der Leiter der erkennungsdienstlichen Abteilung ihr mit seinem typischen kollernden Lachen erklärt. Mit speziellen Mechanismen versehene Holzkisten seien das. Kisten, die sich immer wieder und wieder verwenden ließen. *Da packst du den Leichensack rein, segnest einmal kurz drüber, machst die Klappe auf und fertig.* Winnie Heller schloss die Augen und hörte Lübkes vergnügtes Kichern. *Das ist es, was ich unter vernünftigem Recycling verstehe. Ich meine, so 'n halbes Kiefernwäldchen für jeden Toten, das ist doch eigentlich die pure Verschwendung, oder? Wo das Zeug hinterher doch sowieso bloß verrottet …*

Die Erinnerung entlockte Winnie Heller selbst jetzt, in dieser wahrhaft nicht gerade angenehmen Situation, ein Schmunzeln, und sie wünschte sich mit einem Mal nichts sehnlicher, als dass sie Lübke anrufen und mit ihm reden könnte. Zugleich hatte sie ein furchtbar schlechtes Gewissen, dass sie ihn derart angebrüllt und anschließend einfach aufgelegt hatte.

»So trennt man sich nicht«, hatte ihre geliebte Großmutter oft geschimpft, wenn ihr Opa wieder einmal im Streit das Haus verlassen wollte. »Was, wenn dir unterwegs irgendetwas passiert?«

»Was um Himmels willen sollte mir denn passieren?«, hatte sich Gustav Heller in solchen Momenten dann echauffiert, doch seine Frau hatte immer darauf bestanden, dass sie zuerst alle Unstimmigkeiten ausräumten.

»Die Stunde kommt, wo du an Gräbern stehst und klagst«, hatte sie oft aus einem Gedicht von Ferdinand Freiligrath zitiert, das ihr besonders gefallen hatte, und notfalls hatte sie ihrem Mann diese Zeilen die halbe Straße hinunter nachgebrüllt, woraufhin der stolze Gustav in der Regel eingelenkt und seiner Frau einen dicken Versöhnungskuss auf die Wange gedrückt hatte. Schon allein, um die Nachbarn zu beruhigen.

Nur ein einziges Mal hatte er sich verweigert und war tatsächlich gegangen. Ohne Versöhnung. Und ohne Abschiedskuss. Winnie Heller zupfte sich nachdenklich die Ärmel ihrer Jacke über die ausgekühlten Handgelenke. Sie wusste, dass ihre Großmutter daraufhin drei Wochen lang nicht mit ihrem Mann geredet und zum ersten und einzigen Mal in ihrer beileibe nicht immer einfachen Ehe ernsthaft über eine Scheidung nachgedacht hatte. Und das alles, obwohl die Eheleute Heller zu diesem Zeitpunkt beide schon weit über achtzig Jahre alt gewesen waren.

Tja, dachte sie, indem ihr ihre eigenen Eltern in den Sinn kamen, mit denen sie seit nun fast anderthalb Jahren kein einziges Wort gewechselt hatte. Manchmal fällt der Apfel eben doch ein Stück weiter weg vom Stamm!

Sie machte die Augen wieder auf und blinzelte in das Dunkel der Grube. Was Lübke wohl gerade tat, jetzt, in diesem Moment? Sie wusste, dass er schon unter normalen Umständen selten mehr als fünf Stunden Schlaf bekam. Oft hing er selbst an normalen Werktagen bis spät in die Nacht in seinem Labor herum, schrieb Berichte, überprüfte Beweise und trank dabei Unmengen an schwarzem Kaffee, bevor er endlich heimfuhr, in dieses komische krumme Haus, in dem er lebte und das eigentlich nicht viel mehr als eine umgebaute Gartenlaube war. Und in einer Nacht wie dieser verließ er sein Büro vermutlich noch nicht einmal zum Duschen, sondern war genau wie alle anderen fieberhaft damit beschäftigt, einen Weg zu finden, um sie hier rauszuholen.

Sie werden kommen, dachte Winnie Heller, indem ihr scheinbar zusammenhanglos ihre Verbeamtung in den Sinn kam, die jetzt ein knappes halbes Jahr zurücklag. Sie hatte diese ihre Verbeamtung damals aufs Spiel gesetzt, um einen Mörder zu überführen, sie hatte sogar ihr Leben riskiert, in dem irrwitzigen Versuch, dem Betreffenden eine Falle zu stellen. Und auch damals waren ihre Kollegen im rechten Augenblick zur Stelle gewesen. Allerdings wussten sie an diesem Abend, wo ich bin, fügte sie einschränkend hinzu.

Sie wollte sich gerade aufsetzen, als sich das Geräusch wiederholte, von dem sie erwacht war. Was, zum Teufel, war das? Und woher kamen diese seltsamen Laute? Orientierungslos blickte Winnie Heller sich um. Ein Stück links von sich erkannte sie Evelyns massige Gestalt. Die korpulente Krankenschwester hatte sich auf ihrer Matratze zusammengerollt wie ein Säugling und ließ von Zeit zu Zeit einen gedämpften Schnarcher hören, der Winnie entfernt an die Laute frisch geborener Ferkel erinnerte. Dicht neben ihr lag Jenna, den Kopf bescheiden auf den äußersten Zipfel der Matratze gebettet. Winnie war aufgefallen, dass die junge Bankangestellte seit der Ohrfeige ganz gezielt Evelyns Nähe suchte. Vielleicht, weil das entschlossene Handeln der Krankenschwester ihr Stärke und damit Schutz suggerierte. Die Blondine hatte die Hochsteckfrisur, die sie in der Bank getragen hatte, gelöst, und das Haar fiel ihr in weichen Wellen über Gesicht und Schultern. Wie friedlich sie aussieht, dachte Winnie mit einem Anflug von Befremden. Sie schläft vollkommen ruhig und gelassen. Dabei sind erst vor wenigen Stunden zwei ihrer Kollegen brutal ermordet worden. Mehr noch: Sie hat sogar dabei zugesehen …

Halt den Mund, Jenna!

Winnie Heller fuhr erschrocken zusammen, als sie aus dem Dunkel neben sich plötzlich wieder Iris Kuhns Stimme zu hören glaubte. Der Eindruck war so real, dass sie eine ganze Weile mit wild pochendem Herzen dasaß, bevor sie sich wieder zu rühren wagte. *Iris Kuhn ist tot. Und wahrscheinlich liegt ihre Leiche jetzt irgendwo dort oben. In diesem Eishaus von einer Fabrik.* Ihre Augen glitten wieder zur Treppe hinüber. Ausweg oder Falle? Drei Türen. Und dann? Was mochte dahinter liegen?

Von oben drang nichts als Stille herab, doch auf einen so trügerischen Eindruck würde sie sich ganz bestimmt nie wieder verlassen! Sie schob sich mühevoll noch ein Stück höher, bis sie vollkommen aufrecht saß, und massierte ihre Waden. Ihre Beine waren steif und völlig ausgekühlt, und ihr Rücken schmerzte von all den Unebenheiten, die sie ihm notgedrungen zugemutet hatte. Ihrem Empfinden nach war es mitten in der Nacht. Und obwohl sich an den Lichtverhältnissen nichts geändert hatte, bedeutete das vermutlich, dass die Entführer schliefen. Zumindest einige von ihnen. Sie dachte an Bernd. Warum hat er mich nicht erschossen?, überlegte sie, während sie ihre klammen Zehen bewegte. Wenn er mich tatsächlich bemerkt hat, dann weiß er auch, dass ich sein Gesicht gesehen habe und es vermutlich jederzeit und überall wiedererkennen würde. Warum, um alles in der Welt, geht er ein solches Risiko ein?

Dieser Kerl ist ein Sadist, gab ihr Verstand ihr zur Antwort. *Du hast doch gesehen, wie wenig gestresst er war, als sein Komplize seinen Namen in alle Welt hinausposaunt hat. Mehr noch: Am liebsten hätte er Iris Kuhns Leiche seine Visitenkarte um den Hals gehängt.*

11 »Bretagne«, verkündete eine angenehme Frauenstimme, und irgendwie klang es, als sei sie zutiefst davon überzeugt, dass sich allein durch dieses eine Wort alles Weitere sozusagen von selbst erkläre.

Es war fast Mitternacht, doch Verhoeven hatte beschlossen, trotz der vorgerückten Stunde noch einmal sein Glück zu versuchen. Das Apartment seiner Partnerin hatte so … ja, so vorläufig ausgesehen. So als ob Winnie Heller beständig auf gepackten Koffern säße. Und irgendwie fühlte er sich schon allein aus diesem Grund verpflichtet, den Mann aufzutreiben, mit dem sie einen Teil ihrer Freizeit zu verbringen schien. Auch wenn es ihm noch immer nicht recht in den Kopf wollte, dass zwischen Winnie Heller und Hermann-Joseph Lübke so etwas wie eine

Freundschaft bestehen sollte. Ausgerechnet zwischen diesen beiden so denkbar ungleichen Charakteren …

»Haben Sie gehört?« Marie Wer-auch-immer, die Frau auf Verhoevens Notizzettel, hatte nicht gefragt, warum er sie so spät noch anrief. Sie hatte sich nicht beschwert, sie hatte ihn nicht für verrückt erklärt, und sie hatte auch nicht einfach aufgelegt. Stattdessen hatte sie auf seine Frage, ob sie wisse, wo sich Lübke derzeit aufhalte, mit diesem einen, irgendwie nackten Wort geantwortet.

Bretagne …

»Er brauchte eine Auszeit«, sagte sie jetzt, ohne Verhoevens Antwort auf ihre Frage abzuwarten.

»Sie meinen, Lübke macht Urlaub?«

»Ich meine, er brauchte eine Auszeit.«

Die Art, wie seine Gesprächspartnerin diese auf den ersten Blick banale Aussage wiederholte, ließ Verhoeven augenblicklich aufhorchen. Was ist wirklich los mit Lübke?, überlegte er. Warum hatte der Leiter der erkennungsdienstlichen Abteilung derart abrupt die Stadt verlassen? War er denn nicht, im Gegenteil, ein Mensch, der jede noch so kurze Dienstreise lange im Voraus plante und seinen Mitarbeitern selbst nach akribischster Einarbeitung noch unzählige Zettel mit Instruktionen hinterließ?

Auszeit. Das klang irgendwie nach Lebenskrise. Nach Neuordnung oder Bedenkzeit oder etwas in dieser Richtung. Verhoeven versuchte, sich seine letzte Begegnung mit Hermann-Joseph Lübke ins Gedächtnis zu rufen. Anfang der Woche war das gewesen, irgendwo zwischen Büro und Aufzug. Aber war ihm bei dieser Gelegenheit irgendetwas an dem obersten Spurensicherer aufgefallen? Irgendetwas, das auf persönliche Probleme hingedeutet hätte? Ein Alarmsignal?

Es war doch so viel passiert, seither.

So unendlich viel passiert …

»Wissen Sie, wann er zurückkommt?«

»Das kommt ganz darauf an«, entgegnete die Frau, über die selbst in Lübkes Abteilung kaum jemand mehr zu wissen schien, als dass sie mit Lübke befreundet war.

»Worauf?«

Marie Wer-auch-immer antwortete nicht, und Verhoeven dachte daran, dass er keine Zeit für derlei Geplänkel hatte. Dass er ins Bett musste. Nachdenken. Essen. Lauter Dinge, die er sowieso nicht über sich bringen würde.

»Ich müsste Lübke wirklich ganz dringend erreichen«, sagte er, »aber er geht nicht an sein Handy.«

»Weil er's nicht mithat.«

»Er hat sein Handy zu Hause gelassen?«

»Jupp nimmt nie ein Telefon mit, wenn er mal rausmuss. Und auch kein Laptop oder Blackberry oder wie diese Dinger heißen. Das Einzige, was er in solchen Fällen dabeihat, ist ein Schlafsack und ein Beutel mit frischen Unterhosen.« Sie kicherte, und ihr Lachen klang wie das Perlen eines sehr teuren Champagners. Vor Verhoevens innerem Auge erschien eine üppige Blondine, die sich auf einem chintzbezogenen Sofa aalte und sich einhändig Pralinen in den Mund schob, während sie telefonierte. Selbst jetzt noch. Selbst zu dieser späten Stunde.

»Gibt es irgendeinen anderen Weg, wie ich ihn erreichen kann?«

»Grundsätzlich schon, aber ich weiß nicht, ob ich…«

Verhoeven nahm das Handy ans andere Ohr. »Es ist wirklich wichtig.«

»Jupp ist ein Mensch, der sich für seinen Job beinahe umbringt«, wies ihn seine Gesprächspartnerin mit hörbarer Strenge zurecht. »Da sollte es doch wohl möglich sein, dass die Abteilung mal ein paar Tage ohne ihn auskommt, oder?«

»Es geht nicht um die Abteilung, sondern …« Verhoeven unterbrach sich, als ihm auffiel, dass er im Begriff war, zu viel zu sagen. Und genau wie vorhin, in Winnie Hellers Apartment, beschlich ihn das Gefühl, einen Verrat zu begehen. Einen Verrat an der Frau, mit der er nun schon seit anderthalb Jahren zusammenarbeitete und die er doch gerade erst kennenlernte. »Es ist nicht ausschließlich dienstlich.«

Sind Sie da sicher?, entnahm er dem Schweigen, mit dem seine Gesprächspartnerin auf diese Eröffnung reagierte. Und wahrscheinlich setzte sie gerade in Gedanken hinzu: *Von privat wüsste ich aber was, mein Freund, da können Sie Ihren Arsch drauf verwetten …*

»Eine Kollegin von uns …«Verhoeven schluckte. »Meine Partnerin befindet sich in einer überaus heiklen Situation und ich …«

»Gütiger Himmel«, fiel Marie Wer-auch-immer ihm sofort wieder ins Wort. »Wollen Sie damit etwa sagen, es geht um Winnie?«

Winnie? Verhoeven stutzte. Offenbar war seine Partnerin mit weitaus mehr Leuten vertraut, als er gedacht hätte.

»Ja«, räumte er beinahe widerwillig ein, weil er sich mit einem Mal irgendwie ausgeschlossen fühlte. »Es geht um Frau Heller.«

»Aber warum haben Sie das denn nicht gleich gesagt?!« Die Frau am anderen Ende der Leitung stieß einen tiefen Seufzer aus. »Hören Sie, ich fürchte, alles, was ich im Augenblick tun kann, ist, Ihnen die Nummer eines Kneipiers zu geben, bei dem Jupp regelmäßig einkehrt, wenn er dort unten ist. Allerdings kann's 'ne ganze Weile dauern, bis er dort aufkreuzt. Er geht manchmal stunden- und tagelang am Strand spazieren, wenn er seinen Koller hat, und dann kommt er nicht mal zum Essen zurück.«

»Und es gibt auch kein Hotel oder so was, wo ich ihn erreichen oder ihm eine Nachricht hinterlassen könnte?«, erkundigte sich Verhoeven, vollkommen ungläubig angesichts der Formulierung, die Marie Wer-auch-immer gewählt hatte.

Wenn er seinen Koller hat …

»Nein«, entgegnete seine Gesprächspartnerin mit spürbarem Bedauern. »Er bewohnt diese kleine Fischerhütte, die einem alten Freund von ihm gehört. Aber die hat weder Telefon noch Internetanschluss. Genau genommen hat sie nicht mal eine richtige Adresse. Es ist einfach eine Hütte mitten im Garnichts, verstehen Sie?«

»Ja«, sagte Verhoeven, auch wenn das Gegenteil der Fall war.

»Aber wenn Sie wollen, versuche ich mein Bestes, ihn für Sie zu erreichen.«

»Bitte tun Sie das.« Verhoeven lauschte in den Hörer und wartete darauf, dass seine Gesprächspartnerin sich verabschieden

259

und das Gespräch beenden würde, doch Marie Wer-auch-immer tat nichts dergleichen.

»Winnie steckt in Schwierigkeiten, was?«, fragte sie stattdessen.

»Kann man so sagen«, antwortete Verhoeven.

»Gibt's vielleicht eine Nummer, unter der Jupp sie direkt erreichen kann, falls es mir gelingt, ihn aufzutreiben?«

Gott, ich wünschte, es wäre so, dachte Verhoeven. Laut sagte er: »Ich fürchte nein. Sagen Sie ihm einfach, dass er sich bei mir melden soll. Und zwar bei mir privat. Nicht im Präsidium, okay?«

»Alles klar«, entgegnete sie. Und besorgt fügte sie hinzu: »Winnie ist doch nicht krank oder so?«

»Nein«, sagte Verhoeven und fühlte sich auf eine fast schmerzvoll glückliche Art an das Gespräch mit seiner Frau erinnert, als er hinzufügte: »Krank ist sie nicht.«

»Ich tu, was ich kann«, versicherte Marie Wer-auch-immer ihm abermals.

Dann hängte sie ein.

12 Halt! Stopp! Augenblick!
Da war es wieder, dieses merkwürdige Geräusch!

Winnie Heller ließ von ihren Waden ab und lauschte in die Stille der Grube, doch alles, was sie hörte, waren Evelyns Ferkelschnarcher und ein paar andere regelmäßige Atemzüge. Oder? Nein, da war noch irgendwas anderes. Und dieses Mal konnte sie dem Geräusch endlich auch eine Richtung zuordnen: Es kam aus der Ecke, in der der Toiletteneimer stand …

Mein Dienstausweis!, schoss es ihr durch den Sinn. Irgendjemand hat mich dabei beobachtet, wie ich ihn versteckt habe. Oder ich habe mich verraten, weil ich allzu oft in diese Richtung geguckt habe. Sie dachte an Quentin Jahn und die Scharfsichtigkeit, mit der er ihrem Blick gefolgt war. *Etwas mehr Würde hätten sie uns wirklich lassen können, nicht wahr?*

Oder benutzte einfach jemand ihr improvisiertes Klo? Jemand, den sie nicht gehört hatte? Der sich leise bewegte, unauffällig? Jemand, der schon dort gesessen hatte, als sie aufgewacht war?

Winnie Heller spähte angestrengt in das tiefe Dunkel, das ihre provisorische Toilette umgab.

Kauerte dort nicht jemand? Dort, neben dem Eimer?

Aber wer? Wer, verdammt noch mal?

Malina, flüsterte eine Stimme in ihrem Kopf, und die Assoziation erschien ihr auf den ersten Blick vollkommen zusammenhanglos. Trotzdem rasteten ihre Gedanken augenblicklich wieder bei dem Thema ein. Die Entführer hatten Kontakt zu einer Person gesucht, die Malina hieß oder so genannt wurde. Und sie hatten die betreffende Person in der Bank vermutet. Also war sie aller Wahrscheinlichkeit nach dort angestellt, oder es handelte sich um jemanden, der regelmäßig kam. Immer zur gleichen Zeit…

Ich zahle am Abend immer einen Großteil der Tageseinnahmen auf unser Konto ein.

Winnie Hellers Augen glitten zur Schmalseite der Grube, dorthin, wo die männlichen Geiseln ihre Schlafstatt eingerichtet hatten. Horst Abreschs Schatten war gerade noch auszumachen, weil er am nächsten bei der Matratze lag und somit auch am meisten von dem fahlen Licht abbekam, das sich über den Rand der Grube auf die rückwärtige Wand goss. Aber dieser Schatten lag ruhig und unbewegt wie ein ausgestopfter Sandsack. Rechts von ihm allerdings schien sich plötzlich etwas zu rühren.

Die Bewegung war kaum wahrnehmbar, weil die Person, die sie auslöste, sich alle Mühe gab, so leise wie irgend möglich zu sein. Und so war Winnie Heller sich erst sicher, als die gebückte Silhouette bereits ein paar Schritte in den Raum hinein gemacht hatte: Jussuf Mousa. Doch das Geräusch, das sie gehört hatte, war definitiv aus der anderen Richtung gekommen! Mit angehaltenem Atem verfolgte Winnie Heller, wie der kleine Araber mit unsicheren Schritten auf den Toiletteneimer zuwankte. Und wenn dort tatsächlich jemand war, musste Mousa ihn jeden Augenblick sehen können …

Oh Mann, dachte Winnie Heller, jetzt bin ich aber gespannt!

Jussuf Mousas Schritte wurden noch langsamer, weil sich das Dunkel der Grube Richtung Eimer vertiefte. Aber er blieb nicht stehen.

Aus den Augenwinkeln konnte Winnie Heller gerade noch sehen, wie er nach dem Reißverschluss seiner Hose tastete, und automatisch musste sie wieder an Bernd, den Sadisten, denken. Dann hatte die Finsternis den kleinen Mann mit dem dunklen Teint verschluckt.

Winnie Heller wartete auf das charakteristische Plätschergeräusch, doch stattdessen hörte sie etwas anderes. Etwas, das aus derselben Richtung kam, in die der Araber verschwunden war. Etwas, das … Ja, verdammt! Etwas, das über den Boden huschte! Sie hörte Jussuf Mousa erschreckt nach Luft schnappen, dann manifestierte sich aus dem ihn umgebenden Dunkel urplötzlich eine Reihe von Schatten. Winzige, huschende Gebilde, die dem schummrigen Raum eine plötzliche Dynamik verliehen.

Ratten, dachte Winnie Heller und zog voller Ekel die Beine an den Körper, während der Raum geradewegs auf sie zuzukommen schien. Es war ein Gefühl wie in einem dieser rollenden Fässer, die es früher auf Jahrmärkten gegeben hatte. Das Gefühl, ohne jedes Gleichgewicht zu sein. Den Boden unter den Füßen zu verlieren.

Die Tiere waren nicht besonders groß, aber es waren verdammt viele. Sie purzelten übereinander, während sie suchend über den unebenen Untergrund wieselten. Und es mussten Dutzende sein. Nein, Aberdutzende.

Im selben Moment begann Jenna zu kreischen. Schrill und offenbar auch vollkommen unkontrolliert.

»Was ist?«, fragte jemand. Evelyn Gorlow.

»Ich weiß nicht«, entgegnete Quentin Jahn verschlafen.

Jussuf Mousa rief etwas in einer Sprache, die Winnie Heller nicht verstand, aber es klang wie ein Fluch.

»Scheiße!«, schrie nun auch Evelyn.

Neben ihr sprang Jenna auf die Füße und hüpfte hysterisch schreiend über den unebenen Boden.

Winnie Heller sah, wie einer ihrer Pumps dabei einen Absatz einbüßte, doch das schien die junge Bankangestellte nicht einmal zu bemerken. Sie schrie einfach weiter und vollführte ihren irrwitzigen Tanz auf dem sandigen Untergrund, während auch der Letzte unter ihnen allmählich mitbekommen hatte, was Sache war.

Evelyn riss sich den Parka vom Leib, den sie zum Schlafen wieder angezogen hatte, und hieb damit wie eine Furie auf den Boden rings um ihre Matratze ein. Quentin hingegen stampfte ein paar Mal kurz und entschlossen mit dem Fuß, was voll und ganz ausreichte, um die scheuen Tiere in die Flucht zu schlagen. Winnie beobachtete, wie sie auseinanderstoben und flink in den schattigen Zonen entlang der Wände verschwanden.

Trotzdem hörte Jenna nicht auf zu schreien.

Halt den Mund, Jenna, hörte Winnie Heller eine imaginäre Iris Kuhn zischen, und sie dachte, dass eine simple Ohrfeige das Problem dieses Mal aller Voraussicht nach nicht lösen würde, auch wenn Evelyns Miene deutlich ausdrückte, dass sie ernsthaft in Erwägung zog, ihre Maßregelung von vorhin zu wiederholen.

Doch da flammte am oberen Grubenrand bereits Licht auf.

»Verdammt noch mal, was ist denn da unten los?«

Alpha.

Hinter ihm tauchte Bernds wuchtige Statur auf. Er hielt eine MP im Anschlag, und sein Schatten goss sich über die rückwärtige Wand wie eine Warnung, die auch Jenna zu verstehen schien, denn sie hörte augenblicklich auf zu weinen und klammerte sich stattdessen Schutz suchend an Evelyn, die von dem spontanen Vertrauensbeweis der jungen Bankangestellten nicht gerade begeistert zu sein schien.

»Warum brüllt ihr so rum?«

»Hier unten sind Ratten«, rief Winnie Heller, weil sie es unklug fand, nicht zu antworten. »Es wimmelt nur so von den verdammten Viechern.«

»Ratten? Echt?« Brutalo-Bernd ließ die MP sinken und brach in schallendes Gelächter aus, das von den kahlen Wänden widerhallte. »Scheiße, ist das geil!«

Alpha hingegen war schon halb die Treppe herunter. »Wo kommen die her?«

»Ich weiß nicht genau«, antwortete Winnie Heller. »Da … Da ist so ein komischer Abfluss im Boden.« Sie zeigte auf die Stelle, die sie ein paar Stunden zuvor untersucht hatte. »Ich bin vorhin drüber gestolpert, als ich …«

Der Anführer der Geiselnehmer schob sie zur Seite und beleuchtete das Loch mit seiner Taschenlampe, wobei er das lose Gitter mit dem Fuß zur Seite schob. Ganz so, wie sie selbst es vorhin getan hatte. Dann nickte er.

»Und wenn schon«, rief Bernd von oben. »Die Viecher werden euch schon nicht gleich auffressen.«

Doch Winnie Heller ließ sich nicht beirren. »Es sind auch welche da hinten, beim Eimer«, erklärte sie, woraufhin Alpha den Strahl seiner Lampe von dem Loch auf die improvisierte Toilette richtete.

Die plötzliche Helligkeit ließ die grauen Schatten, die noch immer überall in den Nischen und zwischen den Schuttbergen kauerten, in alle Richtungen davonspritzen. Allerdings würden sie sich nicht allzu weit entfernen. Davon war Winnie Heller überzeugt.

»Wahrscheinlich hat der Geruch der Exkremente sie angelockt«, sagte sie, als sie spürte, dass Alpha ihr noch immer zuhörte.

»Na und?«, höhnte Bernd von seinem erhöhten Standort aus. »Dann müsst ihr beim Pissen eben aufpassen, dass sie euch nicht in den Arsch beißen. Was soll's?!«

»Halt's Maul«, herrschte Alpha ihn an. »Sie hat recht.«

Selbst unter seiner Maske, die er nun wieder trug, konnte Winnie Heller die Verärgerung des brutalen Geiselnehmers sehen, und sie hatte das ungute Gefühl, dass Bernds Wut sich nicht nur gegen seinen Komplizen, sondern auch und vor allem gegen sie richtete.

Du musst vorsichtig sein, mahnte ihre innere Stimme. Pass bloß auf, dass du dir diesen Kerl nicht zum Feind machst!

Trotzdem sagte sie tapfer: »Könnte man da nicht … Könnten wir nicht eine andere Lösung finden?«

Die dunklen Augen hinter Alphas Maske wandten sich ihr zu, und zum zweiten Mal, seit sie sich in seiner Gewalt befand, blickte er ihr nun direkt ins Gesicht. Und wie schon zuvor dachte Winnie Heller, dass er Charakter hatte. Eine starke, unbeugsame Persönlichkeit. Und vielleicht sogar etwas wie Mitleid. Sie dachte auch, dass sich ein Geiselnehmer vermutlich tatsächlich desto schwerer tat, jemanden zu erschießen, je mehr persönlichen Kontakt er zuvor mit der betreffenden Person gehabt hatte. Also erwiderte sie Alphas Blick und versuchte dabei, so unerschrocken und offen wie nur eben möglich zu gucken.

»Also gut«, sagte der Wortführer der Geiselnehmer nach kurzem Nachdenken. »Ein Toilettengang pro Tag. Einzeln.«

Sie nickte.

»Mehr gibt's nicht, ist das klar?«

Dieses Mal nickten auch die anderen.

»Was Sie in der Zwischenzeit machen, ist Ihr Problem.«

Winnie Heller schielte zum Rand der Grube hinauf, doch Bernd hatte sich bereits wieder irgendwohin zurückgezogen.

»Und keine Tricks, verstanden?«, sagte Alpha mit schneidender Schärfe. Dann griff er sich den Eimer und verschwand damit nach oben.

Die Lichter gingen wieder aus, und die alte Schummrigkeit legte sich über die Grube wie ein grauer Schleier.

Jennas Schluchzen verebbte. Und Winnie Heller hatte das merkwürdige Gefühl, zu dieser späten Stunde so etwas wie einen Etappensieg errungen zu haben.

13 Gegen halb vier in der Frühe stand Verhoeven im Wohnzimmer seines Hauses und blickte durch die bodentiefen Terrassenfenster in den Garten hinaus. Seine halbherzigen Versuche, schlafen zu wollen, hatte er bereits vor einer Stunde aufgegeben. Stattdessen hatte er sich angezogen, war ins Erdgeschoss hinuntergegangen und hatte sich einen Tee gemacht. Und anschließend gleich noch einen. Er hatte an das Baby gedacht, das sie haben würden. An das Glück, das ihnen zuteil wurde. Und an Winnie Heller, die irgendwo dort draußen war, in der Hand von Männern, von denen einer bereits zum Mörder geworden war …

Er hatte sich ausgemalt, wie auch sie jetzt wach lag. Oder saß. Oder was auch immer. Er hatte versucht, sich ihre Angst vorzustellen, und sich mit der trotzigen Entschlossenheit getröstet, die seine Partnerin immer dann an den Tag legte, wenn es hart auf hart kam. Und die ganze Zeit über hatte er mit seinem schlechten Gewissen gekämpft. Damit, dass er sich in einer Situation wie dieser freuen konnte über das zweite Kind, das er sich so sehr gewünscht hatte. Verhoeven blickte in den Garten hinaus, der so still und erhaben dalag, als sei alles in bester Ordnung, während ihn die emotionalen Temperaturschwankungen der letzten Stunden beinahe um den Verstand brachten. Glück und Unglück, dachte er. So dicht beieinander. Und so unfair verteilt.

Sein Blick glitt über den Rasen, den er bald wieder würde mähen müssen. Seine Frau hatte am vergangenen Wochenende sämtliche nicht winterharten Stauden aus ihrem Frostschutzquartier im Schuppen geholt und die Töpfe entlang der niedrigen Mauer aufgereiht, die die Terrasse nach Westen hin begrenzte. Es fror schon seit zwei Wochen nicht mehr, nicht einmal mehr nachts, und wahrscheinlich hatte Silvie vollkommen recht, den winterbleichen Pflanzen ab sofort wieder eine ordentliche Portion Frischluft gönnen zu wollen. Und doch musste Verhoeven beim Anblick der Töpfe daran denken, was Anna immer gesagt hatte, wenn es so früh im Jahr derart mild gewesen war.

Das dicke Ende kommt erst noch ...

Seine Augen blieben an Silvies geliebter Kamelie hängen, deren Topf als Einziger noch immer mit Zeitungspapier umwickelt war.

Oh, nein, hatte seine Pflegemutter sich mit ungewohnter Vehemenz zur Wehr gesetzt, wann immer eine der Nachbarinnen sie wegen ihrer übertriebenen Vorsicht in Bezug auf den Garten getadelt hatte, *meinen Oleander stelle ich ganz bestimmt noch nicht vor die Tür, und wenn sämtliche Forsythien des Viertels bereits in voller Blüte stehen. Glaub mir, das dicke Ende kommt erst noch. Und es kommt immer genau dann, wenn man denkt, es ist vorbei ...*

Verhoeven merkte, wie sein Bein einzuschlafen drohte, und er verlagerte sein Gewicht eilig auf die andere Seite. Was sie wohl gerade tat, Anna? Ob sie schlief? Oder war auch sie wach, so wie er, und blickte aus dem Fenster ihres ordentlichen kleinen Zimmers direkt in die Sterne? Wartete sie am Ende gar darauf, dass die Nachtschwester kam, um ... Ja, um was zu tun? Um sie zu schikanieren? Zu beschimpfen? Anzuschreien?

Die Beate von der Nachtschicht kann mich nicht leiden. Obwohl ich ihr schon zweimal was geschenkt habe.

Verhoeven lehnte die Stirn gegen die kühle Scheibe. Ihm war durchaus klar, wie wenig Chancen seine Pflegemutter hatte, falls es tatsächlich ein Problem gab. Niemand hörte auf das, was Anna sagte. So war es schon immer gewesen, und so war es noch heute. Niemand fragte nach ihr, niemand interessierte sich für das, was sie dachte, fühlte, fürchtete, und noch vor wenigen Stunden hätte Verhoeven diesen Umstand ganz sicher als eine Form von ausgleichender Gerechtigkeit empfunden. Immerhin hatte sich Anna ja auch niemals dafür interessiert, was ihre Schützlinge zu sagen hatten.

Oder tat er ihr in diesem Punkt unrecht?

Hatten sie, hatte er, er ganz persönlich, eigentlich je den Versuch unternommen, mit seiner Pflegemutter über Schmitz' Ausraster zu sprechen? Hatte er jemals Annas Hilfe gesucht? Oder hatte er in seinem kindlichen Trotz und seiner rigorosen

Ablehnungshaltung gegen alles, was mit seinem aufgezwungenen neuen Zuhause zu tun hatte, ganz einfach vorausgesetzt, dass sie ihm sowieso nicht helfen würde?

. Er überlegte fieberhaft, aber er konnte es beim besten Willen nicht sagen. Überhaupt schien so vieles in der letzten Zeit aus seinem Gedächtnis zu verschwinden, obwohl er immer sicher gewesen war, dass es sich dort bis ans Ende aller Tage festgebrannt hatte. Dennoch verschwand es. Und so sehr er sich auch bemühte, es wollte ihm einfach nicht gelingen, die unaufhaltsam verblassenden Bilder aus seiner Kindheit wieder scharf zu stellen.

Was ist das?, überlegte er, während seine Stirn allmählich taub wurde von der Kühle des Fensterglases. Das Alter? Die Zeit, die angeblich alle Wunden heilt, die sich unaufhaltsam zwischen ihn und seine Traumata schob und ihn von der schlimmsten Zeit seines Lebens entfernte?

Sucht den Herd auf der Toilette …

Aber wie konnte es möglich sein, dass selbst Schmerzen von einem solchen Ausmaß, wie er sie damals empfunden hatte, irgendwann blasser wurden? Noch dazu ohne konkreten Anlass? Ohne Versöhnung, ohne Aufarbeitung, ohne dass etwas geschehen wäre, das die Milderung rechtfertigte?

Verhoeven nahm den Kopf zurück und sah hinauf in die Sterne, die an diesem Abend so groß und nah wirkten, dass er beinahe das Gefühl hatte, danach greifen zu können. War es nicht eigentlich ein unverzeihliches Versäumnis, die eigenen Schmerzen zu vergessen? Musste man nicht, im Gegenteil, dafür sorgen, dass die Erinnerung an das Grauen lebendig blieb? Er öffnete die Terrassentür, weil er plötzlich das Gefühl hatte, Luft zu brauchen. Frische und Klarheit. Etwas, das die Dinge wieder ins Gleichgewicht rückte. Das Schöne zu vergessen, dachte er, ist ja vielleicht gerade noch entschuldbar. Aber Prügel? Misshandlungen? Unrecht?

Er schob die Hände in die Hosentaschen und trat auf die Terrasse hinaus.

Jetzt, mitten in der Nacht, war die Luft klirrend kühl und

umflutete seinen zimmerwarmen Körper wie eine Woge eisigen Wassers. Verhoeven hielt fröstelnd den Atem an, als ihm plötzlich einfiel, dass irgendein Nachrichtensprecher an einem der vergangenen Tage behauptet hatte, der Frühling beginne grundsätzlich im Februar irgendwo in Portugal und arbeite sich von dort innerhalb von drei Monaten bis nach Skandinavien vor. Und das alles mit einer Geschwindigkeit von vierzig Stundenkilometern, ein Tempo, das er – zumindest in diesem Zusammenhang – geradezu atemberaubend fand.

Soweit ich gehört habe, soll es mild und windig bleiben, hörte er im Geiste wieder den uniformierten Beamten aus Hubert Jüssens Team sagen.

Oh, nein, widersprach ihm eine imaginäre Anna, *das dicke Ende kommt erst noch. Verlassen Sie sich darauf!*

Verhoeven warf einen Blick auf das Thermometer, das an der Hauswand angebracht war und dessen komfortabel beleuchtetes Digitaldisplay man auch in der Dunkelheit mühelos ablesen konnte, und er stellte beunruhigt fest, dass die Temperatur in den vergangenen Stunden tatsächlich um satte acht Grad gefallen war. Unschlüssig machte er ein paar Schritte auf Silvies Blumentöpfe zu. Auf die Stauden, die erfrieren würden, wenn Anna recht behielt und es doch noch einmal kalt wurde. Er ging in die Knie und wollte gerade ein Stück loses Zeitungspapier hinter Silvies Kamelientopf schieben, als er ein Geräusch hörte, das er zunächst nicht einordnen konnte. Nur, dass es von oben kam, daran bestand kein Zweifel.

Er legte den Kopf in den Nacken und starrte angestrengt in den pechschwarzen Nachthimmel hinauf, doch zunächst sah er nichts als die Sterne, die in dieser Nacht in seltener Klarheit über dem Rheintal standen. Aber dann, auf einmal, nahm er auch eine Reihe von Schatten wahr, fliehend graue Silhouetten, auf die von irgendwoher ein Anklang von Licht fiel.

Zugvögel, dachte Verhoeven, und die Erkenntnis erfüllte ihn mit demselben überwältigenden Glücksgefühl wie die Nachricht, dass Silvie und er zum zweiten Mal Eltern wurden. Ein Glücksgefühl freilich, in das sich bereits nach wenigen Sekunden ein leiser Schmerz mischte. Schnell sah Verhoeven wieder nach oben.

Die Tiere kamen von Süden, und es mussten Hunderte sein. Möglicherweise gar Tausende. Gänse vielleicht. Oder Wildenten. Ihre gutturalen Schreie erfüllten die Vorstadtstraßennacht mit immer eindringlicher werdenden Sehnsuchtsklängen, und Verhoeven dachte, dass er sich unter Garantie erkälten würde, wenn er noch länger nur mit einem dünnen Sakko bekleidet in der klirrenden Kälte stand. Trotzdem konnte er sich einfach nicht überwinden, ins Haus zurückzukehren.

Reglos, fast andächtig stand er da und sah den Schatten der Vögel entgegen, die in zwei staunenswert präzisen Formationen die Schwärze durchglitten. Sie sind zurück, dachte er, und fast hatte er das Gefühl, er müsse schreien vor Erleichterung über diesen kurzen magischen Moment, in dem alles Grauen so unendlich weit fort schien.

Ein Huhn gehört an die Luft, plapperte Anna in seinem Kopf, *sonst schmeckt sogar noch das Ei nach Metall.*

Nach einigen Minuten war das Schauspiel vorüber.

Verhoeven wartete, bis die letzten Schatten der Vögel hinter den sanften Hügeln des Taunus verschwunden waren. Dann ging er quer über den ungemähten Rasen zu jenem Teich hinüber, dessen Erbauung seine ohnehin nicht gerade überragenden handwerklichen Fähigkeiten bis an ihre Grenzen und weit darüber hinaus geführt hatte. Und der ohne die tatkräftige Mithilfe seiner Kollegen wahrscheinlich noch in fünfzig Jahren ein steiniges Loch ohne Struktur gewesen sein würde.

Bald ist wieder schönes Wetter, und dann musst du unbedingt vorbeikommen und dir meine Goldfische ansehen. Es gibt auch ganz leckeren Zitronentee, wenn du welchen trinken darfst, versprach eine imaginäre Nina einer imaginären Winnie Heller.

Verhoeven blickte auf die dunkle Wasserfläche hinunter.

Wo bist du?, dachte er, und erst mit ein paar Sekunden Verzögerung wurde ihm klar, dass die unausgesprochene Frage an seine Partnerin gerichtet gewesen war. Und das, obwohl sie einander noch immer mit konstanter Bosheit siezten und vermutlich noch bis zum Sankt Nimmerleinstag siezen würden. Wohin, um alles in der Welt, haben diese Leute dich verschleppt? Dich und die anderen?

Und was können wir tun, um euch unbeschadet dort rauszuholen?

IV

Was heut müde gehet unter,
Hebt sich morgen neugeboren.
Manches bleibt in Nacht verloren –
Hüte dich, bleib wach und munter!

Joseph Freiherr
von Eichendorff, »Zwielicht«

Psychiatrische Klinik Storkow bei Berlin, Oktober 1989

Seit einiger Zeit trägt sie diesen Ring, den sie selbst gemacht hat. Er ist ganz schlicht, aus einem winzigen Stück Stoff mit Dutzenden von mikrofeinen Stichen zusammengenäht. Von Hand natürlich, denn die Maschinen können nur braunbeiges Plastik. Ein Stück von ihrem Unterhemd hat sie dafür geopfert, eins von den wenigen Kleidungsstücken, die sie ihr gelassen haben. Der Rest ihrer Sachen ist irgendwohin verschwunden, aber das weiß sie eigentlich schon fast gar nicht mehr. Und es scheint ihr auch irgendwie angemessen, dass sie es nicht mehr weiß. Nicht tragisch jedenfalls. Zumindest nicht auf den ersten Blick …

Sie sieht kurz hoch, als die Schichtleiterin ihr einen neuen Packen frisch zugeschnittener Kulturbeutelteile auf den Tisch knallt. Dann schaut sie wieder auf ihre Nähmaschine hinunter und beobachtet ihre Hand, die das steife Kulturbeutelplastik mit geübter Routine über die Stichplatte führt. Der Ring, den sie notgedrungen am linken Mittelfinger trägt, weil er ein bisschen zu groß ausgefallen ist, ersetzt die Träume, die sie verloren haben muss, irgendwo zwischen den Kulturbeuteln. Und das, obwohl sie noch immer jeden Abend und jeden Morgen mit dem Medikamentenbrett in ihrem Türrahmen stehen.

Erstaunlich eigentlich, denkt sie.

Trotzdem träumt sie nicht mehr. Die Zeitungsverwesungsträume sind ihr abhanden gekommen. Genau wie der ramponierte Boxer und der hellblaue Strampelanzug. Nicht, dass sie großen Wert darauf gelegt hätte (Wer legt denn schon Wert auf Alpträume?), aber irgendwie bereitet ihr die Entwicklung doch Sorgen, vor allem, weil es eben nicht nur die Alpträume sind, die ihr abhandenkommen, so wie ihre Möbel und Kleider und all das andere Zeug, an das sie sich zum Glück nur noch schemenhaft erinnert. Es sind auch die anderen, die guten, die wichtigen Träume. Die Tagwachträume, die, in denen der junge Mann, den sie seit einiger Zeit schlicht Toni nennt, nach Tschechow, ihrem Lieblingsdichter, in denen also Toni auf einem rostigen roten Jungenfahrrad in rasendem Galopp über ein sozialistisches Stoppelfeld brettert. Sein weiches schwarzes Haar … Oder ist es …? Nein, denkt sie, schwarz ganz sicher, auch wenn Ingeborg Wenzel behauptet, das bedeute gar nichts, weil alle Babys bei der Geburt schwarze Haare hätten, schwarze oder gar keine, und doch ist sie felsenfest überzeugt, dass er immer noch schwarze Haare hat. Eine Mutter weiß so etwas, da braucht sie ihr Kind eigentlich gar nicht gesehen haben … Also Tonis schwarzes Haar weht im Wind (es ist natürlich ein ganzes Stück zu lang, wie heutzutage üblich, wenn man ein bisschen revolutionär veranlagt ist, aber sie hat einer solchen Banalität wegen auch nie schimpfen wollen, nicht mal im Traum, ganz im Gegensatz zu Frau Huber selbstverständlich, die die Umtriebe ihres Sohnes schon lange nicht mehr versteht, auch wenn er gar nicht ihr Sohn ist, also Frau Hubers Sohn, eigentlich, aber aus irgendeinem unerfindlichen Grund empfindet sie ihn trotzdem als solchen und leidet um ihn, was ihr recht geschieht, schon allein um all des Westkaffees willen, den sie andauernd in sich hineinschüttet), jedenfalls fährt Toni Fahrrad und singt dabei, aber er singt kein Parteilied, sondern irgendeinen ziemlich unerwünschten Popsong, der ihn ihr noch sympathischer macht, auch wenn sie kein Wort versteht.

Sie merkt, dass sie lächelt, und ärgert sich im gleichen Atemzug, weil sie schon wieder vergessen hat, weswegen.

WESWEGEN LÄCHLE ICH?

Sie malt die Frage, die ihr auf den Nägeln brennt, in Großbuchstaben vor sich auf den Tisch, während sich ihr Gedächtnis vergebens darum bemüht, die Bilder zurückzurufen, die sie ja wohl irgendwie gefreut haben müssen. Sonst würde sie wohl kaum lächeln, nicht wahr?

Also WESWEGEN ...

Fragen sind wichtig, denkt sie, während ihr Finger ein zweites Fragezeichen direkt hinter das erste malt. Sogar dann, wenn man die Antwort nicht findet. Man darf nie aufhören, sich Fragen zu stellen, das ist etwas, das sie mit Sicherheit weiß, auch wenn sie sich schon eine ganze Weile nicht mehr daran erinnern kann, warum sie so denkt. Aber sie ist überzeugt, dass jemand allein aufgrund von nicht gestellten Fragen verrückt werden könnte. Wenn es genug wären ...

»Gibt's ein Problem?«

Sie wischt eilends die Frage beiseite und blickt wieder hoch. Die Gisela, sieh an! Eine von den Übereifrigen. Planziel. Gruppensoll. So was gelte auch für Verrückte und so weiter und so fort. Eigentlich ein Absurdum.

Sie lächelt wieder, anders diesmal.

»Was grinst du denn so blöd?«

Oh, gleich zwei Fragen auf einmal, denkt sie, heut ist ja direkt mein Glückstag! »Alles in Ordnung.«

»Und warum arbeitest du dann nicht?«

Nummer drei?! Na, das grenzt doch beinahe schon an Verschwendung! Gibt's denn Fragen heut mal vorrätig? Dann aber zugreifen, was?! Beeilung, Beeilung, meine Herrschaften, in weniger als einer halben Stunde sind sie garantiert aus, die Fragen. Also kommen Sie und stellen Sie sich hinten an und warten Sie einfach auf das, was noch übrig ist, wenn Sie endlich an die Reihe kommen!

Noch immer vergnügt zieht sie unter Giselas Augen einen neuen beigen Plastikreißverschluss aus dem Kasten neben der Nähmaschine. Zwei von dreien funktionieren schon nach einem einzigen Tag nicht mehr richtig, aber was macht das schon? Immerhin wirkt sie auf diese Weise ein bisschen beschäftigter.

Seltsam nur, dass Planziel-Gisela trotzdem nicht geht.

Sie blickt zum dritten Mal an diesem Morgen auf und stellt verwundert fest, dass sie nicht mehr allein sind, Gisela und sie. Das heißt, allein sind sie ja eigentlich nie gewesen, mit all diesen nähenden Verrückten um sie herum, aber jetzt sind da auf einmal andere Leute, also Menschen, die dort gewissermaßen gar nicht hingehören, Überraschungsgäste oder so was in der Richtung. Zwei Herren und eine Dame. Nein, denkt sie, nachdem sie ein wenig genauer hingesehen hat, wohl doch eher eine Frau. Jedenfalls Fremde, die Planziel-Gisela beiseitegenommen haben. Sie reden auf sie ein, und Gisela nickt, und dann geht einer von den Herren wieder weg und der andere tritt nach vorne unter das Porträt von Erich Honecker, das heute anscheinend Ausgang hat, also unter den Nagel, der noch übrig ist, und dann sagt er etwas. Der Herr, wohlgemerkt, nicht Erich Honecker.

»… und wie einige von Ihnen vielleicht bereits gehört haben …«

Sie versucht, den Ton lauter zu stellen, aber es will ihr nicht gelingen. Also bemüht sie sich wenigstens, interessiert auszusehen, damit sie nicht unangenehm auffällt. Unauffälligkeit, davon ist sie überzeugt, ist das Einzige, was einen retten kann. Vielleicht retten. Oder auch nicht. Aber was soll's?

»… werden das natürlich so schnell wie möglich im Einzelfall prüfen und …«

Aha, was auch immer …

»… möchte ich Ihnen darüber hinaus versichern, dass wir alles in unserer Macht Stehende tun werden, um die bestmögliche Lösung für Sie alle …«

Sollte man da nicht klatschen? So wie früher im Konzert?

Nein, pssst, raunt ihre Mutter, die gar nicht hier ist, nicht jetzt, jetzt ist die falsche Stelle, weil der Mann am Klavier eine

Sonate spielt, und bei einer Sonate klatscht man erst am Ende und nicht nach jedem Satz, denn wenn man das tut, also nach jedem Satz klatschen, dann merken die Leute, dass man eine Banausin ist, und das sollen sie nicht, jedenfalls nicht so direkt. Als ihre Mutter das flüstert, ist sie sieben, daran erinnert sie sich plötzlich. Seltsam eigentlich, nicht wahr? Sieben und schon in einem Sonatenkonzert, das ist es wohl, was man gemeinhin gute Erziehung nennt. Und immerhin sind wir ja 1955 auch schon wieder wer gewesen, denkt sie, so was muss sich ja irgendwie bemerkbar machen.

»... Bennet?«

Was? Ach ja, so hat sie mal geheißen, bevor hier alle damit begonnen haben, sie nur beim Vornamen zu rufen. Ylva Bennet. Merkwürdig, aber mit Namen hat sie's irgendwie ...

»Frau Bennet?«

»Ja?« Sie sieht sich um und wundert sich, dass sie auf einmal in einem dunklen Büro sitzt anstatt an ihrer Nähmaschine.

»... Ihren Fall gründlich geprüft und sind zu der Erkenntnis gelangt, dass Sie ...«

Was? Wer sind Sie? Was wollen Sie von mir?

»... wenden Sie sich jederzeit gern an Frau Michalke. Sie wird Ihnen selbstverständlich auch dabei behilflich sein, alle notwendigen Schritte in die Wege zu leiten und die entsprechenden Anträge zu stellen. Und wenn Sie sich doch noch dazu entschließen sollten, Rechtsmittel einzulegen, können wir Ihnen auch gern ...«

Halt, stopp! Wovon, um alles in der Welt, reden Sie da? Was ist das für ein Zimmer? Wo sind meine Reißverschlüsse?

Ein freundliches fremdes Lächeln vor dunklem Hintergrund. »Haben Sie noch irgendwelche Fragen?«

Sie schüttelt den Kopf, weil ihr im Augenblick alles abhandengekommen zu sein scheint. Der Sohn, die Reißverschlüsse, sogar die Fragen. Und das, obwohl sie um die Gefährlichkeit eines solchen Zustandes weiß. Sie weiß, dass man verrückt werden kann, allein aufgrund von nicht gestellten Fragen. Auch wenn dieser Mann auf der anderen Seite des düsteren Schreibtischs gerade behauptet hat, »man«, also irgendwer, habe festgestellt, dass sie gar nicht verrückt sei. Aber vielleicht hat sie ihn in diesem Punkt auch irgendwie missverstanden.

Du musst dich vorsehen.

Es könnte eine Falle sein. Sie haben ihre Leute überall.

Und so nimmt sie lächelnd entgegen, was er ihr hinstreckt. Eine Visitenkarte mit dem Namen einer Frau, die angeblich ab sofort für sie zuständig ist. Für die ersten Schritte in Freiheit, wie er mit einem eigenartig entschuldigenden Lächeln hinzufügt, als sei da was anrüchig allein an dem Wort. Also Visitenkarte. Dazu Geld. Ein Umschlag mit Scheinen, die komisch aussehen. Möglicherweise Spielgeld. Ja, denkt sie, wahrscheinlich. Spielgeld oder ein Trick …

»Und jetzt?«

»Jetzt können Sie gehen.«

Sie schüttelt den Kopf. »Gehen? Wohin?«

Lachen. Seins. Ungläubig. »Wohin Sie wollen.«

Jetzt lacht sie auch. Das ist schon viel, denkt sie, gehen können, wohin man will. Wenn sie sich nur daran erinnern könnte, wo das ist …

»Soll ich Ihnen vielleicht ein Taxi rufen?« Der Mann zeigt auf den Koffer, der neben ihrem Stuhl steht, ohne dass sie sich erklären könnte, wie er dort hingekommen ist.

Sie nickt, weil es ihr irgendwie folgerichtig erscheint.

Der Mann greift zum Telefon. Sagt etwas. Dann zu ihr: »Der Wagen ist unterwegs. Ich habe dem Fahrer gesagt, dass Sie vor dem Tor auf ihn warten.«

Eine warme, feste Hand, die nach ihrer greift.

»Ich wünsche Ihnen alles erdenklich Gute.«

VIERTER TEIL

VIERTER TEIL

Wiesbaden, 15. März 2008

1 Gütiger Gott, dachte Winnie Heller, was gäbe ich jetzt für eine schöne, heiße Dusche! Und hinterher einen von diesen richtig sahnigen Milchkaffees, dazu mild zerlaufende Butter auf frischen Croissants und pfundweise Erdbeermarmelade ...

Sie leckte sich genüsslich über die Lippen, doch die Realität sah definitiv anders aus. Sie war mit pochenden Kopfschmerzen erwacht, hatte ein paar Kniebeugen gemacht, um ihre steifen Gelenke wieder zum Leben zu erwecken, und anschließend hatten sie gefrühstückt: Cracker, Wasser und Toast.

Dass es Tag war, irgendwo dort draußen, ließ sich nicht einmal vage erahnen. Zeit war etwas, das sich anderswo abspielte. Auf dem Grund der Grube gab es nur Nuancen. »Dunkel« und »nicht ganz so dunkel«. Winnie Heller reckte sich, um ihren Körper in einen Zustand von Handlungsbereitschaft zu versetzen. Doch der Erfolg war eher mäßig. Allmählich machte sich das Fehlen von Tageszeiten bemerkbar. Das Fehlen einer klaren Struktur, an der sich ihr Biorhythmus orientieren konnte. Stattdessen geriet sie mehr und mehr in einen merkwürdig irreal anmutenden Schwebezustand, der sich mit jeder Stunde, die verging, noch verschlimmerte. Es gab keine Geräusche. Keine Bewegung. Keinen Hinweis auf Leben oberhalb der Grube. Nur diese paar gekachelten Quadratmeter, in denen sie ausharrten. Schweigend und zunehmend lethargisch.

Winnie Heller blickte zu Jenna hinüber, die total übernächtigt aussah. Das Weiß ihrer Augen wirkte blutig vor Müdigkeit. Wahrscheinlich hatte sie die ganze Nacht wach gelegen und auf die Rückkehr der Ratten gewartet. Doch die Tiere schienen verstanden zu haben, dass für sie hier unten nicht viel zu holen war. Sie hatten sich nicht mehr blicken lassen.

Als sie das Knirschen von Schotter wahrnahm, blickte Winnie Heller auf. Brutalo-Bernd und sein junger Komplize tauchten über dem Rand der Grube auf, und Bernd kündigte den ersten Toilettengang an.

»Wer muss, hebt die Hand«, brüllte er in Militär-Manier zu ihnen hinunter, woraufhin fünf Arme in die Luft schnellten.

Lediglich Jenna zögerte. Vielleicht, weil sie sich davor fürchtete, mit einem der beiden Entführer allein zu sein. Und genau darauf lief die Sache hinaus, wie sich wenig später herausstellte. Jeweils einer von ihnen stieg die rostige Eisentreppe hinauf, wo er von dem jüngsten der Geiselnehmer in Empfang genommen und irgendwohin geführt wurde. Die anderen warteten unter Brutalo-Bernds Röntgenblick darauf, dass der Betreffende zurückkehrte. Hin und wieder hörten die Zurückgebliebenen, wie der Junge die jeweilige Geisel zur Eile mahnte. Doch zwischen diesen spotlightartigen Einwürfen blieb es geradezu unheimlich still. So als ob sie hermetisch von der Welt abgeschlossen wären.

Winnie Heller wartete voller Spannung darauf, dass die Reihe an sie kam, und am liebsten wäre sie von vornherein als Erste gegangen. Doch die Reihenfolge bestimmte Bernd höchstpersönlich.

Und der ließ sie warten …

Gerade kehrte Quentin Jahn über die Treppe zurück. Er blickte kurz zu ihr herüber, und sie glaubte etwas wie Enttäuschung in seinen Augen zu lesen. Zugleich bedeutete er ihr mit einem resignierten Schulterzucken, dass sein kurzer Ausflug in die Welt oberhalb der Grube wenig aufschlussreich gewesen war.

Winnie Heller schenkte ihm ein einvernehmliches Nicken. Dann sah sie wieder zu Bernd hinauf, dessen Schatten wie eine stumme Warnung auf die hintere Grubenwand fiel. Inzwischen waren nur noch Evelyn, Jenna und sie selbst übrig, und ganz allmählich wurde Winnie nun doch ein wenig mulmig zumute. Ließ dieser Bernd sie am Ende absichtlich bis ganz zum Schluss warten?

Aber wozu?

Um ihr etwas anzutun?

Er hat mich gesehen, gestern, hämmerte es in ihrem Kopf. Er

muss mich gesehen haben. Und jetzt hat er etwas vor. Etwas, das ganz bestimmt nichts Gutes verheißt.

Im selben Moment richtete sich Bernds ausgestreckter Zeigefinger auf Evelyn Gorlow.

Die dicke Krankenschwester hatte alle Mühe, die wackligen Stufen hinaufzukommen, und als ihm die Sache zu lange dauerte, ging der Entführer ihr kurzerhand ein Stück entgegen und packte sie mit roher Gewalt beim Arm.

»Jetzt mach schon, du fette Schlampe«, schrie er ihr ins Gesicht, indem er Evelyn Gorlow kurzerhand hinter sich herzerrte, bis sie beide im Schatten hinter dem Rand verschwunden waren.

Die Zurückgebliebenen hörten einen dumpfen Knall, als die korpulente Krankenschwester irgendwo außerhalb ihres Blickfeldes stürzte. Dann ertönte ein Schuss, gefolgt von einem entsetzten Quieken. Ein hoher, hilflos anmutender Laut, der Winnie Heller abermals an neugeborene Ferkel denken ließ.

Immerhin ist sie noch am Leben, versuchte sie sich mit der unleugbaren Tatsache, die aus dem Geräusch folgte, zu trösten. Er hat sie nicht erschossen.

Noch nicht …

Ihr Blick suchte den Grubenrand, doch Bernd ließ sich dieses Mal nicht blicken.

»Oh, nein, da gehe ich nicht hoch«, flüsterte eine totenbleiche Jenna neben ihr. »Und schon gar nicht allein.« Ihre nichtssagenden blauen Püppchenaugen saugten sich flehentlich an Winnie Hellers Gesicht fest. »Denken Sie, dass wir … Ich meine, vielleicht könnten wir ja zusammen gehen?«

»Nein«, erwiderte Winnie knapp, während sie im Stillen ein Stoßgebet nach dem anderen gen Himmel schickte, dass dieser Kelch an ihr vorübergehen möge. Immerhin hatte sie Pläne da oben. Pläne, die sie in Begleitung dieser elenden Heulsuse glatt vergessen konnte …

Ein lautes Poltern am oberen Grubenrand kündigte Evelyns Rückkehr an.

Vor dem Toilettengang hatte die korpulente Krankenschwester ihren Parka ausgezogen, und die Zurückgebliebenen konnten ihre Massen unter der orangefarbenen Bluse wabern sehen, als sie – dieses Mal erstaunlich flink – die rostigen Stufen hinunterkletterte.

»Jetzt du«, rief Bernd.

Winnie Heller blickte zu ihm hinauf und stellte fest, dass er nicht sie, sondern Jenna meinte. Was im Klartext hieß, dass sie tatsächlich die Letzte sein würde. Ganz so, wie sie vermutet hatte…

Das flaue Gefühl in ihrer Magengegend verstärkte sich.

Was, wenn er mich angreift? Wenn er den Jungen dazu bringt, uns allein zu lassen? Dann könnte er mich erschießen. Oder vergewaltigen. Oder sonstwie quälen. Ganz, wie es ihm gefällt. Sie dachte an Alpha. Der Anführer der Geiselnehmer war nicht in der Nähe, davon war sie felsenfest überzeugt. Und das bedeutete, dass seinem brutalen Komplizen das Regulativ fehlte.

Ist die Katze aus dem Haus …

»Ich … Könnte ich … Ich meine, wir …«

Jenna.

Winnie Heller fluchte still vor sich hin. Diese Mimose brachte es doch tatsächlich fertig, ihr einen dicken, fetten Strich durch die Rechnung zu machen!

»Wäre es möglich, dass wir …«

»Was?«

Die drei Buchstaben peitschten zu ihnen hinunter wie eine Gewehrkugel.

»Zusammen«, keuchte die junge Bankangestellte erschrocken. »Ich … Vielleicht könnten Frau Heller und ich … Ich meine, das würde Ihnen doch auch Zeit sparen.«

»Hast du das gehört?«, wandte Bernd sich an seinen jungen Komplizen, der ein Stück hinter ihm stand, und obwohl er lachte, hatte Winnie Heller eigentlich nicht das Gefühl, dass er amüsiert war. »Ich hab doch schon immer gesagt, dass diese verdammten Weiber am liebsten im Pulk pinkeln.«

Der Junge ließ ein halbherziges Lachen hören, in das sich jedoch deutlich auch der kalte Hauch der Angst mischte.

Er hat einen Heidenrespekt vor seinem Kumpel, dachte Winnie

Heller bei sich. Aber das wundert mich nicht. Vermutlich hat er verdammt gute Gründe!

»Was bringt euch das eigentlich, wenn ihr zusammen aufs Klo rennt?«

Doch Jenna war inzwischen so verängstigt, dass sie nicht zu antworten wagte. Stattdessen blickte sie auf ihre lädierten Pumps hinunter.

»Antworte mir!«

Jennas Kopf ruckte hoch. »Ich … Wir fanden …«

Lass mich da raus, dachte Winnie Heller.

»Es war nur so eine Idee.« Die blonde Bankangestellte strich sich eine verirrte Haarsträhne aus der Stirn. Erstaunlicherweise hatte die Geste etwas unerwartet Laszives, von dem sich Winnie Heller nicht sicher war, ob es auf Zufall oder Absicht beruhte. »Bitte … Vergessen Sie's einfach.«

Brutalo-Bernd zögerte, während sein Röntgenblick über den Körper der Blondine zu gleiten schien. Doch auch das konnte Winnie Heller nicht mit letzter Sicherheit sagen. Dazu war die Entfernung einfach zu groß.

»Na schön«, sagte er schließlich. »Komm rauf!«

»Ich …« Jenna nahm die Schultern zurück und wich dann langsam, Schritt für Schritt, bis zur Rückwand der Grube zurück, ohne den brutalen Geiselnehmer auch nur eine Sekunde aus den Augen zu lassen. Der Ausdruck von aufreizender Laszivität, der Winnie Heller zu denken gegeben hatte, war verflogen. Stattdessen dominierte wieder nackte Angst.

»Was ist jetzt, Schlampe?«, drängte der Entführer, der von unten betrachtet geradezu unverhältnismäßig groß wirkte. »Musst du oder musst du nicht?«

Jenna schüttelte stumm den Kopf.

Vom Grubenrand erklang ein heiseres Lachen. »Du weißt, das ist deine einzige Chance für heute.«

»Ich …« Die blonde Bankangestellte versuchte verzweifelt, sich dicht an Evelyn zu drücken, doch die rückte sogleich ein Stück von ihr ab, und als auch das nichts half, gab sie ihr kurzerhand einen kräftigen Schubs, sodass Jenna wie ein ungelenkes

285

Füllen nach hinten wegknickte und reichlich unsanft auf dem staubigen Boden landete.

Brutalo-Bernd kommentierte die Aktion mit einem schadenfrohen Lachen, während die korpulente Krankenschwester offenkundig genug damit zu tun hatte, ihren vorangegangenen Sturz zu verarbeiten. Vielleicht auch eine gezielte Attacke des Geiselnehmers.

Erst jetzt bemerkte Winnie Heller, dass ihre Hose über dem rechten Knie zerrissen war. Darunter schien die Haut offen zu sein. Blutig.

»Okay, ganz wie du willst.« Bernds Augen ließen von Jenna Gercke ab, und er wandte den Kopf. »Dann du.«

Winnie Heller straffte die Schultern. Dann stand sie auf und ging langsam auf die rostige Treppe zu.

»Geht's vielleicht noch ein bisschen schneller?«, erkundigte sich Bernd mit beißendem Sarkasmus.

Leck mich, dachte Winnie, während sie sich beeilte, ihre ausgekühlten Füße die wackligen Stufen hinauf zu quälen.

Oben angekommen, stellte Bernd sich ihr in den Weg, breitbeinig und grinsend, auch wenn die Maske einen Großteil seines Munds verdeckte.

»Hi, Schnucki«, flüsterte er in einem Ton, der ihr extrem unheimlich vorkam. »Wie, sagtest du, war noch mal dein Name?«

Sie war davon überzeugt, dass er ganz genau wusste, wie sie hieß. Aber sie antwortete ihm trotzdem. Dieser Dreckskerl wollte ein Spielchen spielen? Okay, dann spielen wir!

»Winifred.«

»Und?«, erkundigte er sich spöttisch. »Hast du noch Kontakt zu deinen Eltern?«

Kontakt zu meinen Eltern?, schoss es Winnie Heller durch den Sinn. Wieso fragt er so etwas? Was weiß er über mich? Wie gut sind diese elenden Scheißkerle tatsächlich über uns und unseren familiären Hintergrund informiert?

Dann allerdings wurde ihr klar, dass sie zu den wenigen gehörte, mit deren Anwesenheit in der Bank die Geiselnehmer unmöglich hatten rechnen können. Und ihr ging auf, dass Bernds Frage sich auf ihren Namen bezogen hatte.

Nur auf ihren Namen …

»Sie meinen, dieser Name wäre ein guter Grund, mit seiner Familie zu brechen?«, fragte sie mit einem Lachen, das ihr selbst unecht vorkam.

»Na klar«, grinste er. »Oder siehst du das anders?«

Sie schüttelte den Kopf. Mitmachen. Spielen. Scherzen. Und auf keinen Fall die Nerven verlieren.

»War'n das Nazis, deine Eltern, oder was?«

»Nein«, entgegnete sie, »bloß Wagnerianer.«

»Scheiße, das ist doch ein und dasselbe«, herrschte er sie an, und von einem Augenblick auf den anderen war alles Scherzhafte aus seiner Stimme verschwunden. Winnie Hellers Blicke glitten über seinen Körper, und sie fragte sich, wo er seine Waffe haben mochte. »Wenn ich mir all diese aufgetakelten Piss-Schlampen ansehe, die jedes Jahr durch Bayreuth flanieren und den guten alten Zeiten huldigen, kommt mir glatt das Kotzen.«

Genau wie Alpha ist dieser Kerl ganz und gar nicht ungebildet, notierte Winnie Heller in Gedanken. Die Frage ist nur, warum er mir das verrät …

Laut sagte sie: »Hey, ob Sie's glauben oder nicht, aber ich hab tatsächlich sogar schon mal daran gedacht, den Namen zu ändern. Bloß ist das in einem Land wie diesem ja leider alles andere als einfach. Und damals war ich noch'n Teenager, also ohne jeden Plan, verstehen Sie?«

Sie sah zu Bernds jungem Komplizen hinüber, der im Schatten der hohen Mauern stand und augenscheinlich darauf wartete, sie an einen Ort zu führen, wo sie zur Toilette gehen konnte. Winnie Heller hatte den Eindruck, dass er das Geplänkel zwischen ihnen aufmerksam verfolgte, und sie rief sich ins Gedächtnis, dass eine der Grundregeln bei Geiselnahmen lautete, einen möglichst persönlichen Kontakt zu seinen Entführern aufzubauen. Sie wissen zu lassen, wer man war und wo man herkam.

Ein Entführer tut sich schwerer, eine Geisel zu erschießen, die einen Namen und einen Hintergrund hat.

»Na ja, ich bin also ganz naiv aufs Standesamt marschiert«, fuhr sie fort, »und da sagten sie mir dann, ich müsse nachweisen, dass ich einen schweren psychischen Schaden davontrage, falls ich weiterhin als Winifred durchs Leben gehen muss. Und, mal ganz ehrlich, da wusste ich echt nicht, wie ich das hätte anstellen sollen.« Sie lachte. »Ich meine, wie weist man einen Schaden nach, den man noch gar nicht hat? Also bin ich unverrichteter Dinge wieder abgezogen, und irgendwann, ohne dass ich's gemerkt hätte, war ich dann so an den verdammten Namen gewöhnt, dass ich …«

Brutalo-Bernd trat einen Schritt auf sie zu. »Halt deine blöde Klappe und geh pissen, kapiert?!«, schrie er sie an, und das Ausmaß an Aggression in seiner Stimme verriet Winnie Heller, dass sie ihn mit irgendetwas, das sie gesagt oder getan hatte, ernsthaft verärgert haben musste.

2 Die Warterei zehrte an den Nerven.

Seit sieben Uhr in der Frühe saßen sie nun im Wohnzimmer der Liesons. Irgendwann war Inger Lieson aufgestanden und hatte Kaffee gemacht. Zwei Kannen, die beide bereits zum zweiten Mal wieder aufgefüllt waren.

An Frühstück dachte niemand.

Verhoevens Blick glitt über Inger Liesons sichtlich angespanntes Gesicht. Die Bankiersgattin war an diesem Morgen noch bleicher als bei ihrer ersten Begegnung am Vorabend. Dennoch fand Verhoeven, dass sie hübsch war. Jung und attraktiv. Und irgendwie … Er suchte eine Weile nach einem Wort, das umschrieb, was er empfand. Ja, dachte er schließlich, diese Frau sieht beinahe unwirklich aus. Ihr heller Teint war auf fast ätherische Weise durchscheinend, und das glänzend gepflegte Blondhaar schimmerte im warmen Licht der Deckenstrahler wie helles Kupfer. Seltsamerweise hatte Verhoeven trotzdem den Eindruck, dass von irgendwoher ein Schatten auf Inger Lieson fiel. Aber das mochte auch an der Aufregung liegen. An der Furcht vor dem, was ihr bevorstand.

Uns allen, ergänzte Verhoeven im Stillen.

»Wie fühlen Sie sich heute Morgen?«, erkundigte sich in diesem Augenblick Monika Zierau, die der Bankiersgattin gegenüber saß, und Verhoeven fragte sich, ob er selbst es gewesen war, der die Aufmerksamkeit der Psychologin auf Walther Liesons Frau gelenkt hatte. Etwas an der Art, wie er sie angesehen hatte. Die erfahrene Profilerin trug noch immer denselben Hosenanzug wie am Tag zuvor. Aber sie hatte ihr T-Shirt gewechselt, was wahrscheinlich bedeutete, dass sie irgendwann im Laufe der Nacht in ihrem Hotelzimmer gewesen war. Falls sie überhaupt eins hatte.

»Glauben Sie, dass Sie einem Gespräch mit dem Entführer gewachsen sein werden?«, fragte sie jetzt.

Doch Inger Lieson machte den Eindruck, als fühle sie sich schon allein durch die Frage überfordert. »Ich … Ja, ich denke schon«, stammelte sie. »Wenn ich nicht … Ich meine, ich weiß natürlich nicht, wie sich …«

Sie schluckte krampfhaft und blickte auf ihre sorgfältig manikürten Finger hinunter, die aussahen, als seien sie verknotet.

»Meiner Meinung nach spricht überhaupt nichts dagegen, dass ich gleich von vorneherein an den Apparat gehe«, schaltete sich Richard Goldstein ein, und Inger Lieson schenkte ihm ein dankbares Lächeln.

»Denen ist ohnehin klar, dass sämtliche Anschlüsse überwacht werden und dass es hier von Bullen nur so wimmelt«, fügte der Unterhändler hinzu, als er die Zweifel in Monika Zieraus Augen bemerkte. Er hatte sich nicht rasiert und wirkte reichlich übernächtigt. Aber das war wahrscheinlich kein Wunder.

Verhoeven dachte an die immense Verantwortung, die auf Richard Goldstein ruhte, und automatisch suchte sein Blick das Basecap, das neben dessen Kaffeetasse auf dem Tisch lag und das den studierten Soziologen angeblich an die allgegenwärtige Möglichkeit des Scheiterns erinnerte.

Ich kann ein ziemliches Arschloch sein. Genau genommen war ich schon während meiner Ausbildung ein verdammt arroganter Hund …

»Warum hat dieser Teja eigentlich überhaupt angekündigt, wann und bei wem er sich wieder meldet?«, fragte Verhoeven.

»Darüber habe ich mir auch schon den Kopf zerbrochen«, räumte Goldstein ein. »Aber bislang bin ich noch zu keinem brauchbaren Ergebnis gekommen.«

Verhoeven nickte. Er fand dieses Eingeständnis irgendwie sympathisch. Auch wenn ihm das Gefühl, dass selbst ein erfahrener Unterhändler wie Goldstein die Situation nicht recht einzuschätzen wusste, zugegebenermaßen nicht gerade behagte.

Er trank seinen Kaffee aus und schenkte sich nach.

Inger Lieson blickte ihn fragend an.

»Alles in Ordnung«, sagte Verhoeven, ohne zu wissen warum. Immerhin hatte die Bankiersgattin vermutlich nur wissen wollen, ob sich noch genügend Kaffee in der Kanne befand.

Monika Zierau hob ihre Kohlenaugen und sah ihn an.

Ein Blick, der Verhoeven das unbequeme Gefühl vermittelte, bei einer Sünde ertappt worden zu sein.

Doch schon im nächsten Augenblick riss das Summen von Goldsteins Beeper ein Loch in die Stille, die über Walther Liesons elegantem Mahagonitisch schwebte, und absorbierte die Aufmerksamkeit sämtlicher Anwesenden wie ein Schwamm.

Goldstein warf einen kurzen Blick auf die Nachricht, bevor er Verhoeven das Display hinhielt. »Die Lippenleserin hat die Sequenz entziffert, die wir aus der Reflexion auf dem Panzerglas isolieren konnten«, erläuterte er für die anderen. »Das heißt, wenn man so etwas in diesem Zusammenhang überhaupt als entziffern bezeichnen kann. Aber sei's drum. Das Wort, das der Anführer der Geiselnehmer da gestern in der Bank von sich gegeben hat, lautet MALINA.«

Verhoeven, der mit dieser Tatsache schon ein paar Sekunden länger vertraut war, nutzte die Gelegenheit, um die Reaktionen der anderen zu beobachten.

»Scheiße, was soll das nun schon wieder bedeuten?«, stöhnte Jens Büttner über seiner leeren Kaffeetasse. Er war kurz nach Verhoeven erschienen und hatte ganz offenkundig den Auftrag, Goldstein und dessen Handeln zu überwachen.

»Ist das ein Name?«, fragte Hinnrichs, während Monika Zierau neben ihm nur erstaunt die Augenbrauen hochzog.

Und selbst Luttmann, der mit seinem Laptop an einem Nebentisch Position bezogen hatte, hielt inne und blickte verblüfft herüber.

»Ist Ihnen dieses Wort schon irgendwo mal begegnet?«, wandte sich Goldstein an Inger Lieson, ohne auf die ratlosen Gesichter seiner Mitstreiter einzugehen. »Vielleicht im Zusammenhang mit einer Person oder einem Ort?«

Walther Liesons Frau schüttelte den Kopf. Es war keine besonders nachdrückliche Geste, aber Verhoeven war bereits zuvor aufgefallen, dass alle Reaktionen der Bankiersgattin an diesem Morgen ein wenig sparsam ausfielen. Im Stillen tippte er darauf, dass sie irgendein Beruhigungsmittel geschluckt hatte.

»Und auch sonst nicht?«

Wieder Kopfschütteln.

»Sind Sie sicher?«

»Ja.« Jetzt klang Inger Liesons Stimme mit einem Mal überraschend scharf, fast gereizt. »Da bin ich ganz sicher.«

»Dann müssen wir wohl oder übel Ihren Mann fragen«, entgegnete Goldstein. »Vielleicht weiß er etwas damit anzufangen.« Er wies Luttmann mit einer knappen Geste an, ihm eine entsprechende Verbindung herzustellen.

»Und die Lippenleserin ist sich ganz sicher, dass sie das Wort richtig verstanden hat?«, hakte unterdessen der für seine penible Gründlichkeit bekannte Hinnrichs noch einmal nach.

Goldstein nickte. »Hundertprozentig. Der Entführer sagt ganz eindeutig nur ein einziges Wort. Und dieses Wort lautet MALINA.« Er lehnte sich in seinem Sessel zurück und schleuderte den Beeper, der ihm diese auf den ersten Blick wenig hilfreiche Information geliefert hatte, quer über den Tisch. »Das Wort, das er sagt, lautet MALINA, und was noch viel bezeichnender ist: Der Kerl wiederholt es.«

Hinnrichs fixierte den Verhandlungsspezialisten des BKA, als wolle er ihn mit seinen Blicken aufspießen. »Und warum tut er das?«

»Vielleicht, weil er keine Antwort bekommen hat.«

»Antwort? Von wem?«

»Was weiß denn ich«, entgegnete Goldstein, indem er zerstreut nach seinem Basecap griff.

Doch mit einer derart nichtssagenden Antwort gab sich der Leiter des KK 11 nicht zufrieden. »Sie meinen, der Wortführer hat ganz gezielt jemanden angesprochen?«, fragte er, wobei er sich ein Stück vorlehnte, damit Goldstein ihn ansehen musste.

»Scheint doch so, oder?«

»Und wen?«

»Der Mann stand mit dem Gesicht zu den hinteren Schaltern, als er sprach«, versuchte Verhoeven, die Sache mit Logik anzugehen. »Und das bedeutet aller Wahrscheinlichkeit nach, dass sich die Person, an die seine Rede gerichtet war, im hinteren Teil der Filiale aufgehalten hat …«

»Nicht unbedingt«, widersprach ihm Monika Zierau. »Der Wortführer könnte sich genauso gut auch an einen Komplizen gewandt haben. An jemanden, zu dem er sich nicht umdrehen wollte, weil es ihm zu gefährlich erschien, die Geiseln aus den Augen zu lassen.«

Stimmt, das wäre auch eine Möglichkeit, dachte Verhoeven, indem er sich – dem durchaus berechtigten Einwand der Psychologin zum Trotz – die Gesichter jener Geiseln in Erinnerung rief, die im hinteren Teil der Sparkasse auf dem Boden gelegen hatten. Eigenartigerweise waren es ausnahmslos Frauen, weil Albert Schweh, der einzige Mann, der sich während des Überfalls in der Nähe der hinteren Schalter befunden hatte, zu diesem Zeitpunkt bereits tot gewesen war.

Folglich hätten wir dort außer Winnie nur Evelyn Gorlow, Jenna Gercke und Iris Kuhn, resümierte Verhoeven. Drei Frauen …

Drei Frauen und ein mysteriöser Name.

MALINA.

»Die Verbindung zu Lieson steht jetzt«, verkündete Luttmann von seinem Laptop aus, und Verhoeven beobachtete, wie die Ehefrau des Bankiers leise zusammenzuckte.

»Gut«, sagte Goldstein. »Dann gib ihn mir rüber.«

Luttmanns Finger flitzten über die Tastatur. »Lautsprecher?«

Der erfahrene Unterhändler zögerte kurz, bevor er nickte. »Guten Morgen, Herr Lieson«, begrüßte er den Filialleiter gleich darauf. »Und? Gut geschlafen?«

»Machen Sie Witze?«, entgegnete Lieson mit beißender Ironie, während Verhoeven im Gesicht seiner Frau nach einer Regung suchte. Etwas, das ihm verriet, wie es um die Ehe des erfolgreichen Bankers tatsächlich bestellt war.

Doch Inger Lieson schien sich von einem Augenblick auf den anderen vollkommen in sich selbst zurückgezogen zu haben und starrte mit leerem Blick auf die Tischkante hinunter.

»Ich habe nur eine kurze Zwischenfrage«, erklärte Goldstein unterdessen ihrem Mann.

»Ja?«

»Ist Ihnen eine Person namens Malina bekannt?«

Walther Liesons Antwort kam schnell und eindeutig. »Nein. Wieso?«

»Sie haben nicht vielleicht einen Angestellten, der so heißt oder genannt wird?«

Die Frage war rein rhetorisch, denn die Personalliste der Sparkassenfiliale befand sich ganz zuoberst in Goldsteins Informationsmappe.

»Wie ich schon sagte, nein.«

»Sie sprechen vom Schalterpersonal …?«

»Ich spreche vom gesamten Personal.«

»Wirklich?« Goldstein zog die Augenbrauen hoch. »Und was ist mit dem Putztrupp? Oder mit Stammkunden? Sie wissen schon, Leute, die regelmäßig und möglicherweise sogar immer zur selben Zeit kommen. Oder Techniker, die irgendetwas warten. Zum Beispiel dieses Geldzähldings.«

»Keiner, der Malina hieße«, entgegnete Lieson, aber er klang nicht mehr ganz so sicher wie zuvor.

Woher auch, dachte Verhoeven. Selbst wenn dieser Mann tatsächlich sämtliche Vor- und Nachnamen seiner Mitarbeiter und Stammkunden aus dem Stegreif wüsste – es gibt Kosenamen, Spitznamen, Falschnamen …

»Schade«, sagte Goldstein.

»Warum fragen Sie das?« Walther Liesons Stimme flimmerte geradezu vor zwingender Nachdrücklichkeit. Offenbar war der Banker entschlossen, sich dieses Mal nicht so einfach abspeisen zu lassen.

Goldstein spürte es und beschloss zu antworten. »Wir haben Grund zu der Annahme, dass die Geiselnehmer in der Filiale nach einer Person dieses Namens gefragt oder einen der Anwesenden entsprechend angesprochen haben.«

Walther Lieson schwieg einige Augenblicke. »Es tut mir leid, aber ich habe wirklich nicht die geringste Ahnung, wer damit gemeint gewesen sein könnte«, wiederholte er dann, allerdings weit weniger angriffslustig als zuvor.

»Tja, nicht zu ändern«, versetzte Goldstein ohne Freundlichkeit. »Aber falls Ihnen doch noch etwas einfallen sollte, lassen Sie's uns wissen, okay?« Er bedeutete Luttmann, die Verbindung zu unterbrechen, bevor der Banker noch irgendetwas hinzufügen konnte. »Malina«, murmelte er mit grüblerischer Miene. »Was mag das zu bedeuten haben?«

Jens Büttner nahm einen Schluck von seinem Kaffee. »Ist das eigentlich ein Männer- oder ein Frauenname?«

»Ich würde sagen, das kommt ganz darauf an, ob man es als Vor- oder als Nachname deutet«, entgegnete Monika Zierau. Die Psychologin hatte die Arme vor der Brust verschränkt und wirkte genauso lässig wie am Tag zuvor. Und Verhoeven überlegte, ob es wohl an eben dieser arroganten Lässigkeit liegen mochte, dass er sich in Monika Zieraus Gegenwart so entsetzlich unwohl fühlte. Oder ob da doch noch etwas anderes war. Eine Antipathie, deren Grund sich ihm bislang noch nicht erschlossen hatte.

Goldstein wollte zuerst selbst gehen, aber Monika hat ihn umgestimmt …

»Wobei ich sagen muss, dass ich persönlich den Namen nur aus dem Buch von Ingeborg Bachmann kenne«, riss die leise und durchaus sehr angenehme Stimme der Psychologin Verhoeven aus seinen Gedanken. »Und dort ist Malina ein Mann.« Sie zögerte, bevor sie hinzufügte: »Zumindest vordergründig.«

»Was zur Hölle meinst du mit vordergründig?«, fragte Goldstein.

»Die Figur des Malina ist in Bachmanns Roman zugleich so etwas wie das zweite Ich der Erzählerin.«

»Komm mir bloß nicht mit Literaturwissenschaft«, stöhnte Goldstein. »Da muss was anderes dahinterstecken.«

Monika Zierau hob ihre knochigen Schultern, und Verhoeven glaubte einen Hauch von Verachtung in den schwarzen Kohlenaugen auszumachen.

Vordergründig ist Malina ein Mann, dachte er, während abermals die Gesichter der drei Geiseln aus dem hinteren Teil der Filiale vor seinem inneren Auge aufblitzten. Evelyn Gorlow, Jenna Gercke und Iris Kuhn. Aber was hieß denn schon vordergründig?

Drei Frauen.

Und ein Banker, der angeblich keine Ahnung hatte.

Mir ist keine Person namens Malina bekannt.

Verhoeven tastete nach seinem Nacken, von dem aus sich ein leiser Kopfschmerz ankündigte. In einem berühmten Roman von Ingeborg Bachmann ist Malina das zweite Ich der Erzählerin, resümierte er, und etwas an diesem Gedanken elektrisierte ihn.

Ein zweites Ich.

Eine doppelte Identität.

Alter Ego …

Er hob den Kopf. »Könnte es sich bei diesem Wort nicht vielleicht um so etwas wie einen Decknamen handeln?«, schlug er vor. »Oder ein Anagramm?«

»Möglich ist alles.« Goldstein stemmte sich aus dem Sessel hoch und sammelte seinen Beeper wieder ein. Dann griff er sich einen Kugelschreiber und kritzelte den strittigen Begriff in Großbuchstaben auf den Aktendeckel seiner Informationsmappe, als müsse er sich auf diese Weise veranschaulichen, worum es hier ging.

MALINA …

Goldsteins Kugelschreiber zog einen entschlossenen Kreis um

das fragwürdige Wort. Dann zeichnete er jeden einzelnen der sechs Buchstaben noch einmal sorgfältig, beinahe andächtig nach.

M-A-L-I-N-A

»Ich habe mich kundig gemacht«, meldete sich Luttmann zu Wort, der an diesem Morgen ein blütenweißes T-Shirt und eine graue Trainingsjacke trug. »Der Name Malina stammt aus dem Hebräischen und ist so etwas wie eine Koseform von Magdalena.«

»Na bitte«, rief Büttner, »dann hat unser Geiselnehmer also nach einer Frau gefragt.«

Goldstein brachte Werner Brennickes Assistenten mit einem kurzen Seitenblick aus seinen Adleraugen zum Schweigen.

»Der Roman, von dem Monika eben gesprochen hat, ist im Zusammenhang mit der Namenserklärung natürlich auch erwähnt«, fuhr Luttmann fort, wobei er hörbar Mühe hatte, sich an seinem Kaugummi vorbei verständlich zu machen. Als er merkte, dass er auf diese Weise nicht weiterkommen würde, nahm er das Hindernis aus dem Mund und stopfte es blind in eine leere Coladose, von denen selbst zu dieser frühen Stunde schon wieder drei neben seinem Stuhl standen. »Drüber hinaus ist Malina übrigens auch noch eine Rebsorte, ein Ort in Bulgarien, die Sonnengöttin der Eskimos und … Augenblick, wo war das noch gleich?« Der junge Kriminaltechniker kniff die hellblonden Brauen zusammen, während seine Augen suchend über den Monitor seines Laptops glitten. »Ach ja, hier: Fremdsprachlich gesehen bedeutet das Wort MALINA so viel wie Himbeere.«

»Über was für eine Sprache reden wir hier?«, erkundigte sich Richard Goldstein, der noch immer gedankenverloren auf das Wort starrte, das auf seinem Aktendeckel geschrieben stand.

»Polnisch und Kroatisch«, antwortete Luttmann.

»Ach du lieber Gott.« Jens Büttner streckte seine langen, austrainierten Beine unter den Mahagonitisch und sah Goldstein an. Ein ausdauernder, provozierender Blick. »Bringt Sie das etwa irgendwie weiter?«

»Das weiß ich noch nicht«, entgegnete der Unterhändler, ohne auf die Provokation anzuspringen.

»Himbeere«, kicherte Büttner. »Vielleicht sind diese Leute auf der Suche nach einem Obsthändler.«

Niemand lachte.

»Diese Serie von Banküberfällen, die mit unserem Fall korrespondieren könnte … Die war doch in Tschechien, oder?«, fragte Goldstein.

Luttmann bejahte.

»Polnisches Grenzgebiet?«

»Leider nein.«

»Schade.« Der Unterhändler griff wieder nach seinem Kugelschreiber, den er zwischenzeitlich aus der Hand gelegt hatte. »Ruf Jüssen an und sag ihm, dass er die Angestellten der Filiale nach einer Person namens Malina befragen soll … Oder nein. Warte.« Er legte die Stirn in Falten und schüttelte dann langsam und entschieden den Kopf. »Die Kollegen sollen auf keinen Fall explizit nach einer *Person* fragen. Damit geben wir unter Umständen schon viel zu viel vor. Stattdessen sollen sie es so machen wie unser Freund in der Bank: Lass sie schlicht und einfach nach Malina fragen. Was immer das ist …«

»Geht klar«, nickte Luttmann und griff nach seinem Handy.

Goldstein schob sich etwas in den Mund, das wie eine Tablette aussah. Vielleicht hatte er Kopfschmerzen. »Was wissen wir inzwischen über die anderen Geiseln?«, wandte er sich anschließend wieder an seine Profilerin. »Was sind das für Leute? Wie leben sie?«

»Spielt es irgendeine Rolle, wie sie leben?«, fragte Büttner.

»Alles kann eine Rolle spielen«, entgegnete Goldstein.

Verhoeven hatte unwillkürlich darauf gewartet, dass der Unterhändler um ein Glas Wasser bitten oder sich zumindest eine frische Tasse Kaffee einschenken würde. Aber was immer er genommen hatte – er schluckte es pur, ohne Flüssigkeit.

»Etwas über das Privatleben der Geiseln zu wissen kann durchaus nützlich sein«, ließ sich Monika Zierau derweil zu erklären herab, indem sie ein handbeschriebenes DIN-A4-Blatt aus ihrem Collegeblock zog. »Etwa, wenn es darum geht, zu beurteilen, wie sich die einzelnen Geiseln im Fall eines Sturmangriffs verhalten werden. Oder um einschätzen zu können, wie sich die Stimmung im Versteck entwickelt, wenn sich die Sache länger hinzieht. Dieses Wissen wiederum kann die Entscheidung beeinflussen, welche Geisel man als Erstes austauscht, falls sich die Entführer auf einen entsprechenden Deal einlassen. Und welche eben nicht.«

»Und welche würden Sie austauschen?«, gab Brennickes Adlatus zurück.

»Was glauben Sie, warum ich wissen will, mit wem ich es zu tun habe?«, schnappte Goldstein, doch seine Profilerin ließ sich nicht aus der Ruhe bringen.

»Wenn es irgendwie möglich ist, würde ich dafür plädieren, als Erstes Jussuf Mousa da rauszuholen«, sagte sie.

»Weil er krank ist?«

»Weil eine Geisel mit kritischem Gesundheitszustand für die Entführer Stress bedeutet«, entgegnete die Psychologin. »Und weil jeder Stress die Gefahr erhöht, dass einer von ihnen durchdreht.«

»Also erzähl mir was über die Leute, die sie in ihrer Gewalt haben«, drängte Goldstein, indem er die Fotos der Entführten aus seiner Akte kramte und vor sich auf dem Tisch ausbreitete.

Verhoeven sah, wie Inger Lieson erschrocken den Blick abwandte. *Warum muss sie hier bei uns sitzen?*, dachte er. *Warum erspart man ihr das nicht? Sie könnte doch genauso gut in einem Nebenraum warten.*

»Jenna Gerckes Leben ist bei weitem nicht so glatt, wie es auf den ersten Blick erscheint«, kam Monika Zierau Goldsteins Aufforderung ohne Zögern nach. »Sie war 2004 wegen schwerer psychischer Probleme in einer Klinik. Darüber hinaus behaupten ihre Kolleginnen, dass sie nach wie vor unter Essstörungen und Panikattacken leide.«

»Also labil«, schloss Goldstein. »Na super.«

So redet die Polizei also über Menschen, die sich in der Gewalt brutaler Gangster befinden, sagte Inger Liesons Blick.

»Hin und wieder macht sie am Telefon ihren Freund runter. Und zwar richtig runter, wenn man den Erzählungen ihrer Kollegen glauben darf.« Monika Zieraus Kohlenaugen glitten über das Blatt mit ihren Notizen. »Manuel Holst hat irgendwann mal Konditor gelernt, ist aber derzeit ohne feste Beschäftigung. Er hat eine Zeitlang als Croupier gearbeitet, bevor ihn die Bekanntschaft mit mehr oder minder betuchten Spielern auf die glorreiche Idee gebracht hat, sich als Eventkoch selbständig zu machen. Seine Firma machte in einem einzigen Jahr 16 000 Euro Verlust. Frag mich nicht, wie man so was hinkriegt als Koch«, fügte sie hinzu, als sie sah, dass Richard Goldstein eine entsprechende Bemerkung auf der Zunge lag. »Aber auf den Schulden sitzt er noch immer, weshalb er auch relativ wenig Motivation zeigt, für 1200 Euro netto acht bis zehn Stunden täglich zu malochen.«

Hinnrichs verzog das Gesicht. In seinen stahlblauen Augen lag die Geringschätzung eines Mannes, der viel und gern arbeitete und exakt denselben Eifer auch von anderen erwartete.

»Oh, nein, da lässt sich Herr Holst lieber von seiner Freundin freihalten«, fuhr Monika Zierau achselzuckend fort. »Und Jenna Gercke ist so von Verlustängsten geplagt, dass sie ihrem Schatz alles finanziert. Von zwei Urlauben pro Jahr bis hin zu einer schicken Honda.«

»Sieht der Kerl wenigstens gut aus?«, fragte Goldstein mit einem müden Lächeln.

Hinter ihm warf Kai-Uwe Luttmann einen Blick auf seinen Monitor, als müsse er sich diesbezüglich erst noch ein abschließendes Urteil bilden. »Verdammt gut sogar, würde ich sagen.«

Der Unterhändler nickte. »Überprüft ihn. Wenn er tatsächlich in Geldverlegenheiten steckt, könnte er auf die Idee gekommen sein, das Insiderwissen seiner Freundin für eigene Zwecke auszunutzen. Oder die beiden machen gemeinsame Sache.« Er nippte an dem Kaffee, den Inger Lieson ihm nachgeschenkt hatte. »Was ist mit der zweiten Frau?«

Monika Zierau schmunzelte. »Evelyn Gorlow? Na ja, die ist ein gänzlich anderes Kaliber, um es mal vorsichtig auszudrücken.«

Diese letzte Bemerkung veranlasste selbst den notorisch desinteressiert dreinblickenden Büttner dazu, den Kopf zu heben.

»Sie stammt ursprünglich aus Wolmirstedt …«

»Wo, um Gottes willen, liegt das denn?«, fragte Goldstein, der bei allem Engagement ein wenig abwesend wirkte.

»In den neuen Bundesländern«, antwortete Monika Zierau. »Genauer gesagt nördlich von Magdeburg.«

Der Unterhändler nickte. »Okay, das sagt mir was.«

»Drei Jahre nach der Wende kam Frau Gorlow in den Westen. Was genau sie zu diesem Schritt veranlasst hat, konnte ich noch nicht in Erfahrung bringen.« Sie hielt inne, doch Goldstein bedeutete ihr mit einer ungeduldigen Geste, weiterzumachen. »Frau Gorlow hat eine Brustkrebserkrankung überstanden, aber durch das Entfernen der Lymphknoten leidet sie unter schweren Ödemen im linken Arm, weshalb sie immer wieder krankgeschrieben war und schließlich zur Erleichterung ihres Arbeitgebers verrentet wurde.«

»Und sie lebt allein?«, fragte Goldstein, indem er die Kurzinformationen in seinem Dossier bemühte.

Seine Profilerin verzog ihre dünnen Lippen zu einem süffisanten Schmunzeln, das ihr, wie Verhoeven fand, nicht stand. »Sie hat ihre jetzige Wohnung vor rund zehn Jahren bezogen«, gab sie ihrem Boss zur Antwort. »Und seither haben die Nachbarn noch nie so etwas wie einen Freund oder auch nur einen Bekannten bei ihr ausgemacht, wenn es das ist, was du wissen willst.«

»Vielleicht steht sie auf Frauen«, schlug Hinnrichs vor.

Luttmann tauschte einen Blick mit Monika Zierau. »Daran haben wir auch gedacht«, räumte er ein. »Aber Fehlanzeige. Evelyn Gorlows Sozialkontakte beschränken sich auf Schachgucken und das wöchentliche Treffen der Weight Watchers.«

»Was, zur Hölle, meinst du mit Schach*gucken*?«, fragte Goldstein entgeistert.

Monika Zierau, die zweifellos mit dieser Frage gerechnet hatte, lächelte. »Frau Gorlow sucht regelmäßig die einschlägigen Vereinsheime oder bei schönem Wetter auch diese Mega-Schachbretter in den umliegenden Parks heim und beobachtet fremde Leute beim Schachspielen.«

Hinnrichs, der dem Vernehmen nach nicht nur ein ausgezeichneter Tennisspieler, sondern darüber hinaus auch Segler und Hobbygolfer war, schüttelte ungläubig den Kopf. »Und sie schaut tatsächlich nur zu?«

Die Psychologin nickte. »Sie schaut zu, und alle, die sie dabei beobachten, behaupten, dass man an ihrem Gesicht die nächsten drei bis vier Züge beider Gegner ablesen könne, was dafür spricht, dass sie selbst eine brillante Spielerin ist.«

»Aber sie spielt nicht?«

»Nein, sie spielt nicht.«

»So was ist mir unbegreiflich«, sagte Goldstein.

Monika Zierau zuckte ihre knochigen Schultern. »Manchen Menschen genügt die Beobachtung.«

»Vielleicht hat sie Angst, dass sie verliert, wenn sie selbst spielt«, mutmaßte Hinnrichs, der sich mit einer derart banalen Erklärung ganz offenbar nicht so einfach zufriedengeben wollte.

»Vielleicht ist sie auch einfach eine klassische Voyeurin«, konterte Goldstein. »Eine, der es Spaß macht, ihre Mitmenschen auszuspähen.«

»Alle, mit denen sich die Kollegen unterhalten haben, beschreiben Evelyn Gorlow übrigens als extrem unauffällig«, ergänzte Luttmann, wie um Goldsteins These zu untermauern. »Ein Zeuge hat gesagt, sie sei wie eines von diesen Insekten, die mit ihrer Umgebung verschmelzen, bis man komplett vergessen hat, dass sie überhaupt existieren, während sie selbst alles, was um sie herum vorgeht, mit größter Aufmerksamkeit verfolgen. Das fand ich ein ganz gutes Bild.«

»Dann müsste sie von Rechts wegen ja eigentlich Kaufhausdetektivin oder so was in der Richtung sein, statt Krankenschwester«, spottete Hinnrichs.

Verhoeven stutzte. Etwas an dieser Assoziation gab ihm zu denken. Und da war auch noch etwas anderes. Irgendetwas, das Monika Zierau gesagt hatte. Seine Augen suchten das Gesicht der Profilerin, die konzentriert in ihren Aufzeichnungen blätterte.

Doch er kam nicht dazu, den Gedanken weiterzuverfolgen, denn im selben Moment begann auf dem Tisch zwischen ihnen das kabellose Telefon der Liesons zu läuten.

Der Ton war nicht einmal besonders laut, aber er durchfuhr die Anwesenden wie ein elektrischer Schlag.

Die Uhr über dem Kamin zeigte 11 Uhr 34.

Luttmanns ausgestreckte Hand verharrte über seinem Mobiltelefon, fast so, als habe eine unsichtbare Fee einen Bann über den jungen Informatiker gesprochen. Büttner und Hinnrichs hingegen richteten sich nahezu synchron in ihren Sesseln auf, während auf der anderen Seite des Tisches Richard Goldstein für den Bruchteil einer Sekunde in sich zusammenzusinken schien. Ein Umstand, der das diffuse Unbehagen, das Verhoeven empfand, noch steigerte. Er blickte zu Inger Lieson hinüber, die noch eine Spur bleicher geworden war und in einer hilflosen Geste die Hände vors Gesicht hob, als könne sie auf diese Weise das, was nun kommen würde, von sich fernhalten.

»Okay, es geht los.« Goldstein blickte sich nach den beiden Kommunikationstechnikern um, die in einer anderen Ecke von Walther Liesons Wohnzimmer Position bezogen hatten. »Was ist? Seid ihr so weit?«

Der ältere der beiden Angesprochenen nickte. »Alles bereit.«

»Na dann«, sagte Goldstein. Seine Adleraugen streiften Verhoeven, als er das Telefon ans Ohr hob. »Auf in den Kampf.«

3 Winnie Heller stolperte hinter dem jüngsten der Geiselnehmer her, der mit einer Taschenlampe voranging. Eigentlich hatte sie erwartet, dass er sie in denselben Raum führen würde, aus dem sie seinen Komplizen hatte kommen sehen. Gestern Abend.

Doch stattdessen ging der Junge geradeaus.

Die mittlere der drei Türen führte auf einen langen, breiten Flur hinaus, von dem links und rechts verschiedene Türen abgingen. Das Licht der Taschenlampe zuckte über feuchte Wände, Rauputz, der bis auf Hüfthöhe eines Erwachsenen einmal hellgrau gestrichen gewesen war. Jetzt allerdings bröckelte es allenthalben. In den Nischen lagen Zentimeter hoch die Farbreste. Hier und da entdeckte Winnie Heller ein unmotiviertes Graffiti, das dafür sprach, dass das Gebäude, in dem sie sich befanden, tatsächlich schon über einen längeren Zeitraum hinweg leer stand. Zumindest lange genug, um von gelangweilten Jugendlichen okkupiert und anschließend wieder verworfen worden zu sein. Vielleicht, weil es zu weit außerhalb lag, um sich dauerhaft als Quartier einer Jugendbande zu eigenen. Vielleicht auch, weil es irgendwann seinen Reiz verloren hatte.

Winnie Heller betrachtete den Nacken des jungen Entführers, der unter dessen Sturmhaube hervorlugte und nicht gerade imposant wirkte. Dünn und auf eine beinahe kindliche Art und Weise zart. Als Nächstes überlegte sie, wie groß der Junge sein mochte. Eins fünfundsiebzig vielleicht, auf keinen Fall größer als eins achtzig. Also maximal sechzehn Zentimeter größer als sie selbst. Dass er ihr den Rücken zuwandte, wunderte sie, auch wenn dieser Leichtsinn zu ihrer Einschätzung passte, dass der junge Geiselnehmer nicht gerade über ein großes Maß an Routine verfügte. Ein finsterer Türschacht, ein beherzter Sprung und weg wäre ich, dachte sie. Oder war der Junge am Ende gar nicht so unvorsichtig, wie es den Anschein hatte? Wusste er, dass es aus den Räumen, an denen er sie vorbeiführte, ohnehin keinen Ausweg gab? Keinen Weg in die Freiheit?

Und dennoch …

Selbst wenn es hart auf hart käme, dachte sie, mit ein bisschen Glück könnte ich ihn vielleicht überwältigen. Ihre Augen wanderten am Rücken des Jungen abwärts, während sie in aller Eile die Alternativen erwog, und unwillkürlich musste sie dabei auch an den spektakulären Amoklauf denken, mit dem Verhoeven und sie es im vergangenen Herbst zu tun gehabt hatten. Der jugendliche Amokschütze hatte damals ganz gezielt einen seiner Mitschüler als Sündenbock auserwählt und den Betreffenden für den Zeitpunkt der Bluttat ins Untergeschoss der Schule bestellt. Dort hatte er nach dem Massaker versucht, den Jungen dazu zu bewegen, mit ihm die Kleider zu tauschen, um das Schulgelände in der Maske eines gewöhnlichen Schülers verlassen zu können, während die von Kopf bis Fuß in Schwarz ge-

kleidete Leiche des vermeintlich Schuldigen in einem fenster-
losen Raum unter der Turnhalle zurückbleiben sollte. Doch der
Plan war fehlgeschlagen, weil der als Sündenbock vorgesehene
Schüler sich mit einem entschlossenen Hechtsprung in einen
angrenzenden Duschraum gerettet hatte.

Winnie Heller blickte über ihre Schulter zurück, um zu sehen,
ob sie tatsächlich allein waren, der Junge und sie. Doch bevor
sie Gelegenheit gehabt hätte, sich zu orientieren, hieß der jugendliche Geiselnehmer sie auch schon anhalten.

»Da rein!«

Seine Hand wies auf eine rostige Stahltür in der linken Wand.
Dahinter blitzten im Licht seiner Taschenlampe Kacheln auf.
Andere als die, die in früheren Zeiten die Grube ausgekleidet
hatten. Helle.

Winnie Heller schluckte ihren Ärger über die verpasste Chance
hinunter und ging voran. Ganz so, wie er es ihr befohlen hatte.

Bei dem Raum, der hinter der Tür lag, schien es sich um eine
ehemalige Sanitäranlage zu handeln. An der linken Wand war
eine Reihe zerborstener Pissoirs zu erkennen. Und ein Stück weiter hinten gab es auch Kabinen. Zwei, um genau zu sein, einander
gegenüber. Das Wenige, was in diesem Raum vielleicht einmal
von Wert gewesen war, hatten Plünderer mitgehen lassen. Und
doch machte das, was noch übrig war, den Eindruck einer ehe-
mals recht feudalen Ausstattung. Winnie Heller sah sich flüchtig
um und dachte, dass es sich bei diesem Raum vermutlich nicht
um eine gewöhnliche Personaltoilette gehandelt hatte. Vielleicht
waren die Bonzen hier aufs Klo gegangen. Irgendwelche Vorar-
beiter oder Schichtleiter oder wie immer man das nannte.

Jetzt allerdings war der Raum ein Schlachtfeld. Ein Schlachtfeld, das obendrein unangenehm muffig nach fauligem Wasser
und Exkrementen stank.

»Da hinten.«

Der Strahl seiner Lampe wies ihr den Weg zu einer der beiden Kabinen. Der linken.

»Und beeil dich.«

»Mach ich.«

Winnie Heller zog die rostzerfressene Tür hinter sich zu. Einen Riegel oder gar ein Schloss gab es nicht. Von irgendwoher fiel ein Licht auf sie herab. Tageslicht, wie sie aufgeregt feststellte. Ohne lange nachzudenken, stellte sie sich auf den Rand des Toilettenbeckens und reckte den Kopf, wobei sie ein schmales Fenster entdeckte, gut drei Meter rechts von sich. Die Öffnung war mit Brettern vernagelt, aber an den Rändern sickerte ein wenig Sonnenlicht herein. Und die Bohlen machten eigentlich nicht den Eindruck, als ob sie besonders stabil wären …

»Was ist jetzt?«, riss die Stimme des Jungen sie aus ihren Gedankenspielen. »Bist du so weit?«

»Nein«, rief sie hastig. »Bitte … Ich brauche noch einen Augenblick.«

Er antwortete nicht, aber sie wollte auch nicht zu viel riskieren. Zumindest nicht, solange Brutalo-Bernd in der Nähe war.

Also benutzte sie die Toilette, deren Brille zusammen mit dem großen Rest der Einrichtung irgendwohin verschwunden war, und suchte eine Weile nach dem Knopf für die Spülung. Bis ihr klar wurde, dass es in einer stillgelegten Fabrikanlage vermutlich sowieso kein fließendes Wasser gab.

Winnie Heller löste die Schleife ihres linken Turnschuhs, stieß die Tür auf und sah den Jungen, der in der Zwischenzeit sichtlich nervös geworden war, mit einem unschuldigen Lächeln an. »Sagen Sie, es gibt hier ja nicht zufällig eine Möglichkeit, sich die Hände zu waschen, oder?«, fragte sie.

Er schüttelte den Kopf. »Gehen wir.«

»Augenblick noch.« Sie bückte sich. »Ich glaube, mein Schnürsenkel ist auf.«

Er blickte sich unbehaglich um, ließ sie jedoch gewähren.

Ein Geiselnehmer tut sich schwerer, eine Geisel zu erschießen, zu der er zuvor – freiwillig oder unfreiwillig – eine persönliche Beziehung aufgebaut hat.

»Und?«, fragte Winnie Heller, indem sie sich bewusst ungeschickt mit dem Schuhband abmühte. »Was haben Sie für Pläne?«

Der Junge sah auf sie herab. Überrascht, wie ihr schien. »Was meinen Sie?«

»Na ja«, antwortete sie lachend, »Sie fordern doch Geld, oder nicht?«

Der Junge antwortete nicht.

»Ich meine, sonst würde die ganze Sache ja wohl keinen Sinn machen.«

Noch immer Schweigen.

Winnie Heller wartete darauf, dass er in Wut geriet, doch er schien eher Angst zu haben. Nichts als nackte Angst. »Also«, sagte sie so beiläufig wie möglich. »Was haben Sie vor mit den Millionen, die Sie für unsere Freilassung bekommen?«

Auch dieses Mal rechnete sie eigentlich nicht damit, eine Antwort zu erhalten, doch sie irrte sich.

»Australien«, sagte der Junge so leise, dass sie ihn kaum verstehen konnte.

»Wollen Sie da hin?«

Sein Mund war ein bläulicher Strich im Widerschein der Taschenlampe, und er wirkte mit einem Mal verstockt. So als ob er das Gefühl habe, mit diesem einen Wort schon zu viel gesagt zu haben.

Kein Zweifel, er war misstrauisch. Jung zwar, wahrscheinlich auch einigermaßen unerfahren. Aber weder dumm noch unvorsichtig.

Sag was!, dachte Winnie Heller. Versuch dein Glück!

Da war etwas in seinen Augen gewesen, eben. Etwas, das ihr sagte, dass die Tür einen Spalt breit aufstand. So eine Chance durfte sie auf keinen Fall vertun.

»Ob Sie's glauben oder nicht, ich war auch noch nicht dort«, bemerkte sie in munterem Plauderton, und ihre Stimme klang blechern zwischen den alten Kacheln. »Im Grunde habe ich noch nicht mal eine vage Vorstellung von Australien. Ich meine, ich kenne nur das, was man eben so kennt. Sie wissen schon, das Great Barrier Reef, Ayers Rock und wenn's hochkommt, noch ein Foto der Oper von Sydney.«

Passend zu meinen wagnerianischen Eltern, fügte sie in Gedanken hinzu.

Festige den Hintergrund. Erinnere ihn an etwas, das er schon weiß, damit es sich in seinem Gedächtnis festbrennt. Das schafft Vertrautheit. Und diese Vertrautheit könnte so etwas wie deine Lebensversicherung werden.

Der Junge reagierte nicht, aber er brachte sie auch nicht zum Schweigen.

War das nicht eigentlich ein gutes Zeichen?

»Aber mein Gehalt würde wahrscheinlich sowieso nicht bis nach Australien reichen«, fuhr sie fort. »Gut, zugegeben, es ist auch nicht gerade wenig, aber üppig ... Nee, üppig ist echt was anderes.«

Vorsicht, mahnte ihre innere Stimme. *Verrat ihm nicht zu viel!*

»Na ja, wenigstens wird das Fliegen immer billiger«, setzte sie hastig hinzu, »und wer weiß, vielleicht kommt man eines Tages für neunundzwanzig Euro bis nach Sydney, was denken Sie? Und wenn es so weit ist, das schwöre ich Ihnen, wenn es so weit ist, nehme ich meine Jungs mit.«

War das ein Hauch von Interesse in seinen Augen?

Meine Jungs ...

Tja, eigentlich sehe ich wohl nicht so aus, als ob ich einen Stall voller Kinder hätte, dachte Winnie Heller amüsiert. Laut sagte sie: »Oder glauben Sie, dass Fische im Handgepäck gar nicht erlaubt sind?«

Er schien nicht zu wissen, ob sie das ernst meinte oder ihn hochnahm.

»Ich meine, heutzutage dürfen Sie ja nicht mal 'ne Dose Haarspray mit in den Flieger nehmen, stimmt's? Aber den Frachtraum kann ich den Jungs auf gar keinen Fall zumuten. Da kriegen sie vor lauter Schreck noch einen Herzinfarkt und ...«

Die Reaktion des jungen Geiselnehmers kam so unerwartet, dass Winnie Heller erschrocken nach Luft schnappte. Er machte einen Schritt auf sie zu, packte sie bei den Schultern und riss sie auf die Beine.

»Halt endlich dein verdammtes Maul, verstanden?«

Ja doch, dachte Winnie Heller, okay, ist schon klar! Ich halte mein verdammtes Maul. Ihr Blick suchte seine Augen hinter der

Maske, die groß und verloren wirkten. Schon gut, schon gut, mein Junge, dachte sie, ich bin still.

Zumindest vorläufig …

4

»Bei Lieson.«

»Wer spricht da?«

»Und Sie sind …?«

»Sie wissen genau, wer ich bin.«

»Ach ja, richtig. Der Hunnenkönig, nicht wahr?«

Verhoeven hielt den Atem an. Richard Goldstein hatte im Vorfeld dieses lang erwarteten Anrufs nichts über seine Taktik verraten. Auch nicht, ob er überhaupt eine hatte. Doch dass der Unterhändler gleich von Beginn an derart in die Vollen ging, was das Provozieren betraf, wunderte Verhoeven. Das hier ist kein Spiel, dachte er, und mit ein paar Sekunden Verzögerung wurde ihm klar, dass Werner Brennicke am Abend zuvor genau dasselbe gesagt hatte.

Trotzdem sollten wir es gewinnen, meinen Sie nicht?

»Richtig geraten.« Die Stimme des Geiselnehmers klang ruhig. Offenbar ließ er sich von der versuchten Provokation in keiner Weise beeindrucken. »Und wer, wenn ich fragen darf, sind Sie?«

»Mein Name ist Richard Goldstein.«

Pause.

Warum sagt der Kerl nichts?, dachte Verhoeven, während der Raum um ihn herum vor Spannung zu vibrieren begann. Warum drückt er nicht aufs Tempo? Wieso verlangt er nicht wenigstens, Inger Lieson zu sprechen? Und warum stellt er keine Fragen?

»Goldstein, hm?«

»Genau. Ich bin der Kerl, den das BKA dazu abgestellt hat, die Rahmenbedingungen für die Freilassung der Geiseln mit Ihnen auszuhandeln.«

»Unsere Forderungen sind Ihnen bekannt«, entgegnete der

Mann, der sich Inger Lieson gegenüber als Teja vorgestellt hatte. »Es gibt nichts zu verhandeln.«

»Ach, kommen Sie«, sagte Goldstein. »Sie wissen doch, wie so was läuft …«

Er streute abermals eine kurze Pause ein, doch der Mann am anderen Ende der Leitung tat den anwesenden Beamten nicht den Gefallen, auf diese – von Goldstein sehr wohl mit Vorbedacht geäußerte – Bemerkung einzugehen. Und auf den Subtext, den sie suggerierte. *Sie wissen doch, wie so was läuft. Sie wissen es, weil Sie Erfahrung haben. Denn das hier ist nicht Ihr erster Überfall. Und möglicherweise ist es auch nicht Ihre erste Geiselnahme.*

Goldsteins Adleraugen fixierten einen Punkt in Verhoevens Rücken. »Bevor ich Ihnen irgendetwas anbieten kann, muss ich mich vergewissern, dass die Geiseln wohlauf und am Leben sind«, fuhr er in lockerem Ton fort. »Das ist Ihnen doch wohl klar.«

»Ja, durchaus.«

»Gut, dann machen Sie sich und mir das Leben leicht, und lassen Sie mich mit einer der Geiseln sprechen, okay?«

»Nein.«

Das klang kategorisch.

»Nur ein paar Worte.«

Schweigen.

»Sie wählen jemanden aus. Ich frage denjenigen, wie es ihm und den anderen so geht. Die Geisel antwortet. Und anschließend können wir unser Gespräch in aller Ruhe fortsetzen.«

»Ich habe nein gesagt.«

Da ist keine Spur von Aggression in seiner Stimme, dachte Verhoeven. War das nicht eigentlich erstaunlich? Immerhin hatte dieser Mann sieben Geiseln in seiner Gewalt. Sieben Menschen, die beaufsichtigt werden mussten. Und das nun schon seit über achtzehn Stunden. War es da nicht naheliegend, dass bei den Entführern allmählich die Nerven blank lagen?

»Sie müssen auch meinen Standpunkt verstehen.« Goldstein nahm das Telefon in die andere Hand. An seinem nackten Unterarm waren die Sehnen bis zum Zerreißen gespannt.

Kein Zweifel, der erfahrene Unterhändler beherrschte das Spiel aus dem Effeff, den rasanten Wechsel aus Fordern und Zurückstecken, aus Defensive und Zähnezeigen. Aber es war eine Gratwanderung. Das war allen Beteiligten klar. Ein einziger Fehler, und die Situation konnte kippen. *Und aus diesem Grund gebe ich Ihnen einen guten Rat*, hörte Verhoeven einen imaginären Brennicke sagen. *Machen Sie keinen Fehler, sonst ist Ihre Karriere schneller vorbei, als Sie gucken können.*

»Wenn Sie mich nicht mit einer der Geiseln sprechen lassen … Woher sollte ich dann wissen, ob Sie überhaupt noch etwas in der Hand haben, das Sie uns anbieten könnten?«

Noch, echote eine Stimme in Verhoevens Kopf. Als ob sie alle längst tot wären …

»Ich fürchte, das werden Sie mir schon glauben müssen«, entgegnete der Mann, der sich Teja nannte, genauso ruhig wie zuvor.

»Ach, wissen Sie, ich fand schon immer, dass das so eine Sache ist mit dem Vertrauen …« Goldstein riss sich das Basecap vom Kopf und fuhr mit der freien Hand durch seine Stoppelhaare. In der entgegengesetzten Ecke von Walther Liesons Wohnzimmer arbeiteten die beiden Kommunikationstechniker fieberhaft daran, den Anruf zurückzuverfolgen. Goldstein blickte kurz zu ihnen hinüber, während er seinem Gesprächspartner gegenüber einen gänzlich neuen Tonfall anschlug. »Aber gut, nehmen wir einfach mal an, ich glaube Ihnen …«

Wieder eine kurze Pause, doch auch dieses Mal beging der Geiselnehmer nicht den Fehler, die Gesprächsführung an sich zu reißen. Er wartete, im Gegenteil, geduldig ab, bis Goldstein von sich aus weitersprach.

Dieser Kerl ist entweder verdammt abgebrüht oder er ist sich seiner Sache zweihundertprozentig sicher, dachte Verhoeven, indem er nach Goldsteins Aktendeckel schielte. Mitten auf die hellgrüne Pappe hatte der Unterhändler in seiner kaum leserlichen Handschrift die Worte: KENNT DEN GESCHICHTLICHEN HINTERGRUND SEINES NAMENS gekritzelt.

Verhoeven runzelte die Stirn.

Er hätte liebend gern gewusst, was Goldstein zu dieser Schlussfolgerung veranlasst haben mochte. Denn immerhin hatte der Mann, der sich Teja nannte, auf die despektierliche Anrede in keiner Weise reagiert. Er hatte sich weder dazu verleiten lassen, den falschen »Hunnenkönig« in einen richtigen »Gotenkönig« zu korrigieren, noch hatte er auch nur die geringste Verärgerung über den abfälligen Ton gezeigt, den Goldstein ihm gegenüber angeschlagen hatte. Und doch stand dieser Satz zweifach unterstrichen auf Goldsteins Aktendeckel: KENNT DEN GE-SCHICHTLICHEN HINTERGRUND SEINES NAMENS...

»Angenommen also, ich glaube Ihnen, dass alle Geiseln wohlauf sind«, wiederholte Goldstein. »Was bekomme ich dafür?«

»Sie?«

»Ja, ich.«

»Keine Ahnung.«

Es klang fast, als ob der Geiselnehmer lächelte, während er sprach.

Er benutzte keinen Stimmenverzerrer, und Verhoeven dachte, dass jemand, der irgendwann einmal näher mit ihm zu tun gehabt hatte, die Stimme unter Garantie wiedererkennen würde. Vermutlich hätten wir mehr als nur einen Treffer, wenn wir eine Sequenz aus diesem Gespräch bei Aktenzeichen XY senden würden, dachte er. Das Problem ist nur, dass wir nicht genug Zeit haben. Und leider ist die Zeit der alles entscheidende Faktor in diesem Fall. *Wir brauchen Zeit, um herauszufinden, wo sich die Geiseln befinden. Andererseits verschärft jede Stunde, die vergeht, die Situation der Entführten. Und jede Verschärfung erhöht die Gefahr einer Eskalation.*

Goldsteins eigene Worte ...

»Ich weiß nur, was wir bekommen«, lenkte die Stimme des Entführers Verhoevens Aufmerksamkeit wieder auf das Hier und Jetzt. »Und das sind zwei Millionen.«

Plus den Kopf des Filialleiters auf einem silbernen Tablett, ergänzte Verhoeven in Gedanken, zumindest wenn es danach geht, was ihr gern hättet!

»Zwei Millionen sind übrigens echt bescheiden«, bemerkte derweil Goldstein, während seine Adleraugen zum wiederholten

311

Male in die entgegengesetzte Ecke des Raumes wanderten. *Herrgott noch mal, was ist denn jetzt?*, fragte er stumm in Richtung der beiden Kommunikationstechniker. *Habt ihr ihn?*

Doch der Ältere der beiden schüttelte nur den Kopf, während sein junger Kollege mit einer Reihe von fahrigen Gesten auszudrücken versuchte, dass es sich seiner Einschätzung nach nur noch um Sekunden handeln konnte.

Der erfahrene Unterhändler schlug die Beine übereinander. »Zwei Millionen Euro für sieben Personen ... Das ist'n echtes Schnäppchen, wenn Sie mich fragen.«

»Finden Sie?«

Goldstein tauschte einen Blick mit Monika Zierau.

Vorsicht, las Verhoeven in den Kohlenaugen der Psychologin. *Geh bloß nicht zu weit, sonst dreht er durch, und du hast gar nichts ...*

Doch Goldstein ignorierte die unausgesprochene Mahnung. »Tja, mein Junge, ich schätze, mit sieben Geiseln in der Hinterhand hätten Sie deutlich mehr verlangen können«, setzte er seine lockere Rede unbeirrt fort, während Monika Zierau eilig etwas auf ein DIN-A4-Blatt kritzelte.

AUF DIESE WEISE KRIEGST DU IHN NICHT, las Verhoeven, als die Psychologin das Blatt zu ihnen umdrehte. UND NENN IHN AUF KEINEN FALL »MEIN JUNGE«!

Richard Goldstein schloss die Augen, als ob er auf diese Weise die gut gemeinten Ratschläge seiner Profilerin ganz einfach ausblenden könne. »Hey, Sie sind doch nicht etwa einer von diesen Weltverbesserern, oder?«, wandte er sich wieder an seinen Gesprächspartner. »Sie wissen schon, einer von der Sorte, die gerade so viel nehmen, dass es zum Leben reicht und so weiter ...«

»Nein, ich denke, das bin ich nicht.«

Goldstein seufzte und setzte sein Basecap wieder auf. »Und aus welchem Grund geben Sie sich dann mit so wenig zufrieden, wenn ich fragen darf?«

»Wenig ist ein ziemlich relativer Begriff«, konterte der Mann, der sich Teja nannte. Er war noch immer ruhig, aber etwas an seiner Stimme klang mit einem Mal verändert. So als ob er sich geärgert hätte.

PERSÖNLICHES MOTIV DER GEISELNEHMER BE-TRIFFT TEJA SELBST, schrieb Goldstein. Und dahinter: VERMUTLICH REICHES ELTERNHAUS.

Verhoeven beobachtete den Kugelschreiber des Unterhändlers, der einen Augenblick zögernd über dem Aktendeckel verharrte. Dann strich Richard Goldstein die drei letzten Worte mit einer entschiedenen Bewegung durch und notierte darüber: VERSUCHT, UNS IN DIE FALLE ZU LOCKEN.

Laut sagte er: »Tja, zwei Millionen haben oder nicht haben, macht wahrscheinlich wirklich einen Unterschied.«

»Dann sind wir uns ja einig«, sagte der Mann am anderen Ende der Leitung.

»Klar doch«, entgegnete Goldstein. »Bis auf die Sache mit den Vorschriften.«

Pause.

»Wenn Sie mich also bitte kurz mit einer der Geiseln ...«

»Ich nehme an, dass das Geld inzwischen bereitsteht?«

Pass auf, warnten Monika Zieraus Kohleaugen, *er verliert die Geduld!*

»Nebenbei bemerkt: Welcher von den vier Hauptakteuren sind Sie eigentlich?«, überging Goldstein die stumme Mahnung seiner Profilerin auch dieses Mal scheinbar ungerührt, und Verhoeven musste daran denken, was Luttmann erzählt hatte. *Goldstein wollte zuerst selbst gehen. Aber Monika hat ihn umgestimmt. Also schickt er diese Beamtin rein. Ohne Weste, versteht sich, damit der Kerl sich auch bloß nicht unnötig provoziert fühlt. Und das hat ihm beileibe nicht nur Sympathien eingetragen, das können Sie glauben.* Aber diese Sache in Berlin war doch ein Erfolg, dachte Verhoeven, indem er zu Monika Zierau hinüber sah. Warum hört er nicht auf sie? Welchen Grund könnte er haben, ihrer Einschätzung zu misstrauen? Oder bilde ich mir das alles nur ein?

Verhoeven riss den Blick vom Gesicht der Psychologin los, als ihm schlagartig bewusst wurde, dass Goldstein dem Entführer eine reichlich herausfordernde Frage gestellt hatte. Und dass Teja die Antwort darauf bislang schuldig geblieben war. *Welcher von den vier Hauptakteuren sind Sie eigentlich?*

Ganz und gar nicht ungeschickt gemacht von Goldstein, dachte Verhoeven. Die Formulierung suggeriert einerseits, dass wir um die Anzahl der Geiselnehmer wissen, und andererseits lässt sie zugleich Raum für die Möglichkeit, dass es noch weitere Komplizen gibt.

»Ich bin der, den unser hoher Rat dazu abgestellt hat, die Rahmenbedingungen mit Ihnen auszuhandeln«, entgegnete der Mann, der sich Teja nannte, in Anspielung auf die Aussage, die Goldstein selbst zu Beginn dieses Gesprächs gemacht hatte.

IQ ÜBERDURCHSCHNITTLICH, kritzelte Goldstein auf seinen Aktendeckel. Laut sagte er: »Mich würde viel mehr interessieren, ob Sie derjenige sind, der den Kassierer erschossen hat.«

Keine Reaktion.

»Oder sind Sie etwa der Kniescheiben-Junkie?« Goldstein lachte. Und zu Verhoevens Bestürzung klang es sogar echt. »Sie wissen schon, Mr. Sommermantel …«

TREIB ES NICHT ZU WEIT, schrieb Monika Zierau auf ihren Zettel. Dahinter setzte die Profilerin nicht weniger als sieben Ausrufezeichen.

»Sie gehören zu der Sorte, die alles ganz genau wissen will, was?«

Goldstein hob den Kopf. »Ich weiß eben gern, mit wem ich's zu tun habe.«

Du redest hier nicht mit Jüssen oder sonst einem Beamten aus deinem Team, dachte Verhoeven, den die Gesprächsführung des Unterhändlers langsam, aber sicher rasend machte.

Und auch Hinnrichs neben ihm machte ein Gesicht, als ob er Goldstein am liebsten den Hörer aus der Hand reißen würde.

»Es interessiert Sie, wer ich bin?«

»Ja.«

»Okay, dann sag ich's Ihnen …«

Die Pause, die der Ankündigung des Entführers folgte, hatte etwas Unheilvolles.

Jens Büttners Schönlingsaugen klebten an Goldsteins Gesicht wie ein Schwarm Wespen an einem Puddingteilchen, doch der erfahrene Unterhändler verzog keine Miene.

»Ich bin derjenige, der keine Sekunde zögert, eine Geisel nach der anderen zu erschießen, wenn ihr Pisser nicht endlich tut, was ich verlange. Und da Sie anscheinend so viel Wert auf greifbare Beweise legen, fange ich jetzt gleich damit an.«

Monika Zieraus Kopf ruckte hoch.

Er blufft nur, hielt Goldsteins Blick ihr entgegen. *Vertrau mir ...*

Im selben Moment zerriss der Knall eines Schusses die Stille über dem Mahagonitisch.

Inger Lieson öffnete die Lippen zu einem stummen Schrei. Dann sprang sie auf und rannte wie von tausend Teufeln gehetzt aus dem Zimmer.

»Sie ist tot«, sagte der Mann, der sich Teja nannte. »Ich hoffe, Sie sind jetzt zufrieden.«

In Goldsteins Augen mischten sich Irritation und ungläubiges Staunen.

»Und jetzt seien Sie so gut und fragen mich, was mit dem Geld, das Sie so überaus freundlich bereitgestellt haben, geschehen soll«, fuhr der Entführer fort, bevor der studierte Soziologe irgendeine Frage stellen konnte.

Sie ist tot ...

Verhoeven sah Hinnrichs an und erkannte im Gesicht seines Vorgesetzten seine eigene Bestürzung.

»Natürlich«, beeilte sich Goldstein unterdessen, der vorangegangenen Aufforderung des Geiselnehmers nachzukommen. »Wohin sollen wir das bereitgestellte Geld bringen?«

Wir, dachte Verhoeven. Selbst in einer Situation wie dieser wählt er seine Formulierungen äußerst geschickt ...

»*Sie* werden mir gar nichts bringen«, widersprach der Mann, der sich Teja nannte, umgehend und stellte damit ein weiteres Mal unter Beweis, dass er viel zu intelligent war, um sich so einfach aufs Glatteis führen zu lassen.

Verhoeven fing einen Blick von Goldstein auf, und die Lippen des erfahrenen Unterhändlers formten das Wort »mir«.

Stimmt, dachte er. Dieser Kerl hat tatsächlich »mir« gesagt. Nicht etwa »uns«, was Goldsteins Annahme bestätigen würde, dass das persönliche Motiv in diesem Fall Teja selbst betrifft. Folglich wäre er derjenige, der in der Bank nach Malina gefragt hat, resümierte Verhoeven. Aber warum?

Sie werden mir *gar nichts bringen …*

»Packen Sie das Geld in eine Reisetasche. Sie wissen schon, so ein Ding aus Nylon. Schwarz. Ein handelsübliches Modell. Und nehmen Sie die Banderolen ab.«

Er ist verdammt raffiniert, las Verhoeven in Hinnrichs Blick. Raffiniert und erfahren. Er weiß, wie leicht es ist, in den Banderolen kleine Peilsender zu verstecken. Er kennt die Tricks.

»Herr Lieson wird mit dieser Tasche …«

»Augenblick«, fiel Goldstein dem Entführer ins Wort, und die übrigen Anwesenden hielten erschrocken den Atem an, weil er es wagte, den Geiselnehmer schon so kurz nach einer derartigen Eskalation wieder zu unterbrechen. »Das ist einer der Punkte, über den wir noch reden müssen.«

Schweigen.

Verhoeven beobachtete Goldstein, um zu sehen, was der Unterhändler nun vorhatte. Doch Goldstein senkte den Kopf, sodass ein Großteil seines Gesichts im Schatten seines Basecaps verschwand.

»Herr Lieson befindet sich bedauerlicherweise auf einer Geschäftsreise. Aber … Hey, es macht Ihnen doch nichts aus, wenn jemand anderer das Geld überbringt, oder? Ich zum Beispiel.«

»Doch.«

»Warum?« Goldstein lachte wieder, doch dieses Mal klang es ein wenig gezwungen. »Ich bin zuverlässig. Ich bin nicht unerfahren, und ich bin ganz entschieden lebenslustig. Was im Klartext heißt, dass ich Ihnen nicht mehr Ärger als nötig bereiten werde.«

»Ich habe nein gesagt.«

Monika Zieraus Augen verengten sich, und ihre Miene drückte deutlich aus, dass Goldstein den Bogen ihrer Meinung nach schon wieder überspannte. *Wenn er tatsächlich Ernst gemacht hat, haben wir jetzt neben einem toten Kassierer auch noch eine tote*

Geisel, sagten ihre Augen. *Also reiß dich um Gottes willen zusammen und geh auf ihn ein, klar? Lüg ihn an, komm ihm entgegen, was auch immer ... Hauptsache, du gewinnst erst mal Zeit!*

»Aber ich habe Ihnen doch bereits gesagt, dass Herr Lieson gegenwärtig nicht in der Stadt ist.«

»Dann schaffen Sie ihn her.«

Der ältere der beiden Kommunikationstechniker kam quer durch das Zimmer gerannt und schob Richard Goldstein einen Zettel hin. ANRUFER IDENTIFIZIERT. GEISELNEHMER BENUTZT EIN PREPAID-HANDY. WARTEN AUF PEILUNGSDATEN VOM PROVIDER.

Goldstein nickte. »Es tut mir leid«, wandte er sich an seinen Gesprächspartner, »aber das kann eine Weile dauern.«

»Sie haben Zeit bis heute Nachmittag um fünf. Dann melde ich mich wieder und erteile Ihnen Instruktionen hinsichtlich der Übergabe. Wenn Sie unsere Forderungen nicht erfüllen, stirbt jede Stunde eine weitere Geisel.«

»Warum Lieson?«, fragte Goldstein, und sämtliche anwesenden Beamten hielten angesichts der Kühnheit dieser Frage erschreckt die Luft an.

»Weil ich es so will.«

Der Unterhändler zog einen dicken Kringel um die Worte PERSÖNLICHES MOTIV.

Keine Experimente mehr, warnten Monika Zieraus Kohlenaugen noch eindringlicher als zuvor. *Wenn du jetzt noch weiter gehst, kippt die Sache endgültig. Und wer weiß, was dann geschieht ...*

»Okay«, sagte Goldstein, das Gesicht ganz im Schatten. »Aber so schnell wird das nicht gehen. Herr Lieson ist ...«

»Siebzehn Uhr«, unterbrach ihn der Mann, der sich Teja nannte. Dann ertönte ein leises Knacken, und die Leitung war tot.

5. Winnie Heller suchte die Innentaschen ihrer Fleecejacke nach einem Taschentuch ab. Und sie hatte tatsächlich Glück: Links oben fand sie wirklich eins, das noch nicht benutzt war.

Sie stand auf und ging damit zu Evelyns Matratze hinüber. »Hier«, sagte sie. »Vielleicht versuchen Sie's mal damit.«

Die korpulente Krankenschwester blickte hoch, und für einen flüchtigen Moment glaubte Winnie Heller etwas wie Verärgerung in den runden Schweinsaugen zu lesen. Dann nahm Evelyn Gorlow ihr wortlos das Taschentuch aus der Hand und presste es gegen die tiefe Schürfwunde an ihrem Knie.

»Hat dieser Mistkerl Sie geschubst?«

»Nein, mein Gewicht hat mich nach unten gezogen.« Ein Anflug von Sarkasmus ließ die teigigen Züge hart werden, und Winnie Heller fiel auf, dass Evelyns Stimme erstaunlich tief klingen konnte, wenn sie wollte. Fast wie ein Mann.

Sie ging neben der Matratze in die Knie und streckte die Hand nach Evelyns zerrissener Hose aus. »Lassen Sie mich mal sehen.«

»Ich bin Krankenschwester, schon vergessen?«

Tja, ich schätze, heute Morgen fehlt mir jegliches Talent zum Kommunizieren, dachte Winnie Heller frustriert, doch sie wollte sich auch noch nicht geschlagen geben. Wenn Walther Lieson und Malina tatsächlich nicht identisch waren, musste Malina zwangsläufig eine der anderen Personen sein, die sich zum Zeitpunkt des Überfalls in der Bankfiliale aufgehalten hatten, aller Wahrscheinlichkeit nach eine der Geiseln. Und unverbindliche Gespräche zu führen war immer eine gute Möglichkeit, Menschen mit einem Geheimnis dazu zu bringen, etwas von diesem Geheimnis preiszugeben. Und sei es nur dadurch, dass man sie bei einer Lüge oder einem Widerspruch ertappte.

»Hat dieser Bernd Sie geschlagen?«

Evelyn verzog ihren schmalen Mund zu einem sparsamen Lächeln. »Nein, er hat bloß auf mich geschossen.«

»Gezielt?«

»Ich glaube kaum, dass einer wie der danebenschießt«, antwortete Evelyn mit leisem Sarkasmus.

»Da haben Sie wahrscheinlich recht«, nickte Winnie Heller, indem sie sich ungefragt neben der dicken Krankenschwester auf der Matratze niederließ. »Was glauben Sie, wie Ihr Mann mit der Ungewissheit fertig wird?«

Das Doppelkinn der Krankenschwester zitterte, während ihr Körper mit einem Hustenanfall kämpfte. »Ich bin nicht verheiratet«, keuchte sie, als sie sich wieder etwas beruhigt hatte. »Sind Sie's?«

»Um Himmels willen«, lachte Winnie Heller. »Socken Größe fünfundvierzig waschen und endlose Diskussionen übers Essen führen ...Na, das wäre ja was für mich!«

Die Blicke der anderen glitten prüfend über ihr Gesicht. »Was, sagten Sie, machen Sie doch gleich beruflich?«

»Call-Center«, antwortete Winnie Heller arglos. »Aber ganz seriös. Nicht so ein Verein, wo man verwirrte alte Leute anrufen muss, Sie wissen schon, um ihnen für teures Geld irgendeinen nutzlosen Krempel aufzuschwatzen.«

»Und davon kann man leben?«

»Mehr schlecht als recht, fürchte ich.«

Evelyn nickte nur.

Ihre Mitteilungsbereitschaft ist ja echt enorm, seufzte Winnie Heller im Stillen, als sich hinter ihr unvermittelt Jenna zu Wort meldete.

»Ich war früher auch mal in einem Call-Center beschäftigt«, erklärte sie. »Aber dort hat es mir, ehrlich gesagt, nicht sonderlich gefallen. Ewig die gleichen Fragen. Gibt's diese Hose auch in Größe fünfzig? Hat das Shirt auf Seite drei tatsächlich einen Rundhalsausschnitt? Wie lange habe ich Zeit, diesen Fernseher zurückzugeben, wenn er meiner Frau nicht gefällt? Und so weiter und so fort ...« Sie ließ ein glockenhelles Lachen hören. »Nach einem halben Jahr hatte ich das Gefühl, ich explodiere, sobald irgendwo in meiner Nähe ein Telefon klingelte. Und da habe ich mich dann entschlossen, eine Banklehre hinterherzuschieben. Obwohl meine Eltern von dieser Idee natürlich alles andere als begeistert waren.«

Tja, Schätzchen, und jetzt sitzt du hier, dachte Winnie Heller sarkastisch. That's life! Laut sagte sie: »Und die Arbeit in der Sparkasse gefällt Ihnen tatsächlich besser?«

»Oh, ja, viel besser«, nickte die Blondine, indem sie sich zu den beiden anderen Frauen auf die Matratze setzte. Etwas, das Evelyn ganz offenbar völlig gegen den Strich ging. »Man erlebt so eine Beratungssituation grundlegend anders, wenn man persönlich mit den Kunden in Kontakt steht, wissen Sie. Das lässt sich überhaupt nicht vergleichen.«

Evelyn tauschte einen Blick mit Winnie Heller, und abermals bemerkte Winnie in den Augen der Krankenschwester jenes spöttische Funkeln, das von einem messerscharfen Verstand zeugte. Evelyn Gorlow war intelligent, kein Zweifel. Auch wenn ihre äußerliche Lethargie beständig dazu verführte, sie zu unterschätzen.

Irgendwie erinnert sie mich an Annie Wilkes, dachte Winnie Heller schaudernd, diese Irre in Steven Kings *Misery*. War die nicht auch Krankenschwester gewesen?

Doch sie kam nicht dazu, näher über diese Frage nachzudenken, denn neben ihr schwatzte Jenna bereits unbekümmert weiter: »Aber in einer Hinsicht habe ich an das Call-Center trotzdem gute Erinnerungen.« Ein leises Lächeln goss sich über das nichtssagend hübsche Gesicht der Blondine und ließ sie unvermittelt ein paar Jahre jünger erscheinen, als sie eigentlich war.

»In welcher Hinsicht?«, fragte Winnie Heller, auch wenn sie sich längst denken konnte, worauf dieses Gespräch hinauslief.

»Manuel und ich haben uns dort kennengelernt.«

»Ist das Ihr Freund?«

Die blonde Bankangestellte nickte. »Wir sind jetzt schon fünfeinhalb Jahre zusammen und noch genauso glücklich wie am ersten Tag.«

Ach du Schande, höhnte Evelyns Blick. *Mir kommt gleich das Kotzen!*

Ein Freund? Winnie Heller zog die Augenbrauen hoch. »Ist er auch bei der Bank beschäftigt?«

»Manuel?« Jennas Lächeln verschwand so plötzlich, als habe jemand einen Schalter umgelegt. »Nein, er … Genau genommen ist er im Augenblick …«

»Arbeitslos«, ergänzte Evelyn, wobei sie es schaffte, gänzlich unbeteiligt auszusehen, auch wenn Winnie Heller der Überzeugung war, dass die dicke Krankenschwester sich innerlich vor Lachen bog.

»Er macht eine Fortbildung«, versetzte Jenna, deren Wangen jetzt leicht gerötet waren.

»Ja, sicher doch.« Evelyns Hand wedelte abfällig durch die kühle Grubenluft.

»Was ist dagegen einzuwenden, wenn jemand darum bemüht ist, seine Qualifikation zu verbessern?«, fauchte die Blondine.

»Ach, Herzchen«, seufzte Evelyn. »Was glauben Sie, wie viele Fortbildungen und Umschulungen und was weiß ich noch alles die in mich investiert haben. Vertrauen Sie mir, wenn ich Ihnen sage, dass das alles überhaupt nichts bringt.«

»Umschulungen?« Winnie Heller runzelte betont auffällig die Stirn. »Ich denke, Sie sind Krankenschwester.«

»Ich arbeite nicht mehr in diesem Beruf.« Evelyns Wurstfinger schraubten den Verschluss ihrer Wasserflasche ab. Dann schloss sie die Augen und nahm einen tiefen Zug. Als sie die Augen wieder öffnete und die erwartungsvollen Blicke ihrer Gesprächspartnerinnen bemerkte, huschte ein Anflug von Ärger über ihre aufgequollenen Züge.

Und wenn schon, dachte Winnie Heller. Da sie ja sowieso schon wütend ist, kann ich auch getrost noch einen draufsetzen! »Warum denn nicht?«, fragte sie arglos. »Ich denke, in der Pflege werden immer kompetente Leute gesucht.«

»Ich habe aus gesundheitlichen Gründen aufgehört«, entgegnete Evelyn.

In Jennas Augen blitzte Neugier auf.

Evelyn bemerkte es und grinste auf eine Weise, die ein unbeteiligter Beobachter vielleicht mit dem Wort hinterhältig beschrieben haben würde. Dann riss sie sich mit einer pfeilschnellen Bewegung die Bluse auf. Die Geste war derart heftig, dass zwei Knöpfe absprangen. Doch das schien die Krankenschwester nicht weiter zu kümmern. »Hier, Herzchen«, keuchte sie mit fast satanischem Vergnügen. »Sehen Sie das? Mammakarzinom. Zwei Operationen. Dreißig Bestrahlungen. Und eine Prothese, die sich anfühlt, als ob Ihnen einer einen dicken fetten Gummiball auf die Rippen geschnallt hätte.« Sie hielt kurz inne und hieb dann mit der geballten Faust ein paar Mal kräftig auf ihre linke Brust ein.

Die Schläge erzeugten einen rohen, erschreckend dumpfen Ton, der Winnie Heller im wahrsten Sinn des Wortes durch Mark und Bein ging. Und aus den Augenwinkeln registrierte sie, dass auch Jenna in einer Mischung aus Mitgefühl und blankem Entsetzen nach Luft schnappte.

Annie Wilkes, dachte sie wieder. Diese Frau hat einen echten Schuss!

Evelyn hingegen schien hochzufrieden mit den Reaktionen auf ihre Darbietung und brachte in aller Gemütsruhe ihre Kleider in Ordnung.

»Hey«, rief Quentin Jahn hinter ihnen, und seine Stimme klang irgendwie alarmiert. »Was ist denn mit dem los?«

Winnie Heller wandte den Kopf und sah zu Jussuf Mousa hinüber, der zusammengekrümmt an der seitlichen Grubenwand lag. Zwar konnte sie das Gesicht des kleinen Arabers nicht erkennen, aber dass es sich um einen Notfall handelte, sah sie sofort.

»Was ist geschehen?«, fragte sie, indem sie sich mühsam erhob und zu Jussuf Mousa hinüberrannte. »Geht es Ihnen nicht gut?«

Mousas Gesicht war von einem dicken Schweißfilm überzogen und er war buchstäblich totenbleich. »Die Tablette«, stieß er hervor. »Es war meine letzte.«

Winnie Heller nahm ihm ein leeres Tablettendöschen aus der Hand. Ein quadratisches Kästchen mit zwei Fächern und einer Hummelfigur auf dem Deckel. »Was ist das, was Sie nehmen müssen?«

»Für Herz«, keuchte der Araber. »Ich muss nehmen Tabletten immer, sonst ich sterbe, sagen Doktor, verstehen Sie?«

Winnie Heller nickte.

»Wie viele Tabletten nehmen Sie pro Tag?«, fragte Evelyn, die unbemerkt zu ihnen getreten war, mit der Sachlichkeit einer Fachfrau.

»Zwei.« Jussuf Mousa rang nach Luft. »Morgens eine. Und am Abend wieder.«

»Und wann haben Sie die letzte genommen?«

»Gestern.«

»Wann gestern?«

»Ich weiß nicht genau. Bevor die Ratten kamen.«

Winnie Heller sah, wie sich die Brauen der ausgebildeten Krankenschwester zusammenzogen.

»Ist es sehr tragisch, wenn er heute keine Tablette mehr nimmt?«, fragte sie, indem sie Evelyn ein Stück zur Seite nahm.

Evelyn nickte.

»Wie schlimm?«

»Schwer zu sagen. Aber wenn ich ihn mir so anschaue, sieht es nicht allzu gut aus.«

»Besteht Lebensgefahr?«

Die korpulente Krankenschwester antwortete mit einem gleichgültigen Achselzucken. »Sorry, aber ich war in der Psychiatrie tätig. Da hatten wir nicht allzu viele Herzattacken.«

Winnie Heller musterte das feiste Gesicht ihrer Gesprächspartnerin mit neuem Interesse. Wie mochte es sich wohl anfühlen, der Obhut dieser Frau ausgeliefert zu sein? Noch dazu, wenn man psychische Probleme hatte …

»Jemand sollte denen da oben Bescheid sagen«, zwang Horst Abreschs eindringliches Flüstern sie, sich wieder auf das Hier und Jetzt zu konzentrieren. Der stellvertretende Filialleiter hatte ihren Wortwechsel mit Evelyn verfolgt und blickte besorgt auf den röchelnden Araber hinunter.

Jemand, dachte sie. Was er eigentlich meint ist: Ich …

»Können Sie sich nicht noch ein bisschen gedulden?«, flehte derweil Jenna, ohne Jussuf Mousa direkt anzusehen. »Ich meine, wenigstens bis diese Kerle von sich aus wieder auftauchen.«

»Neee, Herzchen, der kann sich nicht gedulden«, höhnte Evelyn. »Der hat schon Glück, wenn er nicht hopsgeht.«

Horst Abresch, der sich inzwischen neben Mousa auf den Boden gekniet hatte und eifrig darum bemüht war, den Kopf des

Arabers höher zu lagern, warf der Krankenschwester einen tadelnden Blick zu.

Doch im Gegensatz zu ihm war Jenna auch durch Evelyns Geschmacklosigkeiten nicht zu bremsen. »Aber wenn sie dann wütend werden und um sich schießen«, greinte sie. »Oder wenn sie …«

Halt den Mund, Jenna!

»Schluss jetzt, seien Sie endlich still, verstanden?!«, fuhr Quentin Jahn die blonde Bankangestellte an, und Winnie Heller hätte den Zeitschriftenhändler küssen mögen für dieses entschlossene Eingreifen.

»Ich fürchte, es hilft alles nichts«, befand sie, indem auch sie ihren Blick nach oben, zum Rand der Grube richtete. Dorthin, wo es seit geraumer Zeit so angenehm ruhig und friedlich zu sein schien. »Wir müssen sie rufen …«

6 »Und?«, schrie Goldstein. »Habt ihr den Kerl?«
Der ältere der beiden Kommunikationstechniker knallte eine Umgebungskarte der hessischen Landeshauptstadt auf Walther Liesons Mahagonitisch. »Der Geiselnehmer befand sich zum Zeitpunkt des Anrufs genau hier.« Sein fleischiger Finger bezeichnete einen Punkt auf der anderen Rheinseite.

»Was ist dort?« Goldstein riss sein Basecap vom Kopf und warf es neben die Karte auf den Tisch.

»Eine Schrebergartenkolonie«, antwortete der Mann. »Sie liegt unmittelbar unterhalb der S-Bahn-Haltestelle Mainz Nord.«

»Schrebergärten?« Goldstein verzog das Gesicht. »So etwas ist wohl kaum geeignet, um sieben Geiseln zu verstecken, oder?«

»Bestimmt nicht.« Der Kommunikationstechniker bekaute einen Kugelschreiber, den er aus der Brusttasche seiner Jacke gezogen hatte. »Ganz abgesehen davon, dass sich dieser Kerl unter Garantie darüber im Klaren gewesen ist, dass die Dauer seines Anrufs locker ausreicht, um seinen Standort ausfindig zu machen.«

Goldsteins Adleraugen richteten sich wieder auf die Karte. »Schrebergärten und eine S-Bahn-Haltestelle also«, murmelte er. »Und sonst? Wie ist es dort sonst?«

Der Kommunikationstechniker überlegte einen Augenblick. »Ruhig, aber nicht zu ruhig, würde ich sagen. Zumindest nicht an einem Samstagvormittag bei gutem Wetter.«

»Was ich sagen will: Könnte Teja es tatsächlich gewagt haben, eine oder mehrere Geiseln dorthin mitzunehmen?«

»Kaum.«

»Also hat er tatsächlich geblufft.«

Es war eine nach außen hin völlig ungerührte Feststellung des erfahrenen Unterhändlers. Und dennoch hatte Verhoeven das Gefühl, dass Richard Goldstein erleichtert war. Mehr noch: Da war ein leiser Triumph in seiner Stimme. *Ich hatte recht. Meine Einschätzung war richtig.* Verhoeven sah zu Jens Büttner hinüber, der unablässig SMS tippte. *Sie sind hier, weil man sagt, dass Sie Ihren Job verstehen. Und von ein paar Ausrutschern einmal abgesehen, mag das durchaus zutreffen.*

»Schicken Sie ein Team in diese Schrebergartenkolonie und suchen Sie da jeden Millimeter Boden ab«, wies Goldstein indessen einen von Hubert Jüssens Beamten an, der sich in einer Ecke des Wohnzimmers zur Verfügung gehalten hatte. »Ich gehe doch wohl recht in der Annahme, dass sich das Handy, das er benutzt hat, noch immer am selben Platz befindet?«, wandte er sich dann wieder an den Kommunikationstechniker, der vor dem Tisch verharrte wie ein Felsen.

Der Angesprochene sah kurz zu seinem Kollegen hinüber und nickte. »Wenn er klug ist, hat er sofort nach dem Gespräch die SIM-Karte und den Akku entfernt.«

»Natürlich hat er das«, brummte Goldstein. »Und ich verwette meine nicht gerade unüppige Pension darauf, dass er beides niemals ohne Handschuhe angefasst hat.«

Der Kommunikationstechniker stieß ein verärgertes Zischen aus, das offenbar zugleich Zustimmung signalisieren sollte, und kehrte dann an seinen Platz neben seinem Kollegen zurück.

»Der gestrige Anruf kam laut Einzelverbindungsnachweis von

325

einer öffentlichen Telefonzelle am Hauptbahnhof«, erinnerte Luttmann, der die entsprechenden Punkte bereits in der Karte auf seinem Monitor markiert hatte.

»Kein Zweifel«, sagte Hinnrichs. »Die Kerle sind noch in der Gegend. Und sie wollen auch, dass wir das wissen.«

Goldstein erhob sich aus seinem Sessel und ging schwerfälligen Schrittes zu Luttmann hinüber. »Ruf die Kollegen an und frag sie, wie weit sie mit den Maklern sind.«

Der junge Kriminaltechniker schob seinen Kaugummi auf die andere Seite und lächelte sein ansprechendes Jungenlächeln. »Schon erledigt. Wir haben eine Liste mit kürzlich angemieteten Objekten erstellt.«

»Und was, bitte schön, verstehen Sie in diesem Zusammenhang unter kürzlich?«, fragte Hinnrichs mit zweifelnder Miene.

»Alles, was in den letzten acht Wochen weggegangen ist«, antwortete Luttmann. »Wenn wir damit durch sind, können wir den Zeitrahmen immer noch erweitern.« Er griff gedankenverloren nach der aktuellen Coladose, trank aber nicht. »Jüssens Leute werden sich zuerst die Objekte vornehmen, die allein oder doch zumindest irgendwie abgeschirmt liegen. Außerdem kümmern sich zwei weitere Teams um die umliegenden Industriegebiete.«

»Sie sollen sich auf Lagerhallen und leer stehende Fabrikanlagen konzentrieren«, sagte Goldstein, der an seinen Platz zurückgekehrt war und wie gebannt auf sein Dossier hinunter blickte. Auf die Notizen, die er sich während des Telefonats mit dem Geiselnehmer gemacht hatte.

»Das Schlimme ist, dass sie überall sein könnten«, seufzte Luttmann.

»Nein«, versetzte Goldstein in ungewohnt scharfem Ton. »Sie sind nicht überall. Und sie sind auch nicht irgendwo. Sie sind an einem Ort, der Sinn macht.«

Meiner Erfahrung nach beruht das Wenigste, was Menschen tun, auf Zufällen und Willkürlichkeiten.

Verhoeven sah, dass dem jungen Familienvater eine Frage auf der Zunge lag. Aber Kai-Uwe Luttmann stellte diese Frage nicht.

Stattdessen stand Jens Büttner auf und verließ wortlos den Raum.

»Okay, dann hätte ich jetzt gern deine Einschätzung gehört«, wandte sich Goldstein, der den plötzlichen Abgang von Werner Brennickes Adlatus nicht einmal zur Kenntnis zu nehmen schien, an seine Profilerin.

Monika Zierau hatte sich mit ihren Informationsmappen an den Esstisch der Liesons zurückgezogen und telefonierte unablässig. Auch jetzt hatte sie ihr Handy am Ohr und blickte verdutzt herüber, als sei sie nicht sicher, ob der Unterhändler tatsächlich mit ihr gesprochen hatte. »Ich ruf gleich wieder an«, erklärte sie ihrem Gesprächspartner ohne einen Anflug von Eile oder gar Gereiztheit. Dann sah sie Goldstein an. »Welcher Teil meiner Einschätzung interessiert dich?«, fragte sie. »Der, der Teja betrifft? Oder möchtest du wissen, was ich von deiner Rolle bei der ganzen Sache halte?«

»Bewahre«, rief Goldstein, aber sein Lachen klang nicht echt. »Sag mir lieber, mit wem wir es zu tun haben.«

»Wie du meinst«, entgegnete Monika Zierau, indem sie ihm einen kurzen, aber bezeichnenden Blick zuwarf. Wenn Verhoeven nicht gewusst hätte, dass die beiden schon oft zusammengearbeitet hatten, hätte er wahrscheinlich angenommen, dass sie einander gerade erst kennenlernten. Und auch die Frage, ob die Psychologin und der studierte Soziologe sich mochten, konnte er bislang nicht letztgültig beantworten. Monika Zieraus Blick von eben zumindest sprach eindeutig dagegen. »Der Mann, den wir Teja nennen, ist definitiv kein Selbstdarsteller«, kam die Profilerin ohne Umschweife zur Sache. »Er beziehungsweise seine Leute tun etwas verdammt Spektakuläres, aber es ist ihm nicht wichtig, darüber zu sprechen. Er weist nicht explizit auf seine Macht hin, auf das, was er mit den Geiseln tun oder nicht tun könnte. Stattdessen will er auf den Punkt kommen, und zwar so schnell wie nur irgend möglich. Er ist klug, und er ist gebildet, was, wie du weißt, nicht zwingend Hand in Hand gehen muss. Bestimmte Formulierungen, wie zum Beispiel *Weil ich es so will*, deuten darauf hin, dass unser Mann ein Kontrollfreak ist. Und

er übt diese Kontrolle mit an Sicherheit grenzender Wahrscheinlichkeit auch in seinem täglichen Leben bewusst und souverän
aus. Nichtsdestotrotz gibt es gerade in diesem Fall etwas, das
sich dieser seiner Kontrolle entzieht. Und genau hierin liegt die
Gefahr.«

Persönliches Motiv betrifft Teja selbst …

»Die Gefahr dafür, dass er ausrastet?«, fragte Hinnrichs.

Die Psychologin sparte sich jeden Kommentar, sondern nickte
nur. Aber sie sah in Goldsteins Richtung.

»Der Kerl hat geblufft«, wiederholte dieser mit einem Blick,
der Verhoeven einmal mehr die Arroganz in Erinnerung rief,
von der der Unterhändler selbst gesprochen hatte. Und ihm fiel
auch noch etwas anderes ein, das Richard Goldstein gesagt hatte: Manchmal ist ein guter Bluff hilfreicher als jede noch so ausgefeilte Strategie.

»Ich bin mir nicht sicher, ob er blufft«, sagte Monika Zierau
zögerlich.

»Aber ich«, versetzte Goldstein. »Erklär mir lieber, was unserem Hunnenkönig so wichtig an Walther Lieson ist.«

Die Psychologin antwortete nicht sofort, und Verhoeven nutzte die Gelegenheit, etwas zu äußern, was ihm schon seit längerem im Kopf herumging. »Vielleicht ist ihm Lieson ja gar nicht
so wichtig, wie er glaubt.«

Richard Goldstein blickte überrascht auf. »Sondern?«

»Das klingt jetzt vielleicht irgendwie unausgegoren«, sagte
Verhoeven, und über den Tisch hinweg sah er, dass Hinnrichs
ihn am liebsten gelyncht hätte für diese übervorsichtige Einlei-
tung. *Wenn Sie was zu sagen haben, sagen Sie's einfach*, bedeuteten ihm die stahlblauen Augen hinter der randlosen Brille, und
Verhoeven musste an die Zeiten denken, in denen der ehrgeizig
auf seine Karriere bedachte Burkhard Hinnrichs ihm bei jeder
Gelegenheit eröffnet hatte, dass es ihm an Selbstbewusstsein
und Durchsetzungskraft fehle. »Aber vielleicht hat dieser Teja
in der Filiale in Wirklichkeit gar niemanden *angesprochen*, sondern nach jemandem *gefragt*.«

»Sie meinen nach Malina?«

Verhoeven nickte. »Angenommen, die Geiselnehmer sind auf der Suche nach einer bestimmten Person, von der sie wissen, dass sie Malina heißt oder so genannt wird und dass sie sich zum betreffenden Zeitpunkt in der Filiale aufhält.«

»Woher sollten sie das wissen?«, unterbrach ihn Goldstein stirnrunzelnd.

Verhoeven überlegte einen Augenblick. »Vielleicht haben sie einen entsprechenden Tipp bekommen.«

»Einen Tipp? Von wem?«

»Keine Ahnung. Aber mal angenommen, Malina ist tatsächlich so eine Art Deckname …« Verhoeven fühlte, wie er sich langsam, aber sicher in seiner eigenen Theorie verhedderte. Um den erwartungsvoll-skeptischen Gesichtern seiner Kollegen wenigstens für ein paar Sekunden zu entkommen, sah er an seinem Vorgesetzten vorbei zur Terrassentür hinüber. Durch die bis zum Boden herabgelassenen Jalousien sickerte mildes Frühlingssonnenlicht. Verhoeven dachte an die Zugvögel, die er gehört hatte, und daran, dass sie schon fast wieder auf dem Rückflug in ihre Winterquartiere sein würden, wenn das Baby auf die Welt kam. Das zweite Kind, das er sich so sehr gewünscht hatte. Dann zwang er sich, seine Aufmerksamkeit wieder auf das zu richten, was er eigentlich sagen wollte: »Wenn also Malina der Deckname einer Person ist, hinter der die Geiselnehmer aus welchem Grund auch immer her sind, dann ist es doch rein theoretisch möglich, dass Teja und seine Komplizen den Klarnamen der betreffenden Person gar nicht kennen.«

Goldsteins Miene spiegelte noch immer tiefe Skepsis. »Sie meinen, diese Kerle wussten, dass sich der, den sie suchen, in dieser Filiale aufhält oder aufhalten sollte, aber eigentlich wissen sie gar nicht, *wen* sie suchen?«

Die Formulierung des Unterhändlers erfüllte Verhoeven mit einem Gefühl tiefer Hilflosigkeit. »Ja«, antwortete er trotzdem. »So ähnlich.«

»Also ich finde das alles nicht so abwegig, wie es auf den ersten Blick scheint«, erhielt er in diesem Moment völlig unerwartet Unterstützung durch seinen Vorgesetzten. »Berühmte Nazijäger hatten auch oft nicht viel mehr als einen falschen Namen oder den Hinweis auf eine Örtlichkeit in Händen, wenn sie sich auf die Suche nach einer ganz bestimmten Person gemacht haben.«

»Zumindest steht einwandfrei fest, dass der Mann, der sich Teja nennt, ein Motiv hat, das über den rein pekuniären Nutzen hinausgeht«, meldete sich Monika Zierau über ihrem College-block zu Wort.

»Die Summe, die er verlangt, ist ein Witz«, pflichtete Gold-stein ihr bei.

Die Kohlenaugen der Psychologin verengten sich. »Eine Tatsa-che, die du ihm denn auch mit nimmermüder Penetranz auf sein Butterbrot schmieren musstest«, bemerkte sie spitz, doch die Kritik schien an Goldstein abzuprallen.

Neben ihm griff Burkhard Hinnrichs nach der Schachtel Light-zigaretten, die vor ihm auf dem Tisch lag. »Also, wenn ich an Decknamen und Klarnamen denke«, sagte er, »fallen mir auf Anhieb vor allem zwei Gebiete ein.« Er machte eine kurze Pause, um sicherzugehen, dass er die volle Aufmerksamkeit der Anwe-senden genoss, bevor er hinzufügte: »BND und Stasi.«

»Stasi, hm?« Goldstein kritzelte unmotiviert auf seinem Aktendeckel herum. »Was, um Gottes willen, sollte die Stasi mit dieser Sache zu tun haben?«

»Was weiß denn ich«, gab Hinnrichs zurück, wobei er sich um ein betont selbstbewusstes Auftreten bemühte. »Vielleicht hat da jemand noch eine Rechnung offen.«

»Sie meinen, einer der Entführer?«

Hinnrichs' Antwort beschränkte sich auf ein abwehrendes Achselzucken.

»Gibt es bei der Birthler-Behörde eigentlich so was wie eine Rückwärtssuche nach ehemaligen IMs?«, fragte Goldstein nach kurzem Überlegen.

Luttmann schenkte ihm von seinem Laptop aus ein nachsich-tiges Lächeln. »Du meinst, irgend so eine Suchmaske, in die du den Decknamen des betreffenden Spitzels eingibst, und der Computer spuckt dir anschließend dessen wahre Identität aus?«

»Genau das«, nickte Goldstein, indem er blind in die Zigarettenschachtel griff, die Hinnrichs ihm hinhielt. »Also: Gibt's so was?«

»Ich weiß nicht.«

»Dann mach dich kundig. Um alles, was den BND angeht, kümmere ich mich selbst.«

Verhoeven sah, wie Hinnrichs interessiert den Kopf hob, doch Goldstein dachte gar nicht daran, die Quellen, über die er offenbar verfügte, beim Namen zu nennen.

»Wie weit seid ihr inzwischen mit Liesons Vergangenheit?«, wandte er sich stattdessen wieder an den jungen Kriminaltechniker. »Gibt's da vielleicht irgendwas, das auf einen entsprechenden Hintergrund hindeutet?«

»Du willst wissen, ob er früher mal Agent gewesen ist oder als Spitzel für die Stasi gearbeitet haben könnte?« Luttmann streckte seine langen, schlaksigen Beine von sich. »Tja, nach unserem jetzigen Kenntnisstand würde ich sagen: weder noch.«

»Was heißt das?«

»Lieson ist in Regensburg und München aufgewachsen und hat nachweisbar keinerlei Bezug zur ehemaligen DDR. Und er war auch nie im diplomatischen Dienst tätig.«

»Zumindest nicht offiziell«, knurrte Goldstein. »Alles Weitere wird sich zeigen.«

7 Sie hatten gerufen, verhalten zunächst und schließlich, nachdem sie keine Antwort erhalten hatten, immer lauter und nachdrücklicher.

Aber es war niemand erschienen.

Hinter Winnie Heller stöhnte Jussuf Mousa verhalten vor sich hin. Evelyn hatte dem Schwerkranken mehr oder minder widerwillig einen Großteil ihrer Matratze abgetreten und hockte nun breitbeinig auf einer Ecke derselben wie ein bebluster Buddha. Ihr Blick ging in die entgegengesetzte Richtung, fast so, als wolle sie ihren Mitgefangenen mit allem Nachdruck demonstrieren, dass sie nicht gewillt war, dem Herzkranken über das Abtreten ihrer Schlafgelegenheit hinaus irgendeine Form von Hilfe zukommen zu lassen, Schwesternausbildung hin oder her.

»Wo sind die denn nur?«, fragte Jenna, als auch die letzten Rufe ihrer Mitgefangenen ungehört verhallt waren. »Wenn sie da wären, würden sie sich doch langsam mal sehen lassen, oder?«

Horst Abreschs Finger spielten an seiner Krawatte, die er abgenommen hatte. Ebenso wie die Manschettenknöpfe, die unbeachtet auf einem Mauervorsprung in der Nähe seines Stammplatzes lagen. »Vielleicht sind sie abgehauen.«

»Vielleicht wollen sie uns genau das glauben machen«, konterte Quentin Jahn.

Abresch runzelte seine bleiche Beamtenstirn. »Warum sollten sie so was tun?«

»Keine Ahnung«, entgegnete Quentin. »Aber merkwürdig ist es allemal.«

»Merkwürdig oder nicht, es muss etwas geschehen«, entschied Winnie Heller.

Der Zeitschriftenhändler kniff die Brauen zusammen. »Sie wollen da hoch?«, fragte er mit einer Mischung aus Tadel und Unglauben. »Schon wieder?«

»Haben Sie vielleicht eine bessere Idee?«

»Dann gehe ich mit«, verkündete Quentin Jahn anstelle einer Antwort.

»Warum? Es reicht doch, wenn einer von uns das Risiko ...«, setzte Winnie Heller an, doch der asketische Zeitschriftenhändler war bereits an der Treppe.

»Was ist jetzt?«, fragte er mit einem Lächeln, das – zumindest in ihren sensibilisierten Augen – etwas ziemlich Herausforderndes hatte. »Kommen Sie mit oder warten Sie?«

»Ich komme.«

»Fein.«

Auf der Treppe hielt sie sich dicht hinter ihm, und erst jetzt fielen ihr seine Schuhe auf. Sie sahen bequem aus, eine Art Mokassin, und machten selbst auf den rostigen Stufen so gut wie kein Geräusch. Wenn er wollte, könnte er sich unbemerkt davonschleichen, dachte Winnie Heller mit einem unguten Gefühl in der Magengegend. *Er könnte gehen, wohin er wollte, und keiner von uns würde es bemerken.*

Die Entführer hatten vielleicht einen Komplizen, meldete sich eine altbekannte Stimme in ihrem Kopf zu Wort. *Malina, wer immer das sein mag, könnte einer von uns sein ...*

»Warten Sie«, rief sie halblaut, als sie merkte, dass er zum Rand der Grube hin das Tempo anzog. »Wir sollten vielleicht zusehen, dass wir ihnen nicht allzu viel Angriffsfläche ...« Sie unterbrach sich, als sie sah, dass Quentin Jahn sich nicht im Mindesten um ihre Mahnungen scherte, und beeilte sich stattdessen lieber, zu ihm aufzuschließen.

Am oberen Ende der Treppe angekommen, verständigten sie sich mit einem kurzen Blick und gingen dann vorsichtig, Seite an Seite, auf die gegenüberliegende Wand zu.

Der weitläufige Raum über der Grube wurde jetzt lediglich durch ein schwaches blaues Flackern erhellt, das aus der rechten der drei Türen fiel. Offenbar lief der Fernseher noch immer. *Und zwar nur der Fernseher*, ergänzte Winnie Heller im Stillen. *Ganz im Gegensatz zu gestern ...*

Der lose Mörtel knirschte unter ihren Sohlen, zu ihrer Erleichterung auch unter Quentins, aber im Grunde genommen mussten sie ohnehin nicht allzu leise sein. Wenn die Entführer fort waren, war sowieso alles egal. Und falls nicht ... Tja, dachte Winnie Heller, *falls nicht, können wir nur die Wahrheit sagen und hoffen, dass sie uns glauben!*

Wir müssen es wohl oder übel zuerst in dem rechten Raum versuchen, sagte Quentins Blick, kaum dass sie zu ihm hinübersah.

Sie nickte, auch wenn sie am liebsten geradewegs durch die mittlere Tür gegangen wäre. Insgeheim war sie zutiefst davon überzeugt, dass gerade dieser Durchgang die größte Chance bot, einen Fluchtweg zu finden. Auch wenn sie nicht genau sagen konnte, warum.

Und jetzt?, fragten Quentins Augen, als sie den Raum, in dem der Fernseher lief, beinahe erreicht hatten.

Jetzt gehen wir rein, gab sie ihm stumm zur Antwort. *Was sonst?*

»Hallo?«, rief sie halblaut. »Ist da jemand?«

Keine Antwort.

Und seltsamerweise auch keine Fernsehgeräusche.

Nichts als dieses unstete blaue Flackern, das ihrer Umgebung eine Schwindel erregende Eigendynamik verlieh.

»Hallo?«

Aus den Augenwinkeln registrierte Winnie Heller die tiefe Skepsis im Blick ihres Begleiters. Offenbar traute Quentin Jahn dem Frieden ebenso wenig wie sie selbst.

Wenn sie wollten, hätten sie euch längst abgeknallt.

Sie holte tief Luft und schob beherzt den Kopf um die Ecke. »Entschuldigung, aber wir haben einen Not…«

Weiter kam sie nicht, denn Quentin Jahn packte unvermittelt ihren Arm und bedeutete ihr zugleich mit der freien Hand, dass sie still sein solle. Seine schmalen Asketenlippen formten eine Reihe von Worten, und mit ein paar Sekunden Verzögerung gelang es Winnie Heller sogar, zu verstehen, was er meinte.

Sie sind nicht hier. Zumindest im Augenblick nicht. Und genau das könnte unsere Chance sein … Nutzen wir sie!

Winnie Heller ging voran, und sie betraten einen Raum, der recht groß und annähernd quadratisch war. An der hinteren Wand lagen zwei Matratzen auf dem Boden, ganz ähnlich der, die die Entführer auf dem Grund der Grube platziert hatten. Auf den Matratzen lagen Schlafsäcke, die augenscheinlich aus den Beständen der Bundeswehr stammten. Und an einem rostigen Haken an der Wand entdeckte Winnie Heller Bernds hellen Sommermantel. Ohne den würde er garantiert nie abhauen, dachte sie, und die Erkenntnis verstärkte das Gefühl von Beklemmung, das durch ihr Unterbewusstsein geisterte, seit sie die Grube verlassen hatten.

Also sind sie doch noch in der Nähe, las sie in den Augen ihres Begleiters, der ihrem Blick gefolgt war.

Natürlich sind sie das, dachte sie. Diese Kerle haben viel zu viel riskiert, als dass sie sich so einfach davonmachen würden.

Neben den provisorischen Schlafstätten der Entführer stapelten sich leere Pizzakartons auf dem auch hier vor Dreck starrenden Boden. Winnie Heller fiel auf, dass sie aus unterschiedlichen Pizzerien stammten, und sie folgerte daraus, dass die Geiselnehmer entschlossen waren, nicht das geringste Risiko einzugehen. Links neben der Tür stand eine leere Obstkiste mit einem reichlich veralteten Fernseher, auf dem n-tv lief. Dahinter befand sich ein schwarzer Kasten, Winnies Schätzung nach eine Batterie oder eine Art Notstromaggregat. Drei Campingstühle, ein rostiger Rollcontainer, der aus einem der verwaisten Büros stammen mochte, und eine Reihe von Spinden an der rechten Wand komplettierten die karge Ausstattung.

Hinter einem der Spinde entdeckte Winnie Heller ein paar eingeschweißte Sixpacks mit Billigcola und Mineralwasser, dazu Gepäck, ein Rucksack und zwei große schwarze Reisetaschen.

Was mag da wohl drin sein?, fragten Quentins graue Augen, die in dem bläulichen Dämmerlicht wie Eis wirkten.

Frisch gewagt ist halb gewonnen, dachte Winnie Heller, indem sie ihrem Begleiter mit einer knappen Geste bedeutete, dass sie sich einig waren.

Sie nahm sich als Erstes den Rucksack vor, weil sie sah, dass Quentin bereits auf die beiden Reisetaschen zusteuerte. Als sie das Gepäckstück etwas von der Wand wegziehen wollte, bemerkte sie, dass es leicht war. Im Grunde viel zu leicht, um irgendwelche Überraschungen zu enthalten. Aber um ganz sicher zu gehen, schob sie trotzdem einen Arm hinein. Ihre Finger fanden ein paar Kleidungsstücke und etwas, das sich wie ein Hartschalenetui anfühlte. Winnie Heller tastete nach dem Verschluss, aber die Hülle, die vielleicht ein Fernglas oder ein Nachtsichtgerät geborgen hatte, war leer.

Verlier keine unnötige Zeit, da drin ist nichts zu holen!

Sie zog den Arm zurück und wandte sich den Spinden zu. Die Türen quietschten, als sie sie aufzog, und das Erste, was sie im Flackerlicht des Fernsehers erkennen konnte, waren rostige Kleiderstangen und verblichene Pin-ups an den Innenseiten der Türen. Auf dem Boden des ersten Spinds entdeckte sie die Sneaker, die sie gestern an Bernd gesehen hatte, und automatisch fielen ihr die Schuhe ihres Begleiters ein. Die Mokassins, die so gut wie kein Geräusch machten. Sie bemerkte, dass die Sneaker nebeneinander standen, exakt in der Mitte des Spindbodens, was darauf hindeutete, dass der Brutalo unter den Geiselnehmern entweder über einen ausgeprägten Ordnungstick verfügte oder ein Mann war, der sich aus irgendeinem Grund daran gewöhnt hatte, selbst noch die alltäglichsten Handlungen mit akribischer Genauigkeit auszuführen. Winnie Heller dachte an die Präzision, mit der er Iris Kuhn genau in der Mitte der Stirn getroffen hatte, und sie überlegte, ob er wohl über eine spezielle Ausbildung, etwa als Scharfschütze, verfügen mochte.

Mit Mühe riss sie ihre Aufmerksamkeit von den Schuhen los und nahm den Rest des Schranks in Augenschein, was schnell erledigt war. Auf der Ablage über der Kleiderstange stand eine Schachtel mit Einweghandschuhen. Daneben etwas, das wie ein Verbandskasten aussah. Im Nachbarspind waren ein paar Kabelrollen und halbverschimmelte Pappkartons untergebracht, die nicht aussahen, als ob sie irgendjemand in letzter Zeit in der Hand gehabt hätte. Die übrigen Spinde waren leer.

Winnie Heller blickte sich nach Quentin um, der nach wie vor mit den Taschen beschäftigt schien und aussah, als ob er etwas Interessantes entdeckt hätte. Sein Rücken wirkte noch straffer als sonst, fast so, als ob ihn irgendetwas regelrecht elektrisiere. Sie überlegte, ob sie zu ihm gehen und ihn fragen sollte, aber sie entschied sich dagegen. Wenn er etwas entdeckt hätte, würde er es mir doch längst gezeigt haben, dachte sie.

Bist du sicher?

Sie biss sich nachdenklich auf die Lippen, während sie die straff gespannten Sehnen im Nacken des Zeitschriftenhändlers anstarrte. Vielleicht wollte er einfach nur gewappnet sein, wenn die Entführer plötzlich zurückkehrten. Vielleicht wirkte er deshalb so sprungbereit. Ja, dachte Winnie Heller. Sprungbereit ist genau das richtige Wort dafür!

Sie sah sich nach der Tür um, hinter der die Düsternis des Grubenraums schwebte und hatte das unbestimmte Gefühl, dass es kälter geworden war.

Noch kälter als zuvor.

8 Goldstein hatte mitten auf dem Wohnzimmertisch der Liesons einen Wecker platziert. Ein klobiges Ding mit einem Haufen Ecken und einer Digitalanzeige, die so eingestellt war, dass die Zeit rückwärts lief. Countdown bis zum Ablauf des Ultimatums.

Verhoeven hatte die Gästetoilette im Erdgeschoss benutzt, die Inger Lieson ihnen am Morgen gezeigt hatte. Er nahm an, dass die Bankiersgattin sich eine Weile hingelegt hatte, aber als er auf dem Rückweg an der offenen Küchentür vorbeikam, sah er sie an der Arbeitstheke stehen und frischen Kaffee machen. Im Aschenbecher neben der Spüle qualmte eine Zigarette vor sich hin, und Verhoeven wunderte sich darüber, weil er Inger Lieson bislang nie hatte rauchen sehen.

Er blieb stehen und überlegte einen Augenblick.

Dann betrat er die Küche, die rein von ihren Ausmaßen her locker mit der eines Vier-Sterne-Restaurants mithalten konnte. Doch zu seiner Verwunderung bemerkte ihn die Bankiersgattin erst, als er bereits dicht hinter ihr war.

»Habe ich Sie erschreckt?«, fragte er, als sie herumwirbelte und dabei den Aschenbecher umstieß. »Tut mir leid.«

»Nein, nein«, antwortete sie, auch wenn der Ausdruck in ihren Augen eine andere Sprache sprach. »Ich war nur … in Gedanken.«

»Kein Wunder.« Verhoeven lehnte den Rücken gegen einen opulenten Kühlschrank im amerikanischen Stil und schenkte Inger Lieson ein entschuldigendes Lächeln. »Ihre Situation ist alles andere als angenehm, fürchte ich.«

337

Sie schien ernsthaft zu überlegen, wie er das meinte. Jedenfalls reagierte sie nicht sofort, sondern blickte auf den teuren Marmorboden zu ihren Füßen hinunter, wo die Asche zweier Zigaretten verstreut lag. »Jeder lebt das Leben, das er verdient, nehme ich an«, sagte sie, indem sie sich einen Lappen von der Spüle angelte und die Asche wegwischte.

Verhoeven horchte auf. »Ihre Ehe ist nicht besonders glücklich, oder?«, fragte er geradeheraus, auch wenn diese Frage die letzte war, die er der Bankiersgattin hatte stellen wollen.

»Eigentlich müsste sie es sein«, antwortete Inger Lieson, ohne sich daran zu stören, dass er ihr im wahrsten Sinne des Wortes zu nahe trat. »Glücklich, meine ich.«

»Eigentlich?«

»Es gibt nichts, das nicht stimmen würde. Zumindest rein äußerlich betrachtet.« Inger Lieson sah wieder auf den Boden hinunter, aber der Ausdruck ihres Gesichts hatte sich in den letzten Sekunden verändert. Das Ergebnis war, dass die Bankiersgattin mit einem Mal alles andere als ätherisch wirkte. Im Gegenteil. Zum ersten Mal überhaupt schien sie tatsächlich anwesend zu sein.

Verhoeven beobachtete die Veränderung mit Interesse. »Aber etwas läuft dennoch falsch?«, hakte er nach, als er merkte, dass sie zögerte.

»Es liegt an mir.« Sie riss den Blick vom Boden los und sah ihn an. »Hatten Sie jemals in Ihrem Leben das Gefühl, zu verblassen?«

Verhoeven ließ diese merkwürdige Frage ein paar Sekunden auf sich wirken, bevor er langsam und nachdrücklich nickte. »Ja«, sagte er. »Ich glaube schon.«

»Bei welcher Gelegenheit?«

»Meine Mutter starb, als ich acht war.«

Inger Lieson sagte nichts. Zeigte kein Mitgefühl. Im Grunde zeigte sie noch nicht einmal Interesse, sondern sah wieder weg.

Dennoch entschied sich Verhoeven dafür, weiterzusprechen. »Es war an dem Tag, an dem die Frau vom Sozialamt ihre Kleider aus dem Schrank genommen hat. Ich sah zu, aber irgendwann konnte ich es einfach nicht mehr aushalten. Also lief ich weg, stieg in den ersten Bus, den ich kriegen konnte, und fuhr durch bis zur letzten Station.«

»Was war dort?«

»Woher wissen Sie, dass dort etwas Besonderes war?«, fragte Verhoeven, dem seine eigenen Worte reichlich verworren vorkamen, überrascht.

Ein leises Lächeln glitt über Inger Liesons Gesicht. »Weil man im Unglück niemals ziellos ist«, sagte sie. »Zumindest ist das meine persönliche Erfahrung.«

»Ein paar Meter von der Haltestelle entfernt begann ein Wanderweg, den ich mit meiner Mutter hin und wieder gegangen war«, fuhr Verhoeven fort. »Er führte quer durch die Weinberge an einer Felswand vorbei, die fast senkrecht zum Rhein hin abfällt.« Er hörte sich lachen, ohne erklären zu können, warum. »Es regnete in Strömen damals, aber ich stand über eine Stunde dort oben und dachte über die Frage nach, wie weh es wohl tut, wenn man sich das Genick bricht.«

Inger Lieson lächelte noch immer, und Verhoeven hätte sie am liebsten umarmt dafür, dass sie so und nicht anders reagierte.

»Irgendwann bin ich dann wieder zurückgegangen«, schloss er. »Ich musste fast zwei Stunden auf den nächsten Bus warten, und auf der Rückfahrt hatte ich das merkwürdige Gefühl, an Farbe zu verlieren, je weiter ich mich von dieser Stelle entfernte. Und natürlich habe ich mir in den nächsten zehn oder noch mehr Jahren bei jeder passenden und unpassenden Gelegenheit vorgeworfen, dass ich nicht den Mumm hatte, die Sache zu Ende zu bringen.« Er hielt kurz inne, bevor er hinzusetzte: »Es war ja nicht so, dass ich irgendein Eingreifen einer höheren Macht für mich in Anspruch nehmen konnte, verstehen Sie das? Ich meine, ich habe nicht die Stimme meiner Mutter gehört, die mich gebeten hätte, es nicht zu tun. Und es ist auch niemand vorbeigekommen, der gesagt hat: Hey Junge, lass das bloß bleiben, wer weiß, was das Leben noch für dich bereithält, oder so ähnlich …«

Inger Liesons erschreckend bleiches Gesicht wandte sich ihm

zu. »Es ist immer einfacher, wenn man nicht für sich selbst entscheiden muss, nicht wahr?«

»Ja«, sagte er nur.

»Und was geschah mit Ihnen, als Sie zurückkamen?«

»Ich kriegte eine ganze Menge Ärger, wie Sie sich vorstellen können, und wurde noch am selben Abend in ein Heim gebracht. Ein paar Monate später hat man mich dann einer Pflegefamilie übergeben.«

Inger Lieson bedachte ihn mit einem Blick, den Verhoeven als prüfend, jedoch keineswegs als indiskret empfand. »Und?«, fragte sie. »Hatten Sie Glück?«

»Da noch nicht«, antwortete er nach kurzem Zögern.

Die Bankiersgattin nickte. »Was hat Ihnen letztendlich geholfen, diesen Prozess des Verblassens aufzuheben?«

Verhoeven überlegte. »Zeit«, sagte er schließlich, und wie um ihn zu verhöhnen, tauchte vor seinem inneren Auge der Wecker auf, den Goldstein mitten auf Walther Liesons Mahagonitisch platziert hatte. »Ich glaube, in meinem Fall war es tatsächlich die Zeit, die die Dinge wieder ins Lot gebracht hat.«

»Waren Sie jemals wieder dort?«

»Sie meinen an diesem Abhang?« Verhoeven stieß sich vom Kühlschrank ab. »Nein, war ich nicht.«

Inger Lieson nickte wieder. »Ich kenne meinen Mann nicht besonders gut«, sagte sie nach einer Weile scheinbar zusammenhanglos. »Aber in einem Punkt bin ich mir ganz sicher: Er hat wirklich keine Ahnung, was hier vorgeht.«

Verhoeven betrachtete den Lappen, mit dem Inger Lieson die verschüttete Asche weggewischt hatte. So wenig sachlich begründbar das, was die Bankiersgattin da eben gesagt hatte, auch sein mochte – er glaubte ihr. Vielleicht, weil er spürte, dass sie eine Frau war, die über gute Instinkte verfügte. Vielleicht auch, weil er selbst aus irgendeinem unerfindlichen Grund nicht daran glaubte, dass es um Lieson ging.

Als er das entfernte Schnappen der Haustür hörte, wandte Verhoeven automatisch den Kopf. Und auch Inger Lieson hielt mitten in einer Bewegung inne und blickte an ihm vorbei Richtung Diele.

Ein paar Augenblicke später sahen sie Werner Brennicke den Flur hinunter eilen. Der BKA-Mann war schon fast an der Küche vorbei, als ihm schlagartig bewusst zu werden schien, dass er dort jemanden gesehen hatte. Also kam er zurück und schob den Kopf um die Ecke wie eine bebrillte Schildkröte.

»Verhoeven?«

»Ja.«

»Kann ich Sie einen Augenblick sprechen?«

Beiden Beteiligten war klar, dass es sich nicht um eine Frage oder gar einen Vorschlag handelte, also warf Verhoeven Inger Lieson einen entschuldigenden Blick zu und trat schicksalsergeben auf den Flur hinaus. »Selbstverständlich.«

»Gehen wir ein paar Schritte.«

Verhoeven folgte dem BKA-Mann ein Stück die Diele hinunter.

»Na, wie geht's Ihnen?«, fragte Brennicke, ohne auch nur den leisesten Versuch zu unternehmen, so etwas wie Anteilnahme zu suggerieren. »Halten Sie's aus?«

»Was bleibt einem übrig?«

»Sicher doch, natürlich.« Die kleinen Augen hinter den eckigen Brillengläsern funkelten im Licht der Deckenbeleuchtung, die überall im Erdgeschoss seit den frühen Morgenstunden brannte. »Ich will auch gar nicht lange um den heißen Brei herumreden. Sie haben diese Farce da eben ja selbst mitbekommen ...«

Ganz im Gegensatz zu Ihnen, dachte Verhoeven, doch äußerlich verzog er keine Miene.

»... und als unmittelbar Betroffener werden Sie diesen Zirkus wahrscheinlich noch eine ganze Spur dramatischer empfunden haben als die anderen.«

Als unmittelbar Betroffener ...

Verhoeven schluckte. Die Formulierung traf seine innersten Gefühle, auch wenn ihm bewusst war, dass Werner Brennicke nur mit ihm spielte. »Es war für uns alle nicht angenehm«, sagte er.

Der BKA-Mann überging die Bemerkung mit einem mitleidigen Lächeln. »Sie sind Sportler, was?«

341

»Wie meinen Sie das?«

»Immer fair und immer im Team.«

»Spricht aus Ihrer Sicht irgendwas dagegen?«, fragte Verhoeven, auch wenn er das dringende Gefühl hatte, dass er am besten seine Klappe hielt.

Brennickes Lächeln erstarb. »Verstehen Sie mich nicht falsch, ich habe durchaus nichts gegen Teamgeist. Aber da ist eine Frage, die ich Ihnen stellen möchte.«

»Ja?«

»Sind Sie mit der Art und Weise der Verhandlungsführung einverstanden gewesen?«

Nicht ungeschickt, dachte Verhoeven. Er vermeidet es, Goldstein explizit zu nennen, damit ich mich leichter tue, ihn ans Messer zu liefern. Denn darauf lief diese Sache zweifellos hinaus. »Die Richtigkeit oder Nicht-Richtigkeit der Vorgehensweise eines Kollegen zu beurteilen, steht mir nicht zu.«

Brennicke schob den Kopf noch ein Stück weiter vor, und wieder musste Verhoeven an eine Schildkröte denken. »Warum nicht?«

»Weil ich nicht ausgebildet bin auf diesem Gebiet.«

Zu Verhoevens Überraschung brach Werner Brennicke im Angesicht dieser Antwort in ein durchaus echt anmutendes Gelächter aus. »Oh ja«, erwiderte er. »Ich habe schon gehört, dass Ihr Ehrgeiz nicht der ausgeprägteste ist.«

Verhoeven sah dem BKA-Mann direkt in die Augen, auch wenn er ihn am liebsten mitten auf dem Flur hätte stehen lassen. »Das hier hat nichts mit Ehrgeiz zu tun«, antwortete er, so ruhig er eben konnte. »Weder mit meinem noch mit Goldsteins noch mit irgendjemandes sonst. Es geht ganz einfach um sieben Menschenleben.« Verhoeven blickte über seine Schulter hinweg zur Küchentür, die Inger Lieson sich eben zu schließen anschickte. »Ich habe ganz bestimmt kein Problem damit, meine Meinung zu äußern oder Verantwortung zu übernehmen«, setzte er hinzu, als er mit einiger Verwunderung registrierte, dass Werner Brennicke ihm noch immer zuhörte. »Aber ich weiß recht gut, von welchen Dingen ich etwas verstehe und von welchen nicht. Und sich in

Fragen, von denen man nichts versteht, auf Menschen zu verlassen, die sich in dem betreffenden Bereich besser auskennen, halte ich nicht unbedingt für die schlechteste Lösung.«

»Richard Goldstein ist bestimmt kein schlechter Unterhändler«, räumte der BKA-Mann bereitwillig ein, aber in den Augen hinter den eckigen Brillengläsern lag wieder jenes gefährliche Funkeln, das Verhoeven bereits bei seiner ersten Begegnung mit Werner Brennicke aufgefallen war. »Genau genommen ist er sogar verdammt gut in seinem Job. Aber das betrifft leider nur die Gelegenheiten, in denen er auch in der Lage ist, diesen seinen Job seinem Talent entsprechend zu erledigen.«

»Verzeihen Sie, aber ich habe nicht die geringste Ahnung, wovon Sie reden«, entgegnete Verhoeven, der langsam, aber sicher die Geduld verlor. »Und jetzt muss ich …«

»Es gibt nur wenige Menschen, die über Richard Goldsteins … nun ja: Problem Bescheid wissen«, fuhr Brennicke in aller Gemütsruhe fort. »Und er ist ja auch seit Jahren bei den Anonymen Alkoholikern …«

Ich will dieses Gespräch nicht führen, dachte Verhoeven mit einem Anflug von Ekel. Laut sagte er: »Dann ist ja alles bestens.«

»… gewesen.« Die Augen des BKA-Mannes wurden hart. »Leider geht er seit ein paar Monaten nicht mehr hin.«

»Vielleicht ist er inzwischen gesund genug, um allein klarzukommen.«

»Vielleicht«, versetzte Brennicke, bevor er sich unter Verhoevens Blick von der sorgsam taktierenden Schildkröte mit der eckigen Brille in eine brandgefährliche Schlange verwandelte. »Vielleicht aber auch nicht …«

Oh ja, ich habe schon gehört, dass Ihr Ehrgeiz nicht der ausgeprägteste ist.

Wie viel weiß die Behörde, für die wir arbeiten, tatsächlich über uns?, überlegte Verhoeven einmal mehr. Wie viel ist gespeichert, was steht in den Akten? Und was bleibt für uns, für uns ganz privat?

Leider geht er seit ein paar Monaten nicht mehr hin …

»Sind Sie sicher, dass Sie das Leben Ihrer Partnerin einem

Mann anvertrauen wollen, der sich in Stresssituationen nicht im Griff hat?« Brennicke fixierte seine Augen, und einmal mehr dachte Verhoeven, dass der BKA-Mann ein ganzes Stück größer war, als er auf den ersten Blick wirkte. »Dessen eigene Töchter schon seit Jahrzehnten nichts mit ihm zu tun haben wollen, weil sie sich vor seiner Überheblichkeit fürchten, und der, ohne mit der Wimper zu zucken, sieben Menschenleben riskieren würde, wenn ihm zufällig mal wieder nach Pokern zumute ist. Na los, sagen Sie mir …« Brennickes Beamtengesicht schwebte jetzt direkt vor Verhoeven. »Fühlen Sie sich allen Ernstes wohl bei einer solchen Konstellation?«

»Ob ich mich wohl fühle oder nicht, tut nichts zur Sache«, antwortete Verhoeven, indem er sich mit einer entschlossenen Kopfdrehung aus dem Klammergriff von Werner Brennickes Blick befreite. »Die Situation an sich ist das Problem.«

»Es gibt Faktoren, die eine Situation verschärfen können«, entgegnete der BKA-Mann mit einem kryptischen Lächeln.

»Von was für Faktoren sprechen Sie?«

Werner Brennicke antwortete mit einer Gegenfrage: »Sagen Sie, ist Ihnen diese komische Kappe aufgefallen, die Goldstein immer trägt?«

Wem nicht?, dachte Verhoeven. Laut sagte er: »Ja.«

»Soll ich Ihnen verraten, was es damit auf sich hat?«

Ich würde nicht sagen, dass sie ein Glücksbringer ist.

Verhoeven schüttelte den Kopf. »Nein.«

»Es interessiert Sie also nicht, dass Richard Goldstein den Tod einer jungen Frau verschuldet hat, um sich selbst zu retten?«

Er blufft, dachte Verhoeven. Er versucht, meine Neugier zu wecken, weil er einen Verbündeten sucht, um Goldstein auszubooten. Ihn interessiert weder, was aus Winnie wird, noch interessieren ihn die anderen Geiseln. Alles, was er erreichen will, ist, dass Goldstein die Segel streichen muss, damit er am Ende derjenige ist, der die Lorbeeren einheimst. So es denn welche einzuheimsen gibt, fügte er einschränkend hinzu.

»Wenn ich mich recht besinne, war das Mädchen gerade mal siebenundzwanzig.«

So alt wie Winnie ...

»Sie hatte nicht den Hauch einer Chance. Und wissen Sie auch, warum?«

Ich kann ein ziemliches Arschloch sein.

»Nun, ich will's Ihnen sagen: Die Frau starb, weil Richard Goldstein Phasen hat, in denen er sich für Gott hält.«

Genau genommen war ich schon während meiner Ausbildung ein verdammt arroganter Hund. Und wenn ich mir nicht ständig selbst in den Hintern treten würde ...

»Auch wenn der Absturz natürlich auf dem Fuße folgt.«

Verhoeven straffte die Schultern. »Warum sagen Sie mir nicht endlich, was Sie von mir wollen?«

»Ich möchte, dass Sie die Augen offen halten«, entgegnete Brennicke, den die provokante Rückfrage vollkommen kaltzulassen schien. »Und dass Sie eingreifen, wenn es nötig werden sollte.«

Er glaubt, dass er mich besser im Griff hätte, dachte Verhoeven, während er zugleich über die Frage nachdachte, warum Werner Brennicke ihm noch nicht mit negativen Auswirkungen auf seine Karriere gedroht hatte, falls er sich weigern sollte, Richard Goldstein in den Rücken zu fallen. *Die Beamtin war noch nicht über den Hof, da haben sie in der Einsatzzentrale bereits über eine Meuterei nachgedacht. Oder sonst eine Möglichkeit, Goldstein den Fall zu entziehen.*

Brennicke schob den Kopf vor. Offenbar dauerte ihm die Sache allmählich zu lange. »Es ist Ihnen doch bewusst, dass die Gesamtleitung des Einsatzes bei mir liegt, nicht wahr?«

»Sicher.«

»Und ich autorisiere Sie hiermit ausdrücklich, im Fall eines ...«

Weiter kam er nicht, denn in Verhoevens Rücken flog die Tür zum Wohnzimmer der Liesons auf, und Richard Goldstein streckte den Kopf heraus.

»Es gibt vielversprechende Neuigkeiten«, verkündete er, indem er zielstrebig auf Verhoeven zusteuerte. »Eine Bankangestellte, die derzeit in Elternzeit ist, hat den Kollegen gegenüber angegeben, den Namen Malina schon mal gehört zu haben.«

»Wo?«

345

»In der Filiale, in der sie arbeitet.«

Verhoeven fühlte, wie ihm ein leiser Schauer über den Rücken lief.

»Fahren Sie hin und unterhalten Sie sich mit der Frau«, sagte Goldstein, der äußerlich vollkommen gelassen wirkte. »Hier ist die Adresse.« Er drückte Verhoeven einen achtlos aus einem Notizheft gerissenen Zettel in die Hand. Dann suchten seine Adleraugen Werner Brennicke. »Ich meine natürlich, falls das BKA nichts dagegen hat, dass wir unsere Arbeit tun.«

Brennicke verzog seine Lippen zu einem Lächeln, das bei aller Sparsamkeit trotzdem irgendwie zufrieden wirkte. »Durchaus nicht.«

Verhoeven warf einen kurzen Blick auf den Zettel, den der Unterhändler ihm gegeben hatte, und wandte sich dann zum Gehen.

»Wir sprechen später weiter«, rief Brennicke ihm nach, und es klang beinahe wie eine Drohung.

9 Nachdem sie alle Spinde wieder sorgfältig verschlossen hatte, wandte sich Winnie Heller eher routiniert als erwartungsfroh dem rostigen Rollcontainer zu. Er verfügte über sechs Schubladen, alle mit einem Einschub für Beschriftungen an der Vorderseite. Doch lediglich in zweien von ihnen steckte tatsächlich noch ein Zettel. »Sch-Z« stand auf der untersten Schublade, auf der dritten von oben stand: »Matrizen«.

Jahreszahlen hätten mir mehr geholfen, dachte Winnie Heller. Daran hätte sich vielleicht ablesen lassen, wie lange dieses Drecksloch von einem Gebäude schon leer steht!

Sie blickte sich nach Quentin um, der mit dem Reißverschluss der Tasche kämpfte, die er untersucht hatte. Dann zog sie die Schublade über den »MATRIZEN« auf. Was sie dort fand, raubte ihr für ein paar Sekundenbruchteile buchstäblich den Atem: Zwischen den dicken Staubflocken, die sich in den Ecken der

346

Lade gesammelt hatten, lag ein Wadenhalfter, wie es auch Polizisten zur unauffälligen Unterbringung einer Zweitwaffe benutzten. Und daneben ... Winnie Heller schluckte. Daneben lag eine Pistole.

Überleg nicht lange, nimm sie!, war ihr erster Gedanke.

Und der zweite: Was, wenn sie dich mit dem Ding erwischen? Dann bringst du nicht nur dich selbst, sondern auch alle anderen in tödliche Gefahr!

Aber sind wir das nicht sowieso, in Gefahr?, widersprach sie sich selbst, indem sie sich Bernds Schuhe in Erinnerung rief. Die fast penible Ordnung, die Iris Kuhns Mörder hielt. Und die Präzision, mit der er tötete. Mindestens einer von diesen Kerlen ist ein Psychopath, dachte Winnie Heller. Und wer konnte voraussagen, wie die drei anderen reagierten, wenn sich die Sache erst einmal so richtig hochschaukelte? Wenn der Druck größer und die Zeit knapper wurde oder wenn irgendwann vielleicht sogar ein Spezialeinsatzkommando vor der Tür stand und mit der Erstürmung des Gebäudes drohte?

Sie schaute sich abermals nach Quentin Jahn um, doch der schien nichts von ihrem Fund mitbekommen zu haben, sondern mühte sich nach wie vor mit dem Reißverschluss ab. Was als Nächstes geschah, kam Winnie Heller seltsam zäh und dabei zugleich auch extrem irreal vor. So als ob sie eine Handbreit über sich selbst schwebe und ihr eigenes Tun quasi von außen betrachte. Sie sah ihre Hand nach der Waffe greifen und routiniert das Magazin herausnehmen, während der Raum um sie herum noch dunkler wurde, als er ohnehin schon war. Dunkler und wärmer. Zugleich vertiefte sich die Stille.

Aber ...

Winnie Heller erstarrte.

Waren das nicht Schritte, dort draußen, auf dem Mörtel? Kam da nicht jemand? Oder war es nur ihre Phantasie, die ihr einen Streich spielte? Ihre Angst, die eigene Wege ging?

Sie biss sich auf die Lippen und vergewisserte sich in aller Eile, dass das Magazin tatsächlich voll und die Waffe durchgeladen war, bevor sie die Pistole, ohne noch eine Sekunde länger zu überlegen, unter ihre Fleecejacke schob und die Schublade wieder schloss.

»In den Taschen ist nichts, das uns irgendwie weiterhelfen würde«, flüsterte Quentin Jahn dicht hinter ihr, und mit einem Mal fühlte Winnie Heller auch wieder die Kälte, die überall in diesen Räumen herrschte. »Und wie sieht's bei Ihnen aus?«

Zieh ihn nicht ins Vertrauen. Du weißt doch im Grunde gar nicht, wer er ist.

Sie schüttelte den Kopf. »Leider auch nichts.«

Die klugen grauen Augen des Zeitschriftenhändlers verweilten einige quälend lange Augenblicke auf ihrem Gesicht. Dann blickte er an ihr vorbei zur Tür. »Und jetzt?«

»Ich denke, es ist das Beste, wenn wir wieder nach unten gehen«, antwortete Winnie Heller nach einem Moment des Nachdenkens.

»Und Mousa?«

»Mehr als rufen können wir nicht, oder?«

Quentin Jahn schob fröstelnd die Hände in die Taschen seiner Cordhose. »Es ist wahrscheinlich wirklich nur eine Frage der Zeit, bis die Kerle zurückkommen«, stimmte er ihr mit einem leisen Zögern in der Stimme zu. »Und wenn wir jetzt wieder zu den anderen gehen, merkt keiner, dass wir überhaupt hier oben gewesen sind.«

Oh, nein, ganz bestimmt nicht, dachte Winnie Heller bei sich, sie werden annehmen, dass sich ihre Ersatz-Pistole einfach in Luft aufgelöst hat!

»Andererseits …«

»Was?«

Ihr Begleiter blieb mitten in der Türöffnung stehen. »Hat Abresch nicht gesagt, dass er ein Handy hatte?«

Das war ihm also nicht entgangen, sieh an! »Ja«, sagte sie. »Und?«

»Wenn das noch irgendwo hier herumläge …«

Wenn diese Männer nur halb so klug sind, wie ich glaube, dachte Winnie Heller, dann haben sie schon auf dem Weg hierher den Akku und die Chipkarte entfernt und alles in irgendeine Mülltonne geworfen. Die sind auf keinen Fall so dumm und bewahren etwas auf, das sich anpeilen ließe. Laut sagte sie: »Aber wir haben doch alles durchgesehen. Hier ist kein Handy.«

»Vielleicht in einem der angrenzenden Räume.«

»Sie meinen, wir sollten uns die Zeit nehmen, danach zu suchen?«

Quentin Jahn zuckte die Achseln. »Es wäre eine Chance.«

»Und wenn sie uns erwischen?«

»Dann sagen wir, dass wir auf der Suche nach ihnen sind ...«

Das wird bei Bernd ganz sicher viel nützen, dachte Winnie Heller sarkastisch. Ich wette, der Kerl hat uns schon eine Kugel in den Kopf geschossen, bevor wir auch nur dazu kommen, den Mund aufzumachen!

»Also gut«, sagte sie, während sich die Pistole unter ihrer Jacke von einem Moment auf den anderen in Blei verwandelt zu haben schien. Blei, das sich noch dazu verdächtig nach außen wölbte. »Wie wollen wir vorgehen?«

»Das Beste wird sein, wenn wir uns trennen.« Die grauen Augen spähten an ihr vorbei in das Dunkel, das sich vor ihnen ausbreitete wie eine Wand. »Ich nehme die mittlere Tür. Und Sie schauen nach, was da rechts ist, einverstanden?«

Da rechts ist Bernds Privat-Pissoir, gab Winnie Heller dem Zeitschriftenhändler in Gedanken zur Antwort, aber sie hielt ihren Mund und nickte nur. Besser, sie ließ Quentin Jahn seinen Willen. Immerhin war der Augenblick nicht gerade günstig, um aufzufallen. Winnie Heller schielte an sich hinunter. Zeichnete sich da etwa tatsächlich dieses verdammte Griffstück ab? *Du hast sie ja wohl auch nicht alle beisammen, die Waffe an dich zu nehmen! Was denkst du denn, wie viel du ganz allein mit dieser winzigen Pistole ausrichten kannst? Gegen vier Geiselnehmer, die bis an die Zähne bewaffnet sind!*

»Falls einer von uns was entdeckt, hustet er, okay?«, riss Quentins Stimme sie aus ihren Selbstvorwürfen.

»Einverstanden.« Winnie Heller hielt inne und lauschte. Aus irgendeinem Grund hatte sie plötzlich das Gefühl, als ob sich etwas nähere. Etwas, vor dem sie auf der Hut sein sollten. Aber ihre Ohren wurden nicht fündig. Jenseits des Flackerns war es genauso still wie zuvor.

»Ist was?«, fragte Quentin, der ihr Zögern bemerkte.

»Nein.«

»Also dann.«

»Seien Sie vorsichtig. Und gehen Sie nicht zu weit.«

»Keine Sorge«, sagte er. Und indem er sich noch einmal kurz zu ihr umdrehte, fügte er hinzu: »Ohne Taschenlampen kommen wir ohnehin nicht weiter als ein paar Meter.«

Winnie Heller stieß einen melancholischen Seufzer aus. »Dabei müsste ja eigentlich Tag sein …«

»Wo?«, fragte der Zeitschriftenhändler mit einem leisen Lächeln.

Dann hatte ihn die Dunkelheit über der Grube verschluckt.

10 Britta Karlstadt bewohnte ein kompaktes Einfamilienhaus in der Nähe des Schiersteiner Hafens. Sie kam selbst an die Tür, um Verhoeven einzulassen, auch wenn dieser für den Bruchteil einer Sekunde im Dunkel des Flurs einen Schatten gewahrte, der auf die Anwesenheit einer zweiten Person hindeutete.

»Danke, dass ich gleich vorbeikommen durfte«, sagte er mit Blick auf das Baby, das die Bankangestellte im Arm trug. Die tiefen Ringe unter ihren Augen verrieten, dass sie in den letzten Wochen nur wenig Schlaf bekommen hatte, und Verhoeven dachte daran, dass es Silvie und ihm bald ähnlich gehen würde.

»Leon ist ein ziemlich aufgewecktes Kind«, sagte die junge Mutter in diesem Augenblick, als habe sie seine Gedanken erraten. »Aber das ist ja eigentlich etwas, worüber man sich freuen muss.«

Sie führte ihn in die Küche des Hauses, die weder aufgeräumt noch besonders sauber war und trotzdem überaus gemütlich wirkte. Auch wenn der riesige amerikanische Kühlschrank neben der Küchenbank lauter zu brummen schien als die Turbinen eines Luxusliners.

»Kann ich Ihnen vielleicht irgendetwas anbieten?« Britta Karlstadt schenkte ihrem Gast ein verschmitztes Lächeln. »Ein schönes Glas Milch vielleicht? Oder ein paar Löffel Bananenbrei?«

Verhoeven lachte auch. »Klingt verlockend, aber leider bin ich im Dienst.«

»Hast du das gehört, Leon?«, scherzte die Bankangestellte, indem sie ihrem Sohn liebevoll über das bereits erstaunlich dichte Haar strich. Es glänzte so dunkel, dass der Kopf des Jungen wie lackiert wirkte. »Der Herr wünscht keinen Bananenbrei. Wie findest du das? Ich fürchte, manche Leute wissen einfach nicht, was gut für sie ist.« Dann setzte sie sich Verhoeven gegenüber auf die Bank und blickte ihn aus ernsten braunen Augen an. »Aber Spaß beiseite«, sagte sie. »Ich will Sie nicht länger als nötig aufhalten. Und wie ich Ihrem Kollegen schon sagte, habe ich auch wirklich nicht viel zu berichten. Es ist nur, dass dieser Name, der Sie so interessiert …« Sie schüttelte nachdenklich den Kopf. »Komisch, aber der hat sich mir irgendwie eingeprägt.«

»Sie meinen, schon damals, als Sie ihn zum ersten Mal gehört haben?«

Britta Karlstadt nickte. »Vielleicht liegt es daran, dass ich mich zu diesem Zeitpunkt aus gegebenem Anlass ziemlich intensiv mit Vornamen beschäftigt habe«, entgegnete sie, wieder mit diesem verschmitzten Lächeln, das Verhoeven überaus sympathisch fand. »Sie wissen ja, selektive Wahrnehmung oder so was in der Richtung. Und bei diesem Namen war mir in keiner Weise klar, ob es sich um einen Mädchen- oder um einen Jungennamen handelt.«

Leider Gottes ist uns das auch noch nicht klar, dachte Verhoeven. Gleichzeitig fiel ihm eine gängige Redensart ein. *Namen sind Schall und Rauch …*

»Diese Doppeldeutigkeit fand ich irgendwie faszinierend.« Britta Karlstadt blickte verwundert auf ihren Sohn hinunter, der

351

in ihrem Arm eingeschlafen war, kaum dass sie sich an den Tisch gesetzt hatte. Vielleicht überlegte sie, ob das Geheimnis zukünftiger Nachtruhe wohl in der einschläfernden Wirkung eines viel zu laut ratternden Kühlschranks lag und wie sie ihren Mann dazu bringen konnte, die kommenden Nächte mit einem Baby im Arm neben selbigem zu verbringen. »Die Faszination ging sogar so weit, dass ich den Namen nachgeschlagen habe. Nur um herauszufinden, was Sache ist.«

Verhoeven nickte. »Würden Sie mir bitte noch einmal die Situation beschreiben, in der der besagte Name gefallen ist?«

»Ja, sehen Sie, und hier gerate ich im Grunde schon ins Schwimmen«, antwortete die junge Mutter mit einem entschuldigenden Achselzucken. »Ich erinnere mich zum Beispiel nicht genau daran, *wo* ich gewesen bin. Nur, dass ich auf einmal eine Stimme hörte, die diesen merkwürdigen Namen nannte.« Sie fuhr sich mit der freien Hand durch ihre langen, ein wenig strähnig wirkenden Haare, die jedoch unzweifelhaft von demselben tiefen Braun waren wie die ihres Sohnes. »Nein«, sagte sie dann. »Nennen ist, glaube ich, das falsche Wort dafür. Obwohl es keineswegs besonders laut gewesen ist.« Britta Karlstadt blickte Verhoeven an, und er konnte sehen, dass sie mit den unausgegorenen Erinnerungsfetzen, die ihr Gedächtnis ihr anbot, alles andere als zufrieden war. »Ich habe mich dann umgedreht«, fuhr sie nach einem Moment des Nachdenkens fort, »also muss ich ihr wohl vorher den Rücken zugewandt haben, und …« Sie hielt abermals inne, und ein Hauch von Verärgerung glitt über ihre mädchenhaft weichen Züge.

»Ihr?«, hakte Verhoeven nach, als er sah, dass sie allein nicht weiter kam.

»Ja, es war eine Frau«, nickte Britta Karlstadt sichtlich dankbar. »Eine ältere Dame.«

»Wie alt?«

»Nun …« Sie überlegte. »Vielleicht Ende sechzig. Oder Anfang siebzig.«

Ist das alt?, dachte Verhoeven. Und weiter: Grovius wäre jetzt Ende sechzig.

»Sie war echt schwer zu schätzen«, erklärte die junge Mutter in diesem Augenblick, und es klang ein bisschen wie eine Rechtfertigung. »Weil sie … Na ja, sie hatte irgendwas Zeitloses, verstehen Sie?«

Er nickte, weil er wusste, was sie meinte.

»Ich meine, sie hätte natürlich auch jünger gewesen sein können. Aber ihr ganzes Auftreten und so …« Britta Karlstadt blickte auf die fleckige Tischplatte hinunter. »Doch«, sagte sie dann wie zu sich selbst, »ich würde annehmen, dass sie mindestens Mitte sechzig war. Es sei denn …«

»Was?«

»Na ja, wenn sie vielleicht krank gewesen ist …«

Diese Frau ist eine ausgezeichnete Zeugin, dachte Verhoeven anerkennend. Jemand, der sich und die eigenen Eindrücke hinterfragt, ohne in der Sache selbst unsicher zu werden.

»Was genau meinen Sie mit krank?«, fragte er mit einem aufmunternden Lächeln.

»Ich weiß nicht genau, aber die Frau wirkte irgendwie … verwirrt.« Britta Karlstadt ließ sich den Begriff, den sie gewählt hatte, einen Moment lang durch den Kopf gehen, bevor sie bekräftigend mit dem Kopf nickte. »Ja, ich würde sagen, sie war definitiv verwirrt.«

»Sie meinen geisteskrank?«

»Ich kenne mich wirklich überhaupt nicht aus mit so was«, sagte die junge Mutter, als ob sie sich explizit für dieses Versäumnis entschuldigen müsse. »Aber vielleicht hatte sie Alzheimer.«

»Und es war jemand, den Sie nicht kannten?«

Britta Karlstadt schüttelte entschieden den Kopf. »Nein, ich kannte sie ganz bestimmt nicht.«

»Haben Sie ein gutes Gedächtnis für Gesichter?«

Wiederum antwortete die junge Mutter nicht sofort, aber als sie schließlich »Ja, ich denke schon« sagte, hatte Verhoeven nicht den Hauch eines Zweifels, dass diese Aussage der Wahrheit entsprach.

»Wie lange ist das jetzt ungefähr her?«, fragte er.

»Fünf bis sechs Monate, schätze ich. Ich war damals schon hochschwanger.«

Verhoeven betrachtete den Säugling in ihrem Arm. Er schätzte, dass das Baby etwa drei Monate alt war. »Fünf bis sechs Monate, hm?« Er schloss die Augen, während er zurückrechnete. »Das heißt also, es war Herbst. September oder Oktober.«

Britta Karlstadt bejahte. »Das kommt hin. Und rein vom Gefühl her würde ich eher Oktober sagen.«

»Aber Sie erinnern sich nicht zufällig noch daran, was die Frau wollte, oder?« Verhoeven blickte die Bankangestellte über den Tisch hinweg an. Er hegte wenig Hoffnung, dass sie seine Frage würde beantworten können, denn immerhin lag die ganze Sache nun schon beinahe ein halbes Jahr zurück. Und in diesem halben Jahr war ganz offenkundig einiges passiert in Britta Karlstadts Leben. Seine Augen streiften den Säugling, der sich noch immer selig schlummernd in ihren Arm kuschelte.

Doch zumindest was die Sache mit dem Erinnern betraf, lag er falsch.

»Die Frau hat Geld geholt«, antwortete Britta Karlstadt ohne einen Anflug von Unsicherheit in der Stimme, und obwohl Verhoeven inzwischen von der Qualität ihrer Aussagen restlos überzeugt war, fragte er sich, wie die junge Mutter im Angesicht der vielen Kunden, mit denen sie tagtäglich zu tun hatte, derart sicher sein konnte.

Sie schien es zu merken und lächelte. »Kurz bevor sie wieder gegangen ist, hat sie ihre Brieftasche fallen lassen«, erklärte sie, indem sie den Säugling vorsichtig auf die andere Seite nahm und anschließend mit schmerzverzerrtem Gesicht ihren rechten Arm ausschüttelte. »Ich weiß noch, dass ich ihr beim Aufsammeln geholfen habe.« Die schönen braunen Augen wurden trübe, während sie nachdachte. Fast so, als blicke sie geradewegs in die Vergangenheit. »Ich schätze, es werden so ungefähr dreihundert oder vierhundert Euro gewesen sein, die sie abgehoben hatte. Überwiegend kleine Scheine, wenn ich mich recht besinne. Vermutlich der Teil ihrer Rente, den sie zum Leben braucht.« Ihr Blick klärte sich wieder, und sie sah Verhoeven an. »Ich kenne den Typ«, sagte sie. »Ältere Damen, die gleich am Monatsanfang alles auf einmal abheben, weil ihnen die Automaten nicht geheuer sind. Und die andererseits keine Lust haben, alle Naslang auf die Bank zu rennen.«

Verhoeven nickte, als ihm plötzlich einfiel, dass Anna es immer ganz ähnlich gehandhabt hatte. Und das nicht erst, seit sie alt war.

Seine Pflegeeltern hatten stets einen nicht unbeträchtlichen Vorrat an Bargeld im Haus gehabt, und bis auf eine einzige Ausnahme hatte es nie einer ihrer Zöglinge gewagt, das Geld zu nehmen und einfach davonzulaufen. Trotz der Bedingungen, unter denen die Kinder dort hatten leben müssen.

»Und die Frau nannte den Namen Malina, bevor Sie sich zu ihr umgedreht haben?«

Britta Karlstadt nickte. »Aber nennen ist vielleicht doch der falsche Begriff dafür.«

»Könnte sie jemanden angesprochen haben?«

»Angesprochen?« Die junge Mutter bekaute nachdenklich ihre Unterlippe, während ihr Sohn auf ihrem Schoß im Schlaf mit den Beinchen strampelte. »Nein, ich glaube, das würde sich irgendwie anders angehört haben. Und ...« Ihr Blick ging abermals ins Leere. »Ja, ich bin ziemlich sicher, dass niemand bei ihr gestanden hat, als ich mich zu ihr umdrehte.«

Verhoeven beobachtete ihr Gesicht ganz genau, während er fragte: »Sagte sie es vielleicht so, als habe sie jemanden wiedererkannt?«

Suggestivfragen, hörte er seinen Mentor Karl Grovius schimpfen. *Ich sage dir, mein Junge, so was geht immer in die Hose. Du hörst zwar, was du hören willst, aber du weißt nie, ob es auch wirklich Hand und Fuß hat ...*

»Ja ...« Britta Karlstadts Augen wanderten über die Tischplatte zu ihm zurück. »Ja, das würde es erklären!«

»Was erklären?«, hakte Verhoeven nach.

»In meiner Erinnerung hatte sich ein ganz bestimmter Eindruck festgesetzt«, erklärte die junge Bankangestellte. »Etwas, das ich bislang nicht näher beschreiben konnte. Aber nach dem, was

Sie da eben gesagt haben … Das hat mir klargemacht, dass ich damals den Eindruck hatte, dass die Frau mit sich selber redete.«

Ich würde sagen, sie war definitiv verwirrt …

»Sie meinen, sie sprach so, wie man zum Beispiel sagen würde: Ach, nun sieh doch mal einer an, da hinten ist ja Malina, na, der ist aber alt geworden?«

»Nein. Es … Es klang nicht so banal, verstehen Sie?« Britta Karlstadt seufzte. Sie schien drauf und dran, die Geduld mit sich und ihrer Erinnerung zu verlieren. »Eher so, als ob sie …« Sie schloss die Augen. »Merkwürdig«, sagte sie, »jetzt ist mir fast, als könnte ich sie wieder hören.«

Suggestivfragen!

Die Bankangestellte atmete tief durch. »Es klang eher bestürzt, verstehen Sie? So als ob sie sich erschreckt hätte.«

»Aber sie hat niemanden direkt angesehen?«

»Nein, ich glaube nicht. Allerdings«, in Britta Karlstadts Augen blitzte ein Ausdruck von Bedauern auf, »bin ich mir keineswegs sicher.«

Verhoeven entschied sich, es dabei bewenden zu lassen. Spekulationen brachten sie nicht weiter. Eher im Gegenteil. Eigenartigerweise hatte er trotzdem das Gefühl, dass der Eindruck seiner Zeugin richtig gewesen war. Eine Frau, alt und möglicherweise auch verwirrt, war in die Filiale gekommen und hatte dort jemanden gesehen. Eine Person, die sie ganz offenbar – egal, aus welchem Grund – nicht erwartet hatte. Und vor lauter Überraschung hatte sie den Namen der betreffenden Person laut ausgesprochen, oder vielmehr: deren Decknamen. Oder Kosenamen. Oder was auch immer.

MALINA.

Vielleicht hatte da jemand noch eine Rechnung offen, flüsterte Hinrichs' Stimme in Verhoevens Kopf.

»Und Sie haben die Frau danach nie wieder gesehen?«, wandte er sich wieder an seine Zeugin.

Die junge Mutter schüttelte so energisch den Kopf, dass das Baby von der Heftigkeit der Bewegung erwachte. »Nur dieses eine Mal«, sagte sie, indem sie den Kopf des schreienden Säuglings an ihre Schulter bettete und ihm sanft über den Rücken strich. »Und ich würde sie ganz bestimmt wiedererkannt haben, das können Sie glauben.«

Unbesehen, dachte Verhoeven.

»Sie war irgendwie … besonders, verstehen Sie? Eine Frau von der Sorte, wie man sie nicht alle Tage trifft. Obwohl ich, wenn ich so zurückdenke, gar nicht sagen könnte, worin diese Besonderheit bestand.« Britta Karlstadt runzelte die Stirn. Offenbar störte sie sich noch immer daran, dass sie ihre Eindrücke nicht besser beschreiben konnte. »Und doch«, setzte sie schließlich mit Nachdruck hinzu. »Etwas an ihr war definitiv außergewöhnlich.«

Verhoeven zog seinen Autoschlüssel aus der Hosentasche und stand auf. »Ich schicke Ihnen so schnell wie möglich einen unserer Zeichner vorbei.«

»Diese«, Britta Karlstadt zögerte, »diese Sache ist ziemlich wichtig für Sie, nicht wahr?«

Verhoeven hätte nicht sagen können, ob sie die Polizei im Allgemeinen oder ihn ganz persönlich meinte. »Ja«, antwortete er. »Sehr wichtig.«

Die junge Bankangestellte nickte. »Ich werde mir Mühe geben.«

11 Bernds Privat-Pissoir entpuppte sich als Generatorenraum von überschaubarer Größe. Alles, was nicht zu schwer zum Tragen gewesen war, hatten Plünderer abgebaut und mitgehen lassen. Den Rest hatte Winnie Heller trotz der schlechten Lichtverhältnisse schnell erkundet, wobei sie sich alle Mühe geben musste, den Gestank zu ignorieren, der den Raum erfüllte und der von allen Seiten nach ihr zu greifen schien.

Das hier bringt doch rein gar nichts, meldete sich ihre innere Stimme zu Wort, während sie – mehr tastend als sehend – ein rostiges Etwas untersuchte, das früher einmal eine Turbine ge-

357

wesen sein mochte. *Sieh lieber zu, was du mit der Waffe machst! Schließlich kannst du das Ding nicht in einer Mauerritze verschwinden lassen, so wie deinen Dienstausweis!*

Stimmt, dachte Winnie Heller, daran habe ich noch gar nicht gedacht. Und verstecken sollte ich die Waffe wohl wirklich. Denn wenn diese Kerle erst einmal bemerkt haben, dass ihnen eine Pistole abhandengekommen ist, werden sie definitiv alles daransetzen, das Ding wiederzufinden.

Sie ließ von der Turbine ab und erwog die verschiedenen Alternativen, bis ihr plötzlich das Ölfass einfiel, hinter dem sie sich bei ihrem ersten Abstecher in den Raum oberhalb der Grube versteckt hatte. Da wäre die Waffe aus dem Weg, aber trotzdem einigermaßen schnell zu erreichen, dachte sie. Und falls sie mich filzen, bin ich sauber!

Sie nickte und kämpfte sich über den bröckligen Boden zur Tür zurück. Von Quentin war nichts zu sehen und zu hören, aber er konnte nicht weit sein. Davon war Winnie Heller überzeugt. So leise wie möglich löste sie sich aus ihrer Deckung und machte ein paar Schritte in die Richtung, in der das Fass liegen musste. Das Flackerlicht des Fernsehers verlieh den Türöffnungen in ihrem Rücken ein wunderliches Eigenleben und warf bizarre Schatten an die angrenzenden Wände. Winnie Heller drehte sich alle paar Schritte um, weil sie das unbestimmte Gefühl hatte, beobachtet zu werden. Aber sie konnte nichts ausmachen, das ihren Verdacht gerechtfertigt hätte. Trotzdem musste sie immer wieder an die leere Hülle denken, die sie im Rucksack der Entführer entdeckt hatte. Die Hülle eines Fernglases oder Nachtsichtgeräts …

Wie pervers sind diese Kerle?, überlegte sie, als sie zitternd weiterschlich. Hätte ein Mann wie Bernd Spaß daran, seine Geiseln zu einem Fluchtversuch zu treiben, um sie anschließend kreuz und quer durch dieses düstere alte Gemäuer zu hetzen? War die Jagd auf Quentin Jahn und sie bereits eröffnet, ohne dass sie etwas davon ahnten? Und … Wem konnte sie eigentlich trauen?

Die Waffe unter ihrer Jacke schien wärmer zu werden. Heiß

fast. So als ob sie sagen wollte: *Hey, ich bin gefährlich. Also sieh zu, wie du mich loswirst!*

Winnie Heller kniff die Augen zusammen und spähte angestrengt in die Finsternis, die sich rechts von ihr ausbreitete. Die Richtung stimmte. Aber da war nichts, oder? ... Doch, jetzt sah sie es! Da war ein dunkler Schatten, der ihr aus der Dunkelheit entgegenragte wie der sprichwörtliche Rettungsanker.

Nachdem sie das Fass umrundet hatte, ließ sie sich mit einem Seufzer der Erleichterung auf die Knie sinken. *Okay, gut, so weit alles klar. Die erste Hürde ist genommen. Der erste Etappensieg errungen: Ich bin bis zu diesem dämlichen Fass gelangt, ohne erschossen zu werden. Und jetzt?* Winnie Hellers Hände glitten über das zersetzte Metall. Das Fass lag auf der Seite. Im oberen Drittel, direkt vor ihr, befand sich eine Art Einfüllöffnung, deren Deckel vermutlich bereits vor einer halben Ewigkeit abhandengekommen war. Darüber ein Rand, zackig und scharf wie bei einem Rasiermesser. Und allenthalben Löcher, die die Feuchtigkeit der verlassenen Fabrikanlage im Laufe der Zeit in das poröse Metall gefressen hatte.

Etwas, das sich wie ein großer, harter Käfer anfühlte, lief über Winnie Hellers ausgestreckte Hand. Sie riss den Arm zurück und schüttelte das Insekt voller Ekel ab, auch wenn sie eigentlich jede unnötige Bewegung vermeiden wollte. *Wie hell mag es hier oben sein, wenn die Scheinwerfer am Grubenrand brennen?*, überlegte sie, während sich ihre schweißnassen Hände wieder zu dem rettenden Fass zurücktasteten. Reichte es, die Waffe einfach ein Stück unter den Rand zu schieben, oder sollte sie lieber noch ein paar von diesen losen Steinen darüberschichten? Oder war es dann zu schwierig, die Waffe wiederzufinden, wenn es hart auf hart kam?

Ein unerwartetes Geräusch ließ sie mitten in der Bewegung innehalten. Sie duckte den Rücken noch tiefer und schielte seitlich an dem Fass vorbei zu den drei Türöffnungen hinüber. Aber abgesehen von den zuckenden Schatten, die der Widerschein des Fernsehers auf die Wände zwischen den düsteren Türhöhlen warf, konnte sie nichts entdecken. Dennoch war da urplötzlich

359

wieder dieses merkwürdige Gefühl, als ob jemand aus der Dunkelheit heraus auf sie zukomme.

Oder bereits in ihrer Nähe war …

Jemand, der sie ansah. Der beobachtete, was sie tat. Der jede ihrer Bewegungen verfolgte und daraus seine Schlüsse zog.

Weg hier!

Mit zittrigen Händen griff Winnie Heller unter ihre Jacke und zog die Pistole hervor. Einen Moment lang war sie versucht, die Waffe zu entsichern, um sich im Notfall verteidigen zu können, aber angesichts der noch immer ungewöhnlich tiefen Stille um sie herum wagte sie es nicht, ein derart auffälliges Geräusch zu machen. Also schob sie die Pistole, gesichert, wie sie war, unter die Wölbung des Fasses, allerdings nur so weit, dass sie sich auch im Dunkeln leicht wiederfinden ließ.

Dann trat sie tief gebückt und so leise wie möglich den Rückzug an, wobei sie sich zunächst bis an die rückwärtige Wand zurückzog, wo die Schatten tiefer waren und sie eine größere Chance hatte, unentdeckt zu bleiben, falls einer der Entführer unvermittelt zurückkehrte. Als sie die raue Mauer in ihrem Rücken spürte, blieb sie kurz stehen und sah sich nach der mittleren der drei Türöffnungen um.

Nichts. Keine Spur von Quentin. Freie Bahn.

Also entlang der Mauer bis zurück zum Generatorenraum, denn dort würde Quentin Jahn sie zweifellos als Erstes suchen, wenn er zurückkam!

Winnie Heller huschte weiter. Nach ein paar Metern blieb ihr rechter Fuß in einer rostigen Drahtschlinge hängen, aber sie fing sich und erreichte Bernds Privat-Pissoir im selben Augenblick, als sie ein paar Meter hinter sich das Knirschen von Mörtel wahrnahm.

Sie fuhr herum und sah die Silhouette eines Menschen.

»Frau Heller?«

»Was um Gottes willen tun *Sie* denn hier?«

Horst Abreschs Gesicht wirkte fleckig im unsteten Licht des Fernsehers. »Nicht erschrecken«, flüsterte er, indem er zögerlich ein paar Schritte auf sie zu machte. »Aber Sie sind so lange fort gewesen. Und da dachten wir …« Er unterbrach sich und starrte an ihr vorbei, geradewegs in Brutalo-Bernds Privat-Pissoir.

Und auch Winnie Heller hatte die Bewegung in ihrem Rücken registriert. Sie fühlte ein kaltes Kribbeln, als sich die feinen Härchen in ihrem Nacken aufstellten und der Stress sämtliche Fasern ihres Körpers in einen Zustand erhöhter Bereitschaft versetzte.

»Keine Sorge«, flüsterte eine Stimme aus dem Dunkel hinter der Tür. »Ich bin's nur.«

Quentin Jahn stand nur Armlängen von ihr entfernt, aber sie konnte nicht viel von ihm erkennen. Zu tief waren die Schatten, die ihn umgaben.

»Hey«, flüsterte sie. »Ich dachte, Sie wollten …«

Doch der Zeitschriftenhändler unterbrach sie sofort wieder, indem er energisch auf sie zutrat, einen Zeigefinger an seine Lippen legte und ihr auf diese Weise bedeutete, dass sie still sein sollte.

»Sie müssen Bewegungsmelder installiert haben, gleich nachdem wir zur Toilette gewesen sind«, raunte er ihr ins Ohr, und seine Stimme verriet zum ersten Mal im Verlauf dieser Geiselnahme so etwas wie Angst. »Der Gang dort draußen ist voll davon.«

»Woher wollen Sie das wissen?«

Winnie Heller hatte das Gefühl, als husche ein Hauch von Verachtung über die asketischen Züge des Zeitschriftenhändlers. »Vertrauen Sie mir einfach, okay?«

Ich weiß nicht, ob das so klug wäre, dachte sie.

Quentin Jahn schien ihre Zweifel zu spüren. »Es gibt diese Dinger, und ich fürchte, ich habe sie ausgelöst«, wiederholte er noch eine Spur eindringlicher als zuvor.

»Dann wissen die Entführer jetzt also, dass wir hier oben sind?«, fragte Abresch.

»Davon gehe ich aus.«

Haben Sie den Alarm ausgelöst?

Winnie Heller war sich noch immer nicht sicher, ob der Zeitschriftenhändler tatsächlich die Wahrheit sagte. Oder ob er sie aus irgendeinem Grund dazu bewegen wollte, in die Grube zurückzukehren. Seine Augen leuchteten ihr aus der Dunkelheit entgegen wie ein Paar glühende Kohlen, und sie begann sich zu fragen, wie er es geschafft haben mochte, bis in den Generatorenraum zu gelangen, ohne dass sie ihn bemerkt hatte. Und auch, woher Abresch so plötzlich gekommen war …

»Wenn wir es schaffen, wieder unten zu sein, bevor einer von denen hier auftaucht, nehmen sie vielleicht an, dass die Melder von einem Tier ausgelöst wurden«, sagte Quentin, und endlich trat er jetzt auch aus dem Schatten hinter der Tür.

»Na, dann schnell«, sagte Abresch und rannte mit schwerfälligen Bewegungen auf die Treppe zu.

Doch da näherten sich bereits neue Schritte. Sie kamen aus dem Gang hinter der mittleren Tür und verrieten, dass die Person, zu der sie gehörten, rannte. Sekunden später stürzte der jüngste der Geiselnehmer durch die düstere Türöffnung.

»Halt«, schrie er mit einer Stimme, die vor Angst und Hilflosigkeit kiekste. »Gehen Sie zurück!« Und als die Gefangenen nicht gleich reagierten, riss er die MP, die er vor der Brust trug, in die Höhe und legte auf die Dreiergruppe an. »Sofort!«

»Schon gut, schon gut«, versuchte Winnie Heller den Jungen zu beschwichtigen, indem sie rückwärts auf den Rand der Grube zuging und ihren Mitgefangenen bedeutete, es ihr gleichzutun. »Wir haben Sie gesucht, weil wir …«

»Maul halten!« Er hob die Waffe noch höher und zielte genau auf ihren Kopf, aber sie spürte, dass er nicht abdrücken würde.

Trotzdem ging sie kein Risiko ein. »Ich nehme jetzt meine Hände hoch, okay? Sehen Sie, es ist alles in bester Ordnung. Wir sind unbewaffnet und wollten wirklich nur …«

»Gehen Sie zurück!«, schrie er. Sein ganzer Körper zitterte vor Aufregung, und die Augen hinter der Maske wirkten wie schwarze Seen.

Dieser Junge ist mit der Situation komplett überfordert, dachte Winnie Heller unbehaglich. Er hat ganz offenbar keine Erfahrung. Und zumindest im Augenblick hat er auch keine Schützenhilfe. Eine nicht ungefährliche Konstellation, wie ihr schmerzlich bewusst war.

»Jetzt machen Sie endlich!«, kiekste er, als die Panik aufs Neue in ihm aufloderte. »Gehen Sie zurück in die Grube. Oder wollen Sie, dass ich …«

»Aber wir sind doch schon auf dem Weg, sehen Sie?«, fiel sie ihm ins Wort, weil sie das Gefühl hatte, dass er sich beeinflussen lassen würde, wenn sie ruhig blieb. Ruhig und bestimmt. »Ich meine, Sie glauben doch nicht ernsthaft, dass wir was anderes als überleben wollen, oder?« Sie drehte den Kopf und schielte nach Abresch, der schon fast auf Höhe der Treppe war. »Wir wollen heil hier raus«, wiederholte sie, um die Beruhigung, die in dieser Information steckte, im Kopf des jungen Geiselnehmers zu verankern. »Und Sie wollen das auch.«

Er nickte nicht, aber er hörte ihr zu. Immerhin.

»Und wenn wir alle ruhig bleiben und uns nicht zu Kurzschlusshandlungen hinreißen lassen, haben wir gute Chancen, unser Ziel zu erreichen.« In Winnie Hellers Augenwinkel tauchte die Treppe auf. »Denken Sie an Australien …«

Sie hatte den unbestimmten Eindruck, als ob Quentin Jahn bei diesem Wort aufgehorcht hätte, aber das konnte genauso gut Einbildung sein.

»Gehen Sie runter, aber langsam«, raunte sie Abresch zu, der ihrer Aufforderung umgehend nachkam.

Ohne dass sie sich zu ihm umdrehen musste, verfolgten ihre vom Adrenalin geschärften Sinne, wie Walther Liesons Stellvertreter vorsichtig Stufe um Stufe hinabstieg. Zugleich bemühte sie sich, den Blick des jungen Geiselnehmers zu fixieren, dessen Hände um den Griff seiner MP lagen wie zwei Schraubstöcke. Er trug keine Handschuhe, und selbst auf die Entfernung konnte Winnie Heller sehen, dass die Fingergelenke durch die Anspannung weiß hervortraten.

»Jetzt Sie«, sagte sie halblaut, doch Quentin Jahn zögerte.

»Gehen Sie«, schrie der Junge, von einem Moment auf den anderen wieder auf hundertachtzig. »Gehen Sie sofort wieder da runter oder ich erschieße Sie!«

»Ruhig Blut, mein Junge.« Dieselbe sonore Ruhe wie gestern in der Bank. »Ich bin ja schon unterwegs.«

363

Rede nicht mit ihm, als ob du irgendein dummes Kind vor dir hättest, dachte Winnie Heller, als sie sah, wie sich die Finger des jungen Geiselnehmers wieder fester um den Griff der Waffe krampften. Sonst kommt er noch auf die Idee, seine Autorität unter Beweis zu stellen. Sie lauschte gespannt auf etwas, das ihr verriet, ob Quentin Jahn dem Befehl des jungen Geiselnehmers tatsächlich Folge leistete, und mit Erleichterung registrierte sie die Tritte des Zeitschriftenhändlers auf den rostigen Stufen.

Winnie Heller schickte sich eben an, ihm zu folgen, als sie einen Schatten bemerkte, der sich aus dem Dunkel der seitlichen Wand löste. Im nächsten Augenblick flammte der Strahl einer Taschenlampe auf.

»Wenn mich nicht alles täuscht, ist das ein glasklarer Fluchtversuch.«

Auf der Treppe hinter ihr blieb Quentin Jahn abrupt stehen, und auch der junge Geiselnehmer zuckte sichtlich zusammen.

»Und auf Fluchtversuch steht die Todesstrafe.«

»Wir haben einen Herzpatienten da unten«, entschied sich Winnie Heller, die Flucht nach vorn anzutreten, während ihre Augen im grellen Licht seiner Taschenlampe zu tränen begannen. »Er braucht dringend Medizin und …«

»Hat dich hier irgendjemand nach irgendwas gefragt?« Seine Schuhe knirschten auf dem sandigen Untergrund, als er quer durch den Raum auf sie zukam.

Sie schüttelte den Kopf. *Folgsam sein, aber nicht zu eingeschüchtert wirken. Stärke ausstrahlen, ohne den Eindruck von Renitenz zu vermitteln.*

»Wie weit war sie?«

Der Junge antwortete nicht sofort. Das plötzliche Auftauchen seines Komplizen schien ihn regelrecht paralysiert zu haben.

Sag, dass du es nicht weißt, flehte Winnie Heller im Stillen. *Sag bitte, dass du keine Ahnung hast!*

»Ich weiß nicht. Aber sie hat nicht … Ich meine … Sie sagt, dass einer krank ist.«

Gut so!

»Ach wirklich? Sagt sie das?«

»Es stimmt«, startete Winnie Heller einen neuen Versuch, weil sie sah, dass der Junge immer unsicherer wurde. Offenbar hatte er tatsächlich eine Heidenangst vor seinem Komplizen. »Der Mann ist …«

»Schschschsch …« Brutalo-Bernd kam langsam, Schritt für Schritt auf sie zu.

Winnie Hellers Blick fiel auf die Glock, die lässig in seinem Hosenbund steckte. Er wird mich erschießen, dachte sie. Vielleicht spielt er erst noch eine Weile mit mir, aber dann knallt er mich gnadenlos ab.

Auf Fluchtversuch steht die Todesstrafe …

Doch plötzlich hielt er inne und bückte sich nach etwas.

Winnie Heller sah, wie sich die Augen des Geiselnehmers verengten, als er den Strahl seiner Taschenlampe auf den Gegenstand in seiner Hand richtete, und voller Entsetzen erkannte sie ihren Dienstausweis.

»Nun sieh doch mal einer an«, flüsterte Brutalo-Bernd mit einer Stimme, die vor Kälte nur so klirrte. »Unsere kleine dicke Winifred ist ein Bulle.«

12 »Das kann unmöglich ein Zufall sein«, befand Goldstein, nachdem Verhoeven von seinem Besuch bei Britta Karlstadt berichtet hatte. »Zwei Personen, die unabhängig voneinander in derselben Sparkassenfiliale nach einer Person namens Malina fragen oder dieser Person dort begegnen …« Seine Adleraugen suchten den Wecker auf dem Tisch, und auch Verhoeven war schmerzlich bewusst, dass ihnen nicht mehr viel Zeit blieb. »Das hängt zusammen, auch wenn wir noch keine Ahnung haben, wie.«

»Vielleicht hat die Alte jemanden wiedererkannt und den Geiselnehmern davon erzählt«, stimmte Hinnrichs ihm zu. »Oder zumindest einem von ihnen.«

»Falls ja, tippe ich auf Teja«, sagte Goldstein.

Unbedingt, dachte Verhoeven. Er ist derjenige mit dem persönlichen Motiv.

»Aber würde das nicht zwangsläufig bedeuten, dass zwischen ihnen eine Verbindung besteht?«, warf Monika Zierau ein. »Ich meine, zwischen Teja und dieser mysteriösen Fremden aus der Bank. Dass sie irgendetwas eint? Ein gemeinsames Ziel vielleicht oder eine gemeinsame Vergangenheit.«

»Zumindest haben sie anscheinend einen gemeinsamen Feind«, bemerkte Hinnrichs trocken.

»Wir müssen diese Frau finden«, sagte Goldstein. »Koste es, was es wolle. Denn irgendetwas verbindet sie mit diesen Männern, so viel steht fest.«

»Das Phantombild kommt gerade rein«, verkündete Luttmann, der fast hinter seinem Laptopmonitor verschwunden war.

»Na, das ging ja mal schnell.« Goldstein nahm seinem Techniker den gestochen scharfen Computerausdruck aus der Hand und warf einen kurzen Blick darauf, bevor er ihn weiterreichte. Verhoeven betrachtete das Gesicht, das der Zeichner nach Britta Karlstadts Angaben von Hand skizziert hatte. In der Tat eine außergewöhnliche Frau, dachte er, auch wenn er auf den ersten Blick kein äußerliches Merkmal erkennen konnte, das diesen Eindruck gerechtfertigt hatte. Im Gegenteil: Mund, Nase, Wangenpartie, Stirn – alles im Normbereich. Nicht hübsch, nicht hässlich. Und dennoch ... Da war etwas in ihren Augen. Etwas, das sie heraushob aus der Masse der so genannten normalen Menschen. Eine Art von Blick, die besonders war. Und er wunderte sich, dass es Britta Karlstadt ganz offenbar gelungen war, dem Zeichner zu vermitteln, was sie über den rein visuellen Eindruck hinaus wahrgenommen hatte. »Wie alt wird die Frau sein?«

»Um die siebzig, würde ich sagen«, mutmaßte Hinnrichs, der über Verhoevens Schulter geschaut hatte.

Sie hatte irgendwas Zeitloses, hörte Verhoeven Britta Karlstadt sagen. *Vielleicht hatte sie Alzheimer ...*

»Ich will ein Team von Spezialisten an dieser Sache dran haben«, rief Goldstein, und Verhoeven ertappte sich dabei, wie er

das Gesicht des Unterhändlers nach Spuren eines Rückfalls absuchte. *Er ist seit Jahren bei den Anonymen Alkoholikern gewesen,
aber leider geht er seit ein paar Monaten nicht mehr hin.* »Sie sollen sich die Sparkassenkundinnen im passenden Alter vornehmen.« Er stutzte und sah Verhoeven an. »Sie haben doch gesagt,
dass die Frau nach diesem Vorfall nie wieder in der Filiale gesehen wurde, oder?«

»Nicht von unserer Zeugin.«

»Aber die ist kurz danach in Mutterschaft gegangen, ja?«

»Ihr Sohn wurde Anfang Dezember geboren«, stimmte Verhoeven ihm zu.

»Dann ist sie entweder neu in diese Gegend gezogen«, schloss
Goldstein, »oder …«

»Oder sie hat ihr Geld tatsächlich nur dieses eine Mal dort
geholt«, beendete Hinnrichs den Satz für den Unterhändler.

»Wenn sie in der Filiale tatsächlich jemanden gesehen hätte,
der ihr aus irgendeinem Grund Angst macht …« Verhoeven zögerte. »Dann ist es doch nur logisch, dass sie nicht wiederkommt,
auch wenn sie vielleicht in der Gegend wohnt.«

*Es klang eher bestürzt, verstehen Sie? Als ob sie sich erschreckt
hätte …*

»Stimmt«, pflichtete Monika Zierau ihm bei. »Dann würde sie
aller Voraussicht nach vermeiden, ihre Bankgeschäfte weiterhin
in dieser Filiale abzuwickeln.«

»Das wird trotzdem bodenlos«, murrte Goldstein. »Die Kollegen sollen in den Datenbanken der Sparkasse gezielt nach Frauen
suchen, die zwischen fünfundsechzig und fünfundsiebzig Jahre
alt sind, und das Ganze so sortieren, dass diejenigen Kundinnen
zuoberst auf unsere Liste kommen, deren Wohnung in unmittelbarer Nähe der Filiale liegt. Entfernung aufsteigend. Und be-
vorzugen Sie Frauen, die erst irgendwann im vergangenen Jahr
zugezogen sind.«

Luttmann machte ein zweifelndes Gesicht, aber er griff zum
Telefon.

»Ich denke, wir sollten den Altersrahmen nach unten erweitern«, sagte Verhoeven.

Goldstein hob den Blick. »Warum?«

Verhoeven sah das Phantombild der Unbekannten an, das noch immer vor ihm auf dem Tisch lag. Direkt davor der Wecker, auf dem die Zeit, die ihnen bis zur nächsten, entscheidenden Kontaktaufnahme mit Teja noch blieb, gnadenlos rückwärts lief. »Ich weiß nicht«, gab er offen zu. »Es ist einfach so ein Gefühl.«

Neben ihm zog Hinnrichs eine seiner schön geschwungenen Augenbrauen hoch.

»Gefühl, hm?« Goldstein kratzte sich am Kinn. »Aber Ihnen ist schon klar, dass wir auch so schon mehr Treffer kriegen, als wir überblicken können.«

Verhoeven straffte die Schultern. »Und wenn wir die Ergebnislisten filtern würden?«, schlug er vor. »Zugegeben, es ist ein Schuss ins Blaue, aber was, wenn wir gezielt nach einer Frau suchen würden, die … sagen wir: in der ehemaligen DDR geboren wurde oder längere Zeit dort gelebt hat?«

Goldstein antwortete nicht, sondern drehte sich zu Luttmann um, der noch immer am Telefon hing. »Was ist mit der Birthler-Behörde? Hast du da irgendwas herausgekriegt?«

»Wir haben angefragt und die Sache so dringend wie nur irgend möglich gemacht«, antwortete der junge Kriminaltechniker, indem er das Handy ein Stück von sich weg hielt. »Aber da wir denen nicht den leisesten Hinweis geben können, wo und in welchem Zeitraum sie suchen sollen …« Er ließ den Satz offen und sah Goldstein an.

»Halt mich auf dem Laufenden«, schnappte der Unterhändler, indem er die Zigarette anzündete, die bereits seit geraumer Zeit in seinem Mundwinkel steckte. »Und sag den Kollegen, die sich mit den Sparkassendaten befassen, dass sie ihre Trefferlisten nach einer Frau mit DDR-Vergangenheit filtern sollen.«

Verhoeven lächelte ihm dankbar zu und kämpfte gleichzeitig mit einem Anflug von schlechtem Gewissen. *Ich möchte, dass Sie die Augen offen halten. Und dass Sie eingreifen, wenn es nötig werden sollte. Oder wollen Sie das Leben ihrer Partnerin einem Mann anvertrauen, der sich in Stresssituationen nicht im Griff hat?*

»Eine Sache ist in diesem Zusammenhang wirklich merkwürdig«, sagte Monika Zierau, während Luttmann Goldsteins Order an seinen Gesprächspartner weitergab.

»Nämlich?«

»Gleich zwei von unseren Geiseln stammen ebenfalls aus der ehemaligen DDR.«

Hinnrichs sah sie über den Rand seiner Brille hinweg an. »Evelyn Gorlow und …?«

»Quentin Jahn«, antwortete die Psychologin. »Interessanterweise war es gerade bei ihm nicht einfach, überhaupt etwas über seine Vergangenheit herauszufinden.«

Sieh mal an, vielleicht ist Ihre Idee gar nicht so abwegig, las Verhoeven in den Augen seines Vorgesetzten, der ihn von der Seite auf die ihm eigene intensive Art und Weise fixierte.

»Der Mann scheint etwas … Na ja, undurchsichtig zu sein. Auch wenn es eine ganze Reihe von Leuten gibt, die ihn gut zu kennen glauben.« Monika Zierau lehnte sich zurück und referierte die Fakten, ohne ihre Notizen bemühen zu müssen. »Er wurde 1943 als jüngster von drei Söhnen in Wernigerode geboren. Sein Vater überlebte die Ostfront und türmte Mitte der sechziger Jahre im Kofferraum eines Freundes in den Westen, ohne seiner Frau oder sonst irgendjemandem vorab auch nur ein Sterbenswörtchen von seinen Fluchtplänen zu verraten. Jahn war damals bereits verheiratet und arbeitete als wissenschaftlicher Mitarbeiter am Institut für Neuere Geschichte in Halle. Allerdings wurde er wegen der Republikflucht seines Vaters gezwungen, die Universität zu verlassen. Stattdessen bekam er irgendeinen stupiden Job in einem Textilkombinat zugeteilt und fing vor lauter Frust an zu trinken.«

Verhoeven schielte zu Goldstein hinüber, doch der verzog keine Miene.

»Über diese Sache zerbrach Quentin Jahns Ehe, und seine Frau kehrte mit den beiden gemeinsamen Söhnen zu ihren Eltern nach Vorpommern zurück.«

Hinnrichs nahm sich das Foto des Zeitschriftenhändlers vor und betrachtete es eingehend. Vielleicht suchte er nach Blessuren, die aus den genannten Schicksalsschlägen resultierten. Aber ganz offenbar wurde er nicht fündig. Quentin Jahns Gesicht wirkte so rein und klar, als habe er sein gesamtes Leben im tiefsten Einklang mit sich selbst auf einem Klosterberg zugebracht.

»Nach dem Auszug seiner Frau dümpelt sein Leben so vor sich hin«, fuhr Monika Zierau fort, »bis er 1969 urplötzlich wie Phönix aus der Asche steigt, von einem Tag auf den anderen mit dem Trinken aufhört und Karriere macht.« Und jetzt blickte sie doch kurz auf ihre Notizen hinunter. »Er wird zuerst Schicht- und dann Abteilungsleiter und bekommt schließlich sogar wieder einen Lehrauftrag an der Universität. Mit seiner Stellung wachsen nach und nach auch seine Freiheiten.« Die schmalen Finger der Profilerin zupften an der Ringbindung ihres Collegeblocks. »Kurz gesagt: Seit den frühen siebziger Jahren hat er ein vergleichsweise angenehmes Leben da drüben geführt. Jagdgesellschaften und Empfänge bei hohen Parteibonzen inklusive.«

»Und seit wann ist er im Westen?«, fragte Hinnrichs, der der Schilderung von Quentin Jahns unerwartetem Aufstieg mit wachsendem Interesse gelauscht hatte.

»Er kam gleich nach der Wende nach Wiesbaden und eröffnete den Zeitschriftenladen, den er noch heute hat.«

Hinnrichs' Miene spiegelte blankes Unverständnis. »Warum?«

»Das«, die Psychologin schenkte ihm ein süffisantes Lächeln, »haben wir leider bislang noch nicht herausfinden können.«

»Bleib dran«, sagte Goldstein im selben Moment, in dem einer von Hubert Jüssens Männern ins Zimmer platzte.

»Wir haben eine erste Spur von unserem Kochbrunnenplatzschützen«, verkündete er, ohne sich mit einer Begrüßung aufzuhalten. »Eine Zeugin will einen Mann in einem hellen Mantel gesehen haben, der kurz nach den Schüssen in einen silbernen Mazda mit Frankfurter Kennzeichen gestiegen ist. Der Mann ist ihr aufgefallen, weil zu diesem Zeitpunkt bereits von allen Seiten Sirenen zu hören waren, er sich jedoch in keiner Weise darum gekümmert hat. Das fand die Zeugin irgendwie merkwürdig.«

Das ist es allerdings, dachte Verhoeven.

»Haben wir eine brauchbare Beschreibung von dem Kerl?«, fragte Goldstein.

Doch anstelle einer Antwort legte der Beamte ein weiteres Phantombild vor ihn auf den Couchtisch. Dieses Mal handelte es sich nicht um eine Zeichnung, sondern um das mittels eines entsprechenden Computerprogramms erstellte Brustbild eines Mannes mit kantigen, glattrasierten Zügen. Helles Haar, helle Augen. Dazu waren die Lippen des mutmaßlichen Schützen extrem schmal, ein Merkmal, das jedem Betrachter sofort ins Auge sprang.

»Die Zeugin schätzt das Alter des Betreffenden auf Ende dreißig bis Anfang vierzig«, erklärte der Beamte.

Also in etwa so alt wie Teja, schloss Verhoeven.

»Und sie konnte auch das Auto recht gut beschreiben. Es handelt sich aller Wahrscheinlichkeit nach um einen Mazda 3, Modell Sport Exclusive. Die Fahndung nach dem Wagen läuft bereits.«

»Geklaut«, urteilte Goldstein mit einer wegwerfenden Handbewegung. »Aber vielleicht haben wir Glück und er hat ihn irgendwo stehen lassen.«

Verhoeven betrachtete abermals den mutmaßlichen Schützen, dessen Phantombild neben der Zeichnung von der unbekannten Frau lag. Kein Zweifel, dachte er, allmählich bekommt die Sache ein Gesicht

»Soll das Bild an die Medien?«, erkundigte sich der Beamte aus Jüssens Team im selben Augenblick folgerichtig.

»Auf keinen Fall«, fauchte Goldstein ihn an. »Sonst werden diese Kerle noch nervöser, als sie ohnehin schon sind.«

Der Beamte hatte offenbar mit einer anderen Entscheidung gerechnet und blieb zögernd stehen.

»Ist noch was?«, fragte Goldstein.

»Ja. Was soll der Pressesprecher sagen, wenn die Meute auf ihn losgeht?«

»Nichts«, entgegnete der erfahrene Unterhändler mit einem überaus charmanten Lächeln. »Aber sorgen Sie dafür, dass er's hübsch verpackt.«

13 Brutalo-Bernds geballte Faust traf Winnie Heller mit voller Wucht gegen das Kinn. Sie spürte, wie ihre Unterlippe platzte. Zugleich schmeckte sie Blut auf ihrer Zunge.

Wer hat mich verraten? Wer, um alles in der Welt, hat mir das angetan? Und warum?

Der nächste Schlag traf sie gegen die Schläfe. Eine Welle von Schmerz zuckte durch ihren Körper wie glühende Lava, und auf einmal wusste sie, dass es vorbei war. Dass sie sterben würde, hier und jetzt. Zu Tode geprügelt von einem Psychopathen, der seine Schuhe mit dem Lineal ausrichtete.

Und alle sehen dabei zu.

Schmerz entsteht im Kopf, dachte sie noch, bevor der Raum um sie herum langsam zu kippen begann und ihr die Knie wegsackten. Im Grunde eine reine Nervensache. Eine Frage von Neurotransmittern, die ihre Arbeit tun. Oder eben nicht …

Und schon wieder ein Schlag. Nein, ein Tritt. Dumpf. Fern. Ein Tritt in die Rippen.

»Aufhören! Sofort!«

Was?

»Sie wollte abhauen.«

»Natürlich wollte sie das.«

Alpha!

»Jeder in ihrer Situation würde das wollen.«

Winnie Heller blinzelte durch den Schleier, der sich über ihr Bewusstsein gebreitet hatte, und entdeckte den Anführer der Geiselnehmer direkt vor sich. Er hielt eine Pistole in der Hand. Aber die Mündung richtete sich nicht gegen sie. Sie zielte, im Gegenteil, auf Bernds voluminösen Brustkorb.

»Lass sie in Ruhe.«

»Sie ist Polizistin.«

»Na und?«

Bernds bullige Statur füllte sich mit unterdrücktem Ärger. »Ich traue ihr nicht.«

Alphas Blick wandte sich ihr zu und verweilte prüfend auf ihrem Gesicht. Dann wandte er sich wieder seinem Komplizen zu. »Du hast gehört, was ich gesagt habe. Und jetzt verschwinde.«

Winnie Heller sah, wie sich die Muskeln unter Bernds T-Shirt anspannten. Jede Faser seines Körpers machte deutlich, dass er sich nicht scheute, es auf eine kleine Kraftprobe mit seinem Komplizen ankommen zu lassen.

Alpha schien es zu spüren und legte nach. »Hast du nicht gehört? Verzieh dich!«

Bernd rührte sich nicht von der Stelle.

Wenn er sich jetzt nicht durchsetzt, hat er über kurz oder lang ein gravierendes Problem, dachte Winnie Heller, indem sie Alpha durch den Schleier ihrer Schmerzen hindurch beobachtete. Ein Stück hinter ihm stand der Junge, der ein paar Schritte zurückgewichen war und den Machtkampf zwischen seinen Leuten mit weit aufgerissenen Augen verfolgte. Und selbst auf die Entfernung wollte es Winnie Heller scheinen, als zittere er.

Das charakteristische Geräusch einer entsicherten Waffe ließ ihn erschrocken zusammenfahren. Und auch Winnie fühlte, wie ihr das Blut in den Adern stockte. Ihre Augen tasteten sich zu Bernd zurück, doch dessen Waffe steckte nach wie vor im Bund seiner Hose. Ein Stück links davon gewahrte sie Alphas ausgestreckte Arme. Er legte beidhändig auf seinen Komplizen an, so wie man es auch im Rahmen der Polizeiausbildung lernte.

Das wagst du nicht, spotteten Bernds Glitzeraugen, die stur geradeaus gerichtet waren.

»Geh jetzt!« Alphas Ton wurde drohend. »Auf der Stelle!«

Obwohl der Anführer der Geiselnehmer wild entschlossen schien, seinen Befehl notfalls auch mit Waffengewalt durchzusetzen, bezweifelte Winnie Heller, dass er tatsächlich die Skrupellosigkeit besaß, auf seinen Komplizen zu schießen. Er wird es nicht tun, dachte sie, wobei sie inständig hoffte, dass sich Brutalo-Bernd nichtsdestotrotz vom Gegenteil überzeugen ließ. Falls nicht, würde es eine Verschiebung der Machtverhältnisse geben, so viel stand fest. Und wenn erst einmal Bernd derjenige war, der hier das Sagen hatte …

»Ich sag's nicht noch mal …« Alpha trat einen Schritt an seinen Kumpanen heran und hob die Waffe so, dass sie auf Bernds Kopf zielte.

Dieser drehte sich um und blickte seinem Anführer einige quälend lange Sekunden direkt in die Augen. Dann spuckte er etwas auf den bröckligen Boden vor sich und wandte sich ab. Er wirkte nicht im Mindesten eingeschüchtert. Eher im Gegenteil. Winnie Hellers Blick folgte ihm, als er mit straffen Schultern und federnden Schritten davonging, ein selbstbewusster, betont lässiger Abgang, der deutlich machte, dass sich ein Mann wie er selbst von einer geladenen Waffe nicht dauerhaft in Schach halten lassen würde.

Der Kerl hat seinem Kompagnon keine Sekunde abgenommen, dass er schießen wird, dachte Winnie Heller. Aber aus irgendeinem Grund hat er beschlossen, die Kraftprobe auf später zu verschieben. Ihr Blick suchte Alpha, der noch genauso stand wie zuvor. Ich an seiner Stelle würde von jetzt an beim Schlafen nur noch ein Auge zumachen, dachte sie, während sich die Watte in ihrem Kopf langsam, aber sicher wieder ausdehnte. Und unter keinen Umständen würde ich diesem Bernd den Rücken zuwenden …

»So weit alles klar?«

Sie fühlte Alphas Hand unter ihrer Achsel. Und weil sie nicht ganz sicher war, ob sie sprechen konnte, nickte sie nur.

»Hey, Sie!«

Die Augen des Anführers blickten an ihr vorbei, zur Treppe. Sie waren von einem außergewöhnlich warmen Braun mit einem feinen, bernsteinfarbenen Kranz rund um die Pupille.

»Ja, Sie. Kommen Sie her und helfen Sie ihr!«

»Es geht schon«, nuschelte Winnie Heller, indem sie aus eigener Kraft versuchte, sich aufzurichten. Aber ihre Beine wollten ihr nicht gehorchen.

»Haben Sie sie?«

Über ihrem Kopf erschien Quentin Jahns asketisches Gesicht. Es nickte, und Winnie Heller fühlte, wie sie von zwei Seiten gepackt und auf die Füße gezogen wurde.

»Glauben Sie, dass Sie gehen können?«

Sie nickte wieder.

»Gut.«

Gestützt von Alpha und Quentin, nahm sie die Treppe in Angriff. Und mit jedem Schritt, den sie ging, wurde ihr Kopf wieder klarer. Aber das zurückkehrende Bewusstsein brachte auch den Schmerz zurück. Er pochte in ihrem Kiefer, in ihrem Kopf, in ihrer Flanke, und sie fühlte, wie ihr die Beine wegzuknicken drohten. Doch Quentin Jahn hielt sie mit eisernem Griff. Im Gehen leckte Winnie Heller sich über die Lippen, die metallisch schmeckten. Aber das Blut begann bereits zu trocknen. Ganz so schlimm konnte es nicht sein.

Allerdings bereitete es ihr erhebliche Mühe, zu begreifen, dass diese Sache tatsächlich gut ausgegangen und die Gefahr fürs Erste abgewendet sein sollte. Denn an einer Erkenntnis führte nun einmal kein Weg vorbei: Irgendjemand hatte sie verraten. Jemand, der ihren Dienstausweis gefunden und ihn den Entführern ganz gezielt zugespielt hatte. Jemand, der mit ihr in der Grube war und der ganz offenbar sein eigenes Spiel spielte.

Ihr Blick fiel auf Abresch, der am Fuß der Treppe stand und hilfsbereit die Arme nach ihr ausstreckte.

Nein, verdammt, nicht der, flüsterte in diesem Augenblick völlig irrational eine Stimme in ihrem Kopf. *Der andere …*

Alphas Griff lockerte sich. »Ruhen Sie sich aus.«

Winnie Heller nickte. »Wir wollten wirklich nur Hilfe holen«, nuschelte sie an ihrer geschwollenen Unterlippe vorbei. Und als ihr die Missverständlichkeit dieser Aussage bewusst wurde, fügte sie eilig hinzu: »Herrn Mousa geht es nicht gut.«

Alphas Augen verharrten mitten in einer Bewegung. »Was fehlt ihm?«

»Es ist sein Herz«, antwortete Winnie Heller. »Er braucht so schnell wie möglich Medikamente, sonst stirbt er.«

Der Anführer der Geiselnehmer sagte nichts.

»Können Sie …« Sie zögerte. »Ich meine, könnten Sie ihn nicht vielleicht gehen lassen?«

»Nein.«

Klare Sache. Mousa hat, genau wie wir anderen, zu viel gesehen. Folglich kann er auch zu viel verraten.

»Aber er stirbt, wenn Sie es nicht tun.«

Winnie Heller rechnete fest damit, dass der Anführer der Geiselnehmer etwas wie *Tja, nicht zu ändern* sagen würde. Doch Alpha schwieg.

»Wer sagt, dass er stirbt, wenn er keine Medikamente bekommt?«, fragte er nach einer Weile.

»Herrn Mousas Arzt«, antwortete Winnie Heller. »Und Frau Gorlow auch. Sie ist Krankenschwester.«

Aus den Augenwinkeln sah sie, wie Evelyn demonstrativ den Kopf abwandte. *Ich habe hier gar nichts behauptet, Herzchen,* sagte ihr Blick, der vor unterdrücktem Vorwurf nur so troff. *Wie, um alles in der Welt, käme ich denn dazu?*

Alpha schien zu überlegen. Dann, nach einer Zeit, die Winnie Heller wie eine kleine Ewigkeit vorkam, stand er auf und ging zu Evelyns Matratze hinüber, auf der sich Jussuf Mousa unruhig hin und her warf. »Verstehen Sie mich?«, fragte er, indem er neben dem Kranken in die Hocke ging.

Der kleine Araber blinzelte apathisch in das Licht der Taschenlampe, mit der der Entführer ihm ins Gesicht leuchtete.

»Wie heißt das Medikament, das Sie brauchen?«

»Ich ... weiß nicht.«

»Was soll das heißen, Sie wissen es nicht?«, fragte Alpha, und die plötzliche Gereiztheit in seiner Stimme verriet, dass die Kraftprobe mit seinem Komplizen doch nicht so spurlos an ihm vorübergegangen war, wie es zunächst den Anschein gehabt hatte.

»Arzt geben Rezept«, keuchte Mousa. »Meine Frau holen Medizin. Ich ... lesen nicht, was ist der Name.«

»Er hatte eine Ersatztablette bei sich«, schaltete sich Horst Abresch ein, der sich an der gegenüberliegenden Wand niedergelassen hatte. »Aber die war lose in einer von diesen Pillendosen für unterwegs.«

Und wieder nahm sich Alpha ein paar Augenblicke Zeit zum Nachdenken. Winnie Heller dachte daran, wie behutsam er Iris Kuhns Leiche fortgebracht hatte. Und auch an die Szene, die erst ein paar Minuten zurücklag. *Er ist ohne Zögern dazwischengegangen, als sein Komplize mich töten wollte,* dachte sie. *Er ist kein Unmensch. Vielleicht lässt er mit sich reden ...*

Als sie eine Bewegung am Rand der Grube registrierte, nahm sie zuerst an, dass Bernd zurückgekommen war. Doch als sie hochsah, erkannte sie den vierten Geiselnehmer. Jenen Mann, der den Kassierer erschossen hatte und der darüber hinaus bislang noch bemerkenswert wenig in Erscheinung getreten war.

»Es ist Zeit«, sagte er.

Alpha blickte zu ihm hinauf und nickte. Dann erhob er sich aus seiner hockenden Position und wandte sich ab.

Verdammt, dachte Winnie Heller mit einem besorgten Seitenblick auf den immer flacher atmenden Araber. Ich bin sicher, dass ich ihn beinahe so weit hatte! Sie bedachte den vierten Mann, der breitbeinig am Rand der Grube stand und auf seinen Komplizen wartete, mit einem wütenden Blick, während Alpha zielstrebig auf die Treppe zuging. Aber nach ein paar Schritten hielt er plötzlich inne, so als sei ihm eine Idee gekommen, und drehte sich noch einmal zu den Gefangenen in seinem Rücken um.

»Wie heißt Ihr Hausarzt?«, fragte er, an Mousa gewandt.

Winnie Heller beeilte sich, die Frage zu wiederholen, als sie mitbekam, dass der kleine Araber nicht reagierte.

»Kreuzberg«, keuchte der Herzkranke. »Sein Name ist Dr. Kreuzberg.«

»Gut«, sagte Alpha, und sein Ton verriet nicht, was er vorhatte. Dann fixierte er Winnie Heller durch den Sehschlitz seiner Sturmhaube und fügte hinzu: »Und dieses Mal bleiben Sie, wo Sie sind. Das gilt für alle. Falls Sie es nicht tun, werde ich Sie auf der Stelle erschießen.«

14 Gegen halb fünf brachte Inger Lieson frischen Kaffee und eine Platte mit belegten Broten ins Wohnzimmer ihres Hauses, das mit all den Telefonen, Bildschirmen und anderen Hightech-Geräten, die Hubert Jüssens Leute installiert hatten, inzwischen fast wie eine gemütlichere Form der Einsatzzentrale aussah. Als die Bankiersgattin die Sachen auf dem Couchtisch abstellte, fiel ihr Blick zufällig auf Goldsteins Akte, und sie zuckte sichtlich zusammen. Verhoeven bemerkte es und wartete darauf, dass sie von sich aus etwas sagen würde, doch Inger Lieson hatte sich schnell gefangen und ging mit den leeren Thermoskannen davon.

Verhoeven überlegte einen Augenblick, dann folgte er ihr.

Sie war bereits an der Tür zur Küche, als er in die Diele trat, drehte sich jedoch sofort zu ihm um. »Ich war mir zuerst nicht sicher«, begann sie, bevor er fragen konnte. »Deshalb habe ich nichts gesagt.«

»Und jetzt sind Sie's?«

Inger Lieson sah ihn an. »Ja«, sagte sie. »Jetzt bin ich mir ganz sicher, dass ich die Frau auf dem Bild schon einmal gesehen habe.«

Verhoeven stutzte. »Sie meinen die Frau auf dem Phantombild?«

Sie nickte.

»Wann und wo?«

»Auf irgendeiner Veranstaltung im Staatstheater«, antwortete sie. »Ich weiß nicht mehr genau, worum es ging, aber Walther war einer der Ehrengäste, ein paar seiner Kollegen und Freunde waren da, und es wurde Sekt gereicht und irgendwelche Kanapees.« Die Bankiersgattin stellte die Thermoskannen, die sie noch immer in der Hand hielt, auf einem schmalen Konsoltisch ab, der vor der Tür zur Küche stand. »Ich fühle mich nie besonders wohl auf solchen Veranstaltungen«, erklärte sie, indem sie sich mit dem Rücken gegen die raue Wand lehnte. »Wenn ich all diese aufgetakelten, smalltalkenden Leute sehe, würde ich mich am liebsten irgendwo verstecken. Oder am besten gleich ganz verschwinden. Irgendwohin, wo mich keiner kennt.« Sie schenkte

Verhoeven ein Lächeln, das wie eine Entschuldigung wirkte. »Na, wie auch immer. Jedenfalls hatte ich mich in irgendeine Ecke zurückgezogen, um meine Ruhe zu haben und mir den Zirkus aus der Ferne anzusehen. Und da ist sie mir aufgefallen.«

»Wodurch?«

Sie überlegte einen Augenblick. Dann sagte sie: »Ich glaube, weil ich das Gefühl hatte, dass sie meinen Mann anstarrt.«

Verhoeven spürte, wie sich sein Puls beschleunigte.

Walther war einer der Ehrengäste …

»Aber das war es, glaube ich, nicht allein.« Inger Lieson blickte an ihm vorbei, während sie nachdachte. »Es ist … Ja, wenn ich so zurückdenke, glaube ich, dass es auch ihr Gesicht gewesen ist.«

»Können Sie beschreiben, was an diesem Gesicht so besonders war?«

»Es machte den Eindruck, als sei sie gar nicht da.« Die Bankiersgattin strich sich eine Strähne ihres Haars aus der Stirn und lehnte den Hinterkopf gegen die Wand, als böte sie Schutz gegen alle Widrigkeiten des Lebens.

»Das ist eine interessante Formulierung«, sagte Verhoeven. Und in Gedanken fügte er hinzu: Und eine überaus treffende obendrein.

Inger Lieson stieß sich von der Wand ab und sah ihm direkt in die Augen. »Glauben Sie, dass man verschwinden kann, ohne aufzuhören, anwesend zu sein?«

Verhoeven vergrub die Hände in den Taschen seiner dunklen Anzughose. Walther Liesons Frau stellte Fragen, wie sie ihm in dieser Form noch nie begegnet waren. Er dachte daran, wie sie ihn gefragt hatte, ob er jemals das Gefühl gehabt hatte zu verblassen. Und was diese Frage in ihm ausgelöst hatte. »Ja«, antwortete er hastig. »Auf eine gewisse Weise ist das ganz sicher möglich.«

Wenn die Frau vielleicht krank gewesen wäre, stimmte eine imaginäre Britta Karlstadt ihm zu. *Vielleicht hatte sie Alzheimer …*

»Die Frau, die ich gesehen habe, wirkte, als ob sie sich in einem von diesen Zuständen befände, in denen man nicht mehr man selber ist«, führte Inger Lieson derweil ihren Gedankengang weiter. »Zumindest nicht so, wie man eigentlich sein sollte. Oder wie man vielleicht irgendwann einmal gedacht war.«

Verhoeven betrachtete die zarten Gesichtszüge der Bankiersgattin und überlegte, ob sie tatsächlich noch immer von der Unbekannten sprach. Oder doch auch ein bisschen von sich selbst. Er dachte an den unwirklichen, beinahe durchscheinenden Eindruck, den die Ehefrau des erfolgsverwöhnten Bankers von Beginn an auf ihn gemacht hatte, und auch an die Art, wie sie sich in sich selbst zurückgezogen hatte, als Goldstein mit ihrem Mann telefonierte.

So als sei sie gar nicht da …

»Hatten Sie diese Frau jemals zuvor gesehen?«, stellte er ihr kurzerhand dieselbe Frage, mit der er ein paar Stunden zuvor bereits Britta Karlstadt konfrontiert hatte.

Inger Lieson verneinte. »Bestimmt nicht.«

»Und was genau tat die Frau, als sie Ihnen aufgefallen ist?«

»Die beiden standen ein paar Meter von mir entfernt und …«

»Die beiden?«, unterbrach Verhoeven die Bankiersgattin alarmiert. »Soll das etwa heißen, die Frau war nicht allein?«

Inger Lieson schüttelte den Kopf. »Verzeihen Sie«, stammelte sie, sichtlich verunsichert. »Das hätte ich wahrscheinlich gleich erwähnen sollen. Aber sie hatte tatsächlich jemanden bei sich. Einen jungen Mann.«

»Was meinen Sie mit jung? Zwanzig? Dreißig?«

Zu Verhoevens Überraschung lachte die Bankiersgattin laut los, als habe er irgendeinen absurden Scherz gemacht. »Stimmt«, sagte sie scheinbar zusammenhanglos. »Aber ist es nicht eigentlich verrückt, dass man bei sich selbst immer andere Maßstäbe anlegt als bei anderen?« Als sie sah, dass er ihr nicht folgen konnte, wurde sie schlagartig ernst. »Ich schätze, so jung war der Mann auch wieder nicht. Vielleicht ein paar Jahre jünger als ich.«

Verhoevens Augen blieben fragend an Inger Liesons Gesicht hängen.

Sie bemerkte es und konnte nicht umhin, zu schmunzeln. »Ich bin achtunddreißig«, sagte sie.

»Somit war der Mann, den Sie gesehen haben, etwa Mitte dreißig?«

»Ja«, sagte Inger Lieson. »Das dürfte ungefähr hinkommen. Es herrscht bei solchen Veranstaltungen natürlich immer ein fürchterliches Stimmengewirr, aber ich habe zufällig aufgeschnappt, wie der Mann etwas zu seiner Begleiterin sagte.« Die Bankiersgattin legte die Stirn in Falten. »Warten Sie … Ja, er sagte wörtlich: Bist du ganz sicher? Und die Frau antwortete: Ich möchte gehen.«

»Ist das alles?«

Inger Lieson zuckte entschuldigend mit den Achseln. »Ich fürchte, ja.«

»Und wann, sagten Sie, war dieser Empfang?«

Sie sah an ihm vorbei. »Vor ein paar Monaten«, antwortete sie. »Irgendwann im Herbst letzten Jahres, glaube ich.«

»Haben Sie die beiden danach noch gesehen?«

»Nein. Sie müssen tatsächlich gleich wieder gegangen sein.«

»Und die Frau starrte Ihren Mann an?«

»Das war zumindest mein Gefühl.« Die Bankiersgattin schien unsicher zu werden. »Aber bei so vielen Menschen …«

Bist du ganz sicher?, echote eine Stimme in Verhoevens Kopf. Er schloss die Augen und stellte sich das Gesicht der Frau vor, nach der sie suchten. Die feinen, normkonformen Züge, die den Eindruck vermittelten, als sei die Frau, zu der sie gehörten, irgendwo anders. *Ich möchte gehen …*

»Was glauben Sie, in welchem Verhältnis die beiden zueinander standen?«

Und auch dieses Mal kam die Antwort der Bankiersgattin ebenso schnell wie entschieden: »Sie waren ganz unverkennbar verwandt. Wenn ich schätzen müsste, würde ich sagen: Mutter und Sohn. Bloß, dass er ein ganzes Stück dunkler war als sie.«

Mutter und Sohn! Verhoeven fühlte, wie sich sein Puls beschleunigte. »Könnten Sie den Mann beschreiben?«

Sie schloss die Augen. »Ja«, sagte sie nach einer Weile. »Ich glaube schon.«

V

Wir haben die toten Augen
gesehen und vergessen nie.
Die Liebe währt am längsten
und sie erkennt uns nie.

Ingeborg Bachmann, »Reigen«

Wiesbaden, Oktober 2007

Wann hat das eigentlich begonnen, überlegt er, wann hat er angefangen, sich ein Bild von seiner Mutter zu machen?

Früh, so viel steht fest. Aber eigentlich ist es zuerst gar nicht seine Mutter gewesen, die er sich vorgestellt hat, zumindest nicht sie allein. Eigenartigerweise ist das früheste Bild, das er zu diesem Thema im Kopf hat, eine Familie. Mutter *und* Vater, und er selbst scheu lächelnd in der Mitte. Genau wie auf einer dieser abgegriffenen Fotografien, die ein paar von den Jungs aus seinem Schlafraum unter ihren Matratzen versteckten.

Rückblickend allerdings kann er beim besten Willen nicht mehr sagen, warum seine Eltern ursprünglich zu zweit gewesen sein sollten, denn im Grunde ist er von Anfang an überzeugt gewesen, dass sein Vater nicht mehr lebt. Dass der Mann, der ihn gezeugt hat, schon damals tot war. Tot gleich von Anfang an. Vielleicht liegt es am Mythos, denkt er, dass dieser Vater, der tote, in meinen frühen Vorstellungen trotzdem irgendwie präsent gewesen ist. An diesem allgegenwärtigen Klischeebild einer Familie, das ganz offenbar auch vor seiner kindlichen Phantasie nicht haltgemacht hat. Ebenso wenig wie vor dem besseren Wissen. Oder aber, er hat einen Vater ergänzt, weil es im Ernst-Thälmann-Kinderheim so viele Männer gegeben hat und er sich Männer irgendwie besser vorstellen konnte.

Egal ...

Er sieht sich im Viereck der kahlen Häuserwände um und denkt, dass es wirklich keine gute Gegend ist, in der sie wohnt. Und dass ihn diese Tatsache irgendwie erleichtert und wütend macht zugleich. Erleichtert, weil sie zu der tragischen Geschichte passt, die in den vergangenen vierunddreißig Jahren immer plastischer an die Stelle einer normalen Vergangenheit getreten ist. Wütend macht, weil er der festen Überzeugung ist, dass sie was Besseres verdient. Und dass sie unverschuldet dort gelandet ist, wo sie jetzt ist. In diesem tristen Mietsblock, der ihn in seiner grauen Einfallslosigkeit geradezu fatal an die sozialistischen Wohnsilos der Neuen Neustadt erinnert. Das Leben ist schon verdammt unfair, denkt er. Und: Genauso hätte sie auch gelebt, wenn sie dort geblieben wäre, nach der Wende. Doch statt in einem Magdeburger Problemviertel, in dem sich die Fernwärmeleitungen seiner Kindheit selbst heute noch wie dicke, grüne Raupen über die löchrigen Straßen spannen, lebt sie nun in einer schlechten Gegend von Wiesbaden. Am äußersten Rand des Westens sozusagen, sozial gesehen, weil die winzige Rente, die ihr die neuen Zeiten als Entschädigung für das erlittene Unrecht zugestanden haben, zu mehr nicht reicht.

Er bleibt kurz stehen und sieht ein Fenster im fünften Stock an, das trotz der herbstlichen Kühle sperrangelweit offen steht. Dahinter tönt das Gekeife eines alkoholisierten Ehekrachs. Der Lärm wird von den kahlen Mauern zurückgeworfen, und selbst noch der Nachhall schneidet ihm so schmerzhaft ins Ohr, dass er am liebsten schützend die Hände an den Kopf pressen würde.

Er hat sich auch die anderen Gegenden der Stadt angesehen. Die guten. Sonnenberg und Komponistenviertel. Altbauromantik und noch immer nicht vollkommen verblassten Kurglanz. Bevor er herkam, hatte er sich ein Bild machen wollen. Um vergleichen zu können. Vergleichen und vielleicht auch ermessen.

Jetzt allerdings wünscht er fast, er hätte es nicht getan. Dann hätte ihn die Trostlosigkeit ihrer Welt vielleicht nicht ganz so wuchtvoll treffen können.

Tja, denkt er, nicht zu ändern …

Im Weitergehen fragt er sich trotzdem, wie sie es hier aushält.

Ob sie es überhaupt aushält.

Und was ihn erwartet.

Irgendwann hat er ihnen, dem Mann und der Frau auf seinem imaginären Familienfoto, den Namen Mayer gegeben. Seltsamerweise hat er trotz der Häufigkeit dieses Namens nie jemanden gekannt, der Mayer hieß, erst recht nicht mit »ay«. Und doch hat er den Mayers viele Gedanken gewidmet. Gemeinsam mit Andreas hat er in den kurzen Zeiten, in denen sie sich einigermaßen unbeobachtet bewegen konnten, im Gras hinter dem Haupthaus gelegen und sich ausgemalt, wie sie wohl sind und wie sie leben, die Mayers. Mutige, unbeugsame Widerständler natürlich, der Vater höchstwahrscheinlich umgekommen bei dem Versuch, die Mauer zu überwinden, die sie damals freilich nur vom Hörensagen gekannt hatten.

Noch heute erinnert er sich daran, wie gut es sich angefühlt hatte, einen solchen Vater zu haben, so gut, dass selbst Andreas den heroischen Herrn Mayer eine Zeitlang mitbenutzt hat, obwohl er damals längst einen eigenen Vater hatte. Den haben sie ihm sogar gezeigt, diesen Vater, auf Fotos, also richtigen. Ausgereist sei er, den eigenen Sohn im Stich gelassen habe er, kaum dass der Antrag für ihn und seine Frau genehmigt war. Und »drüben« habe er dann auch gleich wieder einen neuen Sohn gezeugt. Und noch einen. Und noch einen.

Ja, denkt er, das ist die Art von Familiengeschichte, die sie einem nicht vorenthalten haben. Warum auch? Es hatte ja prima funktioniert. Andreas hatte seinen Vater gehasst. Und Andreas hasste seinen Vater noch heute. Ein Grund dafür, warum er so erpicht darauf gewesen war, dass Jonas, der jüngste der drei im Westen gezeugten Brüder, sich ihnen anschloss. Er hatte seinem Vater etwas nehmen wollen. Aus Rache dafür, dass er selbst einst den toten Vater seines besten Freundes hatte mitbenutzen müssen.

Seine Schritte werden immer langsamer. Als ihm das bewusst wird, zieht er das Tempo an und wünscht, er hätte bereits Gewissheit.

Irgendwann, er weiß selbst nicht genau wann und warum, hatten sich die Mayers trotz des Vaters auf seinem imaginären Foto dann allerdings reduziert auf eine Frau, zu der der Name »Mayer« mit der Zeit immer weniger passen wollte. Das muss der Punkt gewesen sein, an dem er angefangen hat, nur noch an eine »Sie« zu denken. Sie, Mama, Mutti. Die Frau, die ihn zur Welt gebracht hat und die irgendetwas getan haben muss, das sie ihm vorenthält. Dass sie tot sein könnte, hat er nie für möglich gehalten, und eigentlich haben sie auch nie ernsthaft versucht, ihm das weiszumachen. Er könne froh sein, dass er da raus ist, war alles, was sie gesagt haben, wobei »da« wohl das bezeichnen sollte, was man gemeinhin Zuhause nennt. Nicht in der Lage sei sie gewesen. Nicht fähig, ihrer Verantwortung als Mutter angemessen nachzukommen.

Aber das hat er natürlich nie geglaubt.

Im Laufe der Jahre ist sie in seiner Vorstellung dann immer konkreter geworden. Sie hat ein Gesicht bekommen. Ihre Augen einen Ausdruck. Und ohne es zu merken, hat er angefangen, sie um Rat zu fragen, wenn er nicht weiter wusste. Ihren Schutz zu suchen, wenn Andreas und er wieder einmal irgendeine ebenso erbarmungslose wie unsinnige Strafe abzuleisten hatten. Er hatte angefangen, ihr Verständnis für sein Handeln vorauszusetzen, ihre Nachsicht, ihr Wohlwollen. Schließlich waren Mütter doch so, wohlwollend. Oder war auch das nichts als ein Klischee?

Er weiß es nicht.

Im Weitergehen denkt er an die dumpfe Angst, die er empfunden hat, seit er beschlossen hatte, sich auf die Suche zu machen. Nach ihr, seiner Mutter. Der Frau auf seinem nicht existenten Familienfoto. Er denkt an das Gefühl von Beklemmung, das ihn erfasst hat, als sie ihm im Lesesaal der Birthler-Behörde ihr Dossier gereicht hatten. Ihre Akte. Die Geschichte ihres Lebens.

Ylva …

So ein besonderer Name! Ihre Eltern müssen eine Menge Phantasie gehabt haben. Leider weiß er über die beiden nicht viel mehr, als dass sie irgendwann einmal wohlhabend gewesen sein müssen, ein Gut hatten, vor dem Krieg. Der Vater Offizier, in russischer Gefangenschaft verhungert, die Mutter Hausfrau, mit den beiden Kindern aus dem völlig zerbombten Magdeburg ausquartiert nach Klein Oschersleben vor den Toren der Stadt. Dort stirbt Ylvas Bruder sechsjährig an Scharlach, aber das hat er irgendwie nur am Rande zur Kenntnis genommen. Ein sechsjähriger Onkel übersteigt definitiv sein Fassungsvermögen, das schon mit dem wenigen überfordert ist, was er über Ylva, seine Mutter, lesen muss. Abgesehen davon ist er grundsätzlich der Meinung, dass man sich auf die Lebenden konzentrieren muss. Vielleicht auch das ein Grund, weshalb er seinen Vater irgendwann gelöscht hat.

Ylva Bennet …

So ein Name!

Er schüttelt den Kopf und sieht flüchtig auf den Zettel hinunter, auf den er Ylvas letzte bekannte Adresse gekritzelt hat. Irgendwie wird er noch immer nicht schlau aus dem, was er über sie weiß. Aber wenn er Glück hat, kann er sie in wenigen Minuten selbst fragen. Das wird helfen, denkt er. Endlich etwas, das helfen wird.

Er faltet den Zettel zusammen, und er tut es so ordentlich, dass man meinen könnte, er wolle Zeit gewinnen. Den Moment der Wahrheit aufschieben, die Begegnung mit seiner ungelebten Vergangenheit, so sehr er diesen Augenblick auch herbeigesehnt hat. Wenn man im Leben vorher wüsste, was einen erwartet, denkt er, während er langsam, noch langsamer als zuvor, weitergeht, würde man wahrscheinlich gleich bei der Geburt ein Ende machen. Er ist kein gläubiger Mensch, ganz bestimmt nicht, aber irgendwie scheint es ihm beinahe unverantwortlich, ein Kind in eine solche Welt zu setzen.

In die drüben genauso wie in diese hier. Diesen schäbigen Teil von Wiesbaden, der genauso weit vom langsam, aber sicher verbleichenden Kurglanz dieser Stadt entfernt ist wie Klein Oschersleben vom Mond.

Er geht quer über den Rasen, der schon viel zu lange nicht mehr gemäht worden ist, und bleibt direkt vor der schmierigen Tür stehen. Metallene Klinke, darüber geschwärztes Milchglas mit einem Gitternetz aus Draht darin. Doch das ist jetzt eigentlich schon nicht mehr von Interesse, auch wenn sich sein Unterbewusstsein nur allzu gern von solch unwichtigen Details ablenken lässt.

Herzklopfen beim Überfliegen der Klingelschilder.

Dann ein Stocken. Auge und Herz.

Bennet.

Kein Y daneben. Aber der Nachname ist zu selten, als dass es die falsche Frau sein könnte. Sie wohnt in der vierten Etage, der Anordnung nach.

Die Klingel muss irgendwann einmal weiß gewesen sein und fühlt sich klebrig an, was wohl bedeutet, dass jemand bei ihr gewesen ist. Vor ihm. Ein Kind vielleicht. Ja, denkt er, ein Kind mit klebrigen Fingern. Seltsamerweise macht ihn der Gedanke wütend. Auch wenn ihm klar ist, dass man ihr genauso gut einen Streich gespielt haben konnte. Dass klebrig nicht zwingend bedeutet, dass sie …

Er schiebt den Gedanken beiseite und ist plötzlich heilfroh, dass er Andreas gebeten hat, ihn dieses eine Mal nicht zu begleiten. Auch wenn sie sonst alles Wichtige im Leben zu zweit erledigen. Wahrscheinlich hat er gespürt, dass das hier etwas ist, das er allein erledigen muss. Ein Freund bleibt ein Freund, selbst wenn es der beste ist. Und eine Mutter bleibt eine Mutter.

Er blickt an sich hinunter und überlegt, wie er wohl auf sie wirken wird. Ob man ihm ansieht, was er macht. Oder nicht macht. Wie er lebt. Seltsamerweise hat er bis zu diesem Augenblick nie darüber nachgedacht, dass sie ihn so etwas fragen könnte. Dass es jemanden, dass es *sie* interessieren könnte, womit er seine Zeit verbringt, sein Geld verdient, was für Träume er hat. Oder Alpträume ...Lenk nicht ab! Tu es einfach!

Immerhin wartest du doch schon dein ganzes Leben darauf, es zu tun!

Er atmet noch einmal tief durch und drückt auf den klebrigen Klingelknopf.

Dann steht er da und starrt auf die Tür. Zehn Sekunden. Fünfzehn. Zwanzig. Doch außer dem heiseren Gebrüll der betrunkenen Frau über ihm bleibt alles still.

Und noch einmal die Klingel. Zweimal. Dreimal.

Einkaufen? Verreist? Oder schwerhö...

»Ja?«

Definitiv zu verzerrt für einen ersten Eindruck, trotzdem klingt sie nett, findet er. Warm und sensibel.

»Frau Bennet?«

Schweigen.

Warum zögert sie jetzt?

Oh, nein, denkt er, und er merkt, wie ihm kalt wird. Bitte, nicht das! Nicht so! Nicht ausgerechnet jetzt! Bitte lass es keine andere sein, keine Freundin, die erst eine Weile pietätvoll schweigt und dann verkündet, es täte ihr entsetzlich leid, aber Frau Bennet sei bedauerlicherweise vor ein paar Tagen ...

Aber plötzlich doch noch: »Ja.« Dann: »Wer sind Sie? Was wollen Sie?«

Wer ich bin? Er kann sich kaum zurückhalten, es ihr zu sagen, sich und seine Identität mitten in diese versiffte Gegensprechanlage zu brüllen, aber irgendwie hat er Angst, sie damit zu erschrecken. Und auch Angst, dass sie ihm nicht glaubt. Angst, dass sie ...

»Hallo?«

»Ja, ich ...« Warum, denkt er, ist auf einmal alles so entsetzlich kompliziert? Müsste es denn nicht eigentlich einfach sein? Einfach und selbstverständlich? »Mein Name ist M...« Jetzt hat er doch tatsächlich Maik sagen wollen, den Namen, den irgendein Fremder ihm gegeben hat, jemand, für den er von Beginn an nichts als eine Nummer gewesen ist. Eine Akte. Ein Vorgang, den es zu erledigen gilt. Irritiert sieht er noch einmal auf ihre Klingel, bevor er sich mit wiedergefunden fester Stimme korrigiert: »Ich heiße Teja. Und ich ... Könnte ich Sie vielleicht kurz sprechen, bitte?«

FÜNFTER TEIL

Wiesbaden, 15. März 2008

1 Um exakt 17 Uhr 09 begann Richard Goldstein auf der Kappe seines Kugelschreibers herumzukauen, das einzige sichtbare Zeichen seiner Nervosität. Eine halbe Stunde vor Ablauf des Ultimatums hatte er den Raum verlassen und war etwa zehn Minuten fortgeblieben. Einen Hauch zu lange, um einfach nur auf der Toilette gewesen zu sein, wie Verhoeven fand, und einmal mehr ertappte er sich dabei, wie er den erfahrenen Unterhändler beobachtete. Wie er nach Alarmzeichen suchte, nach irgendetwas, das darauf hindeutete, dass Goldstein in der Zeit seiner Abwesenheit zur Flasche gegriffen oder ein Beruhigungsmittel geschluckt hatte. Doch bis auf die Kauerei auf der Kugelschreiberkappe entdeckte er keinerlei Auffälligkeiten.

»Warum ruft er nicht an?«, fragte Hinnrichs.

»Das wird er.« Monika Zierau schlug die Beine übereinander, doch es sah eher unbequem als elegant aus.

»Wann?«, fragte Hinnrichs.

Goldstein zuckte mit den Achseln. »Vielleicht wurde er aufgehalten.« Er warf den Kugelschreiber auf den Tisch und blickte Luttmann an. »Wie weit ist die Spurensicherung in diesen Schrebergärten?«

Der junge Softwarespezialist unterbrach seine Tipperei und drehte sich zu ihm um. »Sie sind dran, okay?«

»Nein«, sagte Goldstein. »Das ist nicht okay. Ich brauche mehr Informationen.«

Luttmann zog seine milchzarte Stirn in Falten. »Die Kollegen tun wirklich, was sie können.«

»Vielleicht ist das nicht genug«, versetzte Goldstein, und in der Art, wie er das sagte, blitzte unvermittelt wieder jene Arroganz auf, von der er selbst gesprochen hatte. »Wir können ausschließen, dass der Kerl dort draußen jemanden erschossen hat«, sagte er, wie um sich selbst noch einmal der Fakten zu versichern. »Nichtsdestotrotz haben wir alle einen Schuss gehört.«

»Wir haben die Bänder vom ersten Anruf analysiert«, meldete sich ein unscheinbarer junger Mann mit Glatze und einem winzigen blonden Ziegenbärtchen aus einem anderen Teil des Wohnzimmers zu Wort. »Tejas Stresspotenzial während Ihres Telefonats heute früh war erheblich.«

»Also ficht ihn die Sache mehr an, als es den Anschein hat«, schloss Goldstein.

Der Glatzkopf nickte. »Tja, so könnte man das ausdrücken.«

Goldsteins Miene spiegelte Genugtuung. »Das dachte ich mir.«

»Wie groß schätzen Sie die Gefahr ein, dass er sich durch den Stress zu einer Kurzschlusshandlung hinreißen lässt?«, wandte sich Hinnrichs, dem die Zufriedenheit in den Augen des studierten Soziologen ganz offenbar missfiel, an Monika Zierau.

Die Psychologin legte den Kopf schief und überlegte einen Augenblick. »Ein Mann wie dieser Teja neigt normalerweise nicht zu Kurzschlussreaktionen. Außerdem telefoniert er nicht von seinem Versteck aus, was die Möglichkeit, aus einer spontanen Laune heraus Schaden anzurichten, auf ein Minimum reduziert.« Die kohlenschwarzen Augen der Profilerin wandten sich Goldstein zu. »Was du jedoch auf keinen Fall als Freibrief auffassen solltest.«

Der Unterhändler stieß ein freudloses Lachen aus. »Und?«, fragte er mit herausfordernd vorgerecktem Kinn. »Was rät mir die Frau Diplompsychologin stattdessen?«

»Gib ihm das Gefühl, dass es nach ihm geht«, entgegnete Monika Zierau, an der die Provokation einfach abzuperlen schien. »Lass ihn glauben, dass er eine reelle Chance hat, heil und mit dem, was er haben will, da rauszukommen.«

»Genau das hat er aber nicht«, versetzte Goldstein.

»Das musst du ihm ja nicht unbedingt auf die Nase binden.«

Der Unterhändler griff nach seinen Zigaretten. »Dieser Kerl ist nicht dumm«, sagte er anstelle einer Antwort. »Und eines haben definitiv alle Geiselnehmer gemeinsam: Wenn sie auch nur den leisesten Verdacht hegen, dass man sie verarscht, drehen sie durch.«

Monika Zierau lächelte dünn. »Teja die Wahrheit zu sagen dürfte wohl kaum in Frage kommen«, konterte sie. »Und ob er dich durchschaut oder nicht, kommt in erster Linie auf deine schauspielerische Leistung an.«

Goldstein rührte in seiner halbleeren Kaffeetasse. »Da bin ich mir nicht so sicher«, sagte er leise. Und nach einem Moment des Überlegens fügte er hinzu: »Bei einem Mann von seiner Intelligenz sollte man sehr genau abwägen, wann man lügt. Und wann man es besser bleiben lässt.«

Monika Zierau ließ ihren Collegeblock sinken. »Was hast du vor?«

Werner Brennickes Erscheinen entband Goldstein von einer Antwort auf die argwöhnische Rückfrage seiner Profilerin. Der BKA-Mann hatte sich umgezogen, wie Verhoeven befremdet feststellte, und trug jetzt ein lupenrein weißes Hemd zum schwarzen Anzug. »Ich wurde noch aufgehalten«, verkündete er, als sei er der Ehrengast einer Veranstaltung, bei der alle Anwesenden einzig und allein auf sein Erscheinen warteten. »Haben die Entführer sich schon gemeldet?«

Goldstein blies einen Schwall Rauch in die Luft. »Nein, noch nicht.«

Brennicke schien erleichtert zu sein. »Gut, gut«, sagte er, indem er einen Blick auf seine Armbanduhr warf. »Und wie lautet Ihre Strategie?«

Goldstein schenkte ihm ein mitleidiges Lächeln. »Ach wissen Sie, ich bin grundsätzlich kein großer Freund von Strategien.«

»Nicht?« Werner Brennicke zupfte seine Manschetten zurecht. »Manchmal können sie durchaus von Nutzen sein.«

»Ich lasse mich lieber von meiner Intuition leiten«, entgegnete Goldstein.

»Ja«, sagte Brennicke. »Davon habe ich gehört.«

Er hatte ganz beiläufig gesprochen. Nichtsdestotrotz erzielte die Bemerkung genau die Wirkung, die der BKA-Mann beabsichtigt hatte: Die Anwesenden horchten auf, Köpfe wandten sich Goldstein zu, Aufmerksamkeit, vereinzelt auch offenes Misstrauen.

Was soll das heißen?, las Verhoeven im Blick des glatzköpfigen Stimmenanalytikers. *Was meint der Kerl damit?*

Monika Zierau zog die Brauen hoch. *Diese Sache von damals wirst du nicht mehr los*, sagten ihre Kohlenaugen, doch Goldstein ignorierte den Blick seiner Profilerin, genau wie er all die anderen Blicke ignorierte. Die fragenden genauso wie die wissenden. Sein Gesicht spiegelte einen Ausdruck von Härte, den Verhoeven noch nie zuvor an ihm bemerkt hatte. Härte und Arroganz …

Und einmal mehr stellte er sich die Frage, ob es ein gutes Omen war, dass der studierte Soziologe ausgerechnet über eine Geiselnahme promoviert hatte, die so schiefgelaufen war, wie eine Sache nur schieflaufen konnte.

Das Klingeln des Telefons schnitt seine Überlegungen in Stücke.

»Ja?«

»Ich bin's.«

»Sie sind spät dran, mein Freund.«

»Verzeihen Sie«, entgegnete der Mann, der sich Teja nannte, mit beißender Ironie. »Vielleicht geht meine Uhr ein bisschen nach.«

Er hätte auch sagen können: *Wann ich Sie anrufe und wann nicht, ist ganz allein meine Entscheidung, kapiert, Sie Arsch?*, dachte Verhoeven. Und auch Werner Brennicke war vom Tonfall des Entführers sichtlich überrascht.

»Na ja, Schwamm drüber.« Goldstein rückte sein Basecap zurecht. »Erzählen Sie mir lieber, wie es meinen Geiseln geht.«

»Das kommt ganz auf Sie an, würde ich sagen.«

Goldstein lachte. »Sie überschätzen mich.«

Der Mann, der sich Teja nannte, lachte auch. Dennoch registrierte Verhoeven dieses Mal eine unterschwellige Gehetztheit in seiner Stimme. Etwas, das darauf hindeutete, dass sich die Schlinge enger zog und die Geiselnehmer allmählich den Druck zu spüren bekamen. Den Atem der Meute in ihrem Nacken.

»Kommen wir zur Sache«, sagte der Entführer in diesem Augenblick folgerichtig. »Steht Lieson bereit?«

»Selbstverständlich«, log Goldstein zur Überraschung aller Anwesenden. »Aber bevor ich den Mann mit dem Geld losschicke, geben Sie mir zwei Geiseln. Als Zeichen Ihres guten Willens.«

»Ich habe einen besseren Vorschlag.«

»Nämlich?«

»Als Zeichen meines guten Willens werde ich die verbliebenen sechs Geiseln am Leben lassen.«

Sechs, wiederholte Verhoeven im Stillen. Er hat sechs gesagt! Nicht sieben …

Der Kerl hat geblufft, sagte Goldsteins Miene. *Und er ist intelligent genug, diesen Bluff auch konsequent durchzuziehen. Nichts weiter.*

»Nun, wie finden Sie das?«

Richard Goldstein entfernte sich ein paar Schritte vom Tisch, und Verhoeven überlegte, ob der Unterhändler auf diese Weise versuchte, sich den Blicken seiner Profilerin zu entziehen. »Sie meinen, ich gebe Ihnen, was Sie haben wollen, und bekomme dafür nicht mal den Hauch einer Gegenleistung?«

»Sie bekommen sechs lebende Geiseln, sobald unsere Forderungen erfüllt sind.«

»Tjaaa, hinterher …«

»Ganz genau, hinterher.«

Die Stimme des Entführers füllte Walther Liesons Wohnzimmer bis zum Anschlag, obwohl er jetzt allem Anschein nach ganz ruhig war. Aber das konnte auch eine Täuschung sein. Verhoevens Blick suchte den Glatzkopf, der tief gebeugt über seinem Laptop hing. Auf dem Monitor flimmerte eine stark gezackte Kurve. *Wir haben die Bänder vom ersten Anruf analysiert. Tejas Stresspotenzial war erheblich …*

Goldsteins Nacken versteifte sich. »Wer sagt mir, dass sie nicht alle längst tot sind?«

»Na ja, wenn Sie noch ein bisschen länger warten, wird zumindest einer von ihnen unter Garantie das Zeitliche segnen«, versetzte der Mann, der sich Teja nannte. »Und zwar gänzlich ohne unser Zutun.«

Goldsteins Kopf ruckte herum, und er starrte Monika Zierau an.

Mousa!, bestätigten die pechschwarzen Augen der Profilerin die Schlussfolgerung des Unterhändlers. *Er redet von Mousa! Er weiß, dass der Mann krank ist. Und das kann er eigentlich nur daher wissen, dass es Mousa schlecht geht.*

Der Unterhändler nickte. *Und wenn es Mousa schlecht geht, bedeutet das, er ist noch am Leben!* Er wandte sich wieder ab und holte tief Luft. »Es tut mir leid, aber darauf kann ich mich nicht einlassen.«

Verhoeven sah, wie Monika Zieraus Augen sich in Goldsteins Rücken bohrten. *Was, um Gottes willen, soll das denn jetzt? Hast du den Verstand verloren?!*

»Ganz wie Sie meinen«, sagte der Mann, der sich Teja nannte. »Dann lassen Sie's bleiben.«

Wenn der Kerl jetzt auflegt, ist alles aus, dachte Verhoeven. Verhandlungen gescheitert. Geiseln tot. Seine Augen saugten sich an Goldsteins Schultern fest. Sag was, flehte er im Stillen. Gib nach. Lass es nicht auf diese Weise enden …

»Na schön«, brummte Goldstein nach einer quälend langen Zeit der Stille. »Sie sitzen in diesem Fall am längeren Hebel, fürchte ich. Aber eins kann ich Ihnen verraten …«

Verhoeven konnte sehen, wie Monika Zierau den Atem anhielt.

»… Sie sind hinter dem Falschen her, mein Freund.«

»So?«, fragte der Mann, der sich Teja nannte, hörbar bemüht, amüsiert zu klingen. »Und hinter wem, glauben Sie, bin ich her?«

Richard Goldstein straffte die Schultern. »Malina und Walther Lieson sind nicht ein und dieselbe Person«, sagte er anstelle einer Antwort.

Und dieses Mal konnte der Geiselnehmer seine Überraschung beim besten Willen nicht verhehlen. Obwohl er keinen Laut von sich gab, war seine Verblüffung über diese unerwartete Wendung des Gesprächs für alle Anwesenden beinahe körperlich spürbar.

Verhoeven merkte, wie sich eine Gänsehaut über seinen Körper breitete, und er fühlte sich in diesem Augenblick so verraten wie selten zuvor in seinem Leben. Es ist nicht mehr als eine Theorie gewesen, dachte er. Die Annahme, dass die Geiselnehmer möglicherweise nur den Decknamen jener Person kennen, die sie suchen, ist bis zu diesem Moment nichts als ein Gedankenspiel gewesen. *Mein* Gedankenspiel, um genau zu sein. Und dieses arrogante Arschloch von Unterhändler wagt es, damit zu bluffen. Ausgerechnet damit!

Verhoeven spürte Hinnrichs' Blick wie einen Dolch in seiner Flanke, als er seine zitternden Hände ineinander schlang. Ich will nicht schuld sein, hämmerte es hinter seiner Stirn. Nicht so. Nicht, ohne vorher gefragt worden zu sein. Schließlich geht es hier um Winnie. Um ihr Leben. Und um das Leben der anderen Geiseln. Wie um alles in der Welt konnte Goldstein es wagen …

»Ich bin beeindruckt«, unterbrach die Stimme des Mannes, der sich Teja nannte, seine stumme Wutrede. »Offenbar verstehen Sie Ihren Job.«

Gütiger Gott, es funktioniert!, dachte Verhoeven mit einer Mischung aus Verwunderung und Erleichterung. So riskant dieser Schuss ins Blaue auch gewesen ist – er hat ganz offensichtlich getroffen!

Tja, mien Jung, so läuft dieser Job nun mal, schien der Blick zu sagen, mit dem Richard Goldstein ihn bedachte. *Sie analysieren das Blatt, das Sie in der Hand halten, und selbst wenn es der größte Mist ist, tun Sie so, als ob Sie nur noch Millimeter von einem triumphalen Sieg entfernt sind.*

Monika Zieraus Lippen, aus denen in den letzten Sekunden sämtliche Farbe gewichen war, formten stumm die Worte: *Leg nach!*

Und dieses Mal hielt sich Goldstein an den unausgesprochenen Rat seiner Profilerin. »Ich kann beweisen, was ich sage.«

»Ach wirklich?«

»Ja.«

»Und wie?«

»Ich biete Ihnen den Namen der Person, die Sie suchen, gegen das Leben der Geiseln«, vermied es Richard Goldstein indessen mit einem geschickt platzierten Angebot, die Frage des Geiselnehmers zu beantworten. »Den Namen plus die geforderten zwei Millionen.«

Tejas Reaktion bestand aus einem bedrückenden Schweigen.

»Sind Sie einverstanden?«

Nichts.

»Ein Wort von Ihnen, und ich schicke sofort einen meiner Männer an jeden Ort, den Sie mir nennen.« Goldstein rammte die Zigarette, die er noch immer in der Hand hielt, in den Aschenbecher in der Mitte des Tisches. Dabei fiel etwas von der Asche auf das Phantombild der Frau, die Inger Lieson auf einem Empfang im Staatstheater gesehen zu haben glaubte.

Sie ist mir aufgefallen, weil ich das Gefühl hatte, dass sie meinen Mann anstarrt ...

Verhoeven schloss die Augen.

Sie sind hinter dem Falschen her, mein Freund.

Am anderen Ende der Leitung herrschte noch immer Totenstille.

Richard Goldstein sah zu seinen Kommunikationstechnikern hinüber. Der ältere von beiden reckte den rechten Daumen in die Höhe zum Zeichen, dass die Mobilfunkverbindung zu dem Entführer nach wie vor stand.

Der Unterhändler nickte. »Hey, Hunnenkönig, hat's Ihnen die Sprache verschlagen, oder brauchen Sie Bedenkzeit?«

»Sie lügen.« Die beiden Worte knallten aus den Lautsprechern wie ein Peitschenhieb. »Ich fühle es.«

Goldstein legte beide Hände in den Nacken und sah zur Decke hinauf. »Was den Klarnamen betrifft, haben Sie recht«, bekannte er vollkommen ernsthaft. »Aber was bleibt mir übrig? Sie wissen doch sicher aus eigener Erfahrung, wie langsam die Mühlen der Behörden gemeinhin mahlen. Da braucht es selbst bei unsereinem und unter der Prämisse höchster Dringlichkeit eine gewisse Zeit, bis die entsprechenden Informationen ausgegraben sind.«

Was für ein brillanter Schachzug, dachte Verhoeven. Gib die eine Lüge zu, um von der anderen abzulenken. Und erst die Formulierung, die Goldstein gewählt hatte: *Die Mühlen der Behör-*

den. Damit konnte alles Mögliche gemeint sein, vom Auswärtigen Amt bis zur Birthler-Behörde. Nichtsdestotrotz blieb das, was der Unterhändler da gerade veranstaltete, ein faustdicker Bluff. Sie hatten nicht die geringste Ahnung, wo sie suchen sollten. Und wenn der Mann, der sich Teja nannte, jetzt nicht den Fehler beging, es ihnen durch irgendeine unbedachte Äußerung zu verraten …

»Sie können mich nicht täuschen.«

Das klang definitiv nicht nach einer unbedachten Äußerung!

Zu Verhoevens Erstaunen lächelte Goldstein. »Ich weiß.«

»Warum versuchen Sie's dann?«

»Das tue ich gar nicht. Aber soll ich Ihnen was verraten? Hier sind tatsächlich einige Leute, die mich liebend gern vom Gegenteil überzeugen würden.«

Was soll das werden?, fragte Hinnrichs' Blick, der vor Verachtung nur so triefte. *Spielen wir jetzt guter Bulle, böser Bulle, ja?*

»Und?«, fragte der Mann, der sich Teja nannte. »Hören die auf Sie?«

Goldstein schlenderte zur abgedunkelten Terrassentür hinüber. »Wer?«

»Diese anderen Leute.«

»Hm …« Der Unterhändler drehte sich auf dem Absatz um und sah mit provokantem Gleichmut zu Brennicke hinüber. »Gelegentlich.«

»Glauben Sie mir, ich habe eine Menge Erfahrung, was Lügen angeht …«

Aus den Augenwinkeln registrierte Verhoeven, wie Monika Zierau wild fuchtelnd nach einem Kugelschreiber verlangte. *Frag ihn nach dem Grund!*, kritzelte sie in aller Eile auf die Rückseite eines Faxes. *Bring ihn zum Reden!*

Nein, brachte Goldsteins Miene sie mit Nachdruck zum Schweigen. *Das funktioniert nicht. Er würde mich durchschauen.* Laut sagte er: »Nachdem wir das jetzt geklärt haben … Was halten Sie von meinem Angebot?«

»Sie haben doch gerade gesagt, dass Sie den Namen nicht haben.«

401

»Noch nicht«, korrigierte Goldstein. »Ich sagte noch nicht.«

»Wie lange?«

»Tja, leider Gottes kann ich nicht hexen.«

Die Resignation, mit der der Unterhändler gesprochen hatte und die Verhoeven zumindest in Ansätzen für durchaus echt hielt, schien den Geiselnehmer ernsthaft zum Nachdenken zu bewegen.

»Wie viel Zeit brauchen Sie?«, fragte er.

»Wir setzen alle Hebel in Bewegung«, antwortete Goldstein.

»Na schön«, entgegnete der Mann, der sich Teja nannte. »Ich gebe Ihnen vierundzwanzig Stunden.«

Warum so viel?, fragten Monika Zieraus Kohleaugen. *Was hat er vor?*

Und auch Goldstein war sichtlich irritiert.

»Nach Ablauf dieser Frist bekomme ich den Namen und das Geld«, fuhr der Geiselnehmer fort. »Falls nicht, können Sie sechs Särge bestellen.«

Klick.

»Verbindung unterbrochen«, meldete der ältere der beiden Kommunikationstechniker.

»Er meint ernst, was er sagt«, urteilte Monika Zierau, die inzwischen neben dem glatzköpfigen Stimmenanalytiker stand und mit einem Auge auf dessen Monitor schielte.

»Von wo hat er dieses Mal angerufen?«, fragte Goldstein, sie ignorierend.

»Das ist seltsam«, murmelte der Kommunikationstechniker.

»Was?«, drängte Goldstein.

»Laut Peilungsdaten kam der Anruf geradewegs aus dem Mainzer Dom.«

»Er hat eine neue Nummer und einen neuen Provider benutzt«, ergänzte sein jüngerer Kollege, während Goldstein bereits mit Hubert Jüssen telefonierte.

»Das wird ein Schlag ins Wasser«, brummte er, nachdem er den mutmaßlichen Aufenthaltsort des Geiselnehmers an den Background-Koordinator weitergegeben hatte. »Bis unsere Leute vor Ort sind, ist er über alle Berge. Falls er überhaupt jemals dort war.« Er stopfte sein Handy zu den Zigaretten in die Brusttasche seines Polohemdes und nahm den Wecker vom Tisch. »Wir haben eine finale Galgenfrist von vierundzwanzig Stunden«, sagte er, indem er Werner Brennicke ansah. »Und meiner unbedeutenden Einschätzung nach ist diese Galgenfrist das Letzte, was wir kriegen werden. Also: Nutzen wir sie!«

2 Winnie Heller war wütend. Zugleich fühlte sie sich im wahrsten Sinne des Wortes ausgeknockt. Bernds Schläge waren wohl doch härter gewesen, als sie zunächst angenommen hatte, und sie hatte eine ganze Weile mehr oder weniger bewusstlos vor sich hingedämmert. Gut, es hatte ein paar lichte Momente gegeben, während derer die Stimmen der anderen, flüchtige Bilder und Satzfetzen ihr Bewusstsein erreicht hatten. Aber die überwiegende Zeit hatte sie in einem schlafähnlichen Zustand verbracht.

Jetzt allerdings schienen die Grubenwände von allen Seiten auf sie zuzukommen, während sie durch einen Schleier von Watte blinzelte.

Wach werden! Los doch! Dämmern ist viel zu gefährlich. Hier, wo ein Verräter nur darauf lauert, dich ans Messer zu liefern …

Ja, dachte Winnie Heller, indem sie sich die Augen rieb und vorsichtig ein Stück hochkam. Was bisher nicht viel mehr als ein Gedankenspiel gewesen war, hatte sich als traurige Gewissheit entpuppt: Sie war verraten worden.

Ihr Blick suchte die Wand mit dem Schlitz. Die Stelle, an der sie ihren Dienstausweis versteckt hatte. Irgendjemand musste gesehen haben, wie sie ihn dort deponiert hatte. Irgendjemand in diesem Raum spielte ein doppeltes Spiel und hatte sie und ihre wahre Identität bereits zu einem sehr frühen Zeitpunkt durchschaut. Und dann hatte dieser Jemand geduldig auf seine Chance gewartet.

Also werde gefälligst wach, verdammt noch mal! Werde wach und denk nach!

Neben ihr auf dem Boden lag ein zerknülltes hellgelbes Stofftaschentuch, und Winnie Heller erinnerte sich daran, dass Abresch es mit Wasser aus seiner Plastikflasche getränkt und ihr kommentarlos das Blut aus dem Gesicht gewaschen hatte. Seither ließen die anderen sie in Ruhe. Aber ein zweites Mal ließ sie sich nicht täuschen! Sie blickte an sich herunter und entdeckte ein paar schwarze Flecken an der Vorderseite ihrer Fleecejacke. Ihr Blut …

Denk nach! Wer könnte ein Interesse daran haben, dass du als Polizistin entlarvt wirst? Was hat sich derjenige, der den Entführern deinen Dienstausweis zugespielt hat, von dieser Aktion versprochen? Und vor allem: Wer hatte überhaupt die Gelegenheit, das Dokument so zu platzieren, dass Bernd quasi darüber stolpern musste?

Abresch, dachte Winnie Heller, indem sie wieder das zerknüllte Taschentuch ansah. Abresch war definitiv eine Möglichkeit!

Quentin Jahn war die andere …

Nein, verdammt, nicht der, wiederholte eine Stimme tief in ihr zum x-ten Mal jenen Satz, der sich so tief in ihr Gedächtnis eingeprägt hatte, dass sie ihn garantiert bis zum St.-Nimmerleins-Tag würde herbeten können. Und mit umso größerer Verwunderung realisierte sie, dass es nicht mehr Alphas Stimme war, die sie diesen Satz sagen hörte. So wie gestern, in der Bank. Der Satz schien sich, im Gegenteil, irgendwie verselbständigt zu haben, und war nun einfach da. Eine Stimme ohne Stimme, ohne Geschlecht, ohne Farbe.

Nein, verdammt, nicht der. Ich meine den anderen …

Winnie Heller schloss die Augen und überlegte, wo genau der Ausweis gelegen hatte. Dicht genug bei der Treppe, sodass ihn jemand rein theoretisch auch von unten geworfen haben konnte? Oder doch weiter weg?

Nein, dachte sie. Es war ziemlich weit weg, und so ein Ausweis fliegt wahrscheinlich nicht besonders gut.

Also Abresch oder Quentin. Einer von beiden.

Aber warum?, überlegte sie. Warum, warum, WARUM? Wem bin ich weswegen im Weg?

MALINA, antwortete eine Stimme aus dem Halbdunkel ihres noch immer arg in Mitleidenschaft gezogenen Bewusstseins. *Du bist Malina im Weg. Und deshalb hat Malina beschlossen, dich aus dem Weg zu räumen.*

Die beiden haben noch auf der Treppe gestanden, dachte Winnie Heller, indem sie zu Abresch und Quentin hinüber sah, die nebeneinander an der Wand kauerten und teilnahmslos vor sich hinstarrten. Beide waren ganz in meiner Nähe, als Bernd mich verprügelt hat. Aber sie haben mir nicht geholfen. Sie haben einfach auf der Treppe gestanden und zugesehen, wie dieser Kerl mich halbtot schlägt. Und selbst wenn er mich umgebracht hätte, hätten sie nur dagestanden und zugesehen. So wie bei Iris Kuhn.

Der Gedanke ließ sie frösteln.

Da waren's nur noch fünf ...

Aber ich lebe noch, dachte Winnie trotzig. Ich lebe, und ich werde mich garantiert kein zweites Mal aufs Glatteis führen lassen!

3 Verhoeven war kurz vor der Tür gewesen, um frische Luft zu schnappen. Als er ins Haus der Liesons zurückkehrte, traf er auf Goldstein, der eben die Gästetoilette verließ. Der Unterhändler trug sein Basecap jetzt verkehrt herum und zog im Gehen etwas aus der Brusttasche seines Hemdes. Zuerst dachte Verhoeven, dass er rauchen wollte, doch als er näher herankam, erkannte er, dass Goldstein eine Packung Pfefferminzbonbons in der Hand hielt.

»Wie geht's Ihrer Tochter?«

Verhoeven antwortete nicht sofort. Zum einen überraschte ihn die Frage. Zum anderen war er nicht sicher, was er von den Bonbons halten sollte. Und davon, dass Goldstein bereits zum zweiten Mal innerhalb so kurzer Zeit den Raum, in dem alle Fäden zusammenliefen, verlassen hatte. »Gut, hoffe ich.«

»Weiß sie das mit Winnie?«

Winnie! Verhoeven merkte, wie die unangemessen vertraute Anrede die Wut zurückbrachte. Die Wut über Goldsteins Leichtsinn. Und über den Verrat, den der Unterhändler seiner Meinung nach an ihm begangen hatte. »Nein«, antwortete er kühl.

»Aber sie spürt, dass etwas nicht in Ordnung ist, hm?«

Dieser Kerl ließ nicht locker! »Ich habe sie in den letzten achtundvierzig Stunden nur schlafend gesehen.«

Richard Goldstein schob sich ein Pfefferminz in den Mund. »Möchten Sie auch?«, fragte er, indem er Verhoeven die Packung hinhielt.

»Nein, danke.«

»Haben wir irgendein Problem, Sie und ich?«

Verhoeven schüttelte den Kopf. »Nicht, dass ich wüsste.«

»Aber Sie sind mit meiner Art der Verhandlungsführung nicht einverstanden, oder?«

»Nein«, entgegnete Verhoeven. »Das bin ich nicht.«

»Was hätte ich Ihrer Meinung nach anders machen sollen?«

Das ist perfide!, dachte Verhoeven. Die Sache hat funktioniert, also gibt der Erfolg ihm recht. »Es hätte auch schiefgehen können«, sagte er und kam sich unendlich hilflos dabei vor.

»Ja«, räumte Goldstein ein. »Das kann es immer.«

»Teja hätte auflegen können …«

»Hat er aber nicht.«

»Das konnten Sie nicht wissen.«

Goldstein griff sich mit einer Hand in den Nacken und massierte seine Schultermuskulatur, die offensichtlich wehtat. »Vielleicht doch.«

Verhoeven roch Pfefferminz. *Eine junge Frau starb, weil Richard Goldstein Phasen hat, in denen er sich für Gott hält.* »Und was war mit dieser … Geschichte von damals?«, fragte er, indem er bewusst provokant auf Goldsteins Basecap deutete. »Haben Sie da auch im Voraus gewusst, wie der Geiselnehmer reagieren würde?«

»Das hier ist eine andere Sache«, sagte Goldstein.

»Ach ja?« Verhoeven verschränkte die Arme vor der Brust, aber es war keine Geste des Rückzugs. »Inwiefern?«

»Damals hatten wir es mit einem durchgeknallten Irren zu tun, einem von der Sorte, die beim geringsten Anlass explodiert. Teja hingegen ist ein Mann, der ein ganz klares, rationales Ziel verfolgt. Er will eine bestimmte Person, und die Geiseln sind für ihn Mittel zum Zweck.«

»Und wenn er sein Ziel nicht erreicht?«, fragte Verhoeven, weil ihn die Einschätzung des Unterhändlers in diesem Fall tatsächlich brennend interessierte.

»Dann wird er die Geiseln vermutlich töten lassen.«

»Töten *lassen*?« Verhoeven war ehrlich überrascht.

Goldstein zuckte mit den Achseln. »So wie ich ihn einschätze, ist dieser Teja ein Mann, der nur dann tötet, wenn man ihn böse in die Ecke treibt oder jemanden angreift, der ihm nahesteht.«

»Und Sie denken, wenn es irgendwann hart auf hart kommt, lässt er einen seiner Leute die Drecksarbeit machen?«

»Ich denke, dass wenigstens einer von denen tatsächlich Spaß am Verletzen hat, ja«, entgegnete Goldstein lapidar.

»Der Schütze mit dem hellen Mantel«, schloss Verhoeven.

Goldstein nickte. »Ich muss zugeben, dass dieser Mann mir weitaus mehr Sorgen bereitet als unser Hunnenkönig.« Er machte eine nachdenkliche Pause. Dann sagte er plötzlich: »Ich glaube, Teja vertraut mir jetzt.«

»Haben Sie ihn deshalb mit unserem Wissen um Malina konfrontiert? Um sein Vertrauen zu gewinnen?«

»Ein Mann wie Teja wird immer einen konkreten Grund brauchen, sich auf jemanden einzulassen. Und deshalb darf er mich auf keinen Fall bei einer Lüge ertappen.« Der Unterhändler zögerte kurz, bevor er etwas leiser hinzufügte: »Noch nicht.«

Verhoeven starrte auf seine Schuhe hinunter. Er fühlte sich hin und her gerissen. Einerseits leuchtete ihm ein, was Goldstein sagte. Andererseits war und blieb der Unterhändler in seinen Augen ein Spieler. Einer, der notfalls auch über Leichen ging.

Goldstein schien seine Gedanken zu erraten und sagte: »Eine

Ihrer Aussagen über Ihre Kollegin fand ich besonders bezeichnend.«

»Welche?«

»Sie sagten, wenn Sie oder ein Mitglied Ihrer Familie einmal in ernster Gefahr schweben würden, hätten Sie ein gutes Gefühl, wenn Sie wüssten, dass Frau Heller mit der Sache befasst wäre.«

»Das stimmt«, sagte Verhoeven.

»Teja vertraut mir.« Goldsteins Adleraugen glitten prüfend über Verhoevens Gesicht und brannten sich dann mitten auf dessen Stirn fest. »Und was ist mit Ihnen? Vertrauen Sie mir auch?«

»Tut das irgendwas zur Sache?«

»Ja.«

»Warum?«

Goldstein antwortete nicht.

»Beantworten Sie mir nur eine Frage«, entschied sich Verhoeven, dem die Sache allmählich zu dumm wurde, in die Offensive zu gehen. »Würden Sie eine Geisel opfern, um fünf andere zu retten?«

»Na ja, fünf zu eins sind eine ziemlich gute Quote, würde ich sagen.«

War das ernst oder purer Sarkasmus? Verhoeven schüttelte den Kopf. »Beantwortet das meine Frage?«

»In gewisser Weise ja.«

»Okay«, sagte Verhoeven. »Lassen wir das.«

Er schickte sich an zu gehen, doch Goldstein hielt ihn am Ärmel fest. Eine plötzliche, erstaunlich intensive Berührung. »Warten Sie.«

»Was denn noch?«

Er sprach gänzlich unprätentiös, fast beiläufig. »Ich bin trocken.«

Verhoeven starrte ihn an, fest davon überzeugt, sich verhört zu haben. »Was?«

»Mein letzter Rückfall liegt vier Jahre, drei Monate und ziemlich genau zweiundzwanzig Tage zurück.« Die Adleraugen des

Unterhändlers wichen noch immer keinen Millimeter vom Fleck. »Das wollten Sie doch wissen, oder nicht?«

Ja, dachte Verhoeven, das wollte ich wissen. Aber glaube ich ihm?

Er kam nicht dazu, diese Frage für sich selbst zu beantworten, denn hinter ihm trat Burkhard Hinnrichs aus der Tür zu Walther Liesons Wohnzimmer. »Verhoeven?«

»Ja?«

»Ich muss Sie kurz sprechen.«

Richard Goldstein drehte sein Basecap um, sodass der Schatten des Schirms nun wieder die Hälfte seines Gesichts verdunkelte. Dann nickte er Hinnrichs flüchtig zu und verschwand ohne ein weiteres Wort in ihrer improvisierten Zentrale.

»Arroganter Schnösel«, murmelte Hinnrichs, kaum dass der Unterhändler aus seinem Blickfeld verschwunden war.

Verhoeven sagte nichts.

»Haben Sie dem Mistkerl die Meinung gegeigt?«

Das nun nicht gerade! Verhoeven sah noch immer nach der Tür, durch die Goldstein verschwunden war. »Wir hatten eine ziemlich aufschlussreiche Unterhaltung.«

»Tatsächlich?« Sein Vorgesetzter schüttelte den Kopf. »Also diese Nummer da eben … Das ging eindeutig zu weit, auch wenn es vielleicht funktioniert hat. Aber wie auch immer: Ich habe da eine Idee, die ich gerne mit Ihnen besprechen würde.« Er zog Verhoeven ein Stück mit sich fort, bis sie weit genug von der Wohnzimmertür entfernt standen. »Sagen Sie, wie schätzen Sie diesen Teja ein?«

»In welcher Beziehung?«

»Glauben Sie, dass er ein Mensch ist, der leichtfertig tötet?«

Verhoeven drehte sich nach der Wohnzimmertür um. *So wie ich ihn einschätze, ist dieser Teja ein Mann, der nur dann tötet, wenn man ihn böse in die Ecke treibt oder jemanden angreift, der ihm nahesteht.* »Nein«, antwortete er, nachdem er sich Goldsteins Einschätzung eine Weile durch den Kopf gehen lassen hatte. »Das glaube ich eigentlich nicht.«

Sein Vorgesetzter nickte. »Ich auch nicht«, bekannte er. »Und aus eben diesem Grund habe ich mir noch einmal die Aufzeichnung des letzten Anrufs vorgenommen und bin dabei auf einen ziemlich interessanten Widerspruch gestoßen.«

»Nämlich?«

»Einerseits hat Teja uns, wenn auch indirekt, ganz klar auf Jussuf Mousas schlechten Gesundheitszustand hingewiesen. Und gleichzeitig hat er Goldstein mit erstaunlicher Bereitwilligkeit einen Aufschub von vierundzwanzig Stunden gewährt.« Hinnrichs' stahlblaue Augen blitzten Verhoeven erwartungsvoll an. »Was halten Sie davon?«

Verhoeven schüttelte den Kopf. »Ich fürchte, ich verstehe nicht ganz, worauf Sie hinauswollen.«

»Wenn Sie eine herzkranke Geisel haben, die dringend Medikamente benötigt und die Sie – aus welchem Grund auch immer – nicht sterben lassen wollen ...« Hinnrichs machte eine bedeutungsvolle Pause. »Was tun Sie?«

»Na ja, da gibt es eigentlich nur zwei Alternativen«, entgegnete Verhoeven. »Entweder ich besorge einen Arzt oder ich beschaffe mir das benötigte Medikament.«

»Ein Arzt allein könnte ohne das entsprechende Arzneimittel nicht viel ausrichten.«

»Also das Medikament ...«

Hinnrichs nickte. »Die Sache hat nur einen Haken.«

»Und der wäre?«

»Mousa weiß nicht, was er da schluckt.«

Verhoeven starrte seinen Boss ungläubig an. »Was soll das heißen?«

»Seine Frau sagt, wenn eine Packung alle ist, ruft sie den Arzt an und der stellt ein Rezept aus. Damit geht sie dann in eine Apotheke, holt das Mittel und sorgt dafür, dass ihr Mann zweimal täglich eine Tablette nimmt. Und zwar morgens, bevor er zur Arbeit fährt. Und abends nach der Tagesschau.«

»Sie meinen also, falls Teja oder einer seiner Komplizen versuchen wollten, das entsprechende Medikament zu besorgen, müssten sie sich an jemanden wenden, der weiß, was Mousa nimmt.«

Hinnrichs schob triumphierend die Hände in die Hosentaschen. »So sieht's aus.«

Verhoeven strich sich gedankenverloren über die Stirn. »Seine Familie scheidet aus, weil die Geiselnehmer damit rechnen müssen, dass sie überwacht wird.«

»Was ja auch tatsächlich der Wahrheit entspricht.«

»Somit bliebe wohl am ehesten der Hausarzt …«

Das schien genau das Stichwort zu sein, auf das Hinnrichs gewartet hatte. »Ich habe mich kundig gemacht«, verkündete er eifrig. »Laut Aussage der Ehefrau ist Mousas Hausarzt ein Dr. Elmar Kreuzberg. Dessen Praxis ist natürlich samstags nicht geöffnet, schon gar nicht um diese Uhrzeit. Aber praktischerweise liegen die Praxisräume direkt unter Dr. Kreuzbergs Privatwohnung.«

»Sie wollen ihn überwachen lassen?« Verhoeven runzelte die Stirn. »Auf die vage Möglichkeit hin, dass die Geiselnehmer dort auftauchen?«

»Ich habe bereits mit Bredeney gesprochen«, fuhr Hinnrichs mit der Energie eines Mannes fort, der nach einer quälend langen Zeit der Untätigkeit endlich wieder aktiv werden konnte. »Er und Werneuchen haben sich erboten, die Sache zu übernehmen. Inoffiziell, versteht sich.«

»Sollten wir ein solches Vorhaben nicht lieber zuerst mit den anderen besprechen?«, wandte Verhoeven ein.

Oho, ein Sportler, spottete ein imaginärer Werner Brennicke hinter seiner Stirn. *Immer fair, immer im Team, was?!*

»Vergessen Sie's«, winkte Hinnrichs ab. »Wie Sie bereits selbst gesagt haben, ist die Sache viel zu vage, um sie an die große Glocke zu hängen. Und außerdem haben Sie doch gesehen, wie leichtfertig Goldstein mit den Ideen anderer Leute umgeht.«

Treffer, dachte Verhoeven mit einem neuerlichen Anflug von Bitterkeit. Dann spürte er den Vibrationsalarm seines Handys an seinem Gürtel. Er warf einen Blick auf das Display, doch die angezeigte Nummer sagte ihm nichts. Trotzdem entschied er sich, das Gespräch anzunehmen.

Das Erste, was er hörte, nachdem er seinen Namen genannt

hatte, war das Geschrei eines Babys. Dann ein energisches: »Nein, jetzt nicht, nimm du ihn!«

Unwillkürlich musste Verhoeven an seine Tochter denken. *Meiner Erfahrung nach gibt es keinen zuverlässigeren Indikator für die Qualität eines Menschen als die spontane Sympathie eines Kindes …*

»Hier ist Britta Karlstadt.«

»Hallo.«

»Verzeihen Sie bitte, dass ich Sie einfach so störe, aber mir ist da noch etwas eingefallen, das Sie wissen sollten.«

»Ja?«

»Diese Frau aus der Bank …« Verhoeven sah die junge Mutter förmlich vor sich, wie sie auf der Küchenbank neben dem ratternden Kühlschrank saß, chronisch erschöpft zwar, aber mit dennoch wachem Blick und einem Glanz von Glück auf dem Gesicht. »Ich habe Ihnen doch erzählt, dass sie damals ihr Geld und ihre Brieftasche fallenlassen hat und dass ich ihr geholfen habe, alles wieder aufzuheben, nicht wahr?«

»Ja«, sagte Verhoeven. »Ich erinnere mich.«

Die junge Mutter räusperte sich. »Es ist wirklich zu dumm, dass mir das erst jetzt wieder einfällt, aber unter den Sachen, die ich aufgehoben habe, war auch der Personalausweis dieser Frau. Und als ich ihn ihr wiedergab, habe ich zufällig einen Blick darauf geworfen.«

Verhoeven hielt den Atem an.

Britta Karlstadt schien es zu spüren und bemühte sich eilig, nicht allzu große Hoffnungen in ihm zu wecken. »Ich weiß nur ihren Vornamen«, bekannte sie, »aber der war genauso außergewöhnlich wie die Frau selbst.«

»Wie hieß sie?«, fragte Verhoeven mit vor Aufregung heiserer Stimme.

»Ylva«, antwortete die junge Bankangestellte. »Ihr Name war Ylva. Vorne mit einem Y und hinten mit V.« Jetzt lachte sie. Genauso jung und ungezwungen, wie er sie in Erinnerung hatte. »Sie halten mich wahrscheinlich für komplett bescheuert, aber wie ich Ihnen schon sagte, war meine Wahrnehmung damals gerade in Bezug auf Vornamen ziemlich selektiv. Na ja, und dieser Name sprang mir im wahrsten Sinne des Wortes ins Auge. Noch dazu, wo ich erst ein paar Sekunden zuvor schon einen anderen Namen gehört hatte, der mir vollkommen unbekannt war.«

»Das hilft uns mehr, als ich Ihnen sagen kann«, entgegnete Verhoeven, während Hinnrichs ihn vor lauter Neugier beinahe aufspießte mit Blicken.

»Wirklich?« Britta Karlstadt schien erleichtert zu sein. »Das freut mich.«

Nach ein paar Worten des Danks beendete Verhoeven das Gespräch und notierte den Namen, den die junge Bankangestellte ihm genannt hatte, auf einer alten Parkquittung, die er zufällig in der Hosentasche hatte.

»Wer ist Ylva?«, fragte Hinnrichs, der ihm über die Schulter blickte.

»Unsere Unbekannte aus der Bank.«

Sein Vorgesetzter zog die Augenbrauen hoch. »Das dürfte die Suche wesentlich erleichtern.«

»Ja, vermutlich.«

»Noch immer skeptisch, was?« Burkhard Hinnrichs bedachte ihn mit einem Blick, der zumindest einen Anklang von Verständnis spiegelte. Etwas, das für den Leiter des KK 11 in etwa so typisch war wie Eisbären für die Sahara. »Na ja, vielleicht haben Sie recht und es ist tatsächlich nur ein Strohhalm. Aber ein Strohhalm ist besser als nichts.«

Verhoeven wandte den Kopf, als am anderen Ende des Flurs der SEK-Beamte, der an der Haustür bereitstand, nach dem kabellosen Empfänger in seinem Ohr tastete. Er hörte zuerst eine Weile stumm zu. Dann streckte er eine Hand nach der Klinke aus.

Verhoeven erkannte die klobigen Schritte, noch bevor Hermann-Joseph Lübkes stets ein wenig gedunsen wirkendes Gesicht unter dem Türrahmen auftauchte.

»Ich bin gleich losgefahren, als ich Maries Nachricht bekam«, rief der oberste Spurensicherer, indem er quer durch die Diele auf Verhoeven und Hinnrichs zupflügte. Und genauso sah er auch aus. Kinn und Wangen waren unrasiert, und das speckige Jeanshemd, das über dem Bauch fast auseinandersprang, machte den Eindruck, als trüge Lübke es schon mindestens zwei Wochen. »Wie sieht's aus?«, keuchte er, kaum dass er die beiden Kommissare erreicht hatte. »Gab es inzwischen schon irgendeinen Kontakt zu Winnie?«

Zu Winnie, echote Verhoeven. Nicht: zu den Geiseln. »Leider erlauben die Enführer nicht, dass wir mit den Gefangenen sprechen.«

»Und woher wisst ihr dann, dass sie noch …« Lübke brach ab und hustete trocken.

Das wissen wir nicht, dachte Verhoeven. Laut sagte er: »Wir gehen davon aus, dass es ihnen den Umständen entsprechend gut geht.«

Neben Verhoeven zog Burkhard Hinnrichs seine bleiche Dressmanstirn in tiefe, missbilligende Falten. Doch Lübke griff nach der Notlüge wie der Ertrinkende nach einem dargebotenen Rettungsring. »Verstehe«, keuchte er. Und dann, scheinbar zusammenhanglos: »Goldstein soll ja auch einer der Besten sein.«

Genaugenommen ist er sogar verdammt gut in seinem Job, stimmte ein imaginärer Werner Brennicke ihm unumwunden zu. *Aber das betrifft leider nur die Gelegenheiten, in denen er auch in der Lage ist, diesen seinen Job seinem Talent entsprechend zu erledigen.*

Ich bin trocken, hielt ein imaginärer Goldstein dem BKA-Mann entgegen. *Mein letzter Rückfall liegt vier Jahre, drei Monate und ziemlich genau zweiundzwanzig Tage zurück …*

»Und sonst?«

Verhoeven sah hoch. »Wir haben ein paar Hinweise, die uns vielleicht weiterhelfen könnten. Aber die Zeit läuft uns davon.«

»Mhm«, brummte Lübke. Auf seiner fleischigen Stirn hatte sich ein zäher Schweißfilm gebildet, und er wirkte so abgekämpft wie John Wayne nach einer kräftezehrenden Prügelei.

Hinnrichs musterte den obersten Spurensicherer über den Rand seiner Brille hinweg. Offenbar wartete er darauf, dass

Lübke wieder ging. Doch der hatte die Hände in die Taschen seiner speckigen Jeans geschoben und blickte mit gesenktem Kopf auf das alte Eichenparkett hinunter.

Verhoeven warf seinem Vorgesetzten einen flehentlichen Blick zu.

Und Hinnrichs verstand. »Tja, dann gebe ich das hier schon mal an die Kollegen weiter, die die Sparkassendaten auswerten«, verkündete er, indem er seinem Untergebenen die Parkquittung mit dem Namen der Unbekannten aus der Hand nahm. *Sie haben was mit Lübke zu besprechen? Gut, von mir aus, dann besprechen Sie es!* »Und anschließend leite ich diese andere Sache in die Wege, Sie wissen schon, die, über die wir gesprochen haben.«

Verhoeven nickte. »Alles klar.«

»Scheiße, wovon quatscht der Kerl da so geheimnisvoll?«, polterte Lübke los, kaum dass der Leiter des KK 11 die Tür zu Walther Liesons Wohnzimmer hinter sich zugezogen hatte. »Was für eine andere Sache?«

Verhoeven erklärte es ihm.

»Und ich?«, fragte Lübke, als er zu Ende war, und Verhoeven erschrak darüber, dass dieser große, hünenhafte Mann derart hilflos aussehen konnte. »Was zum Teufel soll ich jetzt machen?«

4 Justin Böttchers Hände krampfen sich um das Päckchen, das er in der Hand hält, als er langsam, Schritt für Schritt, quer durch das Småland von IKEA Wallau stapft, in dem sich noch immer viele Kinder tummeln. Der Mann hat zu ihm gesagt, dass er dieses Päckchen der Tante hinter dem großen Spieltisch geben soll und ob er sich das denn wohl traue.

Da hat er genickt, weil er schon weiß, was das heißt, sich trauen. Er traut sich zum Beispiel auf dem Klettergerüst bis ganz nach oben zu klettern und auch, die lange Rutsche im Schwimmbad mit dem Kopf voran hinunterzurutschen. Und weil er genickt hat, eben, als der Mann ihn gefragt hat, ob er sich das mit dem Umschlag traue, weil er also genickt hat, will er sich nicht ablenken lassen. Aber das ist gar nicht so leicht, wie es klingt.

So viele Stimmen um ihn herum. So viel Gelache und Gekreisch.

Und das Mädchen da drüben in der Ecke, die mit den dunklen Zöpfen, die von ihrem Kopf abstehen wie zwei fette Raupen, die hat ihm seinen Ball weggenommen. Vorhin ist das gewesen, lange vor dem Mann mit dem Umschlag, aber Justin merkt, dass er noch immer wütend ist auf das Zopfmädchen.

Überhaupt sind Mädchen doof und Bälle was für Jungs.

»Aber da ist doch noch ein anderer Ball«, hat Anita gesagt, als die Zopfkuh ihm den Ball weggenommen hat. Anita, die er eigentlich ganz gut fand, weil sie die einzige von den Tanten ist, die ihm ihren Namen verraten hat. »Guck doch mal, Justin, da hinten ist noch ein anderer Ball«, hat sie gesagt, als er sich über das Mädchen mit den Raupenzöpfen beschwert hat. »Oder du gehst ein bisschen rüber ins Kugelbad. Da sind auch ganz viele Bälle …«

Ein anderer Ball!, denkt Justin verächtlich. Die hat doch keine Ahnung, die Anita. Der Ball, den sie meint, ist nämlich blau. Doofblau mit etwas Weißem drauf, das ihm überhaupt nicht gefällt. Ein Ball, ein richtiger Ball, muss anders aussehen, denkt er, schwarzweißledern, ganz so wie im Fernsehen, weil er nämlich Fußballspieler werden will, wenn er mal groß ist. Fußballspieler oder Raumfahrkapitänpilot.

»Das ist gar kein richtiger Ball«, hat er gesagt, doch da hat ihm die Anita schon gar nicht mehr richtig zugehört, weil ihr Handy geklingelt hat. Das kennt Justin von seiner Mutter, wenn deren Handy klingelt, ist er auch erst mal Luft, ganz egal, was grad gewesen ist. Und dann muss er eben sehen, wie er zurechtkommt.

Nicht an den Ball denken, flüstert eine Stimme in seinem Kopf. *Du musst dich erst trauen, der Tante das Päckchen zu bringen. Sonst denkt der Mann, der dir das Päckchen gegeben hat, dass du dumm bist. Oder feige. Oder beides.*

Justin schüttelt den Kopf und geht ein bisschen schneller, bis er den Spieltisch direkt vor sich sieht.

»Was ist denn das?«, will die Tante, deren Namen er nicht kennt, wissen, als er das Päckchen vor sie auf den Tisch legt.

Anstelle einer Antwort zeigt Justin dorthin, wo der Mann gestanden und mit ihm gesprochen hat.

»Hast du mir einen Brief geschrieben, ja? Einen Liebesbrief?«, fragt derweil die Tante und lacht ganz doll blöd. »Kannst du das denn überhaupt schon, schreiben?«

Das ist ein Päckchen, denkt Justin. So eins, wie meine Patentante mir immer zum Geburtstag schickt. Kein Brief. Die Tante ist dumm.

»Ist das ein Geschenk für mich, ja? Soll ich das jetzt auspacken?«

Woher soll ich das wissen, denkt Justin.

»Was ist denn da drin?«

Fragen, Fragen, Fragen …

Die Erwachsenen stellen immerzu blöde Fragen. Warum er nicht still ist. Was er als Nächstes machen möchte. Ob er sich traut, der Tante das Päckchen zu geben. Justin zieht die Stirn in Falten und merkt, wie er wieder unruhig wird. Das passiert ihm manchmal, vor allem, wenn er sich langweilt, und wenn das der Fall ist, kann er seine Beine nicht stillhalten. *Aggressiv*, sagt seine Oma dann immer zu seiner Mutter. *Ich weiß nicht, was mit dem Jungen werden soll, wenn er erst mal in der Schule ist. Da kann er schließlich auch nicht den lieben langen Tag herumzappeln. Und wenn du ihm sagst, dass er ruhig sein soll, wird er sofort aggressiv.*

Justin weiß nicht, was das ist, aggressiv. Er weiß nur, dass er blöde Fragen hasst. Und das Mädchen mit den Raupenzöpfen hasst er auch. Weil sie ihm den Ball weggenommen hat. Aber den holt er sich jetzt wieder!

»Hey, wo willst du denn hin?«, fragt die Tante hinter ihm.

Doch das nimmt er nur noch am Rande wahr. Er will seinen Ball zurück. Den schönen, richtigen.

Das Mädchen mit den Raupenzöpfen guckt erstaunt, als er sie

am Arm reißt. Sie ist viel größer als er, aber er ist entschlossen. Also packt er zu.

Das Mädchen beginnt zu kreischen. Und eigenartigerweise kreischt die Tante mit dem Päckchen auch.

Justin dreht sich zu ihr um, vor allem, weil er wissen will, ob er dem Raupenmädchen weiter wehtun darf oder ob er besser erst mal von ihr ablässt. So lange, bis die Tante wieder mal woanders hinguckt.

Aber die Tante guckt ja gar nicht!

Zumindest nicht zu ihm ...

Sie starrt in die Schachtel, die sie unter dem Packpapier hervorgeschält hat, und kreischt und kreischt, bis Anita aus einer anderen Ecke herbeigerannt kommt und fragt, was sie hat.

Und dann kreischen sie beide und Justin überlegt, ob vielleicht Schreipulver in dem Päckchen gewesen sein könnte. Das würde er gern mal erfinden. Er lässt den Raupenmädchenarm los und rennt auf den Spieltisch zu, wo sich Anita gerade eine ihrer großen Hände vors Gesicht schlägt. Sie schreit immer noch, und allmählich findet Justin das Gekreisch nicht mehr lustig. Die schrillen Töne schnappen nach ihm wie scharfe Krallen, und er fühlt, wie seine Wirbelsäule zu kribbeln beginnt. Auf und ab, als ob eine Armee von Ameisen seinen Rücken rauf und runter liefe. Aber er will unbedingt sehen, was in dem Päckchen ist.

Als er nur noch ein paar Schritte vom Tisch entfernt ist, sieht er Anitas Augen. Sie sehen komisch aus, ganz weiß und wie weit weg, aber als sie ihn bemerkt, sind sie auf einen Schlag wieder blau und da.

»Nein«, sagte sie leise. »Nicht!«

Justin spürt instinktiv, dass sie ihn meint. Aber er hat nicht die geringste Ahnung, was sie von ihm will. Und als sie um den Tisch herumkommt und ihn auf den Arm nimmt, fängt er an zu schreien.

»Um Gottes willen, nein!«, flüstert Anitas Stimme in seinem Ohr, während sich eine ihrer Riesenhände über seine Augen legt, wie eine von diesen Bleischürzen, die er vom Röntgen kennt. »Sieh da nicht hin! Hörst du? Du darfst da auf keinen Fall hinschauen!«

5 »Eine Frauenhand?«

Richard Goldstein blickte stur geradeaus, während er dem Bericht der beiden Streifenpolizisten lauschte, die als Erste im Småland von IKEA Wallau eingetroffen waren, um den makabren Gruß der Entführer in Empfang zu nehmen. Er telefonierte von seinem Handy aus und stand zudem mit dem Rücken zu den übrigen Anwesenden an der Terrassentür, ein Umstand, den insbesondere Werner Brennicke mit sichtlichem Argwohn quittierte.

Glaub bloß nicht, dass du mir auf diese Weise entkommst, mein Freund, blitzten die kühlen grünen Augen des BKA-Mannes. *Sobald du dieses Gespräch beendet hast, mache ich Hackfleisch aus dir!*

Goldstein nicke und tastete wieder nach seinem Nacken, als könne er dort die Blicke der anderen spüren wie unsichtbare Berührungen. »Und obenauf befand sich eine Karte mit meinem Namen?«

Pause.

Dann: »Gut, tun Sie das. Wie lange wird das ungefähr dauern?«

Abermals Pause.

»Verdammt noch mal, ich habe doch gar nicht behauptet, dass Sie …« Der Unterhändler fuhr sich mit der freien Hand durch die Haare, und jede Faser seines Körpers verriet, dass er kurz vor einer Explosion stand. Aber er schien sich anders zu besinnen. Vielleicht, weil Brennicke anwesend war. Vielleicht auch, weil er aufgrund seines Jobs daran gewöhnt war, Telefonate zu führen, die nicht unbedingt etwas Gutes verhießen. »Na schön, wenn das so ist, ist das so«, sagte er nach einer Weile in beinahe resigniertem Ton. »Aber halten Sie mich unbedingt auf dem Laufenden.« Er beendete das Gespräch und wählte eine andere Nummer. »Sie haben ja wahrscheinlich schon gehört, was wir hier für Probleme haben«, sagte er, nachdem Hubert Jüssen sich gemeldet hatte. »Ja, genau … Und deshalb benötigen wir so schnell wie möglich genetisches Material aller weiblichen Geiseln für einen Abgleich.«

419

Verhoeven fühlte, wie sein Herzschlag aussetzte.

»Ich sagte so schnell wie möglich«, murrte Goldstein. »Und wie Sie das anstellen, ist mir vollkommen wurscht. Aber … Nein, zur Hölle, es ist mir nicht entgangen, dass der Junge nur ein paar Häuser von hier entfernt wohnt. Und nein, ich halte das auch nicht für einen Zufall. Aber wir müssen Prioritäten setzen und …«

Werner Brennicke verzog die Lippen zu einem süffisanten Lächeln, nachdem der Koordinator der Background-Ermittlungen den Unterhändler ganz offenbar zum zweiten Mal unterbrochen hatte.

»Ja, von mir aus, dann tun Sie das«, knurrte Goldstein »Und stellen Sie auch ein paar Leute ab, die sich um die Herkunft des Verpackungsmaterials kümmern. Schachtel, Karte, Tesafilm, die Visitenkarte, einfach alles, das uns irgendeinen Anhaltspunkt liefern könnte.« Er drückte abermals auf die Taste mit dem roten Hörer, bevor Hubert Jüssen Gelegenheit zu einer Entgegnung hatte, und kehrte dann mit schweren Schritten an Walther Liesons Couchtisch zurück. »Dieser elende Scheißkerl spielt Spielchen mit uns.«

Monika Zierau schüttelte den Kopf. »Er spielt keine Spielchen«, sagte sie. »Er hat dir gerade den Beweis dafür geliefert, dass du dich in ihm getäuscht hast.«

»Wir haben unsere Hundeführer kreuz und quer durch diese Schrebergärten gehetzt«, hielt Goldstein seiner Profilerin entgegen, indem er sich in einen der Sessel fallen ließ. »Da war nicht der geringste Hinweis darauf, dass er tatsächlich getötet hat.«

»Er muss es ja nicht dort getan haben«, konterte Monika Zierau. »Aber er will dich wissen lassen, dass er im Zweifelsfall Ernst macht.«

»Noch haben wir keinen Beweis dafür, dass er ihr nicht einfach …« Goldstein brach ab, als ihm aufging, was er da gerade sagen wollte.

… dass er ihr nicht einfach nur die Hand abgehackt hat, ergänzte Verhoeven im Stillen, und er spürte, wie sich eine Gänsehaut über seinen Körper breitete. Aber wem? Die Hand, die die

Entführer fein säuberlich in einen kleinen Pappkarton mit aufgedruckten Rosen verpackt und anschließend einem vierjährigen Jungen übergeben hatten, war zweifelsfrei die Hand einer Frau. Die Frage war, von welcher. Und ob diese Frau noch lebte.

Verhoevens Blick fiel auf die Fotos der Geiseln, die inzwischen überall auf dem Tisch verstreut lagen. Schnell schloss er die Augen, aber die Bilder ließen sich nicht ausblenden. Sie standen vor ihm wie in Stein gemeißelt. Vier Frauen: Jenna Gercke, Evelyn Gorlow, Iris Kuhn und … Winnie.

Entfernt, wie von weit her, drang Werner Brennickes Stimme an sein Ohr: »Sie haben da einen schwerwiegenden Fehler begangen, darüber sind Sie sich ja hoffentlich im Klaren.«

Goldstein zuckte die Achseln. Eine beinahe aufreizend gleichgültige Geste. *Von mir aus. Wenn Sie meinen …*

»Während Sie Ihren«, Brennicke betonte das Wort bewusst abfällig, »Job getan haben, wurde eine der Geiseln erschossen.«

Goldstein stieß ein hohles Lachen aus. »Das glauben Sie doch selbst nicht, oder?«

»Doch«, entgegnete der BKA-Mann. »Ich glaube, dass die Hand, die uns die Geiselnehmer geschickt haben, einer Toten gehört.«

»Das mag ja sein«, räumte Goldstein ein. »Aber das eine sage ich Ihnen: Falls die Geisel tatsächlich tot ist, wurde sie nicht von dem Mann umgebracht, mit dem ich telefoniert habe.«

»… und den Sie selbstredend wie Ihre Westentasche kennen«, stichelte Brennicke ungerührt weiter.

»Das vielleicht nicht«, sagte Goldstein. »Aber ich mache diesen Job, wie Sie es nennen, nicht erst seit gestern. Und aus der Erfahrung Dutzender und Aberdutzender solcher Gespräche heraus sage ich Ihnen mit gutem Gewissen, dass der Mann, mit dem ich verhandle, bislang nicht getötet hat.«

»Ihre Profilerin ist in diesem Punkt ganz offenbar anderer Meinung«, konterte der BKA-Mann, indem er aufmunternd zu Monika Zierau hinüber sah.

»Dann irrt sie sich«, entgegnete Goldstein lapidar.

Doch dieses Mal war es nicht Arroganz, was Verhoeven in seiner Stimme zu hören glaubte, sondern eine tiefe innere Überzeugung. Dieser Mann ist entweder ein Genie oder der größte Egomane, dem ich je begegnet bin, dachte er. Vielleicht auch beides.

Ich sage Ihnen mit gutem Gewissen, dass der Mann, mit dem ich verhandle, bislang nicht getötet hat.

Verhoeven starrte Winnie Hellers Foto an, das neben seiner Kaffeetasse lag. Es war vor allem das Wort *bislang*, das ihm Sorgen bereitete. Und das Wissen um Goldsteins Einschätzung des Snipers vom Kochbrunnenplatz. *Ich denke, dass wenigstens einer von denen tatsächlich Spaß am Verletzen hat.* Vielleicht ist dieser mysteriöse Mantel-Mann tatsächlich Tejas Mann fürs Grobe, dachte Verhoeven. Und Winnie ist in seinen Händen …

»Und wenn die Sache über die Bühne ist?« Werner Brennicke rutschte auf seinem Sitz herum, bis er Goldsteins Aufmerksamkeit hatte.

»Was meinen Sie?«, fragte der Unterhändler.

»Legen Sie Ihre Hand dafür ins Feuer, dass die Entführer die Geiseln laufen lassen, wenn ihre Forderungen erfüllt sind?«

»Ich bin mir nicht sicher«, erklärte Goldstein nach einem kurzen Moment des Zögerns. »Hierzu eine Prognose abzugeben wäre in höchstem Maße unseriös. Zumal wir von den anderen drei Entführern bislang so gut wie nichts wissen.«

Brennicke nickte. »Vielen Dank«, sagte er mit ins Fleisch schneidender Ironie. »Das war wirklich überaus hilfreich.«

»Hilfreich oder nicht, es entspricht der Wahrheit.«

»Und wie sehen Sie die Sache?«, wandte der BKA-Mann sich an Monika Zierau.

»Genauso«, entgegnete die Psychologin kühl. Dann lehnte sie sich in ihrem Stuhl zurück und verschränkte demonstrativ die Arme vor der Brust.

Brennicke stutzte. Vielleicht hatte er damit gerechnet, Goldsteins Profilerin zu einer offenen Meuterei bewegen zu können. Als er sah, dass er keinen Erfolg haben würde, wandte er sich wieder an Goldstein: »Leider ist zu konstatieren, dass Sie rein gar nichts erreicht haben.«

»Das sehe ich anders.«

»Und wie?« Werner Brennicke schob seine Brille zurecht. »Was haben wir Ihrer Meinung nach denn gewonnen?«

»Zeit«, bemühte Goldstein ein altbekanntes Argument, ohne dabei auch nur im mindesten den Eindruck zu machen, sich verteidigen zu wollen. »Wir haben noch genau zweiundzwanzig Stunden und neunzehn Minuten Zeit, um das Versteck der Kidnapper zu finden.«

»Wer weiß«, spottete Brennicke, »vielleicht sind die Kollegen, die die in Frage kommenden Objekte abklappern, schon dreimal daran vorbeigefahren, ohne es zu merken.« Er nahm seine Brille ab, hielt sie gegen das Licht und setzte sie in aller Gemütsruhe wieder auf. Dann wurde er schlagartig ernst. Ernst und gefährlich: »Ach übrigens ... Es ist Ihnen doch klar, dass sich die Presse nicht länger aus der Sache heraushalten lässt, oder?«

Die Frage war rein rhetorisch, und doch brachte sie Goldstein umgehend wieder in Rage. »Weder Sie noch sonst jemand wird vor morgen Abend irgendwelche Informationen herausgeben, haben Sie verstanden?«

Verhoeven hatte den Eindruck, dass Werner Brennicke innerlich feixte, als er dem Unterhändler entgegenhielt: »Aber die Öffentlichkeit hat ein Recht, zu ...«

»Kein Sterbenswort«, unterbrach ihn Goldstein mit zornroten Wangen. »Sonst können Sie wirklich sechs Särge bestellen. Und ich meine Sie ganz persönlich.«

»Und was wollen Sie den Angehörigen der ... Hand sagen?«

»Nichts.«

»Was meinen Sie mit nichts?«

Noch immer musste sich Richard Goldstein sichtlich zwingen, ruhig zu bleiben. »Ich meine, dass es offiziell weder eine Geiselnahme noch eine Tote gibt. Falls kein Wunder geschieht, ist die Geldübergabe unsere einzige Chance, das Versteck rechtzeitig aufzustöbern. Und gerade die ist erfahrungsgemäß die Achillesferse einer jeden Geiselnahme, weil sie voraussetzt, dass beide Seiten ihre Deckung verlassen und aktiv werden.« Er warf Werner Brennicke einen Blick zu, der eher flehentlich als renitent wirkte. »Also bitte, erschweren Sie uns unsere Arbeit nicht unnötig, indem Sie etwas publik machen, das die Nervosität der Geiselnehmer noch erhöht.«

Die Geldübergabe, echote etwas hinter Verhoevens Stirn. Aber es war schließlich nicht nur Geld, was die Entführer forderten. Es war auch eine Information. Ein Name. Wie, um Himmels willen, sollen wir an die geforderte Information kommen, wenn wir nicht einmal wissen, wo wir suchen müssen, dachte Verhoeven mit wachsender Verzweiflung. Wo kann man ansetzen? Was ist der Schlüssel?

»Hey, Leute«, riss Luttmanns Stimme ihn aus seinen Überlegungen. »Ich glaube, wir haben sie!« Er drehte sich wieder zu seinem Bildschirm um. »Ylva Bennet. Dreiundsechzig Jahre alt. Sparkassenkundin seit April 1992.«

Sofort sprang Goldstein aus seinem Sessel auf. »Hast du ein Foto der Frau?«

»Warte, warte, warte …« Luttmann klickte sich in Windeseile durch diverse Fenster, von denen der ungeschulte Betrachter nicht viel mehr als einen farbigen Blitz wahrnahm, bis auf dem Monitor schließlich das Abbild eines Personalausweises erschien. Die Frau auf dem Passfoto war deutlich jünger als auf dem Phantombild, aber es handelte sich ganz klar um ein und dieselbe Person. »Ach du Schreck, das fasse ich ja jetzt nicht!«, entfuhr es dem jungen Familienvater, dessen Aufmerksamkeit sich bereits auf die Daten richtete, die neben dem Foto vermerkt waren.

»Was denn?«, drängte Goldstein.

»Ylva Bennet stammt aus der ehemaligen DDR. Sie wurde in Magdeburg geboren.«

Goldstein stemmte die Hände gegen Luttmanns Stuhl. »Okay«, rief er, von einem Moment auf den anderen wie elektrisiert. »Das ist doch ein Ansatz! Wir werden mehrgleisig vorgehen. Monika fährt rüber zu den Kollegen und befragt den Jungen, dem das Päckchen mit der Hand übergeben wurde. Du«, er sah wieder Luttmann an, »findest raus, wo und wie lange Ylva Bennet in der DDR gelebt hat und ob die Stasi eine Akte über sie hatte. Falls ja, verschaff dir Einsicht. Wie du das machst, ist mir …«

»... ist dir wurscht, ich weiß«, stöhnte der junge Kriminaltechniker.

Doch Goldstein reagierte nicht. »Wir brauchen so viele Informationen über diese Frau und ihr Leben, wie wir kriegen können«, fuhr er fort »Und natürlich muss sofort einer von uns hinfahren und mit ihr sprechen ...« Er sah Verhoeven an. »Wollen Sie das übernehmen?«

Verhoeven spürte, das Angebot des Unterhändlers war als Zugeständnis gemeint. Als Anerkennung dafür, dass er mit seiner Theorie richtig gelegen hatte. Aber es war ihm noch immer nicht möglich, seine Empörung über Goldsteins leichtfertigen Verrat zu verbergen. »Wie Sie meinen«, entgegnete er.

Dann nahm er seine Jacke von der Lehne seines Stuhls, verließ wortlos den Raum und fuhr los.

6

»Vielleicht stehen sie bereits draußen vor der Tür und überlegen, wie und wo man einen Sturmangriff ansetzen könnte.«

Winnie Heller sah, wie Jenna neben ihr für einen kurzen Moment die Luft wegblieb. Und selbst Evelyn, die mit jeder Stunde, die verging, tiefer in einen Zustand teilnahmsloser Apathie versank, öffnete träge ein Auge.

Horst Abresch schien überrascht über die Aufmerksamkeit, die seine Bemerkung ausgelöst hatte, und senkte eilig den Blick auf den staubigen Boden vor seinen Füßen, in den Quentin Jahn mit einem Nagel ein schiefes Schachbrett gezeichnet und dieses anschließend mit improvisierten Figuren aus verschieden übereinandergelegten Steinen bestückt hatte. Inzwischen spielten er und der stellvertretende Filialleiter schon eine ganze Weile, und beide schienen heilfroh, etwas gefunden zu haben, das ihnen die Zeit vertrieb. Hin und wieder hatten sie ein paar Worte gesprochen. Banalitäten zumeist. Oder etwas, das einen Bezug zu ihrem Spiel hatte. Doch dann hatte Quentin Jahn plötzlich eine

Bemerkung über den mutmaßlichen Stand der Ermittlungen gemacht, und Abresch hatte die Sache mit dem Stürmen wieder auf den Tisch gebracht.

»Aber das geht doch nicht!«, rief Jenna entsetzt. »Bei so etwas könnte leicht jemand zu Tode kommen!«

»Glaubst du ernsthaft, da fragen die nach?«, spottete Evelyn, die jetzt wieder ein wenig wacher wirkte. »Ich meine, irgendwie müssen die uns ja schließlich hier rausholen, oder nicht?«

»Doch ja, natürlich.« Die blonde Bankangestellte zerrte an ihren Haaren, die bereits völlig verfilzt aussahen. Ihre Hochsteckfrisur hatte sie mittlerweile komplett aufgegeben, genauso wie die Bemühungen, wenigstens ein paar spärliche Reste ihres Make-ups zu retten. Das Ergebnis war ein Gesicht, das vollkommen verändert aussah. Und auch jetzt rieb sich die blonde Bankangestellte ungeniert die Augen wie ein übermüdetes Kleinkind. »Sie werden uns rausholen, indem sie bezahlen.«

»Na sicher doch«, gluckste Evelyn.

»Nicht?«

»Ach, Herzchen …« Die korpulente Krankenschwester ließ ihre Schweinsäuglein gegen die Decke wandern. »Was glaubst du denn, wie viel die da oben für Leute wie uns lockermachen?«

»Sie werden die geforderte Summe bezahlen, ganz egal, wie hoch sie ist«, versuchte Quentin, die Sache wieder ein paar Grad herunterzukochen. »Machen Sie sich darüber keine Sorgen.«

»Aber Sie wissen doch gar nicht, worauf diese Männer überhaupt aus sind«, wandte Abresch neben ihm ein. »Vielleicht fordern sie gar kein Geld, sondern verfolgen irgendein obskures politisches Ziel.«

Jennas nichtssagende blaue Augen wanderten zum Rand der Grube hinauf. »Sie meinen, das sind Terroristen?«, fragte sie mit einer Mischung aus Schrecken und Faszination.

»So sehen sie nun wirklich nicht aus«, konstatierte Quentin trocken.

Evelyn warf ihm einen durchaus amüsierten Blick zu. »Ach nee? Und wie sieht man aus, als Terrorist? Langbärtig, ausgezehrt und mit so 'nem verdammten Kameltreiberumhang um die Schultern?« Aus ihrer Kehle kollerte ein tiefes, gutturales Lachen. »Na, Sie machen mir vielleicht Spaß!«

»Aber wenn diese Männer nur hinter Geld her wären«, überlegte Abresch. »Wozu brauchen sie dann die Matratze?«

Die Augen der Anwesenden wandten sich dem hellblauen Polster zu, auf dem Jussuf Mousa in einen unruhigen, von gelegentlichen Anfällen akuter Luftnot unterbrochenen Schlaf gefallen war.

»Vielleicht wollen diese Leute richtig viel Geld«, schlug Jenna piepsstimmig vor. »Und vielleicht wussten sie von vornherein, dass in der Filiale eine Summe, wie sie ihnen vorschwebt, nicht in bar vorhanden ist. Also haben sie beschlossen, Geiseln zu nehmen.«

»*Eine* Geisel«, sagte Abresch leise.

»Was?«

Der stellvertretende Filialleiter schob seine Manschetten zurück. »Da sie nur eine Matratze hingelegt haben, hatten sie vermutlich auch nicht vor, mehr als eine Geisel zu nehmen, oder?«

»Damit die es dann so richtig schön bequem hat?«, höhnte Evelyn. »Gott, das nenne ich nobel!«

»Vielleicht wollten sie die Matratze für sich selbst«, erprobte Jenna die nächste Theorie. »Das hier war vielleicht als Versteck gedacht und …«

»Vergessen Sie's«, entgegnete Quentin. »Die haben ihr Lager oben aufgeschlagen. Und außerdem sind sie zu viert.«

»Aber für irgendwen war das Ding doch mit Sicherheit bestimmt, oder?« Abresch blickte sich in den Gesichtern seiner Mitgefangenen um. »Es sieht viel zu neu aus, als dass es schon lange in dieser feuchten Umgebung liegen kann.«

Jetzt fängt die Sache an, interessant zu werden, dachte Winnie Heller und sah zu Quentin Jahn hinüber. Sie hatten über Walther Lieson gesprochen. Über das, was die Entführer von ihm wollen oder nicht wollen konnten. Und über jenen mysteriösen Namen, den Alpha in der Bank genannt hatte. Die Entführer wollten jemanden herbringen, dachte sie. Jemanden, den sie

427

zur fraglichen Zeit in der Filiale erwartet hatten, möglicherweise Lieson. Und wir alle, die wir hier sitzen, sind gewissermaßen nur der Ersatz für den einen, hinter dem sie wirklich her sind. Eine unerwartete Notwendigkeit. Ihre Augen glitten über die Grubenwände. Und so wie hier brachte man definitiv keinen Komplizen unter!

Trotzdem hat dieser Malina dich an die Entführer verraten, flüsterte ihr eine Stimme zu, die wie Iris Kuhn klang. *Also sieh dich vor!*

»Stimmt«, befand unterdessen Evelyn, und Winnie Heller brauchte einen Moment, um zu begreifen, dass es noch immer um die Matratze ging. Um die Frage, wie lange sie schon in der Grube liegen mochte. Oder eben nicht. »Das Ding sieht aus wie bestellt und nicht abgeholt.«

»Mich beschäftigt, dass diese Männer so unbedingt mit Walther sprechen wollten«, sagte Abresch unvermittelt wie zu sich selbst.

»Nicht nur mit ihm«, hörte Winnie Heller sich sagen, bevor sie etwas dagegen unternehmen konnte.

Sei um Gottes willen vorsichtig!

Evelyns Schweinsäuglein waren als Erste bei ihr. »Mit wem denn noch?«

Jetzt galt es! Einer ihrer Mitgefangenen hatte sie ans Messer liefern wollen, und jetzt würde sie denjenigen aus der Reserve locken! Winnie Heller richtete ihren schmerzenden Körper auf, um die Reaktionen der anderen besser beobachten zu können. Dann wiederholte sie leise, aber bestimmt: »Die Entführer haben nicht nur nach Herrn Lieson gefragt. Der Anführer wollte auch mit Malina reden.«

7 Die Wohnung von Ylva Bennet befand sich in einer tristen
Wohnsiedlung. Sechsstöckige Bauten aus den Sechzigern,
Fenster über Fenster, alles Grau in Grau, einzig das Erdgeschoss
grünbraun verklinkert. Dazwischen lagen ungepflegte Rasenflä-
chen, die den Geruch von Bier und Hundekot verströmten. Wie
mag es hier im Sommer sein, dachte Verhoeven, wenn die Luft
zwischen den kahlen Mauern steht und kein Lüftchen Linde-
rung verheißt. Wie hält man es bei Hitze aus, in einer Umgebung wie dieser?

Er blickte über den unansehnlichen Rasen und suchte nach
einer Hausnummer, als sein Handy zu klingeln begann.

»Sind Sie schon bei ihr?«, erkundigte sich Hinnrichs, kaum
dass Verhoeven seinen Namen genannt hatte.

»Vor dem Haus.«

»Gott sei Dank.«

»Wieso?«

»Halten Sie sich fest: Es existiert tatsächlich eine Akte über
Ylva Bennet, und nach allem, was wir in der Kürze der Zeit in
Erfahrung bringen konnten, war sie als junges Ding ganz und
gar nicht ohne.«

»In welcher Beziehung?«, fragte Verhoeven, während die Fassade
vor ihm zu einem einheitlichen grauen Fleck zusammenschmolz.

»Wir stehen natürlich noch ganz am Anfang mit unseren Re-
cherchen, aber es sieht so aus, als ob sie in ihrer Studienzeit und
wahrscheinlich auch danach als Informantin für den Westen gearbeitet hat.«

Verhoeven horchte auf.

»Sie scheint ein hochintelligentes, freiheitsliebendes junges
Mädchen gewesen zu sein«, fuhr sein Vorgesetzter mit dem
schnörkellosen Herunterrattern der Eckdaten fort. »Begeisterte
Reiterin, der Vater preußischer Offizier, die Mutter bis zu ihrer
Heirat Lehrerin und eher musisch veranlagt. Die Tochter hat
sich nie mit dem Sozialismus anfreunden können, und der Mau-
erbau muss die junge Ylva tief schockiert haben. Also hat sie
wohl irgendwann beschlossen, dass man etwas gegen das Regime
unternehmen müsse.«

»Und wie äußerte sich das?«

»Na ja, zunächst mal ganz klassisch, wenn man so will«, sagte Hinnrichs. »Sie druckte zusammen mit ein paar gleichgesinnten Kommilitonen staatsfeindliche Pamphlete, nahm Kontakt zu einer tschechischen Untergrundbewegung auf und so weiter und so fort. Als Folge dieser Aktionen wurden allerdings ein paar von unseren Leuten auf sie aufmerksam. Diese Leute überredeten Ylva Bennet, ganz gezielt bestimmte Informationen zu sammeln und an sie weiterzugeben.«

»Sie meinen, sie betrieb Spionage?«

»Ach«, sagte Hinnrichs. »Das wäre wohl zu viel gesagt. Im Grunde genommen war das Ganze keine große Sache, es ging eher um Befindlichkeiten oder Stimmungen, die für die Einschätzung künftiger Entwicklungen interessant sein konnten. Nur blieb Ylva Bennets Tun trotz seiner relativen Harmlosigkeit von der Gegenseite nicht unbemerkt.«

Von der Gegenseite, wiederholte Verhoeven in Gedanken. Das alles klingt wie aus einem schlechten Film!

»Wie Sie vielleicht wissen, wurde staatsfeindliche Hetze in der DDR grundsätzlich nicht von der Volkspolizei verfolgt, sondern von der Geheimpolizei« fuhr Hinnrichs indessen fort. »Und die Stasi setzte einen so genannten IMB auf Ylva Bennet an, einen inoffiziellen Mitarbeiter, der auf das Ausspionieren von Personen spezialisiert war, die im Verdacht der Feindtätigkeit standen.«

Verhoeven hielt unwillkürlich den Atem an.

»Laut Akte trug dieser IM den Decknamen Malina.«

Malina …

Großer Gott, dachte Verhoeven, ich habe tatsächlich richtig gelegen! Eigentlich müsste ich jetzt wohl erleichtert sein. Aber ich fühle mich nicht erleichtert. Eher das Gegenteil.

»Den rund 110000 gewöhnlichen IMs der Staatssicherheit standen nur etwa 3900 Personen gegenüber, die über diese … ich nenne es mal vorsichtig: Zusatzqualifikation verfügten, also IMBs waren«, erklärte Hinnrichs derweil weiter. »Diese Leute waren in der Regel besonders linientreu und erhielten entspre-

chend ihrer Stellung weitaus häufiger als gewöhnliche IMs Geldprämien, Geschenke oder sonstige Privilegien ...«

Während er den Ausführungen seines Vorgesetzten lauschte,
musste Verhoeven daran denken, was Monika Zierau über Quentin Jahn gesagt hatte: *Nach dem Auszug seiner Frau dümpelt sein
Leben so vor sich hin, bis er 1969 urplötzlich wie Phönix aus der
Asche steigt und Karriere macht. Mit seiner Stellung wachsen auch
seine Freiheiten und seit den frühen siebziger Jahren hat er ein vergleichsweise angenehmes Leben da drüben geführt. Jagdgesellschaften und Empfänge bei hohen Parteibonzen inklusive.*

Geldprämien, Geschenke oder sonstige Privilegien.

Privilegien ...

»Der IMB, der auf Ylva Bennet angesetzt war, sollte zunächst
ebenfalls nur Informationen über sie zusammentragen. Doch
dann muss etwas geschehen sein, das zu dem Entschluss führte,
Ylva Bennet aus dem Weg zu räumen.«

Verhoeven blieb stehen, weil er das Gefühl hatte, sich voll
und ganz auf dieses Gespräch konzentrieren zu müssen. »Aber
Sie wissen nicht, was das gewesen ist?«

Sein Vorgesetzter verneinte. »Was das Ganze allerdings noch
tragischer macht, ist die Tatsache, dass Ylva Bennet zu diesem
Zeitpunkt schwanger war.«

Sie waren ganz unverkennbar verwandt, flüsterte Inger Lieson
in Verhoevens Kopf. *Wenn ich schätzen müsste, würde ich sagen:
Mutter und Sohn.*

»Die Stasi ließ sie in Ruhe, bis das Kind auf die Welt kam«,
sagte Hinnrichs. »Mit der Geburt war die Schonfrist allerdings
vorbei, und sie haben ihr das Baby noch im Kreißsaal weggenommen. Das Kind, ein Junge, kam in ein Heim, und Ylva verschwand in der Psychiatrie, wo sie ohne jede medizinische
Rechtfertigung unter Psychopharmaka gesetzt wurde.«

*Die Frau, die ich gesehen habe, wirkte, als ob sie sich in einem
von diesen Zuständen befände, in denen man nicht mehr man selber ist,* stimmte eine imaginäre Inger Lieson zu. *Zumindest nicht
so, wie man eigentlich sein sollte. Oder wie man vielleicht irgendwann einmal gedacht war ...*

»Was ist mit dem Vater?«

»Sie meinen den Vater des Babys?«

»Ja.«

»Tja«, sagte Hinnrichs, »das ist eine gute Frage.«

»Weiß man nicht, wer er war?«

»Die Stasi zumindest hatte offenbar keine Ahnung.«

Dabei wussten die doch angeblich fast alles, dachte Verhoeven. Aber eben nur fast … »Ylva Bennet war demnach nicht verheiratet oder fest liiert?«

»Sie soll mit ein paar von ihren Kommilitonen befreundet gewesen sein«, antwortete sein Vorgesetzter. »Aber so richtig fest gebunden war sie wohl nicht.«

Verhoeven wich einem Mann aus, der trotz der kühlen Temperaturen nichts als ein fleckiges Unterhemd zu seinen Jeans trug und einen verwahrlost wirkenden Yorkshireterrier an der Leine führte.

»Sie dürfen nicht vergessen, das war Anfang der Siebziger«, setzte Hinnrichs hinzu, als ob er seinem Untergebenen noch eine Erklärung schuldig sei. »Da ging es im Gefolge der 68er auch auf der anderen Seite des eisernen Vorhangs recht locker zu, und Ylva Bennet muss eine sehr attraktive junge Frau gewesen sein.« Er räusperte sich kurz und energisch, vielleicht, weil er das Gefühl hatte, unsachlich gewesen zu sein. Dann sagte er: »Solche Zwangsadoptionen wurden von der DDR-Führung übrigens gerade in den Siebzigern durchaus als Mittel zur Repression oder Vergeltung eingesetzt, auch wenn Margot mit den blauen Haaren bis heute das Gegenteil behauptet.« Er ließ ein verächtliches Schnauben hören. »Leider ist das alles noch immer nicht richtig aufgearbeitet, und die ersten Akten zu diesen Vorgängen hat man überhaupt erst Anfang der neunziger Jahre im Archivkeller des Berliner Bezirksamts Mitte entdeckt. Trotzdem scheint bis heute kaum jemand ein gesteigertes Interesse daran zu haben, Licht in diesen Teil der Vergangenheit zu bringen.«

Sie haben ihr das Baby noch im Kreißsaal weggenommen …

Was muss das für ein Gefühl sein, dachte Verhoeven. Man

freut sich auf sein Kind, und kaum ist es da, verschwindet es irgendwohin, wo man es vielleicht nie wiederfindet.

Aber Ylva Bennet hat ihren Sohn wiedergefunden, widersprach ihm eine imaginäre Inger Lieson. *Sie muss ihn wiedergefunden haben. Der Mann und die Frau, die ich gesehen habe, waren ganz unverkennbar verwandt.*

Verhoevens Augen blieben an einer der verklinkerten Wände hängen, und über einer langen Reihe von Briefkästen entdeckte er nun auch endlich die Hausnummer, die er suchte. »Sie haben gesagt, Ylva Bennet wurde in eine Psychiatrische Klinik verbracht«, wandte er sich wieder an seinen Vorgesetzten.

»Genau.« Hinnrichs raschelte mit etwas. Offenbar schaute er irgendwo nach. »Sie kam zwei Tage nach der Entbindung in die geschlossene Abteilung der Psychiatrischen Klinik Storkow. Das liegt bei Berlin.«

»Und wie lange haben sie sie dort gefangen gehalten?«, fragte Verhoeven, denn anders konnte man das, was Ylva Bennet geschehen war, ja nun wirklich nicht nennen.

»Sechzehn Jahre«, antwortete Hinnrichs mit einer Stimme, die klang, als könne er selbst nicht glauben, was er da sagte. »Sie arbeitete als Näherin in der dem nahe gelegenen Textilkombinat angegliederten klinikeigenen Produktionsstätte, bis die Wende kam.«

»Und dann?«

»Wurde sie entlassen, ging in den Westen und fand sich nicht zurecht«, schnarrte Hinnrichs die Fakten nun wieder mit der üblichen schnörkellosen Direktheit herunter.

»Was soll das heißen, sie fand sich nicht zurecht?«, fragte Verhoeven, während er zögerlich, fast furchtsam auf die Haustür zuging.

»Wenn Sie als gesunder Mensch so lange weggesperrt und unter Drogen gesetzt werden, ist es vermutlich schwer bis unmöglich, sich wieder in die so genannte normale Gesellschaft einzugliedern oder sich auch nur halbwegs vernünftig zu orientieren.« Burkhard Hinnrichs seufzte. »Na, wie auch immer, Ylva Bennet scheint es jedenfalls nicht gelungen zu sein. Sie lebte mehr schlecht als recht vor sich hin, unternahm einen ernstzunehmenden Selbstmordversuch und landete daraufhin abermals in einer Anstalt. Dort blieb sie ein paar Jahre, bis die Ärzte davon überzeugt waren, dass sie nicht länger eine Gefahr für sich selbst darstellte. Alles Weitere wurde von Amts wegen geregelt. Die für Frau Bennet zuständige Sozialarbeiterin setzte eine kleine Rente für sie durch und besorgte ihr die Wohnung, in der sie noch heute lebt.«

Und die ich in wenigen Minuten betreten werde, dachte Verhoeven mit wachsendem Unbehagen.

Glauben Sie, dass man verschwinden kann, ohne aufzuhören, anwesend zu sein?

»Was ist mit dem Kind, das sie zur Welt brachte?«, fragte er, indem er seine Augen suchend über die Klingelschilder wandern ließ. »Ihrem Sohn? Wo ist er heute?«

»Das wüssten wir auch gern«, erwiderte Hinnrichs. »Die Kollegen sind gerade dabei, seine Geschichte zu rekonstruieren, aber das kostet Zeit.«

»Hat Ylva Bennet versucht, ihn zu finden?«

»Wissen wir nicht. Falls ja, hätte sie ohnehin erst nach der Wende Gelegenheit gehabt, nach ihm zu suchen. Aber nach allem, was wir inzwischen über ihren Geisteszustand wissen, halte ich das für eher unwahrscheinlich.«

Dennoch scheinen sie einander gefunden zu haben, irgendwie, widersprach Verhoeven seinem Vorgesetzten in Gedanken, indem er an die Kinder dachte, die zusammen mit ihm bei Schmitz und Anna gelebt hatten. Die wenigsten von ihnen waren Vollwaisen gewesen. So wie er. Und diejenigen unter ihnen, die bei ihrem Einzug in das düstere Haus im Frankfurter Norden noch zu klein gewesen waren, um Fragen zu stellen, hatten zu suchen begonnen, kaum dass sie alt genug gewesen waren, um ein Telefon zu bedienen. Selbst dann, wenn sie längst gewusst hatten, dass ihre Mütter Drogenabhängige, Prostituierte oder Alkoholikerinnen waren. Die Kraft des Blutes, dachte Verhoeven. Daran habe ich nie geglaubt. Und doch muss man wahrscheinlich erst herausfinden, dass diese Dinge keine Rolle spielen, damit sie keine Rolle spielen.

Sein Zeigefinger verharrte zögernd über einem der fleckigen Klingelknöpfe. Auf dem ausgeblichenen Schild unter der Plastikabdeckung stand BENNET. »Haben Sie wenigstens den Namen des Sohnes?«

»Wir haben einen Namen, ja.«

»Heißt er Teja?«

»Nein, Maik. Maik Voigt. Aber das muss ja nichts besagen.«

»Richtig«, erwiderte Verhoeven. »Das muss nichts besagen.«

»Die Kollegen versuchen, so schnell wie möglich ein Foto des Jungen aufzutreiben«, schloss Hinnrichs. »Das heißt, inzwischen ist er natürlich kein Junge mehr.«

»Wie alt müsste er jetzt sein?«

»Fünfunddreißig.«

»Das würde passen«, sagte Verhoeven.

Die Frau hatte jemanden bei sich. Einen jungen Mann. Das heißt, so jung war er nun auch wieder nicht. Vielleicht ein paar Jahre jünger als ich. Die imaginäre Inger Lieson in seinem Kopf lachte laut und herzlich. *Ach so, ja, verzeihen Sie. Ich bin achtunddreißig.*

»Der Junge ist übrigens seine ganze Kindheit über im Heim geblieben«, ergänzte derweil Hinnrichs. »Er wurde nie adoptiert.«

»Ist das gut?«, fragte Verhoeven.

Doch die Frage schien seinem Vorgesetzten zu heikel oder zu dumm zu sein. Zumindest beantwortete er sie nicht. Stattdessen sagte er: »Ich gebe Ihnen Bescheid, sobald ich mehr weiß.«

»Dann gehe ich jetzt hoch zu Ylva Bennet«, sagte Verhoeven. »Sie ist …«

»Sie bleiben, wo Sie sind«, fiel ihm Hinnrichs ins Wort. »Ich habe Ihnen bereits ein Team vom SEK rübergeschickt.«

»Wozu?«

»Sicher ist sicher. Schließlich wissen wir nicht, wer bei ihr ist.«

»Ich glaube nicht, dass sie hier sind«, antwortete Verhoeven, indem er an der grauen Fassade hinaufblickte. Und unwillkürlich musste er wieder an die unscheinbare Hochhauswohnung denken, in der die Terroristen der RAF Hans-Martin Schleyer gefangen gehalten hatten. Noch so ein Ding, das von Grund auf schiefgelaufen war. Genau wie die Geiselnahme, über die der Katastrophensoziologe Goldstein promoviert hatte.

»Es kann immer alles Mögliche passieren, mit dem man nicht rechnet«, sagte Hinnrichs, wie um diese beunruhigende Assoziation zu untermauern. »Also lassen Sie uns auf Nummer sicher gehen.«

»Aber wir haben keine Zeit zu verlieren.«

Verhoeven hörte, wie sein Vorgesetzter ärgerlich Luft holte. »Die Kollegen müssen jede Sekunde bei Ihnen eintreffen. Und so lange warten Sie«, sagte er bestimmt. Und nach einem Moment beiderseitigen Schweigens fügte er hinzu: »Es war von vornherein der helle Wahnsinn, dass Goldstein Sie ganz allein dorthin geschickt hat.«

Goldstein schickt also diese Beamtin rein. Ohne Weste, versteht sich. Und das hat ihm beileibe nicht nur Sympathien eingetragen.

»Aber dieses Problem wird sich über kurz oder lang von selbst erledigen, verlassen Sie sich drauf.« Burkhard Hinnrichs stieß ein grimmiges Lachen aus. »Und jetzt tun Sie das, was ich Ihnen sage.«

»Also gut«, stöhnte Verhoeven. »Dann warte ich.«

8 Fragen, Fragen, immerzu Fragen …

Justin Böttcher ist wütend. Erst die Tante hinter dem Spieltisch im Småland. Und jetzt diese andere Tante, eine, die aussieht, als ob sie jede Menge Hunger haben müsste, und ganz und gar doof.

Du musst uns helfen, war das Erste, was sie gesagt hat, als sie sich auf den Stuhl ihm gegenüber gesetzt hat. *Das ist sehr wichtig, verstehst du, Justin? Kannst du dich noch an den Mann erinnern, der dir das Päckchen gegeben hat? Es war doch ein Mann, oder nicht? Kannst du mir erzählen, wie er ausgesehen hat?*

Justin nickt, weil er hofft, dass er dann endlich in Ruhe gelassen wird. Und tatsächlich, die Brillentante schweigt. Aber nur kurz. Als er nichts sagt, sieht sie ihn an und redet einfach weiter.

Schau mal, der Mann dort drüben, das ist ein Kollege von mir, Herr Gruber. Schau dir mal Herrn Gruber an, ja, Justin? Und jetzt sag mir, hatte der Mann, der dir den Umschlag gegeben hat, vielleicht auch so einen Bart wie Herr Gruber? Nicht? Er hatte keinen Bart? Und auch keine Brille? Das ist gut, das machst du ganz ausgezeichnet, Justin, und nun sag mir doch mal, wie das war mit dem ...

NEIN, denkt Justin und schreit, weil er will, dass sie ihn in Ruhe lassen. Die Brillentante soll aufhören, ihm Fragen zu stellen. Und sie sollen aufhören, ihn so blöd anzuglotzen, alle miteinander. Und überhaupt, er will jetzt nach Hause und Lego spielen. Er hat da eine Idee für ein Haus, da könnte sogar eine Eisenbahn durchfahren, und ...

Irritiert blickt er auf, als er plötzlich den Arm seiner Mutter spürt, der sich unbemerkt um seine Schulter gelegt haben muss und der ihn jetzt ganz fest, viel fester als gewöhnlich, auf den Stuhl zurückdrückt. Etwas ist anders als sonst, so viel hat Justin inzwischen verstanden. Etwas, das mit dem Mann zu tun hat, der ihm das doofe Päckchen gegeben hat. Immer soll er über den reden, dabei würde er, wenn er schon reden muss, viel lieber über den Ball sprechen, den er sich beinahe zurückerobert hat. Von dem dummen Raupenzopfmädchen. Aber immer, wenn er davon anfängt, guckt die blöde Brillentante ganz komisch, und dann sagt sie, dass er ihr etwas über den Mann mit dem Päckchen erzählen soll.

Die Hand seiner Mutter gleitet tiefer. »Halt still, Justin«, flüstert sie, die langen Finger jetzt wie einen Schraubstock um seine Arme gekrallt.

LASS MICH LOS, schreit Justin und spuckt ihr mitten ins Gesicht. Normalerweise etwas, das ihm einen Klaps einträgt oder Schlimmeres.

Aber dieses Mal passiert nichts.

Vielleicht, weil die Brillentante dabei ist.

LASS MICH, wiederholt Justin, etwas leiser als zuvor, weil es plötzlich ganz still ist um ihn herum und alle ihn ansehen.

Und dann hört er, wie sein Vater etwas sagt, das er nicht versteht.

»Möchtest du, dass wir eine Pause machen?«, fragt die Brillentante mit einem Lächeln, das ihm irgendwie falsch vorkommt. »Hast du vielleicht Durst? Ja, Justin? Warte, Herr Gruber holt dir einen Saft. Magst du Apfel? Oder lieber Orange? Apfel?«

Fragen, Fragen, Fragen …

9 »Meinen Sohn?«

So, wie Ylva Bennet das Wort aussprach, klang es, als gehöre es einer anderen Sprache an. Einer, die ihr Mühe bereitete.

Verhoeven sagte nichts. Nicht zuletzt vor dem Hintergrund dessen, was er inzwischen über sie wusste, hatte er das Gefühl, sie nicht stören zu dürfen, während sie sich den holprig gewordenen Pfad ihrer Erinnerung zurücktastete.

Aber er wartete umsonst.

Ylva Bennet beließ es bei ihrer ungläubigen Rückfrage.

»Sie haben Ihren Sohn am 28. Januar 1973 in Ihrer Heimatstadt Magdeburg zur Welt gebracht«, versuchte er, ihr auf die Sprünge zu helfen, als er merkte, dass sie anders nicht weiterkommen würden. Und wie um die Sache noch anschaulicher zu machen, fügte er hinzu: »Es war Winter damals, erinnern Sie sich? Nur ein paar Wochen nach Weihnachten.«

Die Frau, die ihn eingelassen, die bewaffneten Männer in seinem Rücken mit einem kurzen, desinteressierten Blick bedacht und dann in einem schäbigen Sessel ihm gegenüber Platz genommen hatte, schaute auf ihre Hände hinunter und lächelte. Sie musste einmal recht groß gewesen sein, das war Verhoeven sofort aufgefallen. Groß und sicher auch sehr attraktiv. Jetzt allerdings bewegte sie sich wie jemand, der sich am liebsten für seine eigene Existenz entschuldigt hätte.

Sie machte den Eindruck, als sei sie gar nicht da ...

»Frau Bennet?«

Nicken.

Immerhin. Aber was hieß das? Dass sie zur Kenntnis genommen hatte, worum es hier ging? Oder dass er sie beim richtigen Namen ansprach?

Verhoeven schaute sich ratlos in dem kleinen, annähernd quadratischen Wohnzimmer um. Überall an den Wänden hingen Stickbilder, die selbst gemacht aussahen. Doch zu seiner Verwunderung konnte er nirgendwo Stickutensilien entdecken. Und auch kein anderes Handarbeitszeug. Seine Augen kehrten wieder zu Ylva Bennet zurück, und er dachte daran, dass sie als Näherin gearbeitet hatte, während ihres Aufenthaltes in der Psychiatrischen Klinik, von der Hinnrichs gesprochen hatte.

»Sie erinnern sich doch an Ihren Sohn?«

War das jetzt ein Nicken gewesen?

Verhoeven war sich nicht sicher.

»Ich weiß, dass er Ihnen fortgenommen wurde, als er noch ein Baby war. Aber inzwischen ... Inzwischen haben Sie ihn wiedergesehen, nicht wahr?«

Nicken. Eindeutig dieses Mal, wenn auch entfernt.

»War er hier?«

Keine Reaktion.

Verhoevens Blick glitt von den Stickereien zum Fernseher hinüber. Über dem altmodischen Gerät hingen ein paar Bilder von Tennisturnieren. Sie waren achtlos aus irgendeinem Magazin herausgeschnitten und anschließend mit Reißzwecken und Stecknadeln an der weißen Wand befestigt worden und zeigten ein paar der erfolgreichsten Spielerinnen der letzten dreißig Jahre: Billy Jean King. Martina Navratilova. Chris Evert. Steffi Graf. Verhoeven überlegte, ob die Bilder wohl bedeuteten, dass Ylva Bennet Tennis gespielt hatte, irgendwann, zu einem sehr frühen Zeitpunkt ihres Lebens. Und ob sie vielleicht auf diese Weise versuchte, die Erinnerung an jene Zeit aufrechtzuerhalten.

»Ist Teja hierher zu Ihnen gekommen?«, bemühte er sich, ihre Aufmerksamkeit wieder auf seine Fragen zu lenken. »Hat er Sie hier in dieser Wohnung besucht?« Nein, dachte er, ärgerlich über sich selbst. So *kann* sie mich gar nicht verstehen! »Maik, meine ich«, korrigierte er sich hastig. »War Maik irgendwann mal hier?«

Ylva Bennet sah ihn an, als habe er den Verstand verloren.

»Ich spreche von Ihrem Sohn«, stellte Verhoeven noch einmal klar. »Haben Sie eine Ahnung, wo er sich im Augenblick aufhält?«

Die Frau im Sessel sah zum Fenster und murmelte etwas, das wie »Tony« und irgendwie auch nach Protest klang.

»Wir wissen, dass Sie mit ihm bei einem Empfang waren. Drüben im Staatstheater. Erinnern Sie sich?«

Jetzt reagierte sie wieder gar nicht. Aber das hieß nichts bei ihr. So viel immerhin hatte Verhoeven bereits mitbekommen.

»Ich glaube …« Er zögerte, eine Idee auszusprechen, über die er sich selbst noch nicht restlos im Klaren war. Aber schließlich tat er es doch: »Ich glaube, Sie haben dort jemanden gesehen, den Sie von früher kennen.«

Er achtete auf ihre Pupillen. Aber sie blieben unverändert.

»Haben Sie Ihrem Sohn diese … Person gezeigt?«

Nichts. Leere. Regungslosigkeit.

Ich bin mir ganz sicher, dass ich die Frau auf dem Bild schon mal gesehen habe. Es war bei einem Empfang, drüben im Staatstheater, und ich hatte das Gefühl, dass sie meinen Mann anstarrt …

»Frau Bennet?«

Stumpfes Schweigen.

»Sagt Ihnen der Name Walther Lieson etwas?«

Falls ja, hatte sie, die ein Drittel ihres Lebens in geschlossenen Anstalten verbracht hatte, zweifellos gelernt, wie man seine wahren Gefühle unter einer Fassade von Gleichgültigkeit verbarg. Ihr Blick schweifte ziellos im Raum hin und her, während der Rest von ihr in einer beinahe gespenstigen Ruhe verharrte.

»Und was ist mit …« Jetzt war er gespannt! »… Malina?«

Doch auch dieses Mal zeigte Ylva Bennet keine Reaktion auf seine Frage. Weder Überraschung noch Unverständnis, noch Angst.

Es klang bestürzt, verstehen Sie? So als ob sie sich erschreckt hätte …

440

Stattdessen sagte sie: »Er hat gar nicht erst auf die Welt kommen wollen«, und für den Bruchteil einer Sekunde lag etwas wie Schmerz in ihrem Blick. Doch der Eindruck verflog, noch bevor Verhoeven ihn richtig realisiert hatte. Trotzdem war er jetzt sicher, dass sie wusste, wovon er sprach.

»Es muss furchtbar sein, zu wissen, dass irgendwo dort draußen ein Kind ist, das auf einen wartet, und man bekommt keine Chance, sich um dieses Kind zu kümmern«, sagte er, ebenso sehr zu sich selbst wie zu ihr.

Und nun sah sie ihn plötzlich an. Ihre Augen waren braun, eine warme, fast sonnige Farbe, die vortrefflich zu den wenigen kastanienbraunen Strähnen passte, die das Grau auf ihrem Kopf von ihrem Naturton übrig gelassen hatte. »Könnten Sie so etwas tun?«, fragte sie mit einer Stimme, die genauso leer war wie der Ausdruck in ihrem Gesicht.

Verhoeven schüttelte verwirrt den Kopf. »Was?«

»Das ist nicht recht gewesen«, sagte sie, während sich das Unverständnis in ihrem Blick verhärtete. Mehr noch: Es bekam unter Verhoevens Augen eine andere Qualität. Eine Art stumpfe Undurchdringlichkeit. »Das eigene Kind …«

»Ihr Sohn steckt in Schwierigkeiten«, hörte Verhoeven sich sagen, bevor er etwas dagegen unternehmen konnte. »Aber wir werden ihn finden. Und wir werden alles tun, um zu verhindern, dass die Sache noch schlimmer wird.«

Zu seiner Überraschung fragte sie: »Können Sie reiten?«

Verhoeven schüttelte den Kopf. »Leider nicht.«

»Freiheit«, murmelte Ylva Bennet mit einem leisen Lächeln auf den welken Lippen. »Auf dem Rücken eines Pferdes vergisst man alle Ängste. Und man wird frei.« Das Lächeln verblasste. »Man kann auch in einem kleinen Zimmer galoppieren«, flüsterte sie. »Rein theoretisch.«

»Ja?«

Wieder Lächeln. Neu poliert. »Ja, aber es tut zu weh.«

Verrückt oder weise?, überlegte Verhoeven. Oder doch ganz etwas anderes? War diese Frau dort die beste Schauspielerin, die er je gesehen hatte? Er konnte es nicht sagen. Genau genommen hatte ihn noch nie im Leben ein Mensch mit einer derart großen Ratlosigkeit erfüllt.

Als er merkte, dass Ylva Bennet ihn ansah, hob er den Kopf.

»Sie müssen vergessen, um zu überleben«, sagte sie leise. »Wer nicht vergessen kann, kommt um.«

10

Schräg gegenüber der allgemeinmedizinischen Praxis von Dr. med. Elmar Kreuzberg zog Oskar Bredeney fröstelnd die Schultern hoch. Er trug an diesem Abend ausnahmsweise eine flaschengrüne Trainingsjacke zu seinen Jeans und darüber in Anbetracht der stetig fallenden Temperaturen eine gefütterte Steppweste im gleichen Ton. Auf seinen Knien lag eine betagte Canon, die wertvoll aussah.

»Frühling«, murrte er. »Wenn das so weitergeht, müssen die armen Kinder ihre Ostereier im Schnee suchen.«

Stefan Werneuchen nickte und reichte seinem Kollegen einen Keramikbecher. »Hier, halt den fest.«

Bredeney legte die Kamera beiseite und tat, wie ihm geheißen. »Was ist das?«, fragte er, als Werneuchen die mitgebrachte Thermoskanne aufschraubte und eine bernsteinfarbene Flüssigkeit in den Becher rinnen ließ.

»Karamelltee.«

»Karamelltee?« Bredeney schnüffelte angeekelt an dem Getränk. »Warum hast du keinen Kaffee gemacht?«

»Kaffee ist …«

»Vergiss es.« Der Veteran des KK 11 verzog sein pockennarbiges Gesicht und kippte dann mit Todesverachtung die Hälfte seines Tees in einem Zug hinunter.

»Der ist doch noch viel zu heiß«, rief Werneuchen entsetzt.

Oskar Bredeney warf ihm einen vernichtenden Blick zu.

»Okay, okay«, sagte Werneuchen. »Willst du einen Muffin dazu?«

»Normal oder Bio?«

Stefan Werneuchen verdrehte die Augen. »Bio ist auch normal.«

»Es ist kalt, und die Nacht wird lang«, versetzte Bredeney. »Da will ich Raffinadezucker und Industrieschokolade.«

»Kannst du haben«, grinste Werneuchen und angelte eine Bäckereitüte unter dem Fahrersitz hervor.

»Gott«, sagte Bredeney. »Meine letzte Überwachung war …« Er biss in seinen Muffin, während er zurückdachte. Aber er schien zu keinem Ergebnis zu kommen.

Sie saßen jetzt seit rund vier Stunden im Wagen, der unauffällig zwischen ein paar anderen Fahrzeugen am Straßenrand abgestellt war. Und inzwischen kam ihnen auch die langsam, aber sicher hereinbrechende Nacht zu Hilfe, die sich wie ein dunkles Tuch zwischen die Ein- und Zweifamilienhäuser der reinen Wohngegend legte.

»Dass einer von denen hier auftaucht, ist so wahrscheinlich wie ein Sechser im Lotto«, knurrte Bredeney, nachdem er die Rechnerei wieder aufgegeben hatte.

»Es ist eine Möglichkeit«, widersprach ihm Werneuchen.

»Es ist bestenfalls ein Strohhalm«, konterte Bredeney.

»Ich finde es trotzdem unverantwortlich, dass der Doktor so gar nicht eingeweiht wird«, sagte Werneuchen.

»In was sollten wir ihn denn bitte einweihen?«, schnappte Bredeney. »Alles, was wir hier treiben, basiert auf Wenns und Wenns und noch mal Wenns und einem Haufen Abers. Ganz abgesehen davon, dass es ganz und gar inoffiziell ist.«

Werneuchen hob beschwichtigend die Hand. »Schon gut, weiß ich ja.«

»Wenn dieser Teja oder Maik oder wer immer es ist, tatsächlich so was wie ein Gewissen hätte«, führte Bredeney fort. »Und wenn es ihm tatsächlich auf das Leben von einer einzelnen seiner sechs Geiseln ankäme …«

»Warte!«, fiel Werneuchen dem altgedienten Kollegen ins Wort. »Sieh dir das mal an! Da hinten!«

So träge und abgelenkt Oskar Bredeney auch wirken mochte, wenn es darauf ankam, war er da. Er brauchte exakt vier Sekunden, um seinen verbliebenen Tee hinunterzustürzen, den Becher in den Fond des Wagens zu werfen und bis in die letzte Faser seines Körpers gestrafft über seine Schulter zu blicken. »Scheiße, du hast recht. Das könnte er sein.«

Der Wagen, den sie meinten, näherte sich im Schritttempo. Vorne rechts war der Scheinwerfer kaputt, sodass das Fahrzeug dort nur über das gewöhnliche Standlicht verfügte.

Werneuchens Augen fixierten den Rückspiegel. »Es ist ein Passat. Dunkelgrün metallic, soweit ich das in diesem Licht beurteilen kann.«

»Kannst du das Kennzeichen erkennen?«

Werneuchen kniff die Augen zusammen. »WB-XJ und dann die 322 … Nein, 327.«

Bredeney gab die Daten über Funk an die Zentrale weiter. »Was ist mit den Insassen? Siehst du die?«

»Nein. Die Scheiben spiegeln noch zu sehr.«

»Das Kennzeichen, das Sie interessiert, ist vergeben«, meldete eine angenehm tiefe Frauenstimme aus der Zentrale. »Allerdings nicht für einen Passat, sondern für einen Nissan. Wir überprüfen die Daten des Halters.«

Bredeney tauschte einen Blick mit seinem jungen Kollegen. »Dann haben sie die Dinger geklaut und anschließend auf dieses Fahrzeug montiert.«

»Sieht so aus.«

»Zentrale?«, flüsterte Bredeney in sein Funkgerät. »Überprüfen Sie auch alle VW Passat, die in den letzten Wochen gestohlen wurden.«

»Schon dabei.«

»Okay, wir warten.«

Oskar Bredeney sah sich um. Das verdächtige Fahrzeug hatte jetzt den Bürgersteig vor der Praxis erreicht. Der Widerschein des verbliebenen Bremslichts tauchte die halbhohe Mauer neben dem Haus in ein rötliches Licht, als der Fahrer den Wagen zum Stehen brachte.

Ein paar quälend lange Sekunden geschah nichts. Dann wurde die Tür auf der Beifahrerseite geöffnet.

Bredeney verrenkte sich fast den Rücken, als er seine Canon an der Kopfstütze seines Sitzes vorbei manövrierte. Im Sucher der Kamera erschien ein Gesicht. »Ein Mann, etwa dreißig. Blond. Schlank.«

»Ich rufe Hinnrichs an. Wir brauchen Verstärkung.« Werneuchen griff an seinem Kollegen vorbei, während Bredeney sich noch näher an den Geiselnehmer heranzoomte. Die mattschwarze Jacke des Mannes schluckte das Licht der nächsten Straßenlaterne, als er langsam, aber nicht zu langsam auf die Haustür zuging.

»Was macht er?«

»Geht die Einfahrt rauf.« Bredeneys Canon folgte dem Rücken des Mannes. Dann knurrte er plötzlich: »Scheiße. Wir sind so was von gar nicht vorbereitet!«

»Was meinst du?«

»Von dem Arzt bekommen sie, wenn überhaupt, nur das Rezept«, sagte Bredeney anstelle einer Antwort. »Also wo, zum Teufel, ist hier die nächste Apotheke?«

»Ich weiß nicht«, stotterte Werneuchen. »Ich kenne mich in der Gegend nicht aus. Und auf der Herfahrt habe ich keine gesehen.«

Bredeney gab die Frage an die Zentrale weiter, während Werneuchen mit Hinnrichs sprach. Wenige Sekunden später erhielt er Auskunft. Die nächstgelegene Apotheke befand sich zwei Straßen weiter in die andere Richtung, nur etwa fünfhundert Meter Luftlinie von ihnen entfernt.

»Soll ich ein Team hinschicken?«, wollte die diensthabende Beamtin wissen.

Bredeney bejahte. »Ja, aber nur eins. Sie sollen ein ziviles Fahrzeug benutzen und sich so unauffällig wie möglich verhalten. Wir übernehmen die Erstverfolgung des verdächtigen Fahrzeugs und halten Sie auf dem Laufenden. Sorgen Sie dafür, dass wir Unterstützung kriegen, damit wir uns ablösen können.« Er hob die Canon wieder ans Auge. »Wenn wir Glück haben, führen sie uns geradewegs zu ihrem Versteck.«

»Also zunächst kein Zugriff?«, vergewisserte sich die Beamtin mit der sympathischen Stimme noch einmal.

»Nein«, rief Bredeney. »Die Kollegen dürfen auf keinen Fall einschreiten, verstanden? Egal, was passiert.«

445

11 »Wir lassen Ylva Bennets Wohnung ab sofort nicht mehr aus den Augen«, erklärte Goldstein mit vollem Mund. Irgendjemand hatte Pizza bestellt, ohne zu fragen. Auf dem Tisch der Liesons stapelten sich die Kartons. »Auch wenn ich lebhaft bezweifle, dass dieser Maik so dumm ist, sich dort blicken zu lassen.«

»Nicht, nachdem du ihm so bereitwillig verraten hast, dass du von seiner Suche nach Malina weißt«, pflichtete Monika Zierau ihm bei. Sie verfügte über die bemerkenswerte Gabe, messerscharfe Kommentare abzugeben, ohne auch nur im Mindesten zickig zu klingen. Im Gegenteil. Eigentlich sprach sie – bis auf die Tonhöhe – wie ein Mann.

»Das muss ja nicht zwingend bedeuten, dass ich auch von seiner Mutter weiß«, konterte Goldstein. »Teja könnte auch annehmen, dass es doch einen Zeugen gegeben hat. Jemanden, den sie in der Bank übersehen haben. Oder er vermutet noch immer, dass Lieson sein Mann ist, und geht davon aus, dass er uns gegenüber ausgepackt hat.«

Monika Zierau antwortete nicht. Als Werner Brennicke vor einer guten halben Stunde gegangen war, hatte er sie gebeten, ihn kurz nach draußen zu begleiten. Sie war seiner Bitte mit sichtlichem Widerwillen nachgekommen und bereits wenige Minuten später wieder in Walther Liesons Wohnzimmer zurückgekehrt. Aber seither verhielt sie sich ungewohnt wortkarg, und Verhoeven überlegte, ob der BKA-Mann die Psychologin mit irgendetwas unter Druck gesetzt haben konnte.

»Sie müssen essen«, raunte Hinnrichs ihm von der Seite zu.

»Ich habe keinen Hunger«, sagte Verhoeven.

»Trotzdem«, entgegnete sein Vorgesetzter und reichte ihm ein Pizzaviertel mit Salami aus der Schachtel auf seinen Knien. Dann reckte er den Hals in Luttmanns Richtung. »Haben Sie schon irgendwas Neues zu Maik Voigt und seinem Umfeld?«

Der junge Kriminaltechniker sah geschafft aus. Sein frischer Jungenteint hatte sichtlich an Farbe verloren und unter seinen Augen lagen tiefe Ringe. »Noch immer nicht viel Brauchbares«, antwortete er. »Wir wissen, dass Maik Voigt nicht sofort nach seiner Geburt ins Ernst-Thälmann-Heim verbracht wurde, sondern erst ein paar Monate später. Wo er in der Zwischenzeit gewesen ist, geht aus den Akten leider nicht hervor. Er wuchs heran und fiel im Alter von dreizehn Jahren zum ersten Mal unangenehm auf.« Luttmanns schlanke Hand wedelte wegwerfend durch die mittlerweile zum Schneiden stickige Wohnzimmerluft. »Da war nichts Schlimmes dabei, irgendwelche harmlosen Streiche. Mit fünfzehn ging es dann allerdings richtig los, und Maik ließ sich dummerweise dabei erwischen, wie er unter den Jungs im Heim selbstgezeichnete Honecker-Karikaturen verteilte.«

Der Apfel fällt nicht weit vom Stamm, dachte Verhoeven, indem er sich Ylva Bennets verblasstes Gesicht ins Gedächtnis rief. Auch sie hatte sich aufgelehnt und heimlich Pamphlete gedruckt, irgendwann, bevor sie durch sechzehn Jahre Zwangspsychiatrie zu einem Schatten ihrer selbst geworden war. Auch sie …

»Mit von der Partie war damals übrigens Maiks bester Freund«, fuhr Luttmann fort. »Andreas Barth. Die beiden waren seit Kindertagen sozusagen unzertrennlich. Beide intelligent und idealistisch, allerdings auch nicht gerade pflegeleicht. Und mit dieser Honecker-Geschichte hatten sie ihre Aussichten auf den Besuch einer weiterführenden Schule oder gar ein Studium im Grunde schon so gut wie verwirkt. Doch zu beider Rettung kam ein Jahr später die Wende.« Der junge Softwarespezialist rieb sich die Augen, bis sie knallrot waren. »Sie beendeten die Schule, Maik verpflichtete sich für sechs Jahre beim Bund und Andreas machte eine Lehre als Maschinenschlosser. Irgendwann stellten sie dann wohl fest, dass sie mit ihrem Leben nicht so richtig zufrieden sind, und beschlossen, sich selbständig zu machen.«

»Als was?«, fragte Hinnrichs.

Luttmann sah nach. »Sie übernahmen eine Großhandlung für Garten- und Spielgeräte, aber die Firma machte innerhalb von drei Jahren pleite, und die beiden waren wieder genau da, wo sie vorher auch schon waren.«

»Und dann?«

»Gelegenheitsjobs«, entgegnete der junge Familienvater mit

einem neuerlichen Blick in das Dossier, das irgendwelche fleißigen Kollegen in aller Eile zusammengestellt hatten. »Es folgten immer wieder Phasen von Arbeitslosigkeit. Dann mal ein paar Monate als Aushilfe auf dem Bau. Und so weiter und so fort.«

Hinnrichs nickte. »Und haben Sie inzwischen auch herausgefunden, wo die beiden heute sind?«

»Offiziell bewohnt Maik Voigt eine kleine Wohnung im Magdeburger Bezirk Neue Neustadt«, erklärte Luttmann, »aber da macht niemand auf, und die Nachbarn wollen ihn schon monatelang nicht mehr gesehen haben.«

»Natürlich macht niemand auf«, knurrte Goldstein, auf dessen Hemd die Salamipizza zwei dicke Fettflecken hinterlassen hatte. Verhoeven dachte an das blütenweiße Hemd, das Werner Brennicke getragen hatte, und überlegte, was ihm unsympathischer war. Der leicht derangierte Eindruck des Unterhändlers, der ihm Angst machte. Oder die glatte, berechnende Kühle eines Werner Brennicke. »Schließlich ist der Kerl hier.«

»Das wissen wir nicht mit Bestimmtheit«, wandte Luttmann ein.

Doch Goldstein überging ihn einfach. »Die Magdeburger Kollegen sollen sich die Wohnung vornehmen«, rief er. »Vielleicht ist dort etwas, das uns weiterhilft.«

»Und wie wollen Sie eine solche Aktion rechtfertigen, falls Sie sich irren?«, fragte Hubert Jüssen, der vor einer halben Stunde zu ihnen gestoßen war.

Goldstein sah ihn an. »Ich rechtfertige mich grundsätzlich nicht.«

»Das ist eins deiner Probleme«, bemerkte Monika Zierau spitz.

Der erfahrene Unterhändler stand auf und machte ein paar Schritte auf sie zu. Es war eine an und für sich völlig harmlose und doch irgendwie drohende Geste. Fast so als ob Goldstein seine Profilerin am Kragen packen und eigenhändig vor die Tür setzen wolle. Aber als er Monika Zierau fast erreicht hatte, drehte er ab und angelte sich die Fotos von Maik Voigt und Andreas aus dem Drucker neben Luttmanns Laptop. Es handelte sich um zwei ältere Aufnahmen der beiden Freunde, doch die Qualität war durchaus akzeptabel.

Vielleicht brauchen sie diese Art von Reibung, dachte Verhoeven, indem er sich in Erinnerung rief, wie offensichtlich die Psychologin Werner Brennickes Angebot zur Meuterei zurückgewiesen hatte. Andererseits glaubte er auf beiden Seiten durchaus die Tendenz zu einer Verschärfung des Tonfalls zu spüren. Und eine gesteigerte Aggression.

»Ich zeige das hier jetzt Inger Lieson, falls niemand etwas dagegen hat«, verkündete Goldstein, indem er die Fotos durch die stickige Luft schwenkte wie eine Trophäe. »Und Sie«, wandte er sich wieder an Jüssen, »schicken auf der Stelle ein Team von Spurensicherern in Maik Voigts Magdeburger Wohnung. Oder ich sorge dafür, dass Sie ab sofort nichts mehr mit diesem Fall zu tun haben, ist das jetzt angekommen?«

Der Koordinator der Background-Ermittlungen antwortete nicht, sondern erhob sich einfach und verließ wortlos den Raum.

Goldstein folgte ihm mit den Fotos.

»Idiot«, raunte Hinnrichs. Und beinahe widerwillig fügte er hinzu: »Aber recht hat er …«

Da bin ich mir nicht mehr so sicher, dachte Verhoeven. Doch er behielt seine Gedanken für sich.

»Ich bekomme hier gerade die Ergebnisse des Genabgleichs rein«, meldete Luttmann, indem er mit noch immer geröteten Augen überflog, was sein Monitor ihm anzeigte. »Die Hand aus der Schachtel gehört Iris Kuhn.«

Verhoeven tauschte einen Blick mit seinem Vorgesetzten, und er sah, dass Hinnrichs genau dasselbe dachte wie er. Nicht Winnie! Gott sei Dank!

Als ihnen bewusst wurde, dass das, was sie erleichterte, mit großer Wahrscheinlichkeit den Tod einer anderen Frau bedeutet hatte, senkten beide eilig den Blick.

»Laut gerichtsmedizinischem Gutachten wurde die Hand postmortal abgetrennt«, fuhr Luttmann denn auch folgerichtig fort, und die Nachricht, so wenig unerwartet sie auch war, löste unter den Anwesenden betretenes Gemurmel aus.

Iris Kuhn war tot …

*Nach Ablauf der Frist bekomme ich den Namen und das Geld.
Falls nicht, können Sie sechs Särge bestellen.*

Sechs Särge. Verhoeven sah auf seine Hände hinunter, die verknotet wirkten. Das bedeutet andererseits, dass wir noch immer eine Chance haben, die anderen zu retten.

»Die Laboranalyse des Verpackungsmaterials hat leider auch nicht viel ergeben«, sickerte gleich darauf Luttmanns Stimme in sein Bewusstsein. »Eine Geschenkschachtel, wie sie die Entführer verwendet haben, kann man in jedem Kaufhaus kriegen. Die beigelegte Karte ist von Hand auf Visitenkartengröße zurechtgeschnitten. Die Buchstaben R. GOLDSTEIN sind ebenfalls von Hand geschrieben, und zwar – und hier wird's interessant – von zwei Personen, die beide abwechselnd einen Buchstaben übernommen haben.«

Mit von der Partie war damals übrigens Maiks bester Freund, Andreas Barth. Die beiden waren seit Kindertagen sozusagen unzertrennlich …

»Gewöhnliche Kugelschreibertinte«, fuhr Luttmann fort. »Gewöhnliches Packpapier. Keine Fingerabdrücke.« Der junge Kriminaltechniker seufzte wie jemand, der wusste, dass die Überbringer schlechter Nachrichten gemeinhin keinen leichten Stand hatten. »Übrigens auch nicht am Tesafilm.«

Hinter Verhoeven ging die Tür auf und Goldstein kehrte zurück. »Frau Lieson hat in Maik Voigt den Mann wiedererkannt, den sie zusammen mit Ylva Bennet auf diesem Empfang gesehen hat«, verkündete er.

Dann wissen wir also jetzt, mit wem wir es zu tun haben, dachte Verhoeven. Aber hilft uns dieses Wissen irgendwie weiter? Seine Augen suchten die Uhr auf dem Tisch. Die Zeit läuft ab, und wir haben noch immer keine Ahnung, wo wir suchen sollen.

Das Klingeln gleich mehrerer Handys fegte die trüben Gedanken abrupt beiseite, und überrascht stellte Verhoeven fest, dass auch sein eigenes Handy dabei war. Er nahm den Anruf entgegen, und das, was er hörte, trieb ihm von jetzt auf gleich einen gehörigen Schwall Adrenalin durch die Adern. An Hinnrichs' Miene sah er, dass sein Vorgesetzter ganz offenbar die gleiche Nachricht bekommen hatte.

»Wir haben Sichtkontakt zu zweien der mutmaßlichen Entführer«, rief in diesem Augenblick auch Luttmann.

»Wo?«, schrie Goldstein.

»Vor dem Haus von Jussuf Mousas Hausarzt.«

Der Unterhändler begriff sofort. »Wer hat das veranlasst?«

Hinnrichs erhob sich und jeder Zoll seines Körpers strahlte eine souveräne Autorität aus. »Ich habe das veranlasst.«

Goldsteins Adleraugen fixierten den Leiter des KK 11 mit einer Mischung aus Interesse und Misstrauen. »Und verraten Sie mir auch, wer Ihnen das Personal für eine solche Aktion bewilligt hat?«

»Ich denke nicht, dass das jetzt wichtig ist«, sagte Verhoeven, doch sein Vorgesetzter war ganz offenbar entschlossen, dem Unterhändler keine Antwort schuldig zu bleiben.

»Niemand«, entgegnete er ruhig. »Es sind meine Leute, die diese Überwachung übernommen haben, und sie haben sich freiwillig für diesen Einsatz zur Verfügung gestellt.« Burkhard Hinnrichs straffte die Schultern. »Sonst noch Fragen?«

Goldstein schüttelte langsam den Kopf, während sich ein Lächeln über seine Lippen breitete, das gefährlich aussah. »Tun Sie so etwas nie wieder«, sagte er leise, aber mit äußerster Bestimmtheit.

Dann drehte er sich zu Luttmann um und verfolgte genau wie alle anderen gebannt die Funksprüche, die aus den Lautsprechern von dessen Laptop sickerten.

12

»Und?«, fragte Werneuchen.

»Er ist noch drin«, antwortete Bredeney.

»Warum dauert das so lange?«

»Keine Ahnung. Vielleicht muss der Doktor erst seinen Computer anschmeißen«, bemerkte Bredeney mit dem ihm eigenen trockenen Humor. »Oder aber er hat sich vor dem ungebetenen Gast zu Tode erschrocken und unser Geiselnehmer muss ihn erst mal reanimieren.«

»Sein Kumpel jedenfalls wird langsam, aber sicher nervös«, befand Werneuchen mit einem bangen Blick in den Rückspiegel. »Er hat schon mal den Motor angelassen.«

»Ich an seiner Stelle wäre auch nervös«, entgegnete Bredeney. »Ich meine, wenn man bedenkt, dass sie …«

Neben ihm schnappte Werneuchen hörbar nach Luft. »Ach du Scheiße …«

Bredeney ließ die Canon sinken. »Was ist?«

»Oh Gott, fahrt bloß weiter!«, flehte Werneuchen anstelle einer Antwort. »Los doch, Leute, macht gefälligst, dass ihr Land gewinnt. Und kommt bloß nicht auf die Idee …«

Im Außenspiegel erkannte Bredeney ein gutes Stück die Straße abwärts einen Streifenwagen, der zügig näher kam. Er wand sich um seinen Sitz herum, hob die Kamera wieder ans Auge und richtete sie auf den wartenden Wagen.

»Was macht er?«

»Sitzt da und wartet.«

Die Streife war jetzt fast auf gleicher Höhe mit dem Passat.

»Fahrt, fahrt, fahrt«, flüsterte Werneuchen beschwörend.

Und Bredeney stöhnte: »Verdammt, Junge, behalt bloß die Nerven, hörst du?«

Werneuchen war sich nicht sicher, ob der Kollege ihn oder den Geiselnehmer meinte.

Die Scheinwerfer des Streifenwagens leuchteten ihnen aus den Rückspiegeln entgegen, als der Wagen an dem wartenden Passat vorbeiglitt, und sie wollten eben aufatmen, als der Fahrer ein paar Meter weiter den Blinker setzte und am rechten Fahrbahnrand anhielt.

»Scheiße, jetzt haben die das mit dem kaputten Scheinwerfer gesehen«, stöhnte Werneuchen, der in seinem Sitz kleiner zu werden schien.

Oskar Bredeney hingegen hatte bereits das Funkgerät in der Hand und gab die Nummer des Streifenwagens an die Zentrale durch. »Wir brauchen so schnell wie möglich eine Funkverbindung zu den Kollegen«, rief er atemlos. »Sofort!«

»Zu spät«, flüsterte Werneuchen. »Einer von ihnen steigt gerade aus.«

Gebannt verfolgten die beiden Kommissare, wie der uniformierte Beamte, der auf dem Beifahrersitz gesessen hatte, das Fahrzeug verließ und mit gemessenen Schritten auf den Passat zuging. Er trat neben die Fahrertür und wartete geduldig, bis die Scheibe herunterschnurrte. Dann sagte er etwas, und der Fahrer schaltete den Motor aus.

»Verbindung zu 219 steht«, meldete die Zentrale.

»Oskar Bredeney, KK 11«, schrie Bredeney in sein Funkgerät. »Bleiben Sie jetzt ganz ruhig und hören Sie mir zu. Wir stehen nur ein paar Meter von ihnen entfernt, der dunkelblaue Audi.« Er sah, wie der Beamte hinter dem Steuer den Kopf wandte. »Das hier ist eine verdeckte Operation. Und wir haben berechtigten Anlass zu der Annahme, dass es sich bei dem Fahrer des Fahrzeugs, das Sie gerade überprüfen, um einen der Geiselnehmer handelt, die gestern die Sparkassenfiliale in der Hohenzollernstraße überfallen haben.«

Dem Beamten schien buchstäblich die Luft wegzubleiben. »Wir wollten nur ...«, stammelte er. »Der Scheinwerfer ist ...«

»Ich weiß«, fiel ihm Bredeney ins Wort. »Aber die Entführer sind zu zweit, und der andere muss jeden Augenblick aus dem Haus dort hinter ihnen kommen. Also pfeifen Sie jetzt auf der Stelle Ihren Kollegen zurück und machen Sie, dass Sie hier wegkommen, verstanden? Denken Sie sich was aus ...«

»Verstanden«, schepperte die Stimme des Beamten zurück, und Bredeney konnte sehen, wie der Mann den Verschluss seines Sicherheitsgurts löste.

»Hey, die sind schon fertig«, rief Werneuchen, der sah, wie der

Kollege des Betreffenden zum Abschied grüßend die Hand hob. Er lachte. Offenbar war das Gespräch mit dem Entführer entspannt verlaufen.

»Fuck, da ist sein Komplize!«, stöhnte Werneuchen.

Bredeneys Kopf ruckte herum und er sah den zweiten Mann aus dem Haus treten. Er hielt einen Zettel in der Hand, aller Wahrscheinlichkeit nach ein Rezept. Als sein Blick auf den uniformierten Beamten neben dem Wagen fiel, stutzte er. Dann griff er mit der rechten Hand unter seine Jacke.

»Nein!«, schrie Bredeney, die Finger bereits am Knauf seiner Tür. »Nicht …«

Doch es war bereits zu spät. Sie sahen einen kurzen Lichtblitz, als der Entführer abdrückte. Der Streifenbeamte fasste sich an die Schulter und ging neben dem Passat zu Boden. Sein Kollege lief gebückt um den Einsatzwagen herum und ging hinter der noch immer geöffneten Beifahrertür in Deckung. Von dort aus eröffnete er das Feuer auf den Angreifer.

»Fuck, fuck, fuck«, fluchte Werneuchen.

»Zentrale, wir haben einen Schusswechsel«, meldete Bredeney, äußerlich vollkommen ruhig. »Dabei wurde ein Beamter verletzt und … Ja, ich wiederhole: Ein Polizist ist getroffen. Schicken Sie sofort …«

Die Scheinwerfer des Passats flammten auf, als der Fahrer den Wagen mit quietschenden Reifen mitten auf den Rasen vor Dr. Kreuzbergs Haus lenkte. Auf diese Weise durch das Fahrzeug gedeckt, hechtete der Mann aus der Beifahrertür und kniete neben seinem Komplizen nieder, der reglos am Boden lag.

»Denk nicht mal dran«, fluchte Bredeney, als er sah, dass der Kollege des angeschossenen Streifenbeamten sich anschickte, ohne jeden Feuerschutz zu seinem auf dem Asphalt ausgestreckten Partner zu stürmen. »Nicht so und schon gar nicht allein, Freundchen.« Er riss seine Dienstwaffe aus der Weste und stieß die Beifahrertür auf. »Hey«, schrie er zu dem Beamten hinüber. »Bleiben Sie, wo Sie sind!«

Der Kopf des Entführers ruckte herum, und für den Bruchteil einer Sekunde trafen sich ihre Blicke. Dann ging der Mann wieder auf Tauchstation und tat etwas, das weder Bredeney noch sein uniformierter Kollege erkennen konnten.

»Er haut ab!«, schrie Werneuchen, als er urplötzlich den Schatten des Entführers vor einer nahen Buschgruppe gewahrte. »Zu Fuß.«

»Zentrale«, brüllte Bredeney in sein Funkgerät, während der Streifenbeamte fragend zu ihm herübersah. »Wir haben einen angeschossenen Flüchtigen. Er bewegt sich in nordwestlicher Richtung auf die Frankfurter Straße zu.«

Der Partner des angeschossenen Streifenbeamten hatte inzwischen die Verfolgung aufgenommen und war im Schatten der Vorgärten verschwunden. Seinem verletzten Kollegen war es gelungen, sich aus eigener Kraft wieder aufzurichten. Werneuchen eilte ihm mit gestreckter Waffe zu Hilfe. Als er sah, dass der Mann klarkam, ging er langsam und vorsichtig um den verlassenen Passat herum, auf den im Gras neben der Einfahrt liegenden Entführer zu. Bredeney beobachtete, wie er sich zu dem Verletzten hinunterbeugte. Als er sich hinter dem Wagen wieder aufrichtete, schüttelte er nur den Kopf.

Im selben Moment kam der Streifenbeamte, der den Flüchtigen verfolgt hatte, im Laufschritt die Straße herauf. Ein paar Meter von seinem Kollegen entfernt blieb er stehen, sah zu Bredeney hinüber und zuckte mit den Achseln.

»Zentrale«, sagte Oskar Bredeney mit einem tiefen Seufzer. »Einer der Entführer ist tot. Der andere ist flüchtig ...« Und nach einer resignierten Pause fügte er hinzu: »Wir haben ihn verloren.«

VI

Gebt Raum, ihr Völker, unserm Schritt:
Wir sind die letzten Goten!
Wir tragen keine Schätze mit: –
Wir tragen einen Toten.

Felix Dahn, »Kampf um Rom«

Wiesbaden, Oktober 2007

Eiseskälte.

Er hat das Gefühl, den Verstand zu verlieren, und fast ist ihm, als wäre das eine Gnade. Sie dort, dieses verschreckte Häufchen in dem abgeschabten braunen Sessel, soll die Frau von seinem Familienfoto sein? Die schöne, hochgewachsene Frau mit dem furchtlos stolzen Lächeln in den dunklen Augen und den weichen, kastanienbraunen Locken, die sich jedem Bändigungsversuch auf das Vehementeste widersetzen?

Um der Realität auszuweichen, dem, was aus ihr geworden ist, nein, dem, was sie aus ihr gemacht haben, sieht er rasch den zweiten Sessel an. Auf der Lehne liegt irgendein Handarbeitszeug. Eine Tischdecke, soweit er erkennen kann. Und ein Bündel Fäden in Grün-Blau-Gelb. Aber von solchen Dingen versteht er nichts.

Er hat ihr gesagt, was er weiß. Über sich, über sie, über das, was ihnen passiert ist. Damals. Und auch danach. Natürlich hat er gewusst, dass sie in einer Anstalt gewesen ist. Aber das war doch nur wegen …

Dorthin hat man sie doch nur aus politischen Gründen …
Oder doch nicht?

Seine Gedanken jagen hin und her. Wie kann es möglich sein, dass sie tatsächlich verrückt ist? Sie, die Frau, die ihn zur Welt gebracht hat, seine MUTTER???

Ylva Bennet, wiederholt etwas in ihm, als tauge allein der Name als Garant für Stärke und geistige Gesundheit. Ylva Bennet, der Vater Gutsbesitzer, die Mutter Hausfrau. Ein Bruder, sechsjährig an Scharlach verstorben. Studium der Geschichte in Magdeburg. Wissenschaftliche Assistentin am dortigen Hochschulinstitut. Unerschrocken, politisch interessiert, idealistisch. Verraten von einem, der sich nicht darum geschert hat, dass sie ein Kind erwartete. Verraten, betrogen, weggeschlossen. Das sind die Fakten, das Einzige, was ihn in dieser Situation noch retten kann.

Vielleicht retten …

Natürlich hat er sich davor gefürchtet, dass sie ihn in den Arm nimmt. Dass sie zu weinen beginnt an seinem Hals, dass sie nicht müde wird, zu schluchzen »Mein Junge, mein lieber Junge, endlich!« Aber jetzt gäbe er Gott weiß was darum, sie so zu sehen.

Doch sie weint nicht.

Schluchzt nicht.

Stattdessen spiegelt ihr Blick eine tiefe Verständnislosigkeit, so offensichtlich, dass ihn zum ersten Mal in seinem wahrhaftig nicht immer rosigen Leben das Gefühl überkommt, es nicht mehr auszuhalten. Und am liebsten würde er sie bei ihren knochigen, unendlich zerbrechlich wirkenden Schultern packen und sie schütteln. So lange, bis sie endlich in einer Weise reagiert, die ihm logisch erscheint. Angemessen.

Vergessen, denkt er, ist etwas, das ich mit Brillen in Verbindung bringe. Vielleicht gerade noch mit Hochzeitstagen. Aber mit dem eigenen Kind? Was für einen Charakter muss man haben, damit einem so etwas gelingt?

Wie um ihn abzulenken von diesen Gedanken, schleicht sich ein alter Satz in sein Bewusstsein. Etwas, das Andreas und er gespielt hatten. Aber vielleicht ist »gespielt« in diesem Zusammenhang auch schon wieder das falsche Wort. *Sag, wie du heißen würdest, wenn du heißen dürftest, wie du heißen wolltest!* Diese komische kleine Aufforderung, die wie eine Melodie klingt, hatten sie einander vorgesungen, nahezu jedes Mal, wenn sie im Gras hinter dem Haupthaus gelegen und in die Wolken geblickt hatten. Eine absurde Aufforderung, zugegeben, und eine schmerzliche obendrein, weil sie ein Manko offenlegte.

Bei ihm zumindest.

Ein Name, ob man diesen Namen nun mochte oder nicht, war etwas, auf das man gewissermaßen ein Recht hatte, fand er. Genauso ein Recht wie auf eine Familie. So wie bei Andreas. Der hatte eine Scheißfamilie und einen halbwegs akzeptablen Namen. Das war doch immerhin etwas Fassbares. Etwas, das man akzeptieren konnte oder auch nicht. Gegen das man sich auflehnen, das man mögen oder das man vielleicht auch lächerlich finden konnte. Aber damit zugleich etwas, das einem Halt gab. Einen Halt, den er selbst immer vermisst hatte. Die Leute, die für ihn zuständig gewesen waren, hatten nie einen Hehl daraus gemacht, dass sie sich bei der Wahl seines Namens keine besondere Mühe gegeben hatten. Einen Maik hatte es im Ernst-Thälmann-Heim noch nicht gegeben, also wurde er ein Maik, ohne jemals zu einem Maik geworden zu sein. Im Gegenteil, er hatte diesen Namen mit sich herumgeschleppt wie einen Schuh, der ihm einfach nicht passen wollte und den er deshalb auch bei jeder sich bietenden Gelegenheit vom Fuß streifte.

Sag, wie du heißen würdest, wenn du heißen dürftest, wie du heißen wolltest!

Namen, denkt er, sind nicht bedeutungslos. Auch wenn man das durchaus annehmen könnte, wo doch die wenigsten Menschen tatsächlich Einfluss nehmen konnten auf ihre Namen. Und doch … Irgendwie war er schon immer zutiefst davon überzeugt gewesen, dass es nicht unwesentlich war, wie jemand hieß.

Oder sich nannte …

Malina. Malina. MALINA.

Oh, ja, er hatte sich informiert. Über den Roman. Über die fremdsprachliche Bedeutung. Und auch über den ganzen Rest. Eine polnische Himbeere. Oder eine kroatische. Eine Rebsorte. Ein Ort in Bulgarien. Ein netter, stets präsenter Militärhistoriker in einem berühmten Buch, der vielleicht gar nicht existierte. Die hebräische Koseform von Magdalena. Die Sonnengöttin der Eskimos. Er war jeder einzelnen Bedeutung dieses vermaledeiten Namens nachgegangen, doch keine davon hatte ihn weitergebracht. Die Person, die seine Mutter verraten hatte und die die Verantwortung trug für das, was aus ihr und ihm geworden war, diese Person war auf nervenzerreißende Art unfassbar geblieben.

Ein Schatten.

Ein Phantom.

Und auch die Hoffnung, dass Ylva ihm vielleicht sagen konnte, nach wem er suchen musste, nach einem Mann oder nach einer Frau, nach einem Historiker oder nach einem Agrarwissenschaftler, nach einem Geographen oder Polen oder, oder, oder, diese seine letzte Hoffnung zerschlug sich jetzt also auch.

Sein Blick ruhte auf ihrem Rücken, der sich gerade matt und schlurfig über eine Schublade rundete. Was suchte sie dort? Was wollte sie ihm zeigen?

Er schluckte, und fast graute ihm vor der Antwort.

Ylva hieß »die Wölfin«. Und genauso ein Bild hatte er von ihr im Kopf gehabt. Es war ihm nicht bewusst gewesen, dieses Bild, aber jetzt, da er sie vor sich sieht, wird ihm klar, dass sie seinem Bild nicht entspricht. Dass er enttäuscht ist über dieses gebrochene Wesen, das so gar nichts von einer Wölfin hat.

Sag, wie du heißen würdest, wenn du heißen dürftest, wie du heißen wolltest!

Seine Mutter erhebt sich mühsam vom Boden und hält etwas in die Höhe, das wie eine Filmrolle aussieht.

»Was ist das?«, fragt er, doch sie antwortet nicht.

Stattdessen verschwindet sie mitsamt der Rolle in der düsteren kleinen Diele, die zwischen ihm und der Wohnungstür liegt, dem Ausgang, der kein Ausweg ist.

Er hört ein Poltern. Dann etwas, das wie Pappe klingt. Durch das gekippte Fenster weht Herbstluft herein. Laubduft und Lärm.

Als sie zurückkommt, schleppt sie etwas mit sich. Ein Projektor. Uralt offenbar. Das Ding muss etliche Kilo wiegen.

Was hat sie vor?

Sie müht sich unter seinen Augen mit dem Kabel ab, steckt es falsch herum in den Apparat, reißt es wieder heraus, um es wieder falsch hineinzustecken.

»Soll ich?«, fragt er, als er es nicht mehr aushält.

Sie nickt. »Ist lange her«, sagt sie wie zur Entschuldigung. Und dann: »Ich glaube, es muss dunkler sein.«

Sie tritt an das kleine, vollkommen quadratische Fenster und lässt die Rollläden ein Stück herab, aber nicht zu viel.

»Ich ertrage keine Dunkelheit«, sagt sie.

»Ich auch nicht«, antwortet er, und seltsamerweise stimmt das sogar.

»Du musst ihn hier rein tun.« Ihre Finger zittern, als sie das steife, belichtete Plastik durch den dafür vorgesehenen Schlitz führt. Aber es gelingt. Sie dreht den Schalter an der Seite des Projektors, und auf der Wand hinter dem Couchtisch flammt ein Bild auf. Nein, Bilder. Bewegte Bilder.

Eine Rasenfläche in Schwarzweiß. Ein Tennisnetz. Dazu zwei junge Mädchen mit klobigen Schlägern, vielleicht achtzehn, allerhöchstens zwanzig Jahre alt. Er erstarrt, als er in einem der beiden Gesichter die Frau erkennt, die ihm gegenübersitzt. Das Mädchen, das seine Mutter gewesen ist, lacht in die Kamera. Laut und ungezwungen. Dann wirft es sich vor seinen Augen auf den Boden und streckt die Beine in die Luft wie ein junges Fohlen. Er sieht ihre Unterhose aufblitzen, weiß wie der Rock und mit Spitzen am Rand. Eine eigenartige Mischung aus elegant und verrucht. Sie strampelt und lacht, und auf einmal sieht er sie doch noch vor sich, Ylva, die Wölfin. Die unerschrockene, unbändige Frau von seinem Familienfoto.

Unwillkürlich blickt er zu ihr hinüber, zu dem, was aus ihr geworden ist, doch sie reagiert nicht, sondern hat den Kopf weggedreht und schaut auf die Wand. Betrachtet sich selbst hoch zu Pferd. Ein Rappe, der in rasendem Galopp über ein heckengesäumtes Stoppelfeld fliegt. Ihr Haar fliegt hinterher. Frei und verwegen. Und unendlich jung.

Dann reißt es plötzlich.

Er hört ein Flattergeräusch, als sich das Filmende sinn- und ziellos um die Spule der leeren Rolle wickelt, bis ihre pergamentartigen Finger dem Treiben Einhalt gebieten.

Das Licht an der Wand verlöscht.

Die Stille, die es zurücklässt, ist raumgreifend.

Ihre Augen treffen aufeinander.

Und zum ersten Mal, seit er bei ihr ist, blitzt etwas wie Verständnis in ihren Augen auf.

»Seltsam«, sagt sie wie zu sich selbst. »Jahrzehntelang ist alles, wie es ist. Und dann knüpft auf einmal etwas an.«

Dann sieht sie wieder weg. So schnell und verschämt, als ob sie mit diesem einen kurzen Blick bereits einen Verrat an sich selbst begangen hätte. Stattdessen schaut sie hinunter auf ihre Oberschenkel, die alt und erschreckend knochig sind. Vielleicht, weil sie zum Dünnsein veranlagt ist. Vielleicht auch, weil sie nicht immer daran denkt, dass man essen muss.

Er betrachtet ihre Hände, die nervös hin und her wischen.

Als sie es bemerkt, lächelt sie, ohne hochzublicken. »Ich muss mich immer irgendwie beschäftigen«, sagt sie mit dieser durchsichtigen, kaum wahrnehmbaren Stimme, die er irgendwie schön findet, ohne dass er weiß, warum.

Er nickt. »Das ... ist gut.«

Sie nickt auch und zeigt auf ein Bild an der gegenüberliegenden Wand, das ihm bislang nicht aufgefallen ist, weil es im Dunkel einer Nische hängt. Schon wieder eine Handarbeit. Gestickt nach einem Gemälde, das er irgendwo schon mal gesehen hat. Wie hieß das noch gleich?, überlegt er. Es ist ein berühmtes Bild, das weiß er bestimmt.

»Wie lange brauchst du für so was?«, fragt er ohne einen Funken Interesse. Wahrscheinlich tut er es nur, weil er das Gefühl hat, dass sie eine solche Frage von ihm erwartet.

»Ich sticke nicht mehr«, antwortet sie, und für den Bruchteil einer Sekunde huscht etwas wie ein Schatten über ihr Gesicht.

Er spürt ihre Ablehnung, und auf einmal beginnt ihn dieses Bild an der Wand brennend zu interessieren.

»Wie lange ist das her?«

Verständnislosigkeit. »Was?«

»Dass du dieses Bild gemacht hast.«

Sie überlegt. »Zeit«, flüstert sie, und es klingt wie ein Geheimnis.

Er wartet darauf, dass sie mehr sagt, aber sie belässt es bei diesem einen, wenig hilfreichen Wort.

Zeit …

Sein Blick sucht wieder die Tischdecke auf ihrer Sessellehne. Die Handarbeit. Wieso hat sie gesagt, dass sie nicht mehr stickt, wo doch dort neben ihr ganz eindeutig ein Stickzeug liegt? War das verrückt, einfach nur verrückt? Oder hatte es vielleicht doch eine Bedeutung?

Ich sticke nicht mehr …

Steckte hinter dieser banalen kleinen Aussage mehr, als man auf den ersten Blick vermuten würde? Warum reagierte sie so komisch auf bestimmte Dinge? »Und das da?«, fragt er, indem er auf das Bündel bunter Fäden zeigt. »Was wird das?«

Sie schaut ihn an.

»Das sind Blumen, nicht wahr? Vergissmeinnicht?« Er kennt sich nicht aus mit Blumen. Es ist einfach ein Schuss ins Blaue. Sie soll merken, dass er sich interessiert für das, was sie tut. Oder nicht mehr tut. Wie auch immer …

»Oh doch«, reißt ihre Stimme ihn aus seinen Gedanken. »Das muss man.«

»Was?«, fragt er.

Keine Antwort.

»Mutter?«

Er kann sehen, wie fremd es ihr ist, wenn er sie so nennt. Vielleicht sogar gleichgültig. Trotzdem will er nicht aufhören damit. Irgendwann muss schließlich auch sie einmal etwas für ihn empfunden haben. Muttergefühle.

»Bitte«, versucht er es noch einmal, obwohl er längst das Gefühl hat, den Überblick verloren zu haben. »Sag mir, was man muss!«

»Vergessen«, flüstert sie.

Sie spricht von den Blumen auf ihrer Mitteldecke! Blau und hellgrün. Er hat sich nicht geirrt. Selbst wenn er nichts von Blumen versteht. Es sind Vergissmeinnicht!

»Was muss man vergessen?«, insistiert er. Und als er sieht, dass das die falsche Frage ist, korrigiert er sich hastig: »Wen?«

»Ich glaube, er denkt, dass ich ihn nicht erkannt habe«, flüstert Ylva mit ihrer schönen, geheimnisumwitterten Stimme. »Er hat keine Ahnung, dass ich weiß, wer er ist.«

Sag, wie du heißen würdest, wenn du heißen dürftest, wie du heißen wolltest!

»Aber ich vergesse ihn wieder«, fügt sie hinzu, als ob sie es für nötig halten würde, ihn in diesem Punkt zu beruhigen. Oder sich selbst. »Es ist mir schon einmal gelungen. Es wird mir wieder gelingen.«

Erschöpft von so viel Worten, lässt sie sich in die weichen Polster ihres Sessels zurücksinken. Aber da ist er schon über ihr. Schüttelt sie. Hält sie. Umarmt sie. Alles in einem Augenblick.

»Wen?«, schreit er ihr ins Gesicht, wieder und wieder und wieder. »Sag es mir! Sag es mir! Verdammt noch mal, Mutter, sag es mir endlich!«

Sie starrt ihn an. Erschrocken. Ganz kurz auch noch einmal klar.

»Oh, mein Gott«, ist das Einzige, was er darauf entgegnen kann.

Erst später, viel später, erst als er ihre schäbige kleine Wohnung längst verlassen hat, kann er laut aussprechen, was er in diesen magischen Sekunden in ihrem Blick gesehen zu haben glaubt.

»Malina«, flüstert er, während er quer über den ungepflegten Rasen zu seinem Auto zurückgeht, und es klingt beinahe wie eine Beschwörung, wie er das sagt. »Hol mich der Teufel, Malina ist hier …«

SECHSTER TEIL

Wiesbaden, 16. März 2008

1 Die Zeiger des Weckers auf dem Nachtschrank zeigten 3 Uhr 37, als Verhoeven schweißgebadet erwachte.

Zuerst lag er eine Weile ganz still und lauschte seinem eigenen, gehetzten Atem. Er hatte von Schmitz geträumt. Ausgerechnet jetzt. Ausgerechnet in einer Situation wie dieser. Dabei hatte ihn sein Pflegevater schon seit einer halben Ewigkeit nicht mehr heimgesucht.

Tja, mein Lieber, das dicke Ende kommt immer dann, wenn man denkt, es ist vorbei, frohlockte Anna in seinem Kopf.

Verhoeven drehte sich auf die Seite und betastete vorsichtig die Matratze unter sich. Doch zu seiner Erleichterung war alles trocken. *Bettnässen deutet auf schwerwiegende seelische Belastungen hin*, so oder so ähnlich hatte es in den Büchern gestanden, die er sich als Abiturient besorgt hatte, heimlich, in einer Buchhandlung am anderen Ende der Stadt, und voller Scham. Aber er hatte unbedingt wissen wollen, was da nicht stimmte mit ihm. Warum er, der sich selbst durchaus für einen disziplinierten und alles in allem auch halbwegs gesunden Menschen hielt, so viele Jahre gebraucht hatte, um mit etwas aufzuhören, das in keiner Weise zu ihm passte.

Schwerwiegende seelische Belastungen …

Er biss sich auf die Lippen und dachte an das große, zugige Haus, in dem sie gelebt hatten. Anna, Schmitz und er. Dazu so genannte Brüder und Schwestern, die kamen und gingen und an die man schon allein aus diesem Grund am besten so wenig Gefühl wie möglich verschwendete. Die meisten von ihnen hatte er dennoch vor Augen. Ebenso wie Anna. Anna im Garten, in der Küche, am Nähtisch. Seit jüngstem auch mit Stock oder in ihrem viel zu großen Sessel, einen Stapel Arzneimittelpackungen neben sich auf dem Nachtschrank, klein und runzlig, wie eingelaufen. Schmitz dagegen war nichts als ein düsteres Phantom. Ein gesichtsloser Schatten, fast so, als ob jemand die Bilder seines Pflegevaters, die in seinem Gedächtnis existierten, existieren *mussten*, mit Absicht unscharf gemacht hätte. So wie man die Gesichter von Menschen, die nicht erkannt werden wollten, im Fernsehen mit Pixeln versah. So sehr er sich auch bemühte, Verhoeven fand in seiner Erinnerung nur zwei Bilder seines Pflegevaters: Schmitz im Türrahmen, rotgesichtig und schreiend. Und Schmitz mit Windeln in einem billigen Pflegebett mit schiefem Gesicht und hilflos wie ein Baby. Diese beiden verbliebenen Bilder allerdings waren derart scharf und detailreich, als müssten sie den Verlust aller anderen Erinnerungen durch ihre besondere Klarheit wettmachen. Und wenn er wollte, konnte Verhoeven sich bis heute jede Sekunde seines ersten und einzigen Besuchs in dem stickigen kleinen Pflegezimmer mit der Nummer 344 ins Gedächtnis rufen. Er hatte den Raum betreten, grußlos und ohne eine Miene zu verziehen, und dann hatte er Schmitz die billige Polyesterdecke vom Körper gerissen, um sich alles ganz genau anzusehen. Er hatte entwürdigend lange Blicke auf die verschlackten, blaugeäderten Beine geworfen. Und auch auf die Windeln, für die sich der übermännliche Schmitz so sehr geschämt hatte, dass ihm wirklich und wahrhaftig Tränen in den kugelrunden Augen gestanden hatten.

»Jetzt bist du derjenige, der ins Bett pisst«, war das Einzige, was er damals zu seinem Pflegevater gesagt hatte. Und zugleich auch das Letzte.

Danach war er gegangen und nie mehr zurückgekehrt.

»Was ist los?«, fragte Silvie neben ihm.

»Alles in Ordnung«, flüsterte er. »Schlaf weiter.«

»Hattest du wieder einen von diesen Alpträumen?«

»So was Ähnliches«, nickte er, weil er zu genau wusste, dass er seiner Frau nichts vormachen konnte. »Tut mir leid, dass ich dich geweckt habe.«

»Möchtest du darüber sprechen?«

»Nein.«

Ich kann nicht darüber sprechen. Ich habe noch nie darüber

gesprochen, und ich werde auch dieses Mal nicht darüber sprechen. Meine Alpträume gehören mir. Mir ganz allein.

»Na toll!« Silvie hatte sich aufgesetzt und strahlte nun wieder diese besondere Energie aus, die sie immer dann an den Tag legte, wenn sie sich zutiefst machtlos fühlte. »Sind wir also wieder an diesem Punkt, ja?«

»An welchem Punkt?«

»An dem Punkt, an dem du mich ausschließt.«

»Ich schließe dich nicht aus.« Verhoeven schwang die Beine über die Bettkante und drehte ihr den Rücken zu, aber ein derart plumper Rückzugsversuch konnte seine Frau natürlich nicht aufhalten.

»Oh, doch, das tust du.« Sie kam um das Bett herum und zog sich einen Hocker heran, wobei sie penibel darauf achtete, sich so zu setzen, dass er sie ansehen musste. »Und das ist, weiß Gott, nichts Neues für mich.« Sie holte Luft und blickte ihn aus ihren großen dunkelblauen Augen an. »Es ist immer dasselbe: Du schließt mich aus, ich bitte dich, es nicht zu tun, und alles, was dabei herauskommt, ist eine stundenlange Diskussion, im Zuge derer du mir weismachen willst, dass wir nicht nur das Bett, sondern auch so was wie ein Leben miteinander teilen.« Sie machte eine Pause, vielleicht, weil sie auf Widerspruch hoffte. Doch Verhoeven schwieg eisern. »Okay, dann sag mir nur eins«, forderte sie ihn auf, als ihr klar wurde, dass er nicht von sich aus reden würde. »Was bin ich eigentlich für dich?«

»Was meinst du?«

»Als was siehst du mich? Als Geliebte? Mutter deiner Tochter? Schmuckstück? Klotz am Bein?« Sie vermied es, laut zu werden. Aber ihr Ton war trotzdem überaus eindringlich. »Das ist ja alles gut und schön. Aber weißt du was? Ich wäre zur Abwechslung gern auch mal deine Partnerin.«

»Das bist du.«

»Oh, nein, das bin ich nicht.« Und zu Verhoevens größter Überraschung hatte sie plötzlich Tränen in den Augen. Dabei weinte sie äußerst selten. Und niemals aus Wut. Ganz im Gegensatz zu ihm selbst, der eigentlich überhaupt nur aus Wut weinte. »Partner sind nämlich gleichberechtigt, weißt du? Sie unterstützen sich und teilen ihre Sorgen und Ängste.«

»Das tun wir doch gemeinhin.«

»Gemeinhin?« Sie lachte höhnisch auf, aber er konnte sehen, dass sie bei allem zur Schau gestellten Sarkasmus zutiefst verletzt war.

Seltsamerweise musste Verhoeven ausgerechnet in diesem Moment an die Bushaltestelle denken, an der er als kleiner Junge ausgestiegen war. Die letzte Station vor dem Abhang. Er schloss die Augen und sah den Rhein tief unter sich liegen, grau und aufgewühlt. Fühlte wieder den Regen auf seiner Stirn. Dicke, kalte Tropfen, die ihm der Wind fast waagerecht ins Gesicht trieb. Als ihm bewusst wurde, dass er drauf und dran war, seiner Frau auszuweichen, machte er die Augen wieder auf.

»Silvie, bitte«, sagte er, indem er die Hand nach ihr ausstreckte. »Ich teile wirklich fast alles mit dir. Aber über diese Sache möchte ich einfach nicht sprechen, okay?«

»Warum nicht?«

»Weil es vorbei ist.«

»Nein«, rief sie leidenschaftlich. »Wenn es vorbei wäre, würdest du Ruhe finden. Aber du findest keine Ruhe. Irgendetwas an deiner Vergangenheit lässt dich nicht los. Und es ist etwas, das sich ganz offenbar auch nicht verdrängen lässt, selbst wenn du dich noch so sehr darum bemühst.«

Verhoeven hatte das Gefühl, dass der Raum um ihn herum enger wurde. Als er es nicht mehr aushielt, stand er auf und ging an ihr vorbei zur der hölzernen Truhe, auf der seine Sachen lagen. »Es ist dieser Fall, der mich fertig macht.«

»Unsinn!«, fegte Silvie seinen neuerlichen Ausbruchsversuch mit der ihr eigenen Entschlossenheit vom Tisch. »Es ist nicht nur dieser Fall.«

Da war ein neuer Klang in ihrer Stimme. Eine Nuance, die Verhoeven nie zuvor an seiner Frau bemerkt hatte und über deren Bedeutung er sich nicht restlos im Klaren war. Was war das? Etwa Resignation? Aber das konnte nicht sein! Immerhin standen Silvie und er im Grunde noch immer ganz am Anfang ihrer Ehe. Ihr gemeinsames Leben hatte doch gerade erst begonnen.

»Na schön, Hendrik«, sagte sie, indem sie den Hocker, den sie sich geholt hatte, beiseitestellte und wieder auf ihre eigene Bettseite hinüberging. Und dieses Mal war Verhoeven sicher, dass es tatsächlich Resignation war, was er hörte. Etwas, das ihn mit einer tiefen Beunruhigung erfüllte. »Ich kann dich nicht zwingen, so viel immerhin habe ich in den fünfeinhalb Jahren unserer Ehe kapiert. Es gibt da irgendetwas, das du durchstehen musst. Immer und immer wieder. Du musst es hinter dich bringen. Und wenn ich Glück habe, bekomme ich am Ende dieses ...«, Silvie hielt inne und suchte eine Weile nach dem passenden Wort, »... dieses Fiebers den Mann zurück, den ich geheiratet habe. Das ist das Einzige, worauf ich hoffen kann.«

»Silvie, ich ...«, setzte er an.

Doch seine Frau lag bereits wieder und schien entschlossen, ihn nicht mehr zu Wort kommen zu lassen. »Vergiss es!«, sagte sie.

Dann drehte sie sich auf die Seite und zog sich die Decke über den Kopf.

2 »Nun ist es also amtlich«, verkündete Richard Goldstein, der heute zu Verhoevens Unbehagen ganz in Schwarz gekleidet war, am frühen Nachmittag. Allerdings hatte er sich rasiert und wirkte ein wenig ausgeruhter als am Abend zuvor. »Bei dem auf Dr. Kreuzbergs Grundstück getöteten Geiselnehmer handelt es sich zweifelsfrei um Andreas Barth.«

»Folglich war der andere Maik Voigt«, sagte Jüssen.

»Meine Leute haben ihn nur kurz sehen können, aber sie haben sich das Foto angeschaut und sagen, dass es mit großer Wahrscheinlichkeit Voigt gewesen ist«, nickte Hinnrichs, der die ganze Nacht herumgehetzt war, um Informationen zusammenzutragen.

»Somit hätten wir also zwei der vier Geiselnehmer identifiziert«, resümierte Goldstein.

»Mit dem dritten kann ich vielleicht dienen«, rief Luttmann, indem er via Beamer die Fotografie eines kantigen Mannes an die Wand neben dem Kamin warf. Das Gesicht wies eine frappierende Ähnlichkeit mit dem Phantombild des Schützen vom Kochbrunnenplatz auf. »Bernd Hoff«, erläuterte er, während seine Kollegen die Aufnahme stumm auf sich wirken ließen. »Er hat eine Ausbildung als Präzisionsschütze, war zuvor bereits Unteroffizier bei einem Panzerbataillon in Wilhelmshaven, und wann immer Freiwillige für eine heikle Mission oder einen Auslandseinsatz gesucht wurden, war er der Erste, der sich freiwillig gemeldet hat.«

»Somit ist der Kerl entweder ein Streber oder ein Psychopath«, konstatierte Goldstein mit der ihm eigenen trockenen Direktheit.

»Ich würde sagen, Letzteres«, entgegnete Luttmann. »Nach seiner Rückkehr von einem erfolgreichen Auslandseinsatz strebte Hoff eine Mitgliedschaft im Kommando Spezialkräfte der Bundeswehr an, allerdings scheiterte er an den strengen psychologischen Anforderungen der Einzelkämpferlehrgänge I und II, die die Grundlage für eine Aufnahme in diese Eliteeinheit sind.« Die wasserblauen Augen des jungen Familienvaters suchten abermals den Monitor. »Ich kann dir noch nicht genau sagen, warum, aber der Truppenpsychologe, der das Auswahlverfahren begleitet hat, riet von einer Übernahme ab, obwohl Hoff glänzende Ergebnisse bei sämtlichen körperlichen Eignungstests erzielt hatte. Insbesondere bei der mehrtägigen Durchschlageübung schnitt er überdurchschnittlich gut ab, aber … Wie gesagt, das war anscheinend nicht genug.« Er hielt inne und strich sich ein paar verirrte Haare aus der Stirn. »Nachdem Hoff seinen Ablehnungsbescheid erhalten hatte, quittierte er den Dienst und ging ins Ausland. Sein derzeitiger Aufenthaltsort ist unbekannt.«

»Ha!«, machte Goldstein. »Warum wundert mich das jetzt nicht?«

»Gibt es irgendwelche Parallelen zu Voigt oder Barth?«, fragte Monika Zierau, die sich eifrig Notizen gemacht hatte.

»Moment«, murmelte Luttmann. »Wenn ich mich recht erinnere, war Voigt doch auch sechs Jahre beim Bund. Und somit wäre es wohl das Wahrscheinlichste …« Er brachte den Satz nicht zu Ende, sondern tippte stattdessen eine Weile stumm vor sich hin. »Treffer«, rief er kurz darauf. »Maik Voigt und Bernd Hoff haben zwei Jahre lang in derselben Kaserne Dienst getan.«

Goldstein ließ sein Feuerzeug aufflammen und entzündete eine neue Zigarette. »Und der vierte Mann?«

»Könnte eventuell Jonas Barth sein«, antwortete die Psychologin. »Der kleine Bruder von Andreas.«

»Wie kommst du darauf?«

»Ich habe mich über die Familie kundig gemacht. Andreas Barths Eltern stammten aus Wernigerode und stellten Anfang der Siebziger einen Ausreiseantrag für sich und ihren einjährigen Sohn. Daraufhin nahmen ihnen die Behörden ihre Ausweise weg und schoben die Eheleute in einer Nacht- und Nebelaktion in den Westen ab. Andreas hingegen brachten sie im Heim unter.«

»So'n verdammter Scheißstaat«, murmelte einer von Jüssens Leuten, die sich im hinteren Teil des Zimmers zur Verfügung hielten. »Und für so was zahlen wir noch immer Soli!«

»Nicht dafür«, widersprach ein anderer. Doch ein Blick von Goldstein brachte beide zum Schweigen.

»Andreas' Eltern lebten zunächst eine Weile in der Oberpfalz und wohnen heute in Landshut«, berichtete Luttmann weiter. »Sie bekamen nach ihrer Ausreise noch vier weitere Kinder, drei Töchter und einen Sohn. Dieser Sohn, fünfzehn Jahre nach Andreas geboren, wurde von seinem Vater vom Tag seiner Geburt an abgelehnt und scheint zu Hause auch sonst nicht den allerbesten Stand gehabt zu haben. Er lernte seinen älteren Bruder erst vor ein paar Jahren kennen, als auch Andreas Kontakt zu seiner Familie aufzunehmen versuchte. Damals ging Jonas noch zur Schule, aber nach allem, was man so hört, ist er seit einiger Zeit ständig auf Achse, und es gibt Phasen, in denen er wochen- und monatelang irgendwohin verschwindet.«

»Folglich müsste Jonas derjenige sein, der den Fluchtwagen gesteuert hat«, schloss Hinnrichs.

Die Psychologin nickte.

»Apropos Fluchtwagen«, sagte Goldstein. »Was hat die Auswertung des Bildmaterials aus den Außenkameras rund um die Hohenzollernstraße ergeben?«

»Wir haben ein verdächtiges Fahrzeug entdeckt, das ein paar hundert Meter von der Filiale entfernt an der Ecke Röderstraße erstmals erfasst wurde, ein heller VW-Bus ohne Aufschrift.« Luttmanns Beamer warf eine Reihe von Bildern an die Wand, die sich stockend bewegten und von der Qualität her sehr zu wünschen übrig ließen. »Von der Zeit her würde es hinkommen, und alle anderen Vans oder Lieferwagen, die in Frage kamen, haben wir bereits überprüft und ausschließen können.«

Goldstein starrte auf die Wand. »Haben wir das Kennzeichen?«

»Leider nur unvollständig«, antwortete Luttmann. »Ich konnte ein F für Frankfurt und danach ein A rekonstruieren. Und darüber hinaus die letzte Ziffer der darauf folgenden Nummer. Sie lautet 4.«

Goldstein nahm einen tiefen Zug von seiner Zigarette. »Habt ihr das schon durchlaufen lassen?«

Luttmann verneinte. »Aber ich habe auf Grundlage der Bilder einfach mal den Radius meines Suchgebietes in Fahrtrichtung des Wagens erweitert. Und siehe da: Das besagte Fahrzeug wurde zwei Minuten später noch einmal hier, in der Schwalbacher Straße, von einer Kamera erfasst. Dort und kurz darauf noch einmal ein Stück weiter südlich, wo die Straße bereits Oranienstraße heißt.« Er projizierte eine Karte auf die Wand und markierte beide Stellen mit seinem Cursor.

»Das bedeutet wahrscheinlich, dass sie entweder nach Mainz oder auf die Autobahn Richtung Frankfurt wollten«, brummte Goldstein, der jetzt nicht mehr nach der Wand sah, sondern eine gewöhnliche Straßenkarte auf den Knien hielt und mit dem ausgestreckten Zeigefinger über die Straßen fuhr.

»Falls der Wagen überhaupt zu unseren Geiselnehmern gehört«, gab Hinnrichs vorsichtig zu bedenken.

Doch Goldstein walzte auch über diesen durchaus nicht unberechtigten Einwand hinweg wie ein Bulldozer. »Dann schränken wir unsere Suche nach dem Versteck zunächst ein und konzentrieren uns auf Objekte, die in dieser Richtung liegen.«

»Ist das nicht voreilig?«, fragte nun auch Monika Zierau. »Wir haben doch nicht den geringsten Beweis dafür, dass es sich bei diesem Wagen tatsächlich um den der Geiselnehmer handelt. Und selbst wenn er es wäre, hätten sie von dort aus, wo sie zum letzten Mal erfasst wurden, auch eine ganze Reihe von anderen Möglichkeiten gehabt.«

»Leider Gottes haben wir nicht die Zeit, um auf Sicherheit zu gehen«, hielt Goldstein ihr entgegen. »Und das bedeutet, dass wir mitten in den großen Lostopf greifen müssen und hoffen, dass wir keine Niete erwischen.«

Die Psychologin zog zweifelnd die Augenbrauen hoch. »Wenn du das so siehst ...«

»Ja«, versetzte Goldstein. »Genau so sehe ich das. Denn das heute ist definitiv das letzte Ultimatum, das wir kriegen werden. Und dieses Ultimatum läuft in ...« Er sah auf die Uhr, die gnadenlos rückwärts zählte. »Es läuft in exakt drei Stunden und siebzehn Minuten ab.«

3 Die Stimmung in der Grube begann langsam, aber sicher zu kippen, das spürte Winnie Heller deutlich. Da waren Schwingungen, die ihr Sorge bereiteten, ohne dass sie sie näher definieren konnte. Unterschwellige Befindlichkeiten und ein stetig steigender Pegel von Aggression.

Seltsamerweise hatte sie den Eindruck, dass zumindest ein Teil dieser Veränderungen irgendwie gesteuert war. Initiiert von jemandem, der die Kunst der verdeckten Manipulation beherrschte. Sie versuchte, sich die Gespräche der vergangenen Stunden ins Gedächtnis zu rufen, und sie überlegte fieberhaft, von wem bestimmte Impulse ausgegangen sein konnten. Aber sie fand nichts, das Hand und Fuß gehabt hätte. Sichtbar war einzig und allein das Ergebnis: ein emotional aufgeladener Zustand, der jederzeit in etwas umschlagen konnte, das brandgefährlich war.

Tja, zumindest scheint meine versteckte Kampfansage angekommen zu sein, dachte sie grimmig. Malina fühlt sich bemüßigt, Unfrieden zu stiften …

Ihr Blick blieb an Jenna hängen, die eben von der Toilette zurückkehrte und nun langsam die eiserne Treppe herunter stieg. Sie sah verändert aus, und erst mit einer gewissen Verzögerung erkannte Winnie Heller, was der Grund dafür war: Die blonde Bankangestellte trug keine Strümpfe mehr, ein Umstand, der Winnie angesichts der unangenehmen Kühle auf dem Grund der Grube sofort zu denken gab.

Ich bin mir sicher, dass Jenna vollkommen bekleidet war, als sie da rauf ist, dachte sie, während sie versuchte, den ungewohnt selbstbewussten Ausdruck im Gesicht der Blondine mit deren derangiertem Äußeren in Einklang zu bringen.

»Ach du je, Herzchen«, gluckste Evelyn, kaum dass die junge Bankangestellte den Fuß der Treppe erreicht hatte. »Wie siehst du denn aus?«

Jenna blickte auf, und Winnie Heller entdeckte für einen flüchtigen Moment etwas wie Triumph in den nichtssagenden blauen Augen.

»Sag nur, du hast eine Möglichkeit zum Duschen gefunden! In dem Fall würde ich …« Die dicke Krankenschwester brach ab und blickte zum Grubenrand hinauf, von wo sich Schritte näherten.

Mittlerweile war Winnie Heller sogar im Schlaf in der Lage, am Gang des Betreffenden zu erkennen, welcher der Entführer ein paar Augenblicke später erscheinen würde. Und die Schritte, die sie jetzt hörte, erfüllten sie mit einer eigentümlichen Mischung aus Wut und Angst. Das Erste, was sie von Bernd Hoff zu sehen bekam, war der helle Mantel, den er bereits bei ihrer ersten Begegnung getragen hatte. Und nur Augenblicke, nachdem sie den Mantel als gegeben hingenommen hatte, bemerkte

476

sie voller Schreck, dass der Entführer eine Hand in seinem Schritt hatte.

»Hey, Honey«, rief er Jenna nach, die sich daraufhin träge umdrehte und zu ihm hinaufsah. »Du hast was vergessen!«

Von einer Sekunde auf die andere wurde der Blick der Blondine leer. So als ob man sie einfach ausgeknipst hätte. »Echt?«

»Ja.« Der Mantel wehte wie schwerelos die Stufen hinunter. »Und was?«

»Das hier.« Brutalo-Bernd griff in den Bund seiner Hose, und die Szene erinnerte Winnie Heller so frappierend an die Situation, die Iris Kuhns Tod vorausgegangen war, dass sie leise aufschrie.

Doch das, was Brutalo-Bernd mit eleganter Lässigkeit aus seinem Hosenbund zauberte, war dieses Mal keine Waffe, sondern eine anthrazitfarbene Damenstrumpfhose. Offenkundig die, die der blonden Bankangestellten – wobei auch immer – abhandengekommen war.

»Danke«, erwiderte Jenna mechanisch und wollte danach greifen.

Doch der Entführer zog die Nylons weg, und die Hand der jungen Bankangestellten griff ins Leere. »Sag bitte, bitte.«

Die Leere in Jennas Blick füllte sich mit jäher Angst. Vielleicht, weil auch sie mit einem Mal an ihre tote Kollegin denken musste. »Bitte …«

»Ist das höflich?« Bernd schnalzte missbilligend mit der Zunge. »Ich denke, das kannst du besser, nicht wahr, mein kleiner blonder Engel?«

»Ich …« Jenna begann, am ganzen Körper zu zittern. »Ich weiß nicht, wie ich … Ich meine, was … wollen Sie denn hören?«

»Wie wäre es, wenn du erst mal auf die Knie gingst?«, höhnte Bernd, während Winnie Heller urplötzlich Blut sah, das an den nackten Beinen der Blondine herunterlief.

Dieser elende Scheißkerl hat sie vergewaltigt!, dachte sie fassungslos. Und sie ist derart neben der Spur, dass sie hier herunterkommt, als ob nichts geschehen wäre.

»Ich ...« Die Angst ließ Jenna nahezu ungebremst auf die Knie
krachen. Ein hohler, beinerner Ton, der die Gesichter ihrer Mitgefangenen mit Entsetzen und Bernds Augen mit einer amüsierten Genugtuung erfüllte. »Ist es so richtig ... Ich meine ...« Sie
senkte den Kopf. »Oder soll ich ...?«

Die Hilflosigkeit in der Stimme der Bankangestellten mobili-
sierte Winnie Hellers Beschützerinstinkte. Ohne Rücksicht auf
die Aussichtslosigkeit ihres Unterfangens sprang sie auf und
stellte sich schützend vor die Blondine.

»Oho, Honey, hier kommt dein Freund und Helfer«, spottete
Bernd. Und mit einem verächtlichen Blick auf Winnie Hellers
noch immer geschwollene Lippen fügte er hinzu: »Dass unsere
Frau Bulle sich so was überhaupt noch traut ...«

»Lassen Sie sie in Ruhe!«, rief Winnie tapfer und bewusst so
laut, dass Alpha es hören musste, falls er irgendwo dort oben war.

Er wird dir nicht ein zweites Mal zu Hilfe kommen, mahnte ihr
Verstand. *Du riskierst hier deinen Arsch für eine Frau, die vollkommen neben sich steht, und dieses Mal wirst du ein für allemal
und endgültig den Kürzeren ziehen! Verlass dich drauf!*

»Was meinst du?«, fragte Bernd, indem er ihr mit Jennas Nylons durch das lädierte Gesicht strich. »Was soll ich?«

»Sie sollen sie in Ruhe lassen. Uns alle.«

»Damit erst gar keine Missverständnisse aufkommen ...« Winnie Heller hatte das Gefühl, dass ihm die Sache einen Heiden-
spaß machte. »Ich habe hier niemandem etwas getan, was derjenige nicht wollte.« Er grinste. »Das heißt, bis auf die brünette
Schlampe natürlich, stimmt's nicht?«

Das ging an Jenna.

»Erzähl unserer Oberbullin doch mal, wie du dich mir an den
Hals geworfen hast, du perverses kleines Miststück.«

Die Blondine begann leise zu schluchzen, doch es kamen
keine Tränen. Die blauen Augen blieben stumpf und trocken.

»Wird's bald, du kleine Nutte?! Sag ihnen, wie du mich ange-
macht hast!«

Winnie Heller betrachtete das ohne Make-up beinahe kindlich wirkende Gesicht der Bankangestellten und dachte, dass

hinter dem, was der Entführer sagte, vielleicht ein Körnchen Wahrheit steckte. Jenna Gercke war zweifelsohne eine Kandidatin für das Stockholm-Syndrom, und nachdem sie erst vorhin wieder über die Möglichkeit einer gewaltsamen Geiselbefreiung diskutiert hatten, war es durchaus nicht unmöglich, dass sich bei der jungen Bankangestellten die Perspektiven inzwischen so weit verschoben hatten, dass sie sich nicht nur fügsam und kooperativ zeigte, sondern sogar aktiv versuchte, eine Art Notgemeinschaft mit den Entführern einzugehen.

»Du elende Schlampe!« Bernd krallte seine rechte Hand unter Jennas Kinn und fuhr ihr mit den Fingern der linken über die Wange. Die Nägel hinterließen eine weiße Spur im Gesicht der Blondine. »Sag die Wahrheit!«

Winnie Heller versuchte der Bankangestellten mit Blicken zu verstehen zu geben, dass sie besser sagte, was der Entführer von ihr verlangte. Ganz egal, ob es der Wahrheit entsprach oder nicht. Doch Jenna schien überhaupt nicht in der Lage zu sein, auf seine Forderung zu reagieren. Sie blickte einfach stur geradeaus, während sich die Nagelspur in ihrem ansonsten kalkweißen Gesicht mit Blut füllte. Es sah aus, als ob man ein blutendes Wild durch den Schnee geschleift hätte.

Und wieder schauen sie alle nur zu, dachte Winnie Heller, indem sie zu Quentin Jahn und Abresch hinüber sah. Wie ist das eigentlich gewesen?, überlegte sie. Wer hatte das harmlose Schach-Gespräch, mit dem die beiden sich die Zeit vertrieben hatten, auf einen möglichen gewaltsamen Zugriff durch die Polizei gelenkt und Jenna Gercke damit eine solche Angst eingejagt, dass sie …

Ja, was denn eigentlich?

Winnie Hellers Blick suchte wieder die nackten Beine der Blondine, die noch immer vor Brutalo-Bernd im Staub kniete. Da war eine ganze Menge Blut, so viel stand fest. Und selbst wenn die junge Bankangestellte tatsächlich versucht hatte, sich – auf welche Weise auch immer – mit einem ihrer Entführer gutzustellen, mit echter Freiwilligkeit hatte das so wenig zu tun wie ein Topflappen mit einem Kaninchen.

Neue Schritte oberhalb der Treppe ließen sie aufblicken. Alpha!

Der Schatten des Anführers goss sich über den stumpfen Boden bis zur Rückwand der Grube und verharrte dann regungslos.

Bernd sah ebenfalls auf, dachte aber gar nicht daran, Jennas Kinn loszulassen. Und dieses Mal griff Alpha auch nicht ein. Stattdessen stand er einfach da und blickte in die Grube hinunter.

Irgendwas stimmt nicht, dachte Winnie Heller alarmiert. Denn dass sich der Anführer der Geiselnehmer irgendwie verändert hatte, war ihr bereits bei seinem letzten Auftauchen am Rand der Grube aufgefallen. Da hatte er eine Schachtel mit Tabletten zu ihnen heruntergeworfen und gesagt: »Sorgen Sie dafür, dass er es nimmt.«

Nichts weiter.

Jemand hatte »Danke« gesagt. Doch der Entführer hatte nicht reagiert, sondern sich auf dem Absatz umgedreht und war verschwunden.

Winnie Heller konnte nicht sagen warum, aber sie hatte das Gefühl, dass irgendetwas Gravierendes passiert war. Etwas, das ihm im wahrsten Sinne des Wortes an die Substanz ging. Ihm ganz persönlich. Und jetzt stand er also wieder da und blickte auf sie herunter.

Fast so, als suche er jemanden …

Winnie Heller merkte, wie sich etwas in ihrem Magen zusammenzog, und erst mit einiger Verspätung wurde ihr der Grund dafür klar: Der Mann, den sie schlicht Alpha nannte, trug keine Maske mehr!

4 »Malina war der Deckname eines Stasioffiziers namens Hans Selinger«, referierte Kai-Uwe Luttmann aus der E-Mail, die er vor wenigen Minuten erhalten hatte. »Er wurde 1941 in einem kleinen Kaff in Thüringen geboren, studierte an derselben Universität wie Ylva Bennet und gehörte zu deren engerem Freundeskreis.«

Hinnrichs schob seine Brille zurück. »Und wieso kommt Maik Voigt dann auf Walther Lieson?«

»Weil Hans Selinger als solcher nicht mehr existiert«, entgegnete Luttmann. »Er ist nach der Wende untergetaucht, und schon damals nahm man an, dass er unter falschem Namen irgendwo im Westen ein neues Leben begonnen hat.«

Nicht irgendwo, dachte Verhoeven. Hier …

»Wie der Zufall so spielt, nicht wahr?«, bemerkte Goldstein, dessen Gedanken in die gleiche Richtung gingen.

»Es gibt Leute, die behaupten, es gebe keine Zufälle«, sagte Monika Zierau.

»Sondern?«, fragte Hinnrichs, der Realist. »Schicksal?«

Die Psychologin lächelte, als ob sie den Leiter des KK 11 bei einer entlarvenden Äußerung ertappt hätte. »Warum nicht?«

»Selinger wird ganz sicher einen plausiblen Grund gehabt haben, dass er ausgerechnet in diese Stadt gekommen ist«, wich Hinnrichs einer Antwort auf diese unbequeme Frage mit unmissverständlicher Deutlichkeit aus. »Falls er überhaupt hier ist.«

»Natürlich ist er das«, entgegnete Goldstein, und einmal mehr störte Verhoeven die übergroße Sicherheit, mit der der Unterhändler Dinge als gegeben voraussetzte, die bislang in keinster Weise bewiesen waren. »Und Ylva Bennet hat ihn gesehen.«

»Nach allem, was man über ihn weiß, war beziehungsweise ist Hans Selinger ein lupenreiner Opportunist«, sagte Luttmann. »Seine Familie war religiös und ließ ihn konfirmieren, doch Selinger trat aus der Kirche aus, kaum dass er für sich selbst entscheiden konnte. Sein Führungsoffizier bezeichnet ihn in einer stasiinternen Beurteilung als Zahlenmenschen, einen, den keine Ideale umtreiben, sondern der aus purem Kalkül heraus handelt. Nichtsdestotrotz oder vielleicht auch gerade deswegen scheint er ein überaus effektiver Zulieferer von Informationen gewesen zu sein.« Die Augen des jungen Kriminaltechnikers glitten über den Monitor. »Hans Selinger sei ehrgeizig, habe ein ausgeprägtes Talent, andere richtig einzuschätzen, und darüber hinaus eine große Vorliebe für militärische Strukturen, schreibt sein Führungsoffizier weiter.« Luttmann wandte sich wieder zu den anderen um. »Außerdem lasse er sich erfreulicherweise nicht durch persönliche Gefühle oder Sympathien ablenken.«

»Mit anderen Worten: Der Typ ist eiskalt«, konstatierte Hubert Jüssen, der nahezu ununterbrochen telefonierte, die Gespräche der anderen aber offenbar trotzdem aufmerksam zu verfolgen schien.

»So könnte man das auch ausdrücken«, nickte Luttmann. Er saß inzwischen auf einem Bürostuhl mit Rollen, auf dem er noch kleiner aussah, als er ohnehin schon war. Wo er den Stuhl aufgetrieben hatte, wusste niemand. »Sein Vater hat mit ihm gebrochen, als er die Kirche verließ, und Selinger hat laut Akte niemals versucht, den Kontakt wieder aufleben zu lassen. Selbst dann nicht, als sein Vater an Krebs erkrankte und im Sterben lag.«

Verhoeven schauderte, als für den Bruchteil einer Sekunde wieder Schmitz' feistes Gesicht vor ihm aufblitzte. Der schiefe Mund seines Pflegevaters, der sich bemühte, ihm irgendetwas zu sagen, das er nicht hören wollte. *Jetzt bist du derjenige, der ins Bett pisst …*

»Der Kerl war ein echtes Herzchen, was?«, brummte Hinnrichs, und Verhoeven hatte ein wenig Mühe, sich klarzumachen, dass er von Selinger sprach. Nicht von Schmitz …

»Allerdings.« Goldstein schaute in seine leere Kaffeetasse hinunter. »Und nach der Wende ist er einfach verschwunden?«

»Tja, er wusste anscheinend sehr genau, warum«, entgegnete sein Mann für alles, was mit Bildern und Fakten zu tun hatte. »Nach der Geschichte mit Ylva Bennet ging Selingers Karriere steil bergauf, und er hatte mit Sicherheit die eine oder andere Leiche im Keller, über die er nach der Wende hätte stolpern können.«

Verhoeven musste an etwas denken, das Goldstein zu Walther Lieson gesagt hatte: *Ach, kommen Sie schon. Sie werden doch wohl irgendeine Leiche im Keller haben. Jeder Mensch hat das …* Zugleich spürte er, dass er sich in diesem Zusammenhang auch noch an etwas anderes erinnern müsste. Er hatte den vagen Eindruck, dass es etwas war, das Ylva Bennet gesagt hatte, aber ganz sicher war er nicht.

»Beim Sturm auf die Stasi-Zentrale war Selinger übrigens noch im Gebäude«, riss Luttmanns Stimme ihn aus seinen Grübeleien. »Und einer von denen, die beim Anblick der Demonstranten vor dem Fenster allen Ernstes eine – wie es hinterher so schön hieß – theoretische Bereitschaft zum Schießen bekundet haben. Später begründeten dieselben Leute ihren Verzicht auf Waffengewalt dann mit dem Argument, dass sie sich gegen 300 000 Menschen einfach keine realistische Chance ausgerechnet hätten.«

»Als ob sie noch explizit darauf hinweisen müssten, dass sie nicht gerade Menschenfreunde gewesen sind«, bemerkte Hinnrichs kopfschüttelnd.

Luttmann rollte auf seinem Stuhl ein Stück vom Monitor weg und sah zu den Kollegen am Tisch hinüber. »Und dieser denkwürdige vierte Dezember war zugleich der Tag, an dem Hans Selinger zum letzten Mal gesehen wurde.«

»Aber Ylva Bennet war ganz offensichtlich der Meinung, ihn wiedergesehen zu haben«, griff Verhoeven etwas auf, das zuvor bereits Goldstein geäußert hatte.

»Und zwar im Herbst letzten Jahres in der überfallenen Filiale«, ergänzte dieser.

»Wahrscheinlich hat Frau Bennet ihrem Sohn bei irgendeiner Gelegenheit von dieser Begegnung erzählt«, führte Verhoeven den Gedanken weiter.

»Woraufhin der Sohn beschloss, seine Mutter zu rächen, und fälschlicherweise annahm, Hans Selinger sei Walther Lieson?« Monika Zierau blickte mehr als skeptisch drein.

»Die wirklich interessante Frage ist, *warum* er das annahm«, brummte Goldstein.

»Weil seine Mutter ihm den Betreffenden gezeigt hat«, entgegnete Verhoeven.

Ich habe zufällig aufgeschnappt, wie der Mann etwas zu seiner Begleiterin sagte, nickte eine imaginäre Inger Lieson. *Warten Sie … Ja, er sagte wörtlich: Bist du ganz sicher? Und die Frau antwortete: Ich möchte gehen.*

Goldstein runzelte die Stirn. »Warum soll Ylva Bennet ihren Sohn auf die Idee gebracht haben, dass Lieson sein Mann ist?«, fragte er. »Denn er ist es ja definitiv nicht.«

»Vielleicht hat sie ihn verwechselt«, kam Hinnrichs seinem Untergebenen mit einem spontanen Vorschlag zu Hilfe. »Immerhin scheint die Frau ja ziemlich verwirrt zu sein.«

Verhoeven blickte nachdenklich über den mit Fotos und Faxen übersäten Couchtisch hinweg. Da war schon wieder etwas, das ihn beschäftigte. Irgendetwas, das Inger Lieson im Zusammenhang mit Ylva Bennet geäußert hatte. Er schloss die Augen und dachte nach. Ein Mann und eine Frau, Mutter und Sohn. Eine Sparkassenfiliale. Und ein Empfang …

Ich weiß nicht mehr genau, worum es ging. Aber Walther war einer der Ehrengäste, ein paar seiner Kollegen und Freunde waren da.

Verhoeven stutzte.

Ein paar Kollegen von Walther Lieson waren bei jenem Empfang zugegen gewesen, zu dem auch Ylva Bennet mit ihrem Sohn erschienen war.

Kollegen und Freunde …

Die Frau ist mir aufgefallen, weil ich das Gefühl hatte, dass sie meinen Mann anstarrt.

Und wenn Ylva Bennet in Wahrheit gar nicht Walther Lieson angestarrt hat?, dachte Verhoeven. Was, wenn jemand bei ihm gestanden hätte, in dieser Situation? Jemand, den Ylva Bennet bereits in der überfallenen Filiale gesehen und wiedererkannt hatte und der zu Liesons beruflichem oder privatem Umfeld gehörte? Und was, wenn Maik Voigt seine Mutter schlicht und einfach falsch verstanden hatte?

Er unterbreitete den anderen, was er dachte, und fügte hinzu:

»Unter unseren Geiseln sind zwei Männer, die in etwa Hans Selingers Alter haben: Horst Abresch und Quentin Jahn. Beide gehören zu Walther Liesons direktem Umfeld, und theoretisch könnte Ylva Bennet einem von beiden im vergangenen Herbst in der Bank begegnet sein, wobei Abresch als stellvertretender Filialleiter hier wohl die wahrscheinlichere Variante wäre.«

»Nicht unbedingt«, widersprach ihm Monika Zierau. »Auch Quentin Jahn hält sich mit schöner Regelmäßigkeit in der überfallenen Filiale auf. Nach meinen Informationen kommt er jeden Abend kurz vor Schalterschluss, um die Tageseinnahmen seines Ladens auf das Konto der Firma einzuzahlen. Pünktlich wie ein Uhrwerk.«

»Und bezeichnenderweise stammt er auch noch aus der ehemaligen DDR«, ergänzte Luttmann.

Hinnrichs schüttelte nachdenklich den Kopf. »Wenn das stimmt«, sagte er, »hätte Maik Voigt den Mann, hinter dem er her ist, längst in seiner Gewalt ...«

»Warten Sie«, sagte Verhoeven. »Bevor wir weiter spekulieren, lassen Sie mich zuerst etwas Grundlegendes abklären.«

Er stand auf und verließ den Raum.

Zu seiner Erleichterung fand er Inger Lieson auf Anhieb. Sie trat mit einem Arm voller benutzter Handtücher aus der Gästetoilette und blickte ihn aufmunternd an. »Brauchen Sie irgendwas?«

Verhoeven verneinte. »Ich habe nur eine Frage.«

»Ja?«

»Auf diesem Empfang, bei dem Ihnen die unbekannte Frau und ihr Begleiter aufgefallen sind... War da zufällig auch Quentin Jahn anwesend?«

Kollegen und Freunde ...

Inger Lieson musste nicht lange überlegen. »Ja, sicher«, antwortete sie. »Mein Mann und er sind befreundet. Sie spielen Schach zusammen.«

5

»Sie!«

Winnie Heller fuhr zusammen. »Meinen Sie mich?«

Der Anführer der Geiselnehmer nickte. »Kommen Sie hier hoch.«

Sie sah kurz zu Bernd hinüber, der Jennas Kinn inzwischen losgelassen hatte und die kurze Plänkelei zwischen ihr und seinem Komplizen mit dem üblichen Argwohn verfolgte. Dann ging sie langsam auf die Treppe zu.

Ich kann sein Gesicht sehen, dachte sie, während sie ihren geschundenen Körper die rostigen Stufen hinaufquälte. Er steht einfach da und zeigt uns sein Gesicht! Und das wiederum konnte eigentlich nur bedeuten, dass ihre Kollegen mittlerweile herausgefunden hatten, wer er war, sodass er keine Tarnung mehr nötig hatte.

Vielleicht waren sie ganz in ihrer Nähe …

Vielleicht war das Lösegeld längst bezahlt, die Forderungen erfüllt und der letzte Akt dieses Dramas bereits in vollem Gang. Oder aber es bereitete sich tatsächlich schon in diesem Moment ein Sonderkommando darauf vor, das Gebäude zu stürmen …

Aber würde Alpha dort so ruhig stehen, wenn sich die Dinge derart zugespitzt hätten?

»Kommen Sie«, sagte er, als Winnie Heller schwer atmend am Grubenrand ankam. Dann trat er ein Stück zurück.

Sie folgte ihm. Ihre Gedanken schlugen Purzelbäume, während ihre Augen mit einer Mischung aus Scheu und Interesse über sein Gesicht glitten.

Er war genauso dunkel, wie sie sich ihn vorgestellt hatte. Dichtes, dunkelbraunes Haar umrahmte sein eigenwillig-attraktives Gesicht, und sie sah die Augen, die sie bislang nur durch die Schlitze seiner Maske wahrgenommen hatte. Wunderschöne braune Augen mit einem Hauch von Gold darin.

»Ich habe eine Frage an Sie«, sagte er, als sie vor ihm stand.

»Ja?«

»Haben Sie Ihren Dienstausweis verloren?«

Winnie Heller zögerte. Aber nur kurz. Dann sagte sie: »Nein.«

»Sondern?«

Sollte sie ihm tatsächlich die Wahrheit sagen? Bedeutete das nicht zugleich, dass sie jemand anderen sozusagen verpetzte? *Jemanden, der dich eiskalt ins Messer laufen lassen wollte, wohlgemerkt,* erinnerte sie ihr Verstand. *Vergiss das nicht!*

»Ich hatte ihn versteckt.«

»Wo?«

»In einer Mauerritze. Dort, wo der Toiletteneimer stand.«

Er nickte. »Also hat ihn jemand genommen.«

»Das ist die einzige Möglichkeit, oder?«

»Haben Sie sich mit jemandem gestritten?«

»Sie meinen mit einem meiner Mitgefangenen?« Winnie Heller musste gegen ihren Willen lachen. »Nein«, sagte sie dann, wobei sie sich alle Mühe gab, schnell wieder ernsthaft zu klingen, »bislang sind wir uns noch nicht gegenseitig an die Kehle gegangen.«

»Und …« Er dachte nach wie jemand, der unbedingt alle Möglichkeiten in Betracht ziehen will, und Winnie Heller fragte sich, warum. Was war Alpha so wichtig, dass er keinen Fehler machen wollte? Worum ging es hier? Und wieso, um alles in der Welt, sah dieser Mann so unendlich traurig aus? »Kannten Sie einen von den anderen, bevor … Ich meine vor dieser Sache?«

»Nein.«

Er nickte wieder und warf einen flüchtigen Blick auf seine Armbanduhr. Ein schlichtes Modell mit einem silbernen Band, wie Winnie Heller beiläufig registrierte. Nichts Teures. Nichts Auffälliges.

In ihrem Rücken kam Bernd die rostigen Stufen hinauf. Er blieb kurz stehen, doch Alpha würdigte ihn keines Blickes. Stattdessen hörte Winnie Heller gleich darauf, wie Bernds Schritte sich von ihnen entfernten.

»Mögen Sie Ihren Job?«

Die Frage erwischte sie kalt. »Ja«, antwortete sie nach einem kurzen Moment der Verblüffung.

»Warum?«

»Was meinen Sie damit, warum?«

Der Mann, den sie Alpha nannte, antwortete mit einer Gegenfrage: »Sie halten sich ziemlich zurück, was?«

»Wie kommen Sie denn auf so eine Idee?« Winnie Heller versuchte, aus der Not eine Tugend zu machen, und lachte wieder. »Auf bestimmten Gebieten kann ich ziemlich maßlos sein, falls es Sie interessieren sollte.«

»Ich rede von Gefühlen.«

»Ich liebe meinen Job, okay?«

Sie hatte ohne Pathos gesprochen, aber er schien trotzdem zu spüren, dass sie die Wahrheit sagte. Er sah sie an und nickte abermals. Und wieder dachte Winnie Heller, dass er traurig aussah. Traurig und irgendwie auch resigniert.

»Wollen Sie sich und die anderen heil hier rausbringen?«

»Ja, natürlich.«

»Gut«, sagte er. »Dann müssen Sie mir helfen.«

»Helfen?« Die Aussage verblüffte Winnie Heller. »Wie und wobei?«

Der Entführer antwortete nicht. Stattdessen fragte er: »Was glauben Sie, wer Ihren Ausweis genommen hat?«

Winnie Heller antwortete, ohne lange über die Folgen nachzudenken. Sie handelte einfach aus dem Bauch heraus. »Malina.«

Der Mann, den sie Alpha nannte, zuckte sichtlich zusammen. »Was wissen *Sie* darüber?«

»Nichts, als dass Sie nach ihm suchen und dass Sie ihn in dieser Bank vermutet haben«, antwortete sie wahrheitsgemäß.

Er sah aus, als wenn er überlegen müsse, ob er ihr das glauben konnte.

»Malina«, wiederholte sie, um die Chance auf ein Gespräch über dieses Thema, so gefährlich es auch werden konnte, nicht ungenutzt verstreichen zu lassen. Aus irgendeinem Grund hatte sie das Gefühl, dass jetzt der Zeitpunkt gekommen war, um die Karten auf den Tisch zu legen. Ganz egal, was daraus werden würde. »Das ist so eine Art Deckname, oder?«

Alpha sagte nichts, aber sie konnte sehen, wie es hinter seiner Stirn arbeitete, und wertete diesen Umstand als ein »Ja«.

»Und was hat dieser Mann Ihnen getan?«

Zuerst schien es, als würde der Entführer nicht antworten. Aber schließlich sagte er doch noch: »Er hat meine Mutter getötet.«

Winnie Heller kniff die Augen zusammen. Er sagt die Wahrheit, dachte sie. Zumindest ist er wirklich überzeugt von dem, was er da von sich gibt. »Wie?«

Doch dieses Mal erhielt sie keine Antwort.

»Sie haben gedacht, Herr Lieson und Malina sind ein und dieselbe Person, nicht wahr?«, fragte sie, als sie sein Schweigen nicht mehr aushielt.

Er nickte nur.

»Aber das denken Sie jetzt nicht mehr?«

»Nein, das denke ich jetzt nicht mehr.«

Ahmte er sie nur nach, oder meinte er noch immer ernst, was er sagte? »Warum nicht?«

»Namen …«, setzte er an, doch er sprach den Satz nicht zu Ende.

Winnie Heller wartete.

»War die Matratze für Herrn Lieson bestimmt?«

Der Anführer der Geiselnehmer lächelte. Ganz kurz nur, so wie die Sonne an einem trüben Tag manchmal für ein paar Sekunden durch die Wolken bricht und einen Hauch von Wärme über die Landschaft gießt, bevor sie sich wieder hinter die graue Wand zurückzieht. »Das haben Sie also auch durchschaut.«

Es war eine Feststellung, keine Frage.

Winnie Heller nickte trotzdem. »Und was wollen Sie mit ihm tun, wenn Sie ihn haben?«

Sie formulierte das ganz bewusst so. *Was wollen Sie mit ihm tun* … Er sollte das Gefühl haben, dass die Sache noch nicht verloren war. Zugleich überlegte sie fieberhaft, ob die Auslieferung Walther Liesons wohl zu den Forderungen gehörte, die er gestellt hatte. Falls er überhaupt welche gestellt hatte. Aber welchen Sinn machte es sonst, Geiseln zu nehmen?

Er ließ sich Zeit mit seiner Antwort. Aber er antwortete: »Ich glaube, ich hätte ihn nach dem Warum gefragt.«

Winnie Heller registrierte den Konjunktiv mit Besorgnis. Jetzt, da sie schon etwas länger mit Alpha sprach und sich auf diese Weise ein Bild von seinem Intellekt machen konnte, war sie davon überzeugt, dass er nichts aus Zufall sagte. *Ich hätte ihn nach dem Warum gefragt ...* Sie sah wieder seine Augen an, in denen sich das Dunkel der Grube in ihrem Rücken zu spiegeln schien. War es wirklich Resignation, was sie da sah? Und warum fragte er sie, wer ihrer Meinung nach ihren Ausweis genommen hatte?

Weil ihn irgendetwas davon überzeugt hat, dass er hinter dem Falschen her war, antwortete ihr Verstand. *Und weil er vermutet, dass sich der Richtige unter den Personen befindet, die er gefangen hält. Unter euch ...*

»Wann war das?«, startete sie einen neuen Versuch, das Gespräch über dieses für sie so wichtige Thema am Laufen zu halten, wohl wissend, dass jede weitere Frage die Gefahr erhöhte, dass der Mann, den sie Alpha nannte, sie tötete.

»Was?«

»Wie lange ist es her, dass dieser Mann, den Sie suchen, Ihre Mutter umgebracht hat?«

»Man kann tot sein, ohne zu sterben«, antwortete Alpha, und wieder klang er sehr überzeugt.

Folglich ist seine Mutter noch am Leben, schloss Winnie Heller. Aber irgendetwas Schlimmes muss mit ihr passiert sein. »Was ist mit ihr geschehen?«

Jetzt lächelte er wieder. »Fragen Sie das, weil Sie Polizistin sind?«

»Ich frage es, weil es mich interessiert.«

Er warf ihr einen seiner prüfenden Blicke zu, doch dieses Mal schien sie den unausgesprochenen Test nicht zu bestehen.

»Es hat keinen Sinn mehr«, sagte er leise. Dann drehte er sich auf dem Absatz um und ging weg.

Er stellte keine weiteren Fragen. Er schickte sie nicht in die Grube zurück. Er ließ sie einfach stehen und ging mit der ruhigen Sicherheit eines Mannes, der eine wichtige Entscheidung getroffen hat, davon.

6 Dieses Mal kam der Anruf des Entführers auf die Minute pünktlich.

»Nun?«, fragte er. »Ist alles bereit?«

»Ja«, antwortete Goldstein. »Wir haben Ihr Geld und einen Namen.«

»Fein.«

»Und? Wie geht es Ihnen?« Der Unterhändler sprach völlig neutral, aber der Subtext, der in dieser auf den ersten Blick so harmlosen Frage mitschwang, war eindeutig: *Gestern ist Ihr Komplize erschossen worden. Ihr bester Freund obendrein. Das muss Sie doch eigentlich so richtig wütend machen, oder etwa nicht? Noch dazu, wo Ihnen Knast bis zum St.-Nimmerleins-Tag droht wegen der beiden toten Bankangestellten. Also sagen Sie mir, Freundchen: Wie fühlen Sie sich?*

»Ich hätte da eine bessere Frage.« Heute war er auf Angriff aus. Das war von der ersten Sekunde an deutlich zu spüren. Vielleicht auch auf Rache. Immerhin waren Andreas Barth und er seit Kindertagen unzertrennlich gewesen.

Aber wenigstens hat er sich trotz allem gemeldet, dachte Verhoeven. Wenigstens haben wir noch immer Kontakt!

»Lassen Sie hören.«

»Angenommen, ich ließe Sie mit einer Geisel Ihrer Wahl sprechen ... Wen würden Sie wählen?«

Falle!, blitzte es in Monika Zieraus Kohleaugen. *Gib bloß Acht!*

»Hey, Unterhändler! Hat's Ihnen die Sprache verschlagen oder brauchen Sie Bedenkzeit?«

Der Tonfall, die Wortwahl – kein Zweifel, Maik Voigt imitierte Goldstein bis in die kleinste Nuance, und Verhoeven stellte verwundert fest, wie viel von diesen Gesprächen bei dem Geiselnehmer hängengeblieben war. Trotz des Stresses, unter dem er laut Aussage des Stimmenanalytikers stand. »Gesetzt den Fall, ich ließe Sie ... Mit wem würden Sie sprechen wollen?«

»Schwer zu sagen ...«

»Versuchen Sie's.«

»Es geht also bloß ums Quatschen, ja?«, hakte Goldstein nach. Vielleicht, weil er Zeit gewinnen wollte, um seine Antwort zu überdenken. »Nicht darum, wer als Erster freikommen soll?«

»Genau.«

»Warum fragen Sie mich so was?«

Weil er dich testen will, flüsterten Monika Zieraus Lippen.

»Weil ich wissen will, ob Sie mir die Wahrheit sagen.«

Glauben Sie mir, ich habe eine Menge Erfahrung, was Lügen angeht …

»Was hätte ich davon, Sie anzulügen?«

Maik Voigt lachte nur. Ein Lachen, dem man die Müdigkeit anmerkte. Aber auch die Entschlossenheit. Der beste Freund, den er je gehabt hatte, war tot. Also musste er allein weitermachen. So einfach war das.

Verhoeven dachte an eine Diskussion, die sie noch in der Nacht geführt hatten. Unmittelbar nach der verpatzten Überwachung. Dabei waren sie auch auf die Medizin zu sprechen gekommen, die die beiden Geiselnehmer hatten besorgen wollen. Jussuf Mousas Herzmittel.

»Er holt das Medikament nicht«, hatte Monika Zierau mit kategorischer Entschiedenheit erklärt. »Sein Freund ist tot. Voigt selbst hat seinen Wagen stehen lassen müssen und ist seither zu Fuß unterwegs. Da hat er mit Sicherheit andere Sorgen, als in eine Apotheke zu rennen.«

»Ich weiß nicht«, hatte Goldstein gesagt und dabei Verhoeven angesehen. »Wie schätzen Sie die Sache ein?«

Verhoeven hatte sich gefragt, warum der Unterhändler ausgerechnet an seiner Meinung interessiert war. Ob Goldstein vielleicht auf diese Weise versuchte, in ihm einen Verbündeten zu gewinnen gegen die Profilerin, die so oft anderer Ansicht war und damit auch nicht hinter dem Berg hielt. Oder gar gegen eine Meuterei, zu der Werner Brennicke sie oder die anderen vielleicht aufstachelte.

»Na?«, hatte Goldstein gedrängt, als ihm die Zeit zu lange gedauert hatte.

Und Verhoeven hatte geantwortet: »Dass Maik Voigt überhaupt

versucht hat, die Medizin für Jussuf Mousa zu besorgen, spricht meiner Meinung nach dafür, dass ihm eine tote Geisel mehr oder weniger nicht gleichgültig ist. Er hat einen hohen Preis dafür bezahlt, an das Rezept zu kommen. Und wenn er dieses Rezept jetzt nicht einlöst und Mousa stirbt, dann hätte er diesen Preis vollkommen umsonst gezahlt.«

Goldstein hatte Verhoevens Argumenten aufmerksam gelauscht und anschließend allen diensthabenden Apotheken der näheren Umgebung Bescheid geben lassen. Allerdings war nichts dabei herumgekommen: In keiner Wiesbadener oder Mainzer Apotheke war das betreffende Medikament verlangt worden.

»Sie haben meine Frage noch nicht beantwortet«, lenkte die Stimme des Geiselnehmers Verhoevens Aufmerksamkeit wieder auf das Hier und Jetzt zurück. »Mit welcher der Geiseln würden Sie sprechen wollen?«

Richard Goldstein starrte aus dem Fenster. Sein Gesicht war versteinert. Er wusste, dass er diesen Test auf Biegen und Brechen bestehen musste, und er zeigte keinerlei Regung, als er schließlich antwortete: »Mit Frau Heller.«

Verhoeven und Hinnrichs sprangen zeitgleich auf. Das ging zu weit!

»Warum ausgerechnet Frau Heller?«, fragte Maik Voigt.

Goldsteins Stimme war fest. »Weil ich glaube, dass sie diejenige ist, die mir am besten Auskunft über den Stand der Dinge geben kann.«

Monika Zierau hielt hörbar die Luft an.

»Sie haben meine Beamtin verraten, Sie Schwein«, zischte Hinnrichs. »Das werden Sie mir büßen!«

Er wusste doch längst, dass sie Polizistin ist, verteidigten sich Goldsteins Adleraugen. Trotzdem wirkte der Unterhändler, als ob er ein schlechtes Gewissen habe.

Goldstein schickt also diese Beamtin rein. Ohne Weste versteht sich …

»Gut«, klang Maik Voigts Stimme aus dem Lautsprecher, und das eine Wort war so aussagekräftig wie zehn ganze Sätze. Test bestanden. Weiter im Text. »Dann möchte ich jetzt mit Frau Hellers Vorgesetztem sprechen.«

Sehen Sie, was habe ich gesagt?!, triumphierte Goldsteins Blick. Doch auf seiner Stirn stand unverkennbar kalter Schweiß.

»Der ist doch mit Sicherheit in der Nähe, oder?«

Hinnrichs streckte die Hand nach dem Telefon aus, doch Goldstein hielt den Hörer Verhoeven hin.

»Hier«, sagte er. »Nehmen Sie.«

Verhoeven starrte ihn an. »Ich?«

Der Unterhändler bedachte ihn mit einem Lächeln, aus dem er nicht schlau wurde. »Wer denn sonst?«

Verhoeven griff nach dem Telefon und merkte, dass er zitterte. Er war nicht ausgebildet für das, was jetzt von ihm verlangt wurde. Er würde Fehler machen. Fehler, die gravierende Folgen haben konnten.

Ruhig Blut, schienen Goldsteins Augen zu sagen. *Sie kriegen das schon hin!*

»Ja?« Seine Stimme klang erschreckend dünn. »Hallo?«

»Sind Sie Frau Hellers Vorgesetzter?«

»Ja«, antwortete Verhoeven. »Gewissermaßen.«

»Was heißt das?«

»Eigentlich sind wir Partner.«

»Sie meinen, Sie arbeiten zusammen?«

»Ja.«

»Und Ihr Name?« Maik Voigt machte ein kurze, kokett anmutende Pause, bevor er in Anlehnung an Goldsteins Bemerkung bei ihrem ersten Telefonat hinzufügte: »Wir wissen hier nämlich gern, mit wem wir es zu tun haben.«

Vorsicht!, riet Hinnrichs Miene. *Das könnte schon wieder ein Test sein!*

»Verhoeven. Hendrik Verhoeven.«

»Wollen Sie Ihre Kollegin retten, Hendrik Verhoeven?«

»Ja.« Nur das. Jedes weitere Wort wäre eins zu viel. Ja, ich will sie retten, du verdammter Mistkerl. Und wenn du ihr etwas antust, dann gnade dir Gott.

»Gut. Haben Sie ein Handy?«

494

Verhoeven bejahte.

»Ist es eingeschaltet?«

»Ja.«

»Dann geben Sie mir jetzt die Nummer.«

Aus den Augenwinkeln sah Verhoeven, wie die Köpfe der beiden Kommunikationstechniker herumflogen. Er nannte die Nummer und hörte ein Rascheln.

»Legen Sie Ihre Waffe ab, nehmen Sie das Geld und gehen Sie anschließend sofort zu Ihrem Wagen. Ich rufe Sie in exakt neunzig Sekunden wieder an.«

»Aber …«, setzte Verhoeven an, doch der Geiselnehmer hatte die Verbindung bereits unterbrochen.

»Es reicht schon wieder nicht für eine Peilung«, stöhnte der ältere der beiden Kommunikationstechniker.

»Ich hab Sie auf dem Bildschirm«, meldete der andere.

»Haben wir ein startbereites Team hier?«, schrie Hinnrichs.

»Hier?«, fluchte Hubert Jüssen. »Nein, verdammt, hier nicht.« Er riss sein Handy ans Ohr. »Wo, zur Hölle, stecken Weirich und Görtz? … Okay, sie sollen sofort herkommen, verstanden? Und sorg dafür, dass die beiden Unterstützung kriegen.«

»Die Teams sollen sich in kurzen Abständen ablösen«, ergänzte Goldstein. »Je unauffälliger die Wagen, umso besser. Und pfeifen Sie alles zurück, was in dieser Gegend an Polizeifahrzeugen unterwegs ist. Das Letzte, was wir brauchen können, ist so ein Debakel wie gestern Abend.«

Wir sind nicht vorbereitet, dachte Verhoeven. Wir dachten, dass alles abzusehen sei, aber jetzt, wo es wirklich drauf ankommt, sind wir schon wieder nicht vorbereitet!

Er riss seine Dienstwaffe aus dem Schulterholster und streckte sie Hinnrichs entgegen.

»Voigt hat zumindest im Augenblick keinerlei Möglichkeit, zu überprüfen, ob Sie bewaffnet sind oder nicht«, bemerkte Goldstein mit vollkommen wertfreier Miene. »Sie könnten die Pistole also genauso gut im Wagen deponieren. Nur für den Fall, dass Sie in eine Situation geraten, in der Sie sie brauchen können.«

495

»Ich werde nichts riskieren«, sagte Verhoeven bestimmt.

Dann schnappte er sich ohne ein weiteres Wort die Reisetasche mit dem Geld, die einer von Jüssens Männern ihm reichte, und rannte los.

7 Er war kaum aus der Haustür, als Burkhard Hinnrichs stirnrunzelnd auf das Display seines Pagers blickte. Er wollte sich eigentlich nicht ablenken lassen, nicht in einer Situation wie dieser, aber die Nummer, die das Display anzeigte, war ihm bestens bekannt. Also zückte er sein Handy und rief den Absender der Mitteilung zurück.

»Haben Sie Neuigkeiten für uns?«

»Kann man so sagen«, antwortete Lübke, dessen sonore Bassstimme an diesem Nachmittag irgendwie heiser klang. Fast atemlos. »Nachdem die Pappschachtel und der Rest der Verpackung so wenig gebracht haben, habe ich mir die Hand der toten Kassiererin noch einmal vorgenommen.«

»Und haben Sie was entdeckt?«

Lübke bejahte. »Ich mach's kurz: Da war Staub unter den Fingernägeln der Toten, in dem sich Lackspuren und Farbreste in einer ungewöhnlichen Konzentration und Zusammensetzung befinden. Und ein ganz ähnlicher Staub befand sich auch auf der Kleidung des toten Geiselnehmers.«

»Farbreste?« Hinnrichs schob seinen Stuhl zurück. »Was bedeutet das?«

Hermann-Joseph Lübke antwortete mit einer Gegenfrage: »Haben Sie schon eine Idee, wohin diese Kerle die Geiseln verschleppt haben könnten?«

»Leider nein.« Der Leiter des KK 11 blickte zu Goldstein hinüber, der mit dem Rücken zu ihm stand und wie gebannt auf den Monitor der beiden Kommunikationstechniker starrte, wo das Signal von Verhoevens Handy als winziger roter Punkt flimmerte. »Gewisse Leute hier sind zwar der Ansicht, dass wir uns auf ein ganz bestimmtes Gebiet konzentrieren sollten, aber das ist natürlich Vabanque.«

Er hatte absichtlich laut gesprochen, doch Goldstein drehte sich nicht um.

»Suchen Sie lieber nach einem Ort, an dem Farben und Lacke verarbeitet oder hergestellt wurden«, entgegnete derweil Lübke. »Eine stillgelegte Fabrik oder Ähnliches. Die Farbreste, die wir gefunden haben, sind nämlich alt.«

Hinnrichs horchte auf. »Sind Sie sicher?«

»Nein«, schnappte Lübke. »Jetzt, wo es um Winnie geht, mache ich selbstverständlich dumme Witze.«

»Verzeihen Sie, ich wollte nicht …«

»Schon gut«, knurrte Lübke. »Und halten Sie mich auf dem Laufenden. Sobald Sie den Aufenthaltsort der Geiseln ermittelt haben, möchte ich dabei sein.«

Hinnrichs bedankte sich und stand auf, um die Informationen, die er soeben erhalten hatte, an Luttmann weiterzugeben.

»Zu Farben und Lacken habe ich vielleicht was«, nickte der junge Kriminaltechniker. »Warten Sie …« Er hämmerte ein paar Befehle in die Tastatur. »Ja, hier: Auf der Liste, die die Kollegen erstellt haben, gibt es tatsächlich eine stillgelegte Lackfabrik.«

»Wo?«

»Irgendwo auf halber Strecke zum Frankfurter Flughafen.« Die Aufregung goss einen Hauch von Rot über Luttmanns Porzellanteint. »Das würde auch von der Richtung her passen«, setzte er mit einem anerkennenden Blick in Goldsteins Richtung hinzu.

Der Unterhändler trat zu ihnen, aber er reagierte in keiner Weise auf die Bemerkung seines Bildspezialisten. Vielleicht machte es ihm zu schaffen, dass er jetzt nur noch aus dem Hintergrund heraus agieren konnte und selbst keinen Kontakt mehr zu dem Geiselnehmer hatte. »Sieht nach einem ziemlich großen Ding aus«, befand er beim Anblick der Satellitenaufnahmen, die Luttmann unterdessen aufgerufen hatte.

»Die Firma hatte früher an die dreihundert Mitarbeiter«, nickte der Kriminaltechniker.

»Und wie lange steht sie jetzt leer?«

»Elf Jahre.«

Goldsteins Augen hefteten sich aufs Neue an den Monitor. »Scheiße noch mal, das könnte es sein!«, murmelte er. »Schick sofort jemanden hin, der die Lage sondiert.«

8 Das Handy klingelte bereits, bevor Verhoeven die Autotür geöffnet hatte. Auf dem Display stand schlicht Anruf.

»Na?«, fragte Maik Voigt. »Sind Sie schon unterwegs?«

»Augenblick.« Verhoeven warf die Reisetasche mit dem Geld auf den Beifahrersitz und startete den Wagen. »Ich bin so weit«, sagte er dann. »Wohin soll's gehen?«

»Geradeaus auf die Biebricher Allee.«

Viel Verkehr. Geschickter Schachzug! Verhoeven gab Gas. Einer von denen muss ganz in der Nähe sein, dachte er, indem er die Straße hinter sich nach in Frage kommenden Fahrzeugen absuchte. Wenn sie sichergehen wollen, dass ich mich an ihre Anweisungen halte, müssten sie eigentlich permanent Sichtkontakt halten. Er blickte abermals in den Rückspiegel, doch er konnte nichts entdecken. Weder ein verdächtiges anderes Fahrzeug noch das Team, das Hubert Jüssen zu seiner Überwachung angefordert hatte.

»Haben Sie ein Funkgerät im Wagen?«

»Nein.«

»Lügen Sie?«

»Nein.«

»Wir werden ja sehen.«

Ein Mann wie Teja wird immer einen konkreten Grund brauchen, sich auf jemanden einzulassen. Und deshalb darf er Sie auf keinen Fall bei einer Lüge ertappen.

»Hören Sie jetzt gut zu«, scheppte Voigts Stimme aus dem Lautsprecher der Freisprecheinrichtung. »Sie biegen an der übernächsten Kreuzung rechts ab. Dann fahren Sie die zweite Straße links rein, bis Sie einen kleinen Spielplatz sehen. Neben den Schaukeln stehen zwei Bänke mit einem Papierkorb dazwischen. Unter dem Boden dieses Mülleimers finden Sie ein Handy. Es ist bereits eingeschaltet. Sie haben genau zwei Minuten, aber zuerst...«

Verhoeven spürte, wie seine Nackenmuskeln hart wurden.

»... zuerst werfen Sie jetzt Ihr eigenes Handy aus dem Seitenfenster. Und zwar so, dass ich Sie sehen kann.«

Wo zum Teufel war dieser Kerl? Verhoevens Augen suchten wieder den Rückspiegel. War er überhaupt da? Oder tat er nur so?

Manchmal ist ein guter Bluff besser als jede noch so wirkungsvolle Strategie, flüsterte Richard Goldstein hinter seiner Stirn.

»Wenn Sie mich verarschen, können Sie Ihre Partnerin in Zukunft auf dem Friedhof besuchen, klar?«

Verhoevens Finger tasteten nach dem elektrischen Fensterheber, und die Scheibe glitt lautlos herunter.

»Und kommen Sie bloß nicht auf die Idee, zwischendurch irgendwo anzuhalten. Oder sonstwie Kontakt aufzunehmen. Haben Sie verstanden?«

»Ja.«

Durch das offene Fenster flatterte Wind. Frisch, fast kalt.

Das ist das dicke Ende, höhnte eine imaginäre Anna. *Nun ist es doch noch gekommen! Hab ich's dir nicht gesagt?*

Verhoeven dachte an seine Frau und die Handvoll Kurznachrichten, die auf seinem Handy gespeichert waren. Nichts Verfängliches, aber beiläufige kleine Liebesbeweise, die ihm wichtig waren und die er sich hin und wieder anschaute, wenn er eine kurze Auszeit brauchte. Wohin wird das hier führen?, überlegte er, indem ihm plötzlich aufging, dass Maik Voigt in seinem letzten Gespräch mit Goldstein nicht mehr explizit auf den Namen zu sprechen gekommen war, der ihn interessierte, und er fragte sich, was der Grund dafür war.

Dann streckte er den Arm aus dem Fenster und schleuderte sein Handy aus dem fahrenden Wagen.

Im Rückspiegel sah er, wie es zunächst ein ganzes Stück über den Asphalt schlitterte, bevor es am seitlichen Fahrbahnrand liegen blieb.

Doch keines der nachkommenden Fahrzeuge schenkte dem Gerät auch nur die geringste Beachtung.

9 »Verflucht«, schimpfte Goldstein. »Das erschwert die Sache ungemein.«

Hubert Jüssen nickte. »Auf diese Weise können wir ihn nicht mehr verfolgen. Aber meine Leute sind dran.«

»Sie dürfen ihn auf keinen Fall verlieren. Sobald die Übergabe stattgefunden hat, ist der Kuchen ein für allemal gegessen.«

Wem sagen Sie das?!, spottete Jüssens Blick.

Doch Goldstein stand bereits wieder neben seinem Computerspezialisten. »Was ist mit Aufnahmen von Selinger? Gibt es alte Fotos von ihm, die uns einen Anhaltspunkt auf seine jetzige Identität liefern könnten?«

»Ich habe mich schon umgetan«, erwiderte Luttmann. »Aber Selinger scheint von jeher sehr vorsichtig gewesen zu sein. Das einzige Bild, das ich in der Kürze der Zeit gefunden habe, ist eine Aufnahme, die gleich zu Beginn seines Studiums entstand.«

Goldstein rieb sich das Kinn, an dem die Bartstoppeln bereits wieder dunkel hervortraten. »Das bedeutet, er ist noch ein junger Mann damals.«

»Nicht nur das.« Luttmann projizierte das Foto, das er meinte, an die Wand neben Walther Liesons Kamin.

»Scheiße, ist das unscharf«, echauffierte sich Goldstein.

»Ich habe schon getan, was ich konnte«, entgegnete Luttmann entschuldigend. »Besser wird das nicht.«

»Großer Gott, das könnte jeder sein«, sagte Jüssen.

Goldstein sah zu Monika Zierau hinüber. »Erkennst du auf dem Bild eine unserer Geiseln wieder?«

Die Psychologin schüttelte bedauernd den Kopf.

»Gut, dann zäumen wir das Pferd von hinten auf«, entschied

Goldstein, indem er seinem Computerspezialisten eine Hand auf die jungenhafte Schulter legte. »Du musst irgendwen auftun, der Hans Selinger gut gekannt hat. Einen ehemaligen Arbeitskollegen oder Stasispezi oder was auch immer.«

»Und dann?«

»Schickst du demjenigen Fotos von Quentin Jahn und Horst Abresch und hörst, was er dazu zu sagen hat.« Goldsteins Hand tastete nach dem Basecap auf seinem Kopf. »Denn eins steht fest: Neue Identität hin oder her, für jemanden, der ihn gekannt hat, muss der Kerl nach wie vor zu erkennen sein. Der beste Beweis dafür ist Ylva Bennet.«

»Und warum machen Sie es sich so schrecklich kompliziert?«, fragte Hinnrichs. »Sie könnten doch genauso gut Ylva Bennet selbst fragen.«

Der Unterhändler schüttelte den Kopf. »Nein«, sagte er. »Das werde ich nicht tun.«

»Und warum nicht?«

»Weil sie ganz offenbar verwirrt ist.«

Hinnrichs schob trotzig die Unterlippe vor. »Das heißt nicht, dass sie keine klaren Momente hat, oder?«

»Schon«, brummte Goldstein. »Aber wir können nun mal nicht riskieren, dass sie uns den Falschen nennt. So wie ihrem Sohn.«

»Aber ...«, wollte Hinnrichs dem Unterhändler gerade ein weiteres Mal widersprechen, als die Wohnzimmertür der Liesons auflog und Werner Brennicke hereinstürmte. Dieses Mal war er wieder in Begleitung seines Musterschülers, dessen royalblaues Businesshemd vollkommen deplatziert wirkte.

»Treffer!«, verkündete er, kaum dass er durch den Türrahmen war. »Das Team, das die ehemalige Igano-Lackfabrik überprüfen sollte, hat an einem der Ausgänge einen Mann stehen sehen.« Er knallte eine Fotografie auf den Couchtisch. »Der Kerl hat dort in aller Seelenruhe eine Zigarette geraucht und ist anschließend wieder im Inneren des Gebäudes verschwunden.«

»Bernd Hoff«, erklärte Monika Zierau, die aufgestanden war und sich das Foto gegriffen hatte. »Eindeutig.«

Goldstein riss sich das Basecap vom Kopf. »Hat er unsere Leute gesehen?«

»Natürlich nicht«, wiegelte Brennicke ab.

»Sind Sie ganz sicher?«

Der BKA-Mann schob seinen Schildkrötenkopf vor. »Ja.«

»Und warum erfahre ich nichts davon?«

Im Rücken seines Mentors setzte Jens Büttner ein breites Grinsen auf. »Das tun Sie doch gerade.«

»Was haben Sie denn jetzt veranlasst?«, schaltete sich Monika Zierau ein, die spürte, dass Goldstein drauf und dran war, die Nerven zu verlieren.

Werner Brennicke nahm seine Brille ab, ohne die sein Gesicht noch nackter wirkte. »Das SEK ist bereits auf dem Weg.«

Goldstein starrte ihn an. »Nicht bevor Voigt wieder da ist«, sagte er. »Wenn er zurückkommt und spitzkriegt, dass das Gebäude umstellt ist …«

»Wer wann wo in Stellung geht oder nicht, ist ganz allein meine Entscheidung«, hielt Brennicke ihm entgegen. »Und Sie dürfen getrost davon ausgehen, dass dieser Einsatz bereits von höchster Stelle abgesegnet ist.« Er stutzte, als er sah, dass Goldstein nach seiner Jacke griff. »Was haben Sie vor?«

»Hinfahren«, erwiderte der Unterhändler knapp.

»Das …«, Jens Büttner tauschte einen Blick mit seinem Vorgesetzten, der ihm mittels eines knappen Nickens grünes Licht gab, »wird nicht nötig sein.«

Goldstein hielt mitten in einer Bewegung inne, und seine Haltung wurde drohend. »Und warum nicht?«

»Weil Ihr Job das Verhandeln ist«, übernahm Werner Brennicke die Antwort dieses Mal selbst. »Und weil Ihr Verhandlungspartner Ihnen vor …«, er sah auf die Uhr, »… vor ziemlich genau sechzehn Minuten die Zusammenarbeit aufgekündigt hat.«

»Das ist nicht wahr!«, rief Goldstein, offenkundig ehrlich überrascht. »Teja vertraut mir.«

Werner Brennicke leckte sich genüsslich über die fahlen Lippen, die im Licht der strahlend hellen Deckenfluter kaum vorhanden schienen. »Das sehe ich anders.«

»Ich lasse mich nicht einfach ausbooten«, schrie Goldstein, und die Adern an seinen Schläfen traten hervor wie dicke, klopfende Schläuche. »Wenn Sie …«

»Noch einmal zum Mitschreiben«, unterbrach ihn Brennicke, der plötzlich so groß und präsent wirkte, dass selbst Hinnrichs erstaunt einen Schritt zurückwich. »Das, was jetzt noch zu tun ist, ist Sache des SEK.« Die kühlen grünen Augen des BKA-Mannes fixierten einen Punkt zwischen Goldsteins Brauen. »Und Sie sind raus aus der Sache, verstanden?! Ein für allemal …«

10

Verhoeven hatte das Handy unter dem Mülleimer gefunden und sich von Maik Voigt auf einen weitläufigen Parkplatz am Mainzer Rheinufer lotsen lassen. Dort hatte er auf Geheiß des Entführers sein Auto abgestellt und war zu Fuß weitergegangen.

Er hatte zunächst nicht begriffen, was die Aktion sollte, aber als er die endlosen Reihen von Karussells und Buden gesehen hatte, die sich vor ihm auftaten wie tiefe, glitzernde Schlünder, war ihm schlagartig klargeworden, warum Voigt ihn ausgerechnet hierhergelockt hatte.

Die Leute schoben sich in dicken Trauben an den Ständen vorbei, und Verhoeven dachte, dass es schwierig bis unmöglich werden würde, in diesem Chaos den Überblick zu behalten. Oder auch nur schnell die Richtung zu wechseln. Zu reißend war der Strom der Vergnügungswütigen. Zu entschlossen ihr Drängen. Wahrscheinlich gibt es in der gesamten Region derzeit keinen Ort, der schlechter zu überwachen wäre, dachte er. Falls die Kollegen mich nicht ohnehin längst verloren haben …

Und dann?, pochte es hinter seiner Stirn. Was wird dann? Wenn das Lösegeld erst einmal übergeben ist, haben diese Kerle keinen Grund mehr, uns zu kontaktieren. Sie könnten rein theoretisch einfach verschwinden. Und wenn wir Pech haben, finden wir die Geiseln erst, wenn sie bereits verhungert sind. Oder verdurstet.

Während der Kirmeslärm um ihn herum mit jedem Schritt, den er tat, lauter wurde, versuchte er verzweifelt, so etwas wie eine akustische Bereitschaft zu wahren. Wildfremde Körper berührten ihn, hier und da traf ihn auch ein versehentlicher Schubser, der ihn vorübergehend ins Wanken brachte. Dazu brandete Musik an ihn heran. Von allen Seiten plärrende, wummernde Musik.

»Nehmen Sie die rechte Seite und gehen Sie geradeaus bis zum Musikexpress.«

»Was ist das?«

»Machen Sie Witze?!«

Nein, dachte Verhoeven mit einem Gefühl jäher Wut. Ganz bestimmt nicht! »Ich kenne mich da wirklich nicht aus.«

»Der Name steht dran.«

Also schön, du bist der Boss!

Verhoeven kämpfte sich vorwärts. Ein Kind streifte ihn mit seiner Zuckerwatte am Ärmel. Die Mutter sah es und begann zu schimpfen, ohne sich um Verhoeven oder den eventuell entstandenen Schaden zu kümmern. Er konnte es kaum fassen, dass die Menschen um ihn herum selbst in diesem Inferno aus Lärm so etwas wie Gespräche zu führen versuchten, indem sie einander sinn- und gnadenlos anbrüllten. Und am liebsten wäre er auf der Stelle geflüchtet.

Seine Finger fassten das Handy fester. Er hatte panische Angst, die Verbindung könne abreißen. Die letzte Chance …

»Hallo?«, schrie er in das Mobilfunkgerät, als er es nicht mehr aushielt.

»Ja, ich höre Sie.« Voigts Stimme war in dem überbordenden Lärm ringsum tatsächlich kaum zu verstehen.

»Ich Sie aber nicht«, schrie Verhoeven in den Hörer. »Es ist so entsetzlich laut hier.«

Der Entführer schien zu lachen. »Erzählen Sie mir was.«

»Bitte?« Verhoeven war nicht sicher, ob er richtig verstanden hatte.

»Na los doch, reden Sie!«

Was sollte das denn jetzt?

»Ich weiß nicht, was ich sagen soll«, sagte Verhoeven, weil ihm tatsächlich nichts anderes einfiel. Auf Kommando sprechen hatte er noch nie gekonnt. Ebenso wenig wie auf Kommando pinkeln.

»Erzählen Sie mir, was Sie so machen.«

»Was meinen Sie?«

»Wenn Sie nicht arbeiten. Was tun Sie in Ihrer Freizeit?«

Vorsicht! Das kommt dir zu nahe!

»Ich spiele Tennis«, versuchte Verhoeven es mit einer unverfänglichen Wahrheit, auch wenn er schon seit Jahren nicht mehr auf dem Platz gestanden hatte. Gleichzeitig fielen ihm die Bilder ein, die in Ylva Bennets Wohnung hingen. Bilder von Tennisspielerinnen.

Man kann auch in einem kleinen Zimmer galoppieren. Aber es tut zu weh ...

Verdammt, dachte Verhoeven, vielleicht hätte ich das jetzt nicht sagen sollen.

Doch in diesem Moment meldete sich Maik Voigt bereits wieder zu Wort: »Tennis, hm?«

»Ja.«

»Grundlinienspieler oder Serve und Volley?«

Verhoeven stutzte. War das ein Test?

Bei einem Mann von Voigts Intelligenz sollte man sehr genau abwägen, wann man lügt, mahnte ein imaginärer Goldstein. *Und wann man es besser bleiben lässt ...*

»Grundlinie.«

»Aha.«

Verhoeven beobachtete ein Kind, das am Rand der Autoscooterbahn stand und sich die Seele aus dem Leib schrie, der Kleidung nach ein Junge. Wahrscheinlich war die Antwort, die er gegeben hatte, genauso bezeichnend, als wenn er gesagt hätte: *Stimmt, ja, im Grunde bin ich eher der defensive Typ, einer, der am liebsten erst mal abwartet. Introvertiert und mehr an der Taktik als am Draufhauen interessiert. Und ... Na ja, zugegeben, auch ein bisschen langweilig. Aber dafür bin ich zuverlässig und –*

zumindest glaube ich das – auch einigermaßen geduldig. Doch noch während Verhoeven über den Subtext seiner Antwort nachdachte, fiel ihm auf, dass er nicht die volle Wahrheit gesagt hatte. Von seiner gesamten Spielanlage her war er zwar ohne Zweifel ein Grundlinienspieler, aber er hatte noch nie eine gute Kondition gehabt, weshalb er nach einer Reihe von gänzlich unnötigen Niederlagen gegen Spieler, die ihn in endlosen Ballwechseln über die gesamte Länge und Breite des Platzes zermürbt hatten, dazu übergegangen war, die schnelle Entscheidung am Netz zu suchen. Er hatte seinen Aufschlag verbessert und stundenlang Angriffsbälle trainiert. Und er wusste, wer immer ihn heute spielen sehen würde, käme nie auf die Idee, dass er etwas anderes als einen Angriffsspieler vor sich hatte.

»Und sonst?«

Er zuckte zusammen. »Was meinen Sie?«

»Außer Tennis. Was machen Sie sonst?«

»Ich bin schon froh, wenn ich mal Zeit für eine Trainerstunde finde.«

»Keine Familie?«

Glauben Sie mir, ich habe eine Menge Erfahrung, was Lügen angeht …

»Nein.«

»Nicht mal 'ne Mutter, was?«

Dieser Mann glaubt mir kein Wort, dachte Verhoeven mit einem dumpfen Gefühl in der Magengegend. »Doch, klar«, sagte er hastig. »Eine Mutter, einen Onkel und eine Tante. Und dazu eine Exfrau, aber die erwähne ich für gewöhnlich nur, wenn es sich partout nicht vermeiden lässt.« Er lauschte angestrengt in die Stille und fragte sich, wie Voigt auf seine Flapsigkeit reagieren würde.

Doch der Geiselnehmer schwieg.

Vor ihm tauchte der Musikexpress auf, ein schlangenförmiges Monstrum, das wellenförmig über eine angeschrägte Rampe raste. Aus einem unsichtbaren Mikrophon schepperte eine sonore Männerstimme.

Wollt ihr schneller?

Die Frage war rein rhetorisch, wurde aber nichtsdestotrotz von einem vielstimmigen Kreischen beantwortet.

Noch schneller?

Verhoeven trat an die Rampe und wartete auf eine neue Anweisung des Mannes, der ihn lenkte wie ein Marionettenspieler seine Puppe. Vor ihm kreischten die Mädchen hinter ihren Sicherheitsbügeln. Eine Mischung aus Vergnügen und nackter Angst. Seine Augen blieben an einem hübschen, ausdrucksvollen Gesicht hängen. Das Mädchen war blond und wirkte in seiner entrückten Zartheit beinahe wie eine jüngere Ausgabe von Inger Lieson. Was mache ich eigentlich, wenn Voigt mich nach Hans Selingers Verbleib fragt?, überlegte er, während die Sorge in ihm raumgreifend wurde. Was mache ich, wenn er sich nicht zufriedengibt mit dem nackten Namen, mit dem er nach dem Untertauchen des ehemaligen Stasispitzels ohnehin nichts mehr anfangen konnte und den er … Verhoeven straffte die Schultern. Ja, den er aller Wahrscheinlichkeit nach sowieso längst kannte! Er nickte unmerklich vor sich hin. Ylva Bennet kannte Hans Selinger als Hans Selinger. Außerdem wusste sie ganz offenbar, unter welchem Decknamen er für die Staatssicherheit gearbeitet hatte. Was sie vermutlich nicht wusste, war der Name, unter dem er jetzt lebte. Oder? Verhoeven stellte die Geldtasche neben sich auf dem Boden ab, während der Musikexpress allmählich wieder langsamer wurde. In einem der Wagen kämpften ein paar halbwüchsige Jungen mit ihrem Sicherheitsbügel. Einer der Schausteller bemerkte es und sprang direkt neben Verhoeven mit geübter Routine auf die rotierende Scheibe. Dann bewegte er sich wieselflink entgegen der Fahrtrichtung auf den Wagen der Jungen zu. Ein einziger Griff, und der Bügel saß. Anschließend ließ sich der Mann elegant wie ein Surfer Richtung Kassenhäuschen tragen, wo er absprang und einer Gruppe von aufgetakelten Mädchen zuzwinkerte, die bereits für die nächste Fahrt anstanden.

Im selben Moment meldete sich die Stimme des Geiselnehmers zurück. »Fahren Sie eine Runde.«

»Bitte?«

»Kaufen Sie sich einen Chip und steigen Sie in dieses gottverdammte Ding.«

Verhoeven tastete in seiner Hosentasche nach Kleingeld, fand aber keines. Also zog er das Portemonnaie aus seinem Sakko und entnahm ihm einen Zwanzigeuroschein.

»Wie viele?«

Er blickte verwirrt hoch. »Verzeihung?«

Der Mann hinter der Glasscheibe hatte eine Narbe quer über der Stirn und musterte ihn mit unübersehbarer Skepsis. Wahrscheinlich merkt man mir mehr als deutlich an, dass ich nicht freiwillig hier bin, dachte Verhoeven, indem er zu der Reisetasche hinuntersah, die wie ein schwarzer Fremdkörper zwischen seinen Fußgelenken klemmte.

»Wie oft wollen Sie fahren?«

»Ich … Nur einmal«, stotterte er. Und in Gedanken fügte er hinzu: Und das ist definitiv schon einmal zu viel!

Der Mann hinter der Scheibe grunzte und schob ihm einen Chip samt Wechselgeld durch den Schlitz über der Ablage.

Verhoeven verstaute die Münzen in seiner Hosentasche und ging über die Rampe zurück, um darauf zu warten, dass die laufende Fahrt zu Ende ging.

Wer Angst hat, kann jederzeit aussteigen, scherzte die Stimme des unsichtbaren Ansagers, während das Schlangenmonstrum kurzzeitig fast zum Stehen kam, um gleich darauf wieder neue, rasende Fahrt aufzunehmen.

Verhoeven bemühte sich, nicht nach rechts zu sehen, während er ging. Trotzdem wurde ihm schwindlig. Er dachte an die Karussells seiner Kindheit, die langsamer gewesen waren. Weitaus langsamer. Oder war er schlicht und einfach nicht mehr so belastbar wie früher? Wurde er älter, reifer, vorsichtiger?

Vor ihm, am Fuße des Karussells, erhob sich die undurchdringliche Wand der Zuschauer. Eltern, deren Sprösslinge lieber alleine fuhren. Jugendliche, die kein Geld mehr hatten und mit triefigen Augen dem ausgelassenen Gejohle ihrer Freunde lauschten. Spanner, die von vorneherein nichts anderes wollten als beobachten. Gesichter, Ängste, was auch immer.

Einer dieser Menschen könnte er sein, dachte Verhoeven, indem er seine Blicke unauffällig über die Gesichter gleiten ließ, deren Konturen in den flackernden Lichtern verschwammen. *Maik Voigt könnte dort unten stehen und mich beobachten, aus der Sicherheit der Masse heraus, die nicht ahnt, dass sie als Kulisse für den letzten Akt dieser Posse dient.*

Wir haben eine finale Galgenfrist von vierundzwanzig Stunden, erinnerte ein imaginärer Goldstein hinter Verhoevens Stirn. *Und meiner unbedeutenden Einschätzung nach ist diese Galgenfrist das Letzte, was wir kriegen werden.*

Verhoevens Augen wanderten weiter. Was, um alles in der Welt, war mit seinen Kollegen? Waren auch sie unter den Wartenden? Und falls ja, warum versuchte niemand Kontakt zu ihm aufzunehmen? Warum ließ ihn niemand wissen, dass er nicht allein war? Oder hatten sie ihn längst verloren? War er auf sich gestellt, ganz allein auf sich selbst?

Als die Schlange zum Stehen gekommen war, ging Verhoeven auf einen der Wagen zu, doch eine Gruppe von Jugendlichen war schneller. Einer der Teenager warf ihm einen Blick zu, der sagte, dass er es mit seinen achtunddreißig Jahren doch vielleicht lieber irgendwo in einem Altenheim versuchen möge. Dann schnappte der Sicherungsbügel vor ihm ein, und Verhoeven fühlte sich ausgesperrt.

Im nächsten Wagen saß bereits ein ziemlich dickes Mädchen. Verhoeven schätzte sie auf etwa dreizehn oder vierzehn, und er fragte sich, zu wem sie gehören mochte. Ob sie überhaupt zu jemandem gehörte. Sie blickte sich nicht um, sah nicht zum Rand, wo die Zuschauer standen, sondern starrte einfach auf den Sicherungsbügel vor sich.

»Darf ich?«

Das Mädchen nickte nur.

»Danke.« Verhoeven schob die Geldtasche unter den Sitz und blickte sich abermals um. Maik Voigt war da, daran hegte er nicht den geringsten Zweifel. Er sah ihn an, jetzt, in diesem Augenblick, und verfolgte jeder seiner Bewegungen.

Als der scheppernde Ansager den Beginn der Fahrt verkündete, begann Verhoevens Herz schneller zu schlagen. Allerdings weniger aus Angst vor dem rasenden Ritt, der ihm bevorstand, sondern in Erwartung dessen, was nun wohl als Nächstes geschehen würde. Was würde Voigt von ihm verlangen? Würde er nach Selinger fragen? Und wo und wann würde die Übergabe stattfinden?

Verhoeven sah auf den Wagenboden hinunter, wo Dreck und Haare an zurückgelassenen Kaugummis klebten. Vielleicht will er, dass ich die Tasche nach Beendigung der Fahrt einfach stehen lasse, dachte er, während links und rechts Farben vorbeiflogen. Der klebrige Geruch von Zuckerwatte und heißen Mandeln schlug ihm ins Gesicht, und seine Hüfte tat weh, als er von den Fliehkräften unbarmherzig in die äußere Ecke des Sitzes gedrückt wurde. Die Fahrt wurde schneller, und das dicke Mädchen neben ihm rutschte langsam, aber sicher in seine Richtung. Verhoeven fühlte ihre Körperwärme an seinem Oberschenkel, aber sie sah nicht herüber zu ihm, sondern starrte immer noch auf den fleckigen Sicherungsbügel hinunter. Dass ihr die Fahrt Spaß machte, wagte Verhoeven zu bezweifeln.

Er hob das Handy ans Ohr und lauschte gespannt in die knisternde Stille, die im Moloch des Lärms ringsum umso aggressiver und unausweichlicher aus dem Gerät drang. Doch die Fahrt ging zu Ende und die Schlange kam wieder zum Stehen, ohne dass etwas passiert wäre.

»Sind Sie noch da?«, rief Verhoeven, vollkommen unsicher darüber, was er jetzt tun sollte.

»Steigen Sie aus.«

»Okay.« Mit Vergnügen! »Und dann?«

»Versuchen Sie's am Breakdance.«

Verhoeven reckte den Hals. »Wo ist das?«

»Halten Sie sich rechts.«

Er kämpfte sich durch die Massen, und er brauchte tatsächlich nicht weit zu gehen. Das Breakdance war eine raffiniertere Variante der Musikexpress-Schlange. Jeweils vier Gondeln waren sternförmig auf einem rotierenden Kreis montiert. Zudem drehte sich auch noch die Bodenplatte, auf dem die Kreise angeordnet waren. Das Ergebnis waren beängstigend schnelle Richtungswechsel und Gegenbewegungen, von denen einem bereits beim bloßen Zuschauen schwummrig wurde.

Ein rot gefärbter Bereich markierte die innere Zone um die Gondeln. *Stop*, stand dort in regelmäßigen Abständen geschrieben. *Danger Zone.*

»Kaufen Sie einen Fahrchip.«

Verhoeven tat, wie ihm geheißen. Wie lange spielt er mich jetzt schwindlig? Mich und die anderen, von denen ich nicht einmal weiß, ob sie noch da sind.

»Nehmen Sie den Chip und gehen Sie auf die Rückseite.«

»Was?«

»Tun Sie's!«

Die Bodenplatte bestand aus robusten Metallgittern, rutschfest und trittsicher. Doch die zuckenden Gondeln gaben einem das Gefühl, als ob man auf Treibsand liefe. Zudem wurde der Rand immer schmaler. Der Fahrtwind des rasenden Treibens umfing Verhoeven mit tausend Ohrfeigen. Er ging weiter, wobei er jede Sekunde damit rechnete, dass ihn jemand aufhielt. Ihm sagte, es sei nicht erlaubt, sich während der Fahrt in diesem Bereich zu bewegen. Doch er blieb unbehelligt und erreichte die Rückwand, die von vorne nur noch sehr unvollkommen eingesehen werden konnte.

»Warten Sie.«

Verhoeven stand ganz still. Dreißig, vielleicht vierzig Sekunden lang.

Ohren anlegen, wir geben noch ein letztes Mal Gas …

Das Kreischen der Fahrgäste wurde lauter. Schreie wie Blitze trafen Verhoeven. Sehen konnte er kaum etwas.

»Stellen Sie die Tasche ab und gehen Sie.«

Verhoevens Augen ruckten nach rechts. Er ist nicht hinter mir, dachte er, er kann gar nicht hinter mir sein. Folglich muss er von der anderen Seite kommen, um sich das Geld zu holen.

»So haben wir nicht gewettet.«

»Ich kann mich nicht erinnern, dass wir überhaupt gewettet hätten«, konterte Voigt.

»Wo sind die Geiseln?«

»Hauen Sie ab, oder Ihre Kollegin stirbt.«

»Aber ich …«

»Los!«

Die rotierende Bodenplatte wurde langsamer, und Verhoeven fing an zu gehen. Drei Schritte, vier, fünf. Er wusste, er vertat vielleicht gerade die letzte Chance, die sie hatten, aber er hatte auch keine Ahnung, was er sonst tun sollte.

Diese Sache hier geht schief, dachte er. Sie geht schief, und die Geiseln werden sterben …

Während links von ihm bereits die ersten Sicherheitsbügel hochgeklappt wurden, überlegte er, ob er sich umdrehen sollte. Und mit einem Mal wusste er auch, dass er sich geirrt hatte. Voigt kommt nicht von der anderen Seite, dachte er. Er war unter den Fahrgästen!

Im selben Moment kam die Bodenplatte endgültig zum Stehen, und die Masse derer, die die Fahrt mehr oder weniger gut überstanden hatten, ergoss sich über die robusten Metallgitter. Verhoeven versuchte, über seine Schulter zu blicken, aber das Gewimmel um ihn herum war undurchdringlich. Wir haben verloren, schoss es ihm durch den Sinn, und mit Schrecken stellte er fest, dass er wie ein Spieler dachte.

Als eine Hand ihn von hinten an der Schulter packte, fuhr er erschrocken zusammen.

Hinnrichs!

»Es ist noch nicht vorbei«, raunte sein Vorgesetzter, als habe er die Gedanken seines Untergebenen gelesen. »Wir haben das Versteck gefunden.«

»Was?«

»Maik Voigt wird unbehelligt dorthin zurückgelangen«, flüsterte Hinnrichs, indem er Verhoeven sanft mit sich fortzog. »Aber sobald er dort ist, schlägt das SEK zu.«

»Sie wollen stürmen?«, rief Verhoeven entsetzt.

»Voigt hatte nie vor, sich an die Abmachung zu halten. Zumindest nicht, seit sein Freund tot ist.« Zwischen Hinnrichs' Augen stand eine tiefe Falte. »Ich fürchte, eine gewaltsame Befreiung ist unter den gegebenen Umständen die einzige Option, die uns geblieben ist.«

11 »Ist sie da drin?«, fragte Lübke, indem er seine massige Statur durch eine Lücke zwischen zwei Polizeifahrzeugen quetschte.

Verhoeven blickte zu dem düsteren Fabrikgebäude hinüber, das wie ein riesiges schwarzes Loch in dem tintenblauen Abendhimmel klaffte, und nickte. Werner Brennicke hatte einen Sperrgürtel um das Gelände ziehen lassen. Durchgelassen wurde nur, wer zum Team gehörte. Alle Zufahrtswege waren hermetisch abgeriegelt, und auch den Luftraum über dem ehemaligen Gewerbegebiet, dessen Mittelpunkt die Farben- und Lackfabrik gewesen war, hatte der BKA-Mann sperren lassen. Auf den Dächern und Mauervorsprüngen der umliegenden Gebäude hatten Scharfschützen Position bezogen und warteten nun laut- und regungslos auf die Freigabe, die hoffentlich nie kommen würde.

Alle anderen waren an den Rand der innersten Sperrzone verbannt.

Zu Verhoevens Erstaunen waren die Vorbereitungen absolut reibungslos verlaufen, jeder hatte gewusst, wohin er zu gehen und was er zu tun hatte. Fast so, als ob ein Einsatz wie dieser zu ihrer aller Alltag gehöre.

»Und sonst?« Auf Lübkes Gesicht perlte der Schweiß und in den hansalbersblauen Augen des obersten Spurensicherers stand nackte Angst. »Was sonst?«

»Alles ruhig, soweit man das von hier aus beurteilen kann«, sagte Verhoeven. »Voigt ist vor etwa zehn Minuten zurückgekehrt und mit der Geldtasche in einem der Seiteneingänge verschwunden. Die Kollegen haben Baupläne des Gebäudes besorgt, und ein speziell ausgebildetes Team vom SEK versucht gerade, sich von der Rückseite aus Zugang zu verschaffen, um den genauen Aufenthaltsort der Geiseln zu ermitteln.«

»Warum benutzen sie keine Wärmebildkameras?«

»Dazu sind die Mauern zu dick.«

»Elende Scheiße.« Lübke hustete trocken. »Und was habt ihr jetzt vor?«

Wir, dachte Verhoeven unbehaglich. Als ob wir auch nur die geringste Möglichkeit zur Einflussnahme hätten!

»Sobald wir wissen, wie die Gegebenheiten da drin aussehen, werden sie reingehen«, erklärte Hinnrichs, der seine Sorge unter einem Mantel routinierter Professionalität zu verbergen suchte, was ihm jedoch nur unvollkommen gelang.

»Hm«, machte Lübke. »Hoffen wir nur, dass sich diese Pressefritzen im Zaum halten lassen.«

Verhoeven und Hinnrichs sahen einander an. »Was für Pressefritzen?«

»Draußen auf dem Zubringer wimmelt es nur so von Ü-Wagen«, antwortete Lübke, von einem Moment auf den anderen puterrot im Gesicht. »Sie sind sogar dabei, ein Pressezelt aufzubauen.«

»Dieser gottverdammte Idiot«, fluchte Hinnrichs und meinte Brennicke.

»Tja«, sagte Hubert Jüssen, der mit einem Feldstecher auf und ab lief und Lübkes Worte aufgeschnappt hatte, »dass so einer das Kommando über einen Haufen Scharfschützen hat, erfüllt einen mit Staunen, nicht wahr? Hauptsache, er kommt gut rüber.«

»Ob er gut rüberkommt, werden wir ja noch sehen, wenn's hier richtig zur Sache geht«, sagte ein anderer Beamter. »Es dürfte nicht leicht sein, telegen zu wirken, wenn man der Öffentlichkeit über einen Haufen toter Geiseln berichten muss.«

Verhoeven sah zu Lübke hinüber, doch er konnte gar nicht so schnell gucken, wie der oberste Spurensicherer den Betreffenden bereits am Kragen gepackt hatte. »Was soll das heißen, ein Haufen Leichen?«, zischte er dem Mann ins Gesicht. »Haben Sie sie noch alle? Wir werden sie alle lebend da rausholen, verstanden?! Jeden Einzelnen von ihnen.«

»Beruhige dich«, flüsterte Verhoeven, indem er Lübke sanft, aber durchaus fordernd eine Hand auf die massige Schulter legte.

»Scheiße, hast du gehört, was der Typ gesagt hat?«, schimpfte der Leiter der erkennungsdienstlichen Abteilung in unverminderter Wut weiter. »Ich sage dir, ich drehe ihm den Hals um, wenn er …«

»Verzeihen Sie«, unterbrach ihn der Beamte, der die ungeschickte Bemerkung zu verantworten hatte. »Ich wusste ja nicht, dass Sie jemanden da drin …«

»Es ist schrottenegal, ob ich persönlich betroffen bin oder nicht«, fiel Lübke ihm nun seinerseits ins Wort, während sich im Puterrot seines Teints ein paar erschreckend weiße Flecken rund um Mund und Nase auftaten. »So redet man über niemanden. Ich möchte Sie mal sehen, Freundchen, wenn Sie …«

»Lass gut sein«, flüsterte Verhoeven, indem er Lübke mit sich fortzog. »Wir haben jetzt Wichtigeres zu tun.«

»Scheiße, Scheiße, Scheiße!« Der oberste Spurensicherer ließ sich in der Hecktür eines Einsatzwagens nieder und schlug die Hände vors Gesicht. »Das ist doch nicht fair«, keuchte er, und Verhoeven war sich nicht sicher, ob er weinte. »Dieses arme Mädchen kriegt es immer knüppeldick. Ganz egal, worum es geht. Und egal wie viel Mühe sie sich auch gibt, sie hat grundsätzlich die Arschkarte.«

»Hey«, flüsterte Hinnrichs, der ihnen gefolgt war, und sein Blick hinter den randlosen Brillengläsern war so eindringlich wie selten. »Wir werden sie heil da rausholen, okay?«

Lübke blickte auf wie ein trosthungriges Kind, das in den Arm genommen werden wollte. Gleichzeitig breitete sich etwas wie Verwunderung über sein verschwitztes Gesicht.

»Frau Heller ist verdammt gut in ihrem Job, und aus diesem Grund hat sie bislang alles richtig gemacht. Dafür lege ich meine Hand ins Feuer.«

Verhoeven musterte seinen Vorgesetzten von der Seite und dachte, dass er eigentlich gar nichts über Hinnrichs wusste. Vor diesen Stunden hätte er nicht einmal sagen können, ob Hinnrichs Winnie Heller mochte. Oder ihn selbst. Wie er dachte und ob er seinen Beamten gegenüber tatsächlich loyal wäre, wenn es hart auf hart kam.

»Und genauso gut, wie Frau Heller die Sache bislang gemeistert hat, wird sie auch wissen, wie sie sich in einer Extremsituation wie der, die jetzt vielleicht auf sie zukommt, zu verhalten hat.« Hinnrichs' Blick wanderte zu dem schwarzgekleideten

515

Kommandeur des SEK hinüber, der über Funk Kontakt zu seinen Scharfschützen hielt. »Also haben Sie ein bisschen Vertrauen in meine Beamtin, okay?«

Lübke zog geräuschvoll die Nase hoch. Dann nickte er wie ein artiges Kleinkind. »Okay.«

»Gut.« Hinnrichs spähte an Verhoeven vorbei, Richtung Straße. »Was will der denn noch hier?«

Verhoeven drehte sich um und sah Richard Goldstein, der entschlossen auf Brennicke und Büttner zu stapfte, die rund fünfzig Meter entfernt vor der mobilen Einsatzzentrale standen.

Werner Brennickes Adlatus ging ihm entgegen und trat ihm in den Weg, kaum dass er den Unterhändler gesehen hatte. »Sie sind raus, Mann«, sagte er. »Kapieren Sie das nicht?«

Goldstein schob ihn kurzerhand beiseite.

»Stopp!«, rief Büttner, indem er ihn beim Kragen packte. »Wo wollen Sie hin? Haben Sie nicht gehört, was ich gesagt habe?«

Ein Griff von Goldstein, und der Junge geht stiften, sagte Hinnrichs' Blick, doch der Unterhändler wehrte sich nicht.

»Sie müssen mich mit ihm reden lassen«, rief er stattdessen Werner Brennicke zu, und es klang beinahe flehentlich, wie er das sagte. »Ich weiß, dass ich ihn umstimmen kann.«

Brennicke bedeutete seinem Handlanger, Goldsteins Revers loszulassen, und kam ein paar Schritte auf die beiden zu. »Sie hatten Ihre Chance«, antwortete er kühl. »Also lassen Sie uns jetzt unsere Arbeit tun, wenn Sie Ihre nicht verstehen.«

»Sie sind derjenige, der nichts versteht«, gab Goldstein zurück. »Voigt verfügt über Anstand und Unrechtsbewusstsein. Und obwohl er die Geiseln nun schon länger als achtundvierzig Stunden in seiner Gewalt hat, ist er noch nicht zum Mörder geworden.«

»Erzählen Sie das den Familien von Albert Schweh und Iris Kuhn«, versetzte Brennicke.

Doch Goldstein war nicht zu bremsen: »Begreifen Sie denn nicht?«, insistierte er in beinahe beschwörendem Ton. »Die Übergabe hat funktioniert. Er hat das Geld, und dass wir ihm den Namen des Mannes, der seine Mutter verraten hat, nicht liefern können, war ihm schon lange vor dieser Kirmesaktion klar.«

»Er hat nicht einmal danach gefragt«, platzte Büttner heraus.

Goldsteins Kopf fuhr herum. »Was?«

Büttner schien unsicher zu werden und sah zu Verhoeven hinüber. »Nicht wahr? Sie sagten doch, dass er nur das Geld wollte.«

Verhoeven nickte, während er gleichzeitig das Gefühl hatte, dass irgendwo in seinem Kopf eine Schublade aufschnappte.

»Dann weiß er also auch das«, flüsterte derweil Goldstein.

»Was weiß er?«, schnappte Büttner.

»Dass er Malina bereits in seiner Gewalt hat.«

Werner Brennickes Gesichtsausdruck wechselte von abweisend zu begierig. »Soll das etwa heißen, dass Sie bereits eine Rückmeldung zu dem Foto haben, mit dem Sie in Quentin Jahns Heimatdorf hausieren gehen?«

Goldstein schüttelte den Kopf. »So schnell geht das nicht«, räumte er ein. »Aber es kann nicht anders sein.«

»Warum?« Brennicke lachte höhnisch auf. »Weil Sie es so wollen?«

»Voigt vertraut mir«, sagte Goldstein. »Wenn ich ihm glaubhaft mache, dass ich ihm sagen kann, was er wissen will, lenkt er vielleicht ein.«

»Das wird er nicht«, entgegnete Brennicke endgültig. »Er und seine Kumpane bereiten aller Wahrscheinlichkeit gerade ihren Abgang vor. Und nach allem, was gewesen ist, müssen wir davon ausgehen, dass sie die Geiseln töten werden, jetzt, da sie sie nicht mehr brauchen. Und außerdem haben Sie nichts, was Sie ihm bieten können. Sie haben keinen Beweis dafür, dass dieser Zeitschriftenhändler Malina ist.«

Verhoeven blickte zu der düsteren Fabrikanlage hinüber und hörte mit einem Mal seinen Mentor sprechen.

Du und deine Suggestivfragen, schimpfte Karl Grovius' klangvolle Stimme hinter seiner Stirn. *Siehst du, das hast du nun davon, wenn du deinen Zeugen die Richtung vorgibst! Du hörst zwar, was du hören willst, aber du weißt nie, ob es auch wirklich Hand und Fuß hat …*

Vielleicht brauchen wir gar keine Foto-Identifikation, dachte Verhoeven. Vielleicht haben wir etwas viel Besseres!

Er riss sein Handy vom Gürtel und wählte die Nummer von Walther Liesons Privathaus. Dort nahm ein Beamter ab, doch nach kurzem Geplänkel hatte Verhoeven den Mann so weit, dass er ihm Inger Lieson ans Telefon holte.

»Was ist passiert?«, fragte die Bankiersgattin mit besorgter Stimme. »Sind Sie okay?«

»Ja, alles klar«, sagte Verhoeven. »Ich muss Ihnen nur noch eine Frage stellen.«

»Ja?«

Mein Mann und Quentin Jahn sind befreundet. Sie spielen Schach zusammen …

»Würden Sie die Augen schließen und sich noch einmal die Situation vorstellen, in der Ylva Bennet Ihren Mann angestarrt hat?«

»Ich versuch's.«

»Sehen Sie die beiden?«

»Schemenhaft«, antwortete Inger Lieson. »Das Gesicht der Frau ist so eindrücklich, dass alles andere dahinter verschwindet.«

»Und sie blickt zu Ihrem Mann hinüber?«

»Ja.«

»Woher wissen Sie das?«

»Was meinen Sie?«

»Woher wissen Sie, dass es Ihr Mann ist, den sie ansieht?«

»Wegen der Richtung«, antwortete Inger Lieson fest. »Ich weiß doch, wo mein Mann steht.«

»Und wer steht bei ihm?« Verhoeven formulierte es bewusst so neutral. Er wollte den gleichen Fehler kein zweites Mal machen.

Inger Lieson überlegte einen Moment. »Irgendein Landtagsabgeordneter, glaube ich. Und seine Frau. Sie trägt ein blassblaues Kostüm, das ihr mindestens eine Nummer zu klein ist.«

»Und sonst?«, fragte Verhoeven. »Steht da sonst noch jemand?«

»Ja …«, sagte Inger Lieson plötzlich. »Da ist auch noch …«

»Verdammt!«, ließ die aufgeregte Stimme seines Vorgesetzten Verhoeven zusammenfahren. »Was ist da drin los?«

»Im Inneren der Fabrikanlage ist ein Schuss gefallen«, meldete ein SEK-Beamter, indem er eine Hand gegen sein verkabeltes Ohr legte.

»Sind Sie sicher?«, fragte Verhoeven.

»Und was jetzt?«, rief Lübke.

»Wir gehen rein«, entschied Brennicke, ohne eine Miene zu verziehen.

12

»Was war das?«

Winnie Heller lauschte angestrengt in die Stille über dem Grubenrand.

»Klang wie ein Schuss«, befand Quentin Jahn.

»O Gott, o Gott, o Gott«, wimmerte Jenna. »Jetzt werden sie kommen und uns erschießen und ...«

Weiter kam sie nicht, denn über dem Rand wurden Stimmen laut.

»... scheißegal«, hörten die Gefangenen Bernd sagen. »Ich will mein Geld und zwar sofort.«

Die Antwort war nicht zu verstehen, aber gleich darauf meldete sich der jüngste der Entführer zu Wort. »Maik, bitte!«, sagte er. »... habe Angst.«

Es ist so weit, dachte Winnie Heller. Die Sache eskaliert!

»Bleiben Sie weg da!«, rief sie Jenna zu, die wie in Trance zur Treppe stolperte.

Doch die Blondine ließ sich nicht aufhalten. Sie hatte bereits die ersten Stufen erklommen, als aus dem Dunkel über der Grube ein neuer Schuss erklang.

»Scheiße!«, rief eine Männerstimme, die so verfremdet klang, dass Winnie Heller sie nicht mehr zuordnen konnte. »Die Bullen!«

Dann war es von einem Augenblick auf den anderen gespenstig still.

Jenna blieb mitten auf der Treppe stehen und gab dadurch ein prächtiges Ziel ab. Und auch die anderen waren aufgestanden, selbst Mousa, dem es nach der Einnahme seines Medikaments allmählich besser zu gehen schien.

Sie sind da!, war das Erste, was Winnie Heller dachte, nachdem sie sicher war, dass die Ruhe Bestand hatte. Sie haben uns tatsächlich gefunden! Der nächste Gedanke, der sich in ihrem Kopf manifestierte, war, dass sie Schutz suchen mussten. Denn eines stand fest: Falls die Entführer durchdrehten, gab es hier unten nichts, das ihnen Deckung bot. Und durchdrehen würden sie wahrscheinlich spätestens dann, wenn sie mitbekamen, dass sie nicht wegkamen, weil ein Spezialeinsatzkommando das Gebäude umstellt hatte.

Ich will mein Geld und zwar sofort ...

Der Satz, den sie von Bernd aufgeschnappt hatten, bedeutet wohl, dass die Übergabe bereits stattgefunden hat, dachte Winnie Heller. Vielleicht haben die Kollegen den Boten bis hierher verfolgt, und jetzt haben die Entführer zwar das Geld, aber sie können nicht weg. Es sei denn ...

»Hören Sie mir zu«, wandte sie sich an ihre Mitgefangenen, die in einer Mischung aus Ratlosigkeit und Panik verharrten, wo sie gerade standen. »Wir müssen hier so schnell wie möglich raus. Also gehen wir jetzt da rauf und verstecken uns, haben Sie verstanden?«

Niemand antwortete ihr.

Nur Evelyn fragte: »Wozu soll das gut sein?«

»Die Kollegen werden mit Sicherheit versuchen zu verhandeln«, erklärte Winnie Heller, um die Angst nicht noch zu vergrößern. »Aber die Entführer wissen, dass sie nicht so einfach hier rausspazieren können.«

»Und werden uns als Schutzschild nehmen«, schloss Quentin Jahn.

»Möglich«, sagte Winnie Heller. »Aber dort oben gibt es einen Raum, in dem wir uns vielleicht verstecken können. Es ist die linke der drei Türen. Da steht ein alter Generator oder so was in der Richtung, und es ist sehr dunkel da.«

»Ich war dort«, hielt Quentin ihr entgegen. »Es ist eine Sackgasse.«

»Wollen Sie lieber den Ausgang suchen und dabei den Entführern direkt in die Arme laufen?«, versetzte Winnie Heller.

Der Zeitschriftenhändler senkte den Blick.

»Sie haben recht, wir sollten keine Zeit verlieren«, sagte Abresch und ging seinerseits auf die Treppe zu.

Evelyn folgte ihm.

Winnie Heller rannte hinter ihr her und kriegte ihren Ärmel zu fassen. »Hey, nicht so eilig. Nehmen Sie Mousa mit!«

»Wieso ich?«, echauffierte sich Evelyn. »Bloß weil ich irgendwann mal Krankenschwester gelernt habe?«

Nein, dachte Winnie Heller, weil ich eine Waffe holen muss. Unsere einzige Chance auf so etwas wie Selbstverteidigung. Laut sagte sie nur: »Sie tun, was ich Ihnen sage! Herr Jahn wird Ihnen helfen.«

Der Zeitschriftenhändler sah nicht aus, als passe ihm diese Anweisung besonders gut in den Kram, aber er fügte sich, und zu zweit schafften sie es, den geschwächten Mousa über die Treppe nach oben zu bugsieren.

»Los doch, machen Sie schon!«, flüsterte Winnie Heller, wobei sie keinen Blick von der mittleren Tür wandte. »Tun Sie, was ich Ihnen gesagt habe. Und verhalten Sie sich so ruhig wie möglich.«

Die ersten ihrer Mitgefangenen hatten gerade die Tür zum Generatorenraum erreicht, als im Gang hinter der mittleren Tür ein Mündungsfeuer aufblitzte. Schritte flogen über den bröckligen Boden. Laufschritte.

Zu spät!

Winnie Heller warf sich mit einem Hechtsprung in Richtung des Fasses. Der aufgewirbelte Staub drang ihr in Augen und Nase, aber sie blinzelte ihn weg und sah, wie Alpha durch die mittlere Tür stürmte …

13 Verhoeven stolperte durch die finsteren Gänge. So reibungslos die Vorbereitungen verlaufen waren, so chaotisch hatte sich dieser Einsatz entwickelt. Das wenige, was er überhaupt mitbekommen hatte, war widersprüchlich. Die Kollegen vom SEK hatten den Jungen aufgegriffen, Jonas Barth. Er hatte geschossen, doch den Beamten war es schließlich gelungen, ihn in einen der Seitentrakte zu locken und festzunehmen. Bernd Hoff hingegen war es geglückt, die Fabrik zu verlassen. Er hatte sieben Polizisten zum Teil schwer verletzt, bevor er mit einem Arteriendurchschuss im linken Bein zusammengebrochen war. Allerdings erst, nachdem er sich noch gut einen halben Kilometer weit in Richtung Autobahn geschleppt hatte. Eine Suchhundestaffel hatte ihn schließlich aufgespürt. Da war er bereits halbtot gewesen. Ob er den massiven Blutverlust überstehen würde, stand noch in den Sternen.

Als die Meldung gekommen war, dass der Dritte im Bunde, Maik Voigt, sich wahrscheinlich zusammen mit seinen Geiseln in einer der zahlreichen Produktionshallen verschanzt hielt, hatte Lübke über Übelkeit geklagt. Nur Sekunden später war er einfach zusammengesackt.

Verhoeven hatte dem Krankenwagen nachgeblickt, als Brennicke zu ihm getreten war. »Ich möchte, dass Sie versuchen, mit Voigt zu reden. Vielleicht können Sie mit Ihrem Wissen ja irgendetwas ausrichten.«

Aber wie?, überlegte Verhoeven, indem er dem Wink eines SEK-Beamten Folge leistete, der ihn anwies, sich rechts zu halten. Was kann ich tun? Wie soll ich etwas ausrichten? Wenn ich Maik Voigt sage, wer sein Mann ist, wird er ihn töten …

Ein Stück vor ihm machte der Gang eine Biegung. Davor warteten weitere Spezialteams, alle bis an die Zähne bewaffnet und angesichts der Situation erstaunlich ruhig. Einer von ihnen drückte Verhoeven ein Megaphon in die Hand.

»Haben Sie Kontakt?«, fragte er.

Der Beamte schüttelte den Kopf.

»Irgendwelche Anhaltspunkte, wie es den Geiseln geht?«

Wieder Kopfschütteln.

Niemand hat mir gesagt, wie ich mich verhalten soll, dachte Verhoeven. Keine Anweisung, keine Richtlinie, nichts. Er lehnte die Schulter gegen die Mauer und erkundigte sich mit einer knappen Geste, ob er einen Blick um die Ecke riskieren könne.

Ja, sehen Sie, es ist gleich dort hinten, bedeutete ihm die Geste eines SEK-Beamten.

Sehen konnte er nichts. Dafür stand das Foto vor seinen Augen, das Luttmann von Maik Voigt aufgetrieben hatte. *Er hat gar nicht erst auf die Welt kommen wollen*, flüsterte Ylva Bennet in seinem Kopf. Und dann: *Es ist nicht recht gewesen. Das eigene Kind ...*

Verhoeven zuckte so offensichtlich zusammen, dass die SEK-Beamten unisono die Köpfe wandten. Verdammt noch mal, dachte er, während neue Satzfetzen durch den Wald seiner Erinnerung irrlichterten. Sie hat es mir ganz klar gesagt! Aber ich war zu unaufmerksam, ich habe sie unterschätzt, nicht ernst genommen, für wirr befunden, was auch immer. Dabei ist sie das gar nicht!

Man kann auch in einem kleinen Zimmer galoppieren.

Aber es tut zu weh ...

Er fühlte die Kühle des Steins durch sein Sakko und überlegte, wie er jetzt vorgehen sollte. Ob er überhaupt vorgehen konnte. Oder ob sie ihn hindern würden.

Hans Selinger studierte an derselben Universität wie Ylva Bennet und gehörte zu deren engerem Freundeskreis, ratterte Luttmanns Stimme noch einmal die Fakten herunter, die er erst jetzt richtig zu deuten verstand. *Sie soll mit ein paar von ihren Kommilitonen befreundet gewesen sein, aber so richtig fest gebunden war sie wohl nicht*, ergänzte ein imaginärer Hinnrichs. *Ylva Bennet war eine sehr attraktive junge Frau. Doch dann muss etwas geschehen sein, das zu dem Entschluss führte, sie aus dem Weg zu räumen.* Verhoevens Hände umklammerten den Griff des Megaphons. *Und was das Ganze noch tragischer macht, ist die Tatsache, dass Ylva Bennet zu diesem Zeitpunkt schwanger war.*

Schwanger!

Das ist nicht recht gewesen, nickte eine imaginäre Ylva Bennet. *Das eigene Kind ...*

Verhoeven schluckte. *Nach allem, was man über ihn weiß, ist Hans Selinger ein lupenreiner Opportunist. Sein Führungsoffizier bezeichnet ihn als einen, den keine Ideale umtreiben, sondern der aus purem Kalkül heraus handelt. Außerdem lasse er sich erfreulicherweise nicht durch persönliche Gefühle ablenken …*

Die SEK-Beamten gerieten in lautlose Bewegung, als aus der Ferne plötzlich so etwas wie Stimmen an die Ohren der Wartenden drangen. Und in einer dieser Stimmen glaubte Verhoeven die seiner Partnerin zu erkennen.

Ein Wink des Einsatzleiters, und jemand hielt ein Richtmikrophon in den Gang.

Die Beamten ringsum fassten sich an ihre Ohrknöpfe.

Gütiger Himmel, dachte Verhoeven, indem er einem von ihnen bedeutete, dass er auch etwas hören musste, Maik Voigt sucht nicht nur den Mann, der seine Mutter verraten hat. Er sucht auch seinen Vater! Nur weiß er das nicht …

14 »Malina.«

Aus ihrem Versteck heraus beobachtete Winnie Heller die Gesichter von Quentin Jahn und Horst Abresch. Doch keiner von beiden zeigte eine Reaktion auf Alphas Äußerung.

Ob er es herausgefunden hat?, überlegte Winnie. Ausgerechnet jetzt? Oder war diese Information Teil seiner Forderungen gewesen und ihre Kollegen hatten ihm einen Hinweis gegeben? Aber das konnte sie sich eigentlich nicht vorstellen. Immerhin wäre das gleichbedeutend damit, einen Unschuldigen ans Messer zu liefern.

Er hat meine Mutter getötet …

Sie spähte um das Fass herum, während ihre Hand nach der Waffe tastete. Und was sie sah, ließ ihr das Blut stocken. Alpha stand jetzt unmittelbar vor Abresch und hielt dem stellvertretenden Filialleiter die Mündung seiner Waffe an den Kopf. Zugleich bekamen ihre Finger tatsächlich die versteckte Pistole zu fassen. Entsichern und …

Sie stand auf. »Tun Sie's nicht!«

Alpha drehte sich zu ihr um.

»Lassen Sie die Waffe fallen.«

Er reagierte nicht, aber sie war sicher, dass er ihre Pistole gesehen hatte.

»Sie sind nicht so«, rief sie, einem spontanen Impuls nachgebend. »Ich weiß, dass Sie das eigentlich gar nicht können.«

Er stand recht weit entfernt, aber sie hätte schwören können, dass sein Blick hart geworden war.

Ich werde ihn nicht umstimmen können, fuhr es ihr durch den Sinn. Er hat seine Entscheidung bereits getroffen. Sie dachte an den Ausdruck auf seinem Gesicht, als er sie einfach stehen lassen hatte. Und an die Worte, die seinen Abgang begleitet hatten: *Es hat keinen Sinn mehr.* Und: *Ich glaube, ich hätte ihn nach dem Warum gefragt …*

»Fragen Sie ihn«, schrie sie, als sie sah, dass Alpha den Kopf wandte. »Jetzt haben Sie doch die Gelegenheit, auf die Sie gewartet haben!« Die Hauptsache war, dass sie Zeit gewann. Zeit, in der die Kollegen handeln konnten. »Fragen Sie ihn, warum er Ihrer Mutter das angetan hat!«

Doch der Mann, den sie Alpha nannte, ignorierte die Aufforderung. Stattdessen trat er einen Schritt zurück und musterte Abresch von oben bis unten.

»Zum letzten Mal«, rief Winnie Heller. »Nehmen Sie die Waffe runter!«

Vielleicht sind nur Platzpatronen drin, dachte sie, während die Pistole in ihrer Hand schwerer und schwerer wurde. Und dann: Ich mag ihn. Ich möchte nicht schießen. Ich will, dass das hier irgendwie anders geht. Besser …

»Helfen Sie mir«, rief Abresch, als der Geiselnehmer ihm bedeutete, vor ihm herzugehen. Richtung Grube. »Lassen Sie nicht zu, dass er …«

»Halt's Maul«, entgegnete Alpha in verächtlichem Ton.

Doch Abresch gab noch nicht auf. Im Gehen machte er plötzlich einen wieselflinken Schritt zur Seite und ließ sich auf den Boden fallen.

Alpha fuhr herum.

»Nein!«, schrie Winnie Heller. »Tun Sie's nicht! … Bitte!«

Doch der Geiselnehmer hob den Daumen und entsicherte seine Waffe.

»Nicht!«

Von der mittleren Tür her näherte sich das Poltern von Springerstiefeln, und Winnie Heller drückte ab. Sie sah, wie der Geiselnehmer auf die Knie sank und fühlte eine eisige Kälte, als sie ohne Rücksicht auf die Regeln ihrer Ausbildung auf den leblosen Körper zustürzte. Doch zu diesem Zeitpunkt atmete der Mann, den sie Alpha nannte, bereits nicht mehr.

15 »Na?«, fragte Verhoeven besorgt. »Geht's wieder?«
Winnie Heller nickte.

»Es war nicht Ihr Schuss, der ihn getötet hat«, sagte Verhoeven, doch er konnte sehen, dass sie ihm nicht glaubte. Aber das zumindest würde die Zeit mit sich bringen. Das ballistische Gutachten. Immerhin das.

In ihrem Rücken wurde eben Maik Voigts Leiche abtransportiert. Abresch alias Hans Selinger war von den SEK-Kollegen zu einem Krankenwagen geführt worden und saß nun, warm in eine helle Wolldecke eingepackt, auf der Liege im Fond.

»Ich danke Ihnen«, sagte er, als sie an ihm vorbeikamen.

Winnie Heller blieb stehen. »Wofür?«, fragte sie.

»Dafür, dass Sie mein Leben gerettet haben.«

»Es ist mein Job, das Leben zu beschützen«, entgegnete Winnie Heller mit einem Anflug von Abscheu angesichts der Gleichgültigkeit in seinem Blick. »Schuldig oder unschuldig spielt dabei keine Rolle.«

Der ehemalige Stasioffizier lächelte. »Wer das Leben beleidigt, ist dumm oder schlecht, wer die Menschen verteidigt, hat immer recht«, zitierte er aus dem Lied von der Allmacht der Partei, doch er widerstand der Versuchung, die Worte zu singen.

»Halten Sie die Klappe«, sagte Winnie Heller nur.

Dann wandte sie sich ab.

»Gott sei Dank«, rief Hinnrichs, als er seine beiden Kommissare kommen sah. Und indem er Winnie Heller flüchtig in den Arm nahm, fügte er hinzu: »Wir waren außer uns vor Sorge.«

»Unkraut vergeht nicht«, lächelte Winnie, und der Satz rief Verhoeven unvermittelt wieder in Erinnerung, was der Erstürmung der Fabrikanlage vorausgegangen war.

»Wie geht es Lübke?«, fragte er.

Burkhard Hinnrichs schüttelte den Kopf. »Nicht gut.«

Verhoeven spürte, wie sich Winnie Hellers Körper verkrampfte. »Was ist mit ihm?«, fragte sie mit einer Stimme, die irgendwie kindlich klang. Vollkommen ungewohnt.

»Die Ärzte tippen auf Herzinfarkt«, antwortete Hinnrichs, indem er seine Beamtin aufmerksam musterte.

»Herzinfarkt?« Winnie Heller biss sich auf die Lippen. »Ist er …?«

»Soweit ich informiert bin, haben sie ihn in die Mainzer Uniklinik gebracht.«

Verhoeven nahm seine Partnerin am Arm. »Möchten Sie vielleicht … Ich meine, ich könnte Sie hinfahren.«

Für einen Augenblick glaubte er zu sehen, dass ihr eine ihrer üblichen kratzbürstigen Antworten auf der Zunge lag. *Nicht nötig, bemühen Sie sich nicht*, etwas in dieser Richtung. Doch schließlich nickte sie nur.

»Es ist doch in Ordnung, wenn wir …« Verhoeven sah seinen Vorgesetzten an.

»Sicher«, nickte Hinnrichs. »Ich regle hier alles für Sie.«

»Danke.«

Sie schlängelten sich zwischen den Wagen durch.

»Ich habe Wasser im Auto«, sagte Verhoeven. »Sie sind doch sicher durstig.«

»Nein«, antwortete Winnie Heller. »Im Augenblick bin ich gar nichts.«

»Gratuliere, gratuliere«, rief Werner Brennicke ihnen von weitem zu. Bei ihm stand eine Frau, die wie eine Stylistin aussah.

Wahrscheinlich hatte der BKA-Mann vor, schnellstmöglich vor die versammelte Presse zu treten, die hinter der Sperrzone Position bezogen hatte. »Das ist ja noch mal glimpflich ausgegangen.«

»Du uns auch«, murmelte Verhoeven, und aus den Augenwinkeln heraus glaubte er ein leises Lächeln auf dem Gesicht seiner Partnerin auszumachen.

»Ich für mein Teil gratuliere Ihnen lieber nicht«, sagte eine Stimme hinter ihnen, und als Verhoeven den Kopf wandte, sah er Goldstein an der Wand der mobilen Einsatzzentrale lehnen. Er hielt sein Basecap in der Hand und hatte seine Reisetasche neben sich auf dem Boden stehen. »Aber Sie haben sich tapfer geschlagen.«

Verhoeven nahm Goldsteins ausgestreckte Hand, und dieses Mal war es nicht Pfefferminz, was er roch.

»Das also ist Frau Heller«, sagte der Unterhändler, der erst gar nicht versuchte, irgendetwas zu verbergen. »Freut mich.«

Winnie Heller nickte. »Ganz meinerseits.«

»Wir sind auf dem Weg in die Klinik«, sagte Verhoeven, der plötzlich das Gefühl hatte, etwas erklären zu müssen.

»Sicher doch«, antwortete Goldstein. »Ich drücke die Daumen.«

»Ich Ihnen auch«, sagte Verhoeven, ohne lange nachzudenken.

Und er meinte es genau so.

16 In der Intensivmedizinischen Abteilung der Mainzer Universitätsklinik verstaute Winnie Heller ihre Handtasche in einem der in reichlicher Anzahl vorhandenen Spinde und schlüpfte anschließend in den ungebügelten weißen Operationskittel, den der Pfleger, der sie eingelassen hatte, ihr hinhielt. Dann entnahm sie dem Spender neben der Tür einen Schwall Desinfektionsmittel und folgte dem Mann einen langen, steril riechenden Flur entlang bis zu einem Raum ganz am Ende des Ganges. Verhoeven hatte darauf verzichtet, sie zu begleiten, und sich bereits an der Tür von ihr verabschiedet.

»Rufen Sie mich an, wenn Ihnen danach ist«, hatte er noch gesagt. »Ganz egal, wie spät es ist.«

Winnie Heller erinnerte sich nicht mehr an ihre Reaktion, aber das war vielleicht im Augenblick auch nicht so wichtig. Während links und rechts von ihr Türen vorbeiglitten, dachte sie an ihre Schwester, die nach ihrem schweren Autounfall auf genau dieser Station gelegen haben musste und die nie wieder aufgewacht war. Und am liebsten hätte sie sofort die Flucht ergriffen. Doch sie hielt durch und betrat hinter dem Pfleger ein Zimmer, in dem drei Betten standen. Das mittlere war leer. Am Fenster hielt ein bleicher Mann um die siebzig die Hand einer um einiges jüngeren Frau, die gerade aus der Narkose zu erwachen schien. Helle Paravents zwischen den Betten sorgten für einen Hauch von Privatsphäre. Dennoch hätte sich Winnie Heller in diesem Augenblick nichts sehnlicher gewünscht, als allein zu sein. Mit sich und dem Mann, den sie erst vor wenigen Tagen so energisch aus ihrem Leben zu vertreiben versucht hatte und um den sie nun eine derart große Angst verspürte, dass es ihr schier den Atem nahm.

Die Luft um sie herum war wie elektrisiert vom Piepsen zahlloser Maschinen. Blutdruckmesser, Infusionspumpen, lebenserhaltende Geräte, und das Erste, was Winnie Heller dachte, als sie neben das Bett trat, war, dass Lübke zart aussah. Ein Wort, das zu keinem Menschen weniger zu passen schien als zu dem massigen Spurensicherer mit den hansalbersblauen Augen. Und doch: Die Gestalt unter den weißen Laken wirkte so zerbrechlich, dass Winnies Herz sich schmerzvoll zusammenzog.

Sie ließ sich auf dem Stuhl nieder, den der freundliche Pfleger ihr in der Zwischenzeit hingestellt hatte, und griff nach Lübkes Hand. Zu ihrer Überraschung war sie warm, ein Umstand, der sie mit einem Gefühl vorsichtiger Erleichterung erfüllte. Ihr Blick wanderte zu der Blutdruckkurve auf dem Monitor neben dem Bett, wo eine unstete grüne Linie Lübkes Lebensfunktionen dokumentierte.

»Hey«, flüsterte sie, und ihre Stimme wollte ihr kaum gehorchen, »ich bin's, Winnie.«

Lübke reagierte nicht.

»Ich wäre schon früher gekommen, aber ich wurde noch kurz aufgehalten, weißt du.« Sie lachte. Zumindest versuchte sie es. »Aber jetzt bin ich da und ... Hey, Lübke! Du könntest wenigstens hallo sagen, meinst du nicht auch?« Sie wartete einen Moment, bevor sie hinzufügte: »Na ja, was soll's. Manieren hast du ja noch nie gehabt. Aber das Eine will ich dir sagen: Wenn du dir einbildest, dass du dich auf diese lächerliche Weise vor unserer nächsten Pokerpartie drücken kannst, dann täuschst du dich gewaltig. Du bist mir nämlich noch Revanche schuldig, falls dir das entfallen sein sollte.«

Sie drückte seine Hand in der Hoffnung, dass er die Berührung erwidern würde, doch nach wie vor tat sich nichts.

Nichts als das Flimmern der Monitore.

»Und aus dieser Nummer lass ich dich bestimmt nicht so einfach raus, da kannst du dich drauf verlassen ... Tja, mein Lieber, wenn du tatsächlich die paar Kröten sparen wolltest, hättest du dir was Stilvolleres ausdenken müssen. Ich meine, so'n Herzinfarkt ist ja heutzutage auch nicht mehr das, was es mal war. 'n paar Tage hier und anschließend eine, maximal zwei Wochen auf Station ... Mehr lässt sich da wirklich nicht rausschinden. Und ehe du dich versiehst, bist du wieder ganz der Alte.«

Sie schmunzelte, als ihr auffiel, dass sie unbewusst Lübkes Tonfall imitiert hatte.

»Na ja, vielleicht nicht ganz der Alte, zugegeben, denn natürlich wirst du 'n paar Dinge ändern müssen, wenn du hier raus bist ... Aber, hey, was ist so schlimm daran? Ich meine, wer steht denn schon auf widerlich stinkende Zigarillos? Im Grunde müsstest du dankbar sein, dass du den schlimmsten Teil des Entzugs erst gar nicht mitbekommst, weil du hier gemütlich vor dich hindämmerst, während dein Körper entgiftet ... Und jetzt sag bloß nicht, dass du noch eine zusätzliche Motivation brauchst!«

Keine Reaktion.

»Gut, okay, von mir aus. Dann machen wir eben dein gottverdammtes Bestattungsmuseum, wenn du partout so viel Wert auf diesen Unsinn legst. Wir machen das Museum und den Zentralfriedhof und ein paar von den anderen Highlights, und hinterher genehmigen wir uns beim Heurigen einen schönen, leckeren Kamillentee. Na, was sagst du? Sind das nicht Aussichten?«

Die Decke über Lübkes Brustkorb hob und senkte sich unter seinen durchaus regelmäßig wirkenden Atemzügen. Aber Winnie Heller wollte sich auch nichts vormachen. Das hatte sie schon einmal getan, damals, als ihre Eltern behauptet hatten, etwas stimme nicht mit Elli. Die Erinnerung an die letzten Wochen im Leben ihrer Schwester schnürten ihr die Kehle zu, aber irgendwie schaffte sie es, nicht zu weinen. *Die Ärzte denken, dass Elli bald in ein Stadium kommt, in dem sie nicht mehr aus eigener Kraft atmen kann,* hatte ihre Mutter ihr damals am Telefon eröffnet, aber Winnie Heller hatte ihr nicht geglaubt. Sie war, im Gegenteil, felsenfest davon überzeugt gewesen, dass ihre Eltern die Verschlechterung von Ellis Zustand lediglich vorschoben, um einen Grund zu haben, die künstliche Ernährung ihrer seit sieben Jahren im Wachkoma liegenden Tochter abzubrechen. Und erst die Nachricht von Ellis Tod hatte sie eines Besseren belehrt.

Ihr Blick suchte Lübkes befremdlich bleiches Gesicht.

Sie wusste, nach den Erfahrungen mit ihrer Schwester würde sie nie wieder imstande sein, sich Illusionen über das Befinden eines ihr nahestehenden Menschen zu machen. Auch wenn es vielleicht gerade diese Art von Illusionen war, die einem die Kraft zum Kämpfen gab. Und Lübke sah tatsächlich so aus, als ob er es schaffen könnte, oder? War denn ein Herzinfarkt heutzutage nicht schon fast eine Bagatelle?

Du weißt doch noch gar nicht, wie groß der Schaden ist, flüsterte eine böse kleine Stimme in ihrem Kopf. *Willst du dich denn allen Ernstes schon wieder an einen Menschen binden, der nichts anderes tut, als hilflos im Bett zu liegen? Der dir nie antwortet, wenn du ihm etwas erzählst? Dessen einzige Reaktion auf das, was dich bewegt, darin besteht,* nicht *zu reagieren?*

Winnie Heller schluckte. »Jetzt komm schon, Lübke«, flüsterte sie. Sie konnte nicht anders. Sie musste einen Scherz daraus machen. Einen Scherz daraus zu machen war die einzige Möglichkeit. »Die Show, die du hier abziehst, ist echt ein Witz. Ich meine, sieh dich doch nur mal an!« Sie ließ seine Hand los und boxte sanft gegen seine voluminösen Rippen. »Gut, du könntest vielleicht 'n bisschen schlanker sein, aber abgesehen davon bist du topfit. Kein Grund also, sich derart hängen zu lassen.«

»Oh ja, diese Sache mit dem Gewicht ist ein lebenslanger Kampf«, bemerkte eine sanfte Stimme in ihrem Rücken. »Und wenn Sie mich fragen, ist es einer von den Kämpfen, bei denen es nicht den geringsten Spaß macht, wenn man gewinnt.«

Winnie Heller fuhr herum und blickte geradewegs in ein Paar Augen, die von demselben wundervollen Veilchenblau waren wie die von Liz Taylor. »Marie?«

Die Angesprochene lächelte. »Ich hab immer gewusst, dass man diesen Kerl keine fünf Minuten allein lassen kann«, seufzte sie mit sorgsam gedämpfter Stimme, und unwillkürlich musste Winnie Heller an ihre erste Begegnung mit Lübkes alter Freundin denken. Damals hatte Marie ihr mitten in der Nacht die Tür zu Lübkes Laube geöffnet und dabei lediglich ein hauchdünnes Negligé über ihrem knallroten BH und einem Paar wuchtiger Männershorts getragen. Ein Umstand, der die Winnie Heller noch heute mit einem Gefühl der Eifersucht erfüllte, auch wenn Lübke seither mehrfach und unaufgefordert betont hatte, dass zwischen ihnen lediglich eine gute Freundschaft bestehe.

»Na, wie auch immer«, erklärte Marie unterdessen, »ich wollte mich nur kurz vergewissern, dass Jupp keinen Blödsinn macht. Aber wie ich sehe, ist er in guten Händen.« Sie nestelte eine Flasche Multivitaminsaft aus ihrer ledernen Umhängetasche und stellte diese in Ermangelung eines Nachtschränkchens kurzerhand auf den Boden neben Lübkes Bett. »Blumen erlauben diese Idioten ja hier drinnen nicht, auch wenn ich beim besten Willen nicht einsehe, was an Blütenduft gefährlich sein sollte. Aber bitte sehr …« Die ehemalige Prostituierte, die ihren Rubenskörper an diesem Tag in ein elegantes meergrünes Samtkleid und eine farblich darauf abgestimmte Strickjacke gehüllt hatte, verdrehte ihre Veilchenaugen.

Dann schickte sie sich an, zu gehen. Doch Winnie Heller hielt

sie zurück. »Bitte«, sagte sie. »Bleiben Sie doch noch ein bisschen.«

»Nein«, entgegnete die Frau, die sie nur als Marie kannte.

»Warum nicht?«

»Weil das hier …« Die rundlichen Arme öffneten sich zu einer
weltumfassenden Geste, »eine Sache zwischen Ihnen beiden ist.«

Winnie Heller wollte protestieren, aber sie brachte von einem
Augenblick auf den anderen keinen Laut über die Lippen.

Eine Sache zwischen Ihnen beiden …

»Rufen Sie mich an, wenn er auf Station verlegt wird?« Marie
war bereits an der Tür. Aber bei ihr trug auch das Flüstern.

Winnie versuchte ein Nicken. »Mach ich.«

»Gut.« Die Veilchenaugen zwinkerten fröhlich und gaben ihr
das beruhigende Gefühl, dass es gut ausgehen würde, dieses
Mal. »Dann bis bald.«

»Ja«, sagte Winnie Heller. »Bis bald.«

17 Es war nach elf, als Verhoeven endlich zu Hause war.
Silvie erwartete ihn bereits in der Diele. »Ich hab's im
Radio gehört«, sagte sie und legte ihm eine Hand auf die Schul-
ter. »Bist du okay?«

Er zuckte mit den Achseln. »Wir haben einen Menschen erschießen müssen.«

Sie nickte. »Ich weiß.«

»Es wird schon werden.«

»Und Lübke?«, wechselte sie eilig das Thema.

»Du weißt doch, wie die Ärzte sind. Bevor sie sich nicht zweihundertprozentig sicher sind, tun sie den Teufel, sich festzulegen.«

»Lübke ist zäh«, entgegnete Silvie, und Verhoeven dachte daran, wie viele Leute in den vergangenen Tagen genau dasselbe
über Winnie Heller gesagt hatten. Und sie hatten Recht behalten. Vielleicht war das ja so was wie ein gutes Omen …

»Tja«, sagte er. »Unkraut vergeht nicht.«

»Warst du schon bei ihm?«

»Nein, ich ...« Er zögerte. »Ich dachte, ich lasse Winnie erst mal mit ihm allein.«

»Die beiden mögen sich sehr, nicht wahr?«

»Wie kommst du darauf?«

Seine Frau antwortete mit einer Gegenfrage: »Erinnerst du dich noch, wie sie im letzten Jahr hier waren, um beim Teich zu helfen? Damals ...« Sie runzelte ihre hohe, schön geschwungene Stirn. »Damals habe ich etwas empfunden. Etwas, das die beiden verbindet, verstehst du? Aber ich weiß noch nicht genau, was es ist.«

Vielleicht weiß Winnie das selbst noch nicht, dachte Verhoeven. Er ging ins Wohnzimmer hinüber, ließ sich auf die Couch fallen und streckte die Beine von sich. Da war ein Gefühl von Leere in ihm. Wie ein schwarzes Loch, das immer mehr um sich griff und alles verschluckte, was ihm zu nahe kam. Und Verhoeven wusste, wenn er sich dieser Leere hingab, würde es noch viel schwieriger werden.

Seine Frau blickte ihn unschlüssig an. »Ich könnte ... Wenn du willst, wecke ich Nina. Du weißt ja, sie ist sowieso nur mit Mühe ins Bett zu kriegen, so ganz ohne Gutenachtkuss von dir, und sie würde sich bestimmt freuen, wenn du ...«

»Nein«, sagte er und hob abwehrend die Hände. »Das ... Nicht jetzt, okay?«

Silvie biss sich auf die Lippen, als wollte sie sich dafür bestrafen, ihm einen derart taktlosen Vorschlag unterbreitet zu haben. Und tatsächlich konnte Verhoeven sehen, wie ihr die Schamesröte ins Gesicht kroch.

»Ich gehe gleich noch kurz hinauf und sehe sie mir an«, sagte er eilig. »Das wird mir helfen zu begreifen, dass diese letzten Tage tatsächlich ausgestanden sind. Aber ich brauche noch einen Augenblick Zeit, einverstanden?«

Sie nickte. »Und ... Kannst du mich auch gebrauchen?«

In ihrer Stimme schwang Angst. Angst davor, zurückgewiesen zu werden. Angst, dass er sie ausschließen würde. Wieder ausschließen.

Was genau bin ich für dich?, hallten ihre Worte hinter seiner Stirn wider. *Geliebte? Mutter deiner Tochter? Schmuckstück? Klotz am Bein?*

Verhoeven hob den Kopf und schaute seine Frau an. Er sah ihre großen dunkelblauen Augen und fühlte, dass er es jetzt ein für allemal hinter sich bringen musste, weil er sie sonst vielleicht eines schönen Tages verlieren würde. Sie und Nina.

Er hatte panische Angst vor den Konsequenzen, und die Erschöpfung lähmte ihn, aber er wusste auch, dass er nicht noch einmal kneifen durfte. Nicht, was dieses Thema anging. In diesem Punkt war Silvie genau wie Nina. Beide waren im Grunde ihres Herzens Forscherinnen, jede auf ihre ureigenste Weise. Sie waren Menschen, die die Wahrheit kennen mussten, um mit den Widrigkeiten des Lebens fertig zu werden. Und die es auch verdienten, die Wahrheit zu kennen.

»Es gab da diesen Mann«, begann er, während seine Frau bei ihm saß und seine Hand hielt. »Sein Name war Schmitz ...«

Nordseebad Borkum, einige Tage später

18 Inger Lieson saß auf ihrer Jacke im nassen Sand und blickte in die graue, aufgewühlte Weite der Nordsee hinaus. Auf die Wellen, die trotz des verhangenen Himmels lichte Krönchen aus Schaum trugen. Sie saß einfach da und versuchte, Verständnis für sich selbst aufzubringen. Zu begreifen, was sie getan hatte, tat und noch tun würde. Aber es wollte ihr noch immer nicht gelingen.

Wenn man es genau nahm, hatte sie beruhigende, gut situierte Vorhersehbarkeit gegen ein paar Quadratkilometer Strand eingetauscht. Einen Audi A5 Coupé gegen einen Golf mit Automatikgetriebe. Der Differenzbetrag steckte in ihrer Jackentasche, alles, was sie jetzt noch hatte. Jetzt, wo sie ihr angenehmes, gut situiertes Leben eingetauscht hatte gegen eine ungewisse Zukunft mit Inger, der Stewardess.

Der ehemaligen Stewardess, korrigierte sie sich in Gedanken. *Das mit der Stewardess war, als du jung warst. Jetzt bist du nur noch Inger. Schlicht Inger.*

Sie sah auf ihre Hand hinunter, dorthin, wo bis gestern ihr Ehering gesessen hatte. Er lag zusammen mit ihren Kreditkarten auf dem Nachtschrank im Schlafzimmer, gleich neben der frisch restaurierten spanischen Treppe, aber der Abdruck an ihrem Finger war noch immer sichtbar. Allerdings schien er bereits zu verblassen.

Inger spürte ihr Handy in der Jacke unter sich und überlegte, wie viele Nachrichten Walther wohl inzwischen hinterlassen haben mochte. Der Strand um sie herum war fast leergefegt. Nur hier und da vereinzelte Spaziergänger. Unentwegte oder Hundebesitzer.

Inger dachte an Sven und daran, wie er gelacht hatte. Eigenartigerweise war ihr inzwischen klar, dass sie ihn wahrscheinlich nie wiedersehen würde. Mehr noch: Sie war sich nicht einmal mehr sicher, ob sie noch einmal versuchen würde, nach ihm zu suchen.

Und doch …

Sie sah wieder nach den Wellen und hatte mit einem Mal das Gefühl, dass sie ihn, wo immer er war, am ehesten hier finden würde. Hier am Meer, wo die Freiheit wohnte.

Eine Kinderstimme in ihrem Rücken riss sie aus ihren Gedanken. Es war ein kleines Mädchen, blond und zart, aber offenbar wild entschlossen, sich von der Hand seines Großvaters loszureißen. Eigene Wege zu gehen.

Inger beobachtete den Blick des Kindes, das kurz hinter dem Flutsaum stehen geblieben war und mit unerschrockenen blauen Augen auf die aufgewühlten Fluten hinaus schaute. Fast so, als ob direkt vor seinen Augen ein Wunder geschehe.

Vielleicht müssen wir nicht immer alles begreifen, dachte sie. Vielleicht genügt es manchmal, einfach da zu sein …

Sie stemmte sich aus dem schweren Sand hoch und klopfte sorgfältig ihre Jacke ab. Dann ging sie quer über den Strand auf die Promenade zu. Sie hatte einen kleinen, karierten Zettel im Schaufenster einer der zahlreichen Boutiquen gesehen. FREUNDL. AUSHILFE FÜR DIE SAISON GESUCHT. BEZAHLUNG NACH VB.

Die Besitzerin blickte sie ungläubig an, als sie danach fragte.

»Es wäre aber nur bis zum Herbst«, sagte sie, indem sie mit gerunzelter Stirn an Ingers Armanijeans hinuntersah.

»Ich weiß«, antwortete Inger. Bis zum Herbst hier, und dann Südfrankreich, Spanien, Portugal oder … Na ja, mal sehen!

»Und Sie sind sicher, dass Sie …?«

»Ja«, sagte Inger. »Ich bin sicher.«

Als sie aus der Tür trat, empfing sie frischer Seewind, der bereits erste größere Lücken in den wolkenverhangenen Himmel gerissen hatte.

Inger überlegte, ob sie sich sofort nach einem Zimmer umsehen oder zuerst noch einmal an den Strand hinuntergehen sollte, und gab dem Strand den Vorzug. Als sie am Wasser stand, hielt sie Ausschau nach dem kleinen Mädchen mit dem Großvater, doch die beiden waren verschwunden. Stattdessen spielten ein paar junge Leute an derselben Stelle Frisbee. Der Wind trug ihre ausgelassenen Rufe zu Inger herüber, und fast war ihr, als höre sie Svens warmes Lachen mitten unter ihnen.

EPILOG

Wer wohnte dort? Wessen Hände waren rein?
Wer leuchtete in der Nacht,
Gespenst den Gespenstern?

Ingeborg Bachmann, »Nachtflug«

Verhoeven blickte auf das Grab seines Pflegevaters hinunter. Es wirkte ungepflegt, fast verwildert, seit Anna nicht mehr herkam, um Ordnung zu schaffen.

Er hatte keine Blume mitgebracht, so weit war er noch nicht. Aber ein Licht. Immerhin.

Er entzündete den Docht und mühte sich eine Weile mit dem goldenen Aludeckel ab, der einfach nicht einrasten wollte und sich schließlich so weit erhitzt hatte, dass Verhoeven sich die Finger verbrannte. Dann zupfte er ein paar Unkräuter aus dem sandigen Boden, platzierte das Licht in einer kleinen Mulde, damit der kräftige Westwind es nicht umwerfen konnte, und richtete sich auf. Er führte kein stummes Zwiegespräch, und er erhob auch keine Anklage. Er stand einfach nur da und ließ das unruhige Flackern der Flamme auf sich wirken, die einen matten roten Schein auf den wild wuchernden Efeu warf. Vereinzelt fiel ein Regentropfen auf den erhitzten Deckel und löste sich zischend in Luft auf.

Verhoeven dachte an Winnie Heller, die nicht mehr mit ihren Eltern sprach, seit ihre Schwester gestorben war. Und an die Beschimpfungen, mit denen der Mann unter dem Efeu ihn von klein auf überschüttet hatte.

539

Als er genug hatte, ging er zum Auto zurück, wo Silvie und Nina auf ihn warteten.

Er stieg ein und fuhr los, ohne zu wissen, ob er jemals wiederkommen würde.

Seine Tochter sprach auf der gesamten Fahrt kein einziges Wort. Dabei redete sie für gewöhnlich wie ein Wasserfall, wenn sie unterwegs waren. *Papa, schau doch mal! Guck, Papa, da ist ein gaaaanz großer Kran! Papa, was ist das für ein Auto da drüben?*

Verhoeven betrachtete ihr zartes Gesichtchen im Rückspiegel und fragte sich, ob er sie mit seiner Vergangenheit überforderte. Kinder bekamen so viel mehr mit, als man glaubte. Was, wenn Nina tatsächlich erfasste, worum es hier ging? Was, wenn sie …

»Papa?«

So viel zum Thema Kinder und Intuition! »Ja?«

»Bist du böse?«

»Nein, mein Schatz«, entgegnete er. Doch dann fiel ihm ein, dass er sich in den vergangenen Tagen vorgenommen hatte, seine Tochter niemals wieder zu belügen, und er korrigierte sich hastig: »Nicht direkt böse«, erklärte er, und er sah, wie Silvie neben ihm die Lippen zusammenkniff. »Ich bin vielleicht ein bisschen …«

Tja, was denn eigentlich? Verhoeven überlegte, aber er wurde sich einfach nicht klar über das, was er fühlte. Zum ersten Mal in all diesen Jahren war er sich nicht mehr sicher über das Ausmaß seiner Wut. Etwas, das ihn verunsicherte, weil dieser Zustand ihn orientierungslos machte. Unwillkürlich blickte er auf seine Armbanduhr, auf den Kompass, den Grovius ihm zur Hochzeit geschenkt hatte.

Sie müssen vergessen, flüsterte Ylva Bennet in seinem Kopf. *Glauben Sie mir, wer nicht vergessen kann, kommt um …*

»Ich bin ein bisschen durcheinander«, sagte er, als ihm bewusst wurde, dass er seiner Tochter noch immer nicht geantwortet hatte. »Weil ich nicht weiß, ob ich ärgerlich oder traurig oder froh bin.«

Er konnte sehen, dass ihr die nächste Frage bereits auf der

Zunge lag, aber sie stellte sie nicht. Stattdessen sah sie zum Seitenfenster hinaus, ernst und braunäugig. Und Verhoeven begriff, dass seine Tochter soeben ganz von allein gelernt hatte, den schier unstillbaren Wissensdurst ihres Forschergeistes etwas anderem unterzuordnen. Etwas Wichtigerem: Rücksichtnahme. Die Erkenntnis überschwemmte ihn mit einem Gefühl von Stolz. Aber auch mit Scham.

Wie viel haben Kinder uns voraus, dachte er, als er den Wagen auf den kleinen Parkplatz neben dem Eingang lenkte. Und was tun wir ihnen an, indem wir ihnen nehmen, was so selbstverständlich ist …

»Du brauchst nicht mitzukommen, wenn du nicht möchtest«, sagte er, indem er sich zu seiner Tochter umdrehte. Und fast hoffte er, dass sie auf sein indirektes Angebot anspringen würde. Dass sie sagte: *Nein, ich will nicht mit. Bitte, Papa, ich fürchte mich. Lass uns wieder nach Hause fahren, ja?*

Doch Nina sagte nichts.

Stattdessen nahm Silvie zuerst ihn und dann ihre gemeinsame Tochter bei der Hand. »Welches Zimmer?«

Verhoeven zögerte noch immer. »Sechsunddreißig.«

Sie nickte und ging voran. Im Gehen holte sie eine Schachtel Lindt-Pralinen aus ihrer Tasche. Sie fragte ihn nicht, ob es ihm recht sei. Aber sie verzichtete darauf, die Schachtel an Nina weiterzureichen, was sie oft tat, wenn sie einen Besuch machten und ein Mitbringsel zu übergeben war.

»Dort hinten ist es«, sagte Verhoeven. »Die rechte Tür.«

Seine Frau nickte abermals und klopfte dann zweimal kurz und energisch an das dünne Sperrholz. Anschließend machte sie einen Schritt zur Seite, um ihm den Vortritt zu lassen. Vielleicht, damit er sich nicht drücken konnte.

Verhoeven atmete tief durch und trat in den überheizten Raum, in dem es betäubend intensiv nach Orangenschalen und Desinfektionsmitteln roch. Interessiert es mich wirklich, warum Schwester Beate von der Nachtschicht meine Pflegemutter nicht leiden kann?, überlegte er. Interessiert es mich, was sie tut oder nicht tut, um Anna zu ärgern? Bin ich im Begriff, meine

Tochter in etwas hineinzuziehen, an das ich selbst nicht glaube? Benutze, verrate, verschleiße ich meine Familie an einem Teil meiner Vergangenheit, der für mich selbst schon schlimm genug ist? Oder tun wir alle hier gerade den ersten Schritt in ein anderes, unbelasteteres Leben?

Er konnte es nicht sagen.

Noch nicht.

»Hallo, Anna«, sagte er stattdessen. »Ich möchte dir jemanden vorstellen ...«